LA MÉMOIRE DES VAGUES
est le quatre cent cinquième livre
publié par Les éditions JCL inc.

Catalogage avant publication de Bibliothèque et Archives nationales du Québec et Bibliothèque et Archives Canada

Ropraz, Gaï de, 1944-

La mémoire des vagues : thriller

ISBN 978-2-89431-405-0

I. Titre.

PS8635.O643M45 2009 C843'.6 C2009-941702-2
PS9635.O643M45 2009

LA MÉMOIRE DES VAGUES

Les éditions JCL inc., 2009
930, rue Jacques-Cartier Est, Chicoutimi (Québec) CANADA G7H 7K9
Tél. : (418) 696-0536 – Téléc. : (418) 696-3132 – www.jcl.qc.ca
ISBN 978-2-89431-405-0

GAÏ DE ROPRAZ

LA MÉMOIRE DES VAGUES

Thriller

LES ÉDITIONS JCL

Nous reconnaissons l'aide financière du gouvernement du Canada par l'entremise du Programme d'aide au développement de l'industrie de l'édition (PADIÉ) pour nos activités d'édition. Nous bénéficions également du soutien de la SODEC et, enfin, nous tenons à remercier le Conseil des Arts du Canada pour l'aide accordée à notre programme de publication.

Gouvernement du Québec – Programme de crédit d'impôt pour l'édition de livres – Gestion SODEC

À ma tendre et belle épouse, Anya, qui a su à sa manière
et avec la délicatesse qui l'a toujours caractérisée,
me soutenir tout au long de l'écriture de cet ouvrage.

There is no beginning or end.
Yesterday is history.
Tomorrow is a mystery.
Today is a gift.

Eleanor Roosevelt

CHAPITRE 1

Lâchant la roue qui contrôlait le gouvernail de son embarcation, Johnnatan porta la main à sa poitrine. Au travers de la laine du chandail, il perçut les pulsations saccadées de son cœur. Son regard s'assombrit. Posé sur les vagues ondoyantes tachées de millions de crêtes d'écume, l'horizon dansait au gré du courant. Soudain, le retraité de la Cable & Wireless réalisa qu'au fond de lui-même l'envie de faire demi-tour le harcelait, alors même que son excursion de pêche ne faisait que commencer. Cela se présentait sous la forme d'un spasme, coincé entre les poumons et l'estomac, sans qu'il sache le localiser avec certitude. Ses mains accrochées aux commandes lui semblèrent moites. Il ouvrit la paume gauche posée sur le levier de l'accélérateur. Agitée d'un léger tremblement, elle lui parut plus rouge que d'ordinaire. Il prit conscience que la peur le gagnait.

– Mais qu'est-ce que c'est que ce bordel?

Il avait crié haut et fort. Sa voix résonnant dans le cockpit eut pour effet de le calmer un peu. Il sentit avec soulagement que la panique qui l'avait dominé un instant perdait de son intensité. Une nouvelle fois, il jeta un coup d'œil furtif aux différents manomètres. Tout était normal. Lentement, il reporta son regard vers l'horizon.

C'est à cet instant qu'il vit l'objet. Il flottait à cinq ou six milles nautiques sur le tribord avant. Sa couleur paraissait sombre. Immédiatement oublieux de son malaise, Johnnatan bondit hors du cockpit. En deux tractions, il grimpa sur le petit toit de la timonerie. Une main agrippée à l'antenne de radar, l'autre en visière, il sonda l'immensité de la mer.

– J'ai quand même pas rêvé, merde!

Ballotté par le tangage, il sentait au-dessus de sa tête le ciel lumineux que tempérait la légère brise du nord-est. Tout autour de lui n'était que silence, griffé par la lancinante musique de l'océan. Sous ses pieds, la tôle recouvrant le poste de pilotage lui transmettait les trépidations régulières du moteur diesel.

– C'est pas vrai! reprit-il, rageur. C'est vraiment le jour! Un coup je disjoncte, un coup je vois des trucs qui n'existent pas!

Tendu, visage tourné dans la direction de la tache sombre qu'il avait cru apercevoir, il continuait néanmoins à scruter chaque vague, chaque creux.

L'objet lui apparut de nouveau au nord-est, toujours sur le tribord avant, plus près cette fois-ci. Suffisamment du moins pour qu'il constate que la couleur, bien que difficilement définissable avec certitude à cette distance, n'était pas noire, mais claire. D'un bond, il fut sur le pont pour s'engouffrer aussitôt dans le cockpit. Il poussa à fond les leviers de vitesse et imprima au bateau un léger virage sur la droite. Le Pratt Point tangua et gagna en vélocité, reprenant aussitôt une assiette plus stable. Une nouvelle fois, Johnnatan grimpa sur le toit du poste de commandement.

Tout d'abord, il ne vit rien. Il recommença à détailler les flots. La tache claire émergea d'un creux à trois milles, sur le bâbord avant. Johnnatan dégringola de son perchoir pour reprendre les commandes. Il donna à la barre quelques degrés sur la gauche et réduisit sensiblement la vitesse de son bateau. Deux minutes plus tard, il était en vue de la cible recherchée. C'était un canot pneumatique jaune de petite taille, de type dinghy, identique à ceux utilisés dans la marine ou l'aviation comme matériel de survie. La distance l'empêchait de mieux l'observer.

Très vite, il fut à quelques encablures du pneumatique. Un semblant de toile orange recouvrait l'intérieur aux trois quarts. À la couleur délavée de la gomme, il était aisé de se rendre compte que l'esquif avait séjourné plusieurs semaines en mer.

Johnnatan coupa le moteur, laissant le Pratt Point courir sur son erre pour s'approcher lentement du bateau de survie. Les mâchoires du vieux marin se crispèrent au moment où il l'accosta.

De la toile orange dépassaient deux jambes nues. Brûlées par le soleil, elles étaient recouvertes de plaies purulentes sous le sang séché.

L'Ascension est une toute petite île; une île étrange, une île perdue. Certains en avaient entendu parler. Peu la connaissaient vraiment.

Ceux qui pouvaient la situer sur une carte étaient en nombre encore plus restreint. Pourtant, lâchée en plein milieu de l'Atlantique, à mi-chemin entre Recife, au Brésil, et Luanda, en Angola, elle fait figure de rond-point solitaire. Et tout autour transitent les routes maritimes reliant la vieille Europe à l'Afrique australe ou bien à l'Amérique latine.

Cette île joue le rôle de sentinelle éphémère et puérile aux portes mêmes du lugubre pot au noir, cauchemar des aviateurs du monde entier. Gare à l'aéronef qui s'y aventure au péril de sa vie. Ses ailes, comme des bras inutiles, chercheront en vain à s'accrocher aux derniers lambeaux d'un ciel d'encre qui se meurt dans le firmament. Aveugle, la machine humaine chahutée par une violence céleste inouïe sera précipitée irrémédiablement dans une mer en furie.

Rien ne ressemble plus à un hôpital qu'un autre hôpital. Pourtant, celui de Georgetown, appelé pompeusement « hôpital général », avait la particularité d'être à la fois trop grand et trop petit. Ses pensionnaires étaient rares. Toutefois, si une épidémie venait à ravager l'île, il aurait vite fait d'être débordé. Mais, de toute évidence, tous les cas graves ou contagieux exigeaient une évacuation sanitaire vers l'Europe. L'armée de Sa Majesté y veillait. Les avions de la RAF[1] faisant escale à l'Ascension au retour des Malouines s'en chargeaient.

On était en février, un samedi matin. Quelques patients qu'on pouvait compter sur les doigts des deux mains s'étaient rassemblés dans la grande salle du premier étage. L'unique poste de télévision égrenait laconiquement les dernières nouvelles du Royaume-Uni. Au-delà des soins prodigués, l'hôpital servait aussi bien de pension de famille que d'hospice. Chacun y trouvait son compte.

Il y avait toujours un tour de garde. En ce samedi, la charge en incombait à un médecin originaire de Bombay. Par téléphone, le chef de la police venait de l'avertir de l'arrivée imminente d'un blessé grave, trouvé dans un canot pneumatique au large de North Point. Le matin même, Johnnatan, qui s'adonnait en pleine mer à la pêche sportive à la bonite, avait fait la découverte de l'homme, fort mal en point, que les vagues berçaient lentement dans sa coquille de noix.

Le praticien n'était pas homme à s'encombrer de responsabilités. Aussitôt, il appela l'infirmière en chef pour la mettre au courant. Consciente du manque d'esprit décisionnel de son supérieur, ce fut elle qui opta sur-le-champ pour la préparation

1. La Royal Air Force de Grande-Bretagne.

d'un lit. D'un ton tranquille mais ferme, elle lui suggéra d'avertir la base militaire.

Une moue désapprobatrice se dessina sur le visage d'ébène. L'homme craignait de tomber sur le médecin-chef, qui l'intimidait. Indécis, hochant le crâne, il finit par obtempérer.

Le major Cunningham était un géant barbu autoritaire. Il appartenait au corps des pilotes de la RAF où il cumulait les fonctions d'instructeur-pilote et de chirurgien responsable de l'hôpital de l'île de l'Ascension.

Il était chez lui et préparait son thé matinal.

– Et qui est-ce? demanda le major de sa voix basse qui résonnait dans le combiné.

– On ne sait pas, répondit l'Indien en dodelinant de la tête. Comme je vous l'explique, major, c'est le chef de la police qui a été averti en premier par le radiophare.

– Johnson?

L'intonation de l'interrogation à elle seule démontrait à quel degré de mésestime le militaire tenait le chef de la police.

– Oui, Johnson. Il semble que ce soit Johnnatan qui ait trouvé le type dans un canot... un canot de sauvetage, je crois... à deux heures environ de North Point.

Le nom de Johnnatan, un homme respectable, redonnait de la crédibilité à cette histoire rocambolesque.

Cunningham soupira.

– À quelle heure est prévue l'arrivée du corps à l'hosto?

– J'ai fait envoyer l'ambulance au port. Ils devraient être ici d'un instant à l'autre. J'ai demandé aussi à Anna de préparer un lit, car en fait... il semble que le corps... enfin le type... ne soit pas encore à l'état de cadavre.

Le major mourait d'envie de lui dire qu'avec des toubibs de son acabit, le malheureux naufragé n'avait pas à s'en faire: ce que la mer n'avait pu terminer en une ou deux semaines, il s'en chargerait en l'espace de six heures tout au plus! Il retint un rictus.

– Quelle chambre avez-vous demandé à Anna de préparer?

– Ben... pas une chambre. Enfin... dans la salle du haut... avec...

– Mais non! Il lui faut une chambre à part. Je m'étonne qu'Anna ne se soit pas inquiétée de ce détail.

– Oui, je comprends... à cause des épidémies!

– Non, vous ne comprenez rien! Mais ce n'est pas grave... O.K., je serai là dans une demi-heure. Entre-temps, préparez le patient.

Prenez toutes les dispositions au cas où une intervention chirurgicale s'avérerait nécessaire.

Il allait raccrocher. Se ravisant, il ajouta très vite:

– Surtout, n'oubliez pas de le nettoyer. S'il a passé un bon moment au soleil, il ne doit plus être d'une première fraîcheur!

Le médecin de garde rappela l'infirmière en chef. D'un air détaché, il lui fit part des commentaires du chirurgien, prenant à son compte la décision du transfert en chambre individuelle.

– Laquelle? demanda l'infirmière.

Devant l'hésitation muette de l'Indien, exprimée par une mimique significative des deux mains aux paumes ouvertes à laquelle s'ajoutait le balancement caractéristique de la tête de droite à gauche, elle répondit, glaciale:

– Comme vous ne m'aviez pas précisé s'il fallait préparer ce lit en salle commune ou en chambre individuelle, j'ai pris sur moi d'opter pour celle de l'aile ouest.

– Mais... mais c'est celle qui est réservée à la Résidence!

– Je le sais bien. Mais pour le moment il n'y a personne. Il est tout aussi probable que le naufragé n'y restera pas une éternité.

C'était une chambre spacieuse, agrémentée de deux grandes fenêtres ouvrant sur le parc et la mer. Elle avait l'avantage de disposer d'une excellente orientation, permettant l'intrusion du soleil qui se faufilait entre palmes et bougainvilliers. Par accord tacite avec les notables de l'île, la chambre de l'aile ouest était réservée à leurs familles, en particulier à l'administrateur, la plus haute autorité de l'Ascension.

L'ambulance arriva quelques minutes après. Harnaché sur une civière, le blessé fut transporté à la chambre. Presque en même temps débouchèrent sur le terre-plein de l'hôpital le major Cunningham dans sa jeep Toyota rouge et Johnson, le chef de la police. Le second était vêtu d'un short kaki et de chaussettes noires remontées jusqu'aux rotules. Deux gardes en uniforme colonial l'accompagnaient. Le secrétaire de l'administrateur, en veston et cravate sombre, était déjà présent, debout non loin des marches du perron.

Se rendant compte de la présence de Cunningham, Johnson ne put réprimer un juron. Il gicla du siège arrière comme un diablotin de sa boîte. Sans prendre le soin de saluer quiconque, mais soucieux de préserver son rang de chef, il demanda à la ronde de sa voix criarde:

– Et Johnnatan? Où est Johnnatan?

Muets, le pilote et le secrétaire dirigèrent leur regard vers lui.

– Ne me dites pas qu'il n'est pas avec vous! glapit de nouveau le policier. Il me faut Johnnatan! Il faut le retrouver immédiatement! Je dois l'interroger séance tenante...

Il se retourna vers l'un des deux gardes qui se tenaient en retrait. De l'index tendu, il lui intima l'ordre silencieux de remonter dans la voiture. La mission était claire : récupérer le malheureux Johnnatan.

La poitrine du chef de la police fut traversée d'un gros soupir. Tout en pivotant mollement sur ses talons, d'un geste brusque des deux mains il tendit sa vareuse vers le bas. Soudain, mû par une démarche rythmée aux frottements de son short trop long sur ses cuisses maigres, il gravit d'un pas solennel les premiers degrés du perron conduisant à la réception de l'hôpital.

Silencieux, le militaire et l'adjoint de l'administrateur étaient restés sur la pelouse. Ils se serrèrent la main d'une poignée franche. Leur regard fut traversé d'une lueur amusée et complice qui traduisait leur sentiment partagé sur l'étrange comportement de Johnson.

Tard dans l'après-midi, l'administrateur, qui représentait l'autorité légale de l'île de Sainte-Hélène dont dépendait l'Ascension, improvisa une mini-réunion. Il y avait convié un Cunningham tiraillé par la faim et passablement de mauvaise humeur.

Le secrétaire, également invité au colloque, était assis en coin de table. Des dossiers en équilibre instable s'amoncelaient sur ses jambes croisées. Tout au long de la journée, heure après heure, il avait tenu au courant son chef hiérarchique du déroulement des opérations.

La réunion venait de débuter depuis dix minutes.

– Et vous prétendez que l'homme a séjourné au moins un mois en mer, docteur?

Confortablement installé dans son fauteuil de cuir souple, l'administrateur dévisageait le chirurgien. Un soupçon de doute restait accroché à son regard de myope qu'il protégeait derrière des lunettes d'écaille. Il ne portait pas de cravate, se permettant cette négligence d'apparat. Un pull-over de cachemire vert enroulé avec désinvolture autour de ses épaules laissait pendouiller ses manches sur une chemise à carreaux d'un jaune clair. Pantalon de toile et souliers de golf complétaient un tableau vestimentaire informel de week-end.

Originaire de l'île de Sainte-Hélène, il devait sa nomination à une volonté farouche qu'il avait toujours su cultiver, se dégageant ainsi du carcan de petit colonial longtemps collé à sa peau. Malgré ses efforts méritoires de bonne camaraderie, lors de ses brillantes études à Oxford, ses compagnons lui avaient souvent fait sentir sa différence en émaillant leurs commentaires des mesquineries de circonstance.

Il reprit de sa voix suave :

– Comment expliquez-vous cela, major? On ne vit pas sans manger ni boire pendant un mois, que diable!

– Qui nous dit qu'il n'avait pas à boire? Que je sache, la science nous a démontré qu'on peut survivre en se nourrissant de plancton!

Conscient de la mauvaise humeur du médecin, d'un geste flou de la main tenant un fume-cigarette, le premier mandataire préféra esquiver la confrontation verbale. Il porta le tuyau d'ambre à sa bouche pour en tirer une longue bouffée. Un nuage grisâtre enveloppa son visage. Il bascula sa tête en arrière.

– Manger du plancton pendant un mois, ça ne nourrit pas son homme! Mais c'est vrai que s'il avait à boire... Il est évident qu'il faudra tirer tout cela au clair dès qu'il sera en mesure de parler.

Son regard se posa de nouveau sur le chirurgien.

– Au fait, sait-on son nom?

Le secrétaire intervint :

– On a trouvé sur lui des papiers d'identité. Apparemment, c'est un citoyen des États-Unis.

Le secrétaire, un Blanc originaire des Bermudes, avait une sainte horreur de cette habitude qui prévaut aux États-Unis d'accaparer le nom « Amérique ». Lui qui était né dans cette île britannique d'Amérique, il se considérait « américain » au même titre qu'un Brésilien, un Costaricain ou un Cubain. « L'Amérique, disait-il souvent, est un continent, non un pays. »

– Quel nom? coupa sèchement l'administrateur.

– J'allais vous le donner. Jordan. William Wilfred Jordan, pour être précis. Il était en possession d'un passeport et d'une carte plastifiée de la sécurité sociale.

– Rien d'autre?

Le secrétaire compulsait ses documents.

– Rien d'autre, mis à part quelques cartes de visite à son nom indiquant qu'il est domicilié en Floride. Plus un portefeuille de cuir vide de tout autre document et une chaîne qu'il avait au cou portant une petite croix sans aucune mention au dos. Il n'avait pas de montre. Ses vêtements, constitués d'un slip, d'un tricot de peau et d'une veste, étaient exempts d'étiquette caractéristique pouvant donner prise à une recherche d'identité plus approfondie.

– En résumé, ce dont on est sûrs, c'est que c'est un Américain.
– C'est cela, un citoyen des États-Unis, ne put s'empêcher de rectifier le secrétaire.

Avec grâce, plus vautré qu'assis dans son fauteuil, l'administrateur faisait face à ses deux invités en cette fin d'après-midi pas tout à fait comme les autres. Une table basse les séparait. Dessus trônait un immense cendrier de quartz rose taillé à même la pierre. L'administrateur le taquinait de temps en temps de son fume-cigarette et créait des vibrations auditives cristallines. Les deux convives se partageaient sagement un large sofa, un bras reposant sur chaque accoudoir. Au-dessus d'eux se trouvait un ventilateur de plafond. Il ronronnait de ses quatre pales paresseuses, brassant un air tiède qu'il projetait sur les boiseries blondes auxquelles s'adossaient de luxuriantes plantes vertes.

– Curieuse affaire, reprit l'administrateur, pensif.

Son regard se perdit au-delà du balcon pris d'assaut par les bougainvilliers en fleurs. Soudain, se redressant, il apostropha son secrétaire.

– Et les documents, vous les avez?

– Les documents du naufragé? Non!... Johnson les a gardés.

– Johnson, le flic? Et pour quelle raison? Et d'abord, qu'est-ce qu'il foutait à l'hôpital?

Cunningham, qui était resté silencieux, émit un ricanement sourd. S'étant levé tôt en ce samedi, il commençait à être fatigué. Il se dit que de toute façon son dimanche était foutu, car il serait obligé de faire acte de présence auprès du blessé à l'hôpital. Il projeta sa tête en arrière, les yeux au plafond. Il murmura de sa voix de basse:

– Quand il y a une connerie à faire, Johnson est toujours présent...

Il était évident que l'administrateur, comme du reste la grande majorité des habitants de l'Ascension, épousait les doutes du chirurgien pilote sur l'aptitude du chef de la police à conduire les affaires attenantes à la sécurité. Mais le plaisir de contrer le militaire prit le dessus. Il biaisa:

– Vous savez, major, il fait son boulot. Après tout c'est un bon policier. Et c'est à lui de dépatouiller cet imbroglio, somme toute pas très compliqué, il me semble. Et s'il y a décès, c'est avec lui que vous aurez affaire pour le permis d'inhumer. Un peu de considération envers la personne...

– D'abord, il n'y aura pas plus de permis d'inhumer que de décès. J'en fais mon affaire. Ensuite, votre bon policier, comme vous l'appelez, est en ce moment en train d'interroger Johnnatan. Comme si ce malheureux était responsable de l'état du naufragé! Demandez donc à votre secrétaire qui était présent lorsque... lorsque...

Il allait dire une grossièreté, mais il se retint à temps:

– ... lorsque votre bon flic a emmené Johnnatan au poste. Je suis sûr qu'à l'heure qu'il est, il le cuisine avec une lampe braquée sur le visage! De plus il s'en est pris à moi parce que le blessé présentait un stade de coma profond et qu'il ne pouvait lui poser les questions de circonstance. Probablement du genre: «Vous entrez en territoire britannique. Avez-vous quelque chose à déclarer?»

Le secrétaire riait de bon cœur, ce qui fit hausser les sourcils à son supérieur.

Cunningham continuait sur sa lancée:

– Et, de toute manière, si jamais le blessé revient à lui et que Johnson lui rend visite, c'est certainement au compte de ses interrogatoires qu'il faudra imputer le décès!

L'administrateur, visiblement courroucé, pointait son fume-cigarette vers son secrétaire.

– Et ça vous fait rire?

Nullement démonté par le ton froid, il lui répondit avec un sourire conciliant:

– À tout considérer, heureusement que c'est une histoire qui finit bien. Le docteur est formel: à un jour près, c'est un cadavre qui flotterait actuellement au milieu de l'Atlantique si le canot n'avait pas été trouvé. Vous, monsieur, qui êtes si attentif à tout ce qui touche l'écologie, pensez à cette pollution que nous venons d'éviter...

Ce fut au tour du colosse britannique de s'esclaffer. Son rire était profond, communicatif. Dans l'intention de reprendre le cours du débat qui lui échappait, perfide, l'administrateur lança brièvement à l'adresse de son subordonné:

– N'essayez pas d'être sarcastique. Cela ne vous sied pas. Mais alors pas du tout! Bon, passons aux choses sérieuses.

Prenant appui sur les deux accoudoirs, il s'arracha péniblement de son fauteuil pour tapoter son fume-cigarette sur le rebord du gigantesque cendrier. D'une flexion, il se mit debout tout en refaisant le nœud de son chandail autour de son cou. Aussitôt, les deux invités se levèrent à leur tour. L'administrateur se tourna vers le chirurgien barbu.

– Rasseyez-vous. J'ai encore deux ou trois questions à voir avec vous. En revanche, vous, dit-il en pointant le tube d'ambre dans la direction du secrétaire, allez me chercher Johnnatan si c'est vrai que cet imbécile de Johnson le retient au poste. Passez également à l'hôpital et vérifiez qui est de garde. Exigez qu'on place une surveillante dans la chambre du blessé en permanence. J'ai bien dit en permanence! Et faites savoir au médecin de garde que je veux un rapport journalier de l'état du malade sur mon bureau, tous les soirs.

Réalisant soudain qu'il n'avait pas associé Cunningham à cette prise de mesures médicales tout en empiétant sur ses prérogatives, en vieux renard il rectifia immédiatement le tir. Comme si de rien n'était, il ajouta avec une douceur affectée:

– Bien entendu, ces mesures sont assujetties au consentement du docteur Cunningham, qui du reste me renseignera bien mieux que tous ces rapports. Mais je veux absolument qu'ils sentent à l'hôpital que nous les gardons sous surveillance.

Il se tourna vers le chirurgien qui avait repris sa position assise:

– Vous n'êtes pas de mon avis, major?

– Si, si! Mais cela ne m'empêchera pas de m'occuper du blessé.

– Mais vous avez parfaitement raison!

Revenant à son secrétaire, il lui posa familièrement la main sur l'épaule pour lui montrer implicitement que sa présence n'était plus nécessaire.

– Bon, au boulot! Et surtout n'oubliez pas de me ramener les documents du noyé...

Se reprenant avec un sourire, il poursuivit:

– ... enfin, pas le noyé, mais c'est presque pareil. Et dites à Johnson qu'il fasse des photocopies des pièces en question si cela lui chante, mais je veux les originaux ici!

Il pointa le tapis d'un geste brusque, faisant tomber la cendre de sa cigarette sur un *dosemealti* aux teintes rouges et bleues que le serviteur de la couronne britannique avait rapporté dans ses bagages à la suite d'un voyage à Ankara en compagnie de députés de la Chambre des lords.

Imprimant une légère pression de ses doigts sur l'épaule de l'aide, il lui murmura:

– Allez! Exécution!

La porte se referma sur le secrétaire, et l'administrateur revint vers le docteur. Il le dévisagea d'un air qui se voulait amical. Il se tenait debout, savourant intérieurement de pouvoir abaisser son regard sur celui de son invité. Car autant l'un était grand, autant l'autre, bien que d'une taille moyenne, apparaissait chétif auprès de cet étalage de chair et de muscles. Côte à côte, il y avait bien trente centimètres de différence en taille et un bon demi-quintal en poids. Un éclair de satisfaction traversa furtivement le regard cerclé d'écailles.

– O.K. À nous deux, maintenant! Racontez-moi tout ce que vous avez observé, docteur! Mais, auparavant, avouez-moi franchement: vous n'avez pas encore mangé, je présume?

Déjà, il agitait la main négativement, arrêtant la tentative muette de Cunningham de refuser l'offre qui lui était faite.

– Laissez. Je vais appeler la gouvernante et on mangera quelque chose ensemble. Je vous accompagnerai, encore que je n'aie certainement pas votre appétit! Au fait, vous aimez le vin rouge argentin? J'ai un excellent blanc que m'a rapporté un de vos équipages, récemment de retour de Port Stanley. Il paraît, mais peut-être le savez-vous déjà, que les Argentins nous ont laissé un nombre considérable de caisses de vin lors de leur retraite des Malouines. En quelque sorte, il s'agit pour nous d'un butin de guerre!

Il partit d'un rire de gorge rocailleux qui se termina par une quinte de toux. De nouveau, le tapis d'Orient reçut sa pluie de cendres.

Arriva le moment du café apporté par la gouvernante. C'était un café fort, dont l'origine brésilienne était facilement décelable pour un connaisseur.

Durant le repas, en vertu d'un accord tacite, à aucun moment il n'avait été question de l'incident du matin. Au contraire, la conversation avait été nourrie pêle-mêle par les événements politiques, les frasques de la famille royale, les élections aux États-Unis ou l'économie chancelante du monde occidental.

De nouveau dans son fauteuil, l'administrateur invita d'un geste son convive à faire de même. Il prit délicatement dans sa main une tasse frappée aux armes du gouvernement de Sainte-Hélène. Levant par-dessus la porcelaine son regard félin de myope, il interrogea presque dans un chuchotement:

– Vous pensez qu'il vivra?

Cunningham avala une gorgée de café.

– Je le pense, sauf complications. Il est sérieusement amoché avec des brûlures au troisième degré, un début d'éventration et des coupures un peu partout. Mais je crois qu'il s'en tirera.

– Des brûlures que vous expliquez comment?

Le médecin haussa les épaules. Il répondit de manière évasive:

– Le plus simplement possible. Créées probablement par une source de chaleur soudaine et intense. Mais je suis médecin, pas investigateur. Pour répondre plus précisément à votre question, je pencherais pour une explosion de moteur ou de chaudière. À l'appui de ma thèse, je précise que j'ai constaté des traces noirâtres de suie ou de cambouis autour de certaines plaies. C'est consigné dans le rapport succinct qui vous sera remis lundi.

– Il s'agit donc d'après vous d'un navigateur qui aurait eu des problèmes en mer avec son embarcation...

– Je n'en sais rien! Je vous le répète, je me borne à des considérations d'ordre médical, rien de plus. Ce que je peux vous préciser, en contrepartie, c'est que le naufragé a eu beaucoup de chance d'être rescapé à temps. Il est actuellement dans un coma profond dû à une déshydratation intense. Mais il ne nécessite pas une assistance respiratoire. Je pense que très vite il va passer au palier de coma réactif. C'est-à-dire qu'il devrait répondre par des mouvements à certaines stimulations. Il se peut tout aussi bien qu'il reprenne pied dans sa vie plus rapidement encore. D'autre part, son regard n'est pas voilé et il recouvrera la vue. Mais je ne peux, à ce stade, me prononcer sur ses chances de récupération, totale ou partielle. Il est à noter que le sujet est fort amoindri par une perte considérable de sang, jugulée il est vrai par plusieurs garrots dont la trace était visible sur les membres inférieurs. Quant au visage, il doit faire l'objet d'une microchirurgie. On a mis le type sous perfusion, bien entendu. Dès demain, je commencerai à recoudre les plaies qui exigent des soins immédiats.

À cet instant, on frappa à la porte du salon qui fut poussée immédiatement et laissa apparaître la tête du secrétaire.

– Je peux?

– Bien sûr! Entrez! répondit l'hôte. Prenez-vous un siège et servez-vous un café. Vous avez loupé un magnifique saumon d'un quart d'heure. Vous avez récupéré les papiers de ce Jordan... Jordan quoi, déjà?

– William Wilfred Jordan. Oui, j'ai les documents avec moi. Tenez, les voici.

Il tendait un sac plastique contenant un portefeuille noir en cuir de crocodile, passablement en mauvais état.

– Je me suis également permis de dire aux adjoints de Johnson...

– Vous leur avez demandé quoi au juste?

– ... de nous rapporter le canot pneumatique. Il est fort

possible qu'il nous donne de plus amples informations sur l'origine de l'accident.

Devinant le sens des propos du secrétaire, Cunningham sortit de son mutisme pour réagir avec vivacité.

– Parce que Johnson n'a même pas pensé à faire une rapide analyse de l'objet? Ce n'est quand même pas croyable!

Visiblement résigné, il hochait la tête de désapprobation. Il ajouta avec un soupir:

– Quand je pense qu'une horloge, même arrêtée, arrive à se rendre utile en donnant l'heure exacte deux fois par jour!

– Quoi d'autre? interrogea l'administrateur qui, baissant ses yeux sur son fume-cigarette, ignorait volontairement le sourire de son adjoint.

– J'ai demandé à Edwards de venir nous rejoindre...

L'administrateur se tourna vers le chirurgien.

– Edwards est notre employé attaché au chiffre[2].

De sa main libre, il fit un geste circulaire en direction de son aide.

– Continuez, s'il vous plaît.

Le secrétaire reprit le cours de son exposé.

– J'ai donc pensé qu'Edwards nous sera utile pour informer Londres. L'affaire me paraît suffisamment compliquée pour éviter les canaux de communication classiques. Étant donné que nous disposons du nom du malheureux, autant avertir le Foreign Office[3] immédiatement, qui transmettra l'information s'il le juge nécessaire à ses partenaires aux États-Unis. Il est probable que la famille du rescapé le croie mort depuis longtemps. Autant qu'elle soit prévenue.

– Ouais... vous avez probablement raison.

– Je suis également passé à l'hôpital comme vous me l'aviez demandé. J'ai transmis vos ordres qui seront appliqués dès ce soir. Le médecin de garde a été étonné de ces mesures exceptionnelles. Il s'imagine qu'il y a de l'espionnite dans l'air. Il échafaude déjà des scénarios de film.

– Eh bien, laissez-les y croire! ironisa le chef de la diplomatie à l'Ascension. C'est très bien comme ça. Ainsi, ils seront sur leurs gardes et feront le boulot qu'on leur demande de faire. Venez vous asseoir avec nous.

---

2. Service spécialisé dans l'envoi de messages codés.

3. Ministère des Affaires étrangères en Grande-Bretagne.

CHAPITRE 2

Tôt le lendemain matin, Cunningham se rendit à l'hôpital. L'Indien en sandales traînait dans les couloirs, certainement plus par curiosité que par nécessité professionnelle. Le chirurgien le salua d'un signe de tête. Il l'ignora pour le reste. D'un pas lourd, il se dirigea vers la salle de réunion. Anna était là. Le docteur l'aimait bien, car, de toutes les infirmières, c'était la plus compétente. Elle méritait amplement son titre d'infirmière en chef.

Vêtue d'une blouse blanche immaculée sur des chaussures de caoutchouc ivoire, elle s'était accordé une petite fantaisie vestimentaire: des chaussettes roses et un ruban de la même couleur qui rehaussait sa chevelure ondulée. Des pommettes saillantes héritées d'un père à moitié portugais originaire des îles du Cap-Vert donnaient à son sourire une jovialité de bon aloi.

Elle le regardait de ses yeux rieurs.

– Vous n'aurez pas le temps de servir la messe ce matin, docteur. Vous avez du pain sur la planche!

– Bonjour, Anna. Comment va-t-il?

– Il a passé une bonne nuit. Je ne suis pas de garde aujourd'hui, mais je suis venue tout de même. L'administrateur a donné des consignes fort strictes hier soir. Je préfère vérifier moi-même le bon fonctionnement de tout le dispositif d'urgence mis en place. Vous savez...

Elle montra du regard le médecin hindou.

– Il est gentil, mais...

– Je vous comprends. Lui avez-vous fait administrer des calmants?

– Juste une injection de morphine très légère et son lot d'antibiotiques. Le minimum, quoi! On l'a nettoyé et nous avons changé les premiers pansements. Certaines plaies sont fort vilaines. Mais, à mon avis...

Cunningham acquiesça sans la laisser terminer sa phrase.

– Oui, oui... Moi aussi, je suis convaincu qu'il s'en tirera. C'est une question de patience... et de soins. Que donnent les radios? Pas de cassures?

– Non, aucune.

– Au niveau facial non plus?

– Pas de problème non plus. Vous pourrez recoudre... et à petits points! Car, au vu des mesures de sécurité prises, il s'agit d'un VIP!

Son rire clair prit possession de la pièce, donnant vie à une dentition parfaite qui paraissait s'approprier les premiers rayons du soleil matinal. Le bistre du visage se revêtit d'une complicité presque juvénile. Le docteur lui renvoya son sourire.

– Venez, on va lui rendre visite ensemble.

La chambre était plongée dans une semi-obscurité. L'exposition étant à l'ouest, le soleil chaud du matin n'avait pas encore accès aux fenêtres au travers desquelles il pénétrait l'après-midi. Les murs blancs et le mobilier clair atténuaient la rudesse de la pénombre. L'homme était allongé sur le dos, sous perfusion, les yeux clos. Les deux bras recouverts de bandages reposaient inertes près du corps. Une conduite plastifiée courait le long du biceps gauche pour se nourrir à la bonbonne de liquide suspendue par une tige d'acier. La tête portait un large pansement qui lui couvrait partiellement le front. De chaque côté du faciès s'étalait de la gaze auréolée de sang séché soutenue par d'épais croisillons de sparadrap.

Cunningham s'approcha avec précaution du lit. Par une pression des doigts à la base du cou, il prit le pouls. Il suivit un instant la course de l'aiguille sur le cadran de sa montre et conclut dans un chuchotement:

– Pouls normal.

Anna était en retrait, les mains jointes sur le devant de sa blouse. Elle tenait entre ses doigts le dossier médical qu'elle venait de préparer sur le malade.

Le chirurgien revint sur ses pas pour jeter un regard rapide au panneau des températures disposé au pied du lit. Il se porta à nouveau à la hauteur du blessé. Soulevant du pouce une des paupières, il dévoila un œil sans vie. Il sortit de sa poche intérieure une lampe électrique aussi fine qu'un portemine et se pencha pour examiner l'iris. D'un geste lent, il saisit le drap pour le descendre jusqu'aux jambes, découvrant un corps maigre recouvert d'un impressionnant pansement au niveau de l'abdomen.

La voix cristalline d'Anna lui rappela sa présence.

– C'est une brûlure au second et troisième degré, doublée d'une éventration partielle. Il y avait infection.

Cunningham hochait la tête.

– Je vois... je vois...

Il retira complètement le drap. Les jambes et les pieds apparurent. Des compresses stérilisées recouvraient les extrémités et une partie de la cuisse gauche.

– Brûlures également?

– Oui. Second et troisième degré.

D'un large mouvement du bras, il recouvrit le patient. Anna s'approcha, protectrice, maternelle. Posant le dossier sur la couverture au bas du lit, elle enfouit les pans du drap sous le matelas. Le docteur se saisit du dossier médical et le parcourut d'un regard aigu. Sa lecture fut rapide. Il le tendit à Anna.

– C'est du bon boulot. Merci pour votre aide, Anna. Je vais l'opérer aujourd'hui. D'abord, clôturer cette éventration. Ce serait vraiment bête qu'il nous trépasse entre les doigts à la suite d'une infection, alors que, comme Moïse, il a été sauvé des eaux!

De sa longue démarche, il se dirigea vers la porte. La poignée dans la main, il se retourna vers l'infirmière et s'adressa à elle à voix basse:

– Je vais passer ma blouse. L'intervention aura lieu à neuf heures trente. Merci de préparer le bloc opératoire. Prévenez Suzy pour vous seconder et McCulloch pour la réanimation.

À quinze heures, Cunningham appela l'administrateur. Il l'avertit que l'opération s'était déroulée sans complication et que l'état stationnaire du blessé était bon signe. Le chirurgien précisa qu'il en avait profité pour panser certaines autres plaies de moindre importance. Il conclut qu'il était en mesure d'espérer une reprise de conscience du malade pour le milieu de la semaine prochaine au plus tard. L'administrateur le remercia, ajoutant de sa voix suave où pointait l'intonation mondaine dont jamais il ne se départait:

– J'ai fait envoyer les messages concernant votre patient par Edwards au chiffre. J'attends la réponse. Probablement mardi, considérant que nous sommes dimanche et que la Blanche Albion se repose. Je vous tiendrai au courant.

– Merci, mais je précise que, mis à part les mains et les doigts qui sont salement touchés, plus le visage qui nécessite de la microchirurgie, j'envisage qu'il sera d'aplomb en milieu de semaine pour nous raconter ses aventures. Je suis certain que cela en passionnera plus d'un à l'Ascension!

– Vous pouvez parier là-dessus! Et encore merci pour votre aide précieuse.

Ils raccrochèrent.

Ce fut le mardi matin aux aurores que Cunningham fut brutalement tiré du lit par la sonnerie stridente du téléphone. Il crut tout d'abord à un exercice d'alerte de la base, comme il en arrivait périodiquement. Le temps de rejoindre d'un pas mal assuré le combiné posé sur un guéridon à l'entrée, il réalisa que cela pouvait être également l'hôpital. En un éclair, il envisagea tout et le pire.

C'était Anna. Tendu, il demanda:

– Qu'est-ce qui se passe?

Sa voix résonnait sur la ligne.

– Rien de grave.

L'infirmière percevait la tension du chirurgien à l'autre bout du fil. Elle chercha avant tout à le rassurer.

– Térésa, l'infirmière sud-africaine, vient de m'appeler. Je l'avais placée de garde auprès de votre malade cette nuit. Il semble, suivant la formule consacrée, qu'il vient d'ouvrir un œil...

Le docteur retrouvait tous ses esprits. Son souffle était court.

– Il a parlé?

– Non.

– Dites immédiatement à Térésa de ne laisser entrer personne. Je serai là dans une demi-heure.

– Alors, passez me prendre. Je suis presque prête, déjà.

Le chirurgien conduisait vite. Un mille tout au plus séparait l'hôpital de la maison d'Anna. Ils stoppèrent sur le terre-plein pour s'engouffrer aussitôt dans le grand bâtiment. Ils franchirent au pas de course le long corridor menant à l'aile ouest et arrivèrent essoufflés à la porte de la chambre du malade. Avec précaution, le docteur l'ouvrit. Il s'esquiva pour laisser passer Anna.

La pièce était plongée dans l'obscurité. Térésa, la métisse sud-africaine, était assise sur une chaise face au lit, les mains bien à plat sur les genoux. N'ayant pas entendu le docteur et Anna entrer, elle sursauta lorsque le chirurgien s'adressa à elle en chuchotant.

– Il dort?

– Oui. Mais il a ouvert les yeux vers cinq heures. J'ai averti immédiatement Anna comme elle me l'avait demandé.

– Vous avez bien fait.

Il s'était approché du blessé. Il entendait son souffle régulier.

Dans une immobilité impressionnante, la tête entourée d'une large bande Velpeau, il reposait sur un oreiller épais. Une touffe de cheveux pointant sur le haut du crâne rappelait comiquement une botte de poireaux. Les joues meurtries disparaissaient sous des pansements légers. Posées sur le dessus du drap, les deux mains étaient enserrées dans leur sarcophage de tulle blanc.

Cunningham reprit son comportement de médecin traitant. Il palpa le cou du patient et examina la pupille à la lampe en soulevant de son pouce la paupière gauche. À cet instant, l'œil droit s'ouvrit, surprenant le chirurgien dans son geste. L'iris était d'azur. Le regard fixe se braqua vers le plafond.

Un silence humide régnait dans la pièce. Progressivement, le regard descendit vers Cunningham qui se tenait au chevet du blessé, pour glisser ensuite vers Anna.

Elle s'approcha avec d'infinies précautions et se pencha vers l'homme avec un sourire.

– Comment vous sentez-vous? s'enquit-elle en détachant les syllabes.

Le chirurgien surveillait la scène. Avec satisfaction, il remarqua que, lors du déplacement d'Anna vers le lit, le regard de l'homme avait suivi le mouvement. Mais il semblait qu'il regardait au travers de l'infirmière, sans la voir, l'œil n'évaluant pas encore les distances. Anna releva légèrement son buste et se tourna vers Térésa.

– Vous lui avez administré des calmants, cette nuit?

– Non, pas cette nuit. Juste les antibiotiques hier soir.

Anna reporta son regard vers le blessé, qui venait de fermer les yeux.

– Vous m'entendez? fit-elle tout bas en se baissant à nouveau vers lui.

Les paupières s'ouvrirent, laissant apparaître le bleu mouillé de l'iris. La pupille chercha la distance et l'apprécia. Soudain, son regard se fit plus humain, plus palpable, animé d'une vie intérieure.

Anna répéta la question. Il y eut un battement de cils. Pesant, le silence s'était imposé de nouveau dans la pièce. Par-dessus le corps recouvert du drap, Anna échangea un long regard avec Cunningham. Les yeux du blessé cherchèrent ceux d'Anna et s'y accrochèrent comme un oiseau en difficulté. La bouche s'arrondit et l'homme fit entendre le son de sa voix, presque inaudible. Il parlait anglais.

– Que s'est-il passé?

Anna était toujours penchée au-dessus de lui.

– Vous avez eu un accident. Mais vous êtes tiré d'affaire, maintenant. C'est le docteur Cunningham qui vous a opéré. Comment vous sentez-vous?

La question fut suivie d'un silence. Le regard repartit vers le plafond et de nouveau le chuchotement cassé leur parvint.

– Je ne sais pas. Qu'est-ce que j'ai aux mains? Je n'arrive pas à les bouger.

Cunningham intervint pour la première fois :

– Vous avez été brûlé. Il vous faudra de la patience, mais les sensations vont revenir.

L'homme tenta vainement de soulever un de ses bras.

– N'essayez pas, lui conseilla Anna en posant sa main sur son épaule. C'est lourd et vous êtes fatigué. Il faut vous reposer.

– Mais je ne les vois pas...

– Elles sont bien là. Mais elles sont bandées. Tenez, regardez!

Délicatement, elle lui prit un des membres et le souleva légèrement. Le regard de l'homme tenta avec peine de suivre la manœuvre. La tête avait du mal à répondre à l'effort demandé. Cunningham s'en rendit compte. Il l'aida en glissant sa paume sous la nuque. Rassuré, le blessé eut un relâchement des muscles. De nouveau, les yeux partirent au plafond. Ils s'y accrochèrent un court instant pour revenir sur Anna. L'homme dit, avec une voix qui semblait plus soutenue :

– Quel accident?

– Nous ne savons pas, répondit-elle doucement. Vous avez été repêché en mer au large de l'île de l'Ascension.

– ... Asunción?

– Non, l'Ascension. Une île au milieu de l'Atlantique.

– ...

– L'Ascension appartient à la Grande-Bretagne. Elle se trouve entre l'Afrique et l'Amérique du Sud.

Tout en parlant, Anna surveillait les réactions sur le visage du malade. Elle constata que le regard prenait de la lumière. L'azur au fond de la prunelle s'éveillait. Le corps fut parcouru d'un léger mouvement. Les lèvres s'entrouvrirent.

– L'Ascension... près de Sainte-Hélène?

– Oui, bravo! Je suis très heureuse que vous connaissiez, dit-elle avec un sourire. Vous avez besoin de reprendre des forces. Nous allons vous laisser vous reposer.

Elle jeta un coup d'œil vers Cunningham, cherchant son assentiment. À cet instant, l'homme fut pris d'une agitation inquiétante.

– Attendez!

C'était une supplique. La voix était ferme. Le blessé tenta de bouger ses mains.

– Attendez! Depuis quand suis-je ici? Expliquez-moi ce qui m'est arrivé!

Le front se couvrit de moiteur, signe de tension interne. Anna chercha à nouveau les yeux de Cunningham. Le regard du blessé se fit plus pressant, allant de l'un à l'autre. Ému à son tour, le chirurgien lui prit l'épaule. Il le dévisageait avec intensité.

– On ne sait pas ce qui s'est passé. Vous seul pouvez nous aider à comprendre. De toute manière, quoi qu'il soit arrivé, cela s'est produit il y a un mois à peu près. Et vous avez été retrouvé il y a trois jours. Sans doute étiez-vous sur un bateau qui a pris feu en mer. Vous avez tout juste eu le temps de sauter dans un canot de sauvetage.

L'homme écoutait. Malgré son état physique, son attention était éveillée. Il faisait un effort visible pour suivre les explications. Le chirurgien interrogea de nouveau:

– Vous faites du bateau?

– ...

– Vous savez naviguer?

– Oui... je pense.

Il semblait pris dans les chemins tortueux de ses pensées. Après un court silence, les yeux revinrent vers Cunningham. La voix se raffermissait de plus en plus.

– Oui, je pense que je sais me servir d'un voilier.

– Vous n'en êtes pas sûr?

La question était posée calmement, mais l'intonation trahissait une attention redoublée. La tête du rescapé se tourna légèrement vers le praticien.

– Je ne me souviens pas. Mais je pense que je sais...

– Vous ne vous rappelez pas avoir eu un accident? Vous être brûlé?

– Non... je ne crois pas.

– Pourquoi dites-vous que vous ne croyez pas? Vous n'en êtes pas sûr?

– C'est flou dans ma tête. Je ne sais plus...

Il y eut un silence. La tension monta d'un cran. Soudain l'homme lâcha d'un trait:

– Je ne me souviens plus... je ne me souviens plus si je sais ou si je ne sais pas!

Il y eut un nouveau silence entrecoupé par la respiration lourde du blessé. Le drap blanc se soulevait au rythme saccadé des poumons. Le regard de Cunningham se durcit. Il réalisa qu'un élément bouleversait l'ordre des choses dans cet esprit à peine sorti d'une léthargie comateuse. Une lueur de panique traversa les yeux bleu intense. Le chirurgien se pencha, la main sur l'épaule se faisant plus lourde afin de rassurer le blessé par sa présence. Il lui murmura à l'oreille:

– Calmez-vous...

Anna s'était rapprochée. Ses yeux inquiets passaient de Cunningham au patient dont le visage se couvrait de gouttes de sueur. De son mouchoir, elle lui tamponna le front.

– Calmez-vous, lui répéta-t-elle, nous sommes là pour vous aider.

Le blessé lui jeta un regard où se lisait un intense désespoir.

– Qu'est-ce qui vous tracasse? eut-elle le temps de lui demander.

Ce fut un cri qui jaillit de la poitrine de l'homme:

– Je ne me souviens plus de mon nom!

CHAPITRE 3

À l'Ascension, les distances sont fortement raccourcies. Le déplacement depuis le bureau du colonel n'avait duré que quelques minutes.

Passé les hautes grilles imposantes de l'entrée, la limousine ralentit pour parcourir les cent mètres d'un petit chemin de terre zigzaguant entre les pelouses. Elle s'immobilisa face à l'entrée principale, dans le crissement des pneumatiques sur le gravier clair. Un domestique s'empressa de descendre l'escalier de marbre pour ouvrir la porte du côté de Cunningham. Le colonel fut aidé par son chauffeur. Dès qu'ils pénétrèrent dans la Résidence, un second domestique vint à leur rencontre. Visiblement, ils étaient attendus.

La Résidence était une immense demeure centenaire, sans fantaisie de couleurs ni motifs ornementaux. Elle présentait beaucoup de sobriété dans sa façade tirant vers la mélancolie, percluse dans ses cloisons latérales de vieux lierre cuivré. Un second regard plus indulgent permettait néanmoins de percevoir la présence d'un charme anachronique dans un curieux mariage de style victorien austère et de légèreté coloniale, agrémenté d'une impression de langueur ou de temps suspendu. Avec un rien d'imagination, il était facile de se représenter la grande bâtisse surgissant au détour d'une boucle du Mississippi aux eaux boueuses, lotie auprès d'un embarcadère de bois pour bateaux à roue.

Une belle balustrade ombragée courait tout autour de l'édifice, ravivant dans l'esprit les siestes voluptueuses des premiers colons. Entre une rangée de colonnades torsadées rythmant l'espace et le temps, de larges fenêtres s'ouvraient sur la véranda et laissaient filtrer au travers de grandes percées de lumière la suavité de l'air, frais et léger, en provenance du parc plongé dans le silence.

Cunningham marchait derrière son supérieur. Avec un étonnement chaque fois renouvelé, il admirait ces hauts murs tendus de flanelle gaufrée, recouverts de monumentales peintures anglaises du siècle passé. Une grande majorité représentait la campagne du Sussex baignée dans la lumière diffuse d'un après-midi britannique. Des vaches grasses aux teintes mordorées broutaient une herbe encore humide. Le détail des arbres atteignait une telle perfection au niveau de la feuillée que, suivant l'angle sous lequel le tableau apparaissait, l'effet de relief laissait le visiteur abasourdi.

Évitant le somptueux escalier à double rampe et la balustrade de bois, disposés symétriquement par rapport au porche, le serviteur s'enfonça dans les profondeurs du domaine. Les deux hommes marchaient à sa suite.

Ils parcoururent plusieurs salons reliés entre eux par un interminable corridor, balisé à intervalles réguliers de bronzes flamands posés sur des consoles en demi-lune Belle Époque, taillées dans une alliance de bois exotique naturel et fer battu. Un second escalier, bien plus modeste, pointait sa rampe de bois blond. Ils l'empruntèrent pour finalement s'arrêter devant une impressionnante porte travaillée d'un seul tenant, dont la provenance africaine était facilement perceptible par les motifs de chasse sculptés à même la matière.

Le serviteur se retourna vers les deux visiteurs. Il sourit, paraissant rassuré par leur présence, comme si la traversée de la Résidence relevait de l'exploit. Il semblait minuscule auprès des deux militaires. Le handicap de sa taille l'obligeait comiquement à basculer en arrière sa grosse tête aux yeux globuleux.

Son sourire s'évanouit tout aussi vite qu'il était apparu. Respectueusement, il appuya sur un bouton de sonnette placé au milieu d'un étrange système de trois petites lampes témoins, rouge, verte et orange.

– On est arrivés au croisement de Piccadilly Circus[4], marmonna le médecin dans sa barbe.

Le colonel ne releva pas le trait d'esprit.

La lumière verte s'alluma. Sans bruit, la porte s'ouvrit électriquement, laissant apparaître une seconde porte molletonnée de rouge que le serviteur s'empressa d'ouvrir.

Il s'effaça immédiatement pour laisser passer les deux arrivants.

---

4. Place renommée du centre de Londres.

Le bureau de l'administrateur, éclairé par une large baie vitrée, dominait une partie du village. Le port, avec son môle de pierre et ses grues décharnées, se prolongeait à la limite de la mer argentée.

Cette pièce tenait à la fois de la tour d'ivoire et du donjon de Londres, un peu à l'image de ces lieux de prédilection des grands vizirs de la politique persane du siècle précédent qui, ignorant volontairement les souffrances du monde qui les entourait afin de mieux asseoir une autorité partiale, saupoudraient leur pouvoir d'une longanimité d'apparat.

Jouant de ses rayons affaiblis, le soleil cherchait à pénétrer la pièce une dernière fois en se faufilant entre les palmes ciselées et nonchalantes animées par la brise du soir. Du parc entourant la Résidence, la rumeur métallique d'une tondeuse à gazon leur parvenait par vagues. Tout respirait le calme et la sérénité. C'était dans cette pièce que se prenaient toutes les décisions relatives à la vie de l'Ascension. C'était ici que se faisaient et se défaisaient les carrières. C'était de ce bureau que partaient la plupart des ordres politiques qui s'immisçaient dans l'intimité de chaque chaumière, chaque famille, chaque habitant.

L'administrateur releva la tête. Ses yeux striés de chat siamois, protégés par des lunettes à monture claire, se posèrent froidement sur le tandem qui pénétrait. Son secrétaire, vêtu de sombre, était assis à droite du bureau. Il prenait des notes, les coudes posés sur une extension de la table. Il tourna légèrement la tête et salua les nouveaux arrivants d'un franc sourire. L'administrateur se souleva à peine, tendant sa main par-dessus le bureau.

– Toujours amateur de café fort, je présume? dit-il en s'adressant à Cunningham.

Sans attendre de réponse, il se tourna vers l'officier supérieur.

– Vous aussi, colonel?

– Volontiers, mais avec un nuage de lait pour moi.

– Nous avons ça aussi, lui renvoya l'administrateur, un semblant de sourire caustique apparaissant sur ses lèvres minces. Je vais donner les ordres, ou plutôt non... mon secrétaire va s'en charger.

Le premier responsable de l'île réintégra son fauteuil à bascule. Avec une lenteur exaspérante et voulue, ses longs doigts de pianiste farfouillèrent sur le meuble à la recherche d'un objet inexistant. Faisant mine de réaliser soudain que les deux hommes étaient encore debout, il les invita du geste à prendre place face à lui.

Le secrétaire revint, suivi de la camériste portant un service à café de porcelaine blanche. Elle le déposa sur une console basse près de la table de travail. Immédiatement, l'adjoint s'empressa de servir chacun selon ses préférences.

L'imposant bureau de l'administrateur était partiellement recouvert de dossiers de différentes couleurs. Un petit nombre étaient alignés face à lui, probablement dans un ordre préférentiel ou d'importance. Il tendit la main vers l'un d'eux, que Cunningham reconnut comme étant le rapport journalier d'Anna sur l'état de son patient de l'aile ouest.

– Je constate qu'il y a une évolution satisfaisante, commença sans ardeur particulière le magistrat tout en parcourant distraitement les notes. Vous vous êtes complètement investi dans votre tâche, docteur, et le résultat est là!

Malgré un début de discours encourageant, il levait vers lui un regard sans complaisance. Baissant les yeux, il ajouta dans un murmure:

– Tout le monde a compris, je pense, que je parle de votre blessé, William Jordan. William Wilfred Jordan, pour être tout à fait exact, comme dirait mon secrétaire.

Cunningham perçut l'intonation particulière qui s'était infiltrée dans le dernier propos de l'administrateur. Il n'en comprenait pas encore le sens. Sur ses gardes, il répondit à tout hasard:

– Merci. Mais on ne peut pas dire que je sois débordé de ce côté-là. Je me suis particulièrement occupé de ce patient, en effet, mais la nature des blessures exigeait un traitement adéquat et rapide. Peut-être...

Lisant dans sa pensée, l'administrateur le coupa:

– Rassurez-vous, je ne vous accuse de rien du tout. Surtout pas de perdre votre temps. Au contraire! Votre engagement mérite tout simplement une mention et je tenais à le souligner ici. En fait, vous lui avez sauvé la vie à ce... à ce Jordan!

– Il ne faut rien exagérer.

L'hôte de la Résidence se replongeait dans la lecture du rapport. Il ajouta sans lever les yeux:

– Votre modestie vous honore, major. Mais, même si ce dossier est complet, j'aimerais que vous me donniez votre sentiment sur le malade. Après tout, de nous tous, c'est vous qui le connaissez le mieux.

Il avait énoncé cela d'un ton calme, presque badin, apparemment sans arrière-pensées. Mais Cunningham avait trop l'expérience de la nature humaine pour ne pas se rendre compte du sarcasme voilé qui accompagnait cette politesse de salon. Pendant un court instant, il se sentit en danger. Instinctivement, il se plaça sur la défensive.

– Alors? demanda son interlocuteur qui venait de reposer le dossier tout en relevant la tête.

Il avait le regard fixe et sans expression. Calmement, il enfouit son menton dans le creux de sa main accoudée au bureau et attendit que son invité prenne la parole.

Trois semaines s'étaient écoulées depuis la première conversation que Cunningham avait eue avec Jordan. Il se concentra. Il lui fallait répondre vite et de manière précise. Il essaya de se remémorer les derniers événements. Ce matin encore il lui avait rendu visite. Son état général était stationnaire, avec une évolution rapide de la cicatrisation de l'abdomen et des brûlures au troisième degré particulièrement rebutantes et douloureuses. On pouvait même avancer que les différentes opérations pratiquées sur le blessé s'étaient soldées par un bilan extrêmement positif.

La semaine précédente, le chirurgien avait assisté au retrait des points de suture. Le torse nu, l'homme était apparu avec une belle cicatrice rougissante qui lui courait en diagonale du bas-ventre au plexus. Fort heureusement, aucun organe vital n'avait été touché. De même, les plaies aux jambes n'inspiraient plus d'inquiétude, bien qu'une gêne de la motricité des membres inférieurs fût encore décelable.

C'était le visage qui avait requis le plus d'attention. Il y avait eu cinq séances de microchirurgie esthétique, compliquées par la proximité des brûlures. Heureusement, la morphologie faciale du blessé se prêtait aux interventions. Ainsi, au-delà d'une chirurgie de rajeunissement qu'il avait apprise sur les bancs de la faculté et qui consistait en quelque sorte à tirer la peau, le chirurgien avait cherché à appliquer une thérapeutique vraie, puisée aux sources mêmes d'une médecine moderne. Ainsi, il avait redonné une dimension et une expression à ce visage qui n'en avait plus. Cunningham, par éthique professionnelle, n'était pas homme à afficher une autosatisfaction prématurée. Toutefois, conscient d'avoir bien travaillé, il était fort satisfait des résultats.

Les seuls soucis que rencontrait encore le docteur concernaient la profondeur des brûlures aux mains et aux doigts et surtout l'amnésie qui persistait. Dans le premier cas, des greffes de peau avaient été faites avec succès. Pour le reste, il fallait s'armer de patience, car le processus de guérison pouvait être long.

Dans un monologue technique long d'une vingtaine de

minutes, Cunningham énuméra et expliqua la nature des interventions chirurgicales. Il détailla les divers soins qui avaient été prodigués au blessé tout en donnant son avis sur les résultats d'analyses. Il conclut son exposé en évaluant les chances de rétablissement du patient, sans oublier d'énoncer les séquelles qu'on pouvait redouter. Bien entendu, il ne manqua pas de mentionner que, tout au long de ces trois semaines, il avait été admirablement secondé par Anna.

L'administrateur n'avait pas bougé, ses yeux sans expression plantés dans ceux du chirurgien. Dès que le médecin se tut, le premier responsable de l'île se redressa légèrement, le menton quittant le logis de la paume.

Il se mit à compulser de nouveaux dossiers. Il les ouvrait et les refermait. Le silence s'intensifia autour des deux invités réunis pour une raison précise, mais qui ne leur avait pas été encore signifiée. Le froissement des pages tournées d'un index impératif égratignait la quiétude d'une soirée qui s'annonçait longue. Le soir tombait. L'administrateur tendit sa main pour allumer la lampe de bureau, renforçant ainsi l'intimité de cette réunion. Attablé en coin, tête baissée, le secrétaire écrivait toujours.

Finalement, la voix laconique, pompeuse et un rien désagréable s'éleva derrière le bureau.

– Je vous ai fait venir, major, en compagnie du colonel McPherson dont vous dépendez, car vous avez été partie prenante dans cette affaire de rescapé, qui a débuté le jour où on l'a débarqué au port. Comme vous vous en doutez, après notre entrevue vieille de trois semaines, mon secrétaire et moi-même avons mis en place la cellule de recherche qui s'imposait, en liaison directe avec le Foreign Office. Ceci afin d'éclaircir le mystère qui entoure William Wilfred Jordan.

L'obscurité tombait vite. Les premières lueurs de la ville se distinguaient depuis la grande pièce. L'air avait fraîchi. Le premier magistrat de l'Ascension se leva. Sans un regard pour ses deux invités, il contourna avec nonchalance l'imposant bureau pour aller tirer les lourds rideaux protégeant la baie vitrée. Encore debout, il poursuivit de sa voix monocorde :

– Nous avons examiné attentivement le bateau de survie, comme nous en avions parlé ensemble. De prime abord, les résultats furent maigres. Le dinghy portait bien la mention d'une compagnie aérienne charter d'Amérique du Nord. Investigations faites, il s'est avéré que cette compagnie a cessé ses activités depuis trois ans. Du reste, ces bateaux de survie peuvent être acquis dans tous les surplus d'armée ou dans les magasins d'accastillage. C'est donc une piste que nous avons vite abandonnée.

Il revint à son bureau, s'assit avec une certaine délicatesse et poursuivit :

– Nous avons orienté nos recherches vers les bateaux de plaisance qui auraient pu sombrer dans les parages, ou tout au moins, perdre l'un de leurs équipiers. Nous avons étendu nos investigations du côté des cargos et autres bâtiments de mer. Nous avons fait vérifier tous les comptes rendus d'avarie concernant l'Atlantique au cours des deux derniers mois auprès des assurances maritimes du monde entier. De son côté, le Foreign Office interrogeait les capitaineries portuaires des deux hémisphères de cet océan. Un travail de titan. Mais, là aussi, je dois reconnaître que nous avons fait chou blanc. Restaient les compagnies aériennes. Il y a eu trois accidents aériens au cours des deux derniers mois. Deux se sont produits hors des limites géographiques de l'Ascension. Par conséquent, ils s'éliminaient d'eux-mêmes. Le troisième a bien eu lieu, si on peut dire, dans notre région. À quatre mille kilomètres près, au large du Venezuela pour être précis. Cela s'est passé il y a huit semaines aujourd'hui, ce qui corroborerait votre appréciation des faits, en particulier quant au temps passé par le naufragé sur son esquif de caoutchouc. Il s'agissait d'un avion de ligne d'un pays sud-américain. Les autorités du pays en question ont imputé l'accident à un attentat à la bombe, d'ailleurs revendiqué par un groupe fanatique. L'appareil a explosé en plein vol et on ne dénombre aucun survivant. Bien entendu, le manifeste passager a été passé au crible. On n'y a trouvé personne du nom de Jordan.

L'administrateur avait réuni ses deux mains face à lui et entrecroisé ses doigts. Tour à tour, ses yeux de myope se posaient sur le visage de l'un des deux militaires. Il mesura son silence, puis reprit d'un ton calme, le regard dur.

– Il a fallu la sagacité d'un membre du Foreign Office, un jeune stagiaire peu au fait des subtilités du métier, comme c'est souvent le cas, pour trouver une piste, provenant précisément du manifeste de cet avion qui avait disparu corps et biens. La réalité était toute simple, et personne auparavant ne s'en était rendu compte : il y avait eu inversion des lettres ! Je m'explique... En révisant la liste des passagers, le jeune homme s'était aperçu que deux personnes sur les cent quatre-vingt-douze que contenait cet appareil, équipage compris, possédaient deux prénoms commençant par un W. Le premier était écarté au profit du second qui se prénommait W.W. Nadroj.

Le regard de myope scrutait les deux visages des militaires.

– Nadroj! C'est-à-dire Jordan en inversant les lettres. Dans quel but, ce stratagème? Je ne le sais pas encore. Mais tôt ou tard je le saurai.

Cunningham et le colonel étaient silencieux, tendus à l'extrême. Eux aussi cherchaient à comprendre les raisons qui avaient poussé l'inconnu du dinghy à se faire enregistrer sur le vol en utilisant l'anagramme de son nom. Cunningham, mal à l'aise, réfléchissait à toute vitesse, pressentant qu'il allait être sur la sellette dans les secondes qui allaient suivre. Le silence fut rompu par le colonel McPherson, qui se tourna vers son subordonné:

– Êtes-vous sûr de l'amnésie de votre patient, major? Je veux dire, sûr à cent pour cent?

Grave, le docteur le fixa. Il répondit sans baisser les yeux:

– Je me suis déjà expliqué là-dessus. Je ne suis sûr de rien. Ce que je peux révéler en revanche, c'est mon sentiment: le malade me paraît sincère. Il traverse des moments délicats, qui se concrétisent par des crises de dépression. C'est consigné dans le rapport, d'ailleurs. Et ce n'est pas moi qui l'ai rédigé! A priori, si on se trompe, on est plusieurs. Ceci étant, il se peut que le patient soit un génie de la dissimulation et qu'il nous mène tous en bateau. Mais à son stade médical, je parle de ses blessures physiques, permettez-moi d'en douter.

Il y eut un silence. Haussant les épaules, il ajouta comme pour se convaincre:

– Non! Ce n'est pas possible...

Le colonel revint à la charge:

– Pas possible d'après vous. Très bien! Vous êtes donc persuadé qu'il ne joue pas la comédie. Exact?

Agacé, Cunningham croisa ses grands bras sur sa poitrine, regarda un point perdu au plafond, puis tourna la tête à nouveau vers McPherson.

– Je vous le répète, mon colonel, je ne suis sûr de rien. Je peux avoir mes doutes, mais ne me faites pas dire ce que je n'ai pas dit! Maintenant, puisque vous insistez, je veux bien vous exprimer mon intime conviction: ce type ne joue pas la comédie!

L'administrateur l'interrompit sèchement:

– Soyez plus explicite. De quels éléments disposez-vous pour en être aussi certain?

Le médecin se redressa vivement. L'irritation pointait dans son regard.

– Écoutez, monsieur, j'étais présent quand il a prononcé ses premières paroles. Il sortait du coma... et on n'entre pas dans le coma volontairement comme au pub du coin pour y boire un coup! Passons... Je suis toubib et je pense avoir une toute petite expérience de certains cas pathologiques. Des comédiens à l'armée qui se faisaient porter malades pour éviter des affectations délicates, j'en ai connu! Et certains étaient fortiches... Cela dit, Anna était présente le jour de sa sortie de l'inconscience. Le malade a échangé quelques phrases avec nous et, soudain, ne se souvenant plus de son nom, il a paniqué. De toute manière, messieurs, un gus qui est brûlé au troisième degré, partiellement défiguré, sous perfusion, avec des plaies béantes un peu partout sur le corps, un gars qui souffre le martyre à cause d'une éventration à peine colmatée n'a pas les ressources physiques pour se prendre pour Richard Burton sur les planches de Broadway, bon Dieu!

Le chirurgien fulminait. Il avait presque crié sa dernière phrase. Il savait qu'il avait raison. Il en voulait à l'administrateur d'essayer de mettre en doute son diagnostic.

Le silence retomba, pesant. Assis sous le lampadaire illuminé, le secrétaire avait cessé de prendre des notes. Il dévisageait Cunningham avec une certaine bienveillance. Se tournant vers l'administrateur, de sa voix agréable, il imposa son point de vue :

– Je crois, monsieur, que le docteur Cunningham est celui qui est le mieux placé de nous tous pour juger. Et nous sommes unanimes à louer ses grandes compétences médicales. Ceci étant, le docteur nous dit que le patient souffre d'une amnésie persistante. C'est très plausible, puisque déjà, au départ de l'histoire, c'est un moribond qui est entré au service de réanimation de l'hôpital. A priori, pourquoi ne pas accepter les faits, même si c'est une situation qui peut devenir gênante par la suite? Après tout, la mémoire peut très bien lui revenir un jour.

L'administrateur hochait la tête sans cacher son scepticisme. Il paraissait profondément irrité.

– Parce que vous vous imaginez que la mémoire va lui revenir! Ne comptez pas trop là-dessus, mon bon ami!

L'agressivité de sa remarque étonna les deux visiteurs. Il était évident que quelque chose leur échappait. Après un silence, McPherson s'aventura à questionner :

– L'affaire, somme toute, me paraît pourtant simple. Puisqu'on dispose du nom du blessé, de sa nationalité, de son adresse et même de son numéro de carte sociale, pourquoi ne pas avertir sa famille et ainsi connaître le fin mot de l'histoire?

– Eh bien, on y arrive précisément, colonel! ironisa le haut fonctionnaire d'un ton sarcastique.

Sans hâte, il se leva. Avec grâce, il contourna de nouveau son bureau. D'un pas nonchalant, il se dirigea vers la baie vitrée. Il repoussa une nouvelle fois les rideaux, laissant l'air frais du soir pénétrer dans la pièce. Les boiseries s'imprégnèrent de fragrances de terre récemment retournée. L'homme se tenait droit, les mains derrière le dos. Impassible, il regardait au loin mourir le jour dans un embrasement. Tous les regards convergeaient vers lui.

Sans se retourner vers son auditoire, d'une voix profonde et calme, l'administrateur consentit à donner ses premières explications:

– Vous avez entièrement raison, colonel. On a toutes les données identitaires de William Wilfred Jordan. C'est-à-dire son nom, son adresse, sa date de naissance, ses divers numéros de pièces d'identité, sa nationalité. Rien ne manque pour une recherche classique. On a communiqué toutes ces informations à Scotland Yard, qui les a ensuite transmises au FBI, aux États-Unis, afin que les premiers contacts avec la famille aient lieu.

L'administrateur fit une pause.

– Et alors? demanda nerveusement le colonel.

– Et alors? Et alors rien! Sinon que la réponse à ces investigations fédérales nous est parvenue aujourd'hui.

– Et... que disait cette réponse? demanda à son tour Cunningham en s'éclaircissant la voix.

Le regard perdu sur un horizon qui sombrait dans les flots ténébreux, l'administrateur ne s'était toujours pas retourné. Il répondit toujours aussi calmement:

– Le FBI est formel: William Wilfred Jordan n'a jamais existé.

CHAPITRE 4

Deux mois s'étaient égrenés au rythme lent des antipodes depuis le matin calme où la route maritime de Johnnatan avait croisé celle, erratique, du présumé William Wilfred Jordan. On était à la mi-avril. Les premières chaleurs, attisées par la proximité de l'équateur, pénétraient par effraction dans les petites demeures de bois. Elles s'insinuaient dans la pénombre complice de la nuit entre draps et corps moites. Dès le jour naissant, elles auréolaient les chemises blanches aux cravates sombres des fonctionnaires compassés.

Le vieil hôpital n'était pas épargné. L'astuce des grands corridors permettant une ventilation constante pour le bien des malades et leur hygiène était une maigre parade à la canicule. C'était un jour de semaine. L'horloge de l'entrée principale affichait 10 heures. Certains pensionnaires, emmitouflés dans leur robe de chambre légère à bon marché, étaient sagement assis sur les bancs de bois du parc en quête de quelque fraîcheur procurée par l'ombre protectrice des palmiers bienveillants. La grande salle commune semblait dépeuplée de ses malades en cette heure matinale. En revanche, elle était en proie à un remue-ménage énergique déterminé par deux infirmières qui faisaient et refaisaient les lits torturés par le sommeil artificiel des nuits tropicales.

La Toyota rouge de Cunningham remonta l'allée à petite vitesse. Elle s'arrêta sur le terre-plein face à l'entrée. Le géant barbu descendit du véhicule pour se diriger immédiatement vers un groupe de pensionnaires. Il était vêtu comme à l'accoutumée d'une chemise bariolée et d'un pantalon de toile clair. En fait, le chirurgien en chef n'attachait aucune importance aux détails vestimentaires. Ceci étant, il n'était pas dit qu'il ne puisse se distinguer avec élégance grâce au port d'une tenue de soirée.

Le docteur britannique avait vu le jour entre Halmstad et Goldens Green, les quartiers chics du nord de Londres. Une éducation rigide transparaissait dans ses faits et gestes quotidiens. Et bien que son attitude aristocratique, qui ne sacrifiait jamais au vulgaire, les laissât présager, peu de gens étaient au courant de ses origines de noblesse galloise dont il évitait soigneusement de parler.

Il entreprit d'échanger quelques paroles avec les patients en se penchant au-dessus des plus âgés. D'autres s'approchaient. Il répondait d'un sourire aux marques d'amitié qui lui étaient prodiguées. Au bout de quelques instants, il prit congé du groupe qui s'était formé autour de lui pour grimper rapidement les quelques marches menant à la réception. Auprès de la préposée, il s'enquit de la présence d'Anna.

– Elle est avec « votre patient », lui répondit l'infirmière de service en montrant du doigt le corridor de l'aile ouest.

Il était devenu notoire à l'Ascension que l'étrange pensionnaire occupant la chambre VIP de l'hôpital était le protégé du docteur Cunningham. La vox populi avait décrété que Billy, selon le surnom qu'on avait donné au rescapé, devait sa vie au professionnalisme médical du major. Cette conviction généralisée agaçait prodigieusement le chirurgien qui essayait toutefois de ne rien laisser paraître.

Il saisit son stéthoscope dans l'armoire métallique qui portait son nom, réclama une blouse propre que lui tendit instantanément l'infirmière et, en l'enfilant à grands moulinets de bras, il se dirigea d'un pas pressé vers la chambre de Billy.

Face à la porte, un policier requis sur ordre de l'administrateur montait la garde. Il était vêtu d'une chemise kaki et d'un short trop long sur lequel pendouillait un revolver dans sa gaine. Il salua militairement.

Cunningham entra sans frapper. Anna lui tournait le dos. Une de ses mains était posée sur l'armature du lit. L'autre tenait le bloc-notes sur lequel elle consignait toutes ses observations. Les deux fenêtres étaient grandes ouvertes, procurant une sensation relative de fraîcheur. Légère et indolente, la brise du matin s'engouffrait entre les mailles des rideaux de tulle.

Avec une surprise non feinte, le docteur remarqua les plantes vertes qui envahissaient un coin de la chambre. Elles ajoutaient une touche de confidentialité à la réclusion semi-administrative dans laquelle était confiné le blessé.

S'étant retournée, Anna suivit le regard étonné de l'arrivant.

– Si quelqu'un est à blâmer, c'est moi! dit-elle, amusée. Je les ai récupérées dans mon jardin. Billy adore les plantes. Or, comme vous le savez, il lui est interdit de sortir de cette chambre.

Cunningham eut une moue d'impuissance, sourit et s'avança vers Billy. Il le questionna amicalement:

– Comment vous sentez-vous ce matin?

– Très bien, docteur. Anna me parlait de l'Ascension. Je ne savais pas que l'île avait été louée aux États-Unis, et que madame Thatcher avait été obligée de demander l'autorisation à Reagan pour y faire mouiller la flotte britannique lors du conflit des Malouines. C'est une contradiction politique pour le moins amusante, sur un territoire britannique!

Il s'exprimait avec quelque difficulté, mais la faculté du discours était sauvée. C'était une question de temps; les graves lésions faciales n'étaient plus qu'un mauvais souvenir. Intérieurement, le chirurgien s'en félicita.

– C'est tout à fait exact. Mais aujourd'hui la présence nord-américaine est bien moins importante que lors des lancements habités vers la Lune entrepris par la NASA. A contrario, depuis la guerre avec l'Argentine, la Grande-Bretagne a intensifié sa présence dans l'île.

Il s'était approché du lit. Tout en parlant, il observait Billy. Le blessé était allongé sur le dos, de gros oreillers accentuant sa position semi-assise que lui conférait déjà l'inclinaison mécanique du lit. De grandes plaques rouges couvraient une partie de son corps aux endroits où les brûlures avaient été les plus profondes. La peau se cicatrisait partiellement en prenant l'apparence d'un parchemin huileux, mais, aux pommettes et particulièrement au front, l'épiderme se striait en lamelles, intensifiant ainsi la présence des cicatrices créées par la chirurgie plastique. Le chirurgien examina l'implantation du cuir chevelu. Avec soulagement, il constata qu'il se régénérait, de même que les sourcils qui avaient totalement disparu au moment de l'arrivée du blessé à hôpital.

– Avez-vous pris sa tension ce matin, Anna?

– Quatorze! Tout est parfait. Il semble que notre Billy se porte comme un charme. J'ai profité d'un instant de liberté pour changer les pansements des mains. C'est certainement les paumes et les doigts qui mettront le plus de temps à guérir. Mais c'est en bonne voie pour le moment. Question de patience!

Ce disant, elle regardait son malade avec une complicité d'écolière. Soudain, le visage de Billy se crispa. Une ombre obscurcit son regard.

– Elle est extra, docteur! dit-il dans un souffle. Sans elle, probablement qu'aujourd'hui le prétérit serait plus adéquat pour parler de moi...

Son ton était détaché, sans fard. Il révélait la mesure d'une volonté farouche enfouie sous une carapace aguerrie aux souffrances humaines. Mais peu à peu, ses yeux se plissaient, manifestant son intention de plaisanter. Le côté gauche de son visage, le moins meurtri des deux, se souleva lentement, entraînant dans son ascension laborieuse les commissures des lèvres qui esquissèrent ce qui voulait paraître un sourire ou une marque de connivence. Une lueur furtive traversa la pâle clarté du regard. Aux tempes, ses pattes-d'oie se creusèrent. Dans la lumière tamisée de cette chambre d'hôpital de type colonial, le visage ravaudé de mille points ne prit que plus de noblesse. L'émotion s'empara d'Anna. Elle sentit une mollesse gagner le haut de ses jambes, l'obligeant à s'agripper des deux bras à l'armature de métal du lit. Son regard se troubla. Toutefois, une volonté farouche qu'elle puisait au fond d'elle-même lui interdisait de dévoiler sa sensibilité. Prenant une profonde inspiration, elle afficha un sourire de circonstance pour questionner d'un air détaché:

– Si je comprends bien, ce n'est plus le docteur, mais moi, la Samaritaine de service.

Face à elle, sous la violence du sourire contrarié par les blessures à peine cicatrisées, le visage avait perdu son impassibilité volontaire. Billy savourait l'énormité qu'il venait de proférer. Reprenant peu à peu contrôle d'elle-même, Anna le scrutait depuis le pied du lit. Elle était sous le charme de cette voix chaude, à l'accent étrange, qui probablement en d'autres circonstances aurait été le véhicule d'une ironie intarissable.

Cunningham était perplexe. Il était persuadé que l'homme ne jouait pas la comédie, que son amnésie était réelle. Trop de détails, de faits, d'examens cliniques convergeaient vers cette thèse. Mais il ne pouvait oublier l'accusation voilée de subterfuge qu'avait énoncée l'administrateur. Comme chaque fois que ce tiraillement gagnait son esprit, une grimace s'afficha sur ses lèvres. S'employant à porter son attention sur son patient, il essaya de ne plus y penser. Il sourit.

– Vous cherchez à nous faire peur avec votre histoire morbide? Attendez au moins de retrouver votre mémoire. Vous allez découvrir que vous êtes père de sept rejetons, époux divorcé de trois femmes, chacune vous réclamant une pension! C'est alors que vous allez vraiment regretter votre amnésie!

Anna fit entendre son rire en cascade. Le chirurgien en profita pour s'approcher un peu plus du malade et appliquer le stéthoscope sur sa poitrine. Satisfait, il se redressa et alla consulter le tableau des températures. Il commenta de sa voix grave:

– Vous avez de petites poussées de fièvre sans importance, tout à fait normales au stade actuel de votre convalescence. Il ne nous reste plus qu'à nous armer de patience. À mon avis, vous devriez être bientôt sur pied, c'est-à-dire en voie de guérison totale, ou presque.

– Ou presque...

Cunningham nota le ton de voix résigné. Il regarda son patient dans les yeux.

– Où en êtes-vous dans vos souvenirs? Je vous ai expliqué comment procéder. Cherchez par stades successifs: que vous rappellent un jardin, un visage, un animal, une odeur? Très important, les odeurs, souvenez-vous-en! Que sais-je encore? Une voiture ou un engin mécanique quelconque, par exemple.

– Je travaille tous les matins avec Anna là-dessus. Elle m'interroge, je fouille ce qui me reste de mémoire. Elle prend des notes, on compare ensuite les résultats. Je sens bien une présence, mais je n'arrive pas à l'assimiler en taille, volume ou espace. C'est étrange...

– Que voulez-vous dire?

– Eh bien, c'est quelque chose qui me manque, mais qui semble être près de moi par l'esprit, qui me rassure presque, en quelque sorte. Je vous le dis, c'est étrange. C'est peut-être un objet, ou une personne, ou autre chose encore, je ne sais pas. Je n'arrive pas à le définir. Mais c'est le seul sentiment fort en moi.

– De l'accident, aucun souvenir?

– Non... plutôt si! Je revois un incendie... Pour être plus précis, un éclair éblouissant suivi d'une fumée opaque. Il y a ce grand bruit dans ma tête chaque fois que j'y pense et que je ferme les yeux. Comme une énorme explosion! Et le trou noir...

– Anna vous a dit que, très probablement, il s'agit d'un accident d'avion?

À titre confidentiel, Anna avait été mise au courant par Cunningham de la teneur de la réunion qui avait eu lieu chez l'administrateur. Le docteur lui avait recommandé de ne pas faire mention au naufragé des documents trouvés sur lui, ainsi que de l'imbroglio qui persistait sur son existence.

– Oui, nous en avons parlé, intervint-elle. Mais Billy n'a aucun souvenir du vol. Il s'étonne qu'on ne puisse retracer sa famille, ce qui l'aiderait grandement à retrouver la mémoire. Je lui ai expliqué que nous manquons de certains éléments probants pour identifier ses familiers à coup sûr. De plus, il est difficile, dans l'état actuel des choses, de mettre en émoi tous les parents proches et lointains concernés par cet accident.

– Absolument! Anna a raison.

Le docteur eut un instant d'hésitation.

– Mais... dites-moi, dans le pneumatique, vous souvenez-vous comment vous avez fait pour survivre? Pour vous alimenter?

Les yeux clairs s'égarèrent au plafond.

– Les souvenirs me reviennent par bribes. D'abord il y a de la fumée, beaucoup de fumée, et puis cette odeur de brûlé qu'il me semble sentir encore. Probablement du mazout ou du kérosène... Des cris autour de moi aussi: certainement d'autres naufragés. Enfin cette soif qui vous tiraille les entrailles... et de l'eau que je léchais sur une toile.

– Vous aviez effectivement une toile de récupération d'eau de pluie à bord du dinghy. On a trouvé également deux lignes portant des hameçons voleurs et des traces de poisson séché dans le canot.

– C'est très possible, car je me vois encore manger du poisson visqueux à même le fond plat du bateau. Le poisson sautille... et je cherche à le mordre... Vraisemblablement les brûlures m'empêchaient de me servir de mes mains...

Il tourna la tête. De nouveau, ses yeux se plantèrent dans les plâtres du plafond. Ils redescendirent tout doucement vers les fenêtres donnant sur la verdure du jardin. Les deux visiteurs respectèrent son silence.

La voix douce à l'accent subtil se fit à nouveau entendre.

– Je voudrais sortir.

Le chirurgien, surpris par la demande, eut un sursaut.

– Sortir? Sortir où?

– Sortir dans le jardin. Je voudrais me promener. J'ai besoin d'air, de sentir autre chose que l'éther de cette boîte à papillon qu'est devenue cette pièce.

– Ce n'est pas recommandé pour le moment. Vos jambes n'ont pas retrouvé toute leur motricité et les lésions à l'abdomen ne sont pas totalement cicatrisées.

La tête était toujours penchée vers l'ouverture béante des fenêtres. La voix parut calme, posée.

– Vous ne voulez pas me laisser sortir.

Cunningham se sentit mal à l'aise.

– Non, pas du tout! Mais...

Sans heurt, Billy lui coupa la parole:

– Non. Vous avez des ordres.

Le chirurgien barbu sentit qu'il perdait pied. Il réagit presque violemment, sa voix basse résonnant sur les murs peints à la chaux.

– Mais qu'allez-vous chercher là? D'abord, personne ne me donne d'ordres, du moins dans mon travail clinique!

– Ma porte est gardée par un militaire armé. Il y a certainement une raison à cela. D'autre part, j'ai surpris une conversation entre deux infirmières qui faisaient le ménage de ma chambre et qui me croyaient endormi. Elles parlaient de moi comme étant un certain Jordan. Si mon identité est connue, pourquoi ne pas avertir ma famille? Beaucoup de choses m'échappent. C'est à croire que, passé la porte de cette pièce, le mot d'ordre à tout le personnel est le secret absolu!

Le silence revint, lourd, poisseux, désagréable. La légère brise du matin agitait paresseusement les rideaux de tulle blanc. Des bribes de conversation lointaine parvenaient à la chambre depuis le parc. Une chaleur moite prenait possession des moindres recoins du vieil hôpital colonial.

Cunningham se ressaisit. D'une voix bien plus calme, il s'adressa à Billy:

– Vous permettez que je parle seul à seule avec Anna?

Un clignement des yeux affirmatif lui répondit. Le chirurgien prit l'infirmière en chef par le coude et l'emmena dans le couloir. Loin du policier en faction, à voix basse, il lui exprima son sentiment.

– Billy a raison. On ne peut le confiner dans sa chambre indéfiniment. Je sais que les consignes de l'administrateur sont très strictes, mais je prends sur moi de le faire changer d'avis. Entre-temps, téléphonez à la base de ma part pour qu'on envoie un fauteuil roulant. Aujourd'hui même. De mon côté, je vais de ce pas chez l'administrateur pour lui faire part de ces nouvelles dispositions thérapeutiques. En même temps, je lui demanderai si Londres a avancé dans la recherche de son identité. De votre côté, continuez votre travail de quête de souvenirs et de sensations diverses, afin de faire travailler les cellules de la mémoire. Consignez bien toute observation, comme vous l'avez toujours fait.

Il allait la quitter quand il se ravisa. Elle s'approcha, toute menue auprès du géant vêtu de sa blouse blanche sur laquelle tranchait une barbe fournie. Elle leva vers lui ses yeux candides. Sa taille l'impressionnait toujours autant. Son regard plongea dans le sien. Les fragrances de l'Old Spice se firent plus nettes.

– Anna... dites-lui... dites-lui la vérité. Donnez-lui son nom, expliquez-lui ce que nous savons et voyez son comportement.

Il lui fit un clin d'œil.

– O.K.?

– O.K.! Comptez sur moi.

Elle lui souriait, soulagée. D'un pas lourd qui résonna longtemps dans le couloir, l'immense praticien s'en alla en direction de la réception.

– Vous outrepassez mes directives!

Teintée d'une soudaine brusquerie, la voix était cassante, le regard glacial. L'administrateur soupesait sans complaisance la haute stature du chirurgien. Il était vêtu d'un costume de flanelle anthracite, taillé sur mesure à l'anglaise, en provenance de chez Greeves & Hawkes dans Saville Road, à Londres. Derrière leur protection d'écaille, les yeux sombres cherchaient la faille. Il y avait dans cette confrontation verbale un petit air de règlement de compte.

L'anathème jeté, une certaine modération du propos se fit perceptible. Mais, loin d'être désarçonné, le pilote chirurgien était résolu à ne rien céder sur l'essentiel de ses prérogatives. Toujours debout, puisqu'il n'avait pas été invité à s'asseoir, il tenta d'imposer son point de vue.

– Ce que j'ai décidé de faire, monsieur, je ne le fais ni pour plaire ni pour déplaire. Je m'en tiens au compromis que nous avions élaboré et conclu ensemble, bien que je le considère à caractère politique plutôt que médical. Les choses ont évolué, et il s'avère aujourd'hui que le patient tient des propos inquiétants, encore que je ne puisse les appeler suicidaires. Je me sens responsable de sa survie. Comme vous le comprendrez, mon travail passe avant tout par une écoute du malade. J'estime par conséquent que des réajustements dans ses conditions d'hospitalisation doivent être effectués. Ceci étant dit, vos directives touchant à la sécurité du malade ne sont aucunement mises en cause. Il n'est pas question d'y déroger. Simplement, je propose une liberté de mouvement dans le parc pour un meilleur équilibre psychique du blessé, sous la surveillance, bien entendu, et du garde, et de l'infirmière de service.

En repoussant son fauteuil des deux bras, l'administrateur se leva sans hâte. Il retira ses lunettes pour les essuyer à l'aide de sa pochette blanche qu'il enfouit de nouveau dans la poche de son veston en rectifiant son alignement. Il prit son temps pour réajuster les montures sur son visage. Finalement, il daigna jeter un regard en coin à son visiteur.

– Le garde n'est pas là pour protéger votre pensionnaire, et vous le savez bien, major. Pour le moment, tout ce que risque ce pauvre indigent s'il sort dans le parc, c'est une insolation!

L'administrateur s'imposa un court silence. Soudain, martelant les mots du plat de la main sur le bureau, il énonça, cassant:

– Le garde est là pour une question de sécurité relative aux intérêts intrinsèques à l'île de l'Ascension, major! Et je veux être une fois de plus très clair là-dessus. En aucun cas je ne peux accepter d'exposer les habitants de l'Ascension à un danger, quel qu'il soit!

Il releva la tête pour bien capter le regard du chirurgien avant d'ajouter:

– Bonté divine, Cunningham! Vous rendez-vous compte qu'on se trouve face à un problème que nous sommes loin, très loin d'appréhender? Vous, moi et même ces têtes pensantes de Londres qui, soit dit en passant, n'ont jamais brillé par l'intelligence de leur analyse!

Il reprit d'une voix sourde, presque confidentielle:

– Le garde est là, major, parce que nous ne savons pas qui se cache derrière le pseudonyme de William Wilfred Jordan. Nous ne savons pas qui il est, pourquoi il est inconnu de son pays d'origine, pourquoi il était dans cet avion, pourquoi il voyageait en usurpant un nom, etc., etc. La liste des interrogations peut être longue, cher ami!

L'administrateur secouait la tête. Un long soupir tendit sa poitrine. Il se pencha sur son bureau à la recherche de son paquet de cigarettes. Avec une lenteur calculée, il en retira une qu'il vissa dans le tuyau d'ambre et il l'alluma en aspirant une bouffée, sans délai soufflée au plafond. Il reprit de sa voix nasillarde, un rien guindée:

– Après tout, il est fort possible qu'il dise la vérité et que son amnésie ne soit pas feinte. Mais cela ne change rien aux données du problème. Car l'affaire est louche et la presse s'est emparée de cette histoire. Encore heureux qu'en haut lieu on ne nous impute pas la responsabilité des fuites.

– La presse?

– Oui, major, la presse! Depuis trois jours arrivent sur mon bureau plusieurs télécopies reproduisant un condensé des articles en question. Tous les quotidiens londoniens ou presque se sont emparés de cette histoire et s'interrogent sur ce qui se trame chez nous! Tenez! Lisez vous-même cette note de service en provenance du Foreign Office.

Il tendit un texte de trois pages aux en-têtes du Ministère reproduisant l'extrait d'un article de journal. Cunningham le parcourut rapidement. Le journaliste mettait en cause le ministère des Affaires étrangères. Il l'accusait d'essayer d'occulter la vérité sur un survivant de la catastrophe aérienne survenue deux mois auparavant au large des côtes sud-américaines. D'après l'article, le naufragé était séquestré par l'armée de Sa Majesté, en contravention flagrante aux droits de l'homme auxquels, pourtant, le pays avait souscrit.

Le premier magistrat de l'île cherchait à ne pas perdre son flegme, mais il n'y arrivait pas sans mal. Le fume-cigarette dansait au-dessus des dossiers éparpillés sur le vaste bureau, les saupoudrant de cendres. Il tira une longue bouffée. Après une légère hésitation, il regarda le militaire de son air empreint d'une froideur déconcertante.

– La fuite ne vient pas d'ici, mais du chiffre à Londres, très certainement. C'est pour cela qu'on nous fout la paix, du moins pour le moment. De toute façon, je connais mes hommes et j'ai confiance en eux. Mais vous en conviendrez, major, l'heure est aux inquiétudes. C'est pour cela que j'essaie par tous les moyens de circonscrire les mouvements de Jordan et que je place un garde à sa porte.

Il tenta un sourire dans le but d'atténuer la brusquerie de son propos. Cunningham ne fut pas dupe, sachant que l'homme pouvait être cruel, rancunier et probablement, en d'autres circonstances, dangereux. Il préféra lui répondre en des termes choisis qu'il entoura d'une prudence volontaire.

– Très sincèrement, monsieur, je souhaite que nous ayons ensemble des rapports sereins, mais j'apprécie les dialogues directs. Je comprends parfaitement votre attitude et je la respecte, puisqu'elle est dictée avant tout par un souci de sécurité. En tant que praticien, il est évident toutefois que ma ligne de fracture sera toujours en opposition avec l'ignorance d'une hygiène primaire, de la santé et du mal qu'on peut faire à autrui, tout au moins gratuitement. À cet égard, il me semble que, dans le problème qui nous occupe, il y a place pour la compassion. C'est-à-dire pour ce supplément d'âme nécessaire à l'apaisement de la douleur. Puis-je vous rappeler la devise des médecins: *Primus non nocere.*

À travers la baie vitrée dégagée de ses rideaux, le chirurgien pouvait apercevoir les toits des maisons les plus proches. Au-dessus des tuiles rouges, un morceau de ciel bleu se balançait au gré de la brise qui se faufilait entre les palmes du parc. La rumeur de la ville leur parvenait comme un souffle, caressant leur visage d'un attouchement léger. Il s'arrêta de parler, espérant de son interlocuteur, non pas un signe d'intelligence – l'administrateur n'en manquait pas –, mais de sensibilité humaine.

Comme il s'y attendait, il ne fut déçu qu'à moitié.

L'administrateur le regardait en coin. Un rictus étira ses lèvres minces.

– « D'abord ne pas nuire »! Je reconnais bien là votre empreinte, docteur! Ha! ha!

Le militaire ne répondit pas. Le magistrat réfléchissait. Il eut un geste vague de la main, comme s'il chassait un mauvais souvenir. Il reprit d'une voix plus douce, plantant son regard dans celui de Cunningham:

– Vous concevrez, major, que quiconque est dans l'impossibilité de s'innocenter se rapproche dangereusement de la corde. Mais il est évident que l'exécution d'un présumé innocent est une conception qui fraternise trop à mon goût avec la notion de meurtre simple et froid.

Cunningham sourit. Il retrouvait le premier magistrat tel qu'il l'avait toujours connu: solitaire, calculateur, politique, agitant une amabilité affable éclairée d'une humanité de stratège. L'homme n'était d'aucune chapelle, mais son âme était animée d'une insolente fierté.

Le représentant de la Couronne se laissa tomber dans son fauteuil en invitant du geste son hôte à en faire autant. Il posa ses deux coudes sur le maroquin de cuir sombre et joignit ses deux mains à la hauteur du menton. Toute émotion absente du visage, il attendit que son interlocuteur prenne la parole.

– Que proposez-vous? demanda Cunningham au bout d'un moment.

L'administrateur inspira profondément et déposa son tuyau d'ambre sur le rebord d'un minuscule cendrier. Il haussa les épaules, tout en reprenant sa pose.

– Le mal, en quelque sorte, est déjà fait, major. En tant que médecin traitant, vous vous retranchez derrière la déontologie médicale et vous estimez que le patient gagnerait à bronzer au soleil. Moi, je veux bien! Je ne peux que m'incliner. Je ne tiens pas à passer pour un tortionnaire. Mais ne prenez pas ma mansuétude pour une marque de faiblesse. Et, de grâce, ne donnez pas à cet hôpital des allures de club de vacances!

Le cynisme d'un tel langage incita Cunningham à rechercher un armistice, pour éviter que l'une ou l'autre partie ne sorte meurtrie de cette confrontation. D'une part, il se porta garant de la conduite de Billy, rappelant au passage que l'Ascension était une île à plus de mille kilomètres de toute terre habitée qui pouvait être comparée à Alcatraz[5]. D'autre part, il promit à son interlocuteur de le tenir au courant – personnellement, précisa-t-il – de l'évolution de la convalescence du blessé. Et ce, à tous les jours.

L'administrateur n'avait toujours pas bougé. Il avait le menton enfoui derrière ses mains jointes. Il écoutait en silence, visiblement peu convaincu d'une telle thérapeutique qu'il estimait philanthropique. D'une flexion des hanches, il repoussa une nouvelle fois son fauteuil et décroisa ses mains qu'il posa sur les accoudoirs. Il se leva, signifiant son congé au major.

À la porte du bureau, il se retourna soudain vers lui en le toisant de ses yeux de myope. Malgré sa grande taille, Cunningham se sentit mal à l'aise. Un index levé ponctuant son propos, il s'adressa à son hôte:

– Vous prenez un risque considérable, major. Faites très attention où vous mettez les pieds. En cas de pépin, vous serez tout seul pour assumer. La situation est loin d'être claire et on est loin de l'avoir comprise, vous, moi, et probablement alias Jordan lui-même! Toute stratégie médicale, charitable, militaire ou autre part à vau-l'eau. Sachez que tout cet artifice de sécurité paragouvernemental et administratif que nous bâtissons autour de cette affaire est appelé à s'effondrer tôt ou tard comme un vulgaire château de cartes! Vous verrez que les événements me donneront raison!

En reprenant les couloirs de la Résidence en sens inverse, bien que secoué par l'atmosphère de l'entrevue, le chirurgien militaire était loin de se douter que les prémonitions du premier magistrat allaient se vérifier aussi rapidement.

---

5. Célèbre prison (aujourd'hui désaffectée) située sur l'île d'Alcatraz dans la baie de San Francisco.

CHAPITRE 5

Sous le soleil clément des tropiques, une huitaine de jours s'étaient écoulés paresseusement depuis la rencontre entre le docteur Cunningham et l'administrateur. Au cours de cette période, aucun incident majeur n'était venu corroborer les craintes du représentant de la couronne britannique. Cunningham, tout heureux de la tournure que prenaient les événements, restait néanmoins conscient et préoccupé par la probabilité matérielle de l'existence d'un danger.

– Mais lequel, grand Dieu? se questionnait-il à voix haute, sans pouvoir apporter la moindre réponse.

Le fauteuil roulant avait été convoyé depuis la base le soir même de l'entrevue à la Résidence. Immédiatement, le major, accompagné d'Anna, s'était rendu à l'hôpital. Dix minutes plus tard, ils poussaient ensemble Billy dans les couloirs.

Franchissant le perron face à la réception, le docteur avait pris le fauteuil et son occupant dans ses bras. Dans un effort bruyant, il avait descendu l'ensemble au bas des marches. Comme toujours, Anna avait été émerveillée par la puissance tranquille qui habitait ce grand corps athlétique. Elle s'était penchée vers Billy. D'un geste de Samaritaine, elle lui avait recouvert les jambes en ramenant les pans du peignoir de soie de Chine qu'elle lui avait offert.

La nuit venait d'envahir les allées blanches du parc. L'obscurité naissante peuplait les palmes alanguies de petits lutins phosphorescents qu'animait la légère brise du soir. De la terre montait ce parfum propre aux tropiques d'humus encore humide et de gazon fraîchement coupé. Près du jet d'eau, un concert de grenouilles donnait la réplique à quelques criquets stridents.

Billy ne soufflait mot, immobile, les mains bandées posées à plat sur les accoudoirs du fauteuil d'acier. Il semblait renaître. Son regard allait de la voûte céleste aux halos que projetait la lune naissante aux quatre coins du parc. Plissant les yeux, il fouillait les profondeurs du jardin abandonné aux ombres furtives. Lentement, son regard se reportait sur l'horizon mourant qu'on devinait par-dessus les toits des maisons en contrebas. À grand renfort de longues et pénibles inspirations, il essayait de faire pénétrer au plus profond de lui-même ces sensations qu'il retrouvait et qui n'avaient plus été siennes depuis plus de trois mois. Il les laissait venir à lui séparément, une par une, afin de pouvoir s'en imprégner, les disséquer méthodiquement, les attribuer ensuite à chaque plante, chaque objet, chaque animal.

Pressentant un besoin d'aide morale, il s'était retourné vers Anna et avait cherché fiévreusement son regard. L'intensité de ses yeux clairs avait troublé l'infirmière en chef. Son émotion avait été brutale. Elle se rendait compte qu'un épanchement affectif spontané se prêtait fort mal à la situation. Malgré ses efforts, elle ne pouvait refouler les premières larmes qui venaient lui brouiller la vue. D'un geste protecteur et naturel, elle avait posé sa main sur l'épaule du blessé. De son bras opposé, Billy avait cherché les doigts de l'infirmière qui avait perçu sur sa peau le raclement de la gaze.

– Cette nuit est pour moi une escale, avait-il dit d'une voix à peine audible. La première d'un long voyage. Et c'est à vous deux, mes amis, que je la dois... Je ne sais où ni comment s'arrêtera cette poursuite à contresens que j'ai décidé d'entreprendre ce soir. Mais mon intime conviction me dit que la vie est trop fragile et trop belle pour ne pas l'aimer à en mourir. Vous venez de me redonner la vitalité qui me faisait défaut. Je saurai la préserver. Je veux à nouveau courir pieds nus sur la terre encore chaude, me laisser envahir par cette sensation fugace qu'est l'émotion d'un instant, partager ce qui reste souvent en ultime recours, c'est-à-dire le respect de soi.

Après un long silence, il avait ajouté dans un souffle:

– J'estime qu'il n'y a rien de plus dégradant pour un homme que de marcher tête basse au soleil de la vie.

Tout au long des quelques jours qui avaient suivi cette première promenade, l'administrateur avait reçu quotidiennement les rapports d'analyse sanctionnant chaque journée du convalescent. Ces condensés techniques étaient souvent établis par Anna, bien qu'accompagnés de temps en temps d'une note manuscrite de Cunningham. Ils expliquaient certaines thérapeutiques ou bien décrivaient en termes plus courants que ne sauraient le faire les livres de médecine l'évolution psychique et psychologique du malade. En fait, l'idée générale qui ressortait de ces synthèses journalières allait dans le sens espéré par le major. En effet, le patient répondait de manière beaucoup plus coopérative aux soins qui lui étaient prodigués, s'investissant même totalement dans l'effort qui lui était demandé pour recouvrer sa mémoire.

Peu à peu, il avait retrouvé l'usage total ou presque de ses membres inférieurs. C'était maintenant sans aide qu'il arrivait à descendre les marches du perron pour parcourir, en compagnie d'Anna et sous l'œil attentif du garde, les allées ombragées du parc parsemées de gravier clair.

Ce fut sous la forme la plus anodine qui soit, celle d'un simple compte rendu de mission aérienne en provenance de la patrouille de reconnaissance de la base Wideawake Airfield que les prémices d'un danger préoccupèrent à nouveau, et au plus haut point, l'administrateur.

Ce jour-là, après avoir expédié les affaires courantes, il dicta un long message au Foreign Office concernant l'évolution médicale du supposé William Wilfred Jordan. Aussitôt fait, le premier magistrat de l'île voulut s'informer des résultats des quelques vols de routine que le ministère de la Guerre maintenait dans un rayon de deux cents nautiques[6] autour de l'île de l'Ascension. Cet espace aérien était déclaré zone sensible depuis la guerre des Malouines.

En règle générale, c'était au secrétaire de l'administrateur qu'incombait ce travail. Il était ensuite sanctionné par un rapport d'activité confidentiel que l'on envoyait à Londres par le service du chiffre. La lecture de ces comptes rendus de patrouille était fastidieuse. Ils comprenaient entre autres des analyses techniques sur la fiabilité des organes de l'appareil qui n'intéressaient que les ingénieurs aéronautiques. Venaient ensuite des mentions de présences visuelles de chalutiers de l'ancien bloc soviétique qui, débarrassés de tout leur équipement et de leurs antennes-espionnes, n'effrayaient plus personne. Enfin, on y trouvait périodiquement les constats d'incursion involontaire dans les eaux territoriales de l'île. La plupart du temps, il s'agissait de voiliers de plaisance ayant entrepris une traversée océanique et qui demandaient assistance.

Alors qu'il parcourait d'un œil distrait les commentaires rédigés la nuit précédente par le responsable de veille de la tour de contrôle,

---

6. Milles nautiques ou nautiques. Milles marins. 1 nautique = 1 852 mètres. Ici, 200 nautiques = 370 kilomètres.

l'attention de l'administrateur fut attirée par une remarque consignée dans un carnet de vol. Le pilote mentionnait l'écho radar, au nord du quatrième parallèle, d'un objet non identifié long de deux cent cinquante pieds[7] environ. Le contact avait été effectué à deux heures zéro une du matin. Le temps de descendre de trente mille pieds[8] d'altitude à six mille, l'objet avait disparu.

Poursuivant sa lecture, l'administrateur notait qu'à quatre heures quarante-six la même constatation avait été faite par l'équipage d'un Jaguar en patrouille. Cette fois-ci, l'objet était identifié comme étant un sous-marin naviguant à deux cent quarante nautiques[9] de l'Ascension, toujours au nord du quatrième parallèle, et faisant route vers le sud-est à une vitesse approximative de treize nœuds[10].

Un dernier commentaire en marge d'un rapport d'activité faisait mention d'une observation similaire émanant d'un KC 138 de l'armée américaine qui s'était posé à six heures quarante-deux sur la base de Wideawake Airfield. On y lisait que la tour de contrôle avait été notifiée qu'en cours de descente le radar de bord avait «accroché» la présence d'un sous-marin évoluant à petite vitesse par cent mètres de fond, au sud du sixième parallèle.

Une rêverie empreinte de préoccupation gagna le visage de l'administrateur. Pour lui, il ne faisait aucun doute qu'il s'agissait du même bâtiment effectuant une manœuvre d'encerclement autour de l'Ascension. Pensif, il tendit le bras vers le téléphone. De l'index, il pressa la touche qui lui donnait accès au numéro direct du colonel McPherson.

Les formules de politesse furent vite expédiées pour en venir à l'essentiel.

– Vous êtes au courant? demanda sèchement le représentant de la Couronne, libérant dans cette brusquerie voulue une nervosité latente.

– Vous voulez parler du soi-disant sous-marin fantôme, je présume, monsieur? Tout autant que vous, j'ai pris connaissance du rapport ce matin. Mais pourquoi cette inquiétude soudaine? Vous craignez quelque chose?

– Pas du tout, mon cher, du moins pour le moment. Mais je

7. 80 mètres environ.

8. 9000 mètres.

9. 445 kilomètres.

10. 1 nœud = 1 mille marin par heure. Ici 13 nœuds = 24 km/heure.

m'interroge. Ne trouvez-vous pas quand même étrange pour un sous-marin – et par conséquent pour des militaires aguerris, car j'envisage avec difficulté qu'il s'agisse d'un bâtiment de plaisance pour touristes en mal de sensations fortes –, primo, de ne pas s'identifier en passant au large d'une base militaire, secundo, de se faire repérer par la première patrouille de l'air venue et, tertio, de changer à peine de route... Et bingo! de se faire coincer une seconde fois comme un cancre d'école qui copie sur le voisin?

– Oui, mais...

– Attendez, ce n'est pas fini! Non content de s'être fait repérer à deux reprises, on réussit l'exploit, il n'y a pas d'autre terme, de couper la route d'un avion militaire en procédure d'approche! Avouez qu'il faut le faire! Vous n'êtes pas de mon avis, colonel?

– Cela devrait nous convaincre qu'il n'y a aucune intention hostile derrière ces manœuvres, et ce, même si elles vous paraissent désordonnées et peu compatibles avec l'esprit militaire. Maintenant, il n'est pas dit que dans une heure le sous-marin ne se fera pas connaître et que vous n'apprendrez pas avec soulagement qu'il s'agit d'un des nôtres.

– Certainement pas!

Le colonel fut surpris par le ton catégorique de son interlocuteur.

– Qu'est-ce qui vous fait douter...

L'administrateur ne lui laissa pas le temps de terminer sa phrase.

– Sa taille, colonel! Sa taille! Deux cent quarante pieds: ce n'est en aucune manière un bâtiment de la Royale! Je ne suis pas un stratège en sous-marins, mais je peux avancer avec certitude que celui qui se rapprocherait le plus de la description qui nous est donnée serait de la classe des Swiftsure, longs de deux cent quatre-vingts pieds. Mais ils sont à propulsion atomique. Or, celui-ci, au vu de sa petite vitesse, est très certainement à propulsion diesel. De toute évidence, le Ministère nous aurait avertis. Or, il n'en est rien!

Il y eut un silence. L'administrateur poursuivit un ton plus bas:

– Non, colonel. Ce n'est pas un des nôtres. C'est un bâtiment étranger, je le maintiens!

– Oui, mais à deux cent cinquante milles nautiques de la côte! En d'autres termes, hors de nos eaux territoriales...

– Oui, vous avez parfaitement raison, colonel! Mais laissez-moi en bon novice empiéter sur vos plates-bandes. Un bâtiment étranger, qui vous arrive par le cent soixante-dix droit sur l'île, bifurque vers l'est dès la première interception. Puis il revient à nouveau sur sa route, cap sud-sud-ouest, c'est-à-dire en ligne droite vers l'Ascension au cours de la seconde interception. Enfin, il gagne deux degrés sud lors de la troisième, sans vraiment changer de cap. Vous trouvez ça normal, vous?

Au bout du fil, le militaire réfléchissait. Il était évident que l'homme de la Résidence avait raison. Dans sa logique de diplomate, il décortiquait le problème sous l'angle du risque encouru. « Mais, après tout, se dit McPherson, nous ne sommes pas en guerre et le temps des Malouines, durant lequel on se permettait de chasser de l'Argentin en veux-tu en voilà, est révolu depuis bien longtemps. »

– Que préconisez-vous? se hasarda-t-il à demander.

L'administrateur réprima de justesse un grognement de satisfaction. Ses yeux se strièrent devant le plaisir intense que lui procurait la capitulation de l'officier qu'il sentait à présent englué dans les mailles du filet. Lentement, il se laissa aller contre le dossier du fauteuil.

– Moi, je ne préconise rien. C'est à vous de prendre les décisions militaires que vous imposent les circonstances. Maintenant, si j'étais vous, je renforcerais le dispositif de sécurité autour de l'île tout en consignant mes gars jusqu'à ce qu'on voie plus clair dans cette histoire de sous-marin masqué.

– Vous croyez que cette affaire est liée à votre protégé de l'hôpital?

L'administrateur se releva d'un bond:

– Mais je ne crois rien du tout, colonel! Et Jordan n'est pas « mon » protégé. Qu'on se le dise une fois pour toutes: Jordan est une épine dans le pied de l'administration de l'île et il faut faire avec. Entre-temps, tant qu'on n'a pas élucidé son cas, on boite! Quant à savoir quelle est la relation qui existe entre lui et l'intrus qui navigue par trois cents pieds de fond, je n'en sais rien pour le moment. Simplement, je m'interroge, car à mon avis trop d'éléments troublants viennent se confronter au train-train habituel auquel nous avait habitués notre vie pépère d'expatriés sous les tropiques! Voilà, c'est tout. Ceci étant dit, libre à vous de faire ce que bon vous semblera.

Il raccrocha en ponctuant sa conversation d'un expéditif:

– Bonne journée, colonel!

Les événements se précipitèrent dans l'après-midi. Ce jour-là,

Littlehusband était de garde à la tour de contrôle de l'aéroport. Entre deux sifflements, il reçut un appel du gros-porteur de la RAF, en route vers Londres depuis Port Stanley, capitale des îles Malouines, avec escale à Rio de Janeiro, au Brésil. L'avion-cargo était à trente-quatre mille pieds et demandait l'autorisation d'entamer sa descente. À l'énoncé du matricule de l'appareil, Littlehusband reconnut l'équipage. Il lui communiqua immédiatement les directives avec les dernières informations météo. Dans la foulée, il demanda familièrement :

– Eh, les gars! Vous avez pensé à ma caisse de *cachasa*[11], à Rio, comme je vous l'avais demandé à l'aller la semaine dernière?

La voix du copilote grésilla dans les micros :

– Aucun problème. On l'a avec nous. En prime on t'a pris au mess de Galhao[12] dix livres de citrons verts comme tu les aimes!

– Vous êtes des as! Je préviens Johnnatan de votre arrivée, et ce soir on se fait une sortie au requin, si vous n'êtes pas trop fatigués. C'est la bonne époque, ils pullulent en ce moment! Rappelez-moi quand vous serez à six mille pieds.

Littlehusband était au téléphone et tâchait de joindre Johnnatan quand on le contacta à nouveau de l'avion-cargo :

– *Zoulou Hotel*[13] à Tour. Me recevez-vous?

– *Copy*[14]! Ne me dites pas que vous êtes déjà au palier de six mille! s'étonna l'aiguilleur du ciel. Vous avez pris l'ascenseur pour descendre, ou quoi?

– Nous sommes en descente passant vingt mille pieds au cent quatre-vingt-douze nord, en direction de la balise de South Gannet. Nous venons d'avoir un écho radar à la verticale de notre route, cent mètres de profondeur, direction nord-ouest. Vitesse approximative : dix à quinze nœuds. Demandons instructions.

En prenant son service, comme à son habitude, Littlehusband avait parcouru les comptes rendus de vol de la nuit précédente. Il les avait lus en diagonale, n'y prêtant qu'une attention de principe. Il se souvint de cette annotation de sous-marin qui l'avait fait plutôt sourire. La réalité le rattrapait. Il réfléchit très vite en se disant qu'il était le seul à pouvoir éclaircir la question en cet instant précis. Peut-être même à pouvoir apporter une réponse

---

11. Boisson alcoolisée brésilienne.
12. Se prononce « galion ». Aéroport international de Rio de Janeiro au Brésil.
13. Indicatif de l'avion : ZH.
14. Bien reçu.

plausible à cette histoire abracadabrante. Il n'hésita pas une seconde.

– Dégringolez à trois mille pieds et fouillez-moi le secteur. Localisez l'intrus. D'après mon spot, vous êtes à moins de deux cents nautiques. Merci de confirmer. Donnez-moi votre position de descente toutes les quarante secondes. En palier à trois mille, cerclez à cinq nautiques de rayon. Où en êtes-vous côté carburant? À vous.

– Bien reçu. Nous avons encore deux heures d'autonomie. Merci de nous faire relayer par la chasse. Passons quatorze mille pieds. Vous rappelons à six mille. Distance balise South Gannet: cent quatre-vingts nautiques. Terminé.

Pestant en lui-même, car il avait la ferme intuition que la partie de pêche avec Johnnatan était compromise, Littlehusband se résolut à appeler le colonel McPherson.

Celui-ci s'apprêtait à partir jouer au golf. C'était une passion chez lui et il se serait volontiers passé de toute cette histoire qui venait bousculer un ordre serein, établi depuis des années. Il écouta sans chaleur excessive les commentaires succincts mais précis du contrôleur aérien. Sa conversation matinale avec l'administrateur lui revint en mémoire. Il se rendit compte qu'il n'avait donné aucun ordre de surveillance, qu'il n'était même pas passé en phase d'alerte. En un mot, si jamais quelque chose se produisait, il serait en première ligne sur un rapport des plus désagréables de la part de l'autorité suprême. Surtout, il était conscient que l'administrateur prendrait un plaisir vicieux à l'enfoncer.

Il appela le quartier général et donna ordre de doubler la couverture aérienne classique. À l'officier de service quelque peu étonné, il révéla brièvement les informations qu'il jugea nécessaires et exigea que l'avion-cargo soit immédiatement relayé par deux chasseurs supplémentaires, armés de mines anti-sous-marins.

Il appela ensuite l'amirauté. Il eut du mal à joindre qui que ce soit. Un planton de service lui répondit finalement d'une voix traînante qu'il était dans l'incapacité de dire où se trouvaient ses supérieurs. Le colonel fulminait:

– Comment ça, vous ne savez pas?! Vous vous foutez de moi? Je vais vous dire où ils sont tous: au golf, imbécile!

– C'est possible, mon colonel, mais...

– Comment ça, c'est possible?! Vous mettez ma parole en doute, crétin?

– ...

– Prenez immédiatement une jeep et allez me chercher l'officier en fonction. Dites-lui d'une part qu'il est aux arrêts de rigueur jusqu'à nouvel ordre pour abandon de poste et, d'autre part, qu'il doit me retrouver son supérieur de suite! Je veux qu'on fasse appareiller sans attendre un garde-côte, accompagné de la frégate stationnée au quai 2. Instructions leur seront données en mer. Appelez-moi depuis le club-house du golf dès que vous y serez. Allez! Exécution!

Il raccrocha bruyamment. Pendant un long moment, il resta songeur. Il lui semblait que cette affaire prenait des allures outrancières. Mais quelque chose lui disait qu'il avait bien fait de prendre ces premières mesures de sécurité qu'imposaient les événements.

– Après tout, on ne sait jamais... et mieux vaut tard que jamais, murmura-t-il entre ses lèvres.

Il se leva, dépliant sa longue carcasse avec paresse. Il se dirigea vers une petite commode d'acajou de l'autre côté de la pièce, qu'il ouvrit en s'accroupissant. Il se choisit un verre de cristal sur l'étagère du haut. Prolongeant avec précaution son bras dans la partie basse du meuble, il en sortit une bouteille de whisky. Il referma le battant du bout du pied. Debout, il se servit une rasade.

Le verre à la main, à pas lents, il revint à son bureau. Il se pencha vers l'interphone pour appeler sa secrétaire. Elle entra presque immédiatement sans frapper et aperçut le verre auquel il n'avait pas encore touché. Leurs regards se croisèrent. Le colonel lui parut las, torturé par un mal intérieur. Elle le connaissait sobre. Elle était aussi consciente que la bouteille de whisky était enfouie dans la commode depuis plus d'un an. Elle avait été entamée une première fois lors de la venue d'un général américain en visite sur la base. C'était six mois auparavant.

– Vous désirez que je vous apporte des glaçons?

– Non, merci, Laura. Je ne vous ai pas appelée pour faire la bonniche de service. Et d'ailleurs, je bois mon whisky comme il convient, c'est-à-dire sec, accompagné d'un verre d'eau.

La secrétaire fit un mouvement vers la salle de bain. Il leva une main autoritaire.

– Surtout, ne bougez pas! Je vais me le chercher moi-même.

Il se déplaça avec ses allures d'échassier vers la salle d'eau attenante au bureau. Elle entendit le robinet qu'on ouvrait puis qu'on refermait. Le colonel émergea, un verre dans chaque main. Utilisant un dossier comme sous-verre, il les déposa sur le bureau.

– Asseyez-vous, Laura. J'espère que vous ne m'en voudrez pas, mais on en a pour un bout de temps. Il faut que vous preniez une note d'information à l'attention de toutes les forces stationnées dans l'île. Vous en ferez un double pour l'administrateur que vous ferez porter ce soir même par un planton. Deux autres exemplaires seront destinés au gouverneur de Sainte-Hélène et au ministère de la Guerre à Londres, à faire passer en priorité par le chiffre. Enfin, une dernière note expurgée sera remise à ce crétin de flic Johnson. Il en fera ce qu'il voudra.

Le débit était lent, presque pénible. L'officier eut un soupir, suivi d'un mouvement d'épaules répété. Il contourna le bureau et s'assit dans une contorsion comique de ses longues jambes. Laura s'était souvent demandé comment il faisait pour loger ses genoux sous le tiroir central du bureau. Il tendit la main pour saisir avec lenteur le verre rempli de whisky. Il le porta à sa bouche et en aspira une gorgée. Il fit de même avec le verre d'eau qu'il vida à moitié en projetant vivement sa tête en arrière.

Avec douceur, le regard du colonel redescendit vers celui de la secrétaire et, presque instantanément, d'une voix monocorde où perçait un certain ennui, il se mit à dicter son ordre de mise en alerte générale.

L'administrateur fut averti par son secrétaire qui, lui-même, venait de recevoir un appel de la tour de contrôle.

Laconique, le message précisait que le fameux sous-marin avait été repéré de nouveau. Il était seize heures passé et, illuminant de ses rayons les boiseries murales, le soleil déclinant commençait à pénétrer dans le vaste bureau gouvernemental.

Le silence s'établit entre les deux hommes.

– Ça recommence! finit par lâcher l'hôte de la Résidence.

Le secrétaire était assis au coin du bureau, les avant-bras sur la table de travail. Il rétorqua calmement:

– Oui. Et cette fois-ci c'est dans nos eaux que cela se passe.

– Quelles dispositions ont été prises par McPherson? demanda le représentant de la Couronne.

– Je ne peux pas vous répondre pour le moment. Avant de l'appeler, j'ai préféré vous avertir. Néanmoins, c'était son heure de golf et je pense qu'il préparait ses clubs. En réalité, c'est Littlehusband qui a pris sur lui de demander à l'avion-cargo de patrouiller au-dessus de la zone cruciale. Mais je sais qu'il a averti le colonel en premier comme il se doit dans ces opérations de sécurité.

– Bon. Demandez à Littlehusband de rester à la tour le temps qu'il faudra. Avec lui sur place, on est sûrs que le travail sera fait. Voyez aussi du côté de la base. Puisque McPherson a été averti, il a certainement ordonné une veille aérienne. Je vais par conséquent l'appeler sous peu. Entre-temps, je vous charge d'une mission importante: aller exiger de Johnson au moins deux gardes supplémentaires pour épauler celui qui est en faction de jour à l'hôpital. Je veux que la chambre de Jordan soit gardée vingt-quatre heures sur vingt-quatre.

– Vous semblez craindre quelque chose...

Il y eut une pause. Les deux hommes se regardaient. L'administrateur haussa les sourcils et expulsa un long soupir.

– Je vous avouerai que je ne sais pas ce qui se passe. Ce n'est peut-être qu'une fausse alerte, mais mon intuition me dit que quelque chose se prépare. Toute cette histoire avec des péripéties à répétition, comme un mauvais polar, ça ne sent pas bon... En plus, comme vous le savez, la presse s'en mêle en Europe! Il faut arrêter ce cancer avant qu'il nous bouffe tous! Et l'île est atteinte de la maladie depuis le jour où ce Jordan a pris possession de l'aile ouest de l'hôpital.

Il haussa les épaules, chercha un objet sur le bureau qu'il ne trouva pas et ajouta, songeur:

– On verra bien qui a raison. Mais, quoi qu'il arrive, tenez-moi au courant à toute heure du jour et de la nuit. Et n'oubliez pas: priorité numéro un, renforcer la garde auprès du patient dès cette nuit. J'appelle McPherson immédiatement. Merci et à bientôt.

Aussitôt seul, le représentant de la couronne britannique fit basculer son fauteuil de cuir en arrière, laissant sa nuque épouser le coussinet placé au haut du dossier. Il porta son attention sur un imposant tableau qui lui faisait face. Il le détailla comme s'il le voyait pour la première fois. Son regard se perdit dans les sous-bois touffus d'un paysage du Yorkshire. D'un geste lent, il retira ses lunettes. Immédiatement, les arbres ancestraux disparurent dans le flou de sa myopie. Ramenant ses deux mains devant son visage, il les joignit dans un salut de bonze, pouces sous le menton. Décidément, cette affaire ne lui plaisait pas. Trop de coïncidences se télescopaient autour d'un même épicentre appelé William Wilfred Jordan. Et, comble de malheur, on n'était même pas sûr de son nom! Mais, ce qui le gênait le plus, c'était le fait que, malgré ce cumul de tracas de toutes sortes, aussi étrange que cela eût pu lui paraître, aucune animosité ne l'habitait envers Billy. En contrepartie, dans le déroulement chaotique des dernières heures, quelque chose se préparait et la réalité lui échappait. Il sentait qu'il n'arrivait pas à appréhender les événements comme il en avait l'habitude, c'est-à-dire sereinement, avec diplomatie et panache, imposant la marque de son autorité impartiale, mais jamais partagée. Cette situation l'agaçait.

Soudain, il se redressa d'un bond. Ses deux mains se muèrent en poings qui résonnèrent sur le lourd tablier du bureau revêtu de cuir de veau retourné. L'administrateur venait de réaliser qu'il n'avait encore jamais rendu visite à Jordan. Le comique de la situation, c'était que, à la lumière des rapports journaliers qui lui parvenaient, il lui semblait le connaître intimement. Intérieurement, il se promit de faire un saut à l'hôpital dès le lendemain matin.

Il tendit la main vers le téléphone et pressa la touche le reliant par une ligne directe au colonel McPherson.

CHAPITRE 6

À l'hôpital général de l'Ascension, en cette fin d'après-midi tranquille, Billy était dans sa chambre, assis sur le côté du lit, jambes pendantes. Il était vêtu de son peignoir de Chine qu'il affectionnait particulièrement, d'autant plus que c'était pratiquement le seul vêtement dont il disposait. Face à lui, recroquevillé sur sa chaise d'écolier, pied gauche déchaussé et enroulé telle une liane sous la cuisse droite, se balançait le garde. Entre eux s'élevait une table blanche toute simple, comme il est coutume d'en voir dans tous les bâtiments hospitaliers de la planète. Sur le meuble se trouvait un jeu de dames aux pions dispersés.

C'était la cinquième et dernière partie. D'un commun accord, décidé depuis plusieurs semaines, était déclaré vainqueur le premier concurrent à totaliser trois victoires. Au vu des nombreux jetons disposés de part et d'autre du damier, l'estocade était indécise, mais imminente.

Billy réprimait un sourire, les yeux luisants. Le garde, un Pakistanais sec comme un roseau des rizières et au visage alourdi par une épaisse moustache sombre, se grattait le menton du bout des ongles. Le raclement produit était des plus irritants. Ses yeux charbonneux couraient en diagonale des croisillons bicolores, jouaient à saute-mouton avec les quelques pions restants, pour revenir enfin à leur point de départ après avoir décrit des arabesques fugitives.

– Allez, joue! Tu es mort de toute façon! rugit Billy triomphalement.

Le garde lui jeta un regard furtif.

– Tsss... Attends! Tu me pousses à faire une faute!

– Faute ou pas faute, tu es mort, je te dis! Quoi que tu fasses, je te bouffe ta dame et après c'est le désert de Kandahar pour toi: plus un seul jeton!

– Tsss... Attends, je te dis! Tsss... Et d'abord, Kandahar, c'est pas au Pakistan.

– Pakistan ou Afghanistan, c'est du pareil au même: tu es mort! Allez, joue!

– Tsss...

La porte s'ouvrit. C'était Anna. Un sourire accroché au visage, elle tenait un sac de toile jaune. En d'autres circonstances, Billy se serait immédiatement levé pour se porter à sa rencontre, d'abord par déférence, mais aussi pour lui montrer son habileté à marcher. Ses progrès se multipliaient de jour en jour.

Pris par l'imminence de la fin du jeu, il resta assis, retenant par la manche le garde qui faisait mine de se lever.

– Joue, je te dis!

– Tsss... Attends! Miss Anna est là!

– Joue, je te dis! Miss Anna est là et elle va assister à la descente en flammes du sieur Muhamat Rajah Khan!

– Tsss...

Le garde se penchait sous la chaise, puis sous le lit. Billy hochait la tête, une grimace de circonstance à la bouche:

– Oui, eh bien, on a compris! Monsieur sait qu'il a perdu et refuse par conséquent de jouer. Tricheur!

Le garde à demi courbé cherchait désespérément à récupérer sa chaussette et son godillot aux lacets en bataille qui étaient hors de portée de son bras. Anna n'avait pas bougé. De la porte, elle surveillait le manège. Son sourire avait disparu. Billy repoussa la table de ses mains bandées en se laissant glisser du lit.

– Tricheur! lança-t-il une nouvelle fois à l'adresse du Pakistanais qui, d'une contorsion de sa cheville nue, tentait de remettre le brodequin militaire.

L'infirmière en chef s'impatientait.

– Vous prenez la chambre du malade pour une mosquée?

Le garde esquiva son regard froid.

– Tsss... C'est Billy qui...

– Monsieur Billy! le reprit-elle d'un air agacé.

– Tsss... Pardon! Mais monsieur Billy m'a demandé de jouer tranquillement...

– Tricheur!

– Tsss... Et vous voyez, on n'a même pas fini la partie.

En équilibre instable sur une jambe, il montrait de la main l'échiquier déserté.

– Tricheur! On a fini et tu as perdu!

Billy s'était rapproché d'Anna et l'embrassait sur la joue. Elle lui tendit son visage sans quitter le garde des yeux. Le malheureux, après avoir vainement essayé d'enfiler sa bottine à l'aide de son index en soutien arrière, clopinait vers la porte, le talon gauche nu dépassant comiquement du brodequin.

Au moment où il passait près de l'infirmière, elle le fusilla du regard.

– Allez vous habiller dehors! Si monsieur Johnson vous voyait dans cet état, vous entendriez sonner Big Ben d'ici!

Elle ferma furieusement la porte sur le Pakistanais avant de se tourner vers Billy pour lui tendre le sac jaune. Elle retrouvait sa jovialité et le dévisageait d'un air moqueur. Elle semblait soupeser sa stature d'un regard inquisiteur, à l'image de ces imprésarios de cabarets en train d'engager une strip-teaseuse.

– Qu'est-ce que c'est? fit-il, interrogateur, en montrant le sac du doigt. Et puis cessez de me déshabiller du regard comme cela! Je n'ai pas grand-chose à vous offrir dans l'indigence où je me trouve!

– Précisément! Ouvrez le sac, il y a une surprise pour vous. Et tâchez de vous arranger, car j'ai une autre surprise après. Je reviens dans une demi-heure. Prenez votre temps et même une douche si le cœur vous en dit.

Elle sortit en adressant un regard mécanique au garde dont le pied nu avait fini par réintégrer la botte de cuir.

Elle fut de retour une heure après. Dans le bagage de toile, Billy avait trouvé deux pantalons, deux chemises, dont une à manches longues, deux tee-shirts et des sous-vêtements. Sur le côté était rangée une paire de mocassins marron. Enfin, dans un réticule ajouré glissé au fond du sac, il avait découvert une cravate, une ceinture de cuir et une bouteille de lotion après-rasage à peine entamée.

Billy avait pris une douche et, pour la première fois, il s'était rasé sans aide. Cet exercice de réhabilitation à la vie quotidienne lui avait été pénible, et des égratignures étaient apparues sur son visage, vite colmatées par l'agression agréable du flacon dont il s'était abondamment aspergé. Il avait choisi la chemise à manches courtes. Le miroir de la salle de bain lui avait renvoyé une image qui l'avait surpris. Il s'était adressé un clin d'œil.

Ayant déroulé ses nouvelles chaussettes, il avait mis un genou à terre pour les passer. Sa blessure à l'abdomen l'obligeait à cette génuflexion. Les souliers s'avérèrent une taille trop grande. Anna s'en rendit compte en pénétrant dans la chambre.

– Faudra enfiler deux paires de socquettes, la prochaine fois!

Il se relevait laborieusement, se faisant un point d'honneur à ne pas être aidé par l'infirmière en chef.

– Mais non! C'est très bien ainsi. J'ai perdu l'habitude de porter des chaussures. Il est préférable qu'elles soient amples.

Il se redressa, tourna sur lui-même pour bien montrer la bonne mise des vêtements qui venaient de lui être offerts. Anna lui trouva un air satisfait. Une légère rougeur gagna ses pommettes qu'elle tâcha de cacher en posant ses paumes sur ses joues. Il la regardait de ses yeux rieurs.

– Anna, je me sens renaître!

– Billy, vous respirez la guérison totale à pleins poumons. Que je suis heureuse pour vous! Mais, sincèrement, j'avais peur que les pantalons ne soient pas à votre taille. Pour tout dire, ce sont ceux de mon mari; il sera content d'apprendre qu'ils vous vont à merveille quand il rentrera de Cardiff.

Il rectifiait le col de sa chemise en se regardant dans la glace. Anna continuait à le détailler, le regard critique. Il se retourna vers elle.

– Une raison particulière à cette fête?

Elle ne quittait pas ses yeux, semblant découvrir leur limpidité pour la première fois. Elle réprima avec difficulté l'émotion qui la gagnait. Le regard clair au-dessus duquel les sourcils reprenaient vie, accentué par le hâle gagné dans les sentiers du parc, la subjuguait. Il se rendit compte de son trouble.

– Alors? dit-il un rien moqueur.

Elle sentit de nouveau une chaleur lui parcourir le visage. Elle se reprit immédiatement et répondit avec vivacité:

– C'est la seconde surprise. Entre-temps, je vous rends la veste que vous portiez dans votre canot de sauvetage. Je l'ai repassée, mais elle paraît bien trop grande, et dans un fort mauvais état. À ce propos, j'ai trouvé ceci dans une doublure de la poche.

Elle lui tendit un objet de petite taille entouré d'un papier chiffonné. Billy s'en saisit. Curieux, il défit l'emballage. Une clef plate apparut. Il la palpa avec difficulté. Il leva son regard sur elle, songeur:

– Une clef?

– Oui, une clef. Il est fort possible que ce soit celle de votre maison. Gardez-la, elle vous permettra peut-être de mieux comprendre votre destinée... ou votre passé...

Il la glissait dans sa poche quand elle s'approcha de lui.

– Non! Vous allez la perdre à nouveau. Accrochez-la plutôt à votre pendentif, comme ça...

Elle l'aida à défaire la chaîne qu'il portait autour du cou. Son parfum lavande lui était si familier! Il se laissait faire. L'attouchement des doigts féminins sur sa peau était autant de caresses qui le plongeaient dans une langueur plaisante.

Ayant verrouillé le fermoir de la chaîne, elle recula d'un pas. Il releva la tête, ses yeux encore empreints d'une certaine lassitude. Elle lui sourit, tout en se rapprochant de la porte.

– Venez, on va marcher un peu dans le parc. Cela vous fera du bien.

Il se redressa, l'œil à nouveau vif. N'ayant pas de montre, il demanda:

– Quelle heure est-il?

– Bientôt seize heures. Pourquoi cette question? Généralement, vous ne vous préoccupez pas de l'heure...

– Dans un hôpital on perd la notion du temps. Cloîtré dans ce monde médico-carcéral, les heures s'égrènent, une à une. On les suit, on les compte, puis on laisse filer. Un jour, on ne fait plus attention. On est rattrapé par l'inertie. On se lève avec le soleil, on se couche avec les étoiles. Ce qui oscille entre ces deux extrémités s'appelle la vie quotidienne élargie aux dimensions de l'univers. C'est-à-dire celle qu'il nous est donné de respirer, tant que notre cœur bat encore. La vie, parure éphémère d'un destin qu'on ne contrôle pas et qui nous est imposé par les circonstances...

Il resta quelques secondes perdu dans ses pensées. Anna s'aperçut que son esprit vagabondait à des kilomètres de distance. Ses yeux bleus se posèrent sur elle pour retrouver tout aussi soudainement cette gouaille qu'ils avaient perdue quelques instants auparavant. Sa main effleura la sienne, posée sur la poignée, la forçant à ouvrir la porte. Dépassée par cette familiarité, l'infirmière se laissa pousser dehors.

Ils enfilèrent le corridor en ignorant le malheureux Rajah Khan qui s'était levé d'un bond en faisant crisser sa chaise d'osier. Dès les premiers pas, Anna sentit le bras masculin s'enrouler autour de sa taille. Discrètement, il se pencha à son oreille.

– Allons nous balader, lui chuchota-t-il. J'en ai besoin, et vous aussi.

Sans ralentir, il se retourna vers le garde et lui lança un clin d'œil complice.

– Va récupérer ta chaussette sous le lit. Je ne tiens pas à mourir empoisonné par l'odeur rance d'un tricheur!

Ils marchaient côte à côte. L'infirmière tâchait de calquer son pas sur celui du convalescent lorsque surgit la jeep du chirurgien.

– C'est la seconde surprise qui arrive? interrogea le patient.

Anna salua du bras Cunningham qui s'extrayait du véhicule. Elle se retourna vers Billy, un léger rire en gorge.

– Oui! Vous aviez deviné?

– Non, d'autant moins que je n'ai pas la moindre idée de ce que vous mijotez. Mais, généralement, quand il y a l'un, l'autre n'est pas loin. Alors...

– Qu'allez-vous chercher là?

Elle riait. Ses dents blanches illuminaient son visage.

– Moi, rien, fit-il avec un haussement d'épaules faussement contrit. Je constate simplement...

Le major venait vers eux, faisant crisser le gravier de son pas lourd.

– Je ne vous avais pas reconnu, dit-il à l'adresse de Billy en lui tendant la main.

Un sourire engageant s'affichait dans la broussaille de sa barbe. Billy avança sa main bandée à son tour et tenta de serrer celle du docteur. C'était un exercice douloureux, mais qu'ostensiblement le chirurgien imposait à chacune de leur rencontre.

– Eh bien! Vous me paraissez en pleine forme! Cela me fait d'autant plus plaisir que vos progrès sont bien plus rapides que je ne l'aurais imaginé.

Il ausculta le visage de Billy et lui palpa la joue. Il ajouta:

– Le bronzage aidant, vos cicatrices ont tendance à s'atténuer très rapidement en se confondant dans les replis des rides. À mon avis, vous allez retrouver l'usage de tous vos muscles faciaux dans moins de trois mois.

Il se tourna vers Anna.

– Vous avez mis notre jeune ami au parfum?

– Non, il ne m'en a pas laissé le temps. Il n'a pas arrêté de me faire la cour!

– Absolument! rétorqua Billy qui ne voulait pas être laissé-pour-compte. J'ai même cherché à mettre toutes les chances de mon côté. La preuve: j'ai même revêtu un slip tout neuf! Vous voulez vérifier?

Ils s'esclaffèrent tous les trois. Le pilote reprit sur le ton de la confidence:

– Je vous emmène chez moi. On va se faire un barbecue dans le jardin. Mais, entre-temps, on va s'offrir une promenade dans l'île, histoire de vous montrer ce qu'est l'Ascension. Je vous l'avais promis...

– Je m'en souviens parfaitement.

– ... et je tiens généralement mes promesses! Pour que tout soit officiel, c'est-à-dire pour ne pas être en infraction avec le code de sécurité qui a été décidé en haut lieu, j'emmène le garde avec nous. Anna, qu'en pensez-vous?

Elle fit la moue.

– Je l'ai réprimandé tout à l'heure, car sa tenue laissait à désirer, mais...

Billy intervint.

– Vous savez, c'est un gars sympathique. Et, après tout, s'il a perdu la partie, il n'a pas perdu sa chaussette...

– Qu'est-ce que c'est que cette histoire de chaussette? Demanda, incrédule, le chirurgien en fronçant les sourcils.

Billy expliqua les tendances innées de se déchausser, liées à ses origines pakistanaises, que retrouvait le garde au moment où il réfléchissait profondément, notamment au jeu de dames. Le médecin sourit.

– Je comprends mieux, à présent. Mais il faut lui rappeler qu'il est enrôlé dans l'armée de Sa Majesté. Il lui sera difficile de convaincre ses supérieurs quand il se déchaussera au front afin de mieux réfléchir sur qui tirer! En route! Anna, allez le chercher pendant que j'aide Billy à grimper dans la Toyota.

La promenade dura près de deux heures. Billy était assis à l'avant. Anna à l'arrière, à côté du garde qui tenait son fusil entre ses jambes. Cunningham donnait des explications sur la faune et la flore de l'île, sans oublier quelques précisions historiques. Il faisait montre d'une vaste culture générale, mais l'enchaînement des commentaires avait été facilité par les questions pertinentes de Billy. Cette sagacité n'échappait pas au médecin qui approfondissait volontairement certains détails techniques, touchant aussi bien la défense militaire et ses couvertures radars que le problème de dessalement de l'eau, ou encore l'établissement des relais de la Nasa et de la BBC.

Ils poussèrent jusqu'à North Point. Billy demanda à descendre de voiture. Silencieux, il fit quelques pas sur le sable longeant la route. Son regard portait au loin sur la ligne imaginaire de partage entre le ciel et la mer, là où le vert très fort de l'eau se confond avec le gris de l'horizon. Des palmipèdes blancs au bec plat en forme d'écuelle planaient au-dessus des flots.

Les cheveux virevoltant au vent, il se retourna vers ses amis qui le suivaient à courte distance.

– Ce sont des pélicans?

– Très juste, dit Cunningham. Ils se nourrissent exclusivement de poissons. Regardez-les plonger!

L'un des oiseaux pêcheurs glissa dans un arrondi gracieux, replia ses ailes et, tête baissée, fonça sur sa proie. Il se fondit dans un tourbillon d'écume pour apparaître quelques secondes après, son bec crochu tenant un poisson frétillant qu'il fit disparaître dans son goitre en forme de poche. Sans perdre des yeux le manège qui se répétait au-dessus de lui, Billy s'adressa au chirurgien:

– C'est drôle... je me souviens en avoir vu dans le passé. Très certainement aux États-Unis...

Comme pour lui-même, il murmura, songeur:

– Je me suis toujours demandé comment ils font pour ne pas se blesser en plongeant...

Le docteur s'était rapproché de lui. Il demanda:

– Vous savez de quoi meurt un pélican?

Billy, surpris, reporta son regard sur Cunningham.

– De quoi meurent-ils? De vieillesse ou bien d'un traumatisme crânien à force de plonger, je présume... non?

Il souriait, attendant la réponse.

– Non, répondit le militaire. Vous n'y êtes pas. Figurez-vous que les pélicans meurent de faim.

– De faim?

– Oui, de faim; en raison de leur cécité.

Billy le regardait, étonné. Cunningham poursuivit:

– C'est simple. À force de plonger, au fil des ans, le sel marin leur ronge la rétine. Arrive le jour où le pélican devient partiellement aveugle, et, par conséquent, dans l'impossibilité de voir sa pitance. Il meurt alors de malnutrition.

Billy restait silencieux. Au bout d'un instant, pensif, il murmura:

– Si je comprends bien, c'est un perpétuel combat. Tant que le pélican plonge, c'est qu'il y a de la vie, de l'espoir...

Ils revinrent par le centre de Georgetown, ce qui donna l'occasion à Cunningham de rappeler l'histoire de l'île. Il aborda l'historique des constructions des forts Thornton et Hayes, premiers vestiges des pionniers de l'époque napoléonienne. Par South Road, ils traversèrent l'embranchement de Cat Hill, puis reprirent South West Road qui contourne la piste d'atterrissage. Ils débouchèrent dans le quartier de Cotar Hill où le major disposait d'un cottage de fonction. Un jardin à l'arrière donnait accès à une tonnelle circulaire ombragée, près de laquelle avait été placé un barbecue à roulettes. Des plantes grimpantes, partant à l'assaut des lattes en treillis, donnaient à l'ensemble une petite touche d'intimité florale.

Très vite, les premiers grésillements des steaks importés du Brésil emplirent l'air d'effluves fort appétissants de viande grillée. Anna avait préparé une salade de verdure, tomates et avocats. Le chirurgien s'escrimait à déboucher une bouteille de vin blanc qu'il venait de retirer du réfrigérateur. Dans un coin, avachi sur une chaise longue protégée du soleil déclinant, Rajah Khan sirotait une limonade au goulot.

La nuit propre à ces régions voisines de l'équateur tombait rapidement. Une lampe-tempête accrochée à l'armature convexe de l'abri venait d'être allumée. Des ténèbres, dans une danse rituelle et désordonnée, un nuage d'insectes et de papillons d'un soir vinrent offrir leur existence éphémère à la lumière artificielle.

Dans la quiétude de cette soirée tropicale, à l'initiative du major, un toast fut porté en l'honneur de Billy.

Au même instant, non loin des côtes inhospitalières de l'île, un bouillonnement se produisit à la surface de l'océan. Tel un monstre apocalyptique, le nez crochu et noir d'un sous-marin jaillit dans la brise fraîche de la nuit, propulsant dans son sillage son corps métallique et glacé.

En trente secondes, une embarcation fut mise à l'eau. Un homme-grenouille cagoulé et armé y prit place. Immédiatement, dans un ronronnement furtif de moteur hors-bord, il s'éloigna vers la côte.

Un bruit sec de clapet que l'on referme rompit le silence rythmé de la houle paresseuse contre les flancs inertes du bâtiment de guerre.

Soudain, basculant de l'avant dans un remous d'écume chatoyant de clarté lunaire, l'abominable créature mécanique s'engouffra dans les ténèbres des profondeurs marines.

Au moment où il portait son premier verre de vin à ses lèvres, sans le savoir, Billy vivait sa dernière nuit à l'Ascension.

CHAPITRE 7

Avec une diligence de bon et loyal serviteur de l'État qui lui collait si bien à la peau, le secrétaire exécuta immédiatement les ordres de l'administrateur. Il en profita même pour peaufiner certains détails, tâchant de circonscrire ainsi toute possibilité d'erreur de jugement.

Avec méfiance, Johnson le vit débarquer dans son bureau.

Le secrétaire lui parut toujours aussi aimable, urbain, diplomate, simple dans son propos. Mais il avait conscience que l'intelligence de son interlocuteur était trop vive pour qu'il puisse, lui, petit fonctionnaire insulaire, soutenir une confrontation verbale.

C'est donc sans le moindre effort pour soulever son postérieur qu'il lui tendit avec réticence une main moite et mollassonne pardessus la table de bois qui lui servait de bureau.

En même temps, il fronça les sourcils, laissant échapper une grimace de sa bouche grasse. Il demanda d'une voix traînante :

– Qu'est-ce qui arrive encore?

– Rien! Mais bonjour quand même!

Le policier restait sur ses gardes. Il eut un soupir.

– Excusez-moi, je suis un peu dépassé par tout ce travail qui me tombe sur la tête. Et je suis tout seul, ou presque...

Pour imager son propos, Johnson, en jetant ses yeux au plafond, ouvrit ses deux mains palmées de chaque côté des joues dans un signe d'impuissance. Le secrétaire souriait.

Ce qui aurait pu être pris pour de la compassion n'était en fait qu'une raillerie silencieuse. L'adjoint de l'administrateur connaissait de longue date les limites énergétiques de son interlocuteur. Sans y être convié, il s'assit sur une chaise face au bureau.

Soudain, il parut se souvenir de la raison de sa visite.

– À propos, j'ai besoin de gardes supplémentaires.

Le policier roula des yeux.

– Quoi? Mais vous plaisantez! J'ai déjà retiré Rajah Khan de l'intersection de l'école. Du coup, le cinéma n'a plus de garde lors des projections du soir!

– Que voulez-vous, je suis comme vous, un petit fonctionnaire exécutant des ordres. Et les ordres sont formels. Désolé, mais il me faut trois policiers.

– Et vous en voulez trois, à présent! Mais il est fou ou quoi, votre...

– Personne n'est fou, rassurez-vous. Après tout, ce n'est qu'un emprunt momentané pour le bien de la communauté.

Il sourit à nouveau, appâtant sa proie avec un ton conciliant.

– Je vais vous aider: donnez-moi Leslie...

– Mon chauffeur!

– Oui, votre chauffeur. Plus l'autre, le chauffeur qui pilote votre épouse et lui sert d'homme à tout faire. Son nom m'échappe...

– Archibald. Mais il est inexact de prétendre...

– Peut-être! Va pour Archie! Et je vous laisse le choix du dernier. Il me faut de préférence quelqu'un qui s'est distingué lors du dernier concours de tir que vous aviez si bien organisé. À cet égard, je vous retransmets à nouveau les félicitations de l'administrateur qui aimerait voir ce genre de manifestation reconduite plus souvent.

– Pardon? Ce concours a eu lieu il y a huit mois! Il ne m'en a jamais soufflé mot!

– C'est entièrement de ma faute! Il m'avait demandé à l'époque d'être son ambassadeur et de vous dire combien il avait apprécié votre initiative. Il se fait que je suis humain et, comme tout un chacun, j'ai des pertes de mémoire. Ce matin, en évoquant cette demande urgente de gardes supplémentaires, l'administrateur m'a rappelé à l'ordre. Excusez-moi pour cet oubli.

Il se leva. D'un regard rapide et enveloppant, il parcourut les murs crasseux constellés de notes diverses, certaines jaunies par le temps.

– Je vous laisse à votre travail, dit-il avec un air engageant. Et surtout je vous fais entièrement confiance pour le choix du troisième homme. Mais rappelez-vous: il faut qu'il soit un tireur émérite. À bientôt!

Johnson eut tout juste le temps de lever un bras pour arrêter le mouvement de départ du secrétaire.

– Attendez! Il vous les faut pour quand, mes bonshommes?

Le secrétaire réapparut dans l'embrasure de la porte, l'air étonné.

– Pour quand? Mais immédiatement, bien entendu! Je serais très heureux qu'ils puissent être dans une demi-heure à l'hôpital. Je leur communiquerai personnellement les consignes de l'administrateur. Merci de votre aide. Bonne soirée.

Il disparut aussi soudainement qu'il était arrivé.

Johnson en resta bouche bée. Il avait tout envisagé, sauf une réquisition de ressources humaines aussi tranchée et rapide.

Soudain, le secrétaire surgit à nouveau devant le policier qui sursauta.

– Et en armes, Johnson! Veillez vous-même à ce qu'ils soient efficacement armés, avec suffisamment de munitions pour soutenir un siège si cela s'avère nécessaire. Compris?

Moins d'une heure après, le fonctionnaire de l'État déambulait dans le parc de l'hôpital en compagnie des trois gardes. L'obscurité du soir gagnait les allées aux graviers blancs.

L'air soucieux, signe inhabituel chez lui, il étudiait la configuration du terrain afin d'apporter la meilleure efficacité à un dispositif de défense des bâtiments.

Planté au milieu de l'allée centrale, tâchant d'imaginer la tactique d'éventuels assaillants, il examina de loin la grille de l'entrée principale. Après un moment de réflexion, il se retourna vers les trois policiers, tous armés d'un fusil-mitrailleur en bandoulière et d'un revolver qu'ils portaient à la hanche.

L'un d'eux, petit, râblé, tout en muscles, avait un étrange regard aux yeux bridés. Natif du Népal, il s'était distingué durant la guerre des Malouines. C'était le tireur d'élite choisi par Johnson. Ne prenant aucun risque, le chef de la police s'était contenté d'envoyer le vainqueur du concours de tir.

D'un doigt pointé, le secrétaire l'apostropha.

– Vous! Quel est votre nom?

– Timpah, *Sir*.

– C'est vrai! C'est vous le champion de l'Ascension! Très bien, Timpah. Vous allez immédiatement fermer la grille et vous vous posterez à l'intérieur du périmètre du parc. Plus personne n'entre aujourd'hui à l'hôpital, mises à part les autorités médicales. Vous vérifierez toutes les identités. Je dis bien toutes! Soyez tranquille, je vous couvre pour toute récrimination que ces mesures ne manqueront pas de soulever.

Il se tourna vers les deux autres gardes.

– Vous deux, par ici! Écoutez-moi bien. J'en veux un de faction sur le perron, près de la réception. L'autre se placera sous les fenêtres de la chambre ouest, c'est-à-dire celle de monsieur Billy. O.K.? Bon. Maintenant, encore une fois, j'ai besoin de toute votre attention.

Il leva son index et regarda tour à tour les trois policiers.

– À tout moment, durant toute la nuit, je veux que chacun ait ses deux compagnons en vue. Je m'explique: nous formons un triangle. Timpah à la grille, Leslie à la réception, Archibald sous les fenêtres. Vous suivez?

Les gardes acquiescèrent. Le secrétaire reprit:

– Je viens de vous remettre à chacun une lampe de poche et un sifflet. Toutes les demi-heures, je veux que vous vous transmettiez un signal lumineux. Un long, un court, un long. Et ce signal fait la chaîne. Il part de Timpah, pour aller vers Leslie, qui le répercute sur Archibald, qui à son tour le renvoie à Timpah. La chaîne est bouclée. On est toujours d'accord?

Timpah, certainement le plus intelligent des trois, intervint:

– Et en cas de danger?

– On y arrive. Dès que vous avez le moindre doute, vous n'hésitez pas. Vous actionnez le signal «Danger», c'est-à-dire un court multiple, comme cela, regardez!

Prenant la lampe du Népalais, le collaborateur de l'administrateur la fit clignoter une dizaine de secondes devant les trois visages.

– Vous avez compris? Très bien. Maintenant, écoutez bien. Si le danger est réel, ou si vous êtes en visuel avec un intrus, que faites-vous?

– ...

– Archibald! Qu'allez-vous faire de votre sifflet?

Le grand Noir tout en graisse haussa les épaules, faisant disparaître momentanément son cou. Il rappelait les réactions de défense d'un reptile en pleine clairière. Ses yeux d'ébène roulèrent dans leur carcan d'ivoire.

– Je... euh...

Le secrétaire paraissait avoir tout son temps. Il dit d'un ton posé, en égrenant sa phrase:

– Avec le sifflet, vous...?

Faisant un effort visible pour déchiffrer le sens du message, le grand Noir observait le fonctionnaire impassible.

– Euh... je siffle?

– Bravo! Il a compris!

Le Noir, soulagé après un tel effort cérébral, laissa échapper un rire nerveux.

– Ouais, j'ai compris!

Le secrétaire reprit d'un ton calme et convaincant:

– Oui, vous êtes les meilleurs! C'est pour cela que vous avez été choisis. Allez, on répète!

À vingt et une heures, le secrétaire appelait son chef direct.

– Le dispositif de sécurité est en place, monsieur. Je m'en suis occupé moi-même, car le demander à Johnson aurait été...

L'administrateur le coupa d'un ton las:

– Oui, je m'en doute! Ne m'en parlez pas, j'ai suffisamment d'emmerdes comme cela.

Il était très rare que l'administrateur se laisse aller à des vulgarités de langage, bien qu'il recherchât quelquefois des effets de salon savamment calculés lors de réceptions mondaines tenues à la Résidence. Il reprit sur un ton de confidentialité:

– Vous avez pu réunir combien d'hommes?

– Trois, plus Rajah Khan, quand il sera de retour.

Il y eut une demi-seconde de silence. C'était suffisant pour que le secrétaire remarque qu'elle recelait une inquiétude.

– Rajah Khan n'est pas là?

– Ni monsieur Jordan. Ni Anna, l'infirmière en chef. Ils sont partis cet après-midi dans la Toyota du docteur Cunningham. Je crois savoir que le major voulait faire visiter l'île à monsieur Jordan. D'ailleurs, il me semble qu'il vous avait entretenu de son projet la semaine dernière lors de votre réunion.

– Oui, oui... mais je ne savais pas que la décision de cette virée serait mise à exécution aussi rapidement.

Après un silence, il demanda:

– Et Rajah Khan est avec eux?

– Absolument.

– Je reconnais bien là le doigté du chirurgien. Il évite ainsi toutes représailles administratives! Vous avez téléphoné chez lui, ou bien chez Anna, pour vous assurer de leur présence?

– Bien entendu.

L'administrateur sourit à cette affirmation. Il était évident qu'un homme aussi méthodique, qui ne prenait jamais d'initiative au hasard, ne pouvait en aucun cas laisser échapper le moindre détail, aussi minime fût-il. Au-delà de leurs tempéraments respectifs, qui se situaient aux antipodes, le responsable de la diplomatie à l'Ascension savait apprécier la présence de son subordonné.

De toute manière, c'était la seule personne à qui il consentait à accorder sa confiance.

– Résultat?

– Partiellement négatif pour le moment. Cunningham n'est pas encore chez lui, et la fille de notre infirmière en chef m'a indiqué qu'elle n'attend pas sa mère pour le dîner. J'en conclus qu'ils étaient encore en promenade lors de mon appel. Probablement qu'ils dîneront tous ensemble chez le major. Je dois d'ailleurs rappeler chez lui dans un quart d'heure.

– Laissez tomber. Il y a plus urgent pour le moment. Tant que Jordan est en compagnie de Cunningham et de Rajah Khan, il n'y a pas de danger. En fait, je ne sais même pas s'il y a réellement danger au sens strict du terme! Revenez plutôt à la Résidence. On va étudier ensemble les dernières informations en provenance de la chasse que vient de nous transmettre McPherson. Ainsi que ceux que nous communique la frégate que j'ai envoyée en mer. Je ne vous cache pas qu'il y a du nouveau!

Le téléphone surprit Cunningham en pleine explication géologique sur le relief volcanique de l'archipel. C'était l'administrateur. Prévoyant une remontrance cinglante, le major se plaça sur la défensive. Mais elle ne vint pas.

– Jordan est avec vous?

– Oui, bien sûr! Vous voulez lui parler?

– Ma foi, ce serait une bonne idée.

Le militaire partit chercher son invité d'un soir. Sincèrement étonné de l'intérêt soudain que lui portait la plus haute autorité de l'île, Billy demanda à la ronde, tout en se levant de son fauteuil:

– Je lui envoie de l'Excellence, ou bien de l'Altesse?

Anna pouffa. Rajah Khan, qui somnolait dans un fauteuil de jardin, le canon du fusil enfoui dans l'une de ses bottes pour l'empêcher de glisser, ricana les yeux mi-clos:

– Tsss! De toute façon, ici, à l'Ascension, c'est Allah!

Billy accompagna de son sourire grimaçant le rire franc des trois autres. Le docteur le retint par le bras.

– Non, soyez poli. Appelez-le monsieur. Pour tout vous dire, vous êtes en infraction. Ou plus exactement, c'est moi, car je vous ai conduit ici. Soyez simplement respectueux. Il ne vous mangera pas.

De son pas encore indécis, Billy se rendit au salon. Il prit le combiné.

– Jordan à l'appareil, monsieur.

– Comment savez-vous que vous vous appelez Jordan?

La voix était calme, basse, un tantinet ironique.

– C'est ainsi que tout le monde m'appelle... Et même vous, à ce que je crois savoir, monsieur! Cela dit, je ne peux rien affirmer.

– Vous avez partiellement raison...

Sans qu'il en comprenne le sens, Billy crut percevoir chez son interlocuteur une certaine lassitude. Il laissa passer deux secondes.

– Vous vouliez me parler, monsieur?

– Oui. Et je dois confesser qu'il y a longtemps que j'aurais dû le faire. Surtout vous rendre visite à l'hôpital. Je suis sincèrement désolé de ne pas l'avoir encore fait.

Le ton parut loyal à Jordan, qui laissa l'administrateur continuer:

– À ma décharge, je dois dire que le docteur Cunningham me parle très souvent de vous, sans oublier les notes de convalescence que je reçois, signées par Anna. Il me semble vous connaître de longue date! Mais cela n'excuse en rien mon manque de civilité. Mais trêve de bavardage! Je voulais simplement vous dire que j'ai décidé de venir vous rencontrer demain matin à l'hôpital. Entre dix heures trente et onze heures, tout de suite après la corvée de la revue de presse et du courrier qui arrive par la valise[15]. Je voudrais terminer en spécifiant que j'ai obtenu l'assentiment de votre docteur pour vous inviter à la Résidence lors du prochain cocktail.

– Je suis très touché, monsieur. Et je vous remercie pour vos commentaires fort aimables.

Dans le combiné, la voix prit un ton inquisiteur:

– Dites-moi, Jordan, vous semblez avoir un accent quand vous parlez anglais. Parlez-vous d'autres langues étrangères?

– Oui, plusieurs, monsieur.

– Savez-vous, Jordan, que toute voix radiophonique est amplifiée d'intonations étrangères si la langue parlée n'est pas originelle?

– En effet, monsieur, je le sais.

– C'est ainsi d'ailleurs qu'on dépistait les espions, ou plus exactement les taupes pendant les deux guerres mondiales.

15. Courrier diplomatique.

Billy sentit que le commentaire lui était destiné. Bien que n'appréciant qu'à moitié, il ne laissa rien paraître.

– Vous avez encore raison, monsieur. Mais, au risque de vous décevoir, il me semble que je ne suis ni espion ni taupe. Et même si je l'étais, mon utilité à la bonne cause serait nulle, car je ne me souviens pas un traître mot de ma mission!

– Vous avez le sens de la repartie, monsieur Jordan. C'est très bien! J'aime les gens de caractère et avec de l'humour. À demain!

– À demain, monsieur. Vous voulez que je vous repasse le major?

– Vous ne sauriez être plus aimable.

Cunningham arriva à grandes enjambées sur un signe de Billy, qui lui tendit le combiné avec un clin d'œil. Le docteur répondit par un large sourire broussailleux. Sa voix résonna:

– Oui, monsieur?

– Dites, major, il est sympathique ce garçon.

– Je vous l'avais dit, monsieur. En plus, il est intelligent et dispose d'un excellent bagage culturel.

– C'est parfait. J'ai décidé d'ailleurs de lui rendre visite demain à l'hôpital. Entre-temps, je voudrais vous entretenir d'autre chose.

Le ton avait changé. La voix, tirant sur le chuchotement confidentiel, se fit moins chaleureuse.

Cunningham dut prêter l'oreille.

– Major...

– Oui, monsieur?

– Il y a un os!

– Ah?

Machinalement, le médecin jeta un coup d'œil dehors. Billy s'était rassis à table face à Anna. Elle riait, amusée par ce qu'il racontait. Le garde dormait, le canon du fusil planté dans le brodequin de cuir. Le temps d'une seconde, le docteur se dit que le Pakistanais risquait de s'emporter le pied si, par inadvertance, il lui arrivait de taquiner la gâchette dans son sommeil. Le salon était plongé dans la pénombre. Une bande stéréo distillait une musique des sixties. La voix de l'administrateur prit possession du combiné. L'aviateur le colla un peu plus à son oreille.

– Le sous-marin a été localisé à moins de dix nautiques des côtes.

L'information prit l'allure d'une douche froide. Le militaire retrouvait toute sa vigilance.

– C'est la chasse qui...

– Affirmatif! La chasse et la frégate. À ce propos, le commandant du bâtiment de marine m'a appelé pour me dire que l'intrus vient de faire surface. Et, tout aussi soudainement, il a disparu des spots radars.

– Que donne la couverture aérienne?

– C'est précisément la dernière information dont je dispose. Ils ont pu le localiser en plongée profonde plein sud, alors que deux heures auparavant il naviguait au nord-ouest en direction de l'Ascension.

– A-t-on une idée du type d'engin auquel on a affaire?

Le premier magistrat ne put réprimer une exclamation de plaisir:

– Exactement comme je l'avais prédit à McPherson, major! Un diesel-électrique déplaçant approximativement mille trois cents tonnes en immersion. Donc, une petite taille. C'est certainement un bâtiment de moins de trois cents pieds de longueur. Vitesse: treize nœuds en plongée.

– Je connais peu de chose sur les sous-marins. En revanche, je pense que de votre côté vous avez une idée plus précise?

Bien qu'il eût enrobé sa phrase d'un ton interrogateur, Cunningham était certain que l'administrateur était bien plus avancé dans ses recherches qu'il ne voulait le laisser paraître. Il lâchait les informations par bribes. C'était à la fois du vice et du plaisir. Mais il voulait aussi bien faire sentir à son interlocuteur qu'il détenait le monopole de l'information.

– Nous avons en effet, mon secrétaire et moi-même, une idée plus précise.

« Décidément, se dit le chirurgien, il va falloir avoir recours aux forceps pour lui arracher chaque renseignement. »

Il prit une grande inspiration et, calmement, demanda:

– Et, d'après vous, il s'agit de quoi et de qui?

– C'est là que ça se corse, major! De quoi? On sait y répondre à peu près. De qui? Impossible de le savoir pour le moment. Et pourquoi? Alors là, c'est le noir le plus complet.

– Très bien. Alors, allons-y pour le quoi.

– Eh bien, sous condition de confirmation de nos techniciens, je pense qu'il s'agit d'un sous-marin de la classe Whiskey, fabriqué dans l'ex-URSS dans les années 1951 à 1957.

– Mais c'est vieux, ça!

– Tout à fait. L'ennui, c'est que les sous-marins de cette classe ont été les plus nombreux à être produits par les chantiers navals russes. Ils ont été ensuite revendus un peu partout dans le bloc des pays communistes. Or, depuis l'éclatement de l'URSS et de tous ses satellites, allez savoir dans quelles eaux ont terminé tous ces requins d'acier de haute mer! Actuellement, il semble qu'il y en ait encore une cinquantaine en activité, répertoriés de par le monde[16].

– Et quelles conclusions en tirez-vous?

– Probablement les mêmes que les vôtres. Comme le dit d'une manière fleurie mon secrétaire qui est près de moi, il semble que ces quidams d'un soir sont venus faire un dépôt quelque part. Dans quel but? Cela reste à élucider. Mais nous ne tarderons pas à le savoir. Du moins, j'en ai peur.

– Ouais... fit Cunningham, songeur.

– Comme vous le dites, major!

– Quelles sont vos décisions?

– Elles sont simples. Tout d'abord Jordan reste chez vous ce soir. Inutile de le ramener à l'hôpital. Un dispositif de sécurité vient d'y être mis en place par mon secrétaire. Mais il manque encore d'automatisme. Laissons-le prendre ses marques une première nuit. Au fait... Rajah Khan est chez vous?

Instinctivement, le chirurgien jeta un regard vers le garde. Ses lèvres se fendirent en un sourire muet. Avachi dans sa chaise longue, le Pakistanais avait laissé son menton s'affaisser sur sa maigre poitrine. Inertes, les deux bras s'enroulaient autour de la crosse du fusil pointé vers le sol.

– Absolument! Et en parfait état de marche!

– Eh bien, c'est excellent! Qu'il reste constamment auprès de Jordan. Demain, on verra plus clair. Ramenez-les-moi tous deux à l'hôpital pour dix heures. Je viens d'avertir votre protégé que je lui rendrai visite après la valise, entre dix heures trente et onze heures.

Il s'arrêta de parler. Soudain, la voix changée, il apostropha le médecin:

– Major?

– Oui, monsieur!

– Probablement que dans un mois on rira ensemble des mesures de sécurité qu'on vient de prendre. Mais il vaut mieux toujours prévoir. La vie m'a au moins appris ça. Allez! je ne vous retiens pas. Bon amusement avec vos invités, et surtout passez une bonne nuit. Et pas un mot de tout cela à quiconque. Encore moins à Jordan!

---

16. Absolument véridique.

Cunningham raccrocha, pensif. Il resta quelques secondes prostré, puis, à pas lents, il se dirigea vers la tonnelle.

Les débats se poursuivirent tard dans la nuit. Billy se révéla un convive fort agréable, distillant une conversation captivante qu'il agrémentait d'un humour corrosif. Aussi bien Anna que Cunningham étaient sous le charme de cette élocution châtiée, au mot juste, à la prononciation parfois difficile ponctuée d'une pointe d'accent indéfinissable. Il était extraordinaire de constater combien cet homme, qui n'avait plus de passé et dont le présent se confinait à l'expérience d'une chambre d'hôpital, arrivait à extraire matière à discussion de tout ce qui l'entourait.

Une eau-de-vie d'Alsace, gardée comme il se doit au congélateur, remplaça la bouteille de vin. Rajah Khan ronflait. Cunningham annonça à un Billy radieux qu'il venait d'obtenir pour lui des hautes autorités la permission de passer la nuit hors de l'hôpital. Bien plus tard, ils réveillèrent le policier pour qu'il les accompagne dans le court voyage qui conduirait Anna chez elle. Au retour, Cunningham installa Billy et son garde du corps dans une chambre meublée de lits jumeaux.

Billy et Rajah Khan dormaient depuis longtemps quand finalement l'aviateur décida d'éteindre sa lampe de chevet.

Mains sous la nuque, les yeux grands ouverts sur le ventilateur du plafond qui tournait sans bruit dans la pénombre, il tenta de se remémorer les événements de la journée. Son esprit vagabonda entre la Résidence et l'hôpital, maintenant sous bonne garde, entre son destin de militaire au service de Sa Majesté et celui de Billy qui, sans origine précise, arrivait de nulle part pour s'ouvrir sur le néant.

Il s'endormit avec difficulté après que la pendule du couloir eut égrené la première heure d'une nouvelle journée.

Au même moment, non loin de là, à Mars Bay, un canot pneumatique du type Avon Searider utilisé couramment par l'armée britannique coupait son moteur. Au ralenti, il pénétra dans la petite rivière qui prend sa source sur Cotar Hill. Son occupant ramena à la pagaie l'embarcation sur la berge. D'un bond agile, il sauta à l'eau et entreprit immédiatement d'escamoter le dinghy dans la mangrove aux racines aériennes.

Avec des gestes précis et rapides, l'homme commença à décharger un matériel sophistiqué constitué d'un engin motorisé pliant à deux roues, d'un sac amphibie contenant des explosifs qu'il enfila sur ses épaules et d'un fusil de précision surmonté d'une lunette infrarouge.

Vêtu de sa combinaison noire de plongée, l'homme enfourcha son véhicule. Sur le réservoir, retenue par un élastique, il plaça en évidence une carte routière plastifiée de l'île.

Le fusil bien calé en travers de sa poitrine, il lança le moteur.

À l'hôpital général, les trois gardes trouvaient le temps long et le jeu puéril. Par discipline, ils s'envoyèrent une dernière fois leur signal de connivence. Un long, un court, un long.

En d'autres termes, rien à signaler.

CHAPITRE 8

La première déflagration, assourdissante dans la torpeur de la nuit, se produisit à la grille principale.

Le souffle puissant arracha les doubles battants de leurs gonds, les projetant avec violence à l'intérieur du parc.

Timpah, qui avait eu l'intuition de se cacher derrière le parapet de l'allée centrale, eut la vie sauve par miracle. Assommé autant par le bruit que par le choc, il reprit connaissance couvert de sang, allongé sous un palmier. Il tenta de se lever. Dans un râle rauque, il constata qu'il était dans l'impossibilité de bouger ses jambes. Elles disparaissaient, brisées, sous un énorme bloc de ciment en provenance du portail. De son arcade droite profondément entaillée, le sang chaud giclait par saccades et lui brouillait la vue.

La deuxième explosion, décalée de quelques secondes, mais tout aussi puissante, emporta une grande partie du mur ouest. Elle précipita une pluie de fragments de pierres et d'objets métalliques contre la paroi de l'hôpital, cassant au passage la plupart des fenêtres. Un nuage opaque de chaux et de poussière dense monta instantanément de la terre. Des palmes arrachées brutalement de leur tronc tombaient une à une sur la pelouse, recouvrant de leur denture végétale le gazon jonché de débris.

Les deux autres explosions qui suivirent provinrent d'un lancement de grenades. L'une d'elles atterrit sous la table de la réception. Sa déflagration tua net l'infirmière de service. Le garde nommé Leslie, qui était accouru sur le perron dès les premières détonations, eut la jambe arrachée. L'artère fémorale sectionnée, il ressentit une douce chaleur lui envahir le dos. À la vitesse d'une bouteille que l'on verse, son corps se vidait de son sang, imbibant le treillis en loques.

Archibald, de faction sous les fenêtres de Jordan qu'il était censé protéger, était terrorisé par le fracas des détonations à répétition. La tête enfouie dans les épaules, il tentait de retrouver ses esprits. Ses cheveux crépus parsemés de plâtre lui donnaient une allure de petit vieux. Son fusil, inutile et lourd, pendouillait sur ses épaules grasses. Soudain, les consignes de sécurité lui revinrent en mémoire. Les doigts tremblants, il partit à la recherche du sifflet qui se trouvait au fond d'une des poches de sa vareuse. Avec fébrilité, il parvint à l'extraire pour le porter à ses lèvres.

La première balle lui perfora la gorge sans qu'il s'en rende bien compte. Il sentit un grand froid lui envahir la bouche. Instinctivement, il porta les deux mains à son cou. Le sifflet tombait par terre au moment où le second projectile l'atteignit au niveau du cerveau. En percutant la boîte crânienne, il projeta une partie de la calotte osseuse dans la chambre de Billy par le trou béant de la fenêtre arrachée.

Des cris de désespoir perçaient l'obscurité. Une odeur de poussière et de poudre flottait dans la moiteur de la nuit. Tout d'un coup, engoncé dans sa tenue de plongée, l'homme à la cagoule apparut sur le perron. Avisant un infirmier qui accourait pieds nus pour secourir le garde blessé, il l'immobilisa d'une clef derrière la nuque.

Lui plantant la pointe d'un couteau d'acier sous la gorge, il le questionna avec brusquerie:

– Où est la chambre du Blanc trouvé en mer?

– ...

– Vite!

La lame se fit plus menaçante.

À moitié étouffé par la prise qui lui écrasait la glotte, l'infirmier n'arrivait pas à articuler la moindre parole. Il sentait le genou de l'homme lui creuser le dos. Arc-bouté, il offrait ainsi la nudité de son cou à la dague tenue d'une main rigide. Désespérément, il tendit un bras en direction du couloir ouest.

L'étranglement se relâcha.

– Où? Vite!

– La dernière! La dernière au fond...

Ce furent ses dernières paroles. Dans un brusque mouvement circulaire, sa gorge fut tranchée, et la tête presque détachée du tronc. Elle retomba inerte sur la poitrine, dans un jaillissement de sang épais.

En quelques enjambées, l'homme-grenouille parvint à la porte de la chambre de Billy. Il l'ouvrit d'un geste vif.

La pièce était plongée dans l'obscurité. Des gravats provenant de la fenêtre et de son embrasure arrachée couvraient le sol et le lit dans un désordre indescriptible.

Sans attendre, dans son sac à dos, l'homme saisit trois grenades. D'un geste automatique, il les dégoupilla et les jeta au pied du lit. Il referma brusquement la porte et s'élança à toutes jambes vers la réception.

Derrière lui, ce fut l'enfer. L'explosion simultanée des trois grenades fit trembler tout l'édifice. Au moment où l'inconnu arrivait sur le perron, une partie du bâtiment s'effondrait dans la chambre de Billy, entraînant vers une mort certaine plusieurs patients de l'étage supérieur.

Timpah avait retrouvé ses esprits. Il avait distinctement entendu la seconde déflagration, suivie par le tintamarre des grenades. Au bruit des explosions, il avait reconnu les armes offensives. En un éclair, il se revit dans la lande recouverte de fougères des Malouines durant la guerre contre les Argentins.

La douleur aux jambes était atroce. À la force des bras, serrant les dents, il réussit à se dégager partiellement pour s'adosser à l'un des palmiers. Son visage était en sang. En s'ébrouant, il tâcha de chasser les caillots poisseux collés à ses sourcils.

Ce fut à cet instant qu'il aperçut l'homme-grenouille. Au travers du rideau opaque que formait la poussière qui montait de la terre, il vit la silhouette habillée de noir égorger l'infirmier et le laisser choir comme un pantin sur le dallage de la réception.

À tâtons, le Népalais se mit à chercher son arme. Le sang continuait à sourdre de sa blessure. Au moment où ses doigts prenaient contact avec la crosse du fusil projeté dans un fourré proche, il perçut un souffle, suivi de l'explosion de la chambre ouest. Une lumière intense illumina tout le parc. Il se retourna avec difficulté vers le bâtiment tout en ramenant le fusil sur sa poitrine. Horrifié, il vit le premier étage s'effondrer dans un indescriptible capharnaüm. Il engagea instinctivement une balle dans le canon de l'arme.

L'intrus vêtu de sa tenue de plongée apparut dans l'entrée. Sans hésiter, il s'élança dans le parc en direction de la brèche ouest, ouverte par l'explosion.

Timpah tenta d'épauler, mais le sang trop abondant lui brouillait la vue. Il réalisa qu'il manquait dramatiquement de temps.

L'homme était maintenant à quelques mètres de la brèche. Rageusement, le tireur d'élite plaqua sa main gauche sur la plaie béante de l'arcade, sa paume se refermant sur les lambeaux de chair. Par cette pression, il essayait d'endiguer l'hémorragie. Son poignet droit tentait de soutenir l'arme de guerre, en même temps qu'il gardait le doigt sur la gâchette.

Le Népalais retint son halètement. La main se raffermit. L'index se crispa. Il restait deux, peut-être trois secondes.

L'homme escaladait les derniers blocs de ciment arrachés du mur dynamité. Timpah visa. La crosse ensanglantée vint se coller contre sa joue gluante.

Il appuya sur la gâchette. Le claquement sourd du coup de feu se répandit dans les allées du parc, couvrant les pleurs en provenance du bâtiment en ruine.

L'homme-grenouille sembla hésiter, pirouettant sur lui-même. Dans un ralenti macabre, il souleva un bras. Soudain, telle la marionnette burlesque d'un théâtre miniature, il s'effondra sur les pierres. La mort avait pénétré sournoisement au travers de la mince protection de caoutchouc, laissant au passage un minuscule trou à la tempe.

Cunningham fut réveillé en sursaut dès la première explosion. Il se leva d'un bond et courut vers la chambre où dormaient Billy et Rajah Khan.

Aucun des deux n'était réveillé.

L'arrivée tumultueuse du docteur, suivie de plusieurs déflagrations lointaines firent sursauter le garde. Dans une semi-inconscience, son bras chercha la présence rassurante du fusil posé au pied du lit.

Billy se réveillait à son tour.

– Que se passe-t-il?

– Tsss... C'est la guerre! s'exclama Rajah Khan, adossé au lit.

La moustache en bataille, il crispait la main sur l'arme plaquée contre sa poitrine.

– Imbécile! lui rétorqua Cunningham qui venait d'allumer. Habillez-vous! J'ai l'impression que les problèmes ne font que commencer. Toi, dit-il en pointant son doigt en direction du garde, tu ne quittes monsieur Jordan sous aucun prétexte... où qu'il aille! Tu as bien compris?

– Oui, major!

Billy cherchait à se faire une idée de ce qui se passait.

– Peut-on m'expliquer?

Le chirurgien se retourna vers lui.

– J'ai l'impression que certains de vos amis sont en visite, mon vieux.

– Pardon?

– Vous n'avez pas entendu les explosions?

– Des explosions? Certes non! Quelles explosions?

– Eh bien, je ne sais pas dans quel état vous allez retrouver votre hôpital, mon cher! De toute façon, je vous expliquerai plus tard. Excusez-moi, le temps presse.

Il se tourna vers le garde, le menaçant à nouveau de l'index.

– Rajah Khan! Sors de ce putain de lit, et va faire du café!

– Oui, major!

Le Pakistanais propulsa ses jambes maigres hors des draps. Vêtu d'un caleçon à mi-cuisses aux motifs à fleurs, il se tourna vers son compagnon d'une nuit:

– Viens avec moi, Billy.

– Où ça?

– À la cuisine. Le major veut que tu sois toujours avec moi.

– Va te promener! Je reste au lit. Vos histoires de fous ne me concernent pas! Et éteins la lumière en sortant, j'ai sommeil!

Le Pakistanais sourit. Il aimait bien son protégé. Ou plutôt celui qu'il était censé surveiller. En fait, il ne savait plus très bien lui-même. Il soupira tout en haussant les épaules. De toute façon, si quelque chose était arrivé à l'hôpital, Billy et lui étaient sains et saufs. C'est ce qui comptait. «Allah est grand», se disait-il. Il s'approcha du lit voisin, une main portant l'arme, l'autre se posant amicalement sur l'épaule de Billy.

– Tsss! Viens, mon ami. La nuit est terminée. Viens avec moi. Je vais t'expliquer ce que je sais. Ce que je ne sais pas, tu le sauras certainement demain.

La sonnerie du téléphone retentit. C'était le secrétaire de l'administrateur. Cunningham prit la communication. Immédiatement, il rassura son interlocuteur sur Billy.

– Parfait, lui répondit l'adjoint. Restez chez vous pour le moment. Je vous rappellerai de l'hôpital si le téléphone n'a pas sauté. Autrement je le ferai d'ici, c'est-à-dire de la voiture de l'administrateur.

– Vous êtes en route vers l'hôpital?

– Oui. L'administrateur suit sous peu.

– Que s'est-il passé?

– Je vous tiendrai au courant, car, d'ici, j'aperçois l'hôpital. À première vue, il semble que les bâtiments aient été bombardés. Je vous rappellerai tout à l'heure.

Aussitôt le combiné posé, le téléphona sonna de nouveau. C'était Anna. Le militaire s'empressa de la rassurer elle aussi sur son invité. En même temps, faisant valoir les risques auxquels elle s'exposait, il essaya de dissuader la jeune infirmière d'aller à l'hôpital. En vain. À l'insistance du chirurgien, elle opposa un ton décidé :

– Non, non! Il n'en est pas question! Je suis sûre qu'on a besoin de moi. Vous, au contraire, restez auprès de Billy. Il le faut!

L'odeur de café envahit la maisonnée. Cunningham se dit qu'une douche froide serait encore le meilleur remède au sommeil et à l'énervement. Il s'enferma dans la salle de bain. Il était en train de se savonner quand le téléphone sonna de nouveau. Il cria à Billy de décrocher. En maugréant, il arrêta le jet d'eau, jeta une serviette autour de sa taille et sortit de la salle d'eau en traînant derrière lui une trace savonneuse.

– C'est l'administrateur, lui dit Billy en tendant l'appareil.

Le chirurgien saisit le combiné d'une main mouillée.

– J'écoute!

– Major! lâcha l'administrateur d'une voix étouffée, c'est un massacre! Habillez-vous et rappliquez immédiatement. On a besoin de vous! D'après mon secrétaire, il y aurait une dizaine de morts... et je ne parle pas des blessés.

– Bonté divine!

Il y eut un silence. Le chirurgien reprit d'une voix plus ferme :

– Que fait-on de monsieur Jordan?

– Jordan ne risque rien chez vous! Vous ne le tenez au courant de rien et vous le laissez dormir. En revanche, placez Rajah Khan en veille dans sa chambre. Compris?

– Très bien, monsieur! J'arrive.

Quand Cunningham se pointa aux portes de l'hôpital, il n'en crut pas ses yeux. Dans le faisceau des phares, en substitution de l'imposante grille d'entrée apparaissait un trou béant où s'entassait un amas de pierres et de ferrailles tordues. Sur la pelouse, des pans entiers du mur principal semblaient avoir été balayés à tous les vents par une force surnaturelle. L'allée centrale au gravier blanc avait disparu, faisant place à un amoncellement de débris et de palmes fauchées par le souffle. Et partout cette odeur de poudre, de sang et de mort.

Enjambant péniblement les obstacles, le médecin se dirigea vers le petit groupe formé de l'administrateur, de son secrétaire, et de l'inévitable Johnson.

Heureusement, les salles d'opération, localisées au nord du bâtiment, n'avaient pas été touchées. Cunningham opéra toute la nuit. Merveilleusement secondé par Anna, à sept heures quinze, il terminait sa dernière intervention.

Il rentra aussitôt, accompagné de son assistante. Sous la tonnelle, Billy et Rajah Khan prenaient tranquillement leur petit déjeuner. Café et œufs à la coque pour Billy; thé sans sucre pour le garde. Le tumulte de la nuit les avait épargnés. Cunningham sourit. Il gagna le jardin. Billy le regardait arriver avec des yeux rieurs. Ce n'était ni de l'inconscience ni de l'insolence. Simplement de l'ignorance. Il ne se rendait pas compte que, dans le grand malheur de sa nouvelle vie, un immense instant de chance venait de le visiter.

La conférence débuta à neuf heures. Elle réunissait autour du premier magistrat les autorités de l'île. Le grand salon de la Résidence avait été choisi pour la circonstance. Les principaux acteurs des événements de la nuit précédente, Billy inclus, avaient été conviés à y assister.

Des sièges avaient été disposés en demi-cercle autour de deux tables basses. Un majordome vêtu d'une veste blanche aux parements d'or suivait d'un œil sévère le ballet de deux domestiques qui servaient le café ou le thé accompagnés de toasts beurrés et de marmelade.

Le soleil haut et chaud se faisait déjà sentir par réflexion sur les boiseries claires. De la baie vitrée laissée entrouverte provenait le souffle languissant de la brise marine qui s'engouffrait par intermittence, immédiatement brassé par les éternels ventilateurs de plafond. Au loin, on entendait la rumeur rassurante de la ville.

L'assistance était constituée d'hommes, chacun portant veste et cravate. L'exception, c'était Anna dans sa robe de mousseline blanche qui mettait en valeur sa peau satinée. Habillé d'une chemise à carreaux et d'un pantalon de toile, Billy tranchait lui aussi.

L'administrateur prit place au centre de ses invités. À ses côtés, son secrétaire, souriant, avait empilé quelques dossiers sur ses genoux qu'il gardait en équilibre d'une main tenant un stylo. McPherson s'assit sur la gauche, flanqué à son tour de Johnson le flic. Billy leur faisait face, entouré d'Anna et de Cunningham.

Paresseusement, le maître de céans saisit une tasse de porcelaine. Il congédia d'un geste le majordome et, un doigt sur le couvercle de la théière, s'arc-bouta pour se servir. Il prenait le thé avec un soupçon de lait. La porte du salon se referma sur l'employé et seul le cliquetis de la cuillère d'argent tournée dans la porcelaine délicatement armoriée bouscula le silence qui s'était instauré.

L'administrateur leva ses yeux par-dessus la tasse. Il parcourut l'assemblée du regard pour s'arrêter sur Billy qui soutint le regard froid à montures d'écaille. Avec une lenteur calculée, les lèvres de l'hôte esquissèrent un sourire. Le visage se revêtit d'une amabilité conciliante. Mais le ton de la voix restait sans chaleur.

– Je suis désolé de faire votre connaissance en ces circonstances tragiques, monsieur Jordan. J'aurais aimé que cela se passe, non pas en d'autres lieux, mais dans un tout autre climat. Les événements de cette nuit, sur lesquels nous allons revenir, ne l'ont pas permis. Mais avant d'entreprendre cette réunion à laquelle je vous ai conviés pour la première fois, je tiens à vous faire part de ma solidarité morale dans les souffrances que vous venez de traverser. Grâce à vos amis, le docteur Cunningham et l'infirmière en chef Anna, j'ai suivi au jour le jour votre pénible convalescence, ainsi que les efforts méritoires que vous avez démontrés pour l'accélérer. Je tiens aujourd'hui d'une manière solennelle à rendre hommage à ces deux personnes pour leur immense engagement dans la tâche que je leur avais confiée.

Il s'arrêta, semblant réfléchir. Cunningham, qui le surveillait, était habitué à sa désagréable parcimonie dans l'expression. Ce fut avec étonnement qu'il s'aperçut que l'œil du dirigeant témoignait d'une réelle sensibilité. Le premier personnage de l'île reposa sa tasse sur la table face à lui. Les yeux au plafond, il reprit après un long soupir :

– En fait, en préambule à cette assemblée qui nous réunit aujourd'hui, d'une façon très simple je voulais vous assurer, monsieur Jordan, de ma sympathie, et ce, quoi qu'il arrive dorénavant, ou quelles que soient les décisions de Londres à votre égard. Je prends la liberté d'associer à ces souhaits aussi bien le comité restreint ici présent que la communauté silencieuse de l'île de l'Ascension. Que Dieu vous bénisse, monsieur Jordan.

Malgré le ton sévère et distant, une certaine émotion gagna les participants, probablement plus par solidarité avec Billy qu'envers son auteur.

Sobrement, de son fauteuil, Billy s'adressa au magistrat :

– Je suis sensible à vos sentiments, monsieur. Je vous en remercie sincèrement.

D'un mouvement de tête, son interlocuteur accepta en silence. L'introduction était posée. Restait le plat de résistance. Avec une froideur instinctive, dans une pose qui lui était familière, l'administrateur joignit ses mains fines sous le menton. Il s'inclina légèrement en arrière. Lentement, dans une prose altière, il dressa l'inventaire des dommages matériels et humains subis durant la nuit.

Fascinant d'aisance et de clarté, le commentaire long d'une heure fut délivré d'une voix monocorde. Sans trace d'état d'âme, il était néanmoins circonstancié et précis dans les chiffres et le matériel militaire utilisé. Il recensait les pertes humaines et le nombre des blessés, tout en donnant des estimations sur les coûts de remise en état du matériel. Les moindres faits dignes de mention y étaient indiqués et analysés avec une logique implacable. Rien n'avait été laissé au hasard. Au détour de l'énumération des chiffres, Cunningham reconnut la signature du secrétaire. Décidément, l'acharnement déployé au travail par l'adjoint, allié à ses grandes capacités intellectuelles, faisait de lui l'incontournable numéro deux de l'île. L'administrateur concluait:

– C'est une tragédie. Une tragédie comme nous n'en avons même pas connu en temps de guerre. Huit morts, à l'heure actuelle, auxquelles s'ajoute celle de l'inconnu abattu par Timpah. Dommage qu'il se soit fait tuer! S'il avait pu parler, il est certain que nous ne serions pas là à nous poser certaines questions...

Le secrétaire intervint de sa voix douce:

– Ce n'est pas du tout prouvé, monsieur. À mon sens, il ne faut surtout pas avoir de regrets. Si on en juge par la tuerie froide de cette nuit, j'ai la conviction que c'était un genre de kamikaze qui se serait fait sauter la cervelle de toute façon au moment d'être pris, ce qui peut-être aurait eu pour conséquence d'alourdir le nombre de blessés. Je rappelle pour nos amis ici présents qu'on a trouvé sur ce promeneur d'un soir quelques bâtons de dynamite, plusieurs grenades, et même une ampoule de cyanure à avaler au cas où l'affaire tournerait mal pour lui.

L'administrateur eut un long soupir. Il s'adossa profondément à son fauteuil, ajoutant d'une voix profonde où perçait l'irritation:

– Vous avez probablement raison. Mais le bilan est lourd, trop lourd. Parmi les onze blessés, deux sont dans un état critique. Londres est catastrophée et demande des explications que nous sommes, pour le moment, dans l'incapacité de donner.

Il avait ralenti le débit de son discours en fin de phrase. Il semblait hésiter à poursuivre. Tout à coup, il retira ses lunettes d'un geste vif et son visage perdit cette marque d'autorité aux confins d'une insolence cassante qui lui était familière. Sa voix se réduisit presque à un chuchotement à la limite de l'audible. Mais l'éclat des yeux, bien qu'atténué par une forte myopie, démentait la modération des propos.

– Je les avais pourtant prévenus, et ce, à plus d'une reprise! Je prévoyais des problèmes. Certes pas de cette ampleur, mais n'empêche que ma demande de renforts en hommes et en matériel m'a toujours été refusée sans explications. Après tout, pour ces petits stratèges de Londres nous ne sommes qu'un minuscule rocher dans l'immensité et la grandeur coloniale du royaume britannique! Ou tout au moins de ce qu'il en reste...

Il eut un geste de dédain de la main. Perdant son accent feutré, la parole se fit violente :

– C'est pourquoi je refuse catégoriquement l'allégation de légèreté dont nous a généreusement affublés ce matin la BBC[17] en parlant du système de sécurité qui prévaut à l'Ascension!

Johnson crut le moment propice pour se faire remarquer par sa voix criarde.

– Il était pourtant évident que nous manquions d'effectifs!

L'administrateur le regarda à peine. Visiblement agacé, il lâcha, la bouche crispée :

– Je viens de le dire, Johnson!

Il y eut un silence gênant. L'administrateur se pencha pour se resservir du thé. D'un geste aimable, il invita ses interlocuteurs à en faire autant. Le silence, perturbé par le tintement des cuillères dans la porcelaine administrative, s'imposa de nouveau.

Tout en remettant ses lunettes, le premier magistrat reprit à voix basse son monologue. Les sourcils des participants se froncèrent : ils avaient du mal à en comprendre le sens. L'administrateur poursuivait :

– Il faudra bien que ces quelques gribouilles du War Department ou d'ailleurs - je pense en particulier à New York - expliquent, le temps de leur passage éphémère dans le mobilier de l'État, les motifs de leur silence et de leur faiblesse! Ce sont pour moi des irresponsables primaires, bien plus préoccupés par leur

17. British Broadcasting Corporation, radio nationale britannique et première chaîne de télévision.

handicap au golf que par les affaires de ce monde! Au fond de leur petite conscience, les bras ballants aux coudes élimés, ils s'imaginent bien faire alors qu'ils ne font rien de peur de faire mal! Ils laissent ainsi perdurer leurs maigres avantages de fonctionnaires trop nourris. En fait, aujourd'hui, nous payons pour eux la fraude qu'ils commettent aux dépens de l'idéal de grande administration qui est le nôtre!

Il porta la tasse à ses lèvres et, aussitôt, la reposa vivement sur la table.

– Il est froid, dit-il d'un air presque étonné.

Le secrétaire se levait. L'administrateur l'arrêta d'un geste.

– Un instant! Vous vouliez appeler le steward?

– Oui. Je vais vous commander du thé et du café chaud.

– Non, attendez. On va faire mieux. Faites débarrasser et demandez qu'on apporte du vin blanc. Dans un seau, de préférence. Et des alcools pour ceux qui préfèrent.

Son regard se porta sur le policier. Il ajouta, cynique:

– Je sais que Johnson, c'est son heure, n'est-ce pas?

Le goût immodéré du policier pour le whisky était connu. La remarque blessante eut pour effet de faire quelque peu rougir le fonctionnaire. Il se trémoussa sur sa chaise, enfouissant un peu plus la tête dans ses épaules maigrichonnes. Les soubrettes entrèrent pour desservir. Le majordome suivait, poussant une table roulante où étaient disposés plusieurs bouteilles de spiritueux et un seau d'argent dans lequel avait été placé un magnum de chablis en provenance d'un clos notoire.

Rapidement, des verres furent glissés devant chaque convive. Le personnel de cuisine disparu, l'administrateur s'adressa à Billy:

– Monsieur Jordan, sans vous soupçonner le moins du monde de malveillance, sachez qu'involontairement vous êtes le facteur de toute cette confusion qui agite l'île de l'Ascension. Rétrospectivement, personne n'aurait pu imaginer qu'un tel massacre puisse avoir lieu sur cette terre entre ciel et mer bénie des dieux!

Le regard clair planté dans celui du magistrat, Billy ne disait rien. Cunningham, mortifié par ces propos, fit observer:

– Il faut bien souligner, monsieur, que Billy n'est en rien impliqué dans les événements que nous venons de vivre. Je le dis parce que votre remarque risque de laisser une impression équivoque.

– Vous avez parfaitement raison. Mais il est indéniable que c'est monsieur Jordan qui était visé dans la folle équipée dont nous sommes victimes. Et les moyens utilisés sont bien loin de la panoplie de vendetta de quartier! Vous en conviendrez quand même, major!

McPherson, pour le moment silencieux, abonda dans le même sens :

– Déplacer un sous-marin au milieu de l'Atlantique avec une cinquantaine de marins à bord, ce qui inclut probablement un ravitaillement en pleine mer, tient d'une logistique guerrière. Ça y ressemble bougrement, en tout cas!

– Que sait-on de mon supposé agresseur? demanda Billy d'un ton calme.

Le secrétaire prit la parole :

– C'est un ensemble. Si vous voulez parler du support logistique, c'est-à-dire le sous-marin, je peux dire que nous savons aujourd'hui qu'il naviguait encore dans les eaux territoriales jusqu'à quatre heures du matin. Il s'approchait des côtes d'une façon désordonnée, probablement avec mission de récupérer l'élément humain déposé cette même nuit. Cette mission a dû être estimée terminée à quatre heures, le «dépôt» ayant alors été considéré comme neutralisé. À cet instant, le bâtiment a piqué au sud. Avant qu'il ne sorte de nos eaux, nous avons tout mis en œuvre pour l'intercepter. Mais vous pensez bien qu'il n'a jamais répondu à nos injonctions. Le jugeant hostile de par ses manœuvres, nous avons décidé de l'attaquer. Des mines sous-marines ont été lâchées successivement par notre vedette, et aussi par plusieurs de nos avions. À cinq heures quarante-cinq, une immense tache d'huile a été repérée au sud de l'Ascension, à la limite des deux cents milles nautiques. À cet instant, notre radar perdait trace de l'écho. Nous avons de bonnes raisons de croire que le bâtiment a été coulé. L'Ascension, comme plusieurs autres îles de cette région, se situe sur la dorsale de l'Atlantique Sud. Les fonds sont peu profonds, mais atteignent néanmoins trois cents mètres. Il est peu probable qu'un jour, tout au moins dans un futur proche, le bâtiment soit retrouvé et nous livre le secret de sa mission. En revanche, le canot pneumatique ayant servi à conduire à terre l'homme-grenouille a été repéré. Il contenait un émetteur radio placé sur la fréquence du sous-marin. Rien d'autre d'un point de vue matériel.

– Et l'homme? s'enquit Billy.

– De race blanche, athlétique, une trentaine d'années. Probablement un ancien commando, mais on ignore sa nationalité. Aucun document sur lui, bien entendu. Timpah, pourtant difficilement impressionnable, nous a raconté en tremblant comment il avait vu l'intrus égorger ce pauvre Simpson. Après considération des faits, nous en déduisons qu'il s'agissait d'une mission suicide. C'est pourquoi j'ai employé le terme de kamikaze tout à l'heure. Ses chances de survie étaient minimes. Ce qui démontre de la détermination! En revanche, un point remarquable à signaler, c'est la minutie avec laquelle a été préparée cette mission. Sans parler du déploiement des moyens utilisés qui ont, vous vous en doutez, fortement secoué les stratèges du War Department.

L'administrateur se pencha vers le secrétaire. Il saisit un des dossiers placés sur les genoux de son assistant. Il en retira plusieurs photos qu'il tendit à Billy. Toutes montraient l'homme abattu par Timpah. On le voyait de profil, de face, avec ou sans la cagoule, et même allongé par terre, déshabillé.

– Vous le connaissez?

Billy hochait négativement la tête.

– Non, vraiment, je ne vois pas qui c'est.

Johnson, qui décidément n'en ratait pas une, lança à la cantonade son rire gras:

– C'est votre tueur! Si vous le voyez dans la rue, changez de trottoir!

Tous les regards convergèrent vers le chef de la police. Il sourit pauvrement, et, dans une même continuité naturelle, ouvrit comiquement la bouche pour ajouter quelque chose. L'administrateur le fusilla du regard. Avec la froideur d'une lame de couteau, il s'adressa au malheureux policier.

– Johnson, je ne sais pas si vous êtes légèrement schizophrène ou totalement abruti. Mais, à vous regarder faire, il me semble que vous réussissez l'incommensurable exploit d'être les deux à la fois! Sachez toutefois que je ne vous ai pas fait venir pour faire le pitre. C'est une réunion importante, et il y a eu mort d'hommes. Si j'avais besoin d'un clown pour animer une fête d'enfants, j'aurais fait appel à un professionnel. Ils ont l'avantage d'être moins tristes!

La réunion se poursuivit, chacun intervenant selon ses prérogatives. Seul Johnson, mouché à deux reprises, avait pris le parti de se taire. Empli d'une humanité soudaine, Cunningham tenta de le faire participer. Il se tourna vers lui pour le questionner:

– Et les empreintes? Vous avez des résultats?

Johnson se redressa, une lueur conquérante dans le regard.

– Absolument! Nous avons des résultats!

– Des résultats? Lesquels? demanda McPherson, incrédule.

Johnson se tortillait dans son fauteuil.

– Ben... oui! Je veux dire que nous avons relevé les empreintes du mort, et puis... et puis nous les avons communiquées à monsieur le secrétaire...

L'administrateur, qui suivait le débat le regard perché pardessus ses montures, eut un soupir. Il murmura en abaissant les yeux vers le dossier étalé sur ses genoux:

– En un mot, on n'est pas plus avancés! Vous avez tout juste fait le travail pour lequel vous êtes grassement payé.

Le secrétaire intervint à son tour:

– Les empreintes ont été envoyées ce matin à Londres. Elles seront remises à la CIA et à Interpol. Les analyses devraient être rendues dans une huitaine. Mais cette affaire, en quelque sorte, ne nous concerne plus.

L'administrateur avait repris la conduite de la réunion. D'une voix monocorde, il assigna quelques menus travaux à un Johnson silencieux et renfrogné. Il s'informa ensuite auprès du colonel de l'intensification de la couverture aérienne et maritime. Enfin, il questionna son secrétaire sur la nomination d'un responsable des tâches de déblaiement et de restauration de l'hôpital.

– Il nous faut quelqu'un de sérieux. Quelqu'un en qui on peut avoir une confiance totale.

– J'ai déjà mon idée à ce sujet. Je fais le nécessaire.

Le premier magistrat porta son regard vers l'infirmière en chef.

– Quant à vous, Anna, vous me ferez un rapport journalier sur l'état physique des blessés. À cet égard, je précise que j'ai reçu ce matin confirmation de Londres de l'envoi d'une assistance médicale, avec du personnel qualifié. C'est pour demain.

Cunningham ne disait mot, étonné de n'avoir pas été associé à la répartition des tâches médicales. Il se tenait droit dans son fauteuil, impressionnant par sa taille et sa barbe touffue. La veste de son uniforme marine était croisée sur une chemise à plis adroitement repassés. Le côté droit portait l'insigne de pilote de l'aéronavale, le gauche était orné de nombreuses décorations multicolores. L'administrateur le dévisagea, un léger sourire en coin. Les yeux de chat se revêtirent d'un soupçon de cruauté goguenarde. Il souleva son verre, comme pour porter un toast.

– Vous vous demandez, major, à quelle sauce je vais vous manger!

– Vous aurez du mal de toute façon, monsieur! Un vieux baroudeur comme moi, ce n'est que couenne raclée et chair rance!

La remarque eut pour effet de relâcher la tension. Tous s'esclaffèrent. Même Johnson se crut autorisé à intervenir une nouvelle fois. Il ouvrit la bouche, mais la referma aussitôt, telle une carpe en mal d'oxygène.

Le sourire du premier représentant de la couronne britannique s'intensifia.

– C'est bien, major! Je constate avec plaisir que votre humour rivalise avec celui de votre protégé, monsieur Jordan. Vous faites une sacrée équipe, tous les deux!

Réalisant la présence d'Anna, galamment, il ajouta à son intention :

– Tous les trois, devrais-je dire, car sans votre charme et votre sourire, je ne sais pas où nous en serions aujourd'hui!

Il sembla se concentrer l'espace d'une seconde. Le naturel reprenait le dessus. Il ajouta d'une voix sourde :

– Ceci étant, major, j'ai du boulot pour vous. Et c'est de la plus grande importance. Paradoxalement, vous allez prendre du repos.

Déployant ses mains, l'administrateur endigua un étonnement qui gagnait l'assemblée.

– Monsieur Jordan, je vais annoncer la couleur en ce qui vous concerne. Elle est sombre, peut-être même, à la limite, humiliante pour vous et j'en suis le premier désolé. Mais elle sera surtout déchirante pour ceux qui se sont relayés au pied de votre lit et qui ont vivement apprécié votre présence dans l'île. Mais, face à la tragédie que constituent les événements de cette nuit et en vertu des pouvoirs qui me sont conférés, j'ai pris le parti de vous faire évacuer de l'Ascension avant le coucher du soleil.

L'administrateur fit une pause, afin de laisser à son auditoire le temps de bien assimiler ses paroles. Après quoi il poursuivit :

– Comprenez-moi bien. Ce n'est pas du tout une décision disciplinaire à votre égard. Absolument pas! Mais ici, vous êtes en danger. Vos assaillants vous ont repéré et les preuves ne manquent pas. Cette première tentative impressionnante pour vous éliminer a échoué. Étant donné les moyens utilisés, il est facile d'imaginer que d'autres suivront, probablement plus violentes encore. Nous n'en connaissons pas la raison, et je ne peux prendre le risque d'exposer une population pacifique et innocente à la vindicte d'une bande de fous. De la même manière, mes responsabilités m'obligent à vous mettre à l'abri d'une mort programmée.

Il y eut un silence. L'administrateur reprit, un ton plus bas :

– À ce stade de cruauté, il n'y a plus de domaines réservés. Il ne reste plus que des domaines partagés où les décisions sont prises par consensus entre toutes les parties présentes. Et ma fonction ne m'a rendu ni sourd ni aveugle. Autant dire que le devoir de réserve auquel je suis tenu n'est en rien un devoir de silence et d'abnégation. Vous êtes devenu, monsieur Jordan, un danger perpétuel pour l'Ascension, car votre présence ici est connue. Vous êtes, malgré vous, une bombe à retardement, à manier avec d'infinies précautions. Et d'autant plus difficile à manipuler que nous ignorons tout de nos ennemis et d'où ou par qui arrivera le danger. Au nom de tous les habitants de l'Ascension, que j'associe en cet instant à mes décisions, je dois me résoudre à assurer votre évacuation dans les plus brefs délais... et dans le secret le plus absolu ! Il est inutile, je pense, d'insister sur l'importance de maintenir le secret le plus absolu autour de ces mesures.

L'administrateur dirigea son regard vers Cunningham.

– Et c'est là, major, que vous entrez en jeu. Je vous recommande d'aller vous reposer, car vous partez cet après-midi avec monsieur Jordan. Décollage : dix-huit heures. Les instructions vous seront données en vol.

Il se leva en repoussant le fauteuil.

– La réunion est terminée. Merci de votre présence, madame, messieurs.

CHAPITRE 9

L'après-midi fila à la vitesse de la lumière. Billy déjeuna en compagnie d'Anna, du docteur et de Rajah Khan. Ce fut un repas frugal, servi sous la tonnelle dans le jardin du major.

Le militaire s'éclipsa aussitôt après pour prendre un peu de repos. Anna proposa une dernière tournée en voiture. Billy accepta avec enthousiasme. L'infirmière s'installa au volant et le garde fut placé à l'arrière, fusil entre les jambes.

La Toyota les conduisit tout d'abord à l'hôpital qui se relevait de ses cendres. La partie détruite fumait encore. Avec chaleur, les quelques infirmières présentes étreignirent leur ancien pensionnaire. Des patients de longue durée que Billy avait côtoyés tout au long de sa convalescence vinrent le saluer. Ce fut un moment émouvant au cours duquel les événements de la nuit furent passés sous silence. En remontant dans la jeep, Billy ne put réprimer un sentiment de profonde tristesse.

Son regard s'égara vers l'aile ouest en ruine. Il sentit l'épiderme de ses avant-bras gagné par la chair de poule. Il venait de se rendre compte que, pour la seconde fois, la mort n'avait pas voulu de lui.

Anna proposa le commissariat principal comme étape suivante. Billy acquiesça en silence. Il était encore sous le coup de l'émotion causée par la vue des décombres de l'édifice hospitalier.

Sans esquisser le moindre geste, Johnson les laissa pénétrer dans son bureau. Le regard brillant et le verbe gras suggéraient une ingestion exagérée de boisson écossaise. Anna eut un mouvement de recul. Elle buta contre Rajah Khan, qui portait son fusil en bandoulière. Billy se rendit compte du malaise provoqué par l'état d'ébriété de l'hôte. Il abrégea les politesses d'adieu, d'autant plus que son départ de l'île causait un plaisir évident au policier. Il serra la main moite tendue et partit sans se retourner.

Ils se rendirent chez Johnnatan. L'ancien employé de la Cable

& Wireless était chez lui et préparait ses lignes pour la nuit. Il avait été un visiteur régulier de la chambre ouest durant l'hospitalisation de Billy. Sous forme de boutade, il aimait répéter qu'il se sentait profondément fautif et redevable envers Billy. À l'étonnement de ses interlocuteurs, il ajoutait avec un clin d'œil :

– Après tout, c'est à cause de moi s'il est là aujourd'hui, coincé dans une chambre d'hôpital !

Au cours de ses visites, il avait perçu chez Billy un réel plaisir d'apprendre, de connaître, de s'ouvrir au monde qui s'était partiellement refusé à lui, le temps d'une explosion en plein vol. Patiemment assis au pied du lit, ou bien poussant la chaise du blessé dans les allées du parc, il avait tissé avec lui cette camaraderie de gosse que plus rien, malgré la différence d'âge, ne pouvait atténuer.

Les yeux de jade du vieux marin se posèrent amicalement sur Billy.

– Tu me dois toujours cette sortie en mer qu'on devait faire ensemble !

Billy sourit.

– Non ! Tu me dois cette sortie en mer que tu m'as promise le premier jour où tu es entré dans ma chambre à l'hôpital. Je fais le serment devant Anna que, soit je reviens un jour ici pour qu'on la fasse ensemble au large de l'Ascension, soit tu viendras là où je serai. Et c'est moi qui te sortirai !

Après un silence, il ajouta :

– Ce ne sont pas des paroles en l'air.

La moue de Johnnatan montrait son scepticisme. Tout juste un peu de tristesse filtra au travers de son propos :

– Il y a fort peu de chances que je sorte de cette île. Je crois que si on est appelé à se revoir, ce sera à toi de revenir...

– On ne sait jamais de quoi l'avenir est fait, Johnnatan. Moi, je parierais ma chemise - et il ne m'en reste plus qu'une - qu'on se rencontrera à nouveau, un jour, sous d'autres cieux.

Ils s'embrassèrent. C'était le salut d'un homme à un homme.

Il était dix-sept heures lorsque, sortant à peine de la douche, Cunningham entendit le téléphone. C'était le secrétaire de l'administrateur. Il voulait parler à Jordan. Son chef avait décidé de se déplacer personnellement à l'aéroport. De ce fait, quelqu'un devait garder la boutique, selon son expression.

En retenant un sourire malicieux, le militaire demanda :

– Votre grand manitou vient à l'aéroport par humanité, ou bien pour être certain que j'emmène Billy hors du territoire?

– Ne soyez pas aussi dur avec lui, que diable! Il me semble que dans cette triste affaire il a fait preuve précisément de beaucoup d'humanité, pour reprendre votre terme. Je peux vous certifier, major, que pour nous les ennuis ne font que commencer. Dès demain matin, nous allons recevoir des demandes d'éclaircissement de trois ou quatre ministères, ce qui sous-entend un nombre considérable de rapports. En outre, vu les dégâts occasionnés cette nuit, tous les budgets seront à renégocier. Et Londres ne lâchera pas les rallonges sans coup férir.

Pressé, Cunningham préféra abréger:

– Je sais, mon vieux, je sais. Jamais je n'échangerais mon uniforme de combat pour votre veston-cravate! Je vous passe Jordan.

Le secrétaire s'excusa auprès de Billy de ne pouvoir se rendre à Wideawake Airfield. Passant rapidement sur les politesses de circonstance, sa voix prit un ton confidentiel.

– Gardez en mémoire que vous êtes constamment en danger pour des raisons que nous ignorons. Et ce, jusqu'au jour où on élucidera votre affaire, somme toute compliquée, il me semble. Toutefois je pense que vos ennemis vous croient mort à l'heure actuelle. Cela devrait logiquement vous procurer un certain répit. Utilisez-le pour rechercher les traces de votre vie antérieure. Mais Dieu seul sait sur quoi vous allez déboucher! Quoi qu'il en soit, je vous souhaite bonne chance du fond du cœur!

– Merci. Je me souviendrai de l'aide que vous m'avez fournie.

– À propos d'aide, j'allais oublier! Comme vous le savez probablement déjà, les habits qui vous ont été donnés par Anna ont été détruits par les explosions de cette nuit. Étant donné que vous voyagerez en quelque sorte incognito, je vous ai fait préparer une tenue de vol, plus deux uniformes complets. Vous devenez le lieutenant Jordan de la Royal Air Force. Le paquetage vous sera remis par le colonel McPherson tout à l'heure, en même temps que le titre de transport, une carte d'identité militaire et une avance sur solde de mille livres sterling. Vous les rembourserez au comptable du trésor de la couronne britannique quand, financièrement, vous serez en mesure de le faire.

– Merci de votre confiance!

À dix-sept heures trente, la Toyota rouge s'arrêtait sur le stationnement de l'aéroport à l'emplacement réservé aux officiers.

Il faisait beau. Un soleil déclinant dans un horizon pourpre jouait de ses rayons tièdes entre les palmes lymphatiques placées en bordure des édifices administratifs.

La Bentley noire de la Résidence était déjà là. Son chauffeur, casquette vissée sur le front et peau de chamois tenue d'une main gantée, essuyait avec une paresse mesurée l'aile gauche du véhicule.

Projetant sa tête en arrière, Cunningham enveloppa de son regard la bulle de verre de la tour de contrôle.

– Ils sont tous déjà présents, dit-il d'un ton désabusé. Pressés de nous voir partir! Allons-y!

L'administrateur était en compagnie de McPherson. Tous deux étaient penchés sur des cartes étalées sur une grande table. Littlehusband sifflotait face à ses radars. À l'entrée de son ami, il eut une exclamation:

– Billy! Quelle mine magnifique!

Il se tourna vers l'administrateur et l'apostropha familièrement, comme il en avait l'habitude quand il se sentait en sécurité dans ses murs:

– Excellence! Regardez les progrès que nous fait notre Billy national! Bientôt, il pourra venir me donner un coup de main à la tour! On n'est jamais de trop dans ce métier. Et il parle bien d'autres langues que le cockney[18]!

De la main, l'administrateur tentait de canaliser le flot verbal expansif du responsable de la navigation aérienne.

– Vous avez certainement raison, Littlehusband. Mais nous allons vous abandonner quelques instants, car vous avez du travail et nous, peu de temps. Mais tout d'abord une question importante: vous êtes de service jusqu'à quelle heure précisément?

Méfiant, Littlehusband rétorqua avec hésitation:

– Euh... vingt heures, monsieur, mais...

– Je vous serais très reconnaissant de rester jusqu'à ce que le major, pour qui j'ai une mission de la plus haute importance, soit repris par le relais de Freetown.

– Freetown en Sierra Leone? Mais il y en a pour deux heures, monsieur!

– Vous étiez de sortie, ce soir?

– Au requin... avec Johnnatan, Excellence!

– Les requins attendront. Ils aiment trop vos sérénades sifflées

18. Parler argotique londonien.

pour aller se coucher. Ayez la gentillesse de donner la dernière météo au major. Je descends avec Billy aux opérations. Que son aréopage se rende entre-temps sur la piste! Nous y serons dans vingt minutes.

Le premier magistrat faisait allusion à Anna et à l'omniprésent Rajah Khan qui se tenaient légèrement en retrait. Dans un mouvement seigneurial, il passa devant eux avec un sourire poli à l'adresse de l'infirmière.

Billy fit un clin d'œil à Littlehusband qui s'approcha de lui.

– Tu pars?

Billy ne répondit pas, mais il eut une moue significative.

– Reviens nous voir, lui dit simplement l'aiguilleur du ciel en guise d'adieu.

Il le prit par les épaules et lui donna une accolade latine.

Des mains de McPherson, Billy reçut un paquet comportant ses nouvelles affaires qu'il enfouit dans un sac amphibie vert olive. Le colonel lui tendit ensuite une tenue de vol en lui demandant de l'enfiler. Il l'aida à effectuer certains ajustements qui nécessitaient une dextérité professionnelle. Enfin, il lui remit une enveloppe de plastique contenant mille livres sterling. L'avance financière était officialisée par une décharge à signer. À cet instant, un flottement se produisit. Billy regarda le militaire d'un air décontenancé.

– De quel nom dois-je signer?

Intéressé, l'administrateur surveillait la scène sans intervenir. Le colonel hésita quelques secondes et répondit après avoir jeté un coup d'œil rapide vers le responsable de la diplomatie de l'Ascension:

– Signez comme vous savez signer!

Billy restait immobile, les doigts de la main droite tenant toujours le stylo. Il finit par répondre:

– Il me semble que je ne sais pas signer Jordan...

– Et quel nom croyez-vous pouvoir signer? demanda l'administrateur sur un ton très calme.

– Je ne sais pas. Tenez, voilà la signature qui me vient.

Il prit le document et d'un mouvement rapide parapha le papier. Les têtes se penchèrent sur le griffonnage.

Le premier personnage de l'Ascension relevait son visage.

– C'est illisible, on croirait reconnaître un A au départ, et encore!

Énigmatique, il ajouta:

– Mais il n'y a rien d'un W ou d'un J. Je m'en doutais, d'ailleurs... Mais c'est une histoire qui nous dépasse, maintenant.

L'arrivée de Cunningham interrompit l'aparté. Il était en tenue de vol et portait deux casques à la main. Il en tendit un à Billy. McPherson prit la parole :

– Nous avons peu de temps. Asseyons-nous autour de la table et tâchez de bien retenir ce que je vais vous dire.

Le colonel se pencha pour saisir un cartable de cuir posé à ses pieds, duquel il sortit une boîte de métal plate à la serrure étrange.

– Regardez bien comment je procède. C'est très important. Vous ouvrez la boîte par une pression des doigts sur le côté gauche du pêne. Le pêne bascule. Immédiatement après le déclic de l'ouverture, vous le remettez en position neutre, c'est-à-dire au centre. Vous avez exactement six secondes pour le faire. Autrement, elle vous saute entre les mains. Si par malheur ces documents sont sur le point d'être interceptés par l'ennemi, vous placez le pêne en position haute. Une implosion se produit alors deux secondes plus tard, détruisant totalement le contenu.

Il ouvrit précautionneusement la boîte pour en retirer trois enveloppes, chacune revêtue d'un chiffre à l'encre rouge : 1, 2, 3. Le militaire reprit ses explications :

– Vous devez prendre connaissance du contenu de l'enveloppe 1 immédiatement. Il vous donne l'objectif actuel, Freetown, en Sierra Leone, et vous indique tous les paramètres du vol : altitude, cap, vitesse, fréquences radio, les différents codes secrets, et ainsi de suite. Vous vous poserez à Freetown. Un Transall, dont l'immatriculation est inscrite sur le document, vous attendra afin que vous puissiez vous restaurer à bord pendant que le plein de votre avion sera fait.

Le colonel s'adressa ensuite à Billy tout particulièrement :

– À aucun moment, monsieur Jordan, ou plutôt lieutenant Jordan, vous ne vous éloignerez de votre avion. Sauf pour accompagner le major sur le Transall. Quant à vous, major, au départ de Freetown, vous mentionnerez la base de Lossiemouth en Grande-Bretagne comme destination finale. Et cette réponse est à donner à tous sans exception, peu importe qui vous interroge, gradé ou pas.

Il agita l'enveloppe portant le numéro 2.

– Celle-ci est à ouvrir dès le décollage de Freetown. Elle vous renseigne sur votre destination réelle et vous donne, bien entendu, toutes les données techniques d'une telle route.

– Quant à la troisième enveloppe, vous devrez la remettre à votre destination finale. À qui? À la seule et unique personne qui s'adressera à vous en ces termes : avez-vous l'enveloppe numéro 3?

En répétant la phrase clé à plusieurs reprises, il les regarda à tour de rôle.

– Est-ce bien clair? Avez-vous des questions?

– Pour moi, c'est O.K., répondit Cunningham en se tournant légèrement vers son compagnon de route. Je ne sais pas ce qu'il en est pour Billy?

– C'est également O.K. pour le lieutenant Jordan! répondit celui-ci à son tour avec un sourire.

Ils sortirent sur le tarmac pour se diriger vers un Tornado au pied duquel s'affairaient deux soldats. Ces grands avions de chasse, à l'envergure impressionnante et à double tuyère, avaient l'avantage de pouvoir transporter des charges importantes. Débarrassés de leur armement, ils gagnaient un rayon d'action supérieur à deux mille kilomètres. En s'approchant, Billy remarqua l'adjonction des deux réservoirs de réserve de kérosène placés sous les ailes.

Anna était là avec Rajah Khan. L'administrateur, feignant la surprise, s'adressa au Pakistanais:

– Que faites-vous ici?

– Tsss... monsieur l'administrateur en chef...

Il hésitait, légèrement figé dans un garde-à-vous hésitant.

– Monsieur le secrétaire général m'a donné ordre de protéger monsieur Billy... Tsss... alors je le protège!

Il brandit son fusil.

– Et celui-là, c'est comme le Coran: il ne me quitte jamais!

L'administrateur dodelinait de la tête en retenant un sourire.

– C'est bien, c'est très bien! Bon, le temps presse, jeune homme! dit-il à l'intention de Billy.

Au pied de l'échelle, Cunningham plongea pudiquement sa barbe dans la lecture des instructions de vol. L'heure déchirante des derniers adieux était arrivée. Anna, les yeux embués de tristesse, se blottit contre l'épaule accueillante de Billy. Telle une enfant, secouée de soubresauts, elle fondit en larmes. L'homme tenta de les atténuer en lui caressant le dos de ses mains partiellement bandées.

Rajah Khan s'approcha. Sobrement, il l'embrassa sur les deux joues. C'était au tour de McPherson. Sa poignée de main fit grimacer Billy. Enfin, l'administrateur s'avança. Le premier magistrat était légèrement plus petit que son interlocuteur. Sans gêne apparente, il promena une dernière fois son regard glacial sur le visage du blessé, comme pour s'imprégner de son image à tout jamais. À cet instant, Billy eut l'intuition que l'homme était un solitaire, arpentant dans son palais fonctionnel de la Résidence la mélancolie des affligés qui n'attendent plus de consolation de la part de leurs subordonnés. « Et de là probablement, se dit-il, cette méchanceté d'apparat qui lui suinte à fleur de peau. »

Pourtant, le discours fut tout autre. Prenant son interlocuteur cavalièrement par les épaules, le regard de l'administrateur se revêtit de cet air mystérieux de conspirateur que Billy commençait à bien connaître.

– Ce serait malhonnête de ma part, monsieur Jordan, de vous dire que je vous vois partir sans plaisir. Vous avez été à votre insu un sacré trouble-fête pour la communauté pacifique de cette île. Sachez que l'homme d'État n'a pas d'amis. C'est son bonheur qui en a. Et aujourd'hui un arc-en-ciel illumine mon cœur. Je me réjouis de la sécurité restaurée à l'Ascension, mais je regretterai l'homme attachant que j'ai connu aussi brièvement. Dans votre nudité nouvelle, vous avez malgré vous glissé un pan de notre histoire dans votre âme. Fasse Dieu que cette première pierre vous aide dans l'édification de votre nouvelle existence.

Après avoir enfilé ses gants, Billy fut le premier à grimper l'échelle de l'avion de chasse. Il prit place à l'arrière, légèrement en surplomb du siège du pilote. Cunningham vint le harnacher et lui donner en même temps les dernières consignes de sécurité. Il s'installa à son tour. L'échelle fut retirée.

Immédiatement, le major lança les turbines. L'avion de chasse roula en direction de la piste, le temps que Littlehusband donne l'autorisation de décollage. En bout de piste, l'appareil fit un demi-tour, et, presque simultanément, le pilote poussa les manettes à fond. Le rugissement des deux réacteurs fut renvoyé en écho par les bâtiments administratifs. Quarante secondes suffirent pour que l'avion s'arrache du sol. Très vite, l'aéroport glissa sous l'aile. Georgetown et son port apparurent dans la quiétude d'un après-midi finissant, suivis plus au nord par Pyramid Point. Le chasseur bascula légèrement pour passer à la verticale de North Point. À l'ouest, l'horizon s'empourprait des derniers rayons de soleil. Majestueuse, Green Mountain envahit le paysage, chapeautant de son collier de verdure les collines avoisinantes.

Le Tornado vira de nouveau à droite et, en montée, mit le cap sur le nord-est. Il restait à peu près deux heures de vol avant d'atteindre les côtes africaines. Billy se retourna. Au travers du cockpit, l'Ascension se donna à lui dans sa nudité désertique.

Ce fut sa dernière vision de cette île où il venait de passer trois mois de sa nouvelle vie.

L'escale de Freetown fut brève. Soixante minutes suffirent aux deux pilotes pour se restaurer à bord du Transall le temps qu'on fasse le plein. La nuit profonde et moite de l'Afrique ancestrale enserrait l'aéroport pauvrement illuminé. À la fois frémissante et invisible, la forêt tropicale était toute proche.

En regrimpant à bord du Tornado, Billy leva la tête. La voûte céleste cloutée de mille feux lui sembla à portée de main. L'avion décolla dans l'alignement parallèle des feux de la piste. Les instructions demandaient de dégager au-dessus de la mer vers le nord-est, puis de mettre le cap sur la balise de Sao Joao, en Guinée Bissau.

C'était le moment de prendre connaissance de ce que contenait la seconde enveloppe. Tout en égrenant les altitudes avec la tour de contrôle de Conakry qui l'avait pris en relais, Cunningham sortit la boîte plate de sa serviette de cuir. Il l'ouvrit précautionneusement.

Quelques secondes s'écoulèrent. Le sol et l'océan disparaissaient dans une sombre uniformité, confondus dans l'obscurité de la nuit. Le microphone du casque de Billy grésilla. C'était le docteur:

– Voulez-vous connaître notre objectif final?

– Laissez-moi deviner... Katmandou, au Népal! C'est le meilleur endroit pour une saine retraite!

– Question Everest, vous y êtes presque! Tenez, lisez vous-même.

Par-dessus son épaule, le major fit glisser les quelques feuillets derrière lui. Billy en prit connaissance. Ses lèvres s'étirèrent dans un sourire.

– Cela me convient parfaitement! Il me semble que je ne suis encore jamais allé à Gibraltar, et j'ai la vague impression que j'ai toujours désiré connaître ce petit bout de terre surmonté de son roc!

– Mais avant d'y arriver, nous avons un ravitaillement au sud de Cap Juby. Vous allez voir, ce n'est pas toujours du gâteau, de nuit.

– Cap Juby? C'est au sud du Maroc, non? On remonte à l'époque de Mermoz et de l'Aéropostale!

– Je constate que vous connaissez bien l'histoire de l'aviation. Vous avez piloté dans le passé?

– Je ne sais pas... Mais même si je n'ai pas piloté, les principaux organes d'un avion me sont familiers. À la limite, à bien y réfléchir, il me semble que je pourrais poser un petit zinc sans problème.

Il eut un moment d'hésitation et finit par murmurer:

– C'est étrange...

Cunningham se taisait, respectant l'effort de son passager pour se rappeler. Il restait néanmoins attentif. En fait, il avait toujours espoir que les neurones qui coordonnent le fonctionnement général du système nerveux puissent agir chez son patient et déterminer un déclic dans le mécanisme du souvenir.

La nuit les enveloppait de son voile trempé dans l'encre de Chine. La notion de vitesse était absente. Les étoiles paraissaient immobiles. Seul le chuintement de l'air sur la carlingue contredisait cette impression. Le tableau de bord, faiblement éclairé de bleu, de jaune et de rouge, selon les cadrans, donnait la sensation rassurante d'être relié à la terre par un fil invisible.

Dans le micro, le major entendit Billy réfléchir à haute voix.

– C'est étrange, car une forme de mémoire me revient par bribes, comme une étoffe déchirée laissant passer par endroits l'eau de pluie. Mais il est évident que je reste pour le moment dans l'incapacité intellectuelle d'assembler les pièces du puzzle qui me parviennent en désordre, de reconstituer la réalité des faits. Je n'arrive même pas à intégrer cet assemblage hétéroclite à un raisonnement logique. Par exemple, si je me situe dans le contexte du pilotage, je revois des montagnes. Or, vous en conviendrez, c'est absurde et incompatible avec la fonction!

– Non, pas forcément. Il y a toujours le secourisme en montagne...

– Oui, mais, dans ce cas précis, il faudrait que j'aie des notions de médecine. Or là, je suis certain de moi: je n'en ai strictement aucune!

Ils continuèrent leur bavardage, le médecin tâchant d'orienter sa réflexion de façon à renforcer le niveau d'éveil du cortex. Billy se pliait de bonne grâce à cette gymnastique à laquelle il s'était habitué au cours des trois derniers mois.

Une heure trente après le décollage, l'avion se positionnait en vue du Cap Juby, à trente-sept mille pieds d'altitude. Le major venait d'entrer en contact radio avec l'avion-citerne.

Billy fut le premier à l'apercevoir. C'était un KC137 de l'armée nord-américaine, en provenance de la base de Torrejon, près de Madrid.

Après les plaisanteries classiques du genre vous payez cash ou bien par carte de crédit, les deux avions procédèrent à la phase délicate du transfert de kérosène. Le danger majeur d'un tel exercice résidait dans le fait que les deux avions étaient distants l'un de l'autre d'une cinquantaine de mètres, à une vitesse approximative de cinq cents kilomètres à l'heure. Le moindre écart, le plus petit trou d'air mal négocié, et ce serait le drame.

En lui-même, le procédé est fort simple. L'appareil ravitailleur laisse traîner dans son sillage un tuyau terminé par un entonnoir. Délicatement, l'avion de chasse se rapproche pour s'accoupler grâce à une courte baguette rigide qui sert d'embout. L'opération de transvasement étant effectuée, le cordon ombilical se déconnecte de lui-même, par réduction de vitesse du receveur. À cet instant, une valve automatique referme les réservoirs assouvis.

Avec grand intérêt, Billy suivait les diverses phases du ravitaillement. Cunningham réduisit les gaz; le Tornado se détacha de la mamelle du quadriréacteur. Dans le micro, Billy entendit le pilote s'adresser à l'équipage de l'avion américain :

– Merci pour la pinte de bière, les gars. Bon retour!

Le Boeing militaire glissa sur son aile pour redescendre à son altitude de croisière de trente-trois mille pieds. Le major donna de la puissance. Le Tornado remit le cap au nord-nord-est.

Ils abandonnèrent les îles Canaries sur leur gauche. L'anse d'Agadir apparut au loin sur l'avant droit dans la clarté lunaire. Cunningham exerça une légère pression du pied sur le palonnier et l'avion prit la direction de Safi qu'il dépassa perpendiculairement à la balise de Sidi Bouzid. Un quart d'heure plus tard, c'était au tour du radiophare de Nouasseur d'être survolé à la verticale. Presque aussitôt, Casablanca se donna de ses mille feux dans la féminité de l'arrondi de sa baie. Malgré l'altitude, l'immense mosquée Mohamed V lançait son jet de lumière bleu et or en bordure de l'océan.

Il était temps de sortir de l'espace aérien marocain. Cunningham piqua au nord-ouest vers la mer. Au loin, les villes chérifiennes s'étalèrent sur la côte plate et rectiligne. Le pilote actionna le gouvernail. Lentement, l'avion bascula sur la droite. Le détroit était devant eux.

Malgré l'épaisseur de la nuit, on distinguait nettement l'avancée de Tanger. La ville et sa baie étaient saisies dans les immenses mâchoires naturelles formées par ses deux caps, témoins lumineux de la rencontre de deux mers.

En descente, l'avion venait de pénétrer dans le détroit. Tarifa se devina à la pointe de la péninsule ibérique. Quelques secondes suffirent pour dévoiler Algésiras. Soudain, faisant face à la ville andalouse, des ténèbres surgit violemment l'ombre imposante du rocher de Gibraltar.

L'aiguille de l'altimètre s'affolait en rotation négative. Dans le micro de bord, la voix nasillarde du contrôleur aérien de la possession anglaise fit irruption.

À cet instant, une émotion indicible s'empara de Billy. Il était singulièrement conscient de la détresse psychologique qu'il ressentait et que les derniers événements de l'Ascension n'avaient fait qu'aviver. Pourtant, il sentit monter en lui un afflux inaccoutumé de bonheur, épais et langoureux, irradiant tout aussi soudainement son corps meurtri d'une chaleur nouvelle.

Dans la réverbération des falaises qu'il voyait s'approcher à grande vitesse, ses yeux s'éclairèrent. Une lueur de joie infantile traversa ce visage aux cicatrices encore fraîches. Bien qu'il fût dans l'impossibilité de le situer dans le temps et l'espace, il lui sembla entreprendre un de ces mystérieux voyages, comme il aimait se l'imaginer lorsqu'il était enfant. En fait, ce déplacement en terre inconnue constituait pour lui une plongée dans l'ailleurs, une sorte d'initiation à l'au-delà, presque un avant-goût de la vie... ou de la mort. En réalité, il ne savait plus très bien lui-même.

À basse altitude, l'avion chavira brusquement sur la gauche, puis sur la droite. Dans le vrombissement créé par les trépidations des sorties d'ailerons, Cunningham intervint sur la radio de bord.

– Billy, arrêtez de siffloter! On est en finale, et le mouchard[19] est branché!

Billy sortait de son vagabondage spirituel.

– Oh, oh! Désolé!

Le pilote chercha à donner une explication rapide avant l'atterrissage.

– Nous sommes obligés de zigzaguer au-dessus de la baie afin d'éviter l'espace aérien espagnol. C'est là une source de tension perpétuelle entre Gibraltar et ce pays. Qui plus est, il faut sortir les volets de freinage à fond et surveiller sa vitesse: la piste est ultracourte!

Pointillé de mille feux, le terrain d'atterrissage présentant une perspective d'entonnoir se profila à l'avant du cockpit. Au toucher, la falaise abrupte de la face nord sembla se jeter à leur rencontre.

---

19. Micro placé en cockpit, enregistrant les voix sur l'une des boîtes noires.

Le rugissement des deux tuyères contraintes par les déviateurs projeta les pilotes vers le tableau de bord malgré leurs sangles. Le Tornado s'immobilisa en bout de terrain.

Impressionné par la maîtrise du major, Billy lui fit part de son sentiment par une légère tape sur l'épaule.

Un peu à l'image de l'Ascension, à Gibraltar, les distances sont réduites au minimum. Au nord, le terrain d'aviation se trouve en bordure de la frontière avec le poste de police espagnol. Au sud, face au détroit, le Great Europe Point situe l'extrémité méridionale du rocher. Entre ces deux limites, la distance est à peine de cinq kilomètres. Le roc est posé sur cette frange de terre large de moins de mille mètres. Impressionnant, il s'élève dans le ciel sur quatre cents mètres de falaises vertigineuses. À ses pieds, la ville s'étend en guirlande, fièrement pavoisée d'Union Jacks.

Il fallait un événement particulier pour que l'autorité pointilleuse locale accorde une autorisation d'atterrissage à une heure aussi avancée. Cela expliquait aussi le comité d'accueil qui s'était déplacé à la rencontre du Tornado.

Les formalités furent expédiées en un rien de temps. Un officier accompagna les deux pilotes auprès d'une voiture conduite par un jeune militaire.

Le véhicule s'engagea aussitôt sur Queen's Way, désertée en cette heure tardive. Il longea les docks aux grues sombres pour déboucher sur Rossia Road qui menait au quartier général de l'armée établi dans une forteresse du XVIIIe siècle. Cunningham connaissait Gibraltar pour y être venu dans le passé. Il s'adressa au chauffeur :

– Vous nous emmenez au quartier général?

– Non, major, répondit le chauffeur. Le colonel a préféré vous installer à notre base d'Europa Flats au sud. Un logement est prévu à votre intention. Demain, je reviens vous chercher à neuf heures pour vous conduire au quartier général. Le colonel désire s'entretenir avec vous.

Ils s'arrêtèrent face à un petit groupe d'immeubles bas et cossus. Deux soldats armés s'avancèrent et se mirent au garde-à-vous au moment où les deux passagers sortirent. En termes concis, ils leur demandèrent de les suivre.

L'appartement qui leur était attribué était situé au second étage.

– Nous logeons à côté et en dessous de chez vous, précisa le sergent. Une porte vous relie à mon appartement et un escalier intérieur à celui du caporal. En cas de danger, utilisez l'une de ces deux sorties; jamais la porte d'entrée.

– Pourquoi ces normes de sécurité? questionna Cunningham, étonné.

– Nous ne sommes là que pour exécuter les ordres, major. Nous n'en connaissons pas les raisons.

Fataliste, le chirurgien retint difficilement un bâillement.

– O.K.! De toute manière, j'ai sommeil. Pas vous, Billy?

– Je dormirais volontiers, moi aussi. Quelle chambre désirez-vous prendre?

– Apparemment, il y en a trois. Étant donné que vous resterez probablement plus longtemps que moi à Gibraltar, choisissez celle qui vous convient le mieux.

Billy fit le tour de l'appartement. Une salle de bain dans chaque chambre, une cuisine ultramoderne et un salon s'ouvrant sur le détroit constituaient l'ensemble. Il s'approcha de la baie vitrée. Par-dessus les flots chatoyants, il entrevit les lumières de l'Afrique qui miroitaient entre ciel et mer.

Son choix se porta sur la chambre donnant au sud, agrémentée d'un large balcon qu'elle partageait avec la grande pièce principale.

Le lendemain, il pleuvait. En route vers le centre, la voiture s'engagea dans le tunnel de Keightly pour déboucher sur l'avenue qui mène directement au quartier général. Lorsqu'elle passa devant Camp Bay, qui s'ouvre sur la mer, Billy se dit qu'il n'y avait rien de plus triste qu'une plage déserte sous la pluie. De l'autre côté de la baie, la ville d'Algésiras, pourtant si proche, disparaissait derrière le rideau maussade que tissait le crachin.

Aussitôt arrivés à la forteresse, ils furent introduits dans le bureau du colonel. C'était un homme à l'allure austère, britannique dans l'âme. Après les présentations, ce fut le rituel du thé.

Le militaire servait ses invités. Ne pouvant retenir une certaine impatience, il s'enquit, encore penché:

– Dites-moi, messieurs, qu'y a-t-il de vrai dans toutes ces histoires qui circulent sur l'Ascension? La majorité d'entre nous a été obligée de se replonger dans les livres de géographie afin de situer l'île avec précision! À lire tous les communiqués de presse qui débattent du sujet, nous nous retrouvons à nouveau au stade de la guerre des Malouines!

La voix basse de Cunningham monta dans la pièce:

– Je pensais que le colonel McPherson vous avait briefé sur ces événements, mon colonel. Le sujet est encore tenu secret, mais il n'y a absolument rien de vrai dans ce que prétend la presse.

Le colonel était assis, les jambes croisées.

– Je ne connais pas McPherson. J'ai été simplement averti par le ministère de la Guerre de vous réceptionner et d'appliquer les mesures de sécurité les plus strictes. Si j'ai bien compris, vous devez repartir pour Londres très bientôt, toujours dans le cadre de l'affaire de l'Ascension. Est-ce exact?

– Tout à fait, mon colonel.

Billy suivait la conversation sans intervenir. Il avait remarqué que Cunningham avait gardé sa serviette sur ses genoux. Elle était entrebâillée. De là où il était assis, il pouvait voir un des coins de la boîte plate remise par McPherson la veille.

– Et cette affaire de l'Ascension? insistait le colonel.

– Laquelle, exactement, colonel?

– Mais celle dont tout le monde parle, voyons, major! L'explosion près de la Résidence; cet inconnu retrouvé en mer et que le gouvernement soustrait aux curiosités de la presse; la nuit d'émeutes qui a laissé l'hôpital général en ruine...

Le pilote arrêta l'énumération d'un geste de la main qui rappela le salut hitlérien.

– Balivernes, mon colonel! Il n'y a jamais eu de manifestations et encore moins d'émeutes! Une explosion a bien eu lieu, mais sans aucun rapport avec ce que racontent les médias. L'affaire a été montée en épingle, alors qu'il s'agissait simplement d'un accident.

Billy sourit imperceptiblement. Il admirait l'aplomb du chirurgien. Ils échangèrent rapidement un regard de connivence.

Le gradé dévisagea Billy.

– Et c'est au cours de cet accident que vous avez été blessé?

Billy évita d'entrer dans les détails:

– Non. J'ai eu un accident d'avion idiot.

À cet instant, on frappa à la porte. Avant même que quiconque ait répondu, le battant s'ouvrit pour laisser le passage à un homme rond et jovial. L'embonpoint de bon aloi était ceint d'un large ceinturon qui emprisonnait les pans d'une veste d'uniforme aux plis réglementaires. Une calvitie naissante, timidement escamotée par quelques mèches rabattues, le faisait paraître plus vieux qu'il ne l'était.

– L'adjudant Hennessy, indiqua le colonel.

– Brian Hennessy! rectifia le nouveau venu d'un sourire engageant.

Il se tourna vers la fenêtre et, d'un geste désignant l'extérieur, demanda :

– C'est vous, les porteurs d'eau?

– Étalée sur l'année, on échangerait bien la moitié de votre pluie d'une semaine! répondit Cunningham avec un sourire narquois. Pourquoi croyez-vous que chez nous le nombre de piscines se compte sur les doigts d'une seule main?

– Oh, à Gibraltar, on n'est guère mieux lotis, vous savez! répliqua le sous-officier. Nous sommes obligés de recueillir l'eau dans un immense réservoir créé à cet effet sur le versant est. Et ce n'est pas suffisant! Par mesure de rétorsion et au nom d'une revendication territoriale, les Espagnols refusent de nous en fournir, espérant nous assoiffer. Encore heureux qu'on soit régulièrement approvisionnés en gin et whisky!

Il éclata d'un bon rire communicatif. Ses yeux se tournèrent vers son supérieur. D'un ton légèrement plus sérieux, il demanda :

– Mon colonel, mes excuses, mais puis-je vous emprunter le major et le lieutenant pour régler des problèmes d'intendance? Je suis malheureusement appelé à me rendre chez le gouverneur en cours de matinée, et, avec la chance qui me caractérise, je vais être coincé là-bas jusqu'à cet après-midi.

– Je n'ai pas d'objection, à condition que vous me les rameniez pour déjeuner. Vous étiez bien entendu invité, mais libre à vous de préférer la table du gouverneur à celle du mess des officiers.

En même temps, le colonel gratifiait ses deux invités d'un clin d'œil complice. Ils se levèrent. Soudain, se ravisant, le haut gradé s'adressa à Cunningham :

– Au fait, major, j'allais oublier de vous le demander : vous n'êtes pas porteur d'un message personnel me concernant, soit du colonel McPherson, soit de l'administrateur?

Billy croisa le regard de Cunningham. Le pilote parut réfléchir. Après un froncement des sourcils, il agita sa barbe négativement.

– Pas que je me souvienne, mon colonel. Vous savez, le départ a été décidé dans la précipitation, et aucun des deux dignitaires ne m'a fait de recommandation particulière.

L'officier parut se satisfaire de la réponse.

– Très bien. À tout à l'heure.

Ils sortirent à la suite de l'adjudant pour descendre un étage. Un dédale compliqué de hauts couloirs aux plafonds en ogive et de recoins sombres les conduisit devant une porte de fer. À grands tours de poignets, l'adjudant ouvrit deux serrures.

Le battant une fois poussé, une pièce hexagonale pauvrement éclairée apparut. Deux fauteuils faisaient face à une table andalouse au bois travaillé, sans tiroirs. Dans un coin, encastrée dans le mur, se trouvait une armoire de fer aux portes renforcées de croisillons d'acier. À côté, on remarquait un petit réfrigérateur blanc tout simple sur lequel on avait déposé un vase oblong transparent rempli de magnifiques iris violacés.

L'adjudant s'était effacé pour laisser entrer ses visiteurs. Lestement, il contourna les sièges. Se penchant vers les fleurs, il les huma avec un plaisir perceptible.

– Ce sont des tingis, dit-il, tout en accommodant délicatement les tiges vertes dans le récipient.

Il se retourna, invitant du geste son monde à prendre place dans les fauteuils. Derrière le bureau, une fenêtre protégée de barreaux perçait l'enceinte épaisse de la forteresse pour filtrer le peu de lumière qui nourrissait des murs peints à la chaux.

– Des tingis de Tanger, bien sûr! Chaque matin, les Berbères d'en face nous en rapportent de pleines brassées, en même temps que les légumes vendus au marché. En fait, ce sont les Phéniciens qui ont attribué aux iris cette noblesse rattachée à un lieu. Comme vous le savez certainement, les Phéniciens étaient de grands voyageurs et surtout de fantastiques commerçants. Quand ils arrivaient par la mer depuis la Mésopotamie en route vers leurs comptoirs d'Afrique, ils passaient au large de Tanger, appelée Tingis à l'époque. Il semblerait qu'en ces temps-là toute la campagne avoisinante était recouverte de ces fleurs magnifiques, qui illuminaient les collines de clarté mauve et jaune. Depuis, la fleur porte son nom d'origine. Comme un bon vin!

Son ventre fut secoué par un rire jovial à saccades. Dehors, la pluie s'était arrêtée. Un soleil timide faisait son apparition, posant ses maigres rayons sur l'imposante curiosité locale, un canon de cent tonnes luisant d'humidité qui n'avait probablement jamais servi. L'adjudant, les fesses précieusement installées en bordure de sa chaise, se frottait les paumes, les coudes reposant sur un parapheur de cuir clair. L'œil rond et rusé sautillait d'un invité à l'autre. Le sourire avenant dans ce visage grassouillet lui conférait une sympathie bonhomme.

– Très bien! Très bien! finit-il par articuler sans se départir de son sourire. Et tout d'abord, avez-vous bien dormi? Avez-vous besoin de quoi que ce soit? En un mot, en quoi puis-je vous être utile?

Billy et Cunningham échangèrent un regard de concertation. C'est le pilote qui prit le parti de répondre :

– À vrai dire, nous ne manquons de rien. Nous sommes logés comme des nababs. En fait, nous ne nous attendions pas à une telle réception ! Nous vous en remercions sincèrement.

– Ta, ta, ta ! ce n'est rien. Oublions cela !

Le militaire sembla chercher quelque chose sur son bureau. Se ravisant, il jeta un regard à sa montre-bracelet.

– O.K., c'est parfait, dit-il avec un soupir. Nous avons deux heures devant nous. Autant commencer de suite. Major...

– Oui, adjudant ?

– Avez-vous l'enveloppe numéro 3 ?

CHAPITRE 10

La surprise était de taille. Elle fut aussi de très courte durée.

Cunningham se pencha en se cherchant une contenance. Avec des gestes lents, il sortit la boîte de sa serviette de cuir. En la manipulant avec grande précaution, il l'ouvrit suivant le principe de sécurité qui lui avait été indiqué. Il tendit la dernière enveloppe à l'adjudant qui le regardait, bienveillant, le sourire toujours aux lèvres.

À l'aide d'une fine dague sculptée aux dessins mauresques, le sous-officier en extirpa un nombre impressionnant de pages dactylographiées. Promptement, il glissa des demi-lunes sur l'arête de son nez et entreprit de parcourir la liasse sans réellement prendre le temps de lire. Il marmonna comme pour lui-même :

– Mouais... mouais... Encore une affaire compliquée en perspective. Bien entendu les gens du Ministère se posent des questions, et ce ne sont pas les seuls!

Il reprit la lecture plus lentement. Le silence humide de la pièce semblait rythmé par le bruissement des pages tournées d'un index épais. Un rayon solitaire filtra, venant caresser le vase d'iris. L'adjudant reposa bientôt la liasse sur le dessus de table en cuir retourné. Il leva un regard tout en rondeur par-dessus la monture de ses lorgnons à branches pour le poser sur Billy. D'une voix à peine audible où perçait un soupçon moqueur, il demanda :

– Lieutenant Jordan, c'est donc vous, l'homme le plus recherché du Commonwealth?

Les yeux de Billy se plissèrent sous la violence d'un sourire contrarié. Les séquelles de la récente chirurgie esthétique zébraient de rouge le visage juvénile où certains muscles avaient encore de la difficulté à retrouver leur élasticité. Il appréciait pourtant le militaire et son humour caustique qui posait entre eux les bases d'un jeu subtil.

L'adjudant s'était accoudé à la table revêtue de cuir fauve. Il avait retiré ses lunettes et les faisait virevolter négligemment du bout des doigts. La bouche n'avait pas perdu son sourire, mais le regard scrutait ce visage torturé où seul l'iris azuré apportait son écu de lumière. Un peu malgré lui, depuis leur rencontre dans le bureau de son supérieur, il se sentait pris sous le charme de cette voix douce, à l'accent curieux d'origine indéfinissable. Il soupira.

– Pourquoi ne pas me raconter tout depuis le début, lieutenant. J'adore les histoires d'aventures qui finissent bien. Je suis un grand sentimental. Et je vais vous faire une confidence: j'ai l'intime conviction que la vôtre se terminera bien... tôt ou tard!

En quatre-vingt-dix minutes, Billy et Cunningham donnèrent chacun leur version des faits. De temps en temps, Brian Hennessy intervenait pour faire préciser un point particulier. En fin de récit, il resta silencieux, plongé dans une profonde réflexion. Soudain, il se leva, interpellant Billy:

– Lieutenant Jordan, puis-je vous appeler Billy?

– Bien sûr!

– O.K.! Appelez-moi Brian. Maintenant, Billy, soyez aimable de vous lever.

Faisant le tour de la table, l'adjudant s'approcha de lui. Il était de taille plus petite, ce qui l'obligeait à renverser légèrement la tête. Il regardait son interlocuteur droit dans les yeux. Soudain, il le demanda brutalement:

– En quelle langue comptez-vous?

– Euh, en anglais. En italien dans ma tête, parfois même en français.

– En quelle langue rêvez-vous?

– Je n'en sais rien! À l'Ascension il me semble que c'était en anglais...

– Et avant l'Ascension?

Billy était un peu bousculé par le flot de questions quémandant une réponse immédiate. Il comprenait fort bien que Hennessy ne cherchait qu'à l'aider, et que cet exercice était l'une des thérapeutiques susceptibles de recréer le fameux déclic qui permet de raviver les mécanismes de la mémoire. Mais l'effort était pénible. Sa réflexion se délayait dans les méandres d'un flou inextricable dès qu'elle dépassait le stade pré-l'Ascension.

Il fit de son mieux pour répondre avec une certaine logique.

– Je crois... je crois que je rêvais dans une autre langue, probablement en italien, mais je n'en suis pas sûr!

– Si je vous dis le mot États-Unis, qu'évoque-t-il pour vous? Et quels souvenirs avez-vous de ce pays?

– Aucun! Non, attendez! Je connais New York, la Californie... d'autres villes encore, comme... comme Chicago ou Miami... Oui, Miami! Je connais bien Miami. J'y ai peut-être même vécu, car il me semble que la ville m'est très familière.

– Quelle est votre nationalité?

– Là, sur ce point, si vous pouvez m'aider... dit-il en esquissant un semblant de sourire.

Dans le visage raviné, les yeux lancèrent un éclat rieur. Il reprit après une hésitation:

– Probablement américaine ou européenne. J'élimine d'entrée africaine ou asiatique.

Le militaire examinait les réactions du jeune visage, sondait ce regard trop clair, analysait et disséquait chacune des répliques. L'exercice n'échappa pas à Cunningham qui suivait la thérapeutique avec intérêt. Brian Hennessy demanda de nouveau:

– Si je vous demande de peindre les couleurs d'un drapeau, lesquelles choisiriez-vous?

– Du rouge, du blanc... Peut-être du bleu aussi... ou du vert.

– Du rouge et du blanc, c'est sûr! N'est-ce pas?

– Oui... je suis presque certain de moi!

– Le bleu ou le vert, c'est moins sûr?

– Euh... oui, je veux dire, je ne peux être affirmatif à propos de ces deux couleurs.

Tout en répondant, Billy s'essuya la lèvre supérieure qui se recouvrait d'une légère transpiration. Il ajouta très vite:

– Je précise, Brian, que toutes ces questions m'ont déjà été posées.

– Par qui?

– Par le docteur et Anna... Je veux dire, le major ici présent et son assistante.

– Et vous ne savez toujours pas à quel pays vous appartenez?

– Non!

Hennessy sourit. Son visage lisse et rondouillard afficha une sérénité qui trompa Cunningham. Le chirurgien bougea dans son fauteuil.

– Vous avez une piste, adjudant?

– Non, major. Mais on va procéder par élimination, comme pour un diagnostic médical. Billy, vous connaissez les ordres militaires, je présume?

– Pardon?

– C'est simple. Je vais vous demander de vous mettre au garde-à-vous, d'accord?

– D'accord.

– Attention! Garde-à-vous!.. Repos!.. Garde-à-vous!

Billy suivait les ordres, tantôt au repos, tantôt les mains le long du pantalon, dans un immobilisme et une rigidité militaires. Soudain, en plein milieu d'un garde-à-vous sonore, l'adjudant salua militairement. Il interpella Billy brusquement:

– Rendez-moi mon salut, lieutenant!

Instinctivement, Billy s'exécuta.

Il y eut un silence dans la pièce. Cunningham avait compris. Il se maudissait de n'avoir pas eu l'idée d'un tel test à l'Ascension. Son regard croisa celui de Hennessy dont l'éclat dévoilait le plaisir d'une première victoire. Billy, au garde-à-vous, regardait les deux militaires sans comprendre. Il finit par se relâcher tout en demandant:

– Qu'est-ce qui se passe?

Hennessy le regardait avec un sourire amical. Il eut une moue.

– Billy, contrairement à ce que laissent penser les documents trouvés en votre possession, vous n'êtes pas américain d'origine. Vous êtes à mon sens un ressortissant d'un pays latin ou germanique.

– Et à quoi le voyez-vous?

Ce fut Cunningham qui répondit depuis son fauteuil.

– Ce que vient de réaliser Brian est magnifique! Il vient de démontrer que vous avez fait votre service militaire ailleurs qu'en Amérique du Nord. Vous saluez comme un Européen...

Les lunettes sur le nez, Brian Hennessy se rassit. Il jeta un coup d'œil furtif à sa montre.

– Bigre! Déjà midi moins le quart! Major, très rapidement, voici les ordres que vous allez recevoir du colonel cet après-midi: vous partez demain. Décollage à huit heures. Votre plan de vol indiquera comme destination la base de Lossiemouth en Grande-Bretagne. En réalité, vous filez dans le détroit au ras des pâquerettes, hors des spots radars. À cent nautiques au large vous montez en chandelle récupérer votre altitude de croisière. Vous vous mettez en contact avec la base de Rota qui est prévenue. Vous bifurquez ensuite au sud en vous rattachant au radiophare de Telde dans l'île des Grandes Canaries. Un ravitaillement est prévu au moment où vous atteignez les côtes africaines, à la verticale du cap

Blanc nouvellement appelé pointe Durnford. Ensuite, escale à Freetown avant de relier l'Ascension.

– C'est pratiquement la même balade qu'à l'aller.

L'adjudant compulsait les papiers devant lui.

– Oui, major. Pratiquement... Encore un mot, messieurs. Je vous conseille la plus grande confidentialité sur ce que nous venons de nous dire. Recevez les ordres du colonel comme étant de première main. Je vous dois aussi une explication, bien que je pense qu'elle a déjà effleuré votre esprit. J'appartiens au M6, c'est-à-dire aux services secrets de Sa Majesté où j'ai le grade de lieutenant-colonel. Mon affectation à Gibraltar est une couverture stratégique. À l'Ascension, major, inutile de citer mon nom à quiconque. D'ailleurs, aussi bien l'administrateur que McPherson ne vous questionneront pas; ils connaissent les ordres. Quant à Gibraltar, et cela s'adresse à vous, Billy, qui restez parmi nous, nous sommes quatre à partager le secret: le gouverneur, moi et vous deux!

Ses pommettes joufflues se rehaussèrent. Un sourire franc envahit son visage poupon. Il marquait la fin des entretiens confidentiels. Le haut gradé redevenait le sous-officier bonhomme, préposé au service du touche-à-tout à l'intendance. Il se leva, ventre imposant en figure de proue qui criait probablement famine.

– Je vous ramène chez le colonel. Ce soir, c'est moi qui vous sors. Je vous récupère à dix-neuf heures, chez vous. On ira chez un copain, un ancien de la Royale[20]. Les rognons de veau préparés en croûte sont fantastiques. Évitez de trop manger ce midi! De toute façon, les hamburgers du mess sont dégueulasses!

Il éclata de son rire franc qui résonna dans la pièce aux six murs.

La journée s'effilocha au caprice d'un après-midi paresseux. Le soleil était revenu. Billy et Cunningham déambulèrent dans Queen's Way, l'artère principale de ce minuscule territoire britannique. Dans l'une des nombreuses boutiques tenues par des Indiens, le major acheta une grande boîte de thé Earl Grey, deux pots de marmelade de chez Harrods, à Londres, et une jarre de sauce à la menthe qu'il aimait servir avec le mouton bouilli de provenance sud-africaine.

Chemin faisant, ils s'arrêtèrent chez un bijoutier. La modicité

20. Marine royale de la Grande-Bretagne.

du prix aidant, Billy choisit un collier de perles de culture en droite ligne de Hong-Kong. Il réclama un paquet-cadeau.

En le tendant au militaire, il lui dit :

– Vous embrasserez Anna pour moi. Vous lui direz aussi qu'elle me manque déjà...

En avance sur l'horaire, l'adjudant Hennessy sonna à la porte d'Europa Flats. Cunningham lui ouvrit.

– Bonjour, Brian. Billy est encore sous la douche.

– Il n'y a aucun mal! De toute évidence, j'arrive un peu tôt. Cela va me permettre de vous questionner sur vos sentiments concernant votre patient.

Ils s'assirent au salon. Brièvement, le médecin raconta en détail les nombreuses opérations chirurgicales qui avaient été nécessaires, exposa les différentes phases de la convalescence et termina par un point de vue personnel :

– L'homme est sain dans sa tête et son corps. Il est aujourd'hui en rémission totale et je m'en réjouis. Je dois reconnaître quand même qu'il est imprégné d'une sacrée volonté! Cela aide à activer sa guérison. Quant à sa nature psychologique spécifique, je tire peut-être une conclusion rapide, mais elle me paraît évidente : l'amnésie du sujet est sincère. Je pense que, comme moi, vous en êtes convaincu.

Il jeta un regard interrogateur vers son interlocuteur. L'adjudant fit oui de la tête en silence. Le chirurgien poursuivit :

– Qui plus est, nous sommes devant un patient à l'intelligence bien supérieure à la moyenne. Je reconnais que mon travail en a été simplifié. Il a une bonne réceptivité et il est malléable. La chirurgie faciale cosmétique, pourrait-on dire, a été la partie la plus facile. Il a fallu recoudre, pour utiliser notre jargon, en faisant attention aux points. Un travail d'école. Billy dispose d'un faciès dont les os se prêtent parfaitement bien à ce genre d'intervention. Je dois reconnaître que je suis particulièrement heureux du résultat. Toutefois, je concède avoir eu l'avantage de n'avoir aucune obligation de réussir : après tout, je n'avais pour guide qu'une vieille photo mangée par le sel et l'eau. Cela m'a évité de faire du copiage. Plus important encore, il ne fallait pas perdre de vue que nous avions affaire avant tout à un grand brûlé, au second et troisième degré, victime d'une destruction de l'épiderme. C'était particulièrement notable aux dernières phalanges des doigts. Pour les membres inférieurs, j'ai été obligé d'exciser les escarres. J'ai procédé ensuite par autogreffe, et là aussi je conçois que nous avons été chanceux. Elles ont bien pris, permettant une saine régénération des tissus. L'éventration avait été soignée à l'eau de mer par le blessé lui-même, ce qui a eu pour effet d'éviter la progression de l'infection dans des proportions catastrophiques.

Cunningham fit une pause afin de reprendre son souffle et poursuivit son exposé :

– À l'inverse, le problème de la perte de mémoire n'est pas résolu. Je considère que ce phénomène est d'abord une affaire de biologie cellulaire. Plus complexe, elle laisse peu de place à l'application d'une médecine classique. Retenons pour la forme que c'est dans le système nerveux que se situent les mécanismes de cette faculté. C'est pourquoi, l'amnésie persistant malgré quelques signes encourageants obtenus par une gymnastique cérébrale, j'incline à croire qu'un choc psychologique pourrait stimuler certains neurones. Ils déclencheraient ainsi le processus du souvenir. Les sentiments, les émotions, mais surtout les images devraient remonter à la surface. N'oublions pas que la mémoire est inséparable de l'émotion. Pour moi, le mal est loin d'être irréversible. Tôt ou tard Billy sera confronté à ce choc psychologique tant attendu, qui lui fera recouvrer, partiellement ou totalement, le souvenir du passé. À cet égard, il est presque certain, Brian, que vous arriverez à de meilleurs résultats que moi. Je pense que grâce aux informations dont vous disposez vous avez une idée plus précise de la vie antérieure de Billy. Vous pourrez orienter votre thérapeutique dans ce sens, en exacerbant le cortex par des questions choisies.

L'agent secret secoua la tête.

– Pas vraiment. Les recherches se poursuivent, c'est vrai. Mais il semble que la solution soit aux États-Unis... et...

Il hésitait. Il se tourna vers Cunningham qui fut surpris par le changement de physionomie qui s'opérait chez le militaire. Bien qu'atténués par la douceur des courbes, les traits du visage s'étaient de nouveau durcis. Le regard, perdant sa compassion passagère, devenait plus incisif. La voix prit une intonation rauque :

– Je voulais dire, major, que généralement le Département d'État de Washington est beaucoup plus rapide dans des investigations de ce type. Or, il ne répond même pas à mes dernières télécopies...

– Que faut-il en conclure?

– Eh bien, précisément, c'était un peu le but de mon aparté avec vous. Je voulais connaître votre point de vue sur cette affaire, car... j'ai l'intuition que les nouvelles que nous enverront nos amis d'outre-Atlantique ne seront pas très bonnes!

Tôt le lendemain matin, Billy se fit réveiller par Cunningham. À aucun prix il ne voulait rater le départ de son ami.

Ils étaient en train de déjeuner l'un face à l'autre lorsque le timbre de la sonnette de la porte d'entrée se fit entendre. C'était Hennessy. Cunningham était perplexe:

– Brian, il est à peine six heures quarante! Vous ne dormez donc jamais?

– Si, si, ça m'arrive! Mais je tenais à être un hôte parfait! Et puis, pour tout vous dire, je me rends souvent très tôt au bureau. Mon travail m'oblige à être loin des yeux des autres. Et il y a rarement foule à la forteresse avant neuf heures! Enfin, je voulais absolument participer avec Billy à l'agitation des mouchoirs tout à l'heure à North Front Airfield. Pour pleurer non pas sur votre départ, mais sur notre sort! Après tout vous repartez au soleil, mais nous deux on reste dans cette cage dorée, entourée au-delà de notre petite frontière de fous en espadrilles, bien connus pour être des tueurs de taureaux assoiffés de sang!

Il éclata d'un rire sonore, prit une chaise et s'assit familièrement entre eux en posant ses coudes sur la table.

– Mais je sais aussi être le vaguemestre des bonnes nouvelles. Ainsi, la météo vous sera favorable tout au long du parcours. Vous allez vous régaler, major! Et puis j'ai autre chose. Cela vous fera plaisir autant qu'à Billy.

Il porta sa main à la poche intérieure de sa veste.

– Voilà: j'ai reçu un message chiffré du Foreign Office cette nuit. Il me confirme la convalescence du tireur d'élite Timpah. Le message précise même qu'il sera sur pied dans moins de dix jours. Il semble que l'administrateur envisage de le faire participer aux championnats interarmes qui auront lieu à Manchester le mois prochain. Vous le connaissiez personnellement, major, il me semble?

Cunningham avalait une gorgée de café.

– Oui. Un chic type et un sacré chasseur. Malgré sa blessure, il n'a pas loupé le gus masqué de la surprise-partie à l'hosto de l'Ascension!

L'adjudant approuva avec un sourire.

Cunningham se levait. Il dit à l'attention du sous-officier de Sa Majesté:

– C'est l'heure! Je prends mon sac et je suis prêt. On utilise votre voiture, Brian?

– Absolument! On emmène Billy, car dès que vous serez parti, ensemble nous aurons encore un sacré boulot à déblayer!

Le trajet vers l'aéroport parut court. Plus court que d'habitude. La conversation se limita à des propos anodins, à de longues phrases entrecoupées de silences éloquents. Dans l'air flottait un fond de nostalgie. Deux amis se séparaient. Il n'était pas du tout certain que leur route se croiserait à nouveau un jour.

Au terrain d'aviation, les adieux furent brefs, les poignées de main sincères. Habillé de sa tenue de pilote verdâtre, la démarche pesante, Cunningham se dirigea vers son avion sans se retourner. Au pied de la passerelle, un mécano l'aida à prendre place dans l'habitacle exigu. Le sifflement des turbines se propagea sur l'aire de stationnement.

Le bruit redoubla. En souplesse, le Tornado effectua un demi-tour sur place pour se diriger vers le bout de la piste. À cet instant, Cunningham jeta un bref coup d'œil vers les deux hommes immobiles. Il les salua d'un geste militaire. Billy lui répondit d'un signe rapide. Son cœur battait la chamade. Au travers du cockpit et malgré son casque, le regard du pilote lui parut trahir une émotion mal contenue.

Le Tornado était arrivé en bout de piste. Pivotant nez au vent, il lança ses deux réacteurs à plein régime. Les vibrations des turbines prirent d'assaut le petit aéroport. L'avion de chasse décolla dans un majestueux étalage de puissance martiale rugissante, applaudie en écho par les blanches falaises.

Le temps de quelques secondes, le visage renversé vers le ciel, Billy suivit des yeux le chasseur qui s'enfonçait dans les nuages duveteux. Très vite, l'avion disparut derrière le grand rocher, traînant en queue un panache de fumée blanche.

Billy était beaucoup plus paisible. Il retournait doucement en lui-même, dans la quiétude d'une âme sereine. Mais au même moment, de manière brutale et soudaine, il ressentit la déchirure d'une séparation sentimentale qui taraudait sa poitrine. Malgré la sérénité retrouvée, dans ce monde soudain obscurci et à demi silencieux, il savait qu'une angoisse sournoise le guettait. Violente, la réalité lui apparut au grand jour: il réalisait qu'il venait de perdre le dernier lien humain qui le retenait encore à l'Ascension.

En fait, le dernier témoin des premiers souvenirs de son si jeune passé.

CHAPITRE 11

Peu avant seize heures, Brian Hennessy reconduisit Billy à Europa Flats. Durant toute la matinée et une partie de l'après-midi, il avait gardé son hôte auprès de lui. Il l'avait questionné, sous forme d'une conversation amicale et anodine, sur des sujets les plus divers. Bien évidemment, le but de cette discussion était de situer Billy par rapport aux derniers événements survenus à l'Ascension, et d'en découvrir les liens.

Le militaire prenait des notes. Il n'intervenait que rarement. De son écriture fine légèrement penchée, il reportait dans un petit carnet à couverture noire toute réplique sagace de Billy ou tout détail qui lui paraissait d'importance.

Il soumit son invité à diverses expériences. Il lui présenta notamment plusieurs clichés et lui demanda de reconnaître certains personnages, ou bien des lieux, des villes, des immeubles dont le Rockefeller Center de New York, des paysages de montagnes ou de bord de mer, et même des groupes folkloriques. La photo de l'intrus tué par Timpah était parmi le groupe des portraits. Billy reconnut la tête du tueur sans pouvoir mettre un nom sur ce visage sans vie. Et à aucun moment, malgré des efforts louables, il ne put rattacher un détail quelconque à sa vie antérieure.

L'adjudant passa à un autre exercice touchant cette fois la mémoire auditive. Il brancha un magnétophone et demanda à Billy de repérer certains sons, de les situer dans la vie courante, de les replacer face à des moments vécus ou de lui expliquer ce qu'ils lui suggéraient. Il y eut pêle-mêle des cris d'animaux, des avertisseurs de voitures et des sirènes de bateaux, des rumeurs de ville, des explosions et, surtout, plusieurs dialogues en une vingtaine de langues et dialectes différents.

Billy identifia la plupart des bruits, différencia les langues latines des germaniques, et reconnut même avec un sourire un dialogue entre deux Génois.

– Vous connaissez Gênes? lui demanda le militaire.

– Oui... et, puisque vous m'en parlez, je revois le port et son activité, pris dans les entrelacs des autoroutes en bord de mer. Je revois aussi la ville qui grimpe.

Il faisait le geste de la main de quelqu'un qui s'enfuit. Il ajouta:

– Gênes m'a toujours laissé une impression de saleté. Pourtant, autant que je me souvienne, c'est une belle ville.

– Mais vous n'avez aucune idée à quand remonte votre dernier séjour?

– Non, pas la moindre! Mais ça doit faire longtemps, du moins, j'ai cette impression fugace. En fait, quand je me situe par rapport à la ville, il me semble que je suis gosse... Y ai-je vécu? Ou bien y suis-je allé en vacances? Je n'en sais rien!

Pour clore cet examen à caractère médical, l'épreuve des voix fut proposée par l'agent secret.

– Même si vous êtes dans l'incapacité de mettre un nom sur la personne que vous entendez, lui dit-il avant de brancher le magnétophone, arrêtez-moi s'il vous semble reconnaître un timbre de voix.

La bande comprenait surtout des conversations téléphoniques. Elle était longue de quatre-vingt-dix minutes. Parmi les voix familières, Billy reconnut celle de l'administrateur et de son secrétaire. Il hésita quelques secondes sur celle du colonel McPherson. Parmi les personnalités étrangères, il identifia les voix de certains présidents dont Charles de Gaulle et Richard Nixon, celle du pape, d'un commentateur de télévision célèbre aux États-Unis et de quelques acteurs de cinéma, européens ou américains. Ce fut à peu près tout.

Vers quinze heures trente, Billy montra quelques signes de fatigue. Avec un sourire las, il manifesta le souhait d'être « dispensé de cours » pour la soirée.

Réalisant l'heure, l'agent secret se leva un peu précipitamment de son fauteuil.

– Excusez-moi, Billy! Je me laisse emporter par mon enthousiasme à vous aider dans vos recherches, et c'est vrai que cela fait un bout de temps que je vous cuisine! Je comprends fort bien que vous aspiriez à un peu de repos.

– Oh!... C'est surtout de repos intellectuel, dont j'ai besoin. Vous pensez bien que, la plupart des questions que vous me posez, je me les pose moi-même, dix fois, cent fois par jour! Et chaque soir, dans l'obscurité de ma chambre, je m'endors en faisant l'amour avec un immense point d'interrogation!

Il laissa passer un court silence, pour ajouter un ton plus bas, une mimique aux lèvres:

– C'est pas toujours facile, Brian!

Bedaine proéminente, Hennessy contournait son bureau.

– Je m'en doute, Billy, je m'en doute! Vous voulez que je vous emmène quelque part ce soir? Un bon restaurant? Un night-club pour vous changer les idées?

Billy étira ses jambes. Prenant appui sur les bras du fauteuil, il se leva, un soupir dans la gorge.

– Non, merci, Brian, pas aujourd'hui. Ce soir, je vais rester avec moi-même. Après tout, pour la première fois, je me sens livré à ma solitude. J'ai envie de voir ce que cela donne, comment je vais réagir. Vous voyez ce que je veux dire?

– Parfaitement! Je vous ramène chez vous.

Vers dix-huit heures, vêtu de son uniforme de lieutenant, Billy sortit de l'immeuble. Il refusa la voiture de service que lui proposa le caporal de faction et remonta à pied le chemin qui menait à Europa Road. Il marchait en direction du centre-ville lorsqu'une jeep conduite par un soldat s'arrêta à sa hauteur.

– Je vous emmène, mon lieutenant?

Billy parut hésiter.

– Montez, lieutenant! Si jamais il commence à pleuvoir, je ne serai plus là...

Devant la limpidité d'une telle logique, Billy ne put refuser. Le militaire était jeune. Un fort accent écossais émaillait sa conversation.

– Vous venez d'arriver à Gibraltar, mon lieutenant?

– Oui.

– D'où?

– D'Afrique.

– Ah! Je rêve d'aller en Afrique! Roberto, le barman du Cintra, m'en parle souvent. Il était en poste en Guinée équatoriale.

Billy eut un mouvement de surprise vers le chauffeur.

– Mais la Guinée équatoriale est espagnole! lui fit-il remarquer.

– Précisément! Roberto est natif de Malaga. C'est un tueur de taureaux!

Il rit, mais reprit vite son sérieux.

– Au fait, mon lieutenant, où puis-je vous déposer?

La jeep s'engageait sur Barrack Road et contournait les terrains de tennis de la ville.

– Où est-ce, votre Cintra?

Le soldat parut étonné.

– Mais au Rock Hotel, bien sûr!

– Eh bien, c'est parfait. Emmenez-moi au Rock Hotel.

Deux minutes et plusieurs tournants après, la jeep s'arrêtait face à l'imposant édifice de construction encore moderne, érigé entre les deux guerres.

Billy gravit les quelques marches du perron. Le hall de l'établissement se donna à lui dans la lumière de son immense lustre central et la banalité du va-et-vient artificiel qu'engendre toute réception d'hôtel dans le monde.

Dans une encoignure légèrement sur la droite, un petit passage, presque intime, se révéla à Billy. Il se glissa à l'intérieur pour entrevoir un bar blotti au creux des murs. Derrière le comptoir, faisant dos à ses bouteilles, Roberto déployait une petite serviette de papier gaufrée aux armes de la chaîne hôtelière. Avec une mimique de circonstance, il posait dessus une assiette d'olives et une autre de bouchées faites de petits carrés de pain au jambon fumé, plantés d'une minuscule banderille de bois.

– Merci, Roberto, lui dit Billy en anglais en s'asseyant face à lui.

– Le plaisir est pour moi, répondit le barman en espagnol.

Ce genre d'exercice linguistique était une pratique courante à Gibraltar. Roberto ajouta, un rien obséquieux:

– Que puis-je vous servir?

– Que me conseillez-vous?

– Vu l'heure et la situation géographique de notre rocher sur la mappemonde, un jerez.

– C'est parfait!

Le sherry fut servi dans une *copita*, un verre longitudinal emmanché d'un pied pour mieux le saisir. Billy fit légèrement tournoyer le liquide, le huma et porta le verre à sa bouche. C'était frais, boisé à merveille, avec une pointe de vanille propre à ces vins élaborés au sud de l'embouchure du Guadalquivir.

– Il est à votre goût?

Cette fois-ci, Roberto avait utilisé l'idiome de Shakespeare. Billy offrit le verre à la lumière, huma avec délices une seconde fois et, tout en regardant le liquide décrire une courbe dans son enveloppe de cristal, répondit en espagnol:

– Il est à la juste température. C'est très important... Quant à la provenance, je pense qu'il s'agit d'une excellente *solera*[21], probablement même, vu le caractère typé du vin, qu'il s'agit d'une *solera* vierge, sans croisement.

Le visage de Roberto était figé dans un sourire silencieux. Il savait apprécier à sa façon. Lentement, ses lèvres s'entrouvrirent. Il hochait la tête d'une manière presque imperceptible. Il chuchota:

– Vous êtes un connaisseur. C'est bien... c'est très bien!

Profondément enfoui dans l'un des fauteuils de la petite salle attenante, un personnage suivait la scène avec le plus grand intérêt. Il portait un veston croisé sur une cravate à fleurs, laissant avantageusement bouffer, côté cœur, une petite pochette mauve et jaune. Nonchalamment, il déplia ses jambes revêtues de cachemire sombre et se leva. Ses pieds étaient chaussés d'escarpins italiens à pompons.

Il s'approcha du comptoir d'une démarche souple, comme porté par le tapis sur lequel il s'avançait. Billy discerna sa silhouette qui se reflétait dans le miroir face à lui. Avec une féminité de toréador, l'inconnu laissa sa hanche épouser la courbe du madrier sombre. Ses yeux pétillants et rieurs dévisagèrent Billy.

Il était de stature moyenne, la quarantaine avancée, très légèrement en chair au niveau de l'abdomen, laissant ainsi paraître un penchant pour les nourritures en sauce. Le port de tête était altier, souligné par des cheveux courts, noirs et ondulés, sagement peignés en arrière. Une fine moustache taillée avec grand soin reposait sur l'ourlet d'une bouche sensuelle et gourmande, prompte à imprimer sur ses lèvres un sourire goguenard. Au premier regard, une impression de grâce et d'élégance naturelle se dégageait du personnage. Roberto glissa une serviette imprimée face à lui.

Billy soutint ce regard inquisiteur, un rien insolent. En même temps, il remarqua les initiales brodées sur le poignet de la manche gauche d'une chemise fil-à-fil.

L'homme parla. La voix, affable et mélodieuse, laissait filtrer l'accent caractéristique oxfordien:

– Mes félicitations! Il est rare de trouver des officiers de Sa

21. Terme vinicole qui désigne un système d'assemblage et de vieillissement des vins consistant en des barriques disposées en étages; les barriques du bas contiennent le vin le plus ancien; on en retire un maximum de 30 % par année pour le remplacer sans délai par une même quantité puisée dans les étages supérieurs. L'objectif de cette méthode est de fournir un vin de qualité constante, échappant aux aléas des millésimes.

Majesté aussi connaisseurs, et surtout férus d'œnologie. Vous aimez le jerez, mon lieutenant?

Il conversait bourgeoisement, mais dans l'œil l'étincelle restait critique. L'impression de voyeurisme qui émanait du regard noir n'échappa pas à Billy. Au fond de lui-même, il se dit qu'il avait affaire à ce genre d'individus qui n'avaient pas besoin de remonter le courant d'une rivière pour en trouver la source.

– J'aime bien, lui répondit-il avec un sourire. Je suis incapable de dire si j'ai toujours aimé... mais aujourd'hui, j'aime bien!

L'étrange personnage le regardait toujours, l'air rieur. Il y eut un silence au cours duquel les regards se mesurèrent. Billy finit par demander:

– Pourquoi? Celui-ci, c'est vous qui le vendez?

Soudain, l'œil malicieux se plissa. Un large sourire abolissant toute distance sculpta les lèvres gourmandes. De petites dents très blanches et carrées se dessinèrent sur fond d'une gencive écarlate.

– Incroyable sagacité! Bravo! Mais, de grâce, dites-moi, comment vous avez fait pour deviner?

D'un mouvement plein d'emphase, il se tourna vers le barman.

– Roberto, monsieur est mon invité! Merci de le resservir et tu me donnes la même chose.

Il reprit sa pose en ajoutant sur un ton confidentiel:

– Dites-moi la vérité: cela se voit tant que ça, que je fais dans la limonade?

La familiarité était volontaire. L'œil restait toujours aussi malicieux, constamment en éveil. Bien qu'il fît preuve de retenue, Billy ressentait néanmoins une certaine attirance amicale et complice envers cet étranger. Il avait du mal à ne pas s'avouer qu'il était sous le charme de ce regard caressant qui parcourait l'assistance et les objets à l'image d'un commissaire-priseur présidant une vente aux enchères.

En même temps, il éprouvait un sentiment de faiblesse, l'appel d'un pays intérieur qu'il craignait, où il n'avait pas envie d'aller. Mais c'était plus fort que lui. Tout à coup, le désir l'envahit de se dévoiler, de se dépouiller de ses derniers secrets, de partager son désarroi imbibé de cette solitude morale et physique qui le rongeait encore plus ce soir-là. Par pudeur, il espéra une question directe qui le libérerait. Il avait soif de dire à cet étranger à quel point il appréciait sa présence chaleureuse pleine de sang et de vie, imprégnée de cette impertinence ardente qui le rendait aussi sympathique.

Un voile d'émotion traversa son regard limpide. Il saisit son verre pour cacher son trouble. En même temps il réalisait que les consignes de sécurité auxquelles il était tenu l'empêchaient de divulguer quoi que ce soit sur son identité.

Autant que le lui permettaient ses blessures à peine cicatrisées, il laissa planer un sourire de convenance sur son visage, un instant sous l'emprise d'un désarroi aussi soudain que violent.

– Non, non, rassurez-vous! dit-il, tâchant de paraître enjoué. En fait, jamais je ne me serais douté que les représentants en boissons gazeuses arboraient des boutons de manchette de chez Van Cleef, et s'habillaient dans Bond Street[22]!

Avec grâce, son interlocuteur projeta sa tête en arrière en laissant échapper un rire franc. Il se tourna vers le barman pour le prendre à témoin.

– Il est impayable! Tu entends ça, Roberto? Un officier de carrière œnologue et, qui plus est, avec de l'humour! J'aime!

Il pivota pour embrasser Billy de son regard sombre. Spontanément, il tendit sa main.

– Je m'appelle Larry Cippola. Mais tout le monde m'appelle Chipi.

Il avait prononcé *tchipi*. Billy lui rendit sa poignée de main.

– William Jordan. Appelez-moi Billy.

– Enchanté, Billy. Je vous emmène dîner. Je ne pense pas me tromper en disant que vous n'êtes chez nous que depuis peu. Par conséquent vous ne devez pas encore connaître les bons coins. Laissez-moi le plaisir de vous guider.

Il levait un sourcil interrogateur vers Billy, cherchant l'acquiescement.

– Parfait, répondit Billy, mais à une condition: c'est moi qui règle Roberto.

Il allait ajouter: «J'étais là avant vous», mais il se ravisa, réalisant que, probablement, son hôte l'avait précédé au bar et avait même assisté à son arrivée.

Mais déjà Chipi agitait la main en signe de dénégation.

– De grâce, laissez tomber! Vous aurez encore le temps de participer. La nuit est à peine en robe de chambre. Attendez qu'elle se glisse dans son fourreau de lumière!

Après avoir salué le barman d'une poignée de main contenant un billet de dix livres[23], il entraîna Billy par l'épaule vers la sortie.

---

22. Rue très connue du centre de Londres.

23. Livre anglaise. 10 livres = 20 dollars environ.

Ils prirent la voiture de Chipi. En cours de route, ils firent deux arrêts, dans de petits pubs style banlieue londonienne avec leurs écussons de bronze et leurs jeux de fléchettes. Dans chacun des établissements, leur arrivée était saluée par des exclamations chaleureuses, provenant aussi bien des clients que des serveuses en jupettes écossaises.

Tout en disant bonsoir à la ronde d'un geste du bras, Chipi se pencha confidentiellement vers Billy :

– Ce sont tous des clients! Ils font partie de ma tournée nocturne. En un mot, bien que cela ne se remarque guère, je travaille!

Dans chaque estaminet, la même marque de jerez leur fut servie, démontrant, si besoin était, la bonne distribution du produit. Billy fit une première tentative pour régler les consommations. La main de Chipi, arrêtant le geste, se posa sur son bras.

– Non, Billy. Pas ce soir! Cette nuit, c'est moi qui vous sors. Je vous donnerai l'occasion de m'offrir un verre, mais plus tard, à un autre moment.

Il inclina à nouveau sa tête vers celle de Billy et ajouta dans un murmure :

– Qui sait? Peut-être qu'un jour, ailleurs, c'est vous qui me baladerez comme je le fais aujourd'hui. Et vous aurez autant de plaisir à le faire que moi ce soir. Vous savez, la vie est étrange. On ne sait jamais ce qu'elle nous réserve...

Billy ne paraissait pas tout à fait convaincu :

– Peut-être, mais il n'est pas normal que vous supportiez...

Son compagnon lui coupa immédiatement la parole :

– Je vais vous faire une confidence : comme je vous l'ai dit tout à l'heure, je suis en plein travail. Par conséquent je suis sur note de frais. Ainsi que vous pouvez le constater, je ne paye nulle part, disposant d'un compte crédit dans chaque troquet qui a planté ses fondations sur le rocher. Un relevé m'est envoyé chaque quinzaine... Et nous n'avons visité que deux endroits, pour le moment. On pourrait en faire douze comme les stations de l'Évangile, si vous vous sentez une âme de pénitent! Allez, on se sauve!

Ils remontèrent sur la falaise, bien plus haut que le Rock Hotel qu'ils dépassèrent à petite vitesse. Arrivée presque au faîte du rocher, la voiture s'engagea sur le bas-côté de la route. Dans un crissement de gravier piétiné, elle s'arrêta face à une maison de pierres toute simple. N'eût été l'enseigne blafarde, il aurait été difficile de deviner la présence d'un restaurant à cet endroit.

Poussée avec vigueur par Chipi, une porte à double battant

s'ouvrit sur un hall, donnant dans son prolongement sur une salle remplie de tables nappées de blanc. Sur chaque meuble, une lampe-tempête miniaturisée apportait son halo d'intimité. Le hall traversé, de l'un des recoins surgissait un bar de bois clair entouré de tabourets de cuir noir à petit dossier. Face au comptoir, un immense aquarium concave projetait ses reflets de céladon qu'animaient d'étranges scalaires en forme de lame de couteau. Au fond, une véranda s'ouvrait sur la nuit.

Attiré par le vide de l'obscurité, Billy traversa la salle déserte. Arrivé face à la verrière coulissante, il eut le souffle coupé. Au-delà des premières ténèbres, pratiquement à la verticale, la ville et le port s'étalaient au pied de la falaise, entrelacés dans d'interminables guirlandes de lumières en perpétuelle mouvance. L'eau noire des premiers bassins venait lécher les môles sombres, projetant ses reflets d'or et d'argent. Plus loin, au mouillage en attente de quai, des cargos tendaient leurs mâts fluorescents vers un ciel d'encre.

Ayant tourné la tête vers le nord, Billy reconnut la gracieuse courbe de l'anse soulignée par les vétustes lampadaires alignés jusqu'à La Linea[24]. Au-delà, dans le prolongement du boulevard circulaire, s'étendait la ville d'Algésiras. Au sud, la masse sombre de la côte africaine se laissait deviner au-dessous de l'étrange splendeur d'un ciel partiellement étoilé, plongeant son ombre teintée de vert sombre par-delà les montagnes du Rif.

Une légère brise venait de se lever. Féminine et langoureuse, elle caressa furtivement ce visage impassible torturé dans ses chairs. Elle laissait traîner dans son sillage l'étrange parfum nourri aux anis d'algues marines auxquels donne naissance la rencontre des deux mers. Un afflux de sentimentalité envahit les yeux de Billy.

Dans le silence solennel de la nuit à peine griffé par la lancinante musique du vent, les lumières de la ville vacillèrent dans le flou de son regard. Avec un imperceptible dosage de pudeur et de hardiesse, il tenta de refouler sa trop grande complaisance à la tristesse qui l'envahissait.

Lentement, il se retourna. Chipi était à quelques mètres de lui, le regardant fixement, l'air grave. Il n'était pas seul. Près de lui se tenait un petit homme, court sur pattes, la taille enserrée dans un tablier vert et la calvitie partiellement recouverte d'une toque blanche. Très vite, une mine enjouée revint sur le visage de Chipi.

24. Poste frontalier entre Gibraltar et l'Espagne.

En tapotant familièrement le dos du cuisinier, il annonça à l'attention de Billy :

– Mon lieutenant, je vous présente Carlos Amiral, le meilleur cuisinier au sud de La Linea ! Par contre, le plus mauvais payeur du monde occidental !

Carlos Amiral dodelinait de la tête. Timidement, il essaya de s'insurger :

– Le plus mauvais... le plus mauvais... faut pas quand même...

Chipi coupa court à toute récrimination.

– Oui, monsieur ! Le plus mauvais ! La preuve : je suis obligé de venir chez toi avec mon ami Billy m'assurer que tu es toujours vivant et que j'ai ainsi une chance théorique de rentrer un jour dans mes sous !

Il cligna de l'œil en direction de Billy et se pencha de nouveau vers le cuisinier.

– Tu me dis qu'il n'y a plus personne en cuisine. D'accord. Mais il reste toi ! C'est le plus important, puisque tu es le meilleur...

– ... au sud de La Linea, ajouta Billy avec un sourire.

– Bravo, mon lieutenant ! Tu vois, Amiral ! Et cette fois-ci, ce n'est pas moi qui le dis. Tu vas nous faire le plaisir de mijoter ce qui te fait plaisir et, quoi que tu dises, tu dînes avec nous. Entre-temps, apporte-nous deux *Jerecitos*[25] et quelques amuse-gueule.

Soudain, il se ravisa :

– Non, attends ! Le jerez, je m'en occupe. Toi, tu vas en cuisine. Ça ira plus vite. Allez va, maestro !

Il fit semblant de pousser le chef vers ses fourneaux. Le cuisinier disparu, il s'adressa à Billy sur le ton de la confidence :

– C'est absolument vrai que c'est le meilleur cuisinier de Gibraltar. Vous allez vous en rendre compte vous-même !

Deux heures plus tard, Billy était tout à fait convaincu. Tout avait été sublime, depuis les amuse-gueule jusqu'aux desserts. Le restaurateur avait débouché quelques grands crus pour accompagner le tout. Ils étaient assis près de la baie vitrée. Le panorama s'offrait à eux. Il faisait bon. Néanmoins, Billy, accoutumé aux moiteurs africaines, avait rechigné à retirer sa veste, contrairement à Chipi qui, délicatement, avait suspendu la sienne sur le dossier d'une chaise. Constamment, le négociant rappelait ses dettes à son hôte obligé qui s'offusquait.

---

25. Diminutif : petits jerez ; apéritif typique du sud de l'Espagne, titrant 16 degrés.

– Avez-vous vu comment il me parle? Il débarque chez moi sans avertir à l'heure de la fermeture, boit mon pinard, me dévalise la cuisine et par-dessus tout il a le culot de me réclamer du fric!

Ils s'esclaffèrent. Comme Amiral desservait les derniers plats, Chipi lui dit sur un faux ton de commandement:

– Va chercher les bouteilles que tu sais et le matériel qui les accompagne. Ce soir, on fête un ami.

Mollement, Billy tenta de protester:

– Il se fait tard...

Chipi ne lui laissa pas le temps de finir:

– Mon cher ami, ici, à Gibraltar, on apprend à regarder sa montre d'un peu plus loin. Vous vous en rendrez compte par vous-même dès que vous en aurez une!

Il avait constaté que Billy n'en portait pas et il s'en était étonné.

– C'est rare, chez un pilote!

– Je l'ai perdue, je crois.

Le tenancier revenait. Entre les doigts recroquevillés de sa main droite pendaient deux bouteilles. La gauche brandissait une guitare sèche. Il posa les flacons sur la table: un Anis del Mono au contenant habillé de ses cannelures, accompagné d'un magnifique Gran Duque de Alba en carafe de cristal, une référence pour tout œnologue ayant un penchant pour les eaux-de-vie de la péninsule ibérique.

Ayant calé la guitare au pied d'une chaise, il repartit de son petit pas pressé chercher des verres. Le cérémonial s'installait. Avec une lenteur et une majesté calculées, Amiral entreprit de déboucher le brandy. Il prit un des verres à cognac et s'en versa une rasade. D'un mouvement circulaire, il fit tourner le liquide mordoré dans son écrin. Avec un automatisme mesuré, il le porta à son nez pour le humer profondément. Il l'offrit ensuite comme en sacrifice à la pâle lumière de la petite lampe de table. Instantanément, l'alcool s'alluma de mille cristaux.

Billy et son compagnon suivaient le rituel dans un silence de cathédrale. Carlos Amiral approcha ses lèvres. Un gargouillis émis par les glandes salivaires fut précédé d'un claquement de langue appréciateur. La première gorgée avalée, il chercha du regard celui de ses invités. Les yeux brillaient; la voix n'était qu'un chuchotement:

– Très bon! Très grande qualité!

Les premiers verres se remplirent. Aussitôt, le cuisinier procéda de la même manière avec la bouteille d'anis à croisillons, répétant à l'envi ses gestes et ses mimiques. Le protocole était arrivé à son terme.

Carlos se leva pour contourner la table. La guitare à la main, il vint s'asseoir près de Chipi. D'un effleurement à peine perceptible, les doigts pincèrent harmonieusement les cordes, cherchant leurs marques. La caisse de résonance renvoya un accord mélodieux, à la limite de la transparence. Chipi retroussa ses manches. En plissant des yeux, il projeta sa tête en arrière. Dans un geste très lent, il laissa ses doigts courir dans sa chevelure.

Avec une grande retenue, le premier accord s'éleva en sourdine. Chipi, les yeux mi-clos, desserrait sa cravate. De sa bouche à peine entrouverte, une litanie rêche et tout juste audible emplit la pièce. Les notes, rythmées au gré du balancement de la main, cherchaient la mesure. La voix gutturale prenait de l'assurance, gagnant en volume. Peu à peu, comme rassurée, elle s'amplifia, envahissant la grande salle jusque dans ses moindres recoins. D'un claquement sec, les deux mains imposèrent le tempo nerveux et musical accompagnant les premières notes d'un flamenco langoureux.

Comme l'avait prédit Chipi, la nuit commençait à peine à se parer de ses lumières. Elle allait être longue, pleine de sève et de tumulte. Billy jeta un regard par la baie vitrée. Il ressentit l'effleurement de la brise marine sur ses cheveux. Il repoussa la chaise de la table et chercha à allonger ses jambes. Ses mains se joignirent sur sa poitrine. La mélodie, âpre et rugueuse, montait dans la pièce, portée par le balancement des lumières tamisées. Il flottait dans l'air un parfum d'eau-de-vie conviviale.

Il ferma les yeux. Délicatement, sans le voir, il porta le verre à sa bouche. Ses papilles s'éveillèrent en reconnaissant la brûlure sirupeuse de l'anis. Les notes sèches des cordes pincées s'éparpillaient aux quatre coins sombres de la grande pièce. Billy s'étira. Soudain, Anna lui apparut vêtue de sa jupe blanche d'infirmière. Il se surprit à sourire. Son image s'estompa pour faire place à celle de Cunningham; au travers de la barbe fournie, il pouvait deviner la gouaille du militaire.

Billy sentait son esprit vagabonder, papillonnant d'un souvenir à un autre. Les yeux toujours mi-clos, il but une seconde gorgée. Le sucre atténuait la hardiesse de l'alcool. Il laissa le liquide imprégner son palais. Inconsciemment, il cherchait à retrouver la trame de ses souvenirs, cette galerie des portraits qui étayaient les fondations mêmes de sa courte vie. Il lui fallut faire un effort pour revoir la silhouette de l'administrateur pérorant dans son bureau aux murs recouverts de bois des îles. Son secrétaire était près de lui, muet. Il lui sembla retrouver l'odeur de la terre retournée en provenance du parc. La vision de Johnnatan, puis celle de Rajah Khan portant son fusil sur l'épaule comme un pénitent sa croix clôturèrent le défilé imaginaire.

Billy souriait toujours. Que l'Ascension lui paraissait loin! Il lui semblait avoir fait un rêve éveillé, avoir traversé un monde mythique. La voix plaintive de Chipi prenait le pas sur les accords de la guitare. Les murs renvoyèrent les claquements des paumes qui marquaient la mesure.

Billy entrouvrit les yeux. Très loin, dans le détroit pourtant si proche, un cargo aux feux capricieux traçait péniblement sa route dans le dédale des flots croisés.

Dans un sursaut, Billy se redressa. Il venait soudain de réaliser que, quoi qu'il fasse, où qu'il aille, la vie quotidienne, palpable, matérielle, cynique, le rattrapait. Malgré sa veste d'aviateur, il frissonna. Un sentiment étrange l'envahissait. Un sentiment qu'il ne se souvenait pas d'avoir connu.

Il en prit conscience en un quart de seconde : il avait peur.

CHAPITRE 12

Le réveil fut pénible et pour le moins mouvementé. Dans son subconscient, Billy réalisait que quelqu'un l'agitait. Il tentait de sortir de son trou noir, de cette torpeur qui engluait tout mouvement. Il émergea avec difficulté. Son œil s'ouvrit sur un plafond qu'il ne reconnut pas. Un visage se balançait au-dessus de lui. Après une seconde d'hésitation, il reconnut le jeune sergent de garde qui lui parlait.

Billy ouvrit grand ses deux yeux. Le militaire reprenait:

– Écoutez-moi, mon lieutenant, il faut vous lever! L'adjudant Hennessy vient de passer. Il sera de retour dans trois quarts d'heure.

– Quelle heure est-il?

– Huit heures trente passé. Le caporal est en cuisine et vous prépare un petit déjeuner.

– Fallait pas...

– Ce sont les ordres de l'adjudant.

– Ah bon? O.K., je me lève.

Il repoussa les couvertures des pieds et s'assit sur le rebord du lit. Il se passa vigoureusement la main dans les cheveux. De son regard dirigé vers le sol, il constata qu'il avait oublié de retirer les chaussettes qu'il portait le jour précédent.

Il réprima un bâillement. Par bribes, les événements de la veille lui revenaient en mémoire. Il se demanda à quelle heure il était rentré. Il se souvenait tout juste que le jour pointait au-dessus de la côte marocaine quand il était descendu de voiture. Mais il n'avait pas la moindre idée de qui l'avait aidé à monter l'escalier. Et Chipi? Qu'était-il devenu, au fait?

Il marmonna pour lui-même:

– Sacrée soirée! Je m'en souviendrai!

Rassuré, le soldat s'était éclipsé, laissant la porte entrebâillée.

De l'office provenait le crépitement du bacon grillé. Son fumet se faufila dans la chambre. Billy fit la grimace. Sa tête lui paraissait peser une tonne. Il eut un haut-le-cœur. Pesamment, il se dirigea vers la douche.

Il parut au salon vêtu de son uniforme. Les deux militaires étaient à la cuisine. Billy les rejoignit et réclama un café noir. Il refusa les œufs au lard d'un signe de tête négatif suivi d'une grimace.

– J'ai mal au crâne, dit-il en avalant une gorgée de café. Mangez-les à ma place. Vous les méritez plus que moi.

On sonna. Un des militaires alla ouvrir. C'était Hennessy. Il s'avança en souriant vers son protégé.

– Alors, lieutenant, on fait la fête?

– M'en parlez pas! Je ne sais même pas à quelle heure je suis rentré!

– Cinq heures trente-cinq du matin.

Billy marqua son étonnement.

– Comment le savez-vous?

Sans perdre son sourire, Brian Hennessy désigna l'un des deux plantons du menton.

– C'est consigné. Ils sont là pour faire leur boulot.

– Ah bon, fit Billy, laconique. Je ne savais pas que j'étais sous surveillance.

– Mais non! Pas sous surveillance! Sous protection, mon ami. Tenez, expliquez-moi un peu pour voir: comment voulez-vous être protégé, si vos protecteurs roupillent, hein?

Il lui mit amicalement la main sur l'épaule.

– Allez, on y va! On passe au quartier général et à midi je vous emmène déjeuner sur une corvette de la Royale qui vient de mouiller cette nuit.

– Merci, dit Billy.

En même temps, il se tournait vers le sergent qu'il interrogea:

– Vous qui ne dormez jamais la nuit, savez-vous qui m'a ramené hier?

Avec un léger sourire, le jeune militaire se dirigea vers la chambre affectée à l'origine à Cunningham. Il l'ouvrit précautionneusement et s'effaça de suite pour permettre à Billy de voir dans la pièce. De la pénombre provenait une respiration régulière. Billy s'approcha, intrigué. Emmitouflé dans une couverture rose, les cheveux aux ondulations toujours impeccables, Chipi dormait du sommeil du juste.

Billy se retourna vers Hennessy. En chuchotant, il demanda :
– Est-il autorisé à dormir ici?
– Tant que tout est sous contrôle, répondit l'adjudant, conciliant, il n'y a aucun problème.
Il reposa sa main sur l'épaule de Billy. En le regardant fixement d'un air amical, il lui dit :
– Ne vous y méprenez pas : vous n'êtes pas prisonnier! C'est simplement une question de sécurité, autant pour vous que pour nous... et vous êtes bien placé pour savoir qu'on ne prend jamais suffisamment de précautions.
L'image de l'hôpital détruit de l'Ascension revint dramatiquement à l'esprit de Billy. Le sous-officier se dirigea vers la sortie.
– Allez! Pas de mélodrame avant l'heure! dit-il tout haut. On a du boulot.
S'adressant aux deux militaires, il ajouta :
– Réveillez monsieur Cippola vers dix heures trente et avertissez-le qu'il déjeune avec nous. Qu'il soit au quartier général à midi.
Dans la voiture conduite par un soldat en tenue, Billy demanda :
– Vous connaissez bien monsieur Cippola?
L'adjudant sourit, regarda par la glace la rue défiler, puis reporta son regard rieur vers Billy.
– C'est simple. Si on faisait un concours de notoriété à Gibraltar entre lui et le gouverneur, je ne m'aventurerais pas à pronostiquer l'issue de l'épreuve. C'est du cinquante cinquante!
La voiture s'engageait dans South Pavillon Road. Toujours intrigué, Billy revenait à la charge.
– Qui est-ce exactement, et que fait-il dans la vie?
– Vous parlez de Chipi? Oh! C'est un gentil garçon, intelligent et travailleur. Il est employé comme commercial indépendant chez Sapponi & Stead. Une belle situation qu'il a créée lui-même, mais qui souvent rapporte plus d'emmerdes que d'argent.
– Des emmerdes?
– Chipi est un formidable agent de relations publiques, doublé d'un fantastique vendeur. C'est simple : il vous vendrait du sable aux Mauritaniens! Et c'est peu dire... Mais les affaires ne sont pas toujours faciles à Gibraltar, et le marché est fort restreint, comme vous pouvez le constater. En réalité, Chipi gagnerait à proposer ses talents sur d'autres marchés, d'autant plus qu'il est très connaisseur en vins et spiritueux.

— Je m'en suis rendu compte.

— Chez qui étiez-vous hier soir?

Une pointe de sarcasme aux lèvres, Billy se tourna vers son compagnon.

— Tiens! Je pensais que vous étiez au courant de mes faits et gestes!

L'adjudant s'esclaffa.

— Touché! Mais pour vous rassurer, dès que nous avons su que vous étiez avec Chipi, nous vous avons laissé mener votre nuit à votre guise. Ceci étant dit, permettez-moi encore une fois de vous assurer que...

— ... que je ne suis pas prisonnier! Je sais!

Le quartier général était en vue. La voiture de fonction ralentissait pour s'engager dans la cour.

Il jeta un regard rieur au militaire, tout en ramenant la conversation sur son compagnon de soirée.

— Il n'est pas marié?

— Il l'a été dans le temps. Sa femme a été emportée par une méningite foudroyante. À l'époque, exceptionnellement, les autorités espagnoles ont ouvert la frontière pour permettre son évacuation vers un hôpital de Malaga. Mais il était malheureusement trop tard. On a eu peur pour Chipi. Je dois dire qu'il s'en est bien remis. Il a un jeune fils qui joue très bien au tennis et qui en même temps est rédacteur en chef du *Rock Telegraph*, notre feuille de chou locale.

La voiture s'arrêtait devant l'entrée principale. Comme un éclair, le chauffeur s'en extirpa pour ouvrir la portière à l'adjudant. Tout en prenant sa serviette, Brian Hennessy posa sa main sur le bras de Billy.

— Attention aux confidences que vous lui faites. Pour le moment, il n'est qu'une relation de rencontre. Après, ce sera à vous de juger ce que vous pouvez lui dire ou ne pas lui dire. Mais, comprenez-moi bien, il s'agit avant tout d'une question de sécurité. En dehors de cela, Chipi est un morceau de pain. Il a le cœur sur la main. Mais vos relations avec lui dépendront certainement de l'orientation que prendra votre affaire.

Ils sortaient du véhicule, chacun de son côté. Par-dessus le toit de la voiture, Billy demanda:

— Précisément, vous me paraissez pessimiste sur l'aboutissement de cette affaire. Je me trompe?

— Pessimiste, non. Inquiet, oui.

– Inquiet de quoi?

Ils marchaient maintenant côte à côte dans les couloirs sombres de la forteresse. Leurs pas claquaient sous les voûtes froides centenaires. La voix de l'adjudant s'éleva en écho :

– Je n'aime pas du tout le silence que nous impose le Département d'État à Washington. C'est pas bon... car le problème est là, aux États-Unis, c'est clair! J'ai l'impression qu'ils savent quelque chose, mais qu'ils le taisent. Probablement à cause des vérifications qui doivent avoir cours en ce moment. Mais ils vérifient quoi? Je n'en sais rien! Il est certain que, s'il avait été possible de prendre vos empreintes digitales, on serait déjà beaucoup plus avancés.

– Croyez-vous qu'il y ait quelque chose de grave, que j'aie un casier judiciaire chargé ou que je sois recherché pour meurtre, ou... que sais-je encore?

Affable, Hennessy se retourna vers lui. Mais son visage gardait l'empreinte d'une anxiété soucieuse. Il essaya de plaisanter :

– Vous ne me donnez pas tellement l'impression d'être un assassin! Quant au casier judiciaire, c'est sûr que c'est une possibilité parmi d'autres. Mais casier ou pas casier, aux États-Unis on prend les empreintes de tout un chacun et on les emmagasine dans un ordinateur. C'est un très bon système pour retrouver qui que ce soit; il a fait ses preuves.

Ils étaient arrivés devant la lourde porte du bureau de l'agent secret du M6. Celui-ci fouillait sa vareuse à la recherche de la clef. Il jeta un coup d'œil furtif vers Billy.

– Vous savez, dit-il sur le ton de la confidence en penchant sa tête ronde, on aura tout le temps de s'en faire si, par malheur, de mauvaises nouvelles nous arrivent. Pour le moment, ce qui compte, c'est vous. Concentrons-nous sur votre personnalité et essayons de résoudre vos problèmes personnels.

Sur ces mots, il poussa l'imposant battant et s'esquiva pour laisser entrer Billy.

À midi, le hululement plaintif d'une sirène se fit entendre dans le lointain. Au même moment on frappa à la porte. L'adjudant s'arrêta de parler pour regarder sa montre. Il releva la tête, un sourire railleur étirant ses joues grasses.

– Midi pétant! Ça, c'est du Chipi tout craché. La ponctualité à la seconde près!

Lestement, il contourna son bureau. Bedaine tendue, il

déverrouilla la porte. Chipi s'encadra dans le chambranle de la porte d'acier. Sa main gauche se cachait derrière son dos. Il était vêtu d'un costume gris clair, pochette blanche et cravate bleue. Il sentait bon le mélange de savon à barbe et l'après-rasage de marque. Le sourire conquérant dévoilait une rangée de dents parfaites. Billy s'était retourné en lui rendant son sourire. L'intrusion lui faisait plaisir. Chipi fit semblant de se mettre au garde-à-vous.

– Quartier-maître Cippola! Vous m'avez convoqué, mon adjudant?

Hennessy pouffa.

– Repos! Mais laissez-moi vous dire qu'avec un uniforme pareil, vous ne risquez pas de faire grand mal à l'ennemi!

– Oh! Je suis du genre pacifique. Vous savez bien que ma préférence naturelle va à bien d'autres sports que la guerre...

Le sous-officier haussa un sourcil dubitatif.

– Moi, je ne sais rien. Mais la rumeur, elle...

Chipi hochait la tête. Une chose dont il avait horreur, c'était précisément l'atteinte à sa vie privée. Or, Gibraltar était une cage. Et depuis son célibat involontaire, les bavardages allaient bon train!

– La rumeur! La rumeur! Laissez ces commérages à ceux qui n'ont rien de mieux à faire que d'épier les gens au travers de leurs persiennes donnant sur Queen's Way!

Il soupira, laissa passer deux secondes et, dévoilant sa main gauche, tendit une bouteille de whisky à l'adjudant.

– Au fait, à propos de Queen's Way, je suis passé tantôt au bureau. Ne vous égarez pas : ce n'est pas de la charité, mais un acte commercial. Je m'explique. Notre fournisseur nous demande de lui faire une petite étude sur la réaction de la clientèle à ce produit. C'est un nouveau malt qu'il essaye de placer sur le marché. Je me suis dit, Brian, que vous pourriez être le premier maillon de notre panel...

Hennessy siffla, admiratif.

– Un quinze ans d'âge... Vous me gâtez!

Pour toute réponse, Chipi eut un geste évasif de la main. Il s'avança vers Billy, toujours assis, et se pencha pour lui poser amicalement la main sur l'épaule. Il fit mine de désigner le militaire du pouce.

– Il vous martyrise toujours autant? Savez-vous qu'il est fiché par la Société protectrice des animaux parce qu'il jette des cailloux aux chats et chiens errants qui l'empêchent de dormir dans son bureau?

Billy s'esclaffa au point de se faire mal à la joue. Hennessy revenait à sa table de travail. Il s'adressa au nouvel arrivant:

– Asseyez-vous, Chipi. J'ai quelque chose pour vous. Je ne fais jamais venir les gens pour rien.

– Vous avez besoin d'un rabatteur pour vos chats et vos chiens?

L'adjudant réajustait ses demi-lunes. Il jeta un regard par-dessus les verres.

– À propos de rabattage, précisément, il me semble que c'est moi qui fais le travail pour vous...

Chipi parut étonné de l'observation. Après une courte hésitation, il remarqua d'une voix sans timbre:

– On ne chasse pourtant pas le même gibier, Brian...

– C'est sûr que non! Surtout si vous faites allusion aux petites bêtes quadrupèdes qui miaulent la nuit, ou bien aux plus grandes qui miaulent tout autant, bipèdes, gainées de bas de soie et de porte-jarretelles froufroutants... En contrepartie, si on parle d'avitaillement de navire, la réponse peut être positive, vous ne croyez pas?

Chipi avait son regard perdu au plafond, comme étranger aux insinuations. Mais sur la dernière phrase, ses yeux fixèrent l'adjudant, intrigués. Le militaire fit semblant de ne rien avoir remarqué. Il s'enquit d'un air innocent:

– Saviez-vous que Cézar fait mal son boulot?

Chipi retrouvait toute son attention.

– Cézar? Cézar le fournisseur? C'est certain! Il est vieux et il s'en fout. Et il est pratiquement en position de monopole. Alors, à son niveau, pourquoi s'en faire?

– Votre raisonnement se défend. C'est pourquoi hier, lors d'une entrevue avec le gouverneur, j'ai décidé de soulever la question. En fait, je lui ai proposé que l'amirauté donne son accord pour libéraliser un peu cette charge, permettant ainsi à ceux qui veulent travailler de ne pas être obligés de passer sous les fourches caudines de monsieur Cézar. À la limite cela risque de le stimuler, ce qui serait une bonne chose. Mais surtout, cela permettra de rendre un bien meilleur service aux autorités portuaires. Vous me suivez?

– Parfaitement! Au nom de tous mes collègues, merci, Brian!

– Je n'ai pas fini. Nous sommes invités à déjeuner sur une corvette, ce midi. Elle est entrée au port hier soir. Son économe, que je connais bien, m'a fait savoir que sa cambuse était en manque de liquide... en bouteille, je précise. Vous me suivez toujours?

Chipi semblait de plus en plus attentif.

– Comme une ombre! Je vous reçois cinq sur cinq! C'est très sympa de votre part.

– Ce n'est rien. Vous me revaudrez ça un jour dans l'une de vos gargotes. À ce propos... il paraît que vous arrondissez vos fins de mois en poussant la chansonnette dans les bouges du port, maintenant?

Avec grâce, Chipi retint un rire dans sa gorge. Hilare, il se pencha vers Billy pour le prendre à témoin:

– On s'est bien marrés hier soir, hein?

Le visage de Billy se revêtit d'une mimique.

– Et on a bien bu! Il paraît qu'il n'était pas loin de six heures quand on est rentrés!

De derrière son bureau, Hennessy fit remarquer:

– À propos de boire et pour en terminer avec la corvette, je me suis permis de prendre les devants. Sachant qu'elle appareille cette nuit pour des manœuvres de longue durée, j'ai conseillé à mon ami économe de prendre tous ses besoins chez vous, Chipi. Toutes qualités confondues, il y en a pour trois cents caisses à peu près.

Chipi était interloqué par l'importance de la commande.

– Trois cents caisses!

– Oui. Entre le pinard, les alcools et les champagnes. C'est pas assez?

Chipi comprenait fort bien le ton taquin utilisé par Hennessy. Il parut gêné, ne sachant trop quoi dire.

– Pas assez? Vous voulez rire! Sincèrement, merci. Mais maintenant, ma petite bouteille de malt de tout à l'heure fait pâle figure à côté de... de ce que vous...

Le militaire pliait ses lunettes en repoussant la chaise. Il leva une main en signe de protestation.

– Laissez! La bouteille est un acte commercial, vous l'avez dit vous-même. Je suis un client potentiel, n'est-ce pas? Quant au reste, c'est entre vous et moi.

Il regarda sa montre.

– Bigre! Il n'est pas loin d'une heure. Allons-y!

Après un déjeuner rapide en compagnie du commandant du navire et de quelques officiers, l'adjudant se sépara de ses deux compagnons. Il était appelé par le gouverneur. Chipi s'isola en compagnie de l'économe pour affiner la commande de vins. Il devait par la suite se rendre au siège social de Sapponi & Stead pour y donner suite dans les délais imposés. Laissé seul, Billy en profita pour visiter le bâtiment de guerre, après quoi il rentra dans ses appartements reprendre un peu du repos perdu. Les deux nouveaux amis s'étaient donné rendez-vous dans une bodega espagnole sur Queen's Way vers les dix-huit heures.

Ils se retrouvèrent dans la lumière de l'après-midi. L'avenue, encombrée de badauds, chaloupait au gré du courant humain. Au-dessus d'eux, les dernières maisons solitaires grimpaient à l'assaut du rocher. Au-delà, la crête de la falaise se découpait sur le ciel azur. Tournés vers le nord-ouest, ses flancs laiteux renvoyaient la réverbération de l'eau illuminée par un soleil estival. Dans l'air flottaient des odeurs de port, un amalgame constitué d'essences, d'algues, de cambouis et d'iode. Il faisait bon.

– Viens, c'est encore ma note de frais qui régale, annonça Chipi en faisant mine de franchir le seuil de l'établissement choisi.

– Ah non! Cette fois c'est ma tournée, répliqua Billy qui s'était arrêté net, alors que son ami le tirait inutilement par la manche. Ça va s'arrêter où, cette générosité à sens unique qui commence à ressembler à de la charité?

– Écoute, Billy, reprit le négociant à voix basse, je te l'ai déjà expliqué, tu me revaudras ça un autre jour, ailleurs. Je te le promets, je te donnerai ta chance. Crois-moi! Entre-temps, laisse-moi te sortir un peu. Il te reste bien quelques ressources, mais c'est vite passé, tu sais! Et tu ne sais même pas pour combien de temps t'en as encore...

– Que veux-tu dire?

Chipi eut un soupir gêné, en prenant l'air de celui qui en avait trop dit. Il baissa encore plus la voix:

– Écoute, Billy, entrons d'abord. On en parle après, calmement, sans se donner en spectacle, tu veux bien? De toute manière, je vais te le dire: sur la commande de Hennessy, je te dois la moitié des commissions...

– T'es malade, non?

– Mais si, nigaud! C'est grâce à toi si nous l'avons eue, cette commande! Sans toi en plein milieu, jamais l'adjudant n'aurait pensé à moi... Alors, sois gentil, arrête de faire le fier, tu mérites plus que ce que je peux te payer.

La bodega espagnole les accueillit. Ils prirent place à l'écart du tumulte de l'après-midi, sous la tête d'un taureau corné. Ils commandèrent deux bières et attendirent en silence d'être servis.

Chipi porta un toast muet et, tête bien renversée en arrière, but une longue gorgée. Une légère frange de mousse blanche se posa sur le bas de sa moustache qu'il escamota d'un rapide coup de langue.

Il regarda Billy, les yeux brillants.

– Ah... c'est bon quand c'est frais!

Billy approuva d'un haussement des sourcils. Sereinement, il attendait. Il savait que l'heure tranquille des confidences était arrivée, qu'il allait connaître le fond de la pensée de son ami. Encore lui fallait-il amorcer la conversation, aborder les vrais sujets.

– À quoi faisais-tu allusion, tantôt, en prétendant que je ne savais pas pour combien de temps j'en ai?

– Tu tiens vraiment à savoir?

– Je ne vois même pas comment tu peux te prétendre mon ami et me cacher des informations aussi cruciales.

– Dans ce cas, je vais être clair, Billy. Quelles que soient tes affaires, cela ne me regarde en rien. Mais, quoi qu'il arrive, je veux que tu saches que je te trouve très sympathique. Je t'aime bien. Et moi... au fond de moi-même... je suis souvent très seul. Je donne peut-être l'impression d'être rigolard et noceur, mais c'est une façade; c'est le métier qui le réclame. En réalité, depuis quelque temps, peu de choses m'inspirent. Néanmoins, l'amitié est certainement ce que j'ai de plus fort en moi, de plus solide à donner. Or, tu le constates toi-même, Gib est une cage dorée où tout le monde se connaît, où tout le monde se côtoie et où la réputation est une qualité qui est donnée à la naissance. Elle est accrochée au berceau comme une feuille de maladie sur les lits d'hôpitaux et elle te poursuit partout dans les méandres de ta vie cloisonnée entre Punta Europa et le bout de Queen's Way. En fait, tu es affublé d'un pedigree. Rien de plus! Mais... gare à toi si tu déroges à la confiance que t'accorde, le temps d'une vie, la rumeur publique! Tu connais ma situation. Je suis veuf depuis trois ans et, heureusement, le conseil de famille passe sur mes frasques, bien que je sois sous surveillance constante. Ce qui me sauve, c'est que je suis un bon père de famille qui s'occupe de son fils en attendant qu'il soit marié. En un mot, on me fout la paix.

Chipi prit une courte pause avant d'ajouter:

– Ce préambule, Billy, pour t'expliquer le contexte dans lequel je me trouve. J'en viens aux faits... Hier, j'étais tranquillement assis au Cintra, lorsqu'un officier de la reine a passé la porte. J'ai apprécié ses connaissances au sujet du jerez, mais surtout sa manière de manier l'humour, chose rare chez les militaires. D'autre part, les nouvelles allant vite à Gib, tu n'es pas sans savoir que mon fils, bien qu'encore jeune, est rédacteur en chef du *Rock Telegraph*. Il a donc accès aux dépêches et communiqués en tous genres des agences de presse du monde entier. Il arrive souvent que lui et moi échangions nos impressions sur la politique et les événements majeurs qui agitent la planète. C'est un jeu entre nous qui consiste à deviner ou prévoir les développements de ces affaires mondiales. C'est ainsi que, plus ou moins attentivement, ensemble, nous avions suivi les péripéties à répétition qui ont perturbé la vie quasi monastique d'une petite île au milieu de l'Atlantique. Je veux parler, bien entendu, de l'Ascension.

À l'énoncé de l'île où il venait de passer trois mois de sa vie, Billy ne réagit pas. Ses yeux limpides ne quittaient pas ceux de son interlocuteur. Intérieurement, pourtant, sans qu'il n'en laissât rien paraître, un incendie ravageait ses centres nerveux. Impassible, Chipi poursuivait:

– Mais l'Ascension est loin, et le flou entretenu par les autorités compétentes faisait que les nouvelles étaient à considérer avec beaucoup de circonspection. Ce manque d'informations explique que mon fils et moi-même n'y avons prêté qu'une attention de principe. Et ce, jusqu'à mardi soir...

Il fit une pause, le temps de siroter une nouvelle gorgée de bière, cependant que Billy attendait patiemment la suite.

– Vois-tu, le hasard est un grand taquin. Il intervient quand on ne l'attend pas. C'est que le partenaire de mon fils dans l'équipe de double représentant Gibraltar en tennis effectue actuellement son service militaire comme assistant à la tour de contrôle. Lors d'un entraînement sur le court mardi dernier, il lui a parlé de l'arrivée prochaine d'un Tornado en provenance d'Afrique. Jusque-là, rien de très excitant pour un jeune journaliste. Là où l'histoire prend de la valeur, c'est lorsque nous avons appris par ce jeune tennisman que, sur recommandation expresse du quartier général - via le gouverneur, probablement, mais nous n'avons pas pu le démontrer -, les responsables de la tour de contrôle avaient reçu l'ordre de ne pas faire apparaître l'atterrissage de l'avion de chasse dans le bouquin des enregistrements d'arrivées. En d'autres termes, cet avion ne s'est jamais posé sur le rocher... Tu penses bien que mon fils et moi étions intrigués! Mon fils est jeune, mais il est malin. Il doit tenir ça du père... Bref, le jour même, il a posté un de ses employés à l'aéroport qui, tard dans la soirée, a assisté à l'atterrissage du zinc. Le lendemain matin, lors du briefing au siège du journal, il a raconté ce qu'il avait vu, c'est-à-dire le comité de réception des deux pilotes, leur transport à Europa Flats en lieu et place de la traditionnelle Citadelle et, de surcroît, leur protection par des soldats en armes. Il était facile de se rendre compte que les mesures de sécurité qui entouraient ces deux pilotes étaient vraiment hors normes. On se serait cru transposés dans la guérilla contre l'IRA[26]! Mon fils a prolongé son enquête et, lorsque l'un des deux pilotes est reparti le jeudi matin, il a su, toujours grâce à son partenaire de tennis, qu'un plan de vol avait été déposé, mais qu'en réalité, il n'a jamais été suivi. Le journal a interrogé son correspondant en Grande-Bretagne qui lui a confirmé qu'aucun avion en provenance de Gibraltar ne s'est posé à la base de Lossiemouth, destination prévue initialement.

Chipi fit une nouvelle pause pour humecter ses amygdales que ce long discours mettait à l'épreuve. Il poursuivit, non sans avoir laissé le suspense se cristalliser :

– Où est donc passé cet avion? La réponse n'était pas trop difficile à trouver : puisqu'il n'avait pas pris la route du nord, il avait dû prendre celle du sud. Et qui dit sud de Gibraltar dit Afrique. Et qui dit Afrique dit l'Ascension... J'en arrive au dénouement. Hier, à midi, j'ai déjeuné avec mon fils. Au cours du repas, il m'a exposé ses analyses et ses déductions en regard des derniers événements. Pour lui, c'était limpide : l'homme de l'Ascension, si on peut appeler ainsi un malheureux naufragé, sorti tout droit, à en croire les autorités gouvernementales, des élucubrations de l'imagination fertile d'une certaine presse à sensation, était à Gibraltar. Et l'armée le protégeait. De qui? De quoi? On ne le sait pas. Pour être tout à fait honnête, je dois dire qu'hier, malgré la fougue de mon fils, j'étais encore sceptique. Disons que je prenais l'affaire avec beaucoup plus de réalisme et de calme. Après tout, même si son raisonnement reposait sur des bases solides, je ne voyais pas bien l'utilité pour l'armée britannique d'escamoter un rescapé au lieu de le rendre à sa famille. Pour résumer, j'étais sceptique, oui... jusqu'à ce que mon boulot me conduise hier soir au Cintra...

Billy le regardait toujours. Il rompit le silence.

– Le raisonnement de ton fils est tout à fait exact, dit-il sobrement.

26. Irish Republican Army : organisation paramilitaire irlandaise.

Chipi parcourut la salle du regard. Revenant sur son compagnon, il dit d'un ton neutre:

– Je le savais.

– Depuis quand? Puisque tu dis toi-même qu'avant le Cintra...

– Oh!... depuis hier, au restaurant de Carlos Amiral. Peut-être même un peu avant... Non! en fait, le déclic de la certitude s'est fait quand tu t'es dirigé vers la baie vitrée. Là, j'avais compris!

– C'était si visible que ça?

Chipi haussa les épaules.

– Plusieurs détails m'avaient mis la puce à l'oreille, mais n'oublie pas que j'étais mis en alerte par les déclarations et les déductions de mon fils. Toutefois, pour répondre à ta question, je dirais que non, ce n'était pas aussi évident que ça. Encore que tu ne te comportes pas comme un militaire. Et puis, sans verser dans la démagogie à bon marché, tu me parais trop intelligent pour un banal lieutenant de l'armée de l'air... sans montre!

Il eut un sourire rigolard, mais son visage avait toujours son air concerné. Il balaya l'air de sa main.

– C'est comme Brian Hennessy. Ça m'étonnerait beaucoup que son affectation à Gib se limite à s'interroger sur les besoins en whisky du mess des officiers!

Billy souriait. Décidément, Chipi lui plaisait. Il croisa ses bras sur son abdomen.

– Bravo. Dans l'ensemble, tes déductions sont bonnes. Reste à répondre aux pourquoi et aux comment.

Chipi hochait la tête négativement.

– Je te l'ai déjà dit: je ne te demande rien.

– Toujours exact. Mais cette fois-ci, je vais essayer de t'éclairer à la lumière de ce que je sais.

Dans un long monologue, Billy narra sa convalescence à l'Ascension, les événements qui s'étaient précipités après l'épisode du sous-marin, les questions sans réponses qu'avait fait naître cette mystérieuse agression et son départ soudain de l'île. À aucun moment, Chipi ne l'interrompit. Il laissa son ami s'ouvrir à lui tout en réalisant les épreuves douloureuses qu'il avait dû traverser, matérialisées dans ce besoin profond qu'il éprouvait de se confier au premier humain qui lui montrerait une certaine commisération, de se délivrer de ce secret qu'il portait en lui comme un fardeau.

– Voilà, ponctua Billy, maintenant tu en sais autant que moi.

Pour la première fois depuis le début du récit, le visage de Chipi s'anima:

– Il y a de quoi écrire un bouquin!

– À propos d'écriture... l'article de ton fils?

– Ce matin, je me suis levé peu de temps après votre départ. Je me suis rendu au *Rock Telegraph* où j'ai eu une conversation personnelle avec le fiston. En substance, je lui ai demandé de ne rien révéler à ses lecteurs.

– Pour quelle raison?

– Parce que je pressentais qu'il y avait un problème quelque part. Tu me parles d'un sous-marin... As-tu idée des moyens utilisés? Alors, un petit article anodin donnant quelques précisions innocentes, et en avant le feu d'artifice! Sais-tu que Gibraltar est truffé de munitions en tous genres dans des kilomètres de galeries creusées dans le rocher? Imagine un peu la fiesta que ce serait si on commençait à canarder ce rocher!

– Tu as raison. Et le pire, c'est qu'on ne sait même pas qui sont les agresseurs!

– Tu n'as vraiment aucune idée de leur identité?

– Et comment en aurais-je une? Je ne me souviens de rien! Rien du tout! Avant l'Ascension et son hôpital, c'est le trou noir!

Chipi sembla sceptique. Il s'enquit, les yeux plissés:

– Tu ne te souviens pas, ou bien tu ne veux pas te souvenir?

Billy parut exaspéré.

– Tu vois bien que je suis sincère! Si tu ne le vois pas, il est inutile qu'on en discute davantage. J'ai un blocage total au niveau de la mémoire. En fait, il ne me reste que des feelings... Ainsi, j'ai l'impression de manquer d'une présence. Parfois, il me semble retrouver une odeur. Elle est étrange et je n'arrive pas à la définir... mais elle est là, tout près de moi. Une autre fois, c'est un leitmotiv qui revient en moi. Alors je le siffle...

– Et ton nom, es-tu certain que c'est le tien?

Désabusé, Billy haussa les épaules, tout en soufflant entre ses dents et ses joues.

– Non, pas le moins du monde! Et, d'après ce que racontent les responsables du Département d'État à Washington, il paraît que je n'ai jamais existé! C'est quand même dingue, non?

– Ben, mon vieux! je vais te dire: après ce que tu viens de me dévoiler, ce n'est pas moi qui vais te confier ma carte de crédit. Car pour te retrouver après... bonsoir!

La plaisanterie de Chipi ramena un pâle sourire sur le visage de Billy.

– Comme tu dis... encore que...

Chipi se pencha pour lui poser familièrement la main sur l'épaule.

– Écoutez, mon lieutenant, on va pas s'en faire ce soir. Il est tard, et on va aller bouffer ensemble. Demain c'est un autre jour; on verra plus clair. Et puis je ne pense pas me tromper de beaucoup en annonçant que dans pas bien longtemps Brian Hennessy devrait nous apporter une réponse, au moins à une partie de tes questions. Dans un sens ou dans l'autre.

Chipi se levait. Ils sortirent. Queen's Way s'était assombrie, jetant sur le macadam la réverbération de ses vitrines. Le flot des passants avait considérablement diminué. Ils remontaient l'avenue lorsqu'un caporal en tenue vint à leur rencontre. Il se mit au garde-à-vous.

– Mes respects, mon lieutenant!

Chipi parut surpris. Il regardait le militaire avec méfiance. Billy tenta tant bien que mal de rendre son salut au soldat.

– L'adjudant Hennessy me demande de vous ramener immédiatement auprès de lui au quartier général.

– Immédiatement? Mais... je ne suis pas seul!

– L'adjudant est au courant. Il a précisé que monsieur Cippola pouvait vous accompagner si vous en manifestez le désir.

Les deux amis se regardèrent.

– Je n'ai rien à faire de particulier, dit Chipi en haussant les épaules. Je viens.

Ils suivirent le jeune militaire qui se dirigeait vers une jeep garée dix mètres plus haut. Chemin faisant, Billy eut le temps de demander:

– Connaissez-vous la raison de cette convocation pour le moins impromptue?

Le soldat s'installait au volant. Il se tourna vers Billy qui avait pris place à l'avant.

– Je ne sais rien. L'adjudant m'a simplement dit au cas où vous me questionneriez de vous répondre qu'il y avait du nouveau: il vient de recevoir une réponse du Département d'État des États-Unis vous concernant.

CHAPITRE 13

Billy ne s'attendait pas à une telle réponse. Elle eut l'effet d'une douche froide sur lui. Il se tassa sur son siège, gardant tout au long du trajet un silence de glace. Le parcours fut rapide. Austère, la silhouette de la citadelle se découpa dans l'obscurité de la nuit. Seules deux fenêtres trouaient de leur lumière ses murs épais. Elles rappelaient les yeux d'un chat surveillant la cour intérieure. La jeep s'arrêta face au perron donnant accès au corridor qui menait au bureau de l'adjudant.

– Je peux accompagner le lieutenant? demanda Chipi au soldat.

– Absolument, monsieur! L'adjudant a donné son accord. Suivez-moi si vous le voulez bien.

Ils s'engouffrèrent à l'intérieur obscur du long et lugubre couloir voûté. Leurs pas martelaient les murs de pierres, tout juste caressés par la pâle auréole diffuse et chancelante de rares ampoules jaunes qui suffisaient à peine à éclairer le sol. Arrivés devant la porte d'acier du bureau de l'agent secret du M6, le soldat frappa trois coups brefs. Il précisa aussitôt à voix haute:

– Caporal Hines, mon adjudant!

Il y eut un bruit de clefs manipulées avec vigueur dans la serrure; le pêne claqua sèchement. La lourde porte coulissa sur ses gonds et laissa apparaître le visage jovial de Hennessy.

– Merci, caporal. Ce sera tout pour ce soir. Je prends le relais concernant le lieutenant Jordan.

Du geste, l'adjudant venait d'inviter ses deux amis à prendre place face à son bureau. Au moment de s'asseoir, Billy remarqua que le vase posé sur le réfrigérateur contenait toujours ses iris vaporeux. Il se dit que, très probablement, le changement de fleurs était périodique.

Le militaire contourna la table. Posant ses deux poings sur le maroquin, il dévisagea ses visiteurs avec un sourire en coin.

– Là où est l'un, l'autre s'y trouve! Comment vont les deux inséparables?

Chipi bâilla entre ses mains réunies en prière face à son visage, puis les écarta pour faire comprendre que tout allait bien. Billy ne disait rien. Il paraissait renfrogné dans son fauteuil. Le militaire se tourna vers lui. Il chercha à le décrisper:

– Et cette villégiature dans Gibraltar? Ça vous plaît?

Billy se redressa. Ses yeux étaient froids.

– Brian, je voudrais que vous m'expliquiez pourquoi je suis constamment sous surveillance, comme un criminel en liberté conditionnelle! Pourquoi le caporal, qui vient de nous servir de chauffeur, était au courant de mes faits et gestes? Une fois pour toutes, Brian, qu'est-ce qui se cuisine?

Le militaire chercha à calmer son visiteur. Il leva une main apaisante.

– Billy, Billy! Je vous ai expliqué que des mesures de sécurité étaient nécessaires. Pour le bien de tous. Je crois que nous avons été sincères l'un envers l'autre, et j'aimerais que cette confiance se perpétue. Comme vous, comme bien d'autres personnes, je ne cherche qu'à comprendre, ou bien à apporter par ma modeste collaboration un embryon de réponse aux questions que nous sommes nombreux à nous poser. Ceci étant dit, dans l'état actuel des choses, le danger persiste, il est présent à tout moment. Je suis autant responsable de vous que de la sécurité sur le territoire de Gibraltar. Croyez-moi, il suffirait de peu de chose pour mettre ce rocher à feu et à sang!

Il y eut un silence gênant. Billy soupira profondément et finit par lâcher d'une voix lasse, les yeux au sol:

– O.K., excusez-moi d'avoir été un peu rude. Mais il faut me comprendre. Je suis sous pression depuis mon arrivée ici... Au point de regretter les matins calmes de l'hôpital de l'Ascension, assis dans mon fauteuil roulant à l'ombre des cocotiers.

– Je vous comprends parfaitement, Billy.

Son regard clair se posa sur le militaire.

– Vous avez du nouveau pour moi, semble-t-il?

Les joues grassouillettes de Hennessy s'étirèrent en un sourire complice.

– Je suppose que vous ne voyez aucun inconvénient à ce que monsieur Cippola assiste à notre entretien?

– Ne vous gênez surtout pas pour moi, dit Chipi en faisant mine de se lever. Je vous attends dehors.

Billy le retint par le bras.

– Non, non, tu peux rester, au contraire.

Il se tourna vers le militaire.

– Tout compte fait, il n'y a rien à cacher : il a tout deviné...

– Je sais, répondit Brian Hennessy sans perdre son sourire.

Billy eut un nouveau soupir.

– Ça aussi, vous le saviez! Dites-nous plutôt ce que vous ne savez pas, Brian. On ira probablement bien plus vite!

L'homme du M6 s'esclaffa bruyamment. Prenant Chipi à témoin, il souffla entre deux rires :

– À défaut d'un passé, il a un humour bien présent, ce garçon!

– En effet, répondit Chipi qui s'asseyait de nouveau. C'est pour cela que je l'aime bien.

Le militaire prenait place derrière son bureau. Il compulsa rapidement quelques papiers tout en marmonnant entre ses lèvres.

– Tout le monde vous aime bien, Billy! Il n'y a que ceux qui vous veulent du mal qui ne vous aiment pas! J'ai d'ailleurs à ce sujet quelques renseignements, mais la plupart sont confidentiels.

Un silence attentif fit suite à ces déclarations. Le militaire ajustait ses lorgnons sur le nez. Il ouvrit un dossier jaune, tira une liasse de documents administratifs marqués d'un tampon à l'encre rouge *Top secret* et referma la chemise sur laquelle apparurent les armes de la royauté britannique. En caractères plus petits, en travers de la couverture, se lisait l'inscription : *The Governor.*

D'une voix terne, Brian Hennessy prit la parole.

– Le gouverneur a été informé par l'administrateur de l'Ascension, via Londres, de la visite d'un agent haut placé du FBI sur l'île. Cette personne arrivait directement des États-Unis par avion militaire. Ceci afin de compléter l'enquête qui était en cours dans son pays. J'ai également été notifié que le départ de l'agent était prévu pour demain, à destination de Tanger. Comme quoi, pour répondre directement à votre question de tout à l'heure, Billy, il semble en effet qu'il y ait du nouveau.

Le militaire laissa passer quelques secondes. Il releva la tête. Son regard filtra par-dessus la monture de ses lunettes minuscules. Lentement, il énonça à l'attention de son invité :

– En d'autres termes, on a retrouvé votre trace.

Billy était étrangement calme.

– Où? demanda-t-il simplement.

– Aux États-Unis. À New York... et en particulier en Floride.

– Mais encore?

Le militaire soutint le regard clair.

– Rien d'autre pour le moment. Les informations que j'ai ne comportent guère de détails.

Billy s'agita sur sa chaise.

– Attendez! Vous me dites qu'on a retrouvé ma trace. Parfait! Mais ma famille? Moi? Et qui suis-je, bon Dieu! Il faut me répondre, Brian!

– Désolé! Je n'ai pas eu accès à ces informations. Je vous ai fait part de ce que je sais.

Billy secouait la tête, peu convaincu. Il s'animait.

– Vous me cachez quelque chose, Brian...

Hennessy parut gêné. Il hésita à répondre.

– Euh... cacher, non. Mais il est certain que vous en saurez plus lors de votre rencontre avec l'agent du FBI.

Billy n'était pas du tout convaincu. Il le montrait. Sous le regard brûlant de son interlocuteur, le militaire chercha une échappatoire en plongeant sa tête dans les dossiers.

Billy rompit le silence:

– Qu'y a-t-il, Brian? Quelque chose de pas bon?

Le ton employé était calme. Pourtant, le cœur de Billy battait à ses oreilles. Hennessy retira lentement ses lunettes, s'accordant ainsi quelques instants supplémentaires pour préparer sa réponse. L'air fatigué et abattu, il haussa les épaules avant de répliquer:

– Je ne peux répondre à toutes vos questions, Billy. D'abord pour une raison simple: je n'ai pas les informations que vous me demandez. En outre...

– ... En outre?

– ... En outre, à titre personnel, je vous avouerai que tout ne me paraît pas clair dans cette histoire. Je commence à mieux vous connaître, et vous ne cadrez pas du tout avec... avec les éléments du dossier tels qu'ils me sont présentés.

– Et ma famille?

– D'après le dossier, vous n'en avez pas.

– Je suis orphelin, ou quoi?

– Non... pas tout à fait. Des explications bien plus détaillées que celles qui sont en ma possession vous seront données par le FBI.

– Qu'est-ce qui se passe, Brian? Vous êtes tenu par le secret professionnel? Et quelle est donc cette vérité qui n'est pas bonne à entendre?

Il était évident que le militaire de carrière cherchait à donner une certaine cohésion à ses réponses. Mais il avait bien du mal à être crédible dans les silences qu'il s'imposait. Billy revint à la charge.

– Brian, au nom de cette confiance mutuelle à laquelle vous avez fait allusion tout à l'heure...

– Oui, eh bien?

– Les choses ne sont pas bonnes pour moi?

La question était directe, énoncée dans un langage dépouillé et simple. Hennessy reporta son regard vers Billy, soutenant l'éclat de ses yeux bleus. Il dodelina de la tête de droite à gauche. Il dit avec une moue à la bouche:

– Non... pas très bonnes.

Se reprenant très vite, il ajouta:

– Mais... cela ne veut rien dire!

Chipi intervint à son tour depuis son fauteuil:

– Pourquoi, pas bonnes? On ne va pas le foutre en taule, quand même? Car si c'est le cas, il reste tranquillement ici... ou même ailleurs!

Les joues grasses étirèrent un premier sourire.

– Non, dit le militaire, qui tâchait d'être rassurant. Je ne crois pas qu'on mettra Billy en prison pour diverses raisons que je ne peux élaborer ici. Mais soyez compréhensifs, mes amis, et écoutez-moi. Je suis tenu effectivement à une certaine discrétion, car cette affaire échappe maintenant à l'autorité de la couronne britannique. C'est du ressort des États-Unis, à présent. Ceci posé, je ne sais pratiquement rien de plus. Mais je tiens à formuler une réserve toute personnelle. J'ai le sentiment que l'affaire telle qu'elle a été présentée au gouverneur colle très mal à la personnalité du sujet. Je tiens donc à préciser solennellement dans ce bureau que, si jamais vous avez besoin d'aide, Billy, vous ne devez absolument pas hésiter à m'appeler. Je vous donnerai demain un code à mentionner dans vos fax ou bien vos appels téléphoniques, afin que vous puissiez me joindre à tout moment. Sachez que ces messages me seront transmis immédiatement, dans le secret le plus absolu. Et, où que vous soyez, j'essaierai d'entrer en contact avec vous dans les plus brefs délais.

– Merci, Brian. Mais pour le moment je ne suis pas plus avancé...

– Peut-être! Mais vous le serez très prochainement. Je viens de recevoir des ordres pour vous.

Il remit ses lunettes pour compulser les dossiers secrets.

– Voilà! Vous êtes attendu à Tanger lundi matin à huit heures trente au consulat des États-Unis. Vous demanderez monsieur Dikins. Anton Dikins, pour être précis.

– C'est le type du FBI?

– Oui.

– Et entre-temps?

– Entre-temps, vous êtes libre d'aller où bon vous semble. Si vous êtes d'accord, vous partirez pour Tanger par le traversier de dimanche matin. Les autorités chérifiennes sont déjà prévenues. Il est prévu que deux commissaires marocains vous escortent pendant le voyage. Ils doivent arriver à Gibraltar demain par l'avion du soir.

Billy laissa flotter un sourire sarcastique.

– Toujours pour des questions de sécurité...

– Toujours pour des questions de sécurité, Billy, rétorqua calmement le militaire. Et vous descendrez... attendez, je vais vous le dire... voilà: au Minzah Hotel!

– Excellent hôtel! fit remarquer Chipi.

– Vous avez raison.

Il tourna son regard vers Billy.

– Sachez que tous les frais sont pris en charge par l'administration américaine. En outre, ils nous ont demandé de vous avancer cinq cents dollars. Ce n'est pas énorme, mais probablement suffisant pour survivre jusqu'à votre entrevue de lundi. Néanmoins, comme je vous l'ai répété à maintes reprises, si vous avez besoin de quoi que ce soit, n'hésitez pas à me le demander.

Billy se passa la main sur le menton dans l'attitude de la réflexion.

– Eh bien, il y aurait bien une chose... et même deux.

– Volontiers. De quoi s'agit-il?

Billy s'arracha lestement de son fauteuil pour se pencher vers le bureau de l'adjudant. Sa voix se fit confidentielle. :

– D'une part, Brian, si cela est possible, j'apprécierais être accompagné à Tanger par une personne de chez nous, c'est-à-dire quelqu'un que je connais et en qui j'ai confiance.

Hennessy lui coupa la parole:

– Votre première demande limite considérablement le champ d'action. Vous venez d'arriver à Gibraltar: vous connaissez peu de monde...

– Précisément! Le choix est vite fait: c'est soit vous, soit Chipi. Et je vais vous dire pourquoi: partir seul entouré de deux sbires que je n'ai jamais vus ne me dit rien qui vaille après les expériences que j'ai vécues.

– Si Chipi veut vous accompagner, je ne vois aucune objection. Libre à lui d'accepter. Je vous signale toutefois que j'ai prévu une protection rapprochée pour vous sur le bateau. N'en parlez à personne, et encore moins aux agents marocains qui risquent de s'en offusquer.

– Vous tenez à réaliser une bonne livraison en quelque sorte, soufla Billy, mi-figue, mi-raisin.

Hennessy parut amusé, mais ne dit rien. Chipi se manifesta depuis son fauteuil :

– Moi, je veux bien accompagner Billy. Cela me sortira un peu de mon train-train habituel. Et puis, Tanger, vu de la terrasse du Minzah, vaut le déplacement !

– Sans parler de ce qu'il y a autour de la piscine... fit remarquer sournoisement Brian Hennessy.

Chipi baissa ses bras le long du fauteuil dans un signe d'abandon.

– Vous aussi, Brian ! C'est une manie sur ce rocher !

– Tut, tut ! Laissons Billy terminer ses demandes.

– Oh ! Ce sera vite fait, répondit Billy. Il n'y en a plus qu'une, et elle est d'ordre matériel. Je m'explique : Chipi m'a prêté de l'argent pour couvrir mes dépenses vestimentaires. Je préfère devoir cet argent à la couronne d'Angleterre qu'à lui. Je pense que je me fais comprendre. Bien entendu, je vous signerai les documents relatifs à ce prêt que je m'engage à rembourser dès que ma condition financière me le permettra.

Chipi essaya de protester, mais le militaire l'arrêta d'un geste.

– Billy a raison, Chipi. De toute évidence, il était prévu de lui faire des avances au fur et à mesure de ses besoins. Je ferai établir une note de frais.

– Si on ne peut plus faire de cadeaux ! marmonna Chipi.

L'adjudant sursauta.

– À propos de cadeaux, j'allais oublier !

Il farfouilla dans sa vareuse pour en sortir un étui enveloppé d'un papier de soie. Il le tendit à Billy.

– Tenez, c'est pour vous, à titre tout à fait amical et personnel.

Intrigué, Billy se leva pour prendre le petit paquet. Debout, il défit l'emballage, laissant apparaître un coffret rectangulaire. Il l'ouvrit. Avec une stupeur non feinte, il découvrit une montre. C'était une Omega extraplate, carrée, à cadran doré et bracelet de cuir noir.

Il resta un long moment à regarder l'objet serti dans son emballage. Il releva la tête, le regard limpide, un peu perdu.

– Je ne sais pas quoi dire...

– Il n'y a rien à dire, cher ami. Simplement, essayez-la pour savoir si elle vous va.

Billy se passa la montre au poignet. Il se tourna à nouveau vers le militaire.

– Elle est superbe, Brian... Jamais je n'oublierai...

Chipi était resté étrangement silencieux. D'évidence, il avait mal digéré le fait que Brian Hennessy ait accepté de supporter ses frais. Légèrement exaspéré, il souffla lourdement :

– Bon! Maintenant que les hautes autorités reconnues ont échangé leurs présents et que chacun est pourvu d'une montre, il est aisé de remarquer que c'est l'heure du souper! Mon estomac me rappelle justement sa présence!

Hennessy se leva, souriant, en réajustant sa vareuse ventrue. De ses petits doigts empâtés, il rangea très vite quelques feuillets sur sa table et annonça de sa voix enjouée :

– C'est moi qui vous invite, ce soir. Je vous emmène chez Alfonso.

– Enfin une bonne initiative, mon général, répondit Chipi, quelque peu frondeur, en se levant à son tour.

Il entoura les épaules de Billy pour lui dire avec un clin d'œil :

– Alfonso est vaguement argentin quelque part. Cela te rapprochera indirectement de l'Ascension, avec tous ces militaires qui faisaient le va-et-vient entre les Malouines et ton île flottante. Mais peu importe la géographie! La *parilla*[27] d'Alfonso est connue de tout le rocher. En outre, il y a un grand avantage à une telle visite : je vais enfin pouvoir proposer nos vins argentins que l'on vient de recevoir... Lui, au moins, paye correctement ses factures!

Ils sortirent dans le couloir. L'adjudant fit glisser le verrou intérieur de sécurité. D'un tour de clef il enclencha en même temps l'alarme. Derrière eux, dans un bruit sourd et martial, l'imposante porte de fer se referma sur le monde secret de l'agent du M6.

Le lendemain matin, Billy se leva tôt. Il avait conscience que c'était sa dernière journée sur le rocher et qu'il y avait de fortes chances qu'il n'y revienne pas avant longtemps. Il insista auprès du sergent de garde pour disposer de la voiture de fonction, sans chauffeur ni escorte.

Vitre baissée sur la douceur matinale, il monta légèrement le volume de la radio. Une musique douce se répandit dans l'habitacle. À petite allure, Billy gagna les hauteurs de Gibraltar.

27. Viandes cuites au barbecue.

Il s'arrêta visiter les grottes de St-Michael, un théâtre naturel creusé dans les concrétions calcaires. Il prolongea sa promenade vers les batteries militaires surplombant le terrain d'aviation et jeta un coup d'œil sur l'entrée des galeries stratégiques qui perforaient le rocher de part en part. Les paroles de Brian Hennessy insistant sur la sécurité lui revinrent en mémoire. Il sourit avec une pointe de mélancolie dans le regard : demain, ces mises en garde, comme d'autres, seraient à nouveau versées dans le domaine du passé...

Il revint par Willis Road. Il reprit Herbert Miles qui le conduisit face à l'impressionnant bouclier de béton déployé sur la face est de la montagne. Cette paroi immense, visible de plusieurs nautiques au large, servait à la récupération de l'eau de pluie. C'était un des points névralgiques du rocher.

À quelques centaines de mètres de là, Alisa Craig Bay s'offrit à son regard. Il était midi. Le soleil à la verticale martelait l'anse de ses rayons agressifs. Billy s'arrêta dans un petit restaurant rafraîchi par les embruns de la mer toute proche. Ayant choisi une table en terrasse, il commanda un poisson sur le gril. Au moment du café, il réclama le téléphone. Le serveur lui apporta un appareil sans fil. Billy appela Chipi chez lui.

– Je suis en train de plier bagage, lui répondit son ami.

– Tu n'as donc pas changé d'intention?

– Jamais de la vie! J'ai besoin de vacances!

– Ça risque d'être des vacances tumultueuses...

– Va pour le tumulte! Encaisser des factures chez Cézar le fournisseur est bien plus dangereux! Il lui est arrivé de m'attendre sur le quai avec un grappin de docker à la main si j'avais le malheur de lui annoncer ma visite! Tu penses bien qu'entre le Minzah bercé par le parfum des fleurs d'oranger et les fous qui m'entourent sur ce rocher à crabes, le choix est vite fait!

Le temps d'une seconde, Billy visionna le spectacle d'un Chipi aristocrate à la démarche débonnaire. Entre palais à colonnes de marbre et pochette de soie frivole papillonnant au gré de la brise, il arpentait, mocassins feutrés aux pieds et carnet de commandes à la main, les pavés crasseux des quais du port... Il sourit pour lui-même.

– À quelle heure a lieu le départ? demanda Chipi.

– L'appareillage est prévu pour sept heures.

– C'est tôt, d'autant plus qu'il y a tout le bastringue des formalités. Ce serait plus simple si je dormais chez toi cette nuit.

– J'allais te le proposer.

– Brian m'a appelé tout à l'heure. On a rendez-vous avec lui au Cintra à dix-huit heures. Je te propose qu'on se voie au même endroit une heure avant.

À l'heure indiquée, Billy retrouva Chipi au Cintra. Roberto se tenait près de ses bouteilles. Il glissa prestement une serviette gaufrée devant Billy.

– On va plutôt s'asseoir, Roberto, lui dit Chipi qui avait précédé son ami. Sers-nous deux jerez et des amuse-gueules.

Pendant trois quarts d'heure, ils disséquèrent ensemble les dernières informations dévoilées par l'adjudant. Pour Billy, il était clair que le militaire avait escamoté une partie des renseignements consignés dans le rapport qu'il avait reçu de Londres. Mais pour quelle raison? Là était le nœud du problème.

Chipi appela du geste Roberto pour reconduire les consommations. Il s'adressa à Billy:

– Je maintiens ce que j'ai dit hier. Si cette réunion de Tanger a pour but de te foutre en taule, autant que tu restes ici.

– Non, je pense que Brian Hennessy a raison. Au Maroc, les agents du FBI n'ont aucune autorité. Par conséquent, ils seront obligés de demander mon extradition s'ils veulent m'emprisonner. À moins que je ne sois recherché aussi par les autorités marocaines. Mais c'est très peu probable...

– Pourquoi es-tu aussi affirmatif?

– Tout simplement parce que je ne ressens rien. Je ne sais pas comment l'expliquer, mais... je suis presque certain de ne jamais être allé au Maroc. À mon avis, la vérité est ailleurs...

– Tu sais, il se peut très bien que tu aies un mandat d'arrêt international au cul. Alors, le Maroc ou la Mongolie-Intérieure...

– J'y ai pensé. Si c'était du ressort d'Interpol, on m'aurait arrêté à Gibraltar, non? Au pire, on retombe dans le cas de l'extradition. En réalité, j'ai le sentiment que cette affaire est interne aux États-Unis. Constate toi-même: c'est un agent du FBI qui m'attend. Ça donne une certaine crédibilité aux documents trouvés en ma possession, auxquels s'ajoutent mes souvenirs fragmentés des mégapoles nord-américaines.

Son visage exprima le doute. Il ajouta en sourdine:

– Si c'était aussi grave, je pense que Brian Hennessy me l'aurait dit...

– Quand on parle du loup...

L'adjudant arrivait, pareil à lui-même, rond, empressé, jovial.

– Alors, les inséparables?

Désignant le verre de jerez de Chipi, il lui dit, l'air de le gronder:

– Vous ne devriez pas inciter ce jeune garçon à la débauche!

Chipi ouvrit grand ses bras, mimant un sentiment de désespoir.

– Brian! J'ai déjà du mal à placer ma limonade au point que je suis obligé de la boire tout seul. Si vous me cassez la baraque dès que je trouve un client sérieux...

Billy adressa un sourire au militaire.

– C'est vrai que Chipi est mon invité. Tout autant que vous! Qu'est-ce qui vous ferait plaisir?

– Vu l'heure et le fait que j'ai très peu mangé ce midi, un bloody mary bien épicé. Roberto les fait très bien.

Ils parlèrent à bâtons rompus de choses et d'autres. Chipi proposa à nouveau Carlos Amiral pour le restaurant du soir. Hennessy accepta. Toutefois, il tint à préciser:

– Aussi longtemps que vous me promettez d'éviter vos sérénades saupoudrées aux nuits blanches! Je tiens à vous rappeler que le bateau quitte le quai à sept heures trente précises. Au fait, je passe prendre Billy à six heures moins vingt. Vous y serez?

– Je dors chez lui. C'est plus simple.

– Très bonne idée. Parfait! Mais, avant d'aller dîner, je voudrais revenir sur un sujet abordé hier avec Billy concernant l'utilisation d'un code dans nos relations futures.

D'un coup de reins, il fit glisser son fessier sur le devant du fauteuil. En même temps, il fouillait profondément l'une des grandes poches de sa veste. Il en retira une plaque de métal argenté de petit format, percée d'un orifice permettant le passage d'une chaînette. Sur une des faces apparaissaient les armes de la Grande-Bretagne en émaux. De l'autre, une mention très courte était gravée dans le métal: *Remember Gibraltar and Ascension.* Le militaire tendait l'objet en souriant:

– Vous avez compris le sens de l'exergue?

Billy lisait. Il releva son regard en faisant non de la tête.

– À franchement parler, pas du tout! C'est un souvenir à mon intention?

– Non, non. Vous n'y êtes pas! Mais c'est bien comme ça. Ça me rassure partiellement sur le côté sécuritaire du code! Passons! Tout d'abord, je vous conseille de porter ce pendentif à votre cou, accroché à votre chaîne. Maintenant, l'explication. Elle est simple. Vous ignorez *remember* qui dans le contexte actuel n'a aucune utilité. Concentrez-vous sur le reste. Ainsi, vous prenez les trois premières lettres de *Gibraltar*, c'est-à-dire GIB, et vous les transposez sur un cadran téléphonique. Cela vous donne 442. Le chiffre 44 est le code d'accès international du Royaume-Uni et 2, l'extension d'accès direct au M6. Les six lettres suivantes vous donnent notre numéro spécial, c'est-à-dire le 725 827. Une standardiste vous répond immédiatement. De jour comme de nuit. Elle va vous réclamer le code d'accès. C'est le 263, c'est-à-dire, toujours pour plus de simplicité, la transposition du mot *and* sur un cadran de téléphone. Aussitôt, vous pouvez laisser votre message. Il s'enregistre automatiquement. Et sachez qu'à tout moment, où que je sois, ce message me parviendra.

Billy approuvait, contemplatif devant l'ingéniosité du mode de communication.

– C'est en effet très simple, et facile à retenir! Sincèrement, merci pour ce que vous faites pour moi.

Hennessy ne répondit pas. Il fixait son hôte d'un regard à la fois chaleureux et inquisiteur. Chipi, qui surveillait la scène, le remarqua immédiatement.

– Brian, on dirait que vous mourez d'envie de demander quelque chose à Billy.

L'adjudant se trémoussa sur sa chaise. Il se retourna vivement. Un large sourire éclairait son visage.

– Vous avez entièrement raison! Je voudrais que Billy fasse quelque chose pour moi avant que nous allions manger.

Billy paraissait intrigué. Le militaire le regardait d'un air étrange. À brûle-pourpoint, il lui dit:

– Sifflez-moi quelque chose. N'importe quoi, ce qui vous vient par la tête!

– Siffler?

Billy paraissait éberlué devant une demande aussi saugrenue.

– Oui, siffler! Je sais que vos cicatrices sont encore douloureuses, mais je suis certain que vous allez y arriver. Sifflez ce que bon vous semble...

Billy se laissa aller contre le dossier de sa chaise. Son regard s'échappa vers les hauteurs du plafond. Avec précaution, il esquissa un arrondi des lèvres. Les deux regards amis restaient accrochés à cette bouche qui se cherchait. Un timide sifflement se fit entendre pour immédiatement s'arrêter. Il reprit avec plus de vigueur et d'assurance. Les notes s'enchaînèrent, fermes et soutenues, laissant reconnaître les premières mesures de *La Vie en rose*.

Après ce premier essai, Billy laissa son regard revenir vers ses deux compagnons. Un sourire timide effleurait ses lèvres.

– Bravo! lui dit l'adjudant. Et si je vous demandais maintenant de nous chanter la chanson, le pourriez-vous?

Le sourire fit place à une moue exprimant le doute.

– Là, vous risquez d'être déçu! Je tiens plus d'un faiseur de pluie que d'un Caruso...

– Juste un couplet! Rien de plus... et on part chez Carlos Amiral de suite après! Promis!

Billy jeta un regard amusé à Chipi. Il toussota et, d'une voix encore mal assurée, entama le refrain classique de la vieille chanson. Il s'arrêta net après le premier couplet, les bras grands ouverts dans un signe d'impuissance. Le militaire cachait mal sa jubilation. Le visage de Billy prit un air interrogateur. Il demanda en fronçant les sourcils:

– Qu'est-ce qui se passe, Brian? Vous me faites siffler, chanter, et maintenant vous vous payez ma tête! Vous avez un job pour moi comme amuseur public au night-club du coin, ou quoi?

L'agent secret eut un long soupir.

– Il se passe, Billy, que vous sifflez une chanson française, et qu'ensuite vous la chantez en français! Et c'est volontairement que j'ai choisi cet ordre.

– Pourquoi? Qu'est-ce que cela aurait changé?

Chipi prit le pas sur Hennessy:

– Parce qu'on parle anglais entre nous, Billy. Et si on t'avait demandé de chanter en premier, tu aurais été enclin à chanter en anglais, probablement une autre chanson. En sifflant, les paroles n'avaient pas encore leur importance et le naturel a pris le dessus. Brian a certainement de bonnes raisons pour nous faire cette démonstration.

Le militaire ne cachait plus sa joie.

– Ce ne sont là que des détails reposant sur une analyse qui m'est très personnelle. Mais, d'ores et déjà, je peux vous avouer aujourd'hui que ce petit examen anodin renforce mon scepticisme quant aux conclusions du FBI, qui vous seront communiquées en temps voulu. À ce stade, ne me demandez pas d'élaborer, je ne suis pas en mesure de le faire. Mais même en allant au-delà de cet accent latino-anglais qui émaille votre conversation, au-delà de vos vagues souvenirs des États-Unis et des villes que vous y avez connues, que corroborent les thèses déployées dans le court rapport que j'ai reçu du Département d'État, je répète à l'envi que quelque chose ne colle pas dans le décor! Et je l'ai dit pas plus tard qu'aujourd'hui au gouverneur, qui me donne carte blanche pour mener mes investigations personnelles.

Il reprit bruyamment sa respiration à la suite de sa longue tirade. La bedaine se souleva sous la vareuse. Il reprit un ton plus bas:

– Il est certain que vous verrez plus clair lundi matin après votre entrevue. N'oubliez pas de me tenir informé, mais surtout de m'appeler en cas de besoin.

Il martela ses dernières paroles d'un index ferme sur le madrier de la table:

– Surtout en cas de détresse, où que vous soyez! C'est bien compris?

– Pas de problème, Brian, comptez sur moi. C'est bien enregistré.

Ils se levèrent. Billy alla régler Roberto. À cet instant, il se rendit compte qu'une nouvelle page de son existence se tournait, inexorablement. Une fois de plus, il était acculé à la jonction du présent et de l'inconnu, ce point limite où tout se mêle, se confronte, se déchire, se complète. Cette perpétuelle fuite en avant le poussait vers un ailleurs qui n'était pas le sien et qu'au fond de lui-même il avait appris à craindre pour son hostilité imaginaire. Pourtant, à bien regarder les événements, cet ailleurs comblait son vide intérieur, lui donnant l'illusion d'exister. Avec un pragmatisme froid, il réalisait qu'il entrait dans le présent comme on monte à l'échafaud. Derrière lui, les portes se refermaient, façonnant tout au long de ce parcours insolite ses premiers souvenirs; l'illusion de son nouveau passé.

CHAPITRE 14

Le jour se levait sur le détroit. Au-dessus du port plongé dans le florilège de ses lumières orangées, l'aube livrait son premier combat de la journée. Dans un éclatement sanguinaire, les faibles rayons de soleil envahissaient la voûte céleste, donnant vie aux étranges découpes de la terre africaine si proche.

Massif et impérial, le rocher de Gibraltar restait encore tapi à l'ombre du ciel sombre. À ses pieds, étranglée dans le décor épuré de ses petites rues étroites et luisantes aux néons éteints, la ville retenait sa respiration. Un vent venu de l'Andalousie toute proche contournait les falaises orientées vers la péninsule ibérique pour s'infiltrer insidieusement et sans retenue entre les maisons de pierres. Il charriait en lui le souffle lourd aux arômes de sable et de sel. Il était cinq heures cinquante d'un matin calme.

Billy descendit de la voiture qui venait de s'immobiliser sur le quai face aux entrepôts de la douane. Le planton de service extrayait du coffre les deux valises pour les tendre à Chipi. L'adjudant Hennessy était auprès d'eux. Il jeta un coup d'œil machinal vers le bateau.

Par-dessus les toits des bâtiments administratifs, la masse imposante du navire se découpait sur un ciel légèrement étoilé, à peine rougi en direction de l'est. Loin des rumeurs naissantes de la ville, méthodique et régulier, le soupir des machines au repos emplissait ce théâtre d'ombres. De la terre montaient des effluves de goudron et d'iode. Il faisait frais. Maître de cérémonie en ces instants de séparation, l'adjudant se retourna vers les deux amis.

– Suivez-moi. Nous allons passer par le bureau de la capitainerie.

Ils évitèrent la traditionnelle cohue précédant tout embarquement, caractérisée par une agglutination au comptoir de la douane. Ils s'engouffrèrent dans un petit couloir étroit et s'arrêtèrent devant une porte de verre. Le militaire toqua deux petits coups répétés. Il entra sans attendre d'être invité.

Une triste ampoule sans abat-jour, pendue au plafond, illuminait la pièce. Sur l'un des quatre murs, entre deux armoires de métal, était accroché un portrait de la reine. Assis à l'un des bureaux, un gradé remplissait des formulaires. Il leva un rapide regard vers Hennessy.

– Bonjour, Brian. Vos amis sont là?

– Absolument, capitaine. Voici le lieutenant William Jordan et, à ses côtés, monsieur Larry Cippola que vous devez connaître.

L'officier de service se leva et tendit la main.

– En effet. Bonjour, Chipi, bonjour, lieutenant.

Il s'adressa ensuite directement à Billy:

– Si j'ai bien compris, lieutenant, vous êtes en mission. Il a été prévu de vous pré-embarquer. Le commandant du bateau est au courant. Nous vous avons réservé une cabine aux côtés des officiers marocains. Ils ont d'ailleurs dormi à bord cette nuit et vous auriez pu en faire autant. Je crois aussi comprendre que Chipi vous accompagne, n'est-ce pas?

Ne laissant pas le temps à Billy de répondre, Hennessy rétorqua, un rien blagueur:

– Tout à fait, capitaine. Monsieur Cippola se rend à Tanger pour relever les compteurs de ses nombreux clients. Il paraît que c'est pire qu'à Gibraltar pour l'encaissement!

L'officier laissa flotter un sourire de connivence sur son visage. Il contourna son bureau, un dossier à la main.

– Suivez-moi, ordonna-t-il. Je vais vous présenter à l'officier de quart et lui transmettre vos laissez-passer.

Ils débouchèrent sur la jetée côté mer. Le bateau leur parut énorme. Les grandes baies vitrées rectangulaires des salons première classe éclairaient les pavés disjoints de la digue. Ensemble, ils se dirigèrent vers la passerelle. De la coupée descendait un jeune lieutenant de marine vêtu de blanc. Il salua le groupe militairement. En prenant les documents des mains du capitaine, il leur recommanda de le suivre auprès du commandant.

Après les présentations d'usage, le trio se retrouva autour d'un café matinal servi au bar du pont supérieur. Anodine, la conversation roula jusqu'à l'heure de la séparation. En se levant, Hennessy recommanda à Chipi de garder un œil sur son jeune ami. Il se retourna vers Billy; sa voix laissait percer un ton paternel:

– Bon voyage, Billy. Mais n'oubliez surtout pas de me contacter si cela s'avère nécessaire. Vous connaissez le sésame, maintenant!

Il pointait de son doigt grassouillet le torse de son interlocuteur où pendait la petite plaque de métal remise la veille.

– Je ne l'oublierai pas, Brian. Encore une fois, merci pour ce que vous avez fait pour moi.

La poignée de main fut franche. Bedaine bien en évidence, sans se retourner, l'adjudant descendit la passerelle sous le regard des deux amis. Il traversa le quai de son petit pas rapide et gracieux, et très vite les immenses portes de bois de la douane engloutirent sa silhouette courtaude.

À sept heures trente précises, dans un bouillonnement d'écume venu de l'arrière, le flanc du bateau décolla du môle. Sous l'impulsion des deux hélices, la coque vibra. Lentement, comme guidée par une main invisible, l'étrave fendit l'eau plate du port. Une légère courbe sur la gauche laissa apparaître les feux d'Algésiras sur le côté opposé. Longeant les quais encore plongés dans la pénombre, le traversier laissa Bleack Beach à bâbord. À pleine vitesse, il commença à tracer sa route vers le sud-ouest.

Billy était resté accoudé au bastingage du pont supérieur. Dans un dernier regard à cette enclave britannique en terre ibérique, il reconnut l'immeuble d'Europa Flats où il venait de vivre les cinq nuits les plus sécurisantes de sa nouvelle destinée.

Le souffle du large prenait d'assaut le navire qui s'installait dans un tangage monotone, bercé par le martèlement sourd des énormes bielles agitant ses entrailles. Frileusement, Billy tenta de refermer le col de sa veste. Cheveux en bataille, il dirigea son regard limpide vers une colonie de mouettes qui remontait le sillage du ferry-boat.

Tarifa et ses lumières matinales se découvrirent sur le tribord avant. Son phare, le plus méridional de l'Europe, avait fini par apaiser sa lanterne. La nuit mourante cédait à l'éclosion du jour. Au-dessus du détroit, de petits nuages blancs et roses, pompeux dans le firmament naissant, prenaient possession de l'espace abandonné par les ténèbres. Bien en chair, ils rappelaient étrangement les rondeurs d'une épaule féminine.

Billy frissonna. Il tourna le dos à l'océan et descendit rejoindre Chipi. Le grand escalier central débouchait sur les néons tamisés et les bois clairs des salons première classe. Dans l'air se répandait une odeur de café fort et de croissants chauds. Servis par un personnel affable, habillé de blanc et or, les passagers étaient rares.

Rayonnant, le geste large et accueillant, Chipi était à son avantage dans un décor qui lui était familier. Trois jeunes filles l'entouraient. De temps en temps, comme pour mieux recueillir une confession, sa belle tête aux cheveux sagement ondulés se baissait vers l'un des jeunes visages poupins. Son costume beurre tendre rehaussait un hâle légitimement gagné au cours de longues séances de pose aux terrasses des clients récalcitrants. Il se tenait légèrement penché, dans une attitude d'abandon trompeur, un avant-bras sur l'un des coins du bar. Avec grâce, il accompagnait de ses jambes croisées le léger roulis du navire. Les trois naïades, serrées les unes contre les autres, s'esclaffaient tout en se poussant du coude à chaque facétie de leur mentor. Leur teint pâle, sur une peau à la limite de la transparence et parsemée de taches de rousseur, trahissait une arrivée récente de la Blanche Albion.

L'irruption de Billy interrompit une observation triviale de Chipi sur les mœurs de la famille royale. Protecteur, le négociant s'empressa de lui entourer l'épaule de son bras.

– Voici notre baroudeur dont je vous ai parlé tantôt, mesdemoiselles! J'ai le plaisir de vous présenter Billy, l'un des hommes les plus décorés de notre aviation! Ses exploits, bien qu'encore sous le sceau du secret militaire, ont fait la une de nos plus grands journaux.

Billy sourit, l'air complice. En silence, il parcourut l'aréopage de son regard clair. De la tête, il fit signe au barman. À cet instant, une des trois filles s'aventura à lui toucher l'avant-bras.

– Est-ce vrai que vous étiez aux Malouines, en plein cœur de la bataille?

Billy échangea un rapide regard avec Chipi avant de se tourner vers la jeune Anglaise. Mentalement, il évalua son âge, qui devait à peine effleurer les vingt ans. Elle avait un gentil minois, entouré d'un carcan de cheveux blonds coupés court. Une poitrine volumineuse tendait un chemisier à fleurs sur lequel était jeté un pull rose, dans une embrassade des manches en un négligé volontaire.

– Exact. J'étais même sur le *HMS Shieffeld* quand on a pris le premier missile exocet, et aussi à bord de l'hélico de Son Altesse Andrew quand le *Belgrano* a été coulé.

L'une des jeunes filles intervint.

– Je croyais que c'était un de nos sous-marins qui avait coulé l'unique croiseur de l'Argentine?

– C'est encore exact. Mais ce qu'on sait moins, c'est que le prince Andrew a participé au sauvetage de l'équipage argentin. Je l'accompagnais à titre d'interprète...

Le barman arrivait, donnant un léger répit à Billy qui s'empressa de questionner son entourage sur les choix matinaux de chacun. Il espérait ainsi mettre un terme aux explications vaseuses auxquelles l'obligeaient les affabulations de salon de son ami.

Les trois nymphes se décidèrent pour un thé. Billy commanda un café crème pour lui-même. Quant à Chipi, il reconduisit une ration de vodka dans son bloody mary déjà bien entamé. Intriguée, la petite blonde au visage candide revenait à la charge. D'une voix teintée de timidité bravache, elle demanda:

– Et... ces brûlures aux mains, si je peux me permettre, c'est...

Chipi s'inclina vers elle d'une manière prévenante, arrêtant la phrase d'un geste. Confidentiel, il lui chuchota:

– C'est un secret!

Il porta son index à ses lèvres, faisant pencher vers lui les têtes féminines.

– Pour ne rien vous cacher, mesdemoiselles, Billy appartient aux services secrets de Sa Majesté. Il est appelé à remplir des missions dans le monde entier, toutes classées sous le sceau de la confidentialité la plus totale. Pour le moment, on ne peut les divulguer sous aucun prétexte. En d'autres termes, si vous avez l'obligeance de me confier votre numéro de téléphone personnel, il se peut que je puisse vous éclairer davantage lors de mon prochain passage à Londres...

Les jeunes filles minaudaient, affectant de ne rien croire de peur de paraître sottes. Au fond, elles étaient délicieusement attirées par l'aura de mystère que Chipi avait su tisser autour de Billy.

Intarissable, Chipi était reparti dans l'imaginaire des glorieuses campagnes de son compagnon de voyage. Il parsema le récit de détails macabres, de faits d'armes de grande bravoure, de légendes émouvantes encore vivaces aussi bien parmi les frères d'armes que dans les cœurs des ennemis d'hier.

Silencieux, un léger sourire de connivence aux lèvres, Billy écoutait. Il était fasciné par cette aisance de conteur qui prenait racine au plus profond de la nature même de son ami. Il se rendit vite compte du stratagème que Chipi déployait: séduire plutôt que de chercher à convaincre! Un stratagème dont l'efficacité n'était plus à prouver...

Ils gagnèrent leur cabine ensemble. Une heure s'était écoulée depuis le départ. Dès que la porte fut fermée, Chipi se plongea dans la lecture des adresses glanées. Amusé, Billy demanda :

– Et il n'y a jamais de pépin?

Surpris, Chipi relevait la tête.

– Pépin? Quel genre de pépin?

Billy eut un haussement d'épaules.

– Que sais-je? Toutes sortes de pépins peuvent survenir dans ces situations complexes, l'une des plus classiques étant le retour du mari à l'improviste.

Chipi parut réfléchir. Il se gratta le menton de la main qui tenait ses notes. Il parut hésitant à répondre.

– Oh! Ça peut arriver... mais généralement je m'en sors bien. Tu sais, un mari qui trouve sa bergère au pieu avec un mec, c'est toujours après la donzelle qu'il en a. C'est comme ça...

Il ajouta en forme de plaisanterie :

– Ceci étant, je n'ai pas peur des coups quand c'est moi qui les donne! J'ai eu en effet quelques altercations avec des bien plus petits et bien moins forts que moi! Les autres, tu penses bien que je les évite! Mais je dois dire que les rares fois où des pépins sont survenus, comme tu dis, j'ai négocié intelligemment ma retraite...

Billy avait du mal à cacher son hilarité. Son imagination fertile lui fit entrevoir d'un côté la femme adultère, vaporeuse dans ses draps froissés de sueur, et de l'autre, le mari trompé en cravate et veston au bord de l'apoplexie. Au milieu, Chipi en caleçon à fleurs, parti à la recherche de ses chaussettes en cachemire perdues sous le lit, débitant ses boniments dignes d'un camelot de foire en campagne... Le front plissé, Chipi lui jeta un regard en coin.

– Qu'est-ce qui te fait rigoler?

– Oh, rien! Des bêtises...

– La mémoire te revient tout d'un coup?

– Non, mais j'aurais aimé...

Le silence se fit. À travers le hublot, les côtes africaines se rapprochaient. Pas du tout décontenancé par les propos un peu vifs, Billy souriait toujours, le regard perdu dans le vide. Chipi prit place sur l'une des deux couchettes, les jambes à l'horizontale, le dos appuyé contre la tête du lit. Après un long soupir, il toisa son ami comme s'il le voyait pour la première fois. Il passa plusieurs fois les mains dans ses cheveux et laissa une mimique significative se dessiner sur sa bouche. Soudain, il détourna les yeux. Il s'adressa à Billy, toujours sans le regarder. Le ton avait perdu de son agressivité. C'était une voix sourde qui émanait de son ami, celle de la confidence.

– Je le reconnais, je suis un cavaleur... Il suffit qu'une jupe s'anime devant moi, et mon inattention n'a de cesse de la retrousser! C'est plus fort que moi! Je dirais presque que c'est devenu un jeu, un rite, une forme d'automatisme où mon esprit et mon corps se complaisent. Mais... à ma décharge, j'observe que je suis devenu ce que je suis à la mort de ma femme. Avant qu'elle ne me quitte, les filles ne m'intéressaient pas; tout au plus un coup de charme par-ci, un sourire par-là. Rien de bien méchant. Pourquoi? Tout simplement parce que j'aimais ma femme. C'était plus que de la passion! En sa présence, je sentais un feu perpétuel en moi. L'âge aidant, la connivence et la compassion que nous avions l'un envers l'autre avaient remplacé ce que l'habitude et l'omniprésence de l'autre avaient annihilé: l'instinct charnel. La vérité est simple: j'aime toujours autant ma femme. Profondément, religieusement. Comme au premier jour. Tu sais, Billy, je n'ai jamais autant aimé de ma vie... et aujourd'hui, je me sais incapable de consentir un tel sacrifice de mon âme, de mon être, comme par le passé. Mais tu vois, curieusement, elle ne me manque pas. Peut-être parce qu'elle est en moi à chaque instant, à chaque palpitation, à chaque regard... Et quand je m'interroge, je suis étonné de constater que j'ai encore tant d'amour à lui donner...

Chipi se retourna vers son compagnon qui fut tout étonné de lui voir les yeux embués de larmes. Quelques secondes s'égrenèrent. Chipi reprit à voix basse:

– Je vais te dire... Tel que tu me vois, je suis comme un navire fantôme dont la cargaison n'arrivera jamais au port. Tant que je vivrai, le bateau ne touchera pas terre... C'est une évidence: seule la mort, délivrance de tous les maux, me réunira à nouveau avec elle; et alors, plus rien, désormais, ne pourra nous séparer.

La cabine replongea dans le silence rythmé par le battement étouffé des machines diesel. Métronomes d'une traversée, les rideaux suspendus aux hublots marquaient la mesure d'un tangage langoureux. Billy s'assit au pied de la couchette de Chipi. Il pencha la tête, cherchant le regard de son ami. En posant sa main sur l'une de ses jambes, il lui dit:

– Écoute, mon vieux, tu es un garçon magnifique! Et aussi loin que va ma mémoire, je n'ai pas souvenir d'une amitié aussi sincère. Je suis conscient que c'est facile à dire, compte tenu de l'indigence de mes réminiscences. Mais il faut me croire, je suis sincère. Et j'ai le sentiment que cette amitié est partagée, car jamais personne n'aurait fait la moitié de ce que tu réalises pour moi. Alors, quelle que soit ton attitude envers la gent féminine, cela ne me concerne en rien. Et d'abord, je n'ai pas à te juger! En réalité, pour être tout à fait franc avec toi, je t'avouerai que tu m'amuses avec tes pitreries, en dehors du fait que tu regonfles mon moral qui a bien besoin de quelques bouffées d'oxygène de temps en temps. J'irai même plus loin. Pour moi, tu exhales la vie dans ce qu'il y a de plus précieux, c'est-à-dire la jouissance de chaque instant que nous accorde le Seigneur. Et Dieu sait si je suis bien placé pour en mesurer l'importance!

Chipi était toujours adossé dans sa bannette, les bras croisés sur la poitrine. Il regardait son ami sans rien dire, sans faire montre de quelque sentiment que ce soit. Pourtant, il réalisait que pour la première fois Billy se livrait à lui, avec pudeur, mais sans réserve. Il lui sourit. À cet instant, Billy se pencha vers lui:

– Tu sais à quoi tu me fais penser?

– Dis toujours...

– À une bouteille de champagne qu'on vient de sabrer et qui pétille son bonheur. Mais pas n'importe quel champagne! Le champagne le plus cher au monde: un centime la bulle!

Le regard de Chipi perdit de sa jovialité. Il se redressa lentement. Son visage reflétait un souci soudain.

– C'est de toi, ça? dit-il, l'air intrigué.

– Quoi donc? Mon truc sur le champagne?

– Oui, oui! L'histoire de la bulle...

– Un centime la bulle?

Il haussait les épaules.

– Ben... ouais, je pense. Cela m'est venu comme ça, maintenant... Pourquoi me demandes-tu ça?

– Mais te rends-tu compte du formidable slogan que tu viens de trouver?

Abasourdi par l'effet qu'il venait de produire sur son compagnon, Billy ouvrait de grands yeux bleus candides. Chipi s'animait. Il s'était levé d'un bond et gesticulait à grands moulinets de bras dans la petite cabine. En gestes, il esquissait le processus publicitaire. Prenant Billy à témoin, il s'exclama:

– Je vois ça d'ici! Un grand panneau sur lequel apparaîtrait une immense bouteille de champagne en découpe sortant légèrement du cadre. Elle est tenue en berceau par une main gantée de blanc, le nectar s'écoulant dans une flûte à moitié pleine. Au-dessus, le slogan en lettres lumineuses: «Le champagne le plus cher au monde: un centime la bulle!» L'apothéose! En une phrase, tu positionnes le produit dans son exclusivité auprès d'une élite. D'autre part, tu exacerbes la demande par l'originalité publicitaire, et l'inaccessibilité volontaire dont elle se revêt! Comprends-tu ce que je veux te dire? Comprends-tu que tout le monde, dans sa petite faiblesse naturelle, s'imagine faire partie un jour de l'élite? Tout le monde n'aspire qu'au plus beau, au meilleur, à l'unique. Tout le monde, au moins une fois dans sa vie, cherche à toucher du doigt l'intouchable! C'est dans la nature humaine, mec!

Il était tout excité. Ses yeux brillaient. Il se pencha vers Billy, lui prenant les joues entre ses deux paumes au point de lui faire mal.

– Sais-tu que tu es formidable, toi? lui dit-il d'un ton enjoué.

Il fut surpris dans ses élucubrations par trois coups frappés à la porte. Il se redressa vivement et alla ouvrir. Dans l'entrebâillement se dessina la silhouette d'un homme de grande taille à forte carrure. Il était vêtu d'un costume sombre et d'une cravate étroite en tergal, et il prononçait les j en jota à l'espagnole.

– Senior Jordan?

– C'est moi, répondit Billy dans la même langue depuis la couchette.

– Inspecteur Belkassi, répondit l'homme. Je suis chargé de vous faciliter le passage aux frontières. Merci de me confier vos documents.

Il désigna Chipi du menton.

– Ce monsieur vous accompagne?

– C'est exact, répondit Billy en tendant le carnet militaire qui lui avait été remis à l'Ascension.

– Très bien. Alors il me faut aussi le passeport de monsieur. Dès que nous serons amarrés à quai, rendez-vous à la passerelle par laquelle vous êtes montés à bord. Ne suivez surtout pas le flot des passagers. Je vous attendrai en compagnie de mon assistant. Une voiture est prévue face à la douane, côté môle. Nous avons ordre de vous convoyer à l'hôtel Minzah.

Non sans avoir montré quelque réticence, Chipi finit par sortir son passeport de la poche intérieure de sa veste.

– Vous me le rendrez quand? interrogea-t-il, soupçonneux, en s'adressant au policier.

Le Marocain lui lança un regard froid, tout en répondant sèchement:

– Tranquillisez-vous. Nous sommes ici pour des questions de sécurité, rien d'autre. Nous vous rendrons vos documents au moment du débarquement.

Il se retourna vers Billy.

– Bon... Tout est clair? Très bien, on se revoit à l'accostage.

Le policier disparu, les deux amis décidèrent de remonter sur le pont. Le soleil était déjà haut dans le ciel quand ils débouchèrent à l'extérieur des coursives supérieures. Ils s'accoudèrent au bastingage. Pendant quelques secondes, ils suivirent du regard l'étrange ballet de l'écume des mers que la lame froide de la coque noire découpait en une myriade de dentelles légères, les éparpillant au gré des remous sur les vagues émeraude. Le vent était vif et cinglait les visages. Au loin, éclairé par la réverbération claire du matin, le cap Malabata dressait son phare blanchi à la chaux. À ses pieds, la mer se défilait en sillages tortueux entre les rochers sombres couverts de goémon. Semblables à d'immenses chevelures, les grandes algues s'agitaient au gré de la marée basse, découvrant les profondes échancrures de la falaise à l'aplomb des bâtiments.

Tanger approchait. Tanger la Blanche. Tanger l'énigmatique. Cité aux sept collines, balcon de l'humanité, carrefour exaltant de deux mondes et de deux mers. Tanger, ville de légende, bruyante et colorée, à la fois misérable et fastueuse, puisant une vitalité juvénile peu commune dans le tumulte de ses amours avec les peuples tout au long des siècles qui l'avaient chargée d'histoire. Tanger, pays aux trois dimanches dans la promiscuité des races et des sang-mêlé. Tanger, maîtresse d'une nuit qui se donnait à Billy, lui réservant sans fard les premières vraies réponses à ses interrogations pressantes.

Elles allaient être douloureuses, pénibles, profondément cruelles.

La crête de la colline du Charf se découpa sur l'avant gauche, celle de la casbah sur la droite. La baie s'offrit au regard. Généreuse et apaisée, elle présentait en toile de fond un mirage de lumière humide formée par l'ancienne avenue d'Espagne qui s'ombrageait sous les palmiers plantés en quinconce. Au-delà, la ville égrenait ses paliers en une sorte de reliquaire de l'architecture hispano-mauresque. D'une rue à l'autre, elle s'adressait des clins d'œil en stuc, rappelant l'art nouveau. Et partout, tendant leurs minarets au ciel, des mosquées plus ou moins neuves, plus ou moins riches s'érigeaient au-dessus des toits en terrasse sur lesquels claquait au vent du linge encore imbibé de ses moiteurs.

La grande jetée embrassa la trajectoire du navire qui pénétrait au ralenti. Des grues affamées allongeaient leurs cous édentés au-dessus des quais en effervescence, envahis par une foule poussiéreuse, qui lançait des cris désordonnés à peine couverts par le rugissement des hélices aux pales inversées. Les heurts et crissements des bouées de protection malmenées par le poids de la coque se firent perceptibles. Un bras noueux lança une première amarre, immédiatement accrochée à un énorme champignon de métal.

En trente secondes, le ferry fut immobilisé. Dans un cérémonial immuable, le processus du débarquement débuta. D'abord en poupe avec le coulissement des lourds panneaux d'acier libérant une procession de véhicules; ensuite, sur les deux passerelles reliant le bateau au quai qui permettaient l'évacuation des passagers à pied.

Billy et Chipi venaient de rejoindre le policier marocain. Il était accompagné de son adjoint, un civil de petite taille, chaussé de mocassins marron qui s'échappaient de dessous un costume grisâtre trop ample pour lui. Au bas de l'échelle, une voiture stationnait. Belkassi demanda, en montrant les deux valises du doigt:

– Vous avez vos affaires? Très bien! Je vous rends vos documents.

Il leur tendit le carnet militaire et le passeport qui avaient été revêtus en priorité d'un visa touriste valable pour trois mois. Il leur évitait ainsi les formalités fastidieuses d'entrée en territoire maghrébin. Ayant invité les deux amis à le suivre, le policier s'engagea sur l'étroite passerelle de bois.

La voiture officielle traversa la jetée et prit la direction de la ville à vive allure. Malgré un trafic routier intense, le trajet parut très court à Billy. Tout au plus dix minutes. Il est vrai que, privilège d'une certaine autorité, le chauffeur n'avait respecté aucun feu de circulation.

Le véhicule s'immobilisa face aux quelques marches de l'entrée de l'hôtel. Un homme de grande stature à l'élégance affichée les attendait. Il portait des lunettes cerclées d'or. Il était évident qu'il avait été averti de l'arrivée imminente des deux clients. Billy descendit en premier. L'homme pencha sa tête vers lui avec une certaine prévenance. Il parlait un anglais châtié qui laissait percer un accent probablement glané dans un lycée français.

– Monsieur Jordan, je présume? Je suis Mourad El Fassi, directeur de la sûreté de la zone de Tanger. Bienvenue chez nous! Vos chambres sont réservées. Nous avons été avertis à la dernière minute que monsieur Cippola vous accompagnait. C'est pourquoi j'ai pris sur moi de réquisitionner une suite au dernier étage qui donne sur les jardins. Vous verrez, vous y serez très bien. Je ne regrette qu'une chose. Il semble en effet, au vu des renseignements qui nous ont été communiqués par votre ambassade à Rabat, que votre séjour chez nous sera très bref. Merci de me suivre, je vous montre le chemin.

Billy et Chipi échangèrent un rapide regard. Le directeur de la sûreté se retourna à nouveau vers eux:

– Ne vous en faites pas pour vos bagages. Belkassi s'en charge. Inutile également de s'arrêter à la réception. J'ai donné des ordres en ce sens.

De sa démarche flottante, la haute silhouette d'El Fassi s'engagea dans le plaisant labyrinthe des couloirs recouverts de nattes tressées aux dessins géométriques à dominante rouge. Billy était frappé par le raffinement et le bon goût que dévoilait chaque recoin. Aux murs, des faïences en provenance de Safi, la ville des potiers, illustraient une maestria ancestrale de la cuisson et des couleurs rarement égalée dans le monde. Au sol, de profonds tapis de diverses régions du pays se succédaient. À intervalles réguliers, des meubles modernes ou antiques rappelaient que le Maroc est avant tout un foyer intarissable d'artistes aux mains de fée.

Chipi fermait la marche. En pleine décontraction, insensible au luxe qui l'entourait, il prenait un malin plaisir à saluer toute rencontre féminine d'un large sourire engageant. Ils gravirent un escalier de marbre à motifs blanc et vert profond qui les conduisit au dernier étage. Arrivé au faîte, El Fassi traversa le large corridor de sa démarche de félin pour s'arrêter devant une double porte de bois en ogive à la marocaine, cloutée d'or. Les battants poussés laissèrent entrevoir un sas à trois entrées. Le directeur de la sûreté se retourna vers ses deux invités.

– Celles de gauche et de droite mènent aux deux chambres. Celle du milieu conduit au salon. Bien entendu, les deux chambres communiquent par cette pièce mitoyenne.

Il ouvrit la porte du milieu. Aussitôt, il s'effaça pour laisser entrer les deux amis.

C'était une grande salle, richement meublée dans un heureux mariage de bois et de cuir. Les grandes parois latérales étaient recouvertes par des tableaux représentant des scènes folkloriques de l'Atlas. Dans une encoignure attendaient un bar et deux tabourets. Au sol, des tapis en provenance du Rif à points très serrés, agrémentés de leurs dessins caractéristiques, se laissaient admirer dans toute leur splendeur. Une forte clarté provenait d'une immense véranda vitrée donnant sur le port et la baie. Billy s'en approcha. Au travers de la vitre, il reconnut le traversier qui les avait transportés depuis Gibraltar. Non loin des grues portuaires, la plage ourlait de son sable clair les confins de l'anse. Un voilier prenait la route du large; le spinnaker avait été lâché et faseyait dans sa recherche d'un vent d'arrière; soudain, d'un souffle puissant, il se gonfla dans la lumière matinale, rappelant par son éclosion la grâce d'une chevelure féminine qui tourbillonnait dans un élan d'amour.

La voix apaisante d'El Fassi surprit Billy dans sa contemplation:

– C'est à votre goût, monsieur Jordan? Voulez-vous qu'on passe aux chambres?

Billy se retourna vivement. Il se força à sourire.

– Excusez-moi, j'étais pris par le spectacle.

– Et encore, vous n'avez rien vu de Tanger!

– Oh, j'y reviendrai certainement avec grand plaisir! Entre-temps, tout est parfait. En fait, monsieur Cippola et moi-même sommes désolés des soucis que nous vous occasionnons. Ayez l'amabilité d'être notre ambassadeur auprès de la sûreté marocaine et de remercier ses représentants comme ils le méritent.

Le fonctionnaire répondit d'un geste apaisant de la main:

– Monsieur Jordan, vous êtes notre invité. Sachez que c'est avec un immense plaisir que nous rendons ce service à notre pays frère. Saviez-vous, cher monsieur, que le Maroc a été le premier pays au monde à reconnaître la jeune confédération des États-Unis à sa naissance? Pensez si nos liens sont étroits!

Gracile, son grand corps sans fin pivota au centre de la pièce. Les mains s'écartèrent, paumes tendues vers le ciel. De sa voix sans timbre, il s'adressa de nouveau à Billy:

– Très bien. Puisque tout est à votre convenance, je vous quitte. Je me suis permis de vous laisser mon numéro personnel en cas de besoin. Il est inscrit sur une carte déposée sur votre table de nuit. N'hésitez pas à l'utiliser.

Il fit un mouvement de retraite vers la porte. Lentement, il se retourna, l'index gauche levé.

– Mon Dieu, j'allais oublier! Je vous ai fait réserver une table au restaurant marocain La Rose des sables, qui se trouve au rez-de-chaussée. C'est le meilleur de Tanger pour la cuisine locale. En outre, son spectacle est très attractif. Et... de grâce, ne vous avisez pas de payer la note! Tous vos frais sont pris en charge par le gouvernement chérifien. Une dernière chose : je vous rappelle que vous avez rendez-vous demain matin à huit heures trente au consulat américain. D'ici là, prenez du bon temps : la piscine est fort agréable. Au revoir, messieurs.

Il tendit sa main filiforme. Billy souriait, faisant le lien entre les propos du Marocain et ceux de Hennessy sur la piscine de l'hôtel et la réputation dont elle était pourvue. Prenant sa mimique pour un remerciement, le chef de la sécurité sourit à son tour. Il s'éclipsa sans bruit.

Billy et Chipi échangèrent un long regard. On frappa à la porte. C'était le bagagiste en babouches et sarouel qui apportait les deux valises.

Le groom sorti, Chipi s'adressa à Billy :

– La cage est dorée, mais c'est une cage!

– Possible. Mais il est évident qu'El Fassi n'est au courant de rien. Il y a dans son discours... trop de...

Billy cherchait l'adjectif adéquat. Chipi vint à son secours :

– ... de salamalecs!

– Pardon?

– Salamalecs! C'est un terme arabe qui désigne des politesses superflues.

– Exactement! Les autorités marocaines ne mettraient pas des gants comme elles le font, si elles savaient ce que Hennessy sait.

Chipi plaça son doigt devant ses lèvres, réclamant le silence. Il tira Billy par la manche en lui désignant la baie vitrée qu'il ouvrit d'un mouvement sec. Il l'entraîna sur le balcon.

Trois étages plus bas, le parc déployait ses dégradés de vert. Malgré l'opacité de la verdure, en une exhalaison sourde, la rumeur de la ville montait vers eux par intermittence.

Machinalement, Billy jeta un regard vers les premières maisons en contrebas. Au-delà du mur d'enceinte, les ruines de l'ancien théâtre Cervantès, prisonnier silencieux d'une ceinture de barbelés censés le protéger, exhortaient les hommes à l'achever. En une dernière supplique, ses dômes de bois blanc encore pointus mais pourrissants tendaient vers le ciel leur squelette décharné. Soucieux, Billy se tourna vers Chipi pour lui murmurer :

– Qu'est-ce qui t'arrive?

– À tous les coups, il y a des micros planqués! Et comme tu ne sais toujours pas pourquoi on t'a obligé à cette villégiature, autant la fermer! Tu comprends?

– Et pourquoi pas aussi une caméra, pendant que tu y es?

Il haussa les épaules, reportant son regard vers le Cervantès. De dos à son ami, il lui dit d'une voix qu'il ne cherchait plus à couvrir:

– Arrête, Chipi! Tu fais de l'espionnite primaire, mon vieux!

– De l'espionnite! Mon cul, oui! Écoute, mon bonhomme, comment expliques-tu que tu sois au secret chez les *British* pendant près de trois mois? Que le FBI te colle aux fesses au point de déplacer un de leurs sbires à huit mille kilomètres de chez eux? Que ce soient les services secrets marocains qui t'accueillent? Car, entre nous, ton El Fassi, sous ses airs de diva, n'est rien d'autre qu'un agent du contre-espionnage. Comment justifies-tu qu'on t'enferme, et moi avec, dans cette volière où en comparaison les perruches du parc semblent être les gardiens du zoo et nous les fauves! Et permets-moi de passer rapidos sur ton pedigree qui débute dans un canot de sauvetage procédant de nulle part, s'illustre par l'arrivée d'un sous-marin en vadrouille du côté de l'hôpital et se termine en fanfare par un bataillon de points d'interrogation tel que le *Quid* français apparaît comme un manuel de lecture pour illettrés en bas âge! Oh! Arthur, tu te réveilles, oui?

Billy resta silencieux. Chipi venait d'énoncer à sa manière une grande part de vérité. Et Billy en était conscient. Il porta un regard clair vers son ami, soupira et, lentement, pivota pour se pencher sur la rampe du balcon. Une moue résignée aux lèvres, il se plongea dans la contemplation des bougainvilliers qui grimpaient le long de la façade. Le silence était profond. Le soleil, chaud. Du jardin montait le parfum de l'humus et de la terre travaillée. Des oiseaux piaillaient dans les arbres. Et, omniprésente, leur arrivait cette respiration lente et profonde de la ville toute proche.

– Je ne sais pas... finit-il par avouer d'une voix mélancolique, le regard perdu au loin. Probablement que tu as raison. Mais, quand je m'ausculte, au plus profond de moi-même, j'ai comme une certitude: il me semble que je n'ai rien à me reprocher. Tout compte fait, je veux en finir avec cette histoire. Et ce, une fois pour toutes. Je veux connaître la vérité, quelle qu'elle soit, bonne ou mauvaise.

Il se retourna vers Chipi qui le regardait fixement.

– Tu comprends, je ne veux plus être éternellement confiné à l'ombre. Moi aussi, j'ai pris goût à la lumière. J'estime qu'aujourd'hui j'ai payé mon dû. Maintenant, j'aspire à une certaine sérénité qui, pour le moment, m'a toujours été refusée. Quant à ton soi-disant agent secret marocain, j'ai la conviction qu'il est étranger à cette affaire. Va savoir ce que les Amerloques lui ont raconté sur mon compte. Et puis, à ce stade de l'affaire, je m'en contrefiche. Demain, on verra plus clair! Je vais même te faire une confidence: j'entre dans la période transitoire de la gestion du risque. Celui de savoir réellement qui je suis. Après, c'est le risque qui nous attend! Tu me suis?

– Tout à fait, mon grand. Et c'est précisément cet impondérable qui me tracasse.

– Oui, mais je suis réaliste. Comme Ben Gourion[28], je me dis qu'être réaliste dans ma situation, c'est croire au miracle! Dieu seul sait si ce que je vais apprendre demain vaut ce que j'ai oublié.

Ils éclatèrent de rire ensemble. La tension se relâcha. Ils revinrent vers les chambres. Elles étaient identiques et toutes deux fleuries de roses resplendissantes en provenance de la ville de Dakhlah. Sur sa table de nuit, Billy récupéra la carte de visite blanche d'El Fassi, très sobre et sans mention de fonction ou d'adresse. Au crayon, un numéro de téléphone avait été griffonné à la main.

D'un commun accord, les deux compagnons décidèrent de jouer aux touristes tant qu'une parcelle de liberté leur était encore accordée. Ils descendirent à la piscine en se promettant d'aller visiter la ville en après-midi.

Creusé entre verdures et bougainvilliers en fleurs, le plan d'eau était une invitation au farniente. Ayant revêtu pour la circonstance un short jaune et un polo de même couleur, Chipi fit une pause obligée au bar. Il commanda une eau Perrier pour Billy et, étant donné l'heure, un bloody mary pour lui-même.

– Bien pimenté, précisa-t-il au barman. Ça ouvre l'appétit!

Près de son compagnon, Billy surveillait d'un œil amusé de jeunes touristes qui pataugeaient en bordure de l'eau. Un cri, suivi d'une toux rauque, le fit sursauter. Il se retourna vivement pour voir son ami tête basse face au gazon qui crachotait un liquide rouge.

– Que t'arrive-t-il?

Chipi cherchait à retrouver son souffle. D'une main, il comprimait sa gorge. De l'autre, il tendait au loin son verre à moitié vide.

– C'est... c'est ce truc!

Toujours plié comme sous l'emprise de la douleur, il chercha le barman des yeux.

---

28. Grand homme politique charismatique d'Israël (1886-1973).

– Qu'est-ce que t'as foutu là-dedans, crétin?

Le regard fuyant, le jeune préposé au bar répondit, évasif:

– Vous m'avez pourtant dit bien épicé, alors...

– Mais tu l'as épicé avec quoi, bon Dieu? On dirait du piment liquide!

– Ben... avec du poivre comme toujours, et puis... pour vous être agréable... j'ai rajouté de la harissa en tube!

La journée fila.

Vers dix-neuf heures, Billy et Chipi revinrent à pied en empruntant le boulevard Mohamed V, qui accordait le privilège d'une vue magnifique sur la rade. Des hordes d'étourneaux avaient pris possession des arbres, rappelant par leurs cris le ressac de la mer sur les galets.

Pensifs, les deux amis observèrent l'étrange splendeur du ciel suspendu au-dessus de cette ville qui n'en finissait pas de monter et de descendre sans hâte et sans fin. Arrivés près de l'ancienne Place de France, ils s'arrêtèrent pour contempler la médina s'enfuyant de terrasse en terrasse vers la baie qui s'imprégnait de la quiétude du soir.

Dans la pénombre du jour déclinant, de timides lumières se laissaient surprendre. Le crépuscule peuplait la vieille ville de rumeurs insolites, semblables à un harem de femmes au bain s'éclaboussant à grands gestes de bras dénudés que ponctuaient des rires clairs, fouettés en écho par les immeubles en bordure.

Unis dans un même sentiment, ils restèrent un long moment silencieux, détachés du tumulte de la cité. Autour d'eux, l'air charriait le parfum suave des tubéreuses en fleur.

Billy fut le premier à réagir en cet instant de communion. Sans détacher son regard de l'horizon de feu, il énonça comme pour lui-même:

– C'est beau, c'est calme. La tempête est pour demain. En attendant, vogue le rêve, car Dieu seul sait si ce que je vais apprendre demain vaut ce que j'ai oublié depuis...

CHAPITRE 15

Le vent d'est se leva sur la pointe de Malabata, faisant frissonner sur son passage les champs de blé tendre parsemés d'iris. Instinctivement, l'eau du port se hérissa dans un réflexe d'animal pris à rebrousse-poil. Un peu partout, les haubans étayant les matures des bateaux de plaisance claquèrent en désordre. Très vite les ruelles étroites de la casbah furent prises dans le tourbillon des courants d'air. Ici et là, on fermait les lourdes portes de bois aux cuivres repoussés. Mais, insidieux, le souffle s'engouffrait dans les patios aux orangers frémissants et gravitait autour des domestiques pris de vertige dans leurs djellabas boursouflées. Soudain, dans un élan impulsif et gracieux, il remonta le long des zelliges de la mosquée bleue, gonflant le drapeau blanc du muezzin matinal.

Billy avait été le premier à se lever. La veille, le dîner et le spectacle folklorique avaient atténué les préoccupations qui trottaient dans la tête des deux compères. Le repas avait été succulent. Chipi, toujours à la pointe de l'opportunisme, avait réussi à inviter à leur table deux jeunes touristes fort peu farouches. Rencontrées le matin même autour de la piscine, ces deux jouvencelles confortaient ainsi la réputation du bassin d'eau comme lieu magique. Tard dans la nuit, alors que Billy était déjà couché, la chambre de son compagnon résonnait toujours de rires gras, qui se muaient en chuchotements complices au fur et à mesure de la lente course des aiguilles de l'ancienne horloge du parc.

Billy prit son petit déjeuner dans une cour intérieure qui s'ouvrait en arcade. Les murs et le sol avaient été recouverts de carreaux de faïence traditionnels aux motifs en losange bleus et blancs. À ses pieds, tout près d'un escalier menant au hall d'entrée, une plaque de cuivre rappelait le nom des architectes de l'établissement, Arquis y Garcia. Petit clin d'œil à une époque révolue, où Tanger était avant tout connue pour être *la* zone internationale dans le monde. Très haut au-dessus de sa tête, le ciel matinal se laissait envahir par des cumulus joufflus, chassés en troupeau par un vent fort.

Chipi se présenta à la réception au moment où Billy s'assurait que leur note était bien prise en charge par les autorités chérifiennes. Dès que confirmation lui fut donnée, il se retourna vers son compagnon en cachant mal son envie de rire.

– Tu sais que ton copain El Fassi de la Sûreté générale te cherche partout. Il paraît que tes galipettes d'hier soir lui ont bouffé quinze kilomètres de pellicule! Sans parler que les marques de bonheur de tes deux nymphettes ont fait sauter tous les micros! Il semble même que, du coup, le gouvernement marocain lui réclame réparation d'un préjudice financier considérable!

Chipi se passait la main dans les cheveux, ce qui démontrait chez lui une contrariété.

– Incroyable! Jamais vu des gonzesses aussi affamées!

– C'était couru! Avec tes pitreries à table, elles n'ont pratiquement pas touché au méchoui d'hier soir. À défaut de mouton, elles se sont rabattues sur le bouc!

Il éclata de rire de sa plaisanterie, si bien qu'il entendit à peine Chipi qui rétorquait vivement:

– Oh, ça va, hein! Avec ces conneries, j'ai failli ne pas me réveiller!

Billy allait répondre lorsqu'il fut interrompu dans son élan verbal par un homme au costume sombre, rayé de bleu, qui s'était approché de lui. Il était vêtu avec une certaine recherche, rappelant les avocats d'affaires du centre de Londres. Bien que l'interpellation se voulût discrète, la voix basse retentit aux oreilles de Billy. L'arrivant s'exprimait dans un anglais très pur aux accents oxfordiens:

– Bonjour, messieurs. Avec votre permission, puis-je me proposer pour vous aider dans vos déplacements, ce matin?

Un instant surpris, Billy crut reconnaître le personnage tout en longueur. Plus il le détaillait, plus il était certain de l'avoir déjà vu quelque part. Le souvenir lui revint en un éclair. C'était la veille, sur le bateau. Plus précisément au bar des premières classes, au moment où Chipi paradait devant son aréopage féminin. Une nouvelle vision à deux épisodes effleura la mémoire de Billy. Une première fois dans les coursives au moment de sortir de la cabine;

une seconde fois lors de sa descente en compagnie de Chipi vers le point de ralliement décidé par les inspecteurs marocains. À chaque fois, très vite, il avait croisé le même bonhomme. Mais à chaque fois l'homme portait une toilette différente. Billy en était maintenant certain. Il dévisageait l'intrus sans aménité. Soudain, sous le regard étonné de Chipi, il le questionna à brûle-pourpoint:

– C'est Brian qui vous envoie?

L'homme eut un sourire affable. Sourd au ton agressif de Billy, il répondit, suave:

– Personne ne m'envoie. Simplement, mon lieutenant, nous sommes les garants du bon déroulement de votre mission.

– Foutaises, mon vieux! Je ne suis pas en mission, et encore moins lieutenant. Mais...

Révérencieux à l'extrême, l'insolite personnage lui coupa néanmoins la parole.

– Je suis vraiment désolé de vous contredire, mon lieutenant. Mais pour moi vous êtes le lieutenant William Jordan de la Royal Air Force, et je suis là pour vous assister. C'est ainsi que j'ai reçu mes instructions. Toutefois, si vous désirez que je vous appelle autrement, je n'ai strictement aucune objection.

Il sourit, faisant paraître son visage longitudinal presque sympathique.

– Entre-temps, si vous acceptez mon offre de convoyage, avec le plus grand plaisir je vous montre le chemin jusqu'à la voiture.

Billy se tourna vers son ami dans une interrogation muette. Chipi réprimait un bâillement. Il réussit à articuler:

– Au point où on en est, je préfère un rosbif comme chauffeur de taxi, plutôt qu'un de ces pois chiches qui n'ont qu'une idée très vague de la signalisation...

Plein d'entregent, l'homme se tourna vers lui dans une flexion du torse:

– Votre confiance culinaire me touche, monsieur Cippola.

Le sarcasme à peine voilé avait porté. Chipi haussa les épaules tout en appelant du geste un *chaouch*. Quant à Billy, ayant une tendance naturelle à apprécier l'humour froid, il retrouvait un semblant de sourire. L'employé saisit les valises après avoir escamoté vite fait le billet tendu par Chipi. Sur un signe bref de Billy, il suivit l'homme au costume rayé.

Ils traversèrent le petit hall, descendirent les quelques marches et débouchèrent dans la rue. L'énigmatique silhouette londonienne se dirigea vers une Renault Grand Tourisme noire, garée en double file. Un chauffeur était au volant, les vitres teintées empêchant de discerner son visage. Les portes s'ouvrirent. Les deux amis montèrent à l'arrière, pendant que l'Anglais s'installait auprès du conducteur.

À leur grande surprise, ils se rendirent compte que celui-ci était une femme. Elle se retourna vers eux. Dans un grand sourire jovial, elle leur souhaita la bienvenue en anglais. Grassouillette, elle tendait une main ferme par-dessus les fauteuils. De la même manière que l'homme à la grande taille, Billy la reconnut immédiatement. La veille, elle était sur le pont supérieur au moment où le traversier longeait les côtes de Gibraltar. C'était encore elle que Billy avait croisée à terre, avant de monter dans la voiture gouvernementale parquée sur le quai de Tanger.

Réprimant pour la seconde fois une expression amusée, il se laissa aller contre le dossier de la banquette. Il reconnaissait la marque personnelle de Brian Hennessy, toujours aussi déroutant, toujours aussi méticuleux.

En croisant le regard de la femme dans le rétroviseur, il lui demanda avec ironie :

– Si j'avais été en danger, auriez-vous hésité à tirer?

Elle lui rendit son sourire, négocia un virage avec application et répondit avec une pointe d'étonnement presque naturelle :

– Mais qu'allez-vous chercher? Personne n'est en danger, grâce à Dieu! Mon collègue et moi, nous sommes ici uniquement pour vous aider...

Billy ricana.

– Ben voyons! Et comme je le disais à l'adjudant il n'y a pas bien longtemps, nous assistons à une livraison, avec en prime une garantie contre la casse!

Elle eut un rire franc qui rehaussa ses pommettes joufflues.

– Comme vous y allez, mon lieutenant! Mais non... mais non...

Billy croisa ses jambes. Chipi bâillait. La ville défilait à petite vitesse. Malgré une atmosphère de convivialité sereine, Billy se rendit compte que les deux agents étaient sur le qui-vive. À l'aide de miroirs extérieurs, ils surveillaient tout véhicule à proximité, tout passant qui s'approchait de la voiture. C'étaient des professionnels. Brian Hennessy ne laissait que peu de chance au hasard.

Le trajet fut court. La Renault s'immobilisa devant un lourd portail frappé de l'emblème des États-Unis, un aigle dans un cercle. Un marine surgit. Armé d'un fusil court, il avait le crâne rasé sous un casque dont la jugulaire flottait sur le menton. De son pas cadencé, il s'approcha du véhicule. La vitre côté conductrice se baissait. Le militaire salua. Il se pencha vers la femme.

– Gibraltar! dit-elle simplement.

Billy comprit qu'il s'agissait du mot de passe. Le soldat jeta un coup d'œil à l'intérieur de la voiture. Il se redressa en marmonnant quelques paroles inaudibles. À cet instant, Billy remarqua qu'il portait un minuscule appareil de communication en arc de cercle qui partait de l'oreille et se prolongeait jusqu'aux lèvres. Aussitôt, les grilles s'écartèrent, laissant la voie libre à la Renault. Chipi en profita pour se redresser avec souplesse. Il se pencha entre les deux sièges avant. La main sur l'épaule de l'homme, il lui dit en souriant:

– Avant qu'on ne se sépare, puis-je vous poser une question toute personnelle?

– Bien sûr. Si je peux y répondre, c'est avec plaisir.

– Eh bien, voilà: la suite de l'hôtel... là où on était hébergés, monsieur Jordan et moi...

– La suite de l'hôtel Minzah... oui, eh bien?

– Est-elle truffée de micros?

– Oui.

Instantanément, le sourire disparut du visage de Chipi, remplacé par une expression contrariée. La voiture s'arrêtait devant le perron. Chipi chercha le regard de l'homme en le tirant légèrement par l'épaule.

– Et des... des caméras, il y en a?

– Oui.

Abasourdi par cette révélation, Chipi se laissa retomber contre le dossier de la banquette. Billy, qui s'extrayait du véhicule, laissa échapper un ricanement. Du dehors, il se pencha à la portière, jetant à l'intention de son ami toujours assis sur la banquette, les bras ballants:

– Encore un fait divers qui va faire de grosses manchettes au *Rock Telegraph*. Il faut reconnaître que c'est quand même sympa de la part du paternel d'alimenter autant les chroniques mondaines du fiston! À mon avis, il y a au moins un double tirage en prévision!

Un second marine approchait. Il alla au coffre, ouvert automatiquement depuis le tableau de bord, et saisit les valises qu'il porta devant la porte principale. Chipi sortit, la figure marquée. Il fulminait. La voiture manœuvrait pour faire demi-tour. Par la fenêtre restée ouverte, l'agente salua de la main.

Les deux amis se retrouvèrent dans le hall de la réception. Une préposée au standard, séparée par une vitre à l'épreuve des balles, leur demanda de décliner leurs noms au travers de l'hygiaphone. Les formalités terminées, un déclic se fit entendre. Une porte blindée latérale s'ouvrit. Dans l'encadrement se trouvait une dame d'un certain âge aux cheveux platine et à l'accent traînant du sud des États-Unis. Elle s'adressa à eux sans chaleur :

– Bonjour, messieurs. Monsieur Anton Dikins va vous recevoir. Veuillez me suivre, s'il vous plaît.

Ils passèrent dans un dédale de corridors. Au travers des portes des salles de travail laissées entrouvertes, les bruits mats et saccadés de claviers se faisaient entendre. Aux murs étaient épinglées une succession de photos en provenance des offices de tourisme des différents États. Dans les coins, des appareils de distribution d'eau minéralisée patientaient. Ils aboutirent à une pièce minuscule, l'antichambre de l'un des bureaux directoriaux. Derrière eux, la voix féminine au débit lent s'éleva :

– Café? Comment le prenez-vous?

Amabilité superficielle américaine et odeur de désinfectant citronné s'entremêlaient. Chipi, renfrogné, se laissa choir dans une chaise en coin de mur. Il avait mal digéré d'avoir tenu le rôle principal d'un film érotique sans en avoir été avisé. Billy s'approcha de la fenêtre donnant sur le parc. Au loin, la montagne de Tanger déployait son relief tendre. Malgré la distance et suivant l'orientation des villas, le soleil matinal glissait sur les minuscules taches rouges, bleues ou vertes des toits perdus dans un océan de verdure. Billy toucha la vitre de ses doigts. Elle était blindée. Sans doute l'expérience de Saigon, où l'ambassade américaine supposée imprenable avait été défoncée d'un simple tir de bazooka, avait-elle servi de leçon.

Une heure s'égrena sans rien apporter de nouveau. Les deux amis, échaudés par leur suite du Minzah transformée à la fois en studio de cinéma et plateau d'enregistrement, échangeaient des banalités sans importance.

La porte du bureau s'ouvrit. Une jeune secrétaire au sourire engageant les invita à entrer. Elle sortit aussitôt en refermant le battant derrière elle.

C'était une grande pièce, probablement une salle de réunions, éclairée par de nombreuses fenêtres. Une table en noyer en occupait toute la longueur. Tout autour étaient disposées des chaises revêtues de cuir sombre. Devant chacune d'elles se trouvait un sous-main en basane, frappé en coin de l'emblème des États-Unis. À l'extrémité la plus éloignée du meuble, un homme était assis et prenait des notes.

À l'entrée des deux amis, il leva un regard distrait par-dessus ses petites lunettes rectangulaires, pour se replonger aussitôt dans ses écritures. Autour de lui, de nombreux dossiers, ouverts ou fermés, s'empilaient sur la table.

Billy était décontenancé par la froideur de l'accueil. Il hésitait à poursuivre son mouvement d'approche. Deux interminables minutes s'écoulèrent. L'homme ne bronchait pas. Chipi poussa légèrement Billy dans le dos, ce qui l'incita à s'approcher de la silhouette assise.

Encore trente secondes s'écoulèrent. L'homme, finalement, rangea son document. Il agrafa d'un geste mécanique son stylo à la poche extérieure de sa chemise et se laissa aller paresseusement contre le dossier de sa chaise. Lentement, de la main, il fit glisser ses lunettes vers le haut pour les caler sur son front.

Billy le dévisageait. C'était un personnage sans chaleur ni aspérité particulière. Le genre falot qu'on rencontre dans le Middle West, plus prompt à disserter des nouvelles techniques d'ensemencement du blé que de peinture impressionniste. Ses cheveux étaient coupés court et laissaient apparaître une calvitie précoce sur le haut du crâne. Il était vêtu d'une chemise blanche froissée, à manches courtes, sur laquelle pendouillait une cravate à rayures, dégrafée au col. Complétant une image de négligé, une veste sombre ornée d'un badge avait été accrochée sur le dossier de la chaise derrière lui.

D'un geste silencieux, il les invita à prendre place. Son regard glissa sur les deux visages qui lui faisaient face. Ses lèvres minces tentèrent un semblant de sourire.

– Voilà donc la personne la plus recherchée des États-Unis, dit-il d'une voix nasillarde teintée d'agressivité.

Billy retrouvait un certain aplomb. Il répondit aussitôt:

– Tiens? Je croyais que c'était du Commonwealth!

– Toujours aussi tête de lard!

– Vous me connaissez?

La question parut amuser le personnage. Il eut une mimique de surprise.

– Si je vous connais? Tu parles! Vous en avez de bonnes, vous!

Chipi était assis dans le dos de Billy. Il essaya de venir en aide à son ami.

– Dans ce cas, vous allez pouvoir aider monsieur Jordan à retrouver le fil...

L'homme lui coupa la parole avec brusquerie.

– Monsieur Jordan, vous dites?

Il fixait Chipi de ses yeux noirs méchants. L'impression moqueuse avait déserté son visage. Un rictus déformait ses lèvres, les étirant vers le bas du menton. Surpris par la métamorphose du comportement de l'inconnu, les deux amis se mirent sur le qui-vive.

– Monsieur Jordan? s'écria à nouveau l'homme en martelant chaque syllabe. Mon cul, oui!

Froissé dans sa dignité, Billy fit remarquer calmement:

– Vous pourriez au moins être poli.

L'individu le fusilla du regard.

– Poli? Oh! c'est bientôt fini, ces conneries, oui?

Ce fut au tour de Billy de prendre un air agressif.

– Oui, monsieur, je vous le répète: soyez poli. Tâchez de nous respecter autant que nous vous respectons! Et d'abord, de quelles conneries parlez-vous?

L'homme le toisa, glacial. Sa voix se fit basse, presque confidentielle.

– Vous savez pertinemment que vous ne vous appelez pas Jordan, monsieur Salvatore Abruzzo!

CHAPITRE 16

Il y eut un silence. Un silence obscur à l'étrange prosodie, qui laissait du champ à la solitude et à la communion. Un de ces longs et profonds silences ressuscitant pêle-mêle les souvenirs et les rancœurs, les joies et les tristesses. Un silence ancré dans la splendeur de cette fin de matinée, dans lequel on pénétrait à pas feutrés, pour s'y recueillir. Ou à défaut, pour y recevoir les derniers sacrements.

De ses yeux charbonneux, le fonctionnaire de l'État fixait Billy. Après ce qui parut une éternité, avec un détachement hautain et une insolence corrosive, il s'adressa à lui :

– Mais pour qui vous prenez-vous, Abruzzo? Vous êtes tombé sur la tête, ou quoi? Comme vous en avez pris l'habitude dans le passé, vous arrivez ici en territoire conquis, bousculant tout le monde, cherchant à imposer votre loi comme au temps de votre splendeur! Et, pour couronner le tout, vous empaquetez l'ensemble dans une histoire d'amnésie à faire pleurer un gosse! Vous pensez vraiment que nous sommes des imbéciles?

Il avait hurlé les dernières paroles. Le regard fiévreux, la parole brutale, il se retourna vers Chipi pour s'en prendre à lui :

– Et vous, là! La figurine aux cheveux teintés gominés, dans votre costume de grande folle! Qui êtes-vous, et qu'avez-vous à voir dans toute cette histoire, hein?

Les mâchoires de Chipi se crispèrent. Sans avoir besoin de le regarder, Billy put le ressentir aussi fort que s'il avait été joue contre joue avec lui. Il chercha à faire retomber la tension. D'une main, il réclama la parole :

– Tout d'abord, monsieur Cippola n'est pas homosexuel. Ensuite, il m'accompagne.

L'agent du FBI ne put retenir un rire sarcastique.

– Si je comprends bien, c'est votre conseiller! Comme au bon vieux temps, hein?

Tout aussi soudainement, il baissa sa tête vers le sol dans une attitude de relâchement. Au-delà du sarcasme qui se lisait sur ce visage railleur et sans profondeur, qui rappelait une litho pastel sur un mur aveugle, le personnage parut accessible. N'ayant cessé de le jauger malgré la violence de l'échange verbal, Billy le perçut immédiatement. Il se dit que ce regard froid et rebutant cachait probablement une capacité de travail hors du commun. D'où, théoriquement, un potentiel d'intelligence.

Il chercha à temporiser.

– Prenez-le comme vous voulez, mais monsieur Cippola est avant tout un ami. C'est aussi mon conseiller juridique, sans qu'il y ait quoi que ce soit de péjoratif dans le terme.

L'Américain releva la tête tout en haussant les épaules. Billy poursuivit :

– Vous vous appelez Dikins, n'est-ce pas?

– Comme si vous ne le saviez pas!

– Non, monsieur Dikins, je ne le savais pas. Tout au moins jusqu'au moment où votre nom a été cité à Gibraltar.

Il se pencha en avant et joignit ses mains sur ses genoux. Son débit se ralentit :

– Il faut me croire, monsieur, car c'est la vérité. Vous étiez à l'Ascension hier ou avant-hier. Vous avez par conséquent interrogé les autorités de l'île; vous avez conversé avec le major Cunningham qui m'a soigné et à qui je dois la vie. Tout autant, vous avez parcouru les rapports médicaux qui ont été dressés à mon sujet. Et vous avez certainement rendu visite à Johnnatan qui a découvert le canot dans lequel je me trouvais en pleine mer, plongé dans un coma profond. C'est pourquoi j'ai la prétention de penser, monsieur Dikins, que vous avez certainement une idée plus claire au sujet de mon amnésie, bien que pour le moment, stratégiquement, vous la réfutiez.

Réalisant qu'il avait réussi à capter l'attention de son auditeur, il se redressa pour poursuivre son exposé :

– Monsieur Dikins, je vous propose le canevas de travail suivant : posons un cas d'école, et acceptons a priori que mon amnésie ne soit pas feinte. Apportez vos éléments et j'apporterai les miens en retour, en toute franchise. Vous avez ma parole. Ma seule exigence concerne monsieur Cippola, que je connais depuis peu, mais qui a toute ma confiance. Je veux qu'il participe à nos entretiens. Qu'en pensez-vous?

Dikins s'ébroua en étirant ses bras vers son dos. Il répondit, la voix légèrement étouffée :

– Vous continuez à jouer la comédie, Abruzzo! Ne me prenez pas pour ce que je ne suis pas! Pas moi!

– Pourquoi dites-vous cela? Nous nous connaissons personnellement?

Depuis quelques minutes, un doute avait gagné l'agent du FBI. L'accent de sincérité qui émanait des propos de Billy ne lui avait pas échappé. Il s'attarda à le dévisager. Évasif, il répondit, après un silence:

– Je vous connais, oui! D'après les photos, mais... pas personnellement.

Laconique, il ajouta, accompagnant ses paroles d'un haussement d'épaules:

– Vous le savez bien!

Billy était de plus en plus déterminé à alimenter la conversation.

– Mais vous ne m'aviez jamais vu auparavant. Exact, monsieur Dikins?

– Exact! Mais cela change quoi?

– M'avez-vous reconnu lorsque je suis entré dans ce bureau?

– Non... et pour cause!

– Que voulez-vous dire?

L'agent montra un signe d'impatience.

– Arrêtez de faire le pitre, Abruzzo! Ça commence à bien faire!

Billy refusait d'abdiquer. Il percevait la possibilité de toucher au but qu'il s'était fixé dès le premier jour de son hospitalisation à l'Ascension: retrouver trace de ce passé qui se refusait à lui. Il sentait qu'il était près de la vérité! Son regard clair se planta dans celui de l'Américain.

– Monsieur Dikins, je vous en conjure. Croyez-moi et essayez de m'aider! Autrement, on n'arrivera à rien et cette réunion sera vouée à l'échec!

Chipi fut plus rapide que Dikins qui hésitait à prendre la parole. Oubliant les sarcasmes, il s'adressa à lui sur le ton de la requête:

– Monsieur Dikins! Je connais Billy, ou appelez-le comme vous voulez, depuis une semaine seulement. Mais son histoire, elle m'est aussi familière qu'à vous. À la différence que moi, je sais qu'il dit la vérité! Que je sache, ce n'est pas la première fois qu'on a affaire à un cas d'amnésie qui ne convient pas tout à fait aux autorités judiciaires. Voyez-vous, à mon sens, il serait plus simple de commencer par le commencement. Un peu ce que propose Billy, en fait. C'est-à-dire faire un genre de brainstorming, chacun jetant sur la table ses informations. Ensuite, on trie. Si vous ne le faites pas pour lui, monsieur Dikins, faites-le pour moi. Après tout je suis son conseiller juridique. J'estime avoir le droit de savoir!

L'agent du FBI était décontenancé par la tournure que prenaient les événements. Il s'était attendu à tout, sauf à cela. De surcroît, la sincérité qui filtrait des deux plaidoyers l'obligeait à reconnaître qu'il s'y trouvait un fond de vérité quelque part. Il eut un long soupir. Prenant la décision un peu malgré lui, il accepta de jouer le jeu. Après tout, semblait-il se dire, un rien de transparence ferait certainement avancer le débat.

– Très bien, si vous y tenez, fit-il, résigné. Vous commencez par me raconter ce que vous savez, et s'il y a lieu je ferai de même à mon tour.

– Parfait, lui répondit Billy. Je vais vous exposer ma nouvelle vie, telle que je l'ai vécue et ressentie, sans rien omettre. Je dis nouvelle, car pour ce qui concerne l'ancienne, vous serez certainement plus prolixe que moi.

Dans un monologue touchant, sans éviter les détails douloureux d'une convalescence chaotique, Billy expliqua ce qu'avait été sa vie sur l'île de l'Ascension. Il exprima ses espoirs, ses craintes, ses désillusions. Il fit état de sa courte expérience à l'ombre des falaises de Gibraltar. À aucun moment il ne fut interrompu. Son interlocuteur avait de nouveau rabattu ses lorgnons sur son nez. Consciencieusement, il s'était remis à son travail de rédaction, sans que l'on sache s'il prenait des notes sur ce qui se disait ou bien s'il poursuivait le travail entrepris précédemment.

Après ce factum long de quatre-vingt-dix minutes, le silence revint. Immobile sur sa chaise, Billy attendait le bon vouloir d'Anton Dikins, toujours penché sur ses feuilles de papier qu'il noircissait d'une écriture penchée. Finalement, il laissa choir son stylo sur le madrier de la table. Lentement, il se redressa. Replaçant ses lunettes sur son front, il se caressa le menton de la main gauche et annonça de sa voix légèrement désagréable :

– Très bien. Vous ne m'avez rien appris de nouveau, mais la majorité des éléments dont vous avez fait état corroborent les informations recueillies sur place. Cela dit, je n'ai qu'une parole. Je dénonce le caractère puéril d'un tel exercice, mais j'accepte de me replacer dans le contexte d'une hypothèse d'école comme vous l'avez suggéré. Je vais donc rafraîchir votre mémoire défaillante, monsieur Abruzzo.

À cet instant, Billy sentit un grand froid l'envahir. Il lui sembla que son cœur perdait son adhérence, pour dégringoler à une vitesse vertigineuse au fond de ses entrailles. Il posa ses mains moites à plat sur la table pour éviter de dévoiler leur tremblement. Il cachait à grand-peine le trouble qui le gagnait. Ses jambes lui parurent peser une tonne. Péniblement, il les croisa, laissant son dos fatigué partir à la rencontre du dossier.

Face à lui, sans faire montre d'un état d'âme particulier, Anton Dikins apparut sous les traits d'un homme de mots, précis, circonstancié dans le détail, intraitable dans ses jugements. Il sembla vif et cultivé, parlant bas, sans rythme ni fantaisie, de sa voix qui provenait plus du nez que de la gorge. Un fait était certain : il connaissait son dossier sur le bout des doigts.

CHAPITRE 17

– Vous vous appelez Salvatore Achile Abruzzo, commença-t-il de sa voix de canard. Vous êtes né dans un village de montagne en Sicile, voilà à peu près trente-cinq ans. Les dates exactes de votre naissance ne nous ont jamais été connues avec certitude. Vous êtes le fils d'Achile et Maria Constanza Abruzzo, émigrés aux États-Unis d'Amérique lorsque vous aviez une dizaine d'années. Vous aviez une sœur, Maria-Benedecta, et un frère, Angelo, tous deux légèrement plus âgés que vous.

– Aviez, avez-vous dit?

– Oui, aviez. Ils sont morts. On va y revenir. Entre-temps, vos parents s'installent à New York, puis partent à la recherche d'un travail, à Chicago d'abord, dans la banlieue de Los Angeles en Californie ensuite. Vos études ont pour le moins été fort perturbées par tous ces déplacements. On retrouve votre trace dans trois collèges. Il y en a eu probablement d'autres. Cependant, malgré des dispositions certaines pour les études et des capacités intellectuelles bien supérieures à la moyenne, vous ne poursuivez pas. Ce que vous savez aujourd'hui, vous l'avez acquis par vous-même, sur le tas. En quelque sorte, vous êtes un produit de l'école de la rue. À l'âge de dix-sept ans, vous disparaissez du domicile paternel. On perd votre trace, mais on sait aujourd'hui que vous avez travaillé pour la famille Bagarella, dirigée en ces temps-là par Mario Santo Bruscchia.

– Vous parlez de familles... Je ne comprends pas très bien...

Chipi, qui n'avait plus sommeil, écoutait les bras croisés. Sans bouger, il intervint dans le dos de Billy:

– Monsieur Dikins veut parler de familles mafieuses, régnant sans partage sur le monde du crime.

Dikins hocha la tête d'un signe affirmatif devant un Billy dont le visage semblait se vider de son sang. La blancheur crayeuse qui venait de gagner ses joues faisait ressortir d'autant la profondeur des cicatrices. Il passa la main sur son front moite. Ses jambes blessées lui faisaient mal. Il tâcha de se ressaisir. Aussi calmement qu'il put, il reposa sa main sur la table. De sa voix monocorde, l'homme du FBI poursuivait:

– Vous revenez à la surface à l'âge de vingt et un ans, épinglé pour une peccadille: témoin d'une rixe dans un bar de Staten Island, au cours de laquelle un petit malfrat est tué en plein cœur d'une balle perdue. Grâce à votre témoignage, l'agresseur est innocenté, son geste ayant été mis sur le compte de la légitime défense. Ce qui est amusant, c'est que le prévenu était un homme de main de Bruscchia. Les médisants auront vite fait de tisser un lien... mais enfin! Ensuite, il faut attendre dix-huit mois pour vous retrouver à nouveau dans une histoire de règlements de comptes entre les principales familles au pouvoir sur le pavé new-yorkais. Comme par hasard, elles avaient toutes des intérêts dans les laveries automatiques. Dans cette confrontation, plusieurs gangsters perdent la vie. Cela a l'effet salutaire de nous débarrasser de certaines crapules. Vous êtes arrêté pour la première fois. Mais on vous libère le lendemain sur décision du juge, après versement d'une importante caution. Qui l'a payée? Votre boss, Mario Santo Bruscchia par l'entremise de son avocat personnel. L'affaire passe en justice l'année suivante et, contre toute attente, vous êtes relaxé: on ne peut rien prouver contre vous.

« L'année d'après, c'est dans une affaire similaire que vous gagnez votre surnom qui prévaudra longtemps dans les prétoires: *Soap Skin*[29]. En effet, vous glissez à nouveau littéralement entre les mains de l'appareil judiciaire. En fait, vous êtes innocenté faute de preuves et de témoins convaincants. Ils se rétractent tous en cours de procès. Il va sans dire que les magistrats, une nouvelle fois, ont été incapables d'ignorer les pressions exercées sur eux. Entretemps, Bruscchia s'est fait trucider. Vous prenez du galon.

« On retrouve votre trace à Miami comme correspondant personnel de Carlo Bonnani. C'est un parrain bien connu d'une famille aux racines génoises qui s'est spécialisée dans le racket sous forme de noyautage des syndicats des grandes sociétés d'État, mais aussi dans l'extorsion de fonds de diverses manières. Mais son point fort reste le blanchiment d'argent sale. À partir de là, pendant plusieurs années, on perd votre trace. On suppose, car

29. Peau de savonnette.

vous n'avez jamais voulu être explicite sur ces années d'éclipse, que vous êtes devenu le... comment dire? le voyageur de commerce de plusieurs familles, en charge plus particulièrement des placements financiers. En réalité, davantage qu'un vulgaire tireur de sonnettes, vos nouvelles activités vous conduisent à devenir le spécialiste mondial du recyclage de l'argent noir. Vous êtes en quelque sorte un gestionnaire de génie, brassant des pelletées d'argent acquis frauduleusement par tous ces syndicats du crime. Plus prosaïquement, on serait tenté de dire que vous êtes responsable d'une immense laverie, grâce à laquelle vous redonnez une virginité perdue à des fortunes colossales.

« Pour en arriver là, il vous a fallu de la patience, du doigté et, immanquablement, de l'intelligence. Il est certain que gagner la confiance d'un parrain est déjà extrêmement difficile. Mais gagner celle de plusieurs parrains à la fois, c'est une performance de haute volée! Là, je veux bien le reconnaître. Chapeau! C'est dans ce contexte que vous allez donner toute la mesure de vos capacités intellectuelles aguerries au dur contact de la rue. En plus d'une intelligence bien réelle, vous disposez de ce sixième sens qui ne vous a jamais fait défaut dans vos décisions importantes et qui vous a permis maintes fois de renverser, à votre profit, des situations désespérées.

« Fort de la confiance de vos parrains, vous montez un cartel, un genre de club où chaque participant, c'est-à-dire chaque famille, investit au prorata de ses revenus. Et Dieu sait s'ils étaient faramineux, ces revenus! Des millions et des millions de dollars tirés d'un éventail très large d'activités illicites, allant du racket pur et simple aux casinos et jeux de hasard, en passant par la prostitution, la contrebande et j'en oublie. Il semble que, les premières années, tout va très bien pour vous. Personne ne vous cherche noise. Vous êtes votre propre patron. En fait, seuls les résultats comptent et les vôtres sont sans reproches! Du coup, vous êtes grandement apprécié dans les hautes sphères. Vous arrivez même à faire l'unanimité autour de vous sur vos exceptionnelles qualités de gestionnaire. »

Dikins fit une pause pour reprendre son souffle. Il toussa bruyamment dans sa main pour s'éclaircir la voix. Néanmoins, lorsqu'il reprit la parole, il nasillait toujours autant.

– C'est alors que vous décidez d'apparaître au grand jour. Vous avez tout à portée de main. Il vous manque la notoriété. Vous commencez à voyager de par le monde, habillé par les plus grands couturiers européens. Pour vous chausser, vous choisissez un faiseur romain, le même que celui du pape. Vos déplacements se font la plupart du temps en avion privé et vous trouvez amusant d'apprendre à piloter. On vous reconnaît dans les aéroports internationaux à votre démarche sportive. Vous avez l'ordinateur portable à la main, pratiquement les premiers joujoux du genre sur le marché. De ce fait, votre aura d'homme d'affaires brillant auréolé d'un parfum de mystère oblige la presse à s'emparer de votre image, ce qui vous ouvre par la même occasion les portes étroites de la jet-set. On vous remarque à Monaco ou sur la Riviera italienne, et l'hiver à Gstaad ou Innsbruck. Vous côtoyez les gens riches et illustres, vous avez des apartés avec des hommes politiques célèbres. Une certaine presse à scandale vous accorde quelques liaisons mouvementées avec des femmes du monde du spectacle; et même avec une princesse. Vous êtes devenu ce qu'on appelle banalement une star.

« Le public aime les gagnants. La rumeur vous encense. Mais à toute brillance correspond une part d'ombre : vous devenez trop dangereusement intouchable. Fatalement, vous suscitez des envieux. Ainsi, tous vos montages financiers, aussi pointus et performants soient-ils, reposent sur deux bases hypothétiques extrêmement fragiles. D'abord cette fameuse confiance qui vous était accordée par tous les membres sans exception des cercles familiaux, toutes familles confondues, j'entends bien, et qui était assujettie au risque de vous être retirée à tout moment. D'autre part et surtout l'élément de cohésion entre les divers clans, ce que l'on pourrait appeler, pour utiliser un terme western, la paix des chefs, condition sine qua non de toute stabilité. Mais vous êtes intelligent et vous savez prévoir. Vous vous rendez compte qu'un jour ou l'autre vous ne serez plus en odeur de sainteté.

« Entre-temps, comme vous l'aviez prévu, la concurrence s'organise. Votre indépendance fait jaser. Or, comme vous le savez encore mieux que moi, la mafia est un tout. Elle a horreur des individualités, surtout de ceux qui jouent perso. Face à vous, c'est toute une armée qui se dresse. Elle est forte de plusieurs familles, chacune constituée de généraux que sont les parrains, d'officiers représentés par les lieutenants, de chefs de quartier dirigeant leurs soldats et ainsi de suite. Or, précisément, certains des amis intimes que vous avez côtoyés dans votre jeunesse sont restés des *capodecima*, c'est-à-dire des sous-officiers sans grande importance, ou pire, de simples *piccioti*, des hommes de main. Ces gens, souvent très simples et comme vous d'origine modeste, ne comprennent pas dans leur humilité que vous soyez devenu un inqualifiable, hors normes, roulant carrosse et menant une vie de patachon aux quatre coins de la terre.

« Bien entendu, le FBI ne reste pas inactif. Il engage une lutte sans merci contre les diverses organisations mafieuses. Les dommages sont considérables. Plusieurs familles sont décimées. Et, ce que les fédéraux n'arrivent pas à exterminer, les nervis adverses s'en chargent. La guerre des familles est rallumée. Les journaux du soir étalent en rubrique des faits divers, les longues listes des cadavres découverts dans les ruisseaux aux petits matins blafards. »

À ce moment du récit, le visage de l'agent fédéral se revêtit d'un premier sourire naturel. Écartant ses mains en signe d'impuissance, il marmonna entre ses dents, presque pour lui-même :

– Et, comme par hasard, une fois de plus, vous glissez au travers des massacres! *Soap Skin*!

Il soupira en haussant les épaules, un sourire flottant toujours sur ses lèvres. Posément, il reprit la trame de son exposé. Face à lui, encore sous le choc de ces révélations, Billy n'en perdait aucune miette.

– En fait, l'explication de cette invulnérabilité est plus simple qu'elle ne paraît au premier abord. Voyez-vous, toutes vos opérations financières sont menées dans la plus grande légalité. Elles ne mettent même pas en cause des sociétés paravents, sophistiquées à l'extrême pour mieux masquer leur activité illicite. Comble du vice, il vous est même arrivé, afin de mieux corrompre les établissements bancaires, de vous faire conseiller par leurs meilleurs experts. Dès qu'ils en savaient trop sur votre organisation, ces malheureux employés disparaissaient mystérieusement, sans qu'on sache comment. Étaient-ils trucidés par vos hommes de main, ou bien étaient-ils invités à se diluer dans l'ombre salvatrice de quelques palmiers aux antipodes? Nous ne l'avons jamais su. En fait, pour porter un coup fatal aux organisations mafieuses, il aurait fallu prouver à tout le moins l'origine frauduleuse des fortunes que vous manipuliez. Or, c'était pratiquement impossible, puisque dès le départ ces investissements entreprenaient un cheminement financier des plus classiques, tout simplement par le truchement de sociétés-écrans qui protégeaient les commanditaires. Bien entendu, dès qu'on essayait de décortiquer une piste, elle se fondait dans les méandres obscurs des nébuleuses bancaires.

« Et puis il y avait votre légendaire méfiance. Aidé d'un matériel suprasophistiqué, vous effectuiez, personnellement et par téléphone depuis votre chambre d'hôtel, vos opérations financières entre les divers comptes parsemés dans le monde. Ces communications ne duraient jamais plus de trois à quatre minutes. Donc, même avertis, il était impossible pour nos services de vous localiser. Lors des analyses pointues des spécialistes, ces magouilles révélaient des montages financiers complexes à souhait. Ainsi, les avoirs de vos sociétés étaient souvent transférés, et à de multiples reprises, au travers de sociétés bidon, au grand dam de nos investigateurs. Ces coquilles vides avaient pour seule fonction de faire voyager les masses financières des Caraïbes à Hong-Kong, tout en les faisant transiter le temps qu'il faut pour dérouter l'adversaire soit par le Luxembourg, soit par les îles anglo-normandes de Jersey et Guernesey. Très intelligemment, l'ensemble de ces opérations était placé sous la surveillance d'un cabinet d'avocats panaméen, régulièrement rémunéré par une banque du Vatican. Quant aux transferts, ils étaient avalisés par écrit le plus régulièrement du monde par un fiduciaire notoire de Paris logé dans le quartier des ministères. Il était dirigé par un de vos amis personnels expert-comptable, qui, fortune faite, s'était retiré en Corse. Inutile de préciser qu'il a complètement disparu de la circulation depuis.

« Bien entendu, comme je le disais précédemment, quand on fait le calcul des fonds voyageant en boucle, on arrive à des sommes vertigineuses! Et sans qu'on puisse les attribuer à des affaires précises, ni même en vérifier les origines en essayant de remonter à la source, compte tenu des justificatifs qui supportaient ces mouvements fiduciaires. L'opacité était totale. Dans l'intervalle, vous pérorez dans les stations à la mode, entouré d'un essaim de jolies filles.

« Mais votre invulnérabilité est mal perçue. Dans les réunions de la Cupola[30], on se pose des questions. Certains parrains se rejettent les responsabilités suite aux coups sévères que leur porte l'administration américaine. Votre nom est cité, votre crédibilité est mise en doute. Des accusations de collaboration avec l'ennemi sont murmurées. C'est grave. Les chefs de famille ordonnent des vérifications sur les montages financiers compliqués que vous avez mis en place. Suivent d'acerbes critiques sur les transferts de fonds

30. La Coupole: le conseil supérieur de tous les chefs mafieux.

opaques, c'est-à-dire sur le rôle souterrain joué par vos sociétés anonymes parsemées sur plusieurs paradis fiscaux.

« En réalité, ces sociétés s'avèrent des coquilles vides, garantissant un anonymat et une impunité totale à leurs membres. Bien évidemment, les gérants sont des prête-noms, qui disparaissent mystérieusement sous d'autres identités dès la première alerte. Quant aux bailleurs de fonds, les vrais responsables aux yeux de la loi, ils restent dans l'impunité salvatrice de l'ombre. Vos amis arrivent néanmoins à prouver que vous êtes partie prenante dans certaines opérations. En résultante, votre nom est livré en pâture à la presse. Mais, une fois de plus, vous êtes dédouané de tout reproche, en particulier dans les affaires d'infiltration de capitaux suspects dans le flux monétaire. Votre participation directe est loin d'être évidente. En contrepartie, le FBI arrive à vous associer à plusieurs affaires immobilières et financières très juteuses, particulièrement autour de la Méditerranée et dans certaines îles des Caraïbes. Curieusement, après investigation, il s'avère que vous avez agi à découvert, sans chercher à dissimuler quoi que ce soit, et encore moins votre identité. À notre grand étonnement, les documents officiels révèlent que, dans la plupart des cas, vous êtes le principal investisseur en nom propre. Longtemps je me suis posé la question de savoir quelles étaient les motivations qui vous ont poussé à agir de cette manière, c'est-à-dire aussi légalement et, par là, d'une façon aussi facilement décelable. La réponse m'est venue d'elle-même par déduction, aussitôt que nous avons décidé de vous arrêter. »

Billy ouvrit des yeux ronds.

– Vous m'avez donc arrêté? J'ai fait de la prison?

– Pas exactement. Vous ne nous en avez pas donné le temps... Encore probablement ce sacré instinct de survie! Non, pour tout vous dire, vous vous êtes rendu. Mais avant d'aborder ce chapitre, laissez-moi vous offrir quelque chose. Café, thé ou jus?

L'unanimité se fit sur le café. Dikins passa les ordres par téléphone. Quasi instantanément, la jeune secrétaire fit son apparition. Elle portait un plateau de plastique supportant trois gobelets, du sucre en sachet et un bocal de lait en poudre duquel émergeait une longue cuillère d'aluminium.

L'émotion qui étreignait le cœur de Billy le fit sourire malgré la précarité de la situation. Que l'on était loin du salon de l'administrateur de l'Ascension et de ses apparats au moment du thé rituel! Les yeux dans le vague, Billy entendit à peine le rappel à l'ordre lancé par Dikins, qui rompait le charme de l'aparté nostalgique qu'il s'était accordé. Avec une désinvolture calculée, l'Américain porta le godet de carton à ses lèvres pour aspirer bruyamment le liquide. Il le reposa aussitôt après, une suffisance exaspérante sur le visage. Il poursuivit de sa voix monotone en s'adressant à Billy :

– Des jours et des mois passent, Abruzzo. Les investigations sont particulièrement complexes, aussi bien aux États-Unis qu'en Europe ou aux Caraïbes. Des hordes d'enquêteurs épluchent des tonnes de dossiers amassés au fil des ans. Ils vérifient les enregistrements de milliers d'heures d'écoute téléphonique. Ils visualisent des kilomètres et des kilomètres de films réalisés à distance sur divers suspects. Bref, tout l'arsenal de la technologie moderne dans la lutte contre la délinquance est mis à contribution. Mais, comme il arrive trop souvent, cela ne suffit pas! Malgré des filatures rapprochées, seuls des comparses de troisième ordre sont arrêtés. La pieuvre malfaisante est loin d'être abattue. Le constat est navrant.

« En ce qui nous concerne, nous disposons d'une seule certitude : nous savons que vous êtes le maître d'œuvre. Mais démanteler le chapelet sans fin des comptes bancaires qui recèlent les fortunes que vous avez investies nous est pratiquement impossible. En effet, toujours évoquée, rarement entrevue, jamais prouvée, la piste de l'argent sale nous échappe totalement. La plupart du temps, les enquêtes partent sur les bases solides d'institutions financières nord-américaines qui se voient obligées de jouer le jeu de la transparence. Très vite, il s'avère que nous aboutissons à des impasses où les routes se brouillent. En effet, ces investissements transitent par d'étranges structures juridiques siciliennes ou lombardes, pour finalement se fondre dans les méandres inextricables des sociétés anonymes offshore qui pullulent dans les nébuleuses des paradis fiscaux.

« Mais les fédéraux tiennent bon. Ils ne manquent pas de ténacité et de courage. Le danger se rapproche pour les organisations mafieuses. Elles sont toutes aux abois : la Mafia palermitaine, la Camorra sicilienne, la 'Ndranghetta calabraise. L'offensive de ces familles est conjointe. Viennent se joindre à elles les cousines américaines, et surtout la Cosa Nostra new-yorkaise. Vous avez peut-être perdu la mémoire, Abruzzo, mais vous n'avez certainement pas oublié l'origine du mot mafia...

« Bien qu'il semble que vous souffriez maintenant d'un

problème d'élocution, je ne vous apprendrai rien en vous disant que ce terme provient phonétiquement des mots *Mu-afat*. Ils signifient en arabe "courage" et "protection". Protection dans le sens du combat du faible contre le fort. Et, pour bien comprendre la mentalité qui règne dans l'Honorable Société, il faut remonter à ses lointaines origines. Vous n'êtes pas sans savoir qu'elles prennent leur source à l'époque des Sarrasins, envahisseurs de la Sicile. Donc, résister, la mafia sait...

« Discrètement, la Cupola réunit les grands chefs de ces diverses sociétés secrètes. Commencent les palabres. Il n'est plus question de partage des territoires, mais de survie. L'heure est sombre, les mines grises. D'autant plus que les fédéraux accentuent leur pression et que ce travail de sape commence à porter ses fruits. Quelques parrains de petite envergure se font arrêter. Certains, même, la main dans le sac. Cela n'était jamais arrivé de mémoire de policier! Des erreurs probablement dues à l'affolement qui se propage dans ce petit monde secret. Depuis dix siècles, la survie de cette confrérie repose sur une loi et une seule! L'omerta, c'est-à-dire la loi du silence. C'est simple et c'est furieusement efficace: ne rien voir, ne rien entendre, ne rien dire... Figurez-vous que je me suis déplacé personnellement en Sicile pour les besoins de l'enquête. J'ai questionné des dizaines et des dizaines de pensionnaires du monde carcéral. À chaque fois que je posais des questions précises sur untel ou untel notoirement connu au firmament de la pègre, l'unanimité se faisait sur la même réponse: "Qui c'est, celui-là?" C'est vous dire si on en a bavé! Je dois vous avouer que j'ai été impressionné. À plusieurs reprises, j'ai frisé le découragement.

« Heureusement qu'au-dessus de nous il existe un bon Dieu... pour tout le monde. Un grain de sable, minuscule, poussé par un vent vindicatif de fronde, s'infiltra dans cette immense machine que nous n'arrivions pas à maîtriser. Et, par hasard, cette poussière grippa tout le mécanisme. La machine s'arrêta. »

Dikins porta un regard incisif vers Billy. Il le dévisagea sans complaisance, un sourire sarcastique sur ses lèvres minces. Volontairement, il baissa la voix pour s'adresser à son interlocuteur:

– Votre mémoire étant aux abonnés absents, comment se fait-il, Abruzzo, que vous ne me demandiez pas quel était ce grain de sable?

Billy ne parut pas impressionné. Haussant les épaules, il répondit:

– Eh bien, dites-le-moi si cela vous fait plaisir.
– C'est vous!
– Ah?
– C'est tout l'effet que cela vous fait?

Billy le regardait froidement de ses yeux clairs. Sans se démonter, il dit de sa voix calme:

– Vous auriez préféré que je fasse quelques pas d'une danse folklorique sicilienne sur votre table, peut-être?

Le rire lourd et gras de Chipi retentit dans le silence de la grande salle. Dikins le fusilla du regard. Il s'adressa à lui sur un ton glacial, l'index menaçant:

– Je tiens à vous rappeler que vous êtes tout juste toléré ici!

– Ouais, bon, ça va! Entre-temps, ce petit a de la repartie. Je l'aime bien!

Les yeux d'encre de Dikins s'assombrirent encore plus sous la colère qui le gagnait. Il joua de ses doigts sur ses lèvres, paraissant hésiter sur la suite à donner. Il lâcha son ultimatum d'un ton lourd:

– Monsieur Cippola, fermez-la. Et fermez-la pour de bon! Une parole superflue, une seule... et je vous vire. C'est compris?

Une fois de plus, Billy tâcha de faire retomber la pression.

– Continuez votre exposé, monsieur Dikins, dit-il calmement. Bien qu'étant mon conseiller juridique, monsieur Cippola est ici à titre d'observateur. Vous avez ma parole qu'il ne coupera plus la vôtre.

Il se retourna vers son compagnon. Pour toute réponse, il n'obtint qu'un grognement significatif. Il reporta son regard vers l'agent du FBI et, d'un geste de la main, l'encouragea à reprendre la parole. Le fonctionnaire fixa ses yeux sur la table, comme pour retrouver le fil de son récit. Il poursuivit, nasillard:

– Je disais donc que vous avez enrayé la très belle machine mafieuse. Oui, mais de quelle manière, allez-vous me demander! C'est très simple: en brisant le dernier rempart qui la protégeait. Je veux parler de la loi sacrée du silence qui la mettait à l'abri de ses ennemis depuis des siècles. Mais n'anticipons pas. Comme je vous le disais tout à l'heure, vous êtes encore un homme du monde, adulé par certains, craint par d'autres, honni par la plupart de vos amis professant pourtant la même religion. Vous avez fait des envieux. Maintenant, c'est une cabale qui se dresse dans votre jardin. Dans les réunions secrètes, des soupçons directs sont proférés. Seul dans un océan de contestataires, Pipo Galbo, un des puissants parrains de New York, ose encore prendre votre défense. Il est assassiné par ses pairs quelques jours après, en plein midi, face à son restaurant favori de la Quarante-Deuxième Rue. Son corps est truffé de vingt projectiles! Et ses gardes du corps ne réagissent pas... À croire qu'il y a eu connivence.

– Mais que me reproche-t-on au juste?

– Précisément, j'y arrive.

Il se pencha vers son gobelet pour réaliser qu'il était vide. Sans s'enquérir des choix de ses deux visiteurs, il se tourna vers son téléphone à touches pour commander à nouveau du café. Instantanément, le même scénario de la secrétaire et de son plateau de plastique se répéta. Elle se retira sans rien dire, emportant les restes du premier service. Dikins poursuivit:

– À ce stade, malgré les suspicions, on vous prête un certain sens de l'honneur et du respect des traditions. Mais, autour de vous, l'étau se resserre. La dérive est proche... En premier lieu, c'est au sein d'une famille de la côte ouest que l'étendard de la révolte est brandi haut et fort. Tout d'abord, il est révélé que votre stratégie d'expansion immobilière au travers de sociétés civiles particulières au sud de la Californie et au Mexique est un fiasco, ce qui est étonnant si on considère votre génie de la finance. En poussant plus loin les investigations, on constate que la plupart de ces transactions sont associées par des mécanismes financiers compliqués à un puissant holding basé dans les îles Caïmans. Ce groupe possède des intérêts dans la plupart des grands États américains. Curieusement, on découvre que vous êtes le principal porteur de parts.

«Mais pourquoi perdre de l'argent, me direz-vous? Sagace question! Je réponds en deux volets. Un, parce que ce n'est pas le vôtre, mais celui des organisations criminelles qui vous l'ont confié. Deux, parce que les pertes financières imputées aux filiales, étrangères ou pas, peuvent être intégrées aux États-Unis au niveau de l'assiette fiscale de la maison mère. En d'autres termes, votre holding paiera autant d'impôts en moins. Vous en êtes le principal bénéficiaire! Bien entendu vous niez tout en bloc et vous criez au règlement de comptes. Mais d'autres affaires au parfum de combines pas très régulières vis-à-vis de vos amis surgissent. Et il y en a de plus en plus! Vos derniers protecteurs vous lâchent. Vous êtes un homme seul.

«Mais qu'importe! Vous y êtes habitué puisque vous avez toujours été un solitaire. Et ce, malgré une famille, j'entends femme et progéniture, dont vous défendez âprement l'intimité, et que vous évitez absolument de mêler à vos activités.»

Billy se retourna vers Chipi pour échanger un long regard. Revenant vers l'Américain, il ouvrit la bouche pour dire quelque chose. L'autre, pressentant la question, fut plus rapide:

– Oui, Abruzzo, vous étiez marié et père de famille.

– Je le suis toujours?

– Ha! ha! Il veut tout savoir, et tout de suite! Eh bien, non, Abruzzo. Vous n'êtes plus marié ni père de famille. Vous vous retrouvez tout seul. Et si vous m'en demandez la raison, je vous répondrai que votre famille a été anéantie. Toute votre famille...

Ces paroles hargneuses tombèrent dans un silence de glace. Billy, immobile, fixait Dikins dont le regard voyageait de l'un à l'autre. Chipi toussota pour s'éclaircir la gorge. L'agent fédéral se leva pour aller ouvrir une fenêtre. La rumeur de la ville s'engouffra dans la pièce; elle était ponctuée par un concert d'avertisseurs sonores en provenance des taxis tangérois qui se frayaient un chemin difficile dans le désordre de la rue.

De son pas traînant, l'Américain revint à la table. Billy eut le temps de remarquer qu'au bas de ses jambes courtes et épaisses l'ourlet de son pantalon était retenu par l'élastique de ses chaussettes. Le dos légèrement voûté, il reprit son siège, croisa les bras sur sa poitrine et se laissa aller contre le dossier.

– Il faut que vous compreniez, Abruzzo, reprit-il, nasillard, qu'à cette époque rien n'allait plus. C'était le chacun pour soi. En réalité, harcelée par nos agents fédéraux, la mafia italo-américaine était dans une situation critique. D'un autre côté, trahie comme elle l'avait été par vos soins, elle s'est résolue à briser ses propres lois, comme jamais aucun mafioso n'avait osé le faire. En d'autres termes, elle a décidé de s'en prendre aux épouses et aux gosses. La raison de ce revirement, qui bousculait totalement les traditions ancestrales, est d'une effrayante simplicité. Quand on ne peut frapper directement un traître, on s'en prend à ce qu'il a de plus précieux, ses proches. Votre épouse Isabella a été tuée sous les yeux de vos enfants au moment où elle les déposait à l'école. Une balle en pleine tête, une dans le cœur. Un seul tireur, qui s'est éloigné tranquillement sans être inquiété. C'était un contrat classique, comme des dizaines sont exécutés chaque année un peu partout aux États-Unis. Bien entendu le crime était signé. Mais il a été impossible, vous le pensez bien, de remonter aux commanditaires.

« Immédiatement, vous avez décidé d'envoyer vos enfants aux îles Caïmans. Vous y disposiez d'une demeure luxueuse. Dans ce lotissement sous haute surveillance, une armada de gardes privés patrouillaient jour et nuit pour la sécurité des habitants. C'est votre sœur Maria-Benedecta qui s'est chargée de convoyer les deux bambins. Sur votre insistance, elle accepta de rester avec eux le temps que vous recouvriez une stabilité. Deux mois après, votre frère Angelo partait en vacances au nord de Boston. Il était accompagné de son épouse, de ses trois enfants et de votre mère, restée veuve à la mort - naturelle, je le précise - du patriarche, votre père. Le troisième jour, ils louèrent un yacht pour remonter le long des îles de Cape Cod. Personne n'a pu comprendre ni expliquer ce qui s'est passé. Toujours est-il qu'au second jour le bateau a explosé à dix nautiques des côtes. À nouveau un travail de professionnel. Il n'y eut aucun survivant.

«À la suite de ces événements, les fédéraux tentèrent une approche auprès de vous. Notre unique chance de vous voir collaborer avec la justice était de vous révéler les contrats lancés contre vos proches. Par tous les moyens, nous avons essayé de vous ouvrir les yeux, de vous démontrer que la règle sacro-sainte de la mafia était transgressée et qu'il était évident qu'elle ne s'arrêterait pas là. Ce fut un échec: vous restiez de marbre, indifférent au malheur qui détruisait votre famille. Au cours de réunions secrètes, malgré notre insistance, vous avez refusé de dévoiler les lieux où se cachaient vos enfants. Pourtant, nous ne cherchions qu'à les protéger. Avec le recul, nous savons aujourd'hui qu'il était trop tard. La machine était en route, et votre tête était mise à prix. En haut lieu, c'est-à-dire dans les instances secrètes de la Cupola, à l'abri de la double muraille de la peur et du silence que la mafia s'impose, des diktats sont lancés. Afin de décourager toute velléité de sympathie à votre égard, il a été décidé que, dorénavant, serait considéré comme renégat quiconque s'évertuerait à avoir un contact avec vous. De près ou de loin. Cela a eu pour effet de vous fermer au nez de nombreuses portes. Même un vieux routard du crime comme Gaetano Mestre, qui avait constamment témoigné une franche amitié à votre égard, était obligé de prendre ses distances. Son choix a été vite fait. Il ne pouvait prendre le risque de mettre en péril son organisation qui couvrait la partie ouest des États-Unis.

«Mais vous ne manquiez pas d'intelligence et de finesse pour vous soustraire à cette chasse à courre lancée contre votre personne. Prévoyant, vous avez su déjouer tous les pièges placés par de fins limiers lancés à vos trousses. Il est vrai que vos finances plus que saines vous permettaient de vous déplacer souvent. Ainsi, on apprenait votre passage au Venezuela alors que vous étiez déjà au bord d'un lac suisse. Et ailleurs le lendemain. Une fois, on vous identifiait sans maquillage dans un restaurant huppé de Monaco. Une autre fois, c'est une préposée d'un grand hôtel de Floride qui donnait l'alerte, reconnaissant dans l'accoutrement d'un bossu barbu l'homme dont la tête était auréolée du plus important des contrats de la planète. Mais à chaque fois, comme au cinéma, vous disparaissiez aussi mystérieusement que vous étiez apparu. Cette cavale dura pratiquement deux ans.

«Jusqu'au jour où vos voisins de la villa des îles Caïmans, perturbés par la puanteur de plus en plus forte qui se dégageait de votre demeure, alertèrent les autorités. Les volets étaient clos, les portes verrouillées. Les gardes durent défoncer. Le spectacle qui s'offrit à leurs yeux était édifiant. Tout au moins suffisant pour décourager à vie la moindre vocation d'indicateur. Les deux enfants avaient été sauvagement égorgés. Les traces de sang sur la moquette montraient que, dans un réflexe puéril, ils avaient essayé de traîner leurs petits corps à l'abri sous leur lit. Pour le reste, c'était une boucherie. Votre sœur, qui sans doute avait cherché à défendre les enfants, avait été affreusement mutilée à l'arme blanche. Lors de la découverte de son corps, ou du moins de ce qu'il en restait, son identification par le médecin légiste fut difficile. Elle n'avait plus de visage. En fait, c'est grâce aux empreintes digitales de l'une des mains retrouvées dans le lavabo de la salle de bain qu'on a pu être certain que c'était bien elle.»

Anton Dikins s'arrêta de parler. Il tendit son bras vers le gobelet pour le soupeser. Constatant qu'il restait encore du liquide, il le porta à ses lèvres. Il fit la grimace.

– C'est froid, commenta-t-il comme pour lui-même.

Il reposa le verre de carton et sourit en hochant mollement la tête. D'une voix lasse, il reprit:

– Alors, Abruzzo, et alors seulement vous avez émergé de votre trou doré. Vous avez été interpellé un jour sans gloire et sans soleil. Il pleuvait sur la ville. Les quotidiens du matin titraient sur la déroute survenue la veille de votre équipe préférée, les Yankees de New York, face à leurs éternels rivaux, les Red Sox de Boston. Vous aviez perdu de votre superbe. Les photos prises ce jour-là montraient la déchéance d'un homme qui tombait de haut. Vous n'étiez pas rasé, vos cheveux étaient gras et vous portiez une veste chiffonnée qui vous avait servi de couverture le temps d'une nuit blanche sur une banquette de bois. Votre cravate de soie dégrafée sur une chemise aux initiales ternies cachait mal les boutons de nacre manquants. Vous étiez las, le regard absent, même pas animé d'un sentiment de vengeance. On vous reconnaissait mal. Les stigmates de la souffrance morale se lisaient sur votre visage blafard. Vous aviez vraiment un air inhabituel : celui d'un perdant.

« Immédiatement, vous avez demandé à la justice d'être placé sous la protection du plan fédéral de sécurité. Nous vous avons incarcéré en un lieu tenu secret, sans contact avec le monde extérieur ni intérieur. Hormis vos gardes triés parmi l'élite du FBI, personne ne pouvait s'approcher de vous... Nous tenions enfin notre victoire. Depuis Joseph Valachi, qui en 1963 avait été l'un des tout premiers à retourner sa veste contre ses pairs des différentes familles génoises, votre arrestation apparaissait comme la plus importante. Les autres repentis, c'était du menu fretin à côté. Pourtant, on en dénombre plus d'un millier aujourd'hui. Par ailleurs, pour vous, étant donné la cruauté bestiale démontrée par la mafia à votre égard, toute considération éthique, sociale ou autre disparaissait. La sacro-sainte loi du silence ne tenait plus.

« Pendant de longs mois, vos témoignages précis permirent aux fédéraux de marquer des points précieux dans leur lutte contre l'Honorable Société. De nombreuses familles furent anéanties. Beaucoup de chefs de clan perdirent la vie dans une guerre fratricide que se livrèrent plusieurs parrains dans la reconquête d'un nouveau leadership. De nouvelles familles – *nuovi famiglii*, comme vous les appelez dans votre langage – naissaient un peu partout. Elles étaient moins puissantes et moins structurées, mais bien plus cruelles dans leur lutte pour le pouvoir. Et pendant ce temps vous parlez... Vous dévoilez tous les noms, vous nommez les principaux chefs, vous précisez leur rôle, vous énumérez leurs crimes. Et, ce qui est particulièrement remarquable, grâce à une capacité de mémorisation hors du commun, vous indiquez souvent les dates précises où ils ont été commis. Jamais de mémoire d'investigateur policier autant d'informations ne sont tombées de la bouche d'un repenti. La vengeance transversale de la mafia – c'est ainsi qu'on appelle les moyens d'intimidation qui consistent, en représailles, à s'attaquer aux proches d'un traître – a eu un effet contraire à celui visé. Bien loin de vous troubler, elle a fait naître dans votre subconscient une terrible soif de vengeance. Il en va de même quant au blanchiment des capitaux illicites. Vous recensez tous les comptes bancaires répartis aux quatre coins du globe. Vous expliquez les montages financiers qui supportent les processus de recyclage par le moyen de prête-noms, sociétés-écrans, caisses noires, intermédiaires marrons et ainsi de suite. Grâce à vous, nos enquêteurs ébahis découvrent un monde de la finance qu'ils étaient à des années-lumière de soupçonner. En fait, comme l'a si bien résumé un ministre européen: "C'était pour les polices concernées un bond culturel dans le milieu du crédit et de l'investissement." Mais vous n'avez pas perdu votre sens de la négociation pour autant. Avant de vous mettre à table, vous avez exigé des garanties. Elles seront globalement acceptées, d'autant plus que la qualité des informations instillées par vos soins les vaut amplement.

« Quelles sont ces garanties? À cet égard, je vous prie de vous remémorer les premières interrogations que j'exprimais à propos de certaines de vos activités en nom propre, les affaires immobilières réalisées à visage découvert. Aujourd'hui, je peux certifier qu'il s'agissait d'une poire pour la soif. En cas de pépin, comme on dit. Vous aviez été prévoyant, comme toujours. Bien entendu, en échange de votre déballage, vous avez exigé de ne pas être importuné sur ces affaires à fort rendement. Et vous ne l'avez pas été... du moins pour le moment. D'autant plus qu'il reste apparemment encore bien des mystères à élucider. Et vos amis, dehors, le savent... La seconde garantie réclamée portait sur votre anonymat. Plus l'octroi, il va sans dire, d'une nouvelle identité. C'était une requête conforme au jeu: votre présence en cour pour corroborer vos accusations par un témoignage verbal lors des différents procès; en échange, le FBI vous accordait l'anonymat à vie. Aujourd'hui, théoriquement, vous êtes protégé contre la terrible vengeance de vos anciens compagnons. À charge pour vous de vous retirer de cette noble profession, et de vous faire oublier là où le FBI vous a assigné à résidence. »

Dikins se tut en se redressant d'un coup de reins. Il saisit une enveloppe kraft qui dépassait de l'un des dossiers et la secoua brusquement pour en faire tomber plusieurs photos, certaines en couleur, d'autres en noir et blanc. Quelques-unes étaient prises au flash, la nuit. Du plat de la main, il les étala sur la table.

– Jetez un coup d'œil, Abruzzo. Il est possible que vous reconnaissiez certains de vos potes. Peut-être même, si le bon Dieu est avec nous, votre mémoire va-t-elle se mettre en route...

La dernière phrase était dite sur un ton moqueur. Billy se pencha sur les tirages grand format. Un à un, consciencieusement, il les détailla pour les transmettre ensuite à Chipi.

Ces clichés représentaient soit des groupes d'hommes pris au téléobjectif, soit des cadavres allongés dans une mare de sang ou pétrifiés au volant de leur voiture par une balle en pleine tempe. Deux autres photos exhibaient une cour de justice aux États-Unis, avec en premier plan un homme jeune aux yeux clairs. Un dernier cliché, agrandi à partir d'un original en couleur, montrait une jeune dame brune, attirante, assise auprès de deux bambins blonds, une fillette et un garçon qui devaient avoir entre quatre et cinq ans.

L'agent du FBI suivait attentivement chaque geste de Billy. Au moment où celui-ci passa la dernière épreuve à Chipi, le fonctionnaire demanda fébrilement :

– Alors? Vous ne dites rien? Avez-vous au moins reconnu vos copains d'antan?

Il y eut une seconde de silence au cours de laquelle Billy parcourut du regard les photos à nouveau étalées en désordre sur la table. Il releva la tête avec un haussement épaules.

– Non, dit-il de sa voix calme.

– Non? Comment ça, non!

Un tic nerveux agitait les sourcils du policier. Billy répéta froidement :

– Non! Non, je ne reconnais personne.

Dikins s'énervait. Il saisit brusquement l'un des instantanés en noir et blanc et le secoua devant le visage de Billy.

– Et celle-là? Vous n'allez pas me raconter que vous ne reconnaissez pas Pipo Galbo, votre protecteur! Celui qui, de tous les parrains de la Cosa Nostra, a été le seul à se porter à votre secours! Ayez au moins la reconnaissance du ventre, Abruzzo!

Il lui tendait le cliché d'une main tremblante. Billy saisit la photo, l'examina une seconde fois. Il haussa les épaules.

– Désolé, je ne le reconnais pas.

L'agent du FBI fulminait. Son regard noir s'embrasait sous ses sourcils austères animés de mouvements convulsifs. Brutalement, il empoigna un jeu de clichés en faisant crisser ses ongles sur la patine de la table. Les doigts agités, il choisit l'un d'eux et le plaqua du plat de la main devant Billy. Le meuble résonna sous le geste impulsif.

– Et ça! Vous reconnaissez ça?

Le cliché représentait la jeune fille entourée des deux enfants. Chipi se haussait par-dessus l'épaule de Billy qui sentit sa respiration contre sa nuque. Dikins paraissait déchaîné. Il hurla :

– Alors vous les reconnaissez ou pas?

– Je vous dis que non! Et d'abord, pourquoi devrais-je?

– Parce que ce sont vos gosses, Abruzzo! Et là, c'est votre épouse, crétin! Vous n'allez pas me chanter que vous ne les reconnaissez pas maintenant! C'est vous-même qui avez pris le cliché!

Assommé par ces révélations, Billy resta silencieux, les yeux clairs perdus dans le visage de madone imprimé sur le papier glacé. Mais il n'éprouvait rien, aucune nostalgie, aucun sentiment. Comme si ces personnes n'avaient jamais existé pour lui.

Derrière, le souffle court de Chipi le ramena à la réalité. Il croisa le regard de Dikins. Le policier le dévisageait sans rien dire. Au bout d'une pénible et interminable attente, lentement il tendit le bras pour saisir deux photos. Soigneusement, il les plaça une nouvelle fois devant Billy. C'étaient celles qui avaient été prises au tribunal, avec au premier plan un jeune homme d'une trentaine années. Le doigt carré de Dikins pointa le visage masculin. Sa voix avait retrouvé son tempo normal.

– Et lui, vous le reconnaissez? Regardez bien. Prenez votre temps, nous avons la vie devant nous...

Billy se pencha vers les clichés couleur. Sans le voir, il eut l'intuition que l'agent fédéral souriait. Il fit un effort pour détailler le personnage représenté sur les photos: un homme de taille au-dessus de la moyenne, les traits réguliers, une sage coiffure que séparait une raie droite, les yeux de couleur pâle. Billy releva sa nuque.

– Non, je ne vois pas.

– Vous ne voyez pas?

Le ton était volontairement sarcastique.

– Non. Qui est-ce?

– Vous!

Billy le regarda, stupéfait:

– Moi?

– Oui, Abruzzo, vous, peu de temps avant vos opérations chirurgicales esthétiques pour changer de visage...

CHAPITRE 18

Il n'était pas loin de midi. Par les grandes fenêtres à cloisons donnant sur le parc, quelques rayons de soleil se jouant des grandes palmes paresseuses pénétraient par intermittence dans la vaste salle de réunion pour terminer leur course éphémère sur le sombre tablier du meuble en noyer et éclairer par réverbération les murs recouverts de tissus.

Il faisait bon dans le confinement de cette quiétude administrative aux parfums de cuir et de cire réchauffée. Dehors, invisible mais très proche, la ville palpitante au ventre creux accélérait son pouls en vue de la pitance de la mi-journée. Une légère brise venait déranger l'ordonnance des rideaux de la fenêtre restée ouverte. Debout, on pouvait apercevoir le port. Un peu plus loin, les derniers quais. Et au-delà, le détroit se couvrant d'une brume de chaleur.

Billy et Dikins se mesuraient du regard. L'un cherchait à comprendre où l'autre voulait en venir; le second, complètement déstabilisé par un manque de réaction de la part de son interlocuteur et surtout totalement dépassé par une attitude qu'il n'avait absolument pas prévue, avait perdu ses marques. Légèrement en retrait, Chipi se passa la main dans les cheveux. Lentement, accentuant sa pression sur le muscle, il écartait ses doigts au fur et à mesure que sa paume gagnait la nuque. Les yeux au plafond, d'une voix sourde il s'adressa au policier.

– Je ne comprends pas. Certaines données m'échappent dans votre récit. Pouvez-vous m'expliquer...

Sans le regarder, Dikins lui coupa sèchement la parole:

– Il n'y a rien à expliquer, Cippola!

Billy se redressa d'un bond. Il paraissait furieux.

– Rien à expliquer!

Il se reprit, détachant chaque syllabe:

– Rien à expliquer? Vous vous foutez de moi? Vous arrivez avec votre histoire de malfrats. Vous balancez vos photos comme autant de preuves. Vous martelez nos tympans avec vos certitudes. Et, pardessus le marché, vous n'appréciez pas qu'on s'interroge sur vos boniments!

– C'est loin d'être des boniments, et vous le savez pertinemment!

– Non, je ne sais rien du tout! Je vous l'ai déjà dit, mais vous n'en tenez pas compte! Et même s'il y avait une partie de vrai dans ce que vous racontez, que vient faire cette histoire de chirurgie esthétique? Avec en prime des clichés soi-disant de moi où même ma mère, si j'en ai encore une, serait dans l'impossibilité de me reconnaître!

– Précisément, Abruzzo! Votre mère vous aurait reconnu sur les photos... Mais plus maintenant!

Avec une certaine précaution dans l'intonation, Chipi demanda:

– Pourquoi, plus maintenant? À cause de son accident de l'Ascension?

Dikins daigna lui jeter un regard en coin.

– Non. Tout simplement parce que monsieur Abruzzo s'est fait refaire le portrait, monsieur Cippola. Et au Brésil, pour être exact! Cette opération lui garantissait l'anonymat et la sécurité vis-à-vis de ses anciens amis. On en a parlé tout à l'heure...

– Mais le reconnaissez-vous, à présent, monsieur?

Dikins hésitait.

– Non, finit-il par dire. Pas vraiment... mais...

– Comment ça, non? Ce sont les cicatrices dues à l'explosion de son avion qui vous en empêchent? Après tout, bien que toutes les blessures ne soient pas encore totalement guéries, son visage devrait être resté reconnaissable pour quelqu'un qui l'aurait vu peu de temps avant son accident!

– Justement! Je ne connaissais pas Abruzzo auparavant. Je vous l'ai dit, je ne l'avais jamais vu en personne. Pour tout dire, plus aucun de nous ne l'a jamais revu depuis son opération esthétique au Brésil.

Il y eut un silence. D'une voix étouffée, Dikins ajouta:

– Mais cela ne retire rien au fait que c'est bien lui!

Derrière Billy, Chipi poussa un glapissement:

– Mais, bon Dieu, comment pouvez-vous être aussi sûr de vous? Comment pouvez-vous, avec une telle autorité, une telle certitude, une telle conviction, le martyriser de la sorte! Vous ne l'avez jamais vu et vous n'avez pas la moindre idée de ce à quoi il peut ressembler depuis la chirurgie. Néanmoins, vous ânonnez depuis des heures des prétendues vérités qui ne reposent que sur du vide! Mais de quelle planète descendez-vous, monsieur Dikins?

Le doigt levé, l'agent du FBI retrouva immédiatement son arrogance. En martelant de son index la table de noyer, il éructa:

– Surveillez votre langage, Cippola. Il ne tient qu'à vous de vous faire virer de ce bureau manu militari. Vous êtes ici en terre américaine! Sachez-le!

Plus calme, il se reprit pour ajouter:

– Je vous précise une nouvelle fois que tout concorde dans le dossier. Toutes les données médicales qui nous ont été transmises par le Foreign Office lors de l'hospitalisation d'Abruzzo à l'Ascension corroborent celles qui sont en notre possession. Toutes! Et pour n'en mentionner que les plus simples au hasard, je citerai son groupe sanguin, l'implantation des cheveux et leur couleur, le grain de sa peau, sa dentition à deux détails près...

– Ma dentition n'était pas en harmonie avec vos fiches de renseignement? intervint Billy, soupçonneux.

– Si, Abruzzo, elle l'était. Rassurez-vous! Simplement, pendant le laps de temps où vous avez disparu de la circulation, vous avez très bien pu vous faire placer une couronne sur une dent, et un plombage supplémentaire sur une autre. À ces deux détails techniques près, qui sont à mes yeux insignifiants, tout colle parfaitement: votre taille, votre poids, bien que vous ayez perdu un peu de graisse durant votre villégiature involontaire au milieu de l'Atlantique, votre accent, la couleur de vos yeux... Que sais-je encore!

Il accompagna son propos d'un geste vague de la main. Moqueur, Billy fit remarquer:

– Si je comprends bien, seuls manquent à l'appel mon ADN, que j'ai toujours, mais que vous n'aviez pas, et mes empreintes digitales que vous aviez, mais que je n'ai plus!

– C'est absolument exact, et je vous retrouve! Vous connaissez parfaitement votre dossier. Toujours ce souci du détail! À l'époque, l'analyse du sang n'était pas aussi pointue qu'elle l'est aujourd'hui. Quant à l'état de vos dernières phalanges, il ne permet plus un relevé précis de vos empreintes. Nous ne pouvons donc les comparer avec celles qui sont en notre possession. Mais est-ce bien nécessaire, mon cher ami, quand on dispose d'autant de preuves?

Chipi haussa les épaules.

– Si vous le dites...

– Oui, je le dis, Cippola! Et je le maintiens! Maintenant, Abruzzo, vous qui êtes amateur de belle musique, je suis certain que vous allez apprécier la partition que je vais vous faire jouer...

Railleur, froid, presque cynique, Dikins se pencha vers Billy. De près, son visage paraissait huileux, grêlé aux joues et sur les ailes du nez. Il s'était probablement rasé au rasoir électrique, puisque son menton laissait voir les zones d'ombre d'une barbe matinale mal taillée. Il souffla au visage de son interlocuteur:

– Vous êtes bien amateur d'opéra, que je sache?

En silence, Billy acquiesça de la tête. Il était surpris. C'était la première fois qu'il s'interrogeait sur ses loisirs. Oui, il aimait bien l'opéra... mais... sans plus! Pas au point de sulfater toute une famille à la mitraillette pour avoir une place en corbeille! Il se surprit à sourire devant la légèreté de sa réflexion silencieuse. Dikins, qui ne le lâchait pas du regard, prit sa mimique pour une capitulation.

– Vous voyez bien qu'on vous connaît par cœur, mon cher Abruzzo! Hé, hé, hé!

Le policier se leva pesamment en rabattant d'un geste sec ses lunettes sur son nez. Il prit un bloc-notes qui traînait parmi les dossiers, tourna deux pages bruyamment et, sans lever les yeux, énonça d'une voix nasillarde et plaintive:

– Bon, voici les détails de la cérémonie à laquelle vous êtes convié. Primo, vous êtes consigné dans le bâtiment du consulat. Votre copain Cipolla, plus vite il débarrasse le plancher, mieux je me sentirai. Secundo, départ pour Boukalf à dix-sept heures...

– Pardon?

Dikins reporta ses yeux sur Billy par-dessus ses demi-lunes.

– Boukalf! L'aéroport de Tanger, mon vieux! Vous embarquez à dix-neuf heures pour New York sur l'avion de la Transamerica Airlines en provenance de Madrid. Le zinc sera spécialement détourné à votre intention.

Il jeta à nouveau en biais un regard moqueur.

– Charmante attention, n'est-ce pas? Je continue. Tertio, vous voyagez en première classe. Non pas que cela nous fasse plaisir, mais c'est une question de sécurité. Deux agents du FBI embarqués à Madrid assureront le convoyage. Ils ont ordre de vous livrer en mains propres à l'inspecteur Dennehy. Une de vos vieilles connaissances, entre parenthèses. Ça ne vous rappelle rien? Non?

Je vois: toujours aussi têtu! Bon! De toute manière, vous devez le rencontrer demain à neuf heures, heure locale, à son bureau, c'est-à-dire dans vingt-quatre heures à peu près. Quarto, votre arrivée à l'aéroport Kennedy est annoncée pour vingt-deux heures, heure locale. Vous serez assigné à résidence dans un hôtel qu'on vous indiquera sur place, et ce, jusqu'à votre comparution devant l'inspecteur Dennehy demain. Il est seul juge de la suite à donner à votre affaire.

Dikins se tut. Il replaça ses lunettes sur son front tout en laissant choir le bloc-notes sur la table. Comme il se tournait vers Billy, sa lèvre inférieure vint recouvrir celle du dessus. Il paraissait hésiter. Il annonça finalement d'une voix basse:

– Abruzzo, un conseil qui en vaut mille: n'essayez pas de jouer au petit soldat avec les deux agents de la sécurité qui vous accompagneront. Ils ont ordre de vous abattre à la première alerte. Et ne croyez pas que nous n'avons pas les autorisations nécessaires pour le faire, même en territoire marocain. Tenez-vous-le pour dit. Voilà, j'ai terminé. Avez-vous des questions?

Billy soutenait son regard.

– Non, pas de questions. Mais une faveur à vous demander.

– Dites toujours...

– Monsieur Cippola m'accompagne.

– Il n'en est pas question!

– Si, justement.

– Je vous dis non!... Et c'est un non définitif. Non négociable!

Il y eut un silence. En prenant son temps, Billy se pencha sur la table. Appuyé sur ses coudes, il porta les mains à hauteur de sa bouche et, au travers de ses doigts entrecroisés aux pouces joints, souffla en produisant un bruit sourd semblable à l'écho d'une conque marine. Il releva légèrement la tête.

– Bon... puisque vous le prenez ainsi...

– Oui, je le prends comme ça! Pas question d'embarquer votre secrétaire à mi-temps!

Billy fit mine de se lever:

– Eh bien, je retourne à Gibraltar! Avec monsieur Cippola, bien entendu.

– Non! Vous...

– Si, monsieur!

Dikins s'assit. Il était à nouveau surpris et dépassé par la détermination de Billy. Il pouvait procéder à l'arrestation de son interlocuteur, soit, et l'obliger à prendre le vol prévu. Mais son bureau avait donné toutes les garanties au gouvernement britannique quant au bon traitement du pseudo-prisonnier. En outre, il était impensable d'embarquer qui que ce soit par la force sur un avion commercial, au risque de perturber le déroulement du vol. Le commandant de bord, seul maître de son appareil, pouvait très bien, au nom de la sécurité, refuser le passager forcé. Et, à tout bien considérer, il y avait un gros risque de pataquès diplomatique avec les autorités marocaines. Cherchant à gagner du temps, il articula avec une certaine recherche:

– Et peut-on savoir les motifs qui vous poussent à faire participer monsieur Cippola à ce voyage? Sa présence vous est tellement... nécessaire?

Billy se laissa aller contre le dossier de sa chaise. Pour la première fois de la réunion, il se sentait délivré de cette impression de danger imminent. Son regard clair alla à la rencontre de la lumière profuse qui émanait de la fenêtre ouverte. Il cilla. Ses lèvres remuèrent à peine.

– Monsieur Dikins, tout au long de notre entretien vous avez élevé la voix à plus d'une reprise. Mais, sur l'ensemble, je pense que vous avez été honnête dans l'accomplissement de votre tâche. De mon côté, j'ai répondu à vos questions aussi souvent et aussi précisément que j'ai pu. Pour ce qui est des questions restées sans réponse, je n'étais pas en possession des solutions aux problèmes que vous me soumettiez. En d'autres termes, moi aussi j'ai été honnête... même si vous ne partagez pas ce sentiment. Tout autant, je le suis quand je vous dis que monsieur Cippola est aujourd'hui le seul ami que j'ai sur terre. C'est un peu le lien entre ce présent hachuré et chaotique auquel je suis constamment confronté et ce futur hypothétique qui n'est que la résultante d'un passé dont les fondements ne sont pour moi que de vagues suppositions, jusqu'à ce qu'on me prouve le contraire par des éléments tangibles, et non par des accusations éparses.

– Vous réfutez donc l'évidence même!

– L'avenir nous dira où se trouve la vérité. Entre-temps, monsieur Cippola est mon conseiller juridique. Et, en tant que tel, j'ai besoin de lui à mes côtés. Si je vous ai bien compris, mes ennuis avec la justice nord-américaine sont loin d'être terminés. La faveur que je vous demande est donc légitime. Mon ami m'assistera lors des entretiens avec l'inspecteur Dennehy dont je viens d'entendre le nom pour la première fois, il me semble. Après, il décidera lui-même de son itinéraire.

Méfiant, Dikins évaluait rapidement les inconvénients de la présence de Cippola sur le vol transatlantique et de sa participation aux discussions à New York. Au fond, qu'il soit là ou pas ne changeait pas grand-chose. Il se risqua à demander :

– Et comment monsieur Cippola compte-t-il régler son voyage?

– Vous savez bien que je n'ai pas un centime sur moi. Et il est hors de question de faire participer financièrement monsieur Cippola à cette opération pour laquelle il n'a strictement aucun intérêt personnel.

Dans son coin, Chipi buvait du petit-lait. Non pas qu'aller à New York l'enchantât outre mesure, mais il était heureux que Billy dame le pion au fonctionnaire trop zélé en lui imposant ses volontés. Savourant la défaite du policier sur son propre terrain, il arborait un sourire.

– O.K., finit par concéder Dikins. Vous embarquez ensemble, mais je ne fournis pas de billet de retour : mes supérieurs ne le comprendraient pas. Plus d'autres questions ou requêtes du même type?

Visiblement, il était pressé d'en terminer. Billy fit non de la tête. Dikins se leva et décrocha sa veste du dossier de la chaise. Sans l'enfiler, il s'en recouvrit les épaules. Il se tourna vers les deux hommes.

– O.K. Vous avez trois heures devant vous avant le départ pour l'aéroport. Je vous suggère d'aller déjeuner à la cafétéria située au sous-sol. Des tickets-restaurant vous seront attribués par notre personnel. Vous avez aussi le droit d'utiliser une des chambres de repos destinées aux membres du personnel qui se trouvent au même niveau que la cafétéria. Chaque chambre est munie d'un téléphone. Toutefois, comme vous vous en doutez certainement, toute conversation est enregistrée.

Il eut un semblant de sourire énigmatique et ajouta en douceur :

– Nous, contrairement à d'autres, nous ne prenons jamais les gens en traîtres...

Billy et Chipi étaient debout. La porte s'ouvrit sur la jeune secrétaire préposée aux cafés. C'était à croire qu'elle était perpétuellement en position derrière le battant et qu'elle suivait les discussions en direct, prête à intervenir à tout moment. Dans la main qu'elle tendait vers les deux visiteurs s'agitaient les tickets-restaurant promis. Elle eut un sourire stéréotypé :

– Suivez-moi, je vais vous indiquer le chemin.

Sans attendre de réponse, elle enfila le premier couloir, son fessier tressautant à chaque enjambée claquée par les talons aiguilles. Ils descendirent deux étages. L'odeur caractéristique des hamburgers, oignons frits et cornichons sucrés agressa leurs narines dès qu'ils débouchèrent au bas de l'escalier.

Immédiatement, une transposition des lieux se fit dans l'esprit de Billy. Il eut une vision. Elle était nette, limpide, comme s'il s'agissait d'un souvenir de la veille. C'était celle de gratte-ciel, de sirènes hurlantes, de taxis jaunes, de papier graisseux au sol et d'immenses panneaux publicitaires de fast-foods sur fond de briques rouge sale. Il était aux États-Unis. Il dut se rendre à l'évidence: il connaissait bien ce pays, sans doute y avait-il vécu une bonne partie de sa vie.

Soudain, un malaise s'empara de lui. Dans son estomac, une grosse boule venait de se nouer, créant un spasme douloureux. Il ralentit le pas et porta sa main à son ventre. Il avait mal. Il transpirait. Il venait de réaliser que, de toute évidence, malgré le faible intérêt qu'il portait aux opéras et son aversion pour le baseball qui allait en contradiction avec les affirmations de Dikins, un fond de vérité se dégageait dans tout ce qu'il venait d'apprendre. L'homme du FBI avait en grande partie raison. Tout concordait dans son récit implacable. Jusqu'au moindre détail technique ou médical.

Tout... sauf l'intime conviction que... Billy serra les poings. Il lui paraissait impossible qu'il ait été l'être abject dépeint par l'agent fédéral. Mais si ce n'était pas lui, qui était-il en réalité?

CHAPITRE 19

L'avion survolait le Labrador. Dans moins de deux heures, une réduction des gaz annoncerait la descente. Vingt minutes après, le toucher se ferait sur une des pistes de l'aéroport Kennedy jouxtant le marécage putride et insalubre de Jamaica Bay.

Billy se pencha vers le hublot. Le Nouveau Monde lui apparut sous la forme d'un immense tapis vert, parsemé d'innombrables lacs aux reflets de pourpre dans le soleil couchant. «Un peu comme en Californie, quand s'amorce le crépuscule sur Hollywood et que Santa Monica Boulevard prend l'éclat doré d'une peinture flamande», chuchota-t-il pour lui-même. En réalisant ce qu'il venait de penser tout haut, il sursauta. À bien y réfléchir, cette constatation apportait un élément de réponse supplémentaire à ses interrogations quotidiennes, une confirmation, si besoin était, de sa parfaite connaissance des États-Unis. Dans un effort de mémoire, il essaya de situer dans le temps son dernier passage dans ce pays. Il lui sembla que c'était récent. Six mois? Un an? Il était dans l'incapacité de le dire avec certitude.

Près de lui, Chipi s'éveillait. Durant le vol, il avait fait honneur à tout ce qui lui avait été proposé comme nourriture ou comme vin. Il n'avait pas hésité à terminer son plateau en réclamant avec culot une bouteille de champagne entière plutôt qu'un service au verre. Billy en était presque gêné vis-à-vis de l'équipage, qui prenait avec le sourire cette manifestation de gourmandise. En vain, Chipi avait tenté de partager le vin pétillant avec son compagnon de voyage. Après s'être versé une dernière rasade, il avait rapporté lui-même la bouteille vide au compartiment cuisine des premières. Il en était ressorti presque aussitôt en repoussant les rideaux d'un geste conquérant. Il souriait à pleines dents. Discrètement, sa main se refermait sur une serviette de papier aux armes de la compagnie sur laquelle une des hôtesses avait noté son numéro de téléphone personnel d'une écriture rapide.

Chipi réprima un bâillement. Il se tourna vers Billy.

– Qu'est-ce qui t'arrive?

Billy le regarda, étonné.

– Rien! Je regarde simplement comment se porte l'Amérique.

– Mais non! Tu marmonnais quelque chose. Tu m'as réveillé!

– Moi, je marmonnais?

Il souleva ses épaules.

– Après tout, c'est possible. Probablement des souvenirs...

– Toi, des souvenirs? Elle est bonne, celle-là! Et il faut que monsieur grimpe à trente-cinq mille pieds d'altitude pour avoir enfin des souvenirs! Tu n'aurais pas pu les avoir au ras du plancher, afin de m'éviter cette virée avec deux sbires au cul qui jouent aux voyeurs en caressant la gâchette de leur colt à chaque fois que je fais un clin d'œil à une hôtesse!

Un rire franc éclaira le visage de Billy. Chipi s'esclaffa à son tour. Ensemble, ils jetèrent un rapide regard par l'interstice laissé entre les dossiers des deux fauteuils. Les deux agents de sécurité étaient là. L'un lisait son journal, l'autre fixait un point imaginaire au plafond.

Contrairement aux habitudes établies dans les grands aéroports internationaux, l'avion s'immobilisa loin des passerelles automatiques. En priorité, Billy et Chipi, suivis des deux agents fédéraux, furent débarqués par les escaliers mécaniques. Une limousine aux vitres teintées était garée, portes ouvertes, au pied de la rampe.

Aussitôt que les deux valises eurent été récupérées dans les soutes et placées dans le coffre, l'immense voiture américaine démarra en silence. Elle traversa le terrain en diagonale pour ne s'arrêter qu'au contrôle situé face à la guérite d'un soldat en arme. C'était la dernière enceinte de l'aéroport Kennedy. Elle débouchait sur Van Wyck Expressway qui conduit aux grandes artères desservant Brooklyn et Manhattan.

La nuit était tombée. Dans la moiteur de l'été approchant, les magnifiques gratte-ciel du centre-ville émergeaient en couronne sous le halo rougeâtre de la voûte céleste, pointant leurs flèches de béton au-dessus de la ville aux fenêtres éternelles.

Dans la limousine, un silence ouaté régnait. Les deux agents de sécurité s'assirent sur les strapontins face à la profonde banquette arrière. Entre eux, un téléviseur miniature au son coupé retransmettait un match de baseball. Billy reconnut les couleurs bleue et blanche des Yankees de New York. L'appareil était posé sur un meuble semi-circulaire en noyer. Chipi se pencha pour l'ouvrir.

Sous la pression des doigts, une petite porte coulissa pour dévoiler un bar miniature. Chipi siffla en connaisseur :

– Abondant et rien que du meilleur! dit-il en français.

– Laisse tomber! lui répondit Billy dans la même langue. Inutile d'alourdir la note du fisc nord-américain. Sache qu'à partir de maintenant rien ou presque rien ne sera gratuit...

En soupirant, Chipi reprit sa pose dans les plis moelleux du siège. La voiture traversait les quartiers populeux de Richmond Hill. Elle vira dans Queens Boulevard qu'elle suivit pendant un bon quart d'heure avant de s'engager sur Queensboro Bridge. Trente mètres plus bas, les eaux glauques de l'East River renvoyaient les lumières chatoyantes de la presqu'île de Manhattan. Discrètement, Chipi se pencha vers son ami.

– Tu reconnais? questionna-t-il en espagnol.

Billy fit une moue. Il répondit en français :

– Je reconnais. Mais, pour être encore plus précis, je dirai que je connais.

Il pointa son doigt dans le sens de la marche du véhicule.

– Là, on va sortir à hauteur de la Soixantième qui donne plus loin sur Central Park. Juste à côté de l'hôtel Pierre, face à l'immense Park Hotel.

Il réfléchit un instant, le doigt sur les lèvres.

– Il me semble que je descendais au Pierre. Mais... quant à te dire avec qui, comment et à quelle date... je n'en sais fichtrement rien!

Chipi lui tapota la cuisse.

– Hé, mon vieux! Finalement, ce voyage a du bon! Tu vas voir que ta mémoire va te revenir plus vite que tu ne penses!

Billy jeta un regard en coin à son compagnon. Il paraissait sceptique, mais il ne dit rien. Il reporta ses yeux sur Manhattan qui défilait le long des berges. Il avait conscience qu'il connaissait cette ville. Il y avait peut-être vécu... Il y avait certainement séjourné, et à de nombreuses reprises. À cet instant, des ombres traversèrent son subconscient. Mais il était incapable de leur donner un nom ou de les placer dans un contexte ou un lieu précis. Malgré ses efforts, une grande partie de sa mémoire restait inerte. Elle se refusait à s'accrocher aux aspérités des quelques réminiscences qui auraient pu lui permettre de retrouver un hypothétique fil conducteur. Il serra les poings, sentant la rage monter en lui. Il lui semblait être à la fois tout près et très loin de cette vérité qui se refusait à lui. Se rendant compte du combat silencieux que menait son ami, Chipi le dévisageait.

– Calme-toi, mec! Laisse faire le temps. Tu vas voir : peu à peu, ça va revenir... Fais-moi confiance.

Billy lui jeta un regard reconnaissant. Il sourit pauvrement.

– Merci, dit-il dans un murmure.

La limousine s'était engagée vers le sud sur Roosevelt Drive. Cette avenue qui longe l'East River était le déversoir de tous les banlieusards nord. À cette heure de la soirée, le trafic était fluide. Elle traversa le pont de Williamsburg et enfila East Broadway Street, pour s'arrêter au premier tiers de la rue. On était devant une porte à double battant, rehaussée d'un imposant auvent métallique suspendu à la paroi au moyen de gros câbles. Une enseigne au néon verte annonçait pompeusement : Sunlight Hotel.

– J'ai l'impression qu'on est arrivés, souffla Billy.

Chipi sortit de la voiture. Il s'étira, jambes et bras écartés, en jetant un regard sur la façade gris sale du bâtiment lézardée par un escalier de secours métallique.

– Oui, dit-il. Et comme tu l'annonçais tout à l'heure, j'ai l'impression que les gratuités des premières classes sont maintenant du domaine du souvenir!

Tout alla très vite. Il n'y eut aucune formalité à la réception. Au contraire, les deux agents de l'administration américaine conduisirent les deux amis directement à l'ascenseur. Au quatorzième étage, la porte s'ouvrit sur deux autres gardes, toujours vêtus d'un costume civil. Ayant salué de la main leurs collègues, les deux premiers agents de sécurité reprirent immédiatement l'ascenseur dans le sens inverse.

Billy et Chipi se retrouvaient aux mains de leurs nouveaux anges gardiens. Ensemble ils enfilèrent un long couloir éclairé au néon. Au sol s'étalait une moquette brique, constellée de taches de café renversé pendant les tours de garde nocturnes. À chaque extrémité du corridor, des caméras perpétuellement en mouvement balayaient l'espace de leur œil de cyclope mécanique. Une porte de chambre était ouverte. Lui faisant face, placé contre la paroi du corridor, se trouvait un vieux divan marron. À ses côtés, une petite table basse supportait un cendrier publicitaire ébréché rempli de mégots à ras bord. Le sol était jonché de journaux écornés parmi quelques magazines en désordre.

La porte donnait sur une suite composée de deux pièces, réunies par une salle de bain commune. Les deux amis y pénétrèrent. Aussitôt, derrière eux, la porte fut refermée, le bruit sec du pêne révélant un tour de clef. Chipi sourit.

– Je commence à regretter El Fassi et son Minzah transformé en plateau de la Metro Goldwin Mayer!

Billy éclata d'un rire nerveux. En se passant délicatement la main sur le visage, il constata que ses cicatrices lui faisaient moins mal. En fait, il avait l'impression de retrouver presque totalement l'élasticité de ses muscles faciaux. Il s'approcha d'une des fenêtres aux tentures brûlées par la lumière du jour. Elle donnait sur la rue. En face, une façade sombre d'immeuble, percée de fenêtres sans lumières, se profilait dans la nuit. Il se tourna vers Chipi.

– Regarde! Ils ont tout prévu!

Chipi s'approcha pour constater avec étonnement que les fenêtres étaient protégées par des barreaux. Il eut un haut-le-corps:

– Ils ont peur que les clients se tirent sans régler la note?

– Pas exactement, répondit Billy calmement. Toi qui connais New York, tu n'as pas fait attention à l'endroit où l'on se trouve?

– Tu veux parler du quartier? On n'est pas loin de Chinatown, si c'est ce que tu veux me faire dire. D'ailleurs, j'ai vu des Chinetoques tout le long de la rue, sans parler de l'odeur de canard laqué quand on est sortis de la limo. Mais je ne vois pas la relation entre l'Empire du soleil et cette semi-prison...

– Et pour cause: il n'y en a pas. Ce n'est pas une affaire de Chinois, mais d'emplacement géographique! Nous sommes à un jet de pierre du quartier général de la police new-yorkaise. Leur immeuble est celui, tout illuminé, qui se trouve au coin de la rue, là-bas...

– Et tu crois que c'est là qu'ils vont nous conduire demain?

Billy émit un léger ricanement.

– C'est sûr! Entre-temps, ils nous bouclent dans leur annexe. Je ne serais pas étonné d'apprendre qu'ils disposent dans cet hôtel de plusieurs étages loués à l'année.

Chipi plissa les yeux. Il dévisageait Billy comme s'il le voyait pour la première fois.

– Dis-moi... finit-il par marmonner.

Le ton de la voix intrigua Billy. Il haussa les sourcils dans l'attente de la suite de la question. Elle arriva dans un débit lent, ce qui était rare de la part de Chipi:

– ... essaye de te souvenir. Tu connais bien l'immeuble des flics dont tu parles, hein?

Billy ouvrit grand ses yeux limpides dans une réaction d'intense réflexion.

– Si je connais bien l'immeuble? Bonne question! À vrai dire, oui... je connais... comme tout New-Yorkais doit connaître, probablement! Mais... je ne suis pas du tout certain d'y avoir déjà mis les pieds, si c'est ce que tu veux savoir!

Chipi fit oui lentement de la tête.

– Ta réponse me suffit pour le moment. Demain, de toute façon, on verra plus clair. Quand on y sera, dans ton palais policier, tu confirmeras ou infirmeras tes premières impressions.

La remarque de Chipi laissa Billy songeur. Il se caressa machinalement la joue, jouant de ses doigts dans les légères cavités de ses cicatrices. Chipi s'approcha de lui pour lui entourer les épaules de son bras.

– Allez, maestro, on se couche. Une sacrée partouze nous attend demain avec ton copain Dennehy. Si on en croit les déclarations du sieur Dikins, t'étais comme cul et chemise avec ce flic! Encore que j'aie le sentiment que, ça aussi, ça reste à prouver!

– Que veux-tu insinuer?

– Je n'insinue rien! Simplement, on verra bien si demain il te reconnaît! Et puis, toi aussi tu es censé le reconnaître.

– C'est juste.

Bien plus tard, après que les lumières eurent été éteintes et tandis qu'au travers des tentures fatiguées pénétraient par intermittence régulière les feux des enseignes clignotantes de la rue, Chipi glapit depuis la pièce adjacente:

– À quoi penses-tu?

La réponse arriva au bout de quelques secondes:

– À Sophocle...

La surprise fit redresser Chipi d'un bond:

– À Sophocle? Tu te fous de moi?

– Non... à Sophocle... à cause de mon nom...

– Qu'est-ce qu'il a, ton nom?

– Le nom que je porte «est-il si tragique que je ne connaîtrai jamais la paix»?

L'énoncé de la citation du poète grec fit sourire Chipi. Il ferma les yeux, rassuré, et chercha le sommeil. Atténuée par l'oreiller, sa voix parvint néanmoins à Billy:

– N'oublie pas quand même quelque chose de fondamental. Après avoir traversé ce que tu as enduré, tu as le privilège aujourd'hui d'être encore vivant. Et dis-toi bien que, de toute façon, à un moment bien précis, toutes les guerres, tous les affrontements cessent...

Il ajouta après un long silence:

– ... tout simplement parce que quelqu'un reste debout.

CHAPITRE 20

– Incroyable!

Bras croisés sur un abdomen imposant que recouvrait une chemise blanche aux plis tirés au cordeau, l'inspecteur Dennehy se vautrait dans sa chaise à bascule de bois clair. Sa plaque d'officier des forces de loi, ovale et convexe, scintillait auprès du col qui s'ouvrait sur une poitrine poivre et sel. Il détaillait Billy, les yeux gourmands.

– Incroyable! répéta-t-il, un sourire narquois aux lèvres.

Il laissa passer un silence, pour reprendre d'une voix lente, à peine audible:

– Incroyable, ce que la chirurgie peut faire de nos jours!

Le regard clair de Billy scrutait intensément le visage du policier.

– Alors? interrogea-t-il d'un ton calme.

Dennehy soupira.

– Alors... pour répondre franchement à votre question de tout à l'heure, je vous répondrai par la négative! Non, je ne vous reconnais pas. Ou plutôt... pour être plus précis, je ne vous reconnais plus! Mais c'est bien vous malgré la chirurgie esthétique!

– Vous en êtes certain?

La grosse tête dodelinait fermement sur un cou de taureau.

– Ah, mais tout à fait certain! Seule la physionomie a changé. On voit bien que vous êtes passé par les mains d'un artiste!

– Ça, vous pouvez le dire! Vous auriez dû me voir quand ils m'ont sorti de l'eau à l'Ascension: à mes côtés, Quasimodo aurait décroché le rôle du jeune premier!

L'officier se redressa légèrement. Le ton de la voix se raffermit.

– Je ne parle pas de votre accident, Abruzzo. Je parle du travail de votre chirurgien au Brésil, après que vous avez faussé compagnie aux agents censés vous aider dans votre période probatoire en Floride!

– Apparemment, j'ai disparu sans laisser de traces. Exact?

Dennehy le dévisageait d'une manière curieuse. Il eut un rictus. En penchant légèrement sa grosse tête sur son épaule, il dit lentement, comme s'il s'adressait à un gosse qu'il évitait de gronder:

– Cessez de jouer à l'amnésique, Abruzzo. Ça rime à quoi?

– Racontez-moi quand même, inspecteur. Il se peut très bien que la mémoire me revienne...

– Il n'y a rien à raconter, Abruzzo! Vous savez très bien que vous avez été assigné à résidence en Floride. Vous étiez en période probatoire. En fait, pas pour longtemps! Vous étiez censé ne pas bouger. J'étais suffisamment tolérant avec vous pour qu'au moins vous m'avertissiez de vos intentions. Je ne me serais pas opposé à ce que vous alliez vous faire refaire le portrait. C'était en plus dans nos conventions. Le tout était d'y mettre la manière... Mais vous en avez décidé autrement, et pour une bonne raison! Maintenant, ne comptez plus sur moi. Et encore moins sur mon indulgence!

– Quelles sont ces bonnes raisons que vous venez d'évoquer, inspecteur? questionna Chipi, assis légèrement en retrait de Billy.

Le policier se redressa totalement, faisant crisser le mécanisme de la chaise. Il planta ses coudes sur le bureau de bois. En lançant un regard en biais, il répondit évasivement:

– C'est simple: Abruzzo s'est enfui de Floride. Il n'a respecté aucune des clauses de la convention passée entre lui et nous. Il s'est rendu au Brésil, sans notre accord, pour se redonner une virginité. En fait, son intention était de disparaître complètement de la circulation afin de récupérer le magot qu'il a planqué à gauche et à droite. Ensuite, il aurait continué à perpétrer ses méfaits ailleurs, probablement sous une identité d'emprunt et assuré de l'impunité maintenant que plus personne ne pouvait le reconnaître.

Chipi hochait la tête, pensif:

– Si je comprends bien, après les interventions chirurgicales, vous ne saviez pas, ou plus exactement vous ne saviez plus, à quoi monsieur Abruzzo pouvait ressembler.

Les yeux du policier se plissèrent. Il acquiesça lentement après un court silence:

– C'est exact. Où voulez-vous en venir?

– Pouvez-vous me dire, alors, qui, aujourd'hui, serait en mesure d'affirmer que mon client est bien monsieur Abruzzo? Ou connaissez-vous quelqu'un qui le reconnaîtrait à coup sûr?

– Qui? Mais personne, mon bon monsieur! Tel que vous le voyez là, à jouer au con et à l'amnésique de pacotille, avec son nouveau faciès à un million de dollars, eh bien... personne. Personne ne pourrait le reconnaître! Vous savez, je connais bien son histoire. Il a fort bien manigancé son coup, le salopard! D'abord, il s'est sauvé seul, sans que personne ne le sache. Il s'est inscrit ensuite sur plusieurs vols sous divers faux noms. Nous avons vaguement retrouvé sa trace plus tard dans une clinique mondialement réputée du Brésil. Mais il s'était volatilisé comme par magie on ne sait où!

Il y eut un silence. Songeur, le policier ajouta, à voix basse:

– Et il a refait surface comme ça, par hasard, plusieurs mois après, sur ce fameux vol entre Miami et Rio qui s'est abîmé en mer avec lui seul comme survivant!

– Et vous êtes certain que vous êtes en face de la même personne?

Dennehy projeta sa lourde tête en arrière en s'esclaffant.

– Écoutez, mon vieux, vous êtes bien gentil, mais faut pas pousser le ridicule trop loin! Trop, c'est trop! Je vais vous faire une confidence.

Il planta ses petits yeux froids dans ceux de Chipi.

– Je connais bien l'oiseau. Je l'ai pratiqué suffisamment longtemps pour être sûr de moi. Si je ne reconnais pas à cent pour cent le visage, l'essentiel reste. Les traits principaux sont identiques, même si l'accident d'avion s'est chargé d'achever ce que le génie du bistouri brésilien avait commencé... Et il y a toutes les autres caractéristiques que je n'ai pas besoin de lister. Vous les connaissez déjà, que je sache.

Tout en parlant et gesticulant, Dennehy dévisageait Billy. Soudain, il planta son regard dans le sien. Sa voix se fit plus basse; le débit se ralentit:

– Je vais vous dire, Abruzzo. Confidentiellement entre vous et moi, vous pouvez continuer à jouer au con tant que vous voulez. Moi, je m'en contrefous. Mais ce que je sais, c'est que depuis votre départ, votre disparition, devrais-je dire, nous étions bien tranquilles. Tout compte fait, hors de notre protection à laquelle vous avez renoncé en brisant le contrat qui nous liait, vous deveniez une bête traquée. Aucune chance de passer au travers des mailles du filet tressé par vos anciens copains! Ils sont tous après vous, Abruzzo! Car vous les avez grugés, volés, pillés sans vergogne! Pour nous, vous aviez signé votre arrêt de mort. Et, pour le dire froidement et sans état d'âme, votre élimination arrangeait tout le monde. Moi en particulier! Comme vous le savez, après vos révélations tonitruantes aux autorités fédérales, il y a eu des massacres de part et d'autre. Depuis, nous aspirions à un peu de repos et de sérénité. Peu à peu, nous avions réussi à remettre un semblant d'ordre dans cette faune qui vous est coutumière. Vos compatriotes aux gâchettes intempestives avaient mis une sourdine à leur activité. Les choses et les affaires reprenaient leur train-train habituel; le calme s'instaurait. En d'autres termes, tout était sous contrôle. Eh bien, non! Il était écrit quelque part qu'il vous était impossible de laisser les gens en paix! Du jour au lendemain, il a fallu que vous fassiez une réapparition théâtrale, raturé comme un cahier d'écolier et endimanché d'un hâle à faire pâlir un naturiste de Long Island! Et ce, sans un regard de compassion pour tous vos anciens copains terrés dans les sous-sols insalubres du Bronx, qui n'ont connu pour tout soleil que les néons de vos boîtes de nuits infâmes rackettées à longueur d'année!

Sa tête se balançait dans un mouvement de rotation grotesque. Les yeux toujours fixés sur Billy, il laissa échapper un grognement.

– Faut quand même le voir pour le croire! C'est à se demander si le ciel n'existe que pour les crapules!

Billy n'avait pas bronché. C'est à peine si on l'entendit quand, sous forme de conclusion, il répondit froidement à l'inspecteur:

– Faut croire que je n'en suis pas une, puisque je ne suis pas encore monté au ciel.

Chipi sourit. Dans le silence qui emplit la pièce, il décroisa les jambes et tira d'un air innocent sur le pli de son pantalon. Conscient du sarcasme muet qui émanait de son attitude, Dennehy lui décocha un regard furibond. Après quoi il reporta son attention sur Billy pour répliquer d'une voix sourde:

– Vous pouvez toujours faire l'insolent! Après tout, ce n'est pas ma tête qui est mise à prix. À mon sens, vous n'en avez plus pour très longtemps. Les événements de l'Ascension en sont la preuve. Si votre présence a été éventée dans votre trou à rats de l'Atlantique, a fortiori, tout ce beau monde est au courant mezza-voce de votre arrivée ici.

– Je pensais que des précautions avaient été prises, précisément pour sauvegarder l'anonymat de monsieur Jordan, dit Chipi.

– Jordan! C'est vrai qu'on lui a même fait cadeau d'un nouveau blaze! Non, monsieur Cippola! Monsieur Jordan, comme vous dites, n'est certainement plus une nouveauté au hit-parade du crime. Bien sûr, des précautions ont été prises! Mais la pieuvre aux tentacules gigantesques que nous combattons de toutes nos forces possède des indicateurs partout! Même probablement chez nous, au sein de ce building. Vous savez, je ne serais pas étonné qu'elle ait réussi à gangrener une partie de nos effectifs! Sachez qu'Abruzzo, alias monsieur Jordan, si ça peut vous faire plaisir, est voué à finir comme les petits copains. C'est-à-dire avec un 11.47 au chargeur vide à la main, une balle dans le cerveau pour les filouteries, une dans l'œil pour les délations. Et je vous donne en prime mon sentiment personnel. Même s'il vous apparaîtra cynique, il est sincère: plus vite il sera trucidé, plus vite la ville va retrouver son calme.

Billy intervint à nouveau de sa voix calme:

–Je n'ai pas de 11.47.

– Tu parles!

–Je n'ai pas de 11.47. De toute façon, je ne sais pas m'en servir.

Dennehy se rejeta vers le dossier de son fauteuil à bascule qui couina dans un crissement de ressorts fatigués. Il sourit en hochant sa grosse tête.

– Elle est bonne, celle-là: pas de 11.47! Après tout, peut-être! Mais vous savez vous en servir, c'est certain!

Quelques secondes s'égrenèrent.

– Auriez-vous la gentillesse de nous offrir un café?

Le policier souriait toujours.

– Vous avez changé, Abruzzo! Vous êtes un rien plus poli qu'avant, mais surtout beaucoup plus calme...

Il se pencha vers l'interphone pour commander trois cafés. Il ajouta:

– En plus du bronzage style Club Med obtenu pendant votre villégiature, vous avez pris des cours de bonnes manières, on dirait!

Billy voulut répondre, mais la porte s'ouvrit dans un bruit cristallin. Une représentante des forces publiques, à la peau très noire et au large fessier comprimé dans un pantalon verdâtre sur lequel pendouillait une paire de menottes, fit son entrée. Elle portait un plateau garni qu'elle déposa sur le bureau. Le café était servi d'autorité avec de la crème. Enfouissant avec difficulté sa main grasse dans la poche de son uniforme, elle en extirpa quelques sachets de sucre qu'elle jeta sur le bureau dans un geste rappelant des dés qu'on lance.

Dennehy fit le service, puis reprit sa position semi-couchée. Portant le breuvage à ses lèvres, il aspira bruyamment une gorgée.

– Qu'allez-vous faire de moi? questionna Billy.

Le policier le regarda par-dessus son verre de carton.

– Vous remettre en taule, pardi!

Chipi s'interposa vivement :

– Mais pour lui, c'est la mort assurée!

– Et que voulez-vous que j'y fasse? Il y avait un contrat au départ. Il a été rompu! Les règles étaient pourtant précises : à la moindre incartade, c'est l'emprisonnement. Maintenant, on y est!

– Mais vous êtes censé le protéger, bon Dieu! Pensez à votre devise de flic dont toutes vos bagnoles sont revêtues[31]! Après tout, il vous a rendu de fiers services... au risque de sa vie...

– Je sais...

– Mais enfin!

– Écoutez, vous deux! Arrêtez de m'emmerder! La situation est simple. Je me tue à vous l'expliquer, et je perds mon temps à le répéter. Si Abruzzo crève, je m'en contrefous. En revanche, cela aura pour effet d'assainir la place. S'il ne se fait pas éliminer immédiatement, il va y avoir un regain de tension néfaste. Ce ne sera bon pour personne. Moi, personnellement, je suis neutre. À parler ouvertement, je peux même vous avouer qu'il m'apparaît aujourd'hui plutôt sympathique, en comparaison de l'image qu'il donnait de lui-même à l'époque de ses frasques. Et je remonte pratiquement au temps où j'avais été assigné comme son agent de réhabilitation! Mais cela n'a strictement aucune importance. Mes sentiments, quels qu'ils soient, n'ont rien à voir là-dedans. Les faits sont là : tant qu'Abruzzo est vivant, je trimballe une source d'emmerdes. Alors soyez gentils : mettez-vous à ma place. Que puis-je faire de lui sinon l'envoyer au trou... et pour toujours!

Billy écoutait en silence. Sa vie était en jeu, mais il semblait ne pas s'en rendre compte. Les dernières paroles du policier éveillèrent en lui le souvenir de l'Ascension et des propos similaires de l'administrateur au sujet des dangers que sa présence représentait pour les habitants de l'île. Dennehy continuait son analyse en prenant Billy à témoin :

– Pour répondre précisément à la question posée par votre conseiller tout à l'heure, je dis qu'effectivement vous avez été utile pendant un certain temps. Et il est tout aussi exact que nos accords stipulaient une forme de protection de votre personne. Mais sans précision de durée. Aujourd'hui, cette protection n'a plus lieu d'être. Toutefois, j'ai le sentiment qu'en détention vous serez bien mieux protégé que rendu à la vie civile.

De son siège, Chipi montra quelques signes d'énervement :

---

31. *To serve and protect* : servir et protéger.

– Mais vous savez très bien que sans protection rapprochée Billy est foutu!

– Cippola, en prison ou ailleurs, Abruzzo est foutu de toute manière!

– Alors, puisque vous avouez que cela vous arrange, inspecteur, accordez-lui au moins le privilège du choix de sa mort!

– Que voulez-vous dire?

– Je ne crois pas beaucoup me tromper en prétendant que Billy préférerait profiter de ses derniers rayons de soleil librement, et non entravé, à les chercher au travers du grillage d'un établissement pénitentiaire du Middle West!

Billy se penchait vers le bureau de l'officier de police. Soucieux de ne pas lui laisser le temps de réagir aux propos de son ami, il l'interpella sans délai de sa voix calme:

– Vous ne croyez pas à mon amnésie...

– Non!

– Oui, je sais, je l'avais compris. Et je ne chercherai pas à vous en convaincre. Toutefois, si vous le permettez, je voudrais vous dire le sentiment personnel qui résulte de... de ce que j'ai vécu depuis... comment dire? depuis... que je me suis soustrait à vos contrôles.

– Vous reconnaissez donc...

– Non, inspecteur, je ne reconnais rien. J'essaye simplement d'expliquer. Sachez que ma mémoire remonte à mon hospitalisation à l'Ascension. Je suis incapable de vous dire ce qui s'est passé en amont...

Soudain Billy parut absent, plongé dans une sorte de rêverie. Intrigué, le policier respecta son silence. Il commença à parler, les mains jointes, le regard pointé vers le sol:

– Ma nouvelle destinée, j'en fais l'expérience heure après heure. Je dois gérer mes angoisses au jour le jour. Mon passé est teinté d'une noirceur indicible, je vis dans un état de malaise qu'aucune thérapeutique n'explique ou ne soigne. Ma vie est livrée à un présent laborieux où chaque nouvel apport de preuve, de détail, de récit me façonne une existence qui m'est totalement étrangère. Le passé qu'on me fabrique ne me semble en aucune façon coller à ma personnalité. Je vous avoue que c'est extrêmement frustrant et intimidant de chausser les souliers de cet autre, que je n'ai jamais rencontré, ni même entrevu ou esquissé brièvement dans les reflets d'un miroir. Cet autre qui pense, agit, s'exprime différemment de vous, et à qui, malgré vous, vous empruntez les rires, les pleurs, les sentiments, les paroles. Cet autre pour lequel vous ne ressentez aucune pitié, aucune haine, aucune affection. En fait, c'est un personnage de fiction, lointain et invisible, et pourtant fait de chair et de sang. Cet autre intrigue à votre insu et, à chaque palpitation de votre cœur, il s'immisce au plus profond de votre intimité. Dans ces conditions, comment n'aurais-je pas la nostalgie de ce qui n'est plus en moi? De ce que je n'arrive plus à assimiler ou à comprendre? De ce qui s'est évaporé en un éclair, un matin d'hiver en plein Atlantique? Aujourd'hui, où suis-je? Et que me reste-t-il, alors que tout ce qui m'entoure se ligue contre moi pour me forcer à ouvrir les portes de la révolte, c'est-à-dire le refus de sombrer sans combattre? C'est pourquoi je me dis qu'il faut raison garder. Annihiler toute velléité destructrice. Croyez-moi, inspecteur, c'est dur, très dur. C'est une lutte permanente contre soi. À chaque instant, mon intime conviction est remise en question. Pour tenir le coup, je puise au plus profond de moi-même les dernières énergies emmagasinées, aidé il est vrai par quelques amis sûrs qui se comptent sur les doigts d'une seule main. Face à ce qui est, face à ce qui vient, jour après jour, je reprends le combat contre cette ombre qui est en moi. Mais je manque de repères et il m'arrive de me laisser porter par mon instinct, de donner libre cours à l'inspiration et à l'intuition. D'elles-mêmes, les choses prennent alors leur place dans le labyrinthe compliqué d'une vie écourtée, dont je suis incapable pour le moment de situer l'origine, et encore moins d'entrevoir le futur.

Billy transpirait. Machinalement, sa main essuya son front. Lorsqu'il releva la tête, il paraissait s'éveiller. Dennehy n'avait pas bougé. Il semblait décontenancé, plongé dans une profonde réflexion. Le policier avait été surpris par cette confession dite sur un ton de sincérité qui n'avait pas échappé à sa vigilance. En trente ans de carrière, il avait eu le loisir de faire passer aux aveux bien des tordus. Il était habitué aux déballages de compromissions en tous genres. Mais, de mémoire, jamais il n'avait ressenti un tel malaise devant un prévenu.

Ses petits yeux froids et fouineurs parcoururent les aspérités du visage torturé qui lui faisait face. Sans pitié, il scrutait les cavités encore rougies que formaient les dernières cicatrices. Il sonda longuement ce regard trop bleu. Quelque chose le gênait et l'énervait. Mais il n'arrivait pas à le définir. Sa bouche se tordit en une grimace. Très vite, il se dit que, aussi sincère que pouvait apparaître la confession qu'il venait d'entendre, les explications manquaient dramatiquement de base sérieuse. À la réflexion, elles lui semblaient même vaseuses. Sa grande connaissance du dossier renforça son jugement. Car il était très familier de son loustic pour l'avoir autrefois traqué, arrêté, puis protégé quand finalement il avait reconnu ses activités en marge de la loi. Il avait encore en mémoire le temps où Abruzzo avait accepté, aussitôt révélé le massacre de sa famille, de collaborer avec les forces de police au risque de sa vie. À cet instant, la vision des deux gosses égorgés gisant près de leur lit d'enfant provoqua chez lui un haut-le-corps.

Malgré son aversion pour toute forme de criminalité, aussi bien que pour ceux qui s'en rendaient coupables, il sentit un élan de compassion monter en lui pour ce visage empreint de mélancolie qui le fixait. Il chercha à cacher son trouble en avalant une dernière gorgée de café froid. En reposant lentement le gobelet, il tenta une réplique de circonstance:

– M'ouais! Si je comprends bien, vous êtes devenu un disciple de Confucius: en un mot, vous cherchez votre voie! Je peux vous aider en vous révélant qu'elle est en droite ligne avec ce que je vous ai annoncé. C'est-à-dire jonchée de cadavres refroidis par des projectiles de tous calibres! Je sais bien que vous laissiez le travail ingrat à vos acolytes du genre d'Ambrosio, de Gaetano Chicciardi ou de Zamboli, tous morts suite à vos généreuses révélations, au champ d'honneur de la mafia reconnaissante!

Le regard du policier avait perdu sa bienveillance d'un instant. Il redevenait le flic méprisant et autoritaire. Un semblant de sourire moqueur se glissa sur ses lèvres.

– Vous avez peut-être perdu la mémoire au cours de vos vacances sous les tropiques, mais ceux qui pourrissent au fond des geôles fédérales, certainement pas! Et leurs copains, pour le moment encore dans la nature, non plus! Loin de là!

Il regarda le fond de son gobelet vide. Il se baissa pour chercher la corbeille sous le bureau. Encore penché, il dit à l'attention de Billy:

– Attendez-vous à un comité de réception à la mesure de votre réputation et des conséquences que vous avez provoquées en vous mettant à table. Vous me faites rigoler en parlant des affres de votre amnésie! Moi, je peux vous assurer que ce sont des pâtés de sable à côté des monuments qui vont vous tomber sur le crâne aussitôt que vous aurez franchi la porte du quartier général!

– Autant que je sache, répondit Billy, en contrepartie de ma collaboration, il avait été convenu que vous m'aideriez à reprendre le cours d'une vie normale dans le respect de la Constitution de ce pays, tout en me protégeant précisément de mes anciennes relations, non?

L'air moqueur s'accentua sur le visage du policier:

– Tiens, tiens! On retrouve sa mémoire maintenant?

– Vous savez bien qu'à Tanger monsieur Dikins m'a donné certaines explications. Du reste, lui aussi m'a mis en garde contre mes anciennes fréquentations. Mais je dois vous dire qu'il a assorti ses commentaires d'une clause de garantie. D'après lui, je devais être placé sous surveillance aussitôt mon retour aux États-Unis.

– Vous étiez déjà sous surveillance. Nuance!

– Si vous voulez. Mais...

– Et vous avez disparu. Volatilisé! Monsieur a préféré jouer à cache-cache avec ses protecteurs. Et dans quel but? Mais c'est très simple, mon bon monsieur! Pour renouer avec ses anciens contacts malfaisants, reconstruire son empire du crime et continuer à bafouer la loi sous le couvert d'une forme d'immunité que nous lui offrions. Avec en prime, un nouveau visage, une nouvelle identité, et tutti quanti, comme vous dites chez vous! En un mot et un seul: la belle vie! On reprend les mêmes habitudes et on recommence ailleurs en toute impunité!

– Écoutez, monsieur Dennehy...

– Inspecteur Dennehy!

– Excusez-moi: inspecteur Dennehy... Écoutez et croyez-moi, quand je vous dis que je n'ai aucune intention malfaisante. Et encore moins les ambitions d'un caïd de la pègre. Peut-être que cette ambition m'habitait auparavant, dans une vie antérieure... mais plus aujourd'hui. Pour tout vous dire, il me semble impossible de faire du mal à quiconque. Je m'en sens totalement incapable. Et si vous me le demandez, je vous répondrai que je suis sûr... presque sûr... que je n'ai jamais tué quelqu'un. La mort me révulse. C'est quelque chose d'abominable...

Exprimé d'une voix sourde, le propos dégageait une sincérité singulière. De nouveau, le policier fut pris d'un doute. Il fit un rapide calcul dans sa tête: la dernière apparition connue d'Abruzzo remontait à la mi-septembre de l'an dernier. Deux fédéraux de Floride tapis dans leur véhicule de surveillance avaient consigné son départ de chez lui. Cela se passait vers quinze heures, et le prévenu avait à la main un attaché-case. Trois clichés à distance avaient été pris ce jour-là. Rien ne présageait une fuite: les photos le représentaient en costume gris clair et lunettes de soleil. Derrière lui, en forme de décor de théâtre, se dessinait la maison aux fenêtres grandes ouvertes qui lui avait été attribuée. Il avait pris la direction de Tampa. Chemin faisant, il avait réussi à semer ses limiers. Sa voiture avait été retrouvée le soir même au stationnement de l'aéroport, non verrouillée, les clefs dans le coffre à gants. Après une vérification méthodique, son vrai nom avait été répertorié sur un vol à destination de l'Amérique du Sud. Depuis, plus rien! Le black-out complet. L'homme s'était mystérieusement volatilisé, sans même prendre la précaution d'éteindre les lumières chez lui ou d'arrêter l'arrosage automatique de sa pelouse. Lors des perquisitions, on avait retrouvé dans la boîte aux lettres les notes de téléphone impayées et des courriers divers. Parmi les missives, plusieurs lettres de cliniques sud-américaines vantant leur expérience dans la microchirurgie.

Cinq mois après cette disparition, l'étrange personnage était identifié comme seul survivant d'une catastrophe aérienne survenue au large des côtes vénézuéliennes. Qu'avait-il manigancé entre-temps? Pendant ces cinq mois de liberté totale, quels étranges réseaux avait-il eu le loisir d'animer? Quelles avaient été ses fréquentations? De quoi avait-il bien pu vivre? Pendant que le monde policier de la terre entière cherchait encore à résoudre cette avalanche de questions sans réponses, voilà qu'il débarquait le visage en charpie, méconnaissable, atteint d'une amnésie commode qui, dans les circonstances, lui seyait à merveille!

Songeur, l'inspecteur de police émit un léger sifflement admiratif. Il souffla profondément, creusant un peu plus les plis de sa chemise blanche sur le renflement de sa bedaine. Ses lèvres s'entrouvrirent sur un murmure inaudible. Billy tendit l'oreille en haussant les sourcils dans une attitude interrogative. Dennehy balaya toute question d'un geste rageur de la main:

– Laissez! Je me parlais à moi-même.

Pendant quelques secondes, il resta prostré, semblant chercher dans le regard de Billy ce fond de vérité qui lui aurait permis de se libérer du poids qui oppressait sa conscience. Indécis, il secoua sa grosse tête en ramenant ses poings sous son menton.

– Vous me posez un sacré problème, Abruzzo! Constatez vous-même: vous, ou bien vos acolytes, c'est du pareil au même, vous décimez la moitié de la pègre de la côte est. Vous revenez chialer dans le giron des flics en dénonçant méchamment tous vos anciens camarades de l'école du crime. Vous disparaissez ensuite à la première occase. Enfin, un beau matin, telle Vénus, vous sortez de l'écume des mers, méconnaissable, doux comme un agneau, la contrition suintant de vos lèvres!

Il désigna Chipi d'un mouvement du menton.

– Sans parler de l'épouvantail à moineaux en costume rayé et souliers pointus que vous trimballez derrière vous!

Chipi fut plus rapide que Billy pour intervenir. D'une voix glaciale, il interpella Dennehy:

– Tu sais ce qu'il te dit l'épouvantail à moineaux?

Les yeux du policier se rapetissèrent pour tout juste laisser filtrer un trait noir. En se redressant lentement, il pointa un index grassouillet d'autant plus menaçant qu'il le tenait immobile dans l'air. Sa voix prit une inflexion gutturale.

– Écoute-moi bien, Casanova de banlieue. Je t'ai accepté dans mon bureau, mais pas pour me faire insulter. Ici, tu es chez moi, pigé? Tu dis un mot de plus... un seul... même un éternuement, et je te boucle pour une semaine avec au cul une plainte pour outrage à magistrat, O.K.?

Pâle, Chipi retenait visiblement une envie de mordre. Billy tenta d'interrompre les hostilités:

– Je ne sais pas qui insulte l'autre, en l'occurrence. Inutile de s'énerver, inspecteur. Pourquoi au contraire ne pas accepter tout simplement la réalité? Après tout je suis là, bien là, et je ne demande qu'une chose: la protection qui m'avait été promise. Rien de moins, rien de plus.

– C'est bien cela qui me gêne.

– La protection que je réclame?

– Non. Le fait que vous soyez revenu!

La surprise apparut sur le visage de Billy.

– Je ne comprends pas...

– C'est pourtant simple. Votre retour me laisse perplexe. Pourquoi être revenu, alors que vous aviez tous les atouts en mains pour disparaître à jamais?

Billy eut un long soupir. Le policier le fixait sans comprendre. Soudain, le visage ravaudé lui parut las, infiniment humain. La différence entre l'homme qu'il avait combattu et celui qui venait de se livrer était saisissante. C'était le même homme, la même chair, le même regard. Mais, pour la première fois, cet homme montrait une âme. Dennehy lui découvrait des sentiments. Peut-être même des remords... Billy s'éclaircit la gorge.

– Je vis une période difficile, inspecteur. Une période de réadaptation, en quelque sorte. Vous êtes en droit de récuser le mal qui me frappe. Je le comprends parfaitement, maintenant que je connais les reproches qui me sont adressés. Pourtant, je vous dis la vérité. Aujourd'hui j'aspire à une certaine sérénité que seule l'éclosion du souvenir peut m'apporter. Pour arriver à cette fin, il me faut reprendre le cours d'une vie normale, laisser au temps, aux choses et aux événements le loisir de décider pour moi de la conduite à suivre.

Mal à l'aise, Dennehy hésitait à reprendre la parole. De toute sa carrière, il n'avait jamais eu à traiter une affaire similaire. Généralement, il faisait confiance à son intuition et il se trompait rarement. Or il ne se rappelait vraiment pas avoir eu par le passé un sentiment aussi mitigé envers un prévenu. Son regard laissa filtrer une certaine commisération. Il haussa lourdement les épaules.

– Si vous dites vrai, Abruzzo, alors je vous plains. Il est fort possible que par des efforts personnels et beaucoup de patience vous arriviez à briser le carcan de l'oubli qui s'est refermé sur votre passé. Mais, entre nous, ce passé est tellement moche qu'il serait presque préférable de l'oublier pour de bon! Mais les faits restent. Vous êtes, pour moi, pour le gouvernement et pour les autorités judiciaires de ce pays, un criminel en cavale. Et ce, depuis le jour où vous avez faussé compagnie à nos agents de Floride. À cette époque, comme vous le savez, vous étiez en période probatoire. Tous les quinze jours et pour une période de trois ans, vous étiez censé vous rapporter à moi. Vous avez manqué à cet accord préliminaire et rompu irrévocablement notre pacte, qui est devenu caduc par le fait même. Aujourd'hui, si j'applique la loi, je devrai vous enfermer dans un pénitencier fédéral en attente d'un nouveau jugement.

Le policier se tut un instant. Prenant un crayon jaune dans ses doigts potelés, il se mit à le faire sauter côté gomme contre le bois du bureau.

– Toutefois, il est certain que deux éléments extérieurs à l'enquête que j'ai menée viennent brouiller les cartes. D'une part, il y a les rapports médicaux du Foreign Office, à Londres. Tous confirment votre amnésie. D'autre part, le second élément, c'est vous-même. C'est-à-dire votre présence dans ce bureau que je n'arrive pas à expliquer. Je vous avouerai que j'hésite sur l'attitude à adopter envers vous. Car je vous connais bien! Et je ne serais pas étonné outre mesure d'apprendre que le génial malfaiteur de la finance est devenu aujourd'hui un simulateur tout aussi talentueux!

– Vous me flattez, inspecteur! Mais, avec tout le respect que je vous dois, vous vous trompez. Si par le passé j'ai été le criminel que vous décrivez, je ne le suis certainement plus aujourd'hui. Tout simplement parce que je m'en sens incapable. L'autre d'avant l'accident est mort. Depuis, j'ai appris à diriger ma vie en considération de l'avenir, et non comme il est coutume chez tout un chacun en tablant sur l'expérience du passé.

Le crayon rebondissait toujours entre les doigts dodus.

– Ça peut faire sourire, quand on connaît votre pedigree...

– ... ponctué à coups de 11.47, comme vous aimez à le rappeler!

– Cette fois-ci, c'est vous qui le dites! C'est presque un aveu...

– Passons! De toute manière, j'assume ma condition humaine avec tout ce qu'elle peut traîner derrière elle de nauséabond et de haineux. Je me permettrai d'ajouter, inspecteur, qu'en ces quelques mois de résurrection, j'ai appris à accepter mes blessures morales et physiques en me reconstruisant une âme, qui s'accommode fort bien pour le moment de l'exclusion de la mémoire. Je dis bien pour le moment. Même si je n'ai pas de prédilection particulière pour les martyrs, il n'est pas dit que je ne passerai pas la seconde moitié de mon existence à essayer de réparer le mal que j'ai fait au cours de la première.

Dennehy était perdu dans ses pensées. Il réagit avec un certain retard:

– Vous avez changé, Abruzzo!

Billy eut un mouvement des épaules. Il sentit la lassitude le gagner.

– C'est possible, inspecteur. Après tout, vous me connaissez mieux que je ne me connais moi-même!

Le policier lâcha son crayon qui retomba sur la table dans un bruit sec. Calant ses coudes charnus sur le rebord du bureau, il souffla lourdement dans ses doigts entrecroisés. Malgré l'air conditionné, la chaleur estivale était pesante. De la fenêtre coulissante montait la rumeur sourde de la rue, légèrement atténuée par l'effervescence dont le bruit s'entendait depuis la grande salle contiguë. L'agitation qui anime tout commissariat dans le monde se poursuivait au-delà de la cloison aux verres opaques. De temps en temps, des silhouettes pressées projetaient des ombres furtives qui glissaient d'un bout à l'autre de la pièce.

– Abruzzo, je vais vous donner une chance. Ce sera la dernière. Mais je ne vous la donne pas parce que vous m'avez convaincu, mais parce que cela m'arrange. Après tout, s'il vous arrive malheur, c'est autant d'argent de gagné pour le contribuable du pays qui vous assiste financièrement. D'autre part, il est certain que le fait de ne pas vous enfermer m'évite les tracas d'une mise en dépôt, d'un dossier d'incarcération et, en fin de parcours, d'une présence au tribunal. Écoutez-moi bien et tâchez de vous souvenir de mes paroles. Vous allez retourner en Floride reprendre possession de la villa qui vous a été allouée. Elle est située à Clearwater, comme vous le savez pertinemment. Dès votre arrivée, vous allez vous présenter au contact judiciaire que je vous indiquerai plus tard. Ce sera probablement une ancienne connaissance qui se fera une joie de vous revoir! Je veux que toutes les semaines vous preniez langue avec moi, à une heure très précise. Entre-temps, muni d'un permis de travail que je vous remettrai, débrouillez-vous pour vous trouver un job peinard. Et surtout un bon conseil: faites-vous tout petit dans votre trou. Qu'on ne vous entende même plus respirer! C'est bien compris?

Billy fit oui de la tête. Dennehy reprit:

– Combien vous reste-t-il d'argent?

Chipi rompit le silence qu'il s'imposait depuis l'altercation avec l'officier de police:

– Il n'a plus un sou! Il va vous raconter n'importe quoi pour ne pas avoir l'air d'un mendiant, mais...

L'officier l'interrompit aussitôt, menaçant:

– Vous, la gravure de mode, vous avez la mémoire courte! Vous vous souvenez de ce que je vous ai promis?

– Peu importe ce qui peut m'arriver, inspecteur! Mais pour Billy c'est important. Je vous dis qu'il n'a même pas de quoi s'acheter un hot-dog au coin de la rue! C'est peut-être un ancien loubard, mais au moins il a sa fierté pour lui!

La voix se fit plus douce:

– Il faut l'aider, inspecteur. De lui-même, il ne réclamera jamais rien!

– Bon, ça suffit comme ça! Fermez-la, maintenant!

Il s'adressa à Billy avec brusquerie:

– Combien vous ont-ils donné, à Tanger?

Billy fit un signe négatif de la tête.

– Rien. Deux billets d'avion, c'est tout.

– O.K. Je vais voir ce que je peux faire. Vous voulez partir pour la Floride à quelle heure?

Billy échangea un regard avec Chipi.

– Monsieur Cippola a une sœur à New York. J'aurais aimé rester quelque temps ici avec lui avant qu'il ne s'en retourne chez lui.

– Bon! On est jeudi. Démerdez-vous pour être lundi matin à Clearwater. Demain, venez me voir dans ce bureau à midi pile. Je vous donnerai le nom de votre officier traitant en Floride, les titres de propriété de la villa et les documents qui vous sont nécessaires pour mener dorénavant une vie loin des turpitudes passées. Je tiens à préciser qu'à partir de cet instant, les titres de transport comme le reste des frais sont à votre charge. Et quant au retour en Europe de votre soi-disant conseiller, je vous confirme ici même, pour qu'il n'y ait pas de confusion des genres, que le FBI ne prévoit pas la prise en charge du petit ami de ses clients!

Un ricanement caverneux agita sa panse. Ses bajoues tressautèrent sur une mâchoire qui avait du mal à s'ouvrir. De ses cuisses lourdes, il repoussa le fauteuil de bois. Soudain, pointant un index au plafond, il ajouta:

– J'oubliais! Évitez autant que possible les mauvaises rencontres ou les anciennes relations. Cela vaut mieux pour vous. Et si le hasard fait mal les choses et que lors de l'une de ces entrevues malheureuses vous arriviez à passer au travers des balles, prévenez-moi immédiatement.

Il ajouta après un silence, un rictus tordant sa bouche:

– Allez, monsieur Jordan, on va à la caisse!

La moiteur surprit les deux amis. Le soleil était au zénith. La ville transpirait. Derrière eux, les lourdes portes venaient de se refermer. Instinctivement, tordant le cou et les yeux vers le ciel, Chipi défit le nœud de sa cravate. Billy retira sa veste. D'un geste gracieux, tout en la retenant du pouce, il la projeta au-dessus de son épaule.

Autour d'eux la foule new-yorkaise chaussée de Nike à grosses semelles compensées ou d'escarpins de cuir d'Italie, indifférente, disciplinée, mais toujours pressée, se croisait par paquets aux feux de circulation. Le trafic rappelait un torrent en crue charriant les débris arrachés sur son passage. Une rage aveugle semblait animer les taxis jaunes qui tanguaient sur une chaussée déformée. Des particules de poussières microscopiques soulevées par la circulation s'embrasaient dans la pâle lumière tombant des hautes falaises de béton.

Les regards des deux compères se croisèrent. Une marque de connivence au coin des lèvres, Chipi haussa le ton pour se faire entendre:

– Alors, visite édifiante?

Billy fit la moue. Sans perdre son sourire, il jeta un coup d'œil circulaire, haussa les sourcils et, dans un geste lent, oscilla affirmativement la tête. Chipi, en se penchant vers lui, demanda, mi-moqueur:

– Combien de fois, d'après toi, t'es-tu rendu aux convocations de l'inspecteur Dennehy dans cet immeuble?

Le sourire s'accentua. Doucement, toujours d'un hochement de tête, Billy se contenta de nier. Chipi eut un soupir. À son tour, il retira sa veste et remonta les manches de sa chemise sur ses avant-bras.

– Je m'en doutais, dit-il, songeur. Il y a quelque chose qui cloche dans cette histoire. Mais, après tout, il se peut très bien que tu sois trompé par ta mémoire défaillante...

Il le prit par l'épaule.

– Viens, je t'invite à bouffer... À peine débarrassé des contraintes carcérales, voilà que déjà les affaires se compliquent!

Toujours la main sur l'épaule de son ami, il pencha sa tête sur le macadam qui se déroulait face à eux. D'une voix à peine audible, il ajouta, comme résigné :

– Et si tu veux mon avis, contrairement à ce que les événements laissent présager, tu n'es qu'au début de tes emmerdes!

CHAPITRE 21

Au contraire des villes latines où le soleil chasse l'ombre des toits, New York se grise de lumière par simple réflexion des rayons solaires. Puissants, ils s'éclatent en pétales éblouissants, inondant les façades des gratte-ciel de verre taillés en facettes diamantées. La cité transpire, s'ébroue, gémit. Au pied des murs vertigineux de béton, l'odeur musquée de goudron amolli sous la chaleur lourde s'impose par-dessus celle moins prenante et sucrée des saucisses chaudes enserrées d'un geste vif dans le fourreau d'un pain de mie. Irrémédiablement, la pénombre tombée du ciel abrupt se repaît de la clarté qui frappe un des côtés de la rue. Lâchée sur le macadam le temps d'une pause sandwich, l'ardeur égoïste de la gent bureaucrate s'intensifie. Une frénésie assourdissante, ponctuée d'avertisseurs, de cris, de sirènes, s'élève dans un élan brutal et venteux.

Il était midi. Au-delà de l'horizon crénelé, invisible dans l'incessante mobilité de l'air, l'astre solaire continuait à marteler la ville. Après la traversée du City Hall Park envahi par des écureuils dodus aux narines frémissantes, Billy et Chipi s'étaient engagés sur Broadway. Ils remontèrent quelques blocs. La chaleur moite les poussa à se réfugier dans le premier restaurant dont l'enseigne laissait présager une cuisine digne de ce nom. C'était un banal *steak house*.

La morsure sournoise de l'air conditionné les surprit. Billy enfila sa veste et s'assit à l'abri du souffleur. Il sortit de sa poche l'enveloppe remise par l'inspecteur Dennehy. Elle contenait deux mille dollars en coupures de cent et une carte d'identité plastifiée de la sécurité sociale, sans photo, au nom de William Wilfred Jordan. Face à lui, assis de travers sur sa chaise, Chipi s'adossa au mur.

– Avec ça, tu ne vas pas aller bien loin, lui dit-il.

– Non, mais ça me permet de t'inviter à déjeuner.

– Il n'en est pas question! C'était mon idée.

– Si, c'est moi qui invite. Avant que tu reprennes le chemin de

Gibraltar, la moindre des choses, c'est que je te remercie de ce que tu as fait pour moi.

Chipi tenta d'arrêter le discours d'une main levée :

– Les comptes, on les fera après. Pour le moment, je ne suis pas encore parti. Tu sais, j'ai réfléchi depuis hier. Si tu le permets, j'aimerais t'accompagner en Floride. Rien n'urge à Gibraltar pour moi, tu comprends? Et puis, ensemble, on avisera sur place. À moins... à moins que tu ne préfères rester seul.

Billy sourit. Il était touché de la marque d'amitié démontrée par son compagnon. Il voulut répondre, mais une employée s'approcha de la table. C'était une Portoricaine revêtue d'un petit tablier blanc qui laissait dépasser un carnet de commandes jaune de sa poche kangourou. Elle déposa deux verres d'eau glacée sur la table.

Chipi la caressa du regard. En espagnol, il commanda deux biftecks d'aloyau accompagnés de pommes de terre au four et de salade verte. La fille griffonna la commande d'une écriture rapide. Consciente du regard posé sur son dos, elle louvoya entre les tables dans un déhanchement prononcé. Chipi se pencha par-dessus la table :

– Tu vois, dit-il d'une voix chuchotée, elle est pas mal, cette gonzesse. Mais zéro pour le service! Te rends-tu compte qu'elle ne nous a même pas demandé ce qu'on voulait boire? Alors qu'elle aurait pu placer une boutanche de pinard comme qui rigole! C'est ça, l'Amérique : tout est pensé, réfléchi, habillé pour maximaliser le plaisir des yeux, le confort, et surtout le gain de temps. Mais pour les prestations de table, il y a de la part du petit personnel un manque d'éducation fondamental. C'est l'inefficacité personnalisée au profit de la maxime bien connue : le temps, c'est de l'argent. C'est à se demander parfois comment ils ont fait pour se poser sur la lune!

Savourant la remarque, Billy répliqua avec un sourire :

– C'est possible. Mais autant que je sache, les astronautes n'ont pas été sélectionnés parmi les serveurs du Dixie Hotel de Cap Canaveral!

Comme ils finissaient leur repas, Billy questionna son ami.

– Puisque tu es censé être mon conseiller, dis-moi ce qu'on va faire, maintenant.

Chipi se redressa, la lippe proéminente.

– C'est très simple. On retourne à l'hôtel récupérer les valises, j'appelle ma sœur et on se tire chez elle. Il va être bientôt quatorze heures. C'est le moment de son petit réveil...

Billy parut gêné :

– On ne va pas débusquer ta sœur comme ça... C'est pas sûr du tout que...

Chipi fit mine de se lever.

– Laisse tomber! Et surtout ne t'embarrasse pas de préjugés inutiles. Quand tu verras son appart, tu comprendras les pourquoi et les comment...

Un taxi jaune en maraude, sans climatisation et avec encore moins de freins, les prit en charge à l'hôtel. L'air chaud de la ville s'engouffrait au travers des fenêtres baissées. Le chauffeur était un Haïtien bien en chair, vêtu d'un tee-shirt blanc trop petit pour lui. Dans un français laborieux ponctué de créole, il fut tout heureux d'échanger quelques paroles de bienvenue avec ses clients.

Chipi résuma la situation.

– Ma sœur est d'accord qu'on reste trois jours chez elle. Dimanche après-midi on prendra l'avion pour Tampa. Ça te permettra d'être à ton rendez-vous de lundi matin. Sur place on loue une voiture et le soir tu couches dans ta maison. Qu'en penses-tu?

– Rien, sinon que cela me gêne de débarquer ainsi chez ta sœur. J'aurais très bien pu aller à l'hôtel... Elle est mariée, tu m'as dit, je crois?

– Elle est mariée, effectivement, mais vit séparée de son mari. Faut dire que ledit mari est plein aux as. Il lui a laissé l'appartement et un confortable compte en banque. Cela la dispense de se lever à six heures tous les matins pour aller taper sur un clavier d'ordinateur dans un sombre bureau du centre-ville.

– Si je comprends bien, c'est ce qui s'appelle un mariage intelligent.

Chipi avait le regard perdu au-delà de la fenêtre. La ville défilait, avec ses odeurs et ses rumeurs que le souffle du vent portait vers eux. Après un court silence, il se retourna vers Billy.

– Non, tu n'y es pas. Pour être tout à fait exact, cela s'appelle une séparation intelligente...

Le taxi remontait vers le nord le long du fleuve Hudson. Des quais déserts apparaissaient sur la gauche. Sur la rive d'en face où commençait le New Jersey, des constructions de briques rouges se déployaient harmonieusement au milieu de grandes étendues de verdure. Le fleuve semblait recouvert d'une chape métallique. Chargés à ras bord, des chalands paresseux à peine ourlés d'une frange d'écume au niveau de l'étrave se laissaient porter par le courant descendant. Chipi reporta son regard sur l'avenue qui défilait sous le capot jaune à damiers noirs.

– Elle est rouée, ma sœur. Généralement, les choses ne se terminent pas trop mal pour elle. Dans le cas qui nous occupe, elle a été convaincue d'adultère, soit. Faut la comprendre, son mari n'était presque jamais là et elle a du tempérament.

– Quand on connaît le frère...

– Précisément! On tient cette tare de famille!

Le taxi avait quitté l'autoroute à quatre voies longeant les quais. Il s'approchait de Central Park. Il contourna la statue de Christophe Colomb pour emprunter une petite route sinueuse qui le fit plonger au cœur de cet îlot de verdure en plein cœur de New York.

– Comme certains de ses amants étaient des relations d'affaires de son époux, la rupture était inévitable, mais, pour sauvegarder les apparences, le divorce a été évité, au profit d'une séparation de corps. Les avocats s'en sont mêlés et Daisy s'est retrouvée nantie d'un confortable compte en banque et d'un magnifique appartement sur la Cinquième Avenue.

– La Cinquième? C'est ce qu'il y a de plus cher avec Park Avenue...

– Ben oui! Et je note une fois de plus que tu connais bien New York. Mais on approche.

Il montrait du doigt un coin de rue.

– C'est là! Tu vas pouvoir constater de visu.

Dans un bruit de tôle martyrisée, le taxi s'immobilisa face à une majestueuse entrée rappelant les palaces hôteliers des superproductions hollywoodiennes. Un tapis fuchsia surmonté d'un auvent de toile grise courait au-devant de deux immenses grilles d'acier et de verre. Quatre mâts dorés soutenaient l'ensemble. Calligraphié en italique sur le chapiteau frontal, le numéro de la résidence apparaissait en lettres d'or.

Un planton sanglé dans un impressionnant uniforme bleu et blanc aux larges épaulettes jaune vif s'avança, casquette sur le front. Il avait le regard grave du chirurgien face au patient condamné d'avance. Chipi eut tout juste le temps de poser sa main sur l'épaule du chauffeur haïtien qui se préparait à sortir. Il lui dit rapidement en français:

– J'ai pas l'impression que ta berline fait l'unanimité dans le coin, mon frère!

L'Haïtien sortit à moitié de son véhicule, son pied droit continuant d'écraser la pédale d'un frein en fin de carrière. Un regard en biais par-dessus la carrosserie cabossée du véhicule lui permit de croiser les yeux courroucés du portier. Lentement, il regagna son siège et se pencha par la glace restée baissée. De sa voix tout en douceur, il s'adressa à Chipi qui s'apprêtait à sortir à son tour:

– M'en fiche! Avec des hardes comme les siennes, je fais fortune dans un cirque!

Chipi apprécia d'un sourire. Il émergea du véhicule. Dès qu'il croisa à son tour le regard du préposé à la sécurité, il ressentit aussitôt une solidarité instinctive avec le chauffeur de taxi. En prenant son temps, il énonça son nom d'un air distant. À ses côtés, Billy admirait l'édifice.

C'était un gratte-ciel des années 1950. Digne dans sa sobriété, il paraissait plein de respectabilité avec ses quatre-vingts et quelques étages qui s'entassaient les uns sur les autres, comme autant de cubes enfantins. Des terrasses aux arêtes cassaient la monotonie de la perspective. L'édifice était énorme. Pourtant, on pouvait très bien l'imaginer sorti d'un jeu de Monopoly. La base solide sur six étages massifs qui lui tenait lieu d'entrée s'ornait d'une architecture en bas-relief évidée en son centre par une immense arche vitrée. Malgré le reflet du soleil sur le verre, une luxuriante végétation apprivoisée se laissait deviner à l'intérieur.

Suivis du portier portant les deux valises, les deux amis pénétrèrent dans l'immeuble. Le hall était à l'image de l'élégance que laissait présager l'extérieur. Une succession raffinée de marbres roses et de colonnes grises conduisait le visiteur à deux escaliers mécaniques qui disparaissaient dans un plafond constellé d'une délicate marqueterie. De part et d'autre de l'entrée monumentale, des aires d'attente et de lecture avaient été aménagées. Disposés dans un désordre recherché, de profonds sofas clairs posés sur d'immenses tapis sombres créaient une atmosphère d'intimité artificielle. Il faisait bon. Légère et vaporeuse, une pâle lumière tombée du ciel venait conspirer avec l'abondante verdure qui exhalait une fragrance de serre bien entretenue.

Un chasseur également en uniforme les conduisit vers un ascenseur privé qui desservait uniquement le dernier étage. Pressurisant les tympans, la sensation de vitesse fut immédiate. La grille coulissa sans bruit. Elle donnait sur un vestibule aux murs recouverts de tissus peints à la main dans un dégradé crème. Dans l'arrondi de la paroi se trouvait une console vénitienne surmontée d'un immense bouquet de fleurs printanières à dominantes bleues et roses.

L'employé déposa les valises avec précaution sur la moquette avant de s'éclipser. Aussitôt, une porte à double battant s'ouvrit sur une jeune femme en peignoir blanc à parements or. Ses cheveux aux mèches claires étaient ramenés sur le cou en un chignon désordonné. Tout en rabattant d'un geste machinal un pan du vêtement sur sa poitrine en liberté, langoureuse, elle s'adossa à l'encadrement de bois. L'attitude était délibérément provocatrice. Avec une désinvolture calculée, elle croisa ses jambes, puis ses bras. Le peignoir s'ouvrit sur un bas de cuisse bronzé. Sur ses lèvres s'était formé un sourire énigmatique.

– Tu pourrais au moins dire bonjour, lui glissa froidement Chipi.

Elle le regardait toujours. Le sourire narquois s'accentua. Elle murmura :

– Où est le triple magnum de champagne que tu m'as promis la dernière fois?

Elle avait parlé en anglais. Billy fut frappé par la voix juvénile. Soudain, elle tourna ses yeux vers lui et le dévisagea avec une certaine effronterie. Billy soutint le regard. La bouche un rien plus féminine et le nez retroussé lui rappelèrent ses liens consanguins avec Chipi. Les yeux noisette quittèrent le visage de Billy pour se reporter sur celui de son frère.

– Alors? J'attends toujours ta réponse!

– Écoute, Daisy, tu ne vas pas nous emmerder pour une histoire de champagne. Pas aujourd'hui, bordel! Ce n'est ni le moment ni l'endroit!

Le jeune visage se crispa d'une colère aussi soudaine qu'inattendue. Elle semblait furibonde :

– Chipi, tu ne changeras jamais! Tu es aussi agaçant qu'un réveille-matin! Encore qu'un réveil donne l'heure sans qu'on lui demande rien! De toi, il est inutile d'attendre quoi que ce soit! Promesses! Promesses! Promesses!

Chipi haussait les épaules. Visiblement irrité, il se baissa pour empoigner sa valise. Daisy reportait son regard vers Billy. Instantanément, ses yeux avaient perdu de leur éclat pour s'imprégner d'une douceur bienveillante. Elle sourit à peine, dévoilant cette fois-ci des dents très blanches posées entre ses lèvres grasses.

– C'est vous, le copain?

– Si on veut...

– Vous auriez pu mieux choisir!

– Je n'avais pas tellement le choix. Chipi était disponible. Tout compte fait, je ne pense pas être si mal tombé.

Elle ne l'écoutait qu'à moitié. D'une propulsion des muscles fessiers, elle se redressa. Elle semblait mince, cambrée des reins. Ses rondeurs se devinaient au travers de l'ingratitude d'un tissu éponge. Elle s'approcha de Billy. Son sourire avait disparu. Tendant une main fine aux ongles luisants, elle effleura le visage meurtri dans un attouchement très féminin.

– Et ça? Qu'est-ce que c'est?

Elle avait retrouvé sa petite voix chuchotée de fillette. Billy sentit les doigts frôler ses cicatrices. C'était une caresse très douce. Elle sentait bon. Un mélange de savon et de parfum de lavande.

– Un accident d'avion... loin d'ici.

Elle ne semblait toujours pas préoccupée par ses réponses. Elle le fixait avec insistance. Elle recula d'un pas, comme pour mieux jauger l'ensemble. Elle s'adressa au frère sans quitter Billy du regard:

– Il est mignon, ton copain... Au moins, lui, il fait viril!

Chipi secoua la valise qu'il avait gardée à la main.

– Daisy! Les amourettes, tu les gardes pour plus tard. On n'est pas venus pour ça! Sois gentille et montre-nous nos chambres, veux-tu?

La jeune femme cligna de l'œil vers Billy.

– Qu'est-ce que je vous ai dit? Je ne comprends pas comment vous faites pour le supporter! Allez, suivez-moi!

Ils traversèrent un premier salon, puis un second. Sur la droite, Billy entrevit ce qui semblait être une salle à manger, contiguë à une alcôve fumoir aux murs de cèdre. Une porte était entrouverte. Elle donnait sur un bureau; en coin, un ordinateur en habillage personnalisé rose attendait qu'on veuille bien l'utiliser. Une seconde porte dévoila une bibliothèque installée devant des Chesterfield cloutés. Omniprésente, une lumière douce créait une atmosphère ouatée. De grandes baies s'ouvraient sur les toits new-yorkais. De chaque côté, elles étaient encadrées par de lourdes tentures sagement ordonnées en une révérence que soulignait un cordon tissé de fils d'or. Protégée par un auvent à rayures, une terrasse ensoleillée apparut. Un escalier extérieur en colimaçon disparaissait vers le toit. Daisy surprit le regard de Billy.

– Il y a une piscine en haut, si le cœur vous en dit. C'est là que je passe mon temps à bronzer.

– À poil! précisa Chipi qui fermait la marche.

Elle se tourna vers lui, ralentissant la procession.

– Tu connais une autre manière de bronzer, imbécile?

La répartition des chambres faite, Daisy s'attarda dans celle de Billy. D'une armoire, elle sortit un peignoir jaune et deux épaisses serviettes de même couleur. Elle avait le geste sûr et précis de la maîtresse de maison consciente de ses responsabilités d'hôtesse. Elle se baissa pour lisser le dessus du lit de soie. Par l'échancrure de la sortie de bain apparut le galbe d'un sein. Planté au milieu de la pièce, la valise à ses pieds, Billy sentit la gêne le gagner. Elle releva son visage vers lui.

– Vous préférez prendre une douche ou bien plonger dans la piscine?

Elle ajouta avec un sourire:

– Ne vous tracassez pas, j'ai des maillots d'homme à vous prêter!

– C'est très gentil de votre part, mais ne vous cassez pas la tête pour moi. Je vais simplement prendre une douche...

Il n'eut pas le temps de terminer sa phrase. Tout en se redressant pour se diriger vers la salle de bain, elle lui dit:

– Dans ce cas, je vous en montre le fonctionnement. Chipi n'a toujours pas compris comment ça marche! À chacun de ses passages, je suis obligée de le lui expliquer!

Billy eut un regard circulaire. Il réalisait qu'il n'avait eu le loisir d'apercevoir qu'une partie de l'appartement. Mentalement, il évalua la superficie de la chambre qui lui était dévolue. Elle lui parut considérable, avec son lit grand format, ses deux armoires de rangement creusées dans le mur entre deux larges fenêtres qui dévoilaient la partie haute de la ville et le nord de Central Park, et enfin son coin salon agrémenté d'un lampadaire futuriste surplombant deux fauteuils. Bien que fonctionnel, l'ensemble ne comportait aucune fausse note de mauvais goût.

Daisy poussait une porte. Elle s'ouvrait sur une salle d'eau tapissée, comme le fumoir entrevu peu de temps auparavant, de bois de cèdre. Billy reconnut immédiatement l'essence particulière. La cabine douche à laquelle on accédait par un panneau de verre coulissant était enchâssée entre deux cloisons recouvertes de faïences bleues et jaunes.

Ils pénétrèrent à l'intérieur. Familièrement, la main de la jeune femme se posa sur l'avant-bras de Billy. Le contact charnel le fit frissonner. Elle s'en rendit compte immédiatement. Elle le regarda, étonnée:

– Vous avez froid?

Il se frictionna la peau tout en retenant un second frisson.

– Non, non! C'est certainement la fatigue...

– Excusez-moi, c'est ma faute! Je suis naturellement froide comme un glaçon!

Son rire clair résonna sur les carreaux azur. Elle porta avec lenteur ses deux bras derrière la nuque et défit son chignon. Lorsqu'elle secoua la tête, les mèches blondes s'animèrent. Elle le dévisageait de nouveau, l'air grave. L'exiguïté de la pièce les obligeait à une certaine proximité. Le parfum lavande vint à nouveau taquiner les narines de Billy. La main féminine avait lâché le bras et était revenue au visage torturé. Billy sentit la pression des doigts sur sa pommette.

– Ça fait mal?

La question était chuchotée. Billy dut s'éclaircir la voix.

– Non.

La main continuait à palper la chair avec infiniment de douceur.

– T'es beau, comme mec...

Billy sentit sa gorge se nouer. Son cœur battait fort. Il n'eut pas à lui répondre. Elle lui tournait déjà le dos. Elle disait quelque chose qu'il eut du mal à comprendre. La voix, d'abord amortie par le confinement de la chambre à coucher, s'éteignait avec la distance. Il l'entendit à peine crier:

– Mettez-vous à l'aise. Ce soir on fête votre arrivée!

Il se déshabilla en silence. Dès qu'il sentit le double jet de la douche ruisseler sur son corps, il ferma les yeux et se laissa envahir par l'ondoiement voluptueux de l'eau. À tâtons, il chercha le robinet pour en augmenter le débit. Il n'entendit pas la porte glisser sur ses coulisses. La pression des doigts sur ses reins le fit tressaillir. Il tenta de pivoter, mais elle l'en empêcha fermement, tout en posant sa bouche sur son cou. À petits coups de langue, elle promena ses lèvres de la base de l'épaule à l'oreille. Ses bras s'étaient faufilés sous les aisselles masculines et ses paumes parcouraient le ventre plat. Durcis sous l'effet de l'eau fraîche, les seins se plantèrent dans le dos de l'homme. Il cherchait à se dégager. Ses mouvements accentuèrent le contact charnel. La main féminine glissa imperceptiblement vers la hanche, frôla l'aine du bout des ongles, pour venir, d'un geste enveloppant, se saisir du sexe dressé.

Il se figea tétanisé, les muscles tendus au paroxysme. Le souffle court, dans un ultime réflexe de protection, il se hissa sur la pointe des pieds. Tête renversée, il sentait monter en lui une brûlure sourde qui lui martyrisait les entrailles.

En un cheminement érotique et tortueux, la bouche avait gagné les omoplates, descendu vers les plis lombaires, pour s'arrêter sur les fossettes des reins. Puisant son effort dans ses derniers instants de lucidité, Billy réussit à se retourner, libérant en même temps sa virilité congestionnée de l'emprise de la main. Il tenta d'ouvrir les yeux, mais le jet cinglant et continu de l'eau l'en empêcha. Au jugé, ses mains cherchèrent le corps qui lui faisait face. Elles se posèrent sur une chevelure trempée. À cet instant, il perçut le souffle chaud de la bouche sur son sexe. Les lèvres s'entrouvrirent au contact du membre turgescent pour l'éclipser totalement dans une longue, profonde et insupportable étreinte.

Mâchoires serrées, Billy sentit son corps happé par les profondeurs d'un trou noir. Il tenta de résister, luttant en vain contre une faiblesse musculaire qui gagnait ses jambes. Lancinante, la caresse se faisait plus précise, plus rapide. Au jugé, dans un dernier sursaut de clairvoyance, il chercha à s'accrocher aux parois de la cabine. Il fut surpris par la violence du spasme. Il se sentit défaillir. Ses doigts crissèrent sur les faïences humides et luisantes. Il ne put retenir un cri rauque.

L'eau coulait toujours dans un martèlement sourd. Les tempes battantes, appuyé d'une main à la paroi opposée, Billy réussit à fermer le robinet. Il se pencha vers Daisy, toujours accroupie à ses pieds. Il remarqua son regard voilé au travers des mèches blondes collées en auréole sur son front. Ses mains enserraient les cuisses de l'homme. Tête penchée, dans une pose érotique subtile, elle offrait sa joue au repos du sexe. Son regard croisa celui de Billy. Elle lui sourit timidement. Ses lèvres s'ouvrirent, laissant s'exhaler sa voix de petite fille :

– Ben, mon vieux! T'en avais envie! Ça faisait combien de temps?

La question avait été murmurée. Il se pencha un peu plus et la souleva par les aisselles à la force de ses reins. Les aréoles roses des seins tressautèrent avant de venir se plaquer contre la poitrine masculine. Il l'embrassa avec précaution. Elle lui rendit son baiser. Son corps était chaud, palpitant. Il la repoussa légèrement, le regard perdu dans le sien. « Combien de temps? » Anodine, la question avait été posée innocemment. Il cherchait à rassembler ses souvenirs qui n'existaient plus. Combien de temps... et avec qui? Un éclair traversa ses yeux limpides. Elle s'en rendit compte.

– Que t'arrive-t-il?

Sa voix était toujours infantile. Elle se blottit contre lui, calant sa tête blonde mouillée sous le menton. Il murmura :

– Ce n'est rien... C'est trop long à raconter...

– J'adore les histoires avant de m'endormir! Tu me la raconteras ce soir, dis? Tu me la raconteras?

– Peut-être... si tu es sage. Maintenant, laisse-moi prendre une douche. Si Chipi nous surprend ensemble, ça fera désordre.

Elle se dégagea pour aller chercher une serviette. Elle retrouvait son arrogance qui l'avait désertée le temps d'un contact à demi escamoté. Il l'entendit marmonner derrière la porte de verre :

– Tu parles! Il ne manquerait plus qu'il s'occupe de mes affaires, maintenant!

Elle revenait, impudique, en se frottant les cheveux, les bras relevés. Billy, qui n'avait pas bougé, la détaillait, surpris qu'un tel tempérament puisse habiter un corps aussi jeune. Il se pencha vers elle et effleura ses lèvres.

– Allez vous habiller, mademoiselle! Vous êtes toute nue!

– M'en fiche! J'aime!

Elle se sauva en courant, ses pieds survolant l'épaisse moquette de la chambre à coucher. Billy resta pensif quelques instants, avec encore en mémoire la vision des fesses joufflues qui se faufilaient entre les portes.

Depuis quand? Avec qui? Il restait immobile, la main sur le pommeau, prêt à enclencher le jet d'eau. Il avait beau fouiller tous les recoins d'un semblant de mémoire, il ne percevait aucun message en retour. Rien! Pas même une réminiscence charnelle ou affective qui aurait pu l'aider ou conduire sa réflexion sur piste. Rageusement, il libéra la double gerbe d'eau froide.

CHAPITRE 22

Billy fut réveillé par la femme de chambre. C'était une hispanique entre deux âges, au teint agréablement bronzé. Sur la table basse du mini-salon, elle déposa un plateau sur lequel reposait une cafetière d'argent. Sans y être invitée, elle s'approcha de la grande baie vitrée. D'un geste large du bras nu, elle repoussa avec autorité les lourdes tentures qui tentaient de protéger encore les quelques instants d'obscurité calfeutrée d'une courte nuit. Brutale, la lumière s'engouffra dans la pièce. Billy émergeait de sa torpeur, luttant avec une grimace contre l'incursion des premiers rayons matinaux. Impérieuse, la servante s'adressa à lui en espagnol :

– Il est neuf heures. Buvez votre café tant qu'il est chaud!

Billy se redressa, torse nu. Les yeux encore à moitié clos, il se gratta la tête avec paresse. En réprimant un bâillement, il répondit dans la même langue, n'hésitant pas à tutoyer la femme comme il est de coutume en Amérique latine :

– Qui t'a demandé de me réveiller?

– Dona Daisy. Elle m'a fait savoir hier que vous aviez un rendez-vous à honorer ce midi.

– Elle est réveillée?

Le visage de la soubrette s'illumina d'un sourire amusé.

– Dona Daisy se lève plus tard, généralement...

– Et monsieur Cippola?

– Don Chipi s'est réveillé tôt ce matin. Il est sorti il y a quelques minutes. Buvez votre café!

Les souvenirs de la veille affluèrent. D'abord, la soirée, généreusement arrosée de grands vins, champagnes et cocktails de toutes sortes. Ensuite, les invités. Une majorité de Nord-Américains, puisés dans le sérail des professions libérales et des métiers dans le vent touchant à l'électronique boursière. Tous, bien entendu, à l'abri de soucis financiers et amis de longue date du couple séparé.

S'ajoutait une petite note diplomatique avec deux ou trois membres des corps plénipotentiaires en poste à New York. Et, pour le décor, quelques jolies filles parsemées autour des tables, rappelant le geste rond de fleurs jetées sur le passage de jeunes mariés.

Et puis il y avait Daisy. Elle avait été la reine de la soirée, inaugurant à cette occasion une rivière de diamants qu'elle venait de s'offrir place Vendôme à Paris. Les fesses moulées dans une minijupe noire de chez Céline, elle paraissait flotter de table en table, toujours souriante, toujours accueillante, se penchant avec complaisance pour faire admirer sa dernière acquisition, tout en dévoilant les profondeurs de son corsage et les attraits de sa poitrine juvénile.

Disert et très à son aise, Chipi avait renouvelé ses prestations mondaines habituelles. Entouré d'un essaim de jeunes femmes, il paraissait avare en confidences sur son ami Billy, distillant ses informations par petites doses, souvent chuchotées comme des secrets d'État.

Deux majordomes assuraient un service aussi efficace que discret autour d'un buffet commandé la veille chez Inn on the Park, le restaurant à la mode lové dans la verdure même de Central Park.

Billy s'était éclipsé peu avant le départ du dernier invité. Il s'était laissé choir sur le lit sans même chercher à éteindre la lampe de chevet. Il était gagné par une somnolence mielleuse, lorsqu'il sentit le frôlement de doigts sur son torse. Il se redressa d'un bond.

– Je t'ai fait peur?

Allongée en travers du grand lit, un immense tee-shirt pour tout vêtement, Daisy lui souriait. Ses yeux doux papillonnaient sous ses longs cils naturels dépouillés de tout mascara. Il la regarda, étonné, oubliant de cacher sa propre nudité.

– Il est tard, Daisy...

– Raison de plus pour se pieuter!

Elle tira les draps dans lesquels son corps chaud s'engouffra.

– Allez, pousse-toi!

– Daisy! Demain j'ai de sacrés problèmes à résoudre. J'ai besoin de sommeil pour y voir clair...

Elle prit un air hypocrite.

– Mais qui prétend le contraire? On roupille, c'est tout! Promis!

– Daisy!

Elle pivota sur un coude, pour se redresser à moitié. Pris dans le mouvement rotatif du corps, le tee-shirt découvrit l'arrondi grassouillet d'une fesse bronzée. Boudeuse, elle lui tournait le dos, prolongeant son regard de petite fille vers le miroir frontal qui lui renvoyait la scène du lit. Elle croisa les yeux clairs de Billy assis derrière elle, immobile, une jambe repliée sous lui. Le temps de quelques secondes, ils se mesurèrent dans le reflet.

Avec un érotisme féminin calculé, elle croisa ses bras pour passer le vêtement par-dessus sa tête. Ses mèches blondes tressautèrent et glissèrent sur les épaules nues. Il fléchissait. Elle s'en rendait compte. Dans une lente contorsion du buste qui creusa encore plus ses reins, elle lui tendit ses lèvres.

Billy rencontra Chipi dans le grand salon. Il venait de rentrer après avoir raccompagné en taxi l'une des invitées de la veille. Billy demanda, un tantinet moqueur:

– Sans les caméras vissées au plafond, ce n'est pas moins excitant?

Chipi eut un geste évasif de la main.

– Pour faire carrière dans ce genre de métier, il faut avoir l'âme d'un Errol Flynn. Moi, c'est pour l'amour du geste que je paye de ma personne.

Il souffla dans le creux de ses mains.

– Bon, cela dit, on a du boulot!

Amusé, Billy constatait que son ami se parait à nouveau de l'habit de l'homme en mouvement, persuasif, déterminé. Il ne put s'empêcher de faire le rapprochement avec Daisy. Chipi laissa apparaître ses petites dents carrées dans un sourire charmeur.

– Écoute bien: je t'ai concocté un programme simple et allégé. D'abord, sache que la semaine se termine, donc repos pour deux jours! Entre-temps, comme tu le sais, nous allons revoir aujourd'hui l'ami Dennehy qui doit nous remettre les dossiers qui te reviennent. Auparavant on va aller à un endroit que tu connais bien...

Une moue gourmande apparut sur son visage, englobant ses lèvres et son menton. Il attendait une réaction de Billy. Devant le silence étonné de son ami, il lâcha:

– Tu ne me questionnes pas? Eh bien, je te réponds quand même: au Pierre!

– Au Pierre?

– Oui, monsieur, au Pierre. C'est bien l'hôtel où tu descendais, non?

Il eut un haussement d'épaules avant d'ajouter très vite:

– Tu me l'as dit toi-même dans le taxi qui nous ramenait de l'aéroport!

Billy paraissait moins affirmatif que la première fois.

– Euh... oui, je crois.

– Comment ça, oui, je crois? C'est oui, ou c'est non! Ne me dis pas que tu ne te souviens plus de tes paroles d'il y a deux jours, maintenant.

– Tu as effectivement raison, mais... tu sais bien que rien n'est sûr dans ce que j'avance. Du moins en ce qui concerne mes réminiscences antérieures à l'Ascension.

– Ben, justement! Autant vérifier sur place... J'y suis passé prendre un café tout à l'heure. Le directeur vient de changer en début d'année. Mais je peux t'assurer que la visite sera édifiante.

– Édifiante?

– Oui, monsieur, édifiante.

Il eut un geste de la main.

– Laisse-moi faire. Après tout, comme le prétendait Dikins à Tanger, je suis censé être ton conseiller! Fais-moi confiance, suis-moi et tâche d'apprécier la balade.

Ils sortirent de l'immeuble. Autour d'eux, la ville était habillée de lumière matinale. La moite chaleur estivale pesait sur les épaules de tout son poids. En bordure du parc, les grands arbres semblaient immobiles, luisants sous l'emprise du soleil. La veste du costume était à peine supportable.

Les deux amis descendirent la Cinquième Avenue qui longeait Central Park. Il faisait beau. En ombre chinoise sur un ciel d'azur se profila la masse imposante du Park Hotel. L'hôtel Pierre apparut sur la gauche. Ils pénétrèrent dans le grand hall. Sans hésiter, Chipi se dirigea vers la réception. Un rien cérémonieux, il s'adressa à un employé portant un badge qui le désignait comme superviseur.

– Je suis passé tout à l'heure. Malheureusement, monsieur Teillard, votre directeur, n'était pas encore à son bureau. Nous sommes des agents de voyages et nous voudrions visiter certaines de vos chambres pour mieux nous rendre compte de vos excellentes prestations. Sous peu, nous serons appelés à travailler ensemble. Pouvez-vous également prévoir quelques brochures que nous voudrions emporter avec nous?

Un groom fut immédiatement appelé par le réceptionniste qui lui tendit un passe-partout. À voix basse, il lui assigna une liste d'une dizaine de chambres non occupées. Billy se tenait en retrait, laissant son ami mener la conversation.

Ils visitèrent huit chambres, toutes différentes les unes des autres. Le choix avait été bien fait; il proposait un éventail complet des chambres disponibles. La visite se termina en apothéose par la présentation de trois suites situées dans les étages supérieurs qui s'ouvraient sur Central Park. Elles étaient agencées avec goût dans un méticuleux souci du détail fonctionnel et utile.

La visite complétée, ils se rendirent au bar de l'hôtel. Selon ses vieilles habitudes professionnelles, Chipi salua le barman français d'une poignée de main. D'autorité il le tutoya. L'employé le reconnut immédiatement.

– Vous étiez là tout à l'heure en compagnie d'une très jolie fille, dit-il en montrant du doigt une table en coin accompagnée de petits fauteuils de cuir. Exact?

Billy fut plus prompt à répondre :

– C'est bien lui! Il est producteur de cinéma. Pensez si les femmes lui courent après!

Chipi soupira, l'air las. L'employé sourit. Il demanda en français :

– Je vous ressers deux cafés ou bien vous voulez autre chose? C'est la maison qui vous invite. Si un jour vous avez une place dans votre distribution, je suis preneur...

Ils commandèrent deux expressos, noir pour Chipi, noisette pour Billy. Chipi se retourna vers son compagnon, l'air grave.

– Tu comprends ma démarche?

Billy soupira en tendant sa main vers la tasse.

– J'en comprends le sens. Malheureusement, je ne sais pas si cela nous mènera bien loin...

– Explique-toi.

– Eh bien, je comprends que tu m'as fait venir ici pour voir si je reconnais ou non l'établissement. Si c'est là le but principal de la manœuvre, ma réponse est positive. Oui, j'ai bien connu cet hôtel dans le passé. Je peux même te dire que j'ai reconnu la mini-suite du haut. Sans doute ai-je été hébergé ici dans une chambre similaire. À la limite, cela pourrait être la même que celle que nous avons visitée.

Chipi se baissa vers son ami. Sa voix se fit confidentielle :

– C'est important, ce que tu viens de dire. En d'autres termes, tu es venu ici auparavant, et tu te payais des mini-suites. Ce n'est pas à la portée de n'importe qui, de loger ici, et surtout dans les suites! Mais là ne s'arrête pas la manœuvre, pour reprendre ton expression. Nous n'avons réalisé que trente pour cent du travail.

On va passer au second stade de mon enquête. Elle consiste en un travail de recherche administrative. Je suis presque certain que la direction garde des livres où sont consignés les noms de certains clients. Surtout les bien nantis!

Billy restait songeur. Il réalisait que les déductions de son ami étaient d'une logique implacable. Il se tourna vers lui.

– Tu veux qu'on aille rendre visite au directeur?

Volontairement, Chipi répondit en un anglais ponctué d'un fort accent français:

– Bien entendu, cher ami!

– Mais comment vas-tu t'y prendre pour avoir la liste des clients? Tu penses bien qu'ils ne te la confieront jamais! C'est absolument confidentiel, surtout dans un hôtel de cette classe!

– Laisse-moi faire, je te dis! Et ne t'étonne surtout de rien. Même si tu deviens à partir de maintenant monsieur Johns...

– Le directeur est en réunion de groupe. Il en a pour une dizaine de minutes. Pouvez-vous patienter jusqu'à ce qu'il ait fini?

La jeune secrétaire les regardait en souriant. Ils acquiescèrent avec politesse et s'assirent près d'une table basse recouverte de magazines spécialisés dans l'hôtellerie.

Quinze minutes venaient de s'écouler lorsqu'un personnage d'une élégance raffinée, vêtu d'un costume bleu marine et d'une chemise à fines rayures ciel, vint à leur rencontre, main tendue. Un délicieux accent français émaillait sa conversation.

– Bonjour. Yves Teillard. Ma secrétaire me fait part d'un problème qui vous préoccupe concernant le Pierre. Je crois comprendre que vous êtes des professionnels du voyage? Passez dans mon bureau, si vous le voulez bien.

Ils entrèrent dans une pièce qui n'avait rien de directorial. L'espace était pour le moins restreint si on s'amusait à le comparer au chiffre d'affaires réalisé par l'établissement. Sur un mur d'un crème tendre étaient accrochés un calendrier Air France et un tableau surréaliste. Entre eux, deux immenses tableaux de répartition des tâches saucissonnaient les emplois du temps des deux cents employés de l'établissement.

Chipi se lança dans un discours technique où il était question d'agence de voyages, de taux d'occupation, d'espaces achetés auprès de certaines compagnies aériennes, de groupes consécutifs et de nuitées incluant le petit déjeuner. Il avança des noms, lança des chiffres, envisagea des réalisations, proposa une étroite collaboration. Coi dans son fauteuil, Billy était sidéré devant un tel édifice de mensonges. Chipi arrivait à une forme de conclusion :

– En d'autres termes, monsieur Teillard, notre groupe voudrait reprendre le courant d'affaires qui était le nôtre par le passé avec vos prédécesseurs dans cet établissement prestigieux dont vous avez la charge aujourd'hui. Bien entendu nous n'en sommes qu'aux préliminaires, mais je suis certain que cette première visite informelle en compagnie de notre responsable des ventes, monsieur Johns, devrait aboutir à une longue et prospère coopération pour nos sociétés respectives. En fait, je suis désolé que nous nous soyons présentés à vous sans rendez-vous préalable. Mais il se fait que ni monsieur Johns ni moi-même n'avions prévu de nous arrêter à New York aujourd'hui. Les circonstances en ont décidé autrement et, sincèrement, je me réjouis d'avoir saisi l'opportunité qui nous a été offerte de nous rencontrer.

Très attentif à ces propos, le directeur de l'hôtel se redressa légèrement.

– Et vous avez très bien fait, cher monsieur! Je vais vous donner ma carte...

Chipi le coupa instantanément, l'index pointé :

– Les nôtres sont restées dans la voiture ainsi que notre brochure présentant le groupe pour lequel nous agissons. Elle vous donnera une idée plus précise de nos capacités professionnelles. Je vais vous les faire porter par le chauffeur de la limousine aussitôt que nous serons descendus.

Le directeur se leva en tendant sa carte.

– Merci, et surtout n'hésitez pas à appeler ma secrétaire pour convenir d'un rendez-vous. Sa ligne directe est mentionnée. Utilisez-la. Je serai heureux de vous revoir.

Billy et Chipi se levèrent à leur tour. Tout en boutonnant son veston, Chipi eut un instant d'hésitation. Il se prit le menton entre le pouce et l'index et parut plongé dans une profonde réflexion. L'air soucieux, il se tourna vers Yves Teillard, pour l'apostropher en français :

– À propos, monsieur le directeur...

– Oui?

– Quelque chose me revient en mémoire. Il se peut que vous puissiez m'aider...

– Bien sûr. De quoi s'agit-il?

– Voilà : j'ai deux relations dont je voudrais retrouver les adresses. Ce sont des clients fidèles du Pierre. Du moins, ils l'étaient encore l'année dernière. Peut-être pourriez-vous vérifier...

– Aucun problème. Quand ont-ils séjourné pour la dernière fois chez nous?

– Je ne peux vous le dire avec certitude. Mais si vous pouviez remonter sur un an...

– C'est faisable. Venez avec moi.

Ils sortirent de la pièce minuscule pour se diriger vers l'aile opposée composée de plusieurs mini-bureaux. Sur le verre de l'une des portes, une inscription en lettres anglaises avait été peinte, qui identifiait la comptabilité. Teillard poussa le battant, découvrant une jeune fille qui pianotait sur son clavier d'ordinateur.

– Shirley, ces messieurs recherchent les adresses de deux personnes ayant séjourné chez nous. Il faudrait remonter sur un an.

Il se retourna vers Chipi.

– Voilà! Je vous laisse en bonnes mains. J'ai mon meeting de la mi-journée à assurer. À bientôt!

Ils se serrèrent la main. La secrétaire se tourna vers Chipi:

– À quels noms dois-je faire mes recherches?

– Abruzzo et Jordan. Je vous les épelle.

Lentement la liste des noms par ordre alphabétique se déroula sur l'écran. Muet, légèrement tendu, Billy surveillait le curseur. Lancinant, un creux gagnait son estomac. Sans lever son regard de l'ordinateur, la jeune fille précisa:

– Je ne les retrouve pas. Ils ne sont pas répertoriés dans les factures. Connaissez-vous les dates approximatives de leur visite? Il est possible en effet que leur séjour ait été réglé par une société. Peut-être pourrions-nous retrouver leur nom parmi les clients ou dans la répartition des chambres. Mais l'ordre alphabétique est mensuel. Cela nous obligerait à refaire la même opération pour chaque mois.

Chipi se pencha vers son épaule.

– Je ne peux vous le dire avec exactitude, mademoiselle. Mais essayez de vérifier les réservations en suites et mini-suites.

À nouveau les noms défilèrent. Au bout d'un moment, la responsable se redressa. Elle secoua sa tête négativement.

– Rien! Je ne les ai pas, ni en chambre ni en suite... Pourtant je suis remontée à vingt-quatre mois en arrière.

Chipi paraissait pensif. Il demanda, les yeux plissés:

– C'est étonnant. Pouvez-vous remonter encore plus loin?

– Oui, à cinq ans dans les occupations nominatives. C'est-à-dire les clients ayant réellement séjourné chez nous.

– Faites-le, je vous en prie.

Elle s'exécuta. La recherche dura près de vingt minutes. Enfin elle soupira en redressant son buste.

– Non, ces personnes ne sont pas dans mes fichiers électroniques. Soit elles n'ont jamais séjourné chez nous, soit...

– Soit... la coupa Chipi, attentif.

Rompant le silence qu'il s'imposait, Billy répondit pour l'employée :

– ... soit elles sont répertoriées sous un autre nom.

La jeune fille agita sa tête affirmativement.

– Exact! dit-elle en hochant la tête.

Chipi échangea un regard rapide avec son ami. Il posa sa main sur l'épaule de la comptable. Son visage s'éclaira d'un sourire coquin.

– Merci, lui dit-il. Vous avez de très beaux yeux, et vous ne pouvez savoir à quel point vous venez de nous aider!

Ils descendirent à pied les deux étages séparant la mezzanine du grand hall d'entrée. Ils arrivèrent au pied de l'escalier. Un samoyède était attaché à la rampe par sa laisse. Billy se baissa vers le chien esquimau qui leva vers lui son museau gris qu'éclairaient deux yeux bleus superbes et très clairs. La truffe se mit en mouvement, marquant de son humidité la main tendue.

– Fais attention, lui dit Chipi. Tu ne sais jamais ce qu'elles ont dans la tête, ces petites bêtes-là!

Billy caressait l'animal, malaxant de ses doigts la fourrure profonde du cou. Encore penché, il regarda son ami en biais.

– Un chien mord quand il a peur ou s'il a été maltraité. Celle-ci, parce que c'est une chienne, respire au contraire la santé et le bien-être. Regarde comme son pelage est beau!

Une dame d'une soixantaine d'années s'approchait d'eux, son long pardessus estival à parements de vison virevoltant autour de ses jambes. Elle sourit à Billy.

– Vous venez de faire connaissance avec Sisi?

– Elle est très belle... et elle le sait! Quel âge a-t-elle? Deux ou trois ans, je pense?

L'animal léchait la main qui ne fuyait pas.

– Presque trois ans en effet. Mais je suis étonnée par autant de familiarité de la part de Sisi. Généralement, elle est beaucoup plus réservée avec les étrangers...

– Oh, je pense qu'elle doit sentir que j'aime les chiens! Mais, dites-moi, ils acceptent les animaux domestiques, dans cet hôtel?

La vieille dame se penchait pour défaire la laisse de son attache. Le yuki frétilla de bonheur. Elle se releva avant de dire :

– Oui. C'est un des rares hôtels huppés de New York à ne pas avoir d'objection quant à la possession d'un animal en chambre. Moyennant certaines restrictions, il est vrai, telle l'obligation de les tenir en laisse, par exemple. Mais c'est tout à fait normal! Cette attitude conciliante vient probablement du fait que la direction, depuis toujours, est européenne.

Les doigts entrelacèrent fermement la laisse du quadrupède et, d'un sourire, elle prit congé des deux amis. Chipi n'avait pas perdu une miette de la conversation. Il se tourna vers son ami pour demander d'un ton détaché:

– Pourquoi toutes ces questions?

Billy le regarda, surpris. Il haussa légèrement les épaules. Son regard revenait vers le chien.

– Je ne sais pas... finit-il par dire.

Il ajouta comme pour lui-même:

– Comme ça.

Devant lui, l'animal ondoyait de la croupe dans une démarche toute femelle. Le regard de Billy se fit plus profond. Soudain, de façon à peine audible, il siffla entre ses dents cette rengaine qui ne l'avait jamais quitté depuis l'Ascension. Le samoyède se retourna, marquant un temps d'arrêt vite réprimandé par un geste sec de la main qui tenait la laisse. Docile, il reprit son trot en direction de la grande porte vitrée pour disparaître aussitôt.

Ils sortirent à leur tour, salués d'un geste impérial par le planton en livrée noire. Immédiatement, la chaleur s'affaissa sur leurs épaules, pénétrant leurs vêtements de son humidité désagréable. Les deux compères échangèrent un rapide regard. Sans s'être concertés davantage, ils se mirent en quête d'un taxi.

Dennehy était dans son bureau, son badge argenté vissé sur sa chemise à larges poches et à manches courtes. Moins autoritaire et plus affable que la veille, il tendit un épais dossier contenant les documents et informations nécessaires au déplacement et à l'installation de Billy en Floride.

– Tout y est! dit-il en se penchant vers l'arrière sur sa chaise à bascule. Faites-en bon usage, car vous voilà maintenant à nouveau nanti d'une légalité miraculeuse, Abruzzo! À vous de savoir en profiter. Je vous ai prévenu hier: c'est votre dernière chance!

Il resta quelques instants silencieux, le fixant de ses petits yeux froids. La chemise blanche réglementaire se striait horizontalement sur son abdomen proéminent qui se soulevait au rythme d'une respiration saccadée. Lentement, il pointa son index vers le plafond, ajoutant sur le ton de la confidence, comme pour donner plus de solennité à son message :

– Dernière chance, Abruzzo!

Ils sortirent de l'imposant immeuble. Billy venait de recouvrer une identité perdue six mois auparavant au large de l'Ascension. Officiellement et pour la vie, il redevenait William Wilfred Jordan, domicilié à Clearwater dans l'État de la Floride, propriétaire d'une villa nommée *Dreams*, sise dans la Vingt-Deuxième Rue, qui débouchait sur Sand Key Boulevard. Il rentrait chez lui. Billy se retourna vers son ami. Paraissant contrarié, il demanda d'une voix sourde :

– Chipi, peux-tu me dire de quel côté se trouve Clearwater?

CHAPITRE 23

L'avion en provenance de l'aéroport La Guardia venait d'atterrir sur la piste principale de l'aéroport international de Tampa. La journée dominicale s'annonçait belle. Le soleil était au zénith. Le grand hall d'arrivée du premier étage était naturellement illuminé par les éclats du jour qui s'infiltraient au travers des brèches astucieusement creusées à même le toit. Tombant en cascade depuis les plafonds, un flot continu de plantes suspendues déployait de larges feuilles grasses et ventrues le long des murs crème. Indifférents au spectacle bucolique qui se jouait au-dessus de leurs têtes, les inconditionnels vacanciers floridiens se croisaient dans une nonchalance sereine. La plupart d'entre eux arboraient des vêtements légers aux couleurs criardes, avec une prédilection pour le short et la chemisette à col ouvert.

Il y avait un contraste saisissant d'atmosphère, d'odeur et de tenue entre cette aérogare et celle de New York. Autant l'une avait paru triste, grise, adipeuse, avec son architecture en arc de cercle engluée dans le ballet incessant des taxis bruyants et indisciplinés, autant l'autre, lumineuse, aérée, haute d'espace et de lumière, respirait l'aisance et la propreté. De larges pans muraux, délicatement recouverts d'un apaisant vernis ocre, ordonnaient des installations portuaires accueillantes balisées de signes discrets. Le souci de plaire était évident. Le décor se préoccupait de rappeler que la Floride reste avant tout un État tourné vers l'aventure tropicale.

Les bagages récupérés, Billy et Chipi passèrent devant de grandes baies vitrées qui s'ouvraient sur un paysage pastoral, confirmant si besoin était ce perpétuel réflexe américain de préserver la nature. En tirant leur valise à roulettes, ils se dirigèrent vers les loueurs de voitures. Chipi marqua une pause. De sa main libre, il fouillait l'une des poches de son pantalon.

– Que t'arrive-t-il? lui demanda Billy qui s'arrêta à son tour.

– Je n'arrive pas à retrouver le papier sur lequel Daisy m'a indiqué le nom du bonhomme à contacter.

Il lâcha sa valise et enfouit ses deux mains au fond de ses poches. Au bout de quelques secondes, il retira sa main droite, qui tenait une boule de papier chiffonnée.

– Le voici! s'exclama-t-il.

Il plissait les yeux pour mieux lire.

– Attends... je vais te dire... Voilà: Ernesto Vega... chez...

Billy fut plus prompt que lui:

– ... Florida Fly n' Drive

Chipi lui jeta un regard étonné.

– Exact! Tu connais ou quoi?

Billy haussa des épaules, lippe proéminente.

– Quand Daisy a cité hier le nom de la société, je n'y ai pas prêté attention sur le coup. Mais il me dit quelque chose, en effet. J'ai dû louer des véhicules chez eux par le passé. Tu vois... il me semble même me souvenir de leur logo: bleu et blanc, un peu comme celui des Yankees, avec une mouette en filigrane.

– Toujours exact. Tiens, regarde... C'est là!

Du menton, Chipi indiquait un comptoir. Ils s'approchèrent. Une préposée les accueillit avec un sourire.

– Messieurs Cippola et Jordan, je présume? Nous vous attendions! Une seconde, s'il vous plaît.

Elle disparut par une porte latérale derrière la cloison qui servait de mur de fond, pour réapparaître presque aussitôt accompagnée d'un homme jeune, grand, le teint mat, vêtu d'une chemisette à manches courtes rehaussée d'une cravate bleu ciel. Il s'adressa à Chipi en anglais:

– Vous êtes le frère de Daisy, n'est-ce pas?

Chipi lui rendit son sourire. Il répondit en espagnol:

– Très juste. Le frère de la sœur!

Il se tourna vers Billy.

– Et voici mon ami Billy.

– Daisy m'avait prévenu de votre arrivée. Votre sœur est une... une... amitié certaine, dit-il après avoir cherché ses mots. Un sacré caractère, mais une personne entière, très sympathique!

Il agita un document qu'il tenait à la main.

– Je vous ai préparé un contrat spécial. Je crois avoir compris que vous gardez le véhicule au moins une semaine. De toute façon, c'est ce que je vous conseille. Si je vous fais une facture journalière, elle sera pratiquement du même montant que la location sur sept jours! Je vous explique: je vous facture la semaine à quatre-vingt-dix-neuf dollars pour un millage illimité. Cela revient à peine à quatorze dollars par jour!

Ernesto Vega était content de lui et il le montrait. Ses yeux rieurs sautillaient de Chipi à Billy. Visiblement, il attendait une réaction de ses interlocuteurs. Billy lui répondit poliment:

– Ce n'est pas cher, en effet! Quel type de véhicule offrez-vous pour une somme aussi modique?

Vega était aux anges. Il attendait la question pour pouvoir conclure en apothéose. Son rire clair résonna sur les boiseries du comptoir.

– Bonne question! Eh bien, vous allez disposer d'un véhicule actuellement en promotion. C'est une Cadillac. Simplement, je vous ai un peu surclassés par rapport au tarif...

– Un peu! Vous êtes modeste! souffla Chipi avec un sourire railleur.

Le visage du responsable redevint sérieux. Le ton était aux confidences.

– Je vais vous dire, monsieur Cippola...

– Tout le monde m'appelle Chipi...

– Très bien, Chipi. Je voulais vous dire que... Daisy est une très bonne copine. Quand je me rends à New York, elle se débrouille toujours pour m'avoir des prix extraordinaires dans les hôtels les plus luxueux. Je ne sais pas comment elle s'arrange, mais... je lui suis très reconnaissant...

– Vous descendez au Plaza? questionna innocemment Chipi.

– Oui, au Plaza entre autres... Pourquoi? Elle...

Chipi leva une main rassurante.

– Non, non! Rassurez-vous! Je sais seulement qu'elle entretient de très bonnes relations avec les propriétaires de cet établissement. J'en déduis qu'elle vous accorde le bénéfice de ses contacts!

L'employé sourit.

– Bon, très bien! Si vous voulez me suivre, je vous conduis à votre voiture.

La Cadillac était blanche, avec l'intérieur habillé de cuir rouge. Au vu du totalisateur de l'odomètre, la voiture avait été très peu utilisée. Elle sentait bon un mélange de basane et de produits d'entretien citronnés.

Installé derrière le volant, par petites touches électriques, Chipi régla son fauteuil à la position désirée. D'une main souple, il dirigea le véhicule vers la grille de sortie. Son visage reflétait une certaine ironie. Billy s'en rendit compte.

– Qu'est-ce qui te rend aussi jovial?

La voiture s'engageait sur une transversale qui rejoignait l'autoroute. Chipi jeta un regard distrait vers son compagnon. L'expression narquoise s'accentua.

– Oh, rien de méchant, mais... quand je vois ce porte-avions, et surtout le prix qu'on paye pour sa location, je me dis que c'est bien la première fois que le cul de ma sœur me rapporte quelque chose!

Il rit très fort de son trait d'esprit digne d'un soudard. Ils s'engagèrent sur la Highway 60 qui traversait l'Old Tampa Bay sur un chapelet de petits ponts soutenus par d'innombrables piliers de ciment plantés à même la vase. Chipi compulsait la carte routière posée sur ses genoux.

– Clearwater est donc tout près de Tampa? demanda Billy.

Chipi lui tendit la carte.

– Tiens, regarde! Comme je te l'avais expliqué, il fait partie de la presqu'île qui s'étend sur une centaine de kilomètres à peu près entre la baie où on se trouve actuellement et la mer des Caraïbes. Tampa est la grande ville de l'autre côté de l'estuaire. Clearwater est sur la côte, considérée comme une station balnéaire au même titre que Sarasota plus au sud. Je pense que tu n'ignores pas la grande différence entre la côte ouest de la Floride, c'est-à-dire celle-ci, et l'autre?

Il jeta un coup d'œil vers son compagnon, tout en continuant ses explications:

– Comme d'aucuns le savent, l'autre, c'est-à-dire la côte est, est beaucoup plus peuplée, plus bruyante, et surtout plus dangereuse, à cause de la prolifération de grandes agglomérations telles que Miami, Fort Lauderdale ou Daytona Beach.

– Surtout Miami!

– Bien entendu! Miami est la tête de pont de tous les réfugiés, cubains d'abord, haïtiens ensuite. Et d'autres insulaires en plus petit nombre. C'est la ville qui enregistre le pourcentage le plus élevé en crimes et interpellations policières de toutes sortes. La population est jeune, constituée en majorité de Noirs ou de Latins. Beaucoup s'adonnent au commerce de la drogue. C'est bien connu! Sans parler du désœuvrement d'une frange importante des habitants, c'est-à-dire les petits vieux de New York et d'autres États de la côte Atlantique venus mourir au soleil.

Billy semblait perdu dans ses pensées. Il répondit machinalement:

– Oui, je sais...

Il y eut un silence. Le macadam défilait entre ciel et eau. De la baie montait une brume de chaleur vite dissipée par un soleil de plomb. Volontairement, Chipi laissait son jeune ami s'abreuver à la source de ses souvenirs fragmentés. D'une voix à peine audible, Billy ajouta comme pour lui-même :

– Oui, mais au nord de Miami, c'est bien mieux. Il y a Boca Raton, West Palm Beach... et je crois même me souvenir que je descendais dans un hôtel très grand, dans cette même ville. C'était non loin de la mer... il est très connu...

– Le Briekers?

– C'est ça!

Ses yeux pétillèrent, retrouvant toute leur vivacité.

– C'est ça, répéta-t-il avec émotion. Le Briekers! Tu connais?

– Oui, ça remonte à trois ou quatre ans. Nous avions été invités par une maison de Champagne en récompense pour les bons résultats obtenus dans les ventes à Gibraltar. Quand y as-tu séjourné pour la dernière fois?

La question avait été posée avec calme. En réalité, attentif à la réaction de son ami, Chipi surveillait son profil du coin de l'œil. La réponse tarda à arriver. Billy tourna sa tête vers le conducteur. Un haussement des sourcils marqua son interrogation.

– Quand? Je ne sais plus! Probablement il y a un ou deux ans. Car le souvenir est encore vivace en moi. Je revois bien le style monumental et rococo de l'entrée. Mais c'est idiot! Je suis incapable de dire avec qui j'étais et pourquoi!

Chipi fit un geste de la main vers l'autoroute face à eux.

– Et là? Cette route qui passe au milieu de la baie, cela remue des souvenirs? Si tu y es passé, tu devrais quand même t'en rappeler!

Billy jeta un coup d'œil circulaire. Ils arrivaient en vue de la terre ferme. Le soleil se reflétait sur la surface de la mer qui paraissait immobile. Des mouettes blanches aux becs orangés restaient curieusement perchées sur le haut des piliers de bois annonçant la fin du parcours au-dessus de l'eau.

La route s'enfonça dans les terres. Des lotissements apparurent. D'abord des préfabriqués dans les tons sombres construits à la va-vite, tout juste égayés par quelques massifs de fleurs ordonnés avec soin. Plus loin, des villas apparaissaient, toujours basses, mais plus éclairées, serties dans un jardinet verdoyant. Au loin, dans le contre-jour de la brume, les premiers immeubles de Clearwater se dressaient. Billy se grattait la tête, réfléchissant toujours. Il égrena une réponse dubitative :

– C'est difficile de te répondre. Des ponts courant au ras de l'eau comme celui qu'on vient de passer, il y en a en plusieurs endroits des États-Unis...

– Où ça, précisément?

– Oh, ici même en Floride, par exemple. Pour aller à Key Biscayne... ou bien à Key West... Mais il y en a ailleurs, dans d'autres États. Je pense à la Virginie. Au-dessus de l'immense étendue d'eau de Chesapeake Bay, non loin de Norfolk. En Californie aussi... au sud de San Francisco pour aller à San Mateo, en traversant la baie quand on vient de l'est...

– Comme quoi, une chose est sûre: on ne peut pas prétendre que tu ne connais pas les États-Unis!

– C'est évident. Mais à écouter Dikins ou Dennehy, je suis de toute façon censé avoir bourlingué un peu partout dans ce pays.

Chipi se passa la main dans les cheveux. Il s'étira légèrement en arrière sur son siège. Il finit par lâcher avec une pointe de lassitude:

– Oh, tu sais! Ce que disent les Dikins et autres minuscules soldats payés à la petite semaine...

Billy se retourna vers lui, surpris.

– Pourquoi dis-tu cela?

– Comme ça! On verra plus tard... mais ce qui est important, pour l'instant, c'est de voir si au moins tu reconnais ta baraque!

– Rien n'est garanti là non plus.

– Non, mais on verra bien sur place. De toute façon, nous approchons de Clearwater. C'est une petite ville qui montre volontiers sa fortune, mais qui cache jalousement son jeune âge!

Il sourit pour lui-même, amusé de sa propre remarque. Il laissa passer quelques instants, puis souffla bruyamment avant de dire:

– Et avec ça, je n'ai pas la moindre idée d'où se trouve la Vingt-Deuxième Rue!

Il se tourna vers son compagnon:

– T'as une idée, toi?

Billy secoua la tête énergiquement.

– Pas la moindre... avec toute ma bonne volonté!

– Monsieur se souvient du Briekers et de son service à étage en assiettes de porcelaine et théière d'argent, mais il est incapable de nous dire dans quel quartier loge sa baraque!

Il eut un rire de gorge.

– J'imagine que ce ne doit pas être Versailles pour que ta mémoire ait été si peu impressionnée par le généreux cadeau du gouvernement!

Billy ne répondit rien. Chipi garait la voiture dans une station-service. Il descendit questionner le pompiste sur la direction à prendre. Il revint d'un pas pressé, la main agitant un papier sur lequel avaient été griffonnées les indications. Il s'assit lourdement derrière le volant. Il transpirait.

– Fait chaud dehors! On ne se rend pas compte, avec l'air conditionné de la voiture.

– Peut-être, mais c'est plus supportable qu'à New York. Que t'a-t-on dit?

Chipi montrait son papier:

– Il faut traverser la ville, prendre Memorial Bridge et tourner sur notre gauche le long de l'Intracostal, c'est-à-dire le chenal naturel en parallèle avec l'océan, né d'une accumulation de corail. On traverse ensuite un second pont près de l'hôtel Sheraton pour descendre le long de la mer vers Sand Key Park. Ça paraît compliqué comme ça, mais ça ne l'est pas... En fait, j'aurais très bien pu me diriger moi-même si j'avais mieux regardé la carte.

Le trajet dura moins d'une demi-heure. Ils traversèrent Belleair Bridge au ralenti, pour tourner à droite sur Sand Key Boulevard. Les numéros des rues étaient indiqués par de petits rectangles posés à chaque croisement. Ils arrivèrent à la Vingt-Deuxième. Un panneau mentionnait qu'il s'agissait d'un cul-de-sac. Silencieuse, la Cadillac s'y engouffra.

C'était une rue très calme, retirée par rapport au reste du lotissement. Elle se terminait par un rond-point autour d'un îlot verdoyant. Sur toute sa longueur, de petites maisons étaient posées sur des pelouses tendres. Rien d'ostentatoire, sinon la propreté et la coupe millimétrée des haies protégeant une intimité bon enfant.

Un garçon d'une douzaine d'années jouait à grimper sur le trottoir, une planche à roulettes vissée aux pieds. Chipi s'arrêta à sa hauteur. Baissant la glace, il le questionna avec un clin d'œil:

– Salut, mon garçon! Saurais-tu me dire où se trouve la maison appelée *Dreams*?

Tout étonné de la question, l'enfant fut stoppé net dans son élan sportif.

– Bien sûr!

– Pourquoi es-tu si sûr de toi?

Chipi le regardait, un sourire flottant sur ses lèvres.

– Et où se trouve-t-elle alors?

– Mais tout le monde la connaît, m'sieur! C'est celle qui donne sur le sens giratoire, bien sûr!

Chipi s'accouda à la fenêtre. Son sourire s'affirma.

– Et pourquoi tout le monde la connaît, mon garçon?

L'enfant parut abasourdi par une question dont la réponse était aussi évidente. Il se baissa pour ramasser sa planche, qu'il serra immédiatement sur sa poitrine comme pour se protéger.

– Mais... parce que c'est la seule à ne pas être habitée, pardi!

Ils arrêtèrent la Cadillac dans une allée totalement recouverte par les herbes, censée mener à un garage clos. Légèrement en retrait apparaissait une façade blanche à la peinture écaillée, striée aux encoignures par les traces grises des écoulements d'eau.

Une fois sorti du véhicule, Billy fut immédiatement surpris par l'humidité tropicale ambiante. Dans son esprit se forma instantanément le souvenir de l'Ascension. Dans un flash, il entrevit sa chambre d'hôpital avec Anna à ses pieds. La fenêtre était ouverte sur les palmiers qui bruissaient. Dolente, la rumeur du parc se frayait un chemin au travers des légères tentures blanches qui flottaient au gré de la brise. La vision ne dura qu'une fraction de seconde. Ses sourcils se haussèrent en une interrogation muette. Chipi le surveillait du coin de l'œil. Billy s'en rendit compte et, se ressaisissant, il sourit timidement à l'intention de son compagnon.

– J'étais ailleurs, loin... comme il m'arrive de m'évader encore de temps en temps.

– C'est ce que j'avais compris... Regarde: reconnais-tu ton Versailles?

Billy paraissait sceptique. Plissant les yeux sous la réverbération du soleil, il parcourut du regard ce qui avait été son havre à peine un an auparavant.

C'était une construction légère, faite d'une ossature de bois qu'on avait recouverte de briques rouges, bien plus dans un souci cosmétique que pour en augmenter la solidité. Fidèle au style de la grande majorité des demeures avoisinantes, elle était bâtie sur un seul étage s'ouvrant de plain-pied sur ce qui avait été dans le passé un jardin. Un toit en pente, aux tuiles de plastique étroites et vertes, couronnait l'édifice. Devant la façade aux volets clos, les murs latéraux étaient prolongés par deux haies en désordre qui délimitaient la propriété. Un minuscule muret de pierres apparentes, percé d'une grille basse en fer forgé, fermait le dernier côté du quadrilatère. À chacune des extrémités, deux palmiers nains emblématiques du paysage floridien s'agitaient au gré des courants d'air.

Billy se baissa. De la main il dépoussiéra quatre carreaux de faïence cimentés entre deux pierres de taille. Des lettres apparurent. Derrière lui, Chipi épela:

– *Dreams*... On est bien chez toi. Bienvenue à la maison, mon cher!

Depuis la grille aux charnières rouillées, un chemin de pierres plates courait au travers d'une pelouse brûlée par les intempéries. Il menait à un porche abritant une imposante porte de bois. Chipi descendit le long de l'allée. Arrivé face au battant, il l'examina soigneusement. Il se tourna vers Billy qui suivait derrière.

– Il y a deux serrures. L'une est actionnée, l'autre non. As-tu les clefs confiées par Dennehy?

Billy les tendit. Dès le premier essai, la porte s'ouvrit. Montrant du doigt la serrure qu'il venait d'ouvrir, Chipi dit, sans se retourner:

– Celle-ci a été rajoutée. Regarde, elle est pratiquement neuve; elle brille encore. L'autre est plus ancienne. Elle n'est pas fermée.

Billy se tenait derrière son ami, attentif. Dans un lent mouvement, il se pencha pour examiner l'ancienne serrure par-dessus l'épaule de son ami. Chipi se rendit compte que quelque chose d'inhabituel se passait. La tension avait monté d'un cran.

Billy se redressa. Avec des gestes mesurés, il ouvrit sa chemise. Ayant porté ses deux mains à hauteur du cou, il défit sa chaîne à laquelle pendait sa croix, la plaque de métal donnée par Hennessy à Gibraltar et la clef trouvée dans la doublure de sa veste à l'Ascension. Il fit coulisser la clef le long de la chaîne et la saisit pour l'introduire dans la vieille serrure. Une toute légère pression suffit. D'un claquement sec, le mécanisme s'enclencha et le pêne coulissa.

Chipi transpirait. Deux rigoles partaient de sa tempe pour disparaître dans le col de sa chemise. Il s'essuya d'un geste machinal de la main. Ses yeux étaient maintenant rivés dans le regard clair de Billy. L'ombre du porche les protégeait du soleil, mais, désagréablement, l'humidité collait à la peau. De la porte restée entrouverte s'échappait une odeur de moisi. Chipi fut le premier à réagir. Du plat de la main, il repoussa la porte.

– Entrons! On aura tout le temps après pour chercher des explications cohérentes à cette histoire de clef fantôme.

Ils pénétrèrent dans la première salle, sobrement meublée dans une association salon-salle à manger. Elle se terminait par une cuisine sans porte, séparée du reste de la pièce par un comptoir devant lequel avaient été placés quatre tabourets. De l'autre côté se trouvait un bar tout simple. Derrière, plaquées au mur, trois étagères de verre supportaient quelques bouteilles de spiritueux entamées aux trois quarts.

Une porte entrebâillée sur la droite de la cuisine donnait sur un corridor conduisant à trois chambres. Celle du centre était aménagée en bureau. Billy et Chipi visitèrent tour à tour les deux autres. Ils constatèrent qu'elles disposaient chacune d'une salle de bain avec douche et d'une garde-robe.

Dans la première, l'un des placards révéla des costumes encore dans leur housse, pendus à une tringle horizontale. Chipi tira un des tiroirs de bois pour constater qu'il renfermait des chemises et des cravates. Au bas du meuble, un arrangement vertical astucieux présentait une dizaine de paires de souliers.

Billy retira son mocassin droit pour essayer une des chaussures. Elle lui allait parfaitement. Chipi lui sourit:

– Au moins, tu avais bon goût! Ce sont des escarpins italiens qui valent une fortune aux États-Unis!

– T'as raison!

– Essaye donc un costume pour en voir la coupe.

Billy obtempéra. Il choisit au hasard l'une des housses dont il fit coulisser la fermeture. C'était un vêtement de marque, en lin et coton, gris clair avec de fines rayures bleu ciel. Chipi ne put s'empêcher de tâter le tissu entre ses doigts. Il siffla de ravissement, tout en commentant en connaisseur:

– C'est du beau!

Billy s'était déshabillé. Il passait le pantalon. La longueur était idéale, mais l'habit flottait légèrement à la taille. La veste était une taille trop grande.

– Tu as perdu quelques kilos entre-temps! lui lança Chipi, amusé, en secouant la veste à la hauteur des boutons.

– Oui...

– Tu n'as pas l'air convaincu...

Billy se regardait dans la glace. Il faisait sombre. Chipi appuya sur l'interrupteur. La lumière se fit.

– Tiens, ils n'ont pas coupé le courant! Étonnant... Ou alors ils l'ont remis en ton honneur!

Billy dévisageait toujours sa silhouette dans le miroir. Il se tournait d'un côté et de l'autre. Il dit d'une voix traînante:

– C'est idiot, mais je ne me vois pas plus gros, plus épais... tu comprends? Regarde la veste aux épaules. Elle est large. Si j'ai perdu du poids, je n'ai pas pu le perdre en muscles. Or...

Chipi s'était placé derrière lui. Il souleva la veste aux deux épaules pour la laisser choir d'aplomb de manière à ce qu'elle épouse l'arrondi du dos. Des doigts, il pinça l'habit aux hanches.

– Tiens, regarde, maintenant! Elle tombe parfaitement. Tu as bien perdu du poids, mon vieux. Et qui dit poids dit graisse. C'est-à-dire aussi bien au ventre qu'aux épaules ou ailleurs! Il faut qu'on porte tes fringues chez un bon tailleur. En fait, il s'agit seulement d'une petite retouche. Et ça vaut le coup, car tu as une garde-robe du tonnerre!

Billy était obligé d'en convenir. La veste, pincée dans le dos par les mains expertes de Chipi, reprenait effectivement un aplomb et une élégance perdus.

Ils sortirent de la première chambre pour visiter la seconde. La garde-robe était vide de tout vêtement, mais elle abritait la literie, soigneusement rangée dans des sacs de plastique à l'épreuve de la poussière. Chipi eut un regard circulaire.

– En ton absence, la maison semble avoir été entretenue un minimum. Mais il y a du boulot pour remettre tout ça en état. Et surtout pour chasser cette odeur persistante de moisi. Mais on peut toujours préparer les deux chambres pour cette nuit. Pour le moment, je te propose de compléter la visite du domaine, et puis on va chercher les valises.

Moins d'une demi-heure suffit pour tout voir. Derrière la cuisine, ils trouvèrent un réduit dans lequel avait été logée une fournaise pouvant être inversée pour produire de l'air froid. Elle se mit en marche sur une simple pression sur le commutateur. L'effet fut immédiat. Un souffle frais s'échappa des bouches d'aération placées au sol et hérissa la moquette grise sur son passage.

La cuisine était fort bien équipée. Rien ne manquait. Le réfrigérateur était branché, mais vide. Dans les armoires murales, correctement rangée, ils trouvèrent toute la vaisselle nécessaire. Il n'y avait rien de luxueux, mais tout était fonctionnel.

Ils sortirent chercher les valises. Alors qu'ils passaient de l'ombre du porche à la lumière, l'éclat du soleil les empêcha de voir immédiatement l'homme nonchalamment adossé à la Cadillac. Bras croisés, il les regardait venir. Maigre et de grande taille, il portait sans grâce une cinquantaine éprouvante. Il était vêtu sobrement et coiffé d'un chapeau mou légèrement rabattu sur les yeux. Le premier instant de surprise passé, Billy s'approcha de lui.

– Bonjour, lui dit-il.

L'homme ne répondit pas à son salut. Un sourire narquois se

dessina au ralenti sur ses lèvres minces. Après quelques instants où Billy eut la désagréable impression d'être soumis à une fouille corporelle, l'individu s'adressa à lui:

– Vous avez changé, Abruzzo!

– On me l'a déjà dit. Vous me connaissez?

C'était le rituel engrenage. La même question, faisant suite à la même remarque, provoquant la même réponse.

– Tu parles! Pourquoi fais-tu semblant de ne pas me reconnaître, vieille fripouille?

Billy ne répondit pas. Ce fut tout juste si, par une légère contraction, ses maxillaires laissèrent percer un certain agacement. L'étranger souriait toujours benoîtement. Chipi s'approcha, la main tendue.

– Larry Cippola. À qui avons-nous le plaisir?

L'homme ignora le geste. Le sourire s'était évaporé. Le dédain gagnait un regard sombre, tapi à l'abri du chapeau. D'une brusque pulsion des reins, sans décroiser ses bras, il décolla ses fesses de l'aile de la Cadillac. En jouant sur les mots, il lança à Billy, sans le regarder:

– Bienvenue dans la maison de tes rêves! Demain, à huit heures! Pas une minute avant, pas une minute après!

Billy n'avait pas bougé. Il lui répondit calmement:

– Je veux bien, mais si vous ne me dites pas qui vous êtes...

L'individu se retourna vivement. Face au soleil, ses yeux se revêtirent d'un éclat de haine. Il franchit les quelques mètres qui le séparaient de Billy. Menaçant d'un index rageur, il l'apostropha:

– Écoute! Ça suffit comme ça! Tu as blousé tous les copains, et les autres aussi, mais pas moi! Je te connais trop bien, Abruzzo! Et un jour, il faudra bien que tu craches le morceau!

La tirade n'eut pas l'air d'émouvoir Billy. Il le regarda froidement avant de rétorquer:

– Je n'aime pas votre attitude. Et vous ne m'avez toujours pas dit qui vous êtes.

L'homme se calma tout aussi soudainement. Comme s'il réfléchissait, lentement, une moue déforma sa bouche.

– O.K. Vous voulez jouer, cher monsieur, alors jouons ensemble! dit-il en vouvoyant son vis-à-vis avec affectation. Comme vous l'avez certainement deviné puisque votre mémoire est défaillante et que vous n'avez pas été en mesure de me reconnaître, je porte à votre connaissance que je suis votre contact à Clearwater: inspecteur Starkowski. Demain, je veux vous voir à huit heures à l'endroit indiqué par l'inspecteur en chef Dennehy et... sans votre majordome!

Chipi allait répondre. Billy l'arrêta du geste.

– J'y serai, inspecteur. En attendant, pouvez-vous m'expliquer...

– Vous expliquer quoi?

– ... ce que vous avez voulu dire par cracher le morceau?

Le policier eut un soupir. Son regard virevoltait, cherchant à se poser sur quelqu'un. Il secoua la tête:

– Rien! Oubliez cela.

Il allait repartir quand soudain, se ravisant, il se tourna à nouveau vers Billy:

– Au fait, Abruzzo, toujours aucune nouvelle du côté de vos anciennes relations?

Billy écarta ses bras en signe d'impuissance.

– Comme vous le voyez, inspecteur, je débarque...

– Très bien!

Le visiteur regardait la pelouse d'un air navré, empreint de lassitude. Son visage s'éclaira.

– Au fait, vous les aimez blanches ou rouges?

Légèrement décontenancé par la question, Billy regarda autour de lui. Il vit un rosier du jardin qui avait séché faute de soins. Il demanda:

– Vous voulez parler des roses?

Le policier éclata de rire en reprenant sa marche lente vers son véhicule noir, parqué dans l'arrondi de la rue. Il se retourna à peine vers Billy:

– Mais non, imbécile! Je parle des chrysanthèmes, bien sûr! Pour fleurir ta tombe quand tes petits copains vont te tomber dessus!

CHAPITRE 24

Le lendemain matin, Chipi accompagna Billy en voiture. Le soleil se levait au-dessus du golfe de Tampa, embrasant de pourpre les baies vitrées des immeubles en bordure de l'eau. La journée s'annonçait splendide. Déjà, les premiers plaisanciers matinaux traçaient leurs sillons dans les eaux calmes du chenal qui séparait la terre ferme de la barrière de corail. Chemin faisant, les deux amis s'arrêtèrent dans l'un des nombreux fast-foods au stationnement désert. Assis autour d'une table rose entourée d'une banquette recouverte de polyester de même ton, ils commandèrent un café accompagné d'un muffin. Au cours de la conversation, Chipi émit la possibilité de rentrer par ses propres moyens après avoir déposé son ami.

– Tu comprends, dit-il, la bouche encore pleine, comme on ne sait pas combien de temps ce crétin de flic va te garder, au moins tu auras le véhicule. De mon côté, cela me permettra de tester les transports en commun entre la ville et la maison.

L'air fataliste, il ajouta, après avoir avalé une gorgée de café :

– Et puis, je vais prendre plaisir à jouer aux soubrettes. C'est-à-dire, en termes moins choisis, que je vais terminer ce putain de ménage commencé hier!

Billy pénétra en avance sur l'heure prévue dans l'immeuble des quartiers généraux de la police. Un policier de garde l'installa sur un banc, face au comptoir. À neuf heures, Starkowski surgit, un gobelet de café à la main. Il ignora superbement Billy, passant devant lui à grandes enjambées sans lui adresser un regard. Ce ne fut qu'à dix heures trente qu'il le fit appeler par un planton. Au moment de pénétrer dans le bureau, Billy constata que le policier était en conversation téléphonique. L'échange verbal s'éternisa une bonne quinzaine de minutes.

Finalement, Starkowski raccrocha. Billy se tenait debout face à lui, immobile. Le policier lui jeta un coup d'œil distrait. Lentement sa tête se pencha vers une feuille blanche placée sur le bureau. L'air grave, il se mit à écrire avec application. Au bout de quelques instants, sans relever les yeux, il demanda à voix basse :

– Vous ne dites rien?

Le regard de Billy fixait la nuque rasée de l'inspecteur.

– Vous ne m'avez rien demandé.

Lentement, Starkowski se redressa. Il triturait le stylo. Un sourire cynique se dessina sur ses lèvres minces. Billy remarqua qu'il était prématurément ridé aux tempes et aux angles des joues. Un vieillissement dû probablement au soleil de plomb qui accompagne les sorties en mer dans cette région.

– M'ouais... vous avez changé. Dennehy m'avait prévenu...

– Pourquoi? Qu'attendiez-vous de moi?

Le policier se laissa aller contre le dossier de son fauteuil en tapotant le stylo entre ses dents.

Il mit un certain temps à répondre.

– Non... rien, fit-il, évasif.

Un éclair traversa son regard cerné. Cela n'échappa pas à Billy qui demanda :

– Qu'y a-t-il de changé dans mon comportement? Dites toujours, ça alimentera la conversation.

Starkowski continuait à le dévisager avec un mélange de curiosité et de scepticisme. Un doute s'emparait de lui qu'il essayait de chasser de son esprit. Il s'était attendu à l'attitude distante et horripilante à laquelle l'ancien prévenu l'avait habitué par le passé. Or rien de tout ça ne se passait. Hier, déjà, il lui avait paru calme, maître de ses propos... Plongé dans ses méditations, il entendit à peine Billy qui répétait poliment sa question. Il se ressaisit et désigna une chaise du bout du crayon.

– Asseyez-vous.

Billy déboutonna sa veste et obéit. Il croisa les jambes avec une élégance naturelle. Aidé de son crayon, les deux coudes bien ancrés sur le bureau, l'agent du FBI se grattait la joue.

– Vous avez changé... parce que... parce que vous avez maigri. Et puis... vous êtes plus patient. Trop même!

– Vous pensez qu'autrefois, je veux dire avant mon accident...

Starkowski l'interrompit brutalement.

– Autrefois, si je vous avais fait attendre ne fût-ce que la moitié du temps que je vous ai fait poireauter aujourd'hui, il y aurait déjà eu un scandale!

Billy eut un sourire énigmatique. Il constata qu'implicitement le policier convenait de son amnésie.

– Ah! Pourtant, faire du scandale, ce n'est pas tellement moi...

L'inspecteur eut un geste évasif.

– Vous savez, on vous connaît bien. Alors... crier ou pas, trucider ceux qui se mettent en travers de votre chemin ou pas, même si vous laissiez ces sales besognes à d'autres... on est comme on est! On ne change pas du jour au lendemain, simplement sous le prétexte qu'on s'est fait rafistoler le portrait à deux reprises. Et puis, ça ne change rien au problème. Au fait... je constate que vous portez votre montre au poignet gauche de nouveau?

– Pourquoi, avant...?

Le policier ne le laissa pas finir. Avec une certaine agressivité, il lui lança:

– Écoutez, ça suffit avec les avant et les après. On n'est pas chez un perruquier qui essaye de vous vendre une moumoute! Même si vous pensez avoir changé de look, votre mentalité est toujours la même!

Billy se pencha en avant.

– Écoutez, inspecteur, si l'image que vous venez d'esquisser, c'était moi il y a six mois... ou un an... je vous l'accorde. Toutefois, figurez-vous que je me découvre au fur et à mesure de mes interrogatoires avec les autorités de ce pays. Mais, comme je l'ai dit à l'inspecteur Dennehy à New York, le nouveau, il a changé. Rappelez-vous les accroches publicitaires: c'est nouveau, ça vient de sortir. C'est valable dans le contexte présent.

Il sourit, essayant d'atténuer son agressivité. Il ajouta, sur le ton de la confidence:

– Inspecteur, il n'y aura plus de scandales ni de cris. Mais respectez-moi autant que je vous respecte. Merci de le comprendre.

Le policier le dévisagea sans lui rendre son sourire. L'espace d'une seconde, il parut hésiter.

– Qu'allez-vous faire maintenant? Avez-vous des plans?

– Ni plan ni argent. Il nous faut trouver du travail. Aussi simple que ça!

Dans un froissement de rides, un pan de la joue gauche du policier se souleva en une raillerie silencieuse.

– Nous?.. Vous et celui que l'inspecteur Dennehy appelle la gravure de mode?

Le sobriquet fit sourire Billy. Décidément, se dit-il, Chipi passait mal au niveau de la gent policière des États-Unis.

– C'est un garçon charmant, inspecteur. Et tant qu'il désirera rester en Floride, si vous n'y voyez pas d'inconvénient, il sera le bienvenu chez moi.

Starkowski haussa les épaules.

– S'il respecte la Constitution et qu'il dispose des documents adéquats pour pouvoir travailler dans notre pays, je m'en fous.

L'inspecteur se leva. Billy en fit autant en reboutonnant sa veste. L'entretien était terminé. Starkowski demanda à nouveau :

– Vers quel métier allez-vous orienter vos recherches?

– Aucune idée. Vous avez peut-être des suggestions?

– Allez vendre des cacahuètes! C'est un métier plein d'avenir : il y a même un président des États-Unis[32] qui a commencé comme ça!

Billy se retourna.

– Très bonne idée, inspecteur! D'autant plus qu'il y aura toujours suffisamment de singes sur terre pour en manger...

Le policier n'apprécia qu'à moitié. Son regard se refroidit.

– Ne faites pas le malin, Jordan, puisque c'est comme ça qu'il faut vous appeler maintenant... Et faites attention à ce que vous dites, et à qui vous le dites! Rappelez-vous que votre liberté est soumise à un conditionnel très précaire. Je vous conseille de ne pas l'oublier.

Billy ne parut pas déstabilisé par la mise en garde. L'iris bleu était bien planté dans les yeux noirs du fédéral.

– À ce propos, inspecteur, avant qu'on se sépare, je voudrais vous questionner à titre personnel, si vous le permettez.

– Dites toujours.

– Vous m'avez trouvé changé physiquement?

Starkowski eut un rictus.

– Recousu comme vous l'êtes, ce serait difficile de prétendre le contraire!

– Et vous pourriez me montrer des photos de moi... antérieures à mes opérations chirurgicales?

Le policier empoigna fermement la porte, prêt à la refermer sur Billy.

– Non, Jordan!

– Pourquoi?

– Parce que c'est classé confidentiel par le gouvernement. En d'autres termes et pour la dernière fois, Salvatore Abruzzo n'existe

32. Le président Jimmy Carter (1977-1981).

plus, il a disparu de la circulation. C'est terminé. Compris? Et laissez-moi vous dire que ce cadeau, vous le devez au peuple des États-Unis, c'est-à-dire à tous les citoyens de ce grand et beau pays qui payent leurs impôts pour entre autres entretenir des parasites de votre genre. Maintenant, du balai! La semaine prochaine, même heure ici!

Du pied, il repoussa la porte sur Billy dans un claquement cristallin de verre secoué. Billy revint au stationnement, s'assit au volant de la Cadillac et actionna le démarreur. L'air conditionné souffla agréablement. Il déplia le plan de la ville qu'il se mit à compulser. Clearwater était une agglomération agréable, proprette, ensoleillée, qui fleurait bon le désinfectant et l'ambre solaire. Mais elle ne remuait strictement aucun souvenir en lui. Il avait beau chercher, il ne se souvenait ni de la baie de Tampa, ni des divers ponts qui relient la langue de sable à la terre ferme, ni de l'intercostal et du va-et-vient incessant des bateaux de tous genres. Encore moins du poste de police de l'inspecteur Starkowski. Il y avait très certainement une réponse logique à ces blancs puisque tout indiquait que c'étaient les pièces maîtresses du puzzle géant qu'avait été sa vie antérieure. Pour l'heure, les points d'interrogation se multipliaient. En partant d'une logique simpliste et immédiate, il se dit que le plus important était de se concentrer sur le présent. C'est-à-dire de chercher à comprendre pourquoi il se remémorait, avec une netteté désordonnée il est vrai, certains détails précis tels que l'hôtel Pierre à New York, alors qu'au contraire, à d'autres endroits, il se trouvait dans l'inconnu le plus total comme ici sur la côte ouest de la Floride. L'histoire de la clef retrouvée dans la doublure de sa veste par Anna lors de sa convalescence à l'Ascension, et qu'il portait depuis au cou, était précisément une des grandes énigmes qui le torturaient.

Billy démarra sans but précis. Pour se familiariser avec les principales artères qui divisent Clearwater, il les parcourut à diverses reprises. Il repassa plusieurs fois dans l'avenue principale qui déversait ses nombreux restaurants et échoppes à touristes sur des trottoirs grouillant de chalands indécis. Il piqua ensuite vers l'est sur l'une des transversales. Les premiers quartiers traversés étaient sans intérêt, pauvres et industriels. Au fur et à mesure qu'il se rapprochait de Safety Harbor, des lotissements résidentiels apparurent. Arrivé près de l'eau, il vira à droite. Une petite route tortueuse, appelée pompeusement Bayshore Boulevard, le conduisit le long de l'estuaire vers le sud pour déboucher sur la grande artère qui revenait vers Tampa et Clearwater. Il décida de rentrer.

Au moment où il reprenait vers l'ouest pour regagner le bord de mer côté Caraïbes, pratiquement à l'angle de la grande route et en partie caché par les circonvolutions de béton que formaient les échangeurs des autoroutes, un édifice de briques sombres, sans prétention, attira son regard. Sur sa partie supérieure, un panneau annonçait en lettres rouges : à vendre. Suivaient le nom d'une agence immobilière et son numéro de téléphone. Dans un automatisme qui le surprit lui-même, Billy vira d'un geste brusque et gara sa voiture en épi face à l'entrée. Il se pencha vers le pare-brise pour mieux détailler l'immeuble.

Il y avait quatre étages, tous percés de nombreuses fenêtres à égale distance l'une de l'autre. La façade, maltraitée par les âges et les intempéries, s'étalait sur toute la longueur du stationnement. Certaines briques noirâtres se déchaussaient dangereusement, plaidant l'urgence d'un ravalement. Sur l'arrière, de vastes ateliers s'éclairaient au travers d'un toit vitré en dents de scie. La large porte d'entrée protégée par une grille massive attaquée de vert-de-gris était précédée de quelques marches de granit. Constituée de pans épais de verre fumé, elle s'ouvrait sur un hall aux murs recouverts d'un marbre perle, témoin d'une époque plus faste. Un escalier tournant enrubanné d'une imposante rampe de cuivre clair partait à l'assaut des étages supérieurs.

Billy pénétra dans l'immeuble. La réceptionniste, petit minois et jeunesse rayonnante derrière son minuscule bureau, donnait l'impression d'être prisonnière entre la cage de l'escalier et l'immense central téléphonique. Elle le regarda venir à elle avec étonnement.

– Puis-je vous aider?

Politesse stéréotypée nord-américaine. Aspect engageant de principe. Simplicité et concision des questions. Billy eut l'étrange sensation qu'un fourmillement attaquait le bout de ses doigts blessés. Il constata que ses paumes étaient moites. Une impression de chaleur l'envahissait. Il n'arrivait pas à comprendre les réactions de son corps qui semblait lui échapper. Un instant il se maudit de s'être laissé guider par son subconscient, pour se retrouver ainsi dans cet établissement délabré d'une autre époque, sale et en piteux état, sans doute guetté par une faillite prochaine.

« Faillite ». Billy cligna des yeux. Le terme réveillait en lui un amalgame de souvenirs confus dont il n'arrivait pas à intégrer les éléments en un tout cohérent. Il lui sembla que le trac qui l'avait envahi s'évanouissait. La fille répéta sa question de son timbre de voix impersonnel, sourire de convenance aux lèvres. Billy semblait la traverser de son regard.

– Bonjour. Je suis William Jordan de BC Financial Consulting. Pouvez-vous avertir votre président que je suis venu le rencontrer?

La réponse était venue d'elle-même, sans hésitation, débitée sur un ton chaleureux. À nouveau, Billy était surpris de la rapidité et la régularité de cet ensemble de réactions qui lui semblaient dictées par une voix intérieure. La standardiste regarda l'étrange solliciteur. Son sourire engageant sur un faciès de baroudeur et surtout une imprévisible profondeur dans la clarté des yeux lui donnèrent la sensation d'une langueur indéfinissable. Un léger frisson parcourut ses avant-bras. Encore sous le charme, elle pencha sa tête de côté avec un sourire timide.

– Vous avez rendez-vous?

– Pas aujourd'hui!

Déjà il se retournait, cherchant où s'asseoir. La jeune fille tentait de croiser son regard. Elle s'éclaircit la voix et demanda de nouveau:

– Excusez-moi. Pouvez-vous me dire l'objet de votre visite?

Billy s'était laissé choir sur l'un des deux fauteuils qui faisaient face à une table basse et s'était plongé dans un hebdomadaire ramassé rapidement à même le sol. Il releva la tête.

– J'ai une proposition commerciale pour votre président. Pouvez-vous avoir la gentillesse de l'avertir de ma présence?

Toujours cette expression polie, bien que rieuse. Sur ce visage martyrisé, elle ajoutait une légère touche de sympathie à une séduction naturelle.

Le visiteur s'était replongé dans sa lecture. La secrétaire était désarçonnée, ne sachant trop que faire. Les ordres pourtant avaient été stricts. En aucun cas le président ne devait être dérangé sans rendez-vous. Elle décida d'appeler la superviseure. Dans un murmure inaudible, la conversation dura à peine quelques secondes. Billy continuait à feuilleter son journal. Moins d'une minute après, une dame d'un certain âge, portant lunettes cerclées d'or et chignon, descendit l'escalier dans un claquement de talons aiguilles. Sa démarche déterminée démontrait une présence significative de longue date dans la société. Elle s'avança vers Billy qui se leva immédiatement, main tendue.

– William Jordan de BC Financial Consulting. Mes hommages, madame.

– Bonjour, monsieur. Je crois comprendre que vous n'avez pas de rendez-vous?

La voix était sèche, exempte de toute familiarité, et elle laissait peu d'espace à un argumentaire verbal.

– Malheureusement, pas aujourd'hui, madame. Mais je viens de loin pour voir monsieur le président. Je vous saurais gré de lui demander de m'accorder quelques instants d'entretien.

Il y eut une hésitation dans l'attitude guindée de la dame. Sa méfiance s'affichait sur fond de prunelle charbonneuse.

– Pouvez-vous me donner la raison de votre visite? Je suis sa secrétaire personnelle.

– Bien entendu! J'ai une proposition commerciale à lui faire.

– De quelle nature?

Le sourire de Billy éclaira son visage bronzé.

– Madame, si vous n'y voyez pas d'inconvénient, je voudrais garder la primeur de mes propositions, qui sont confidentielles, pour monsieur le président. J'étais encore à Gibraltar la semaine passée, et je suis arrivé de New York hier. J'ai peu de temps devant moi et ma proposition mérite qu'on s'y attarde. Je vous serais très reconnaissant de lui demander de m'accorder ne fût-ce que quelques secondes, de façon à ce que je puisse lui expliquer la raison de l'intérêt que je lui porte.

La secrétaire en chef hésitait toujours. Cherchant à lire dans ce regard trop clair, elle toisa Billy de ses yeux froids protégés par l'armature de laiton doré. Impassible, mains derrière le dos, il lui souriait. Elle eut un mouvement désordonné des lèvres avant de pivoter lentement sur son corps aux hanches proéminentes et lourdes pour s'adresser à la standardiste:

– Maria, avertissez monsieur Hall que je monte dans la salle de réunions avec monsieur Jordan qui arrive d'Europe. Suivez-moi, s'il vous plaît, monsieur Jordan.

Elle se dirigea vers une porte d'ascenseur en sortant un trousseau de clefs de la poche de son cardigan. D'un mouvement de poignet sur une petite serrure servant de bouton d'appel, elle l'ouvrit dans un crissement métallique. Ils pénétrèrent à l'intérieur. Dès que la porte de métal coulissa, Billy constata que cet ascenseur desservait un seul étage, le dernier, celui des bureaux présidentiels.

James Hall était le parfait stéréotype du Nord-Américain ayant prospéré dans l'après-guerre. Il avait depuis longtemps dépassé l'âge de la retraite. Ses cheveux blancs lissés avec application sur le côté étaient divisés par une raie rectiligne qui allait chercher son origine très loin sur la nuque. Le costume sombre, strict et trop court aux jambes, laissait apparaître des souliers en pagode. Il portait au cou un nœud papillon. L'ensemble dégageait une impression de panache démodé et de dignité d'un autre âge.

Il avait fondé cette société spécialisée dans la commercialisation de composantes électroniques et en était l'unique porteur de parts. Son timbre de voix était éraillé. Un léger tremblement des mains laissait deviner une fatigue intérieure, accumulée par les longues heures de veille passées à la recherche d'un équilibre financier. Preuve d'une origine aisée, il conversait avec beaucoup de politesse et d'entregent. Il se tenait debout, très légèrement voûté, ce qui diminuait d'autant sa taille face à Billy.

– Ma société vous intéresse donc?

– Pas moi directement. Ce sont mes clients qui sont intéressés. Si je peux avoir la courtoisie d'un entretien privé, je vous donnerai toutes les explications nécessaires.

La secrétaire se tenait debout derrière son président. Il se retourna vers elle.

– Martha, nous allons dans mon bureau. Merci de prendre tous les appels téléphoniques, et que l'on ne nous dérange pas.

Billy fut gratifié d'un regard furibond par la femme au chignon. En martelant le parquet, elle sortit de la salle de réunions sans fermer la porte.

– Je passe devant si vous le permettez, monsieur Jordan. Suivez-moi.

Ils entrèrent dans un bureau agréable, bien éclairé par deux fenêtres ouvertes vers l'ouest sur les eaux graisseuses de l'Old Tampa Bay. Les murs revêtus de boiseries et les fauteuils de cuir faisant face à un bureau traditionnel de bois clair confirmaient le caractère vieillot que dégageait l'ensemble de la société. Billy s'installa profondément dans l'un des fauteuils, croisa les jambes et, sourire en coin, s'adressa au président:

– Avant de vous donner les explications que vous attendez de moi, parlez-moi donc de vous. Et pourquoi cette envie de vendre?

Dans un monologue touchant, le vieil homme expliqua son ascension dans la société floridienne, suivie de la création de son entreprise spécialisée dans les moyens de communication. Il raconta les heures de gloire qui en avaient découlé dans les années cinquante et soixante quand les télex et les téléphones, bien qu'encore considérés comme des outils de luxe, se démocratisaient à une vitesse fulgurante. Puis il y avait eu l'avènement de produits plus sophistiqués, tels que les télécopieurs ou les réseaux hertziens du téléphone sans fil qui avaient obligé sa société à chercher une orientation plus technique, plus difficile, et surtout beaucoup plus tributaire de la compétition. Enfin, il parla de ses désillusions, alors que ses descendants se montraient peu intéressés à reprendre le flambeau dans un contexte économique incertain.

Le vieil homme s'arrêta de parler. Mais son esprit vagabondait encore sur les crêtes d'un passé révolu. Billy n'avait pas bougé. James Hall lui sourit.

– C'est un peu triste comme histoire, non? J'espère que je ne vous ai pas trop ennuyé.

– Pas du tout. Au contraire! Mais pourquoi vendre dans l'immédiat? Vous n'êtes pas en position de force. Loin de là!

Le président eut un regard étonné.

– Pourquoi? Mais je viens de vous l'expliquer. Personne de ma famille ne veut reprendre cette affaire qui périclite de jour en jour. Nous sommes complètement dépassés par la concurrence de pays tiers ou asiatiques, qui arrivent à fabriquer mieux, plus vite et moins cher! Chaque jour qui passe, c'est autant qui s'ajoute au passif. La société est irrémédiablement perdue!

– Vous avez combien d'employés?

– Nous en avions plus de cinq cents. Nous ne sommes plus que cent quarante aujourd'hui.

Il ajouta, comme pour s'excuser:

– Vous savez, le perfectionnement de l'outillage est pour beaucoup dans ces réductions de personnel.

– Et vous seriez prêt à jeter ces cent quarante personnes dans les bras du chômage?

La remarque avait porté. James Hall posa ses coudes sur le bureau et se tritura les mains. Il évitait de regarder Billy dans les yeux.

– Le repreneur de la société les emploiera bien... du moins, certains. Pour les autres, nous avons mis en place une structure de mise à la retraite prématurée qui...

– Monsieur Hall, vous savez bien que le repreneur, quel qu'il soit, ne sera pas intéressé par les activités de votre compagnie. Vous l'avez dit vous-même, vous vous situez actuellement dans un créneau extrêmement compétitif et vous êtes largement dépassé par une concurrence sans foi ni loi. En fait, pour parler de manière franche, vous êtes sur une voie de garage. Et votre chant du cygne est pour bientôt: le dépôt de bilan n'est qu'une question de mois, peut-être même de semaines. Toute la stratégie de sauvegarde des intérêts de vos employés sera balayée par la férocité des lois de ce pays qui protègent les créanciers face aux sociétés en état de cessation de paiement. Je ne vous apprends rien.

Le vieil homme avait planté son regard dans le bois de son bureau.

– Je sais... finit-il par articuler.

– Quel est votre chiffre d'affaires?

– Vingt-deux millions de dollars cette année, dit-il en relevant la tête. Mais cela ne veut rien dire. Il était de plus de cinquante il y a dix ans et nous avions des finances saines avec un personnel trois fois supérieur. Aujourd'hui...

– Aujourd'hui, si on prend en considération le montant cumulé des taxes et des impôts divers, ajoutés à l'érosion d'un outil de travail obsolète et à la paye des ouvriers à assurer à chaque fin de mois, vous perdez de l'argent.

– Exactement!

– Donc, votre société est une coquille vide qui ne vaut rien. Inutile de parler des ateliers où l'outillage ne répond plus aux exigences de la technologie moderne. Reste l'immobilier. Vous en tirerez peut-être quelque chose. Encore que, vu l'endroit, face à l'embranchement des autoroutes, avec le vieux port aux quais déserts où l'insécurité règne, il vous sera difficile de trouver un promoteur intéressé à investir pour transformer l'immeuble en appartements ou pour construire à neuf.

– Il n'est pas question de démolir l'usine!

La voix s'était gonflée d'un volume et d'une vivacité insoupçonnés. Une légère rougeur envahissait les pommettes. Les mains étaient revenues sur la table et se fermaient en poings de chaque côté du corps. James Hall cachait mal sa contrariété. Il mit un certain temps à retrouver son flegme.

– Excusez-moi. Ma réaction était inappropriée. Mais comprenez que je ne veux pas que le bâtiment soit démoli au profit de je ne sais quelle entourloupette immobilière!

Billy eut un geste évasif.

– Que voulez-vous faire d'autre, alors? L'alternative me paraît dangereusement aléatoire.

– Je sais bien.

Il y eut un silence que Billy prit le parti de rompre.

– Il y aurait bien une solution...

L'iris du vieux président s'éveilla de curiosité. La voix sembla se raffermir.

– Oui?

– ... mais je ne sais pas si cela peut vous intéresser.

– Mais si! Il s'agit de vos clients?

– Non, mes clients seraient uniquement intéressés à réaliser un coup en vous payant la moitié de la cote immobilière pour votre édifice. Les temps sont durs, monsieur Hall, et tout le monde est à l'affût d'une bonne affaire... Non, je pensais à tout autre chose.

– À quoi pensez-vous?

– Voilà: dans l'état actuel des choses, entre les coûts de production, la masse salariale à assurer, les rentrées de trésorerie incertaines et les créances de toutes sortes, vous n'arrivez pas à boucler le budget. Exact?

– Exact.

– Si je comprends bien, vous avez donc une perte financière conséquente, à laquelle s'ajoutent un bâtiment et une machinerie qui s'érodent inexorablement, sans parler du non-renouvellement des procédés de pointe nécessaires à votre production. Exact?

– ...

– Vous avez en outre un personnel qui vous est fidèle, dont la majorité fait, comme on dit familièrement, partie des meubles. Ils vous accompagnent dans les dédales de votre vie d'industriel depuis de longues années. Et vous ne voulez pas les blesser en les jetant à la rue. Et vous tenez bien entendu à votre réputation. Toujours exact?

– Oui...

– Alors, pourquoi ne pas envisager une reconversion qui vous permettrait de repartir du bon pied, de garantir un salaire moyen, qui reste à définir, à l'ensemble de vos employés, tout en maintenant la société à flot, dans une situation financière équilibrée et saine. Libre à vous ensuite d'envisager la vente avec tous les avantages qui caractérisent une entreprise performante, dont la base du prix d'achat serait calculée cette fois-ci sur des bilans sains et positifs, et non sur des acquis immobiliers.

Méfiant devant la simplicité d'une telle démonstration, l'homme articula avec peine:

– Mais... comment y arriver, et quelle sorte de reconversion envisagez-vous?

– Je n'en sais rien.

De plus en plus stupéfait, les yeux ronds, le propriétaire balbutia:

– Comment ça, vous n'en savez rien? Vous venez me proposer une action stratégique et vous n'avez aucune idée du comment!

Billy ne se départit nullement de son sourire engageant.

–Je n'ai aucune idée pour le moment. Mais peut-être que demain, ou après-demain, je vous présenterai un plan de redressement.

Les sourcils blancs se froncèrent en une interrogation sceptique.

–Je vous demande pardon? Demain ou après-demain? Mais enfin, soyez sérieux!

–Monsieur Hall, je vous explique: ma société, BC Financial Consulting, est spécialisée dans la remise à flot d'exploitations industrielles défaillantes, particulièrement des moyennes entreprises comme la vôtre. Nous disposons d'une expérience longue de plusieurs années qui s'est aguerrie au contact de la réalité commerciale et financière quotidienne. En d'autres termes, nous tâchons de résoudre les problèmes les plus complexes relatifs à la bonne marche d'une affaire. Notre force, c'est de pouvoir, sans délai, identifier vos besoins les plus urgents touchant aussi bien les finances que les aspects commerciaux, techniques, d'engineering, de personnel, de rotation des stocks ou d'entreposage. Tous nos cadres sont d'anciens dirigeants de société, chacun spécialisé dans un domaine bien précis, pouvant apporter une expertise nette, sans faille, pratique, facilement adaptable à toute situation de crise qui se présente.

«Et laissez-moi vous dire qu'au sein de votre société il faut parler de crises au pluriel, car elles sont nombreuses, de taille conséquente, et présentes à plusieurs niveaux. Je sais, monsieur Hall, que vous en êtes conscient. Vous êtes, ne le perdons pas de vue, celui qui connaît le mieux votre propre compagnie. Et vous savez qu'elle est sous respirateur, qu'il suffirait d'une vétille, d'un impayé, par exemple, pour lui faire rendre l'âme. Des actions énergiques doivent être prises rapidement. Il vous faut, de mon point de vue qui reste à confirmer, envisager de vous orienter vers des activités nouvelles, plus lucratives et moins exposées aux brutalités d'une concurrence féroce. Une fois que la situation de crise aura été maîtrisée, nous pourrons donner une nouvelle impulsion à votre société, en considérant la mise en valeur financière des avoirs immobiliers. À cet instant, sera-t-il plus judicieux de vendre, de louer, ou de placer les bâtiments en leasing? Il est prématuré de chercher à répondre à cette question. Mais nous pourrons vous apporter des éléments de réponse en temps voulu. Tout est envisageable, mais tout n'est pas réalisable.

«Comme je vous le disais précédemment, ma visite d'aujourd'hui porte deux casquettes. Mon intention première était de vous proposer le rachat de vos activités, y compris les murs, pour la moitié de la valeur réclamée par votre agence immobilière. Si vous êtes d'accord, je vous signe un chèque immédiatement et je vous donne jusqu'à la fin du mois pour vous retirer physiquement d'ici. La seconde proposition m'est personnelle. Je considère que c'est celle de la sagesse, mais elle requiert du courage, de la volonté; sans doute des larmes et du sang. Pourtant nous essaierons de limiter la casse, si je peux m'exprimer ainsi. Nous tâcherons de préserver l'esprit de l'entreprise et surtout son acquis le plus important, son potentiel humain, vos employés.

« Voilà ce que je vous propose. Si vous êtes d'accord pour vendre, nous sommes acheteurs. Si par contre vous optez pour la seconde solution, dès demain matin je vous envoie notre spécialiste des questions commerciales. Après une analyse approfondie qui prendra autant de temps que nécessaire, il vous soumettra ses propositions qui iront soit dans le sens d'une nouvelle orientation, soit dans celui de l'amélioration de vos activités actuelles. Je l'accompagnerai dès après-demain pour m'entretenir avec vous de toutes les questions financières et bancaires et ainsi chercher les sources d'oxygène dont nous allons sacrément avoir besoin. »

Billy se redressa et se laissa à nouveau aller contre le dossier de son fauteuil. Il croisa lentement les jambes et attendit en silence. James Hall le dévisageait, cherchant à lire dans son regard. Ses narines en forme de pyramide frémirent, sa poitrine s'emplissant d'une longue aspiration. Sa voix aigrelette résonna dans le silence boisé de la pièce.

– Mais... c'est un travail de titan, que vous évoquez là! Et ça va nous coûter combien, tout ça?

Impassible, Billy répondit d'une voix claire.

– Je n'en sais rien.

– Plaît-il?

– Je vous le répète, je n'en sais rien. Mais vous, posez-vous la question de savoir combien vous coûte la consultation quand vous allez chez le docteur et que votre vie est en jeu, monsieur Hall? Laissez-moi vous poser une question et une seule : seriez-vous prêt à investir un million de dollars si cela doit vous rapporter quatre fois plus? Répondez-moi franchement.

– Bien sûr!

– Parfait, nous sommes partenaires, conclut Billy en souriant au président médusé.

– Oui, mais attendez! De quelle manière allez-vous vous y prendre?

– Très simplement. Nous allons procéder d'abord à une étude préliminaire des actifs, comme je vous l'ai expliqué précédemment, avec l'aide de notre spécialiste des questions commerciales et techniques. Cette première investigation, nous la facturons dix mille dollars. Un écot de principe, car en réalité cela ne couvre même pas nos frais. À ce stade, nous considérons que nous sommes des partenaires. Par conséquent une redevance pour adhérer au club est à partager entre nous. Au terme de cette étape, un rapport vous sera présenté, contenant nos observations positives et négatives. Des suggestions vous seront faites en vue de l'amélioration immédiate de la gestion. On vous présentera en même temps un canevas d'intervention qui impliquera un certain nombre d'heures de travail à réaliser effectivement par un, deux ou même éventuellement dix experts, si nécessaire, chacun spécialisé dans son domaine et attaché à la réalisation d'objectifs bien précis. À ce moment-là, libre à vous de suivre notre diagnostic. Vous êtes seul responsable de vos choix. Vous pouvez tout aussi bien rejeter en bloc nos suggestions, ou bien les appliquer vous-même si vous considérez qu'elles sont efficientes et que vous disposez du personnel approprié pour vous aider dans votre tâche. Ou bien encore, et c'est vers quoi nous tendons, vous pourrez nous demander notre collaboration. Nos émoluments seront alors calculés à l'heure de travail effective, par collaborateur, payable chaque week-end. Bien entendu, il vous sera possible de mettre un terme à notre partenariat sans pénalité à tout moment, si vous estimez que nos services ne conviennent pas à votre entreprise.

Billy attendit. Il patientait avec une passivité d'apparence. Intérieurement, il bouillonnait. Il savait que le poisson était ferré. Ce n'était qu'un jeu, mais, bonté divine! quelle joie profonde! Elle prenait naissance dans sa poitrine, irradiant son corps comme une douce volupté. Ah! Il aimait par-dessus tout ce travail. Il aimait se vendre et percevoir ce frisson intime du plaisir intense que procure une première vente. Il avait déjà pratiqué ce sport d'un goût particulier, quelque part, ailleurs, dans les obscures profondeurs d'un passé pourtant proche. Mais quand? Et où? Grands dieux! Il était incapable d'apporter la moindre réponse à ces questions.

– Dix mille dollars, vous dites?

La voix le tira de ses rêveries. Il regarda le vieil homme penché sur son bureau dans l'attente d'une réponse. Tout aussi vite, il sentit ses automatismes de consultant lui revenir à grands flots. Il récita machinalement:

– Oui. Pour l'étude préliminaire que vous réglerez à notre collaborateur dès son arrivée demain matin. À propos, à quelle heure voulez-vous qu'il se présente chez vous? Puis-je proposer huit heures trente?

– Huit heures trente, oui. Je suis matinal, je serai là.

Billy se levait.

– Eh bien, c'est parfait. Entre-temps, monsieur Hall, soyez aimable de retirer le panneau publicitaire de la façade et avertissez votre agence immobilière que vous n'êtes plus vendeur. Des jours meilleurs nous attendent.

Ils se serrèrent la main. Ignorant l'ascenseur, Billy descendit l'escalier rapidement. Il se sentait heureux. Il y avait longtemps qu'il n'avait éprouvé une telle joie. En passant devant la jeune standardiste, il la gratifia d'un clin d'œil. Elle lui sourit, montrant sa dentition juvénile.

Moins d'une heure plus tard, il ralentissait face au muret de la maison fédérale qui lui avait été allouée sur la Vingt-Deuxième Rue. Il se gara dans le petit chemin menant au garage. Encore au volant, goguenard, il dévisagea Chipi, en short et torse nu, casquette de baseball vissée sur un crâne aux profondes marques de transpiration. Il poussait péniblement une tondeuse mécanique sur la surface brûlée de la pelouse.

Il s'approcha de son ami. Chipi s'était arrêté. Son visage dégoulinait de sueur. Soufflant comiquement sur le dessus de ses lèvres en direction de la base de son nez, il essayait de ralentir le débit des sécrétions qui se déposaient sur sa fine moustache. Billy lui sourit.

– J'ai du boulot pour toi. Demain, à huit heures trente pétantes, il faut que tu sois à Safety Harbor pour convaincre un vieux grand-père de changer de métier.

Chipi le regarda, soucieux, appuyé du coude sur le bras de levier de la tondeuse.

– Qu'est-ce qui s'est passé? Les flics t'ont tabassé à coups de matraque sur la tête?

Billy éclata de rire.

– Rien de tout ça! Je t'expliquerai... Il faut qu'on aille cet après-midi se faire fabriquer des cartes de visite et des en-têtes de lettres. Ça doit être réalisable rapidement dans ces imprimeries qui travaillent au laser. Il faudra également se procurer un petit ordinateur. Enfin, il faudra penser à ouvrir un compte en banque.

Il jeta un regard circulaire.

– Bon, j'ai faim. Il y a quelque chose à manger?

Il s'éloigna en direction de l'entrée. Chipi restait là, figé devant le changement qui s'était opéré dans le comportement de son ami. À mi-chemin de la maison, Billy lui dit à voix haute:

– Au fait, je te signale que tu viens d'acquérir cinquante pour cent d'une société qui porte les initiales de nos deux prénoms et qui t'accorde le titre de vice-président.

– Vice-président? Ah... Très bien! Mais dis-moi: es-tu certain que cela s'est bien passé chez les flics?

– Ouais, ouais, t'en fais pas. Starkowski, il mange dans ma main.

Il arrivait dans l'entrée.

– Que fait cette corbeille de fleurs ici?

Un magnifique ensemble floral de roses, cyclamens et iris, débordant d'un panier d'osier entouré d'une riche cellophane et de rubans roses, avait été déposé dans le vestibule. Du jardin, la voix forte de Chipi parvint à Billy.

– Ah oui, j'avais oublié! Elle vient d'arriver par Interflora. Je ne l'ai pas déballée, car j'ai les mains pleines de cambouis et de terre. C'est pour toi, mais je ne sais pas qui te l'envoie. Il y a un mot qui l'accompagne que je n'ai pas décacheté. Attention quand même que l'enveloppe ne soit pas piégée!

Billy se baissa et saisit l'enveloppe rose. Il l'ouvrit avec précaution. À l'intérieur, il lut quelques lignes couchées tracées d'une écriture fine. C'était Daisy. En lisant, Billy éclata de rire pour la seconde fois de la journée.

Le texte disait: «Merci d'être un si bon coup au pieu!» Décidément, elle ne manquait pas d'audace, la sœur de l'autre!

CHAPITRE 25

La fin de l'été approchait. C'était la période des cyclones. Une mer menaçante en surface, grisâtre dans la profondeur de ses replis, venait sauvagement mourir dans un râle de papier froissé sur la plage déserte de Sand Key. Le vent, humide et maussade, parcourait en désordre les coins de rue de Clearwater, agitant sur son passage les stores des restaurants cadenassés en cette heure matinale. Dans le ciel, en arabesques voluptueuses, percés de rayons refroidis d'un soleil qui apparaissait par intermittence, de lourds nuages hantaient l'espace.

La petite japonaise ralentit au feu rouge et se faufila sur la file de droite. La voie étant libre, elle négocia son virage. À petite allure, elle s'engagea sur Harbour View. Elle traversa une marina chahutée par les assauts incessants d'une houle persistante qui lançait ses hordes d'écumes contre les pontons d'accostage. Elle pénétra dans Indian Rocks dans l'intention de rejoindre Myrtle Street. Gris et désert, le chenal de l'intercostal défilait sur la gauche. D'autres marinas aux quais sans vie apparaissaient, pointant leur forêt de mâts métalliques vers la chape noirâtre. Tout au long du parcours, dans un tourbillon de féminité insouciante pareil à un cliquetis de jarretelles, des drapeaux multicolores venaient envelopper les brassées d'air charrié par le vent du large.

Arrivée au croisement de Palmetto, la voiture ralentit pour tourner délicatement dans une petite rue en plan incliné donnant sur la mer. En coin apparut un entrepôt désaffecté reconverti en un centre d'affaires sur deux étages. De l'intérieur du véhicule, le conducteur actionna une commande à distance. Un large portail coulissa dans un mouvement vertical. Furtivement, la japonaise s'engouffra sur la rampe d'accès qui menait au garage.

Billy descendit de voiture et récupéra sa veste accrochée à un cintre au-dessus du siège arrière. D'un pas décidé, il se dirigea vers les escaliers, qu'il gravit d'un pas léger jusqu'au dernier étage. Sur la droite, un corridor au sol recouvert d'un tapis rose conduisait à plusieurs entrées de bureau, chacune revêtue de sa plaque de métal cuivrée. L'une d'elles annonçait: BC Financial Consulting Corporation. Billy poussa la double porte et pénétra à l'intérieur.

Cela faisait plus de trois mois que Billy avait pris possession de la villa allouée gracieusement par les autorités fédérales. À partir de cette première base, avec un peu de chance, mais aussi beaucoup d'habilité, il avait su négocier un virage critique dans sa vie tourmentée. Cela s'était soldé par une reconversion professionnelle intelligente, et ses affaires étaient florissantes.

La première initiative à caractère commercial avait été réalisée chez James Hall au terme de l'étude préliminaire, sanctionnée par un contrat initial totalisant trois cents heures de travail. Entretemps, l'enregistrement de la société BC Financial Consulting au registre du commerce avait eu lieu. Un effectif de cinq personnes avait été engagé. Au début, la villa avait été choisie comme siège de la compagnie. La prise en charge de la partie administrative avait été confiée à une secrétaire, installée provisoirement entre le passe-plat de la cuisine et le sofa du salon.

Les quatre autres employés, rémunérés exclusivement à la commission, avaient été recrutés par des annonces dans le journal local. La partie ouest de la Floride étant beaucoup moins active économiquement que ne l'est la côte est avec ses importantes agglomérations, la sélection avait été rapide et aisée. Les consultants étaient tous d'anciens chefs d'entreprise, entre deux âges, et de préférence aux cheveux blancs, ce qui leur conférait une certaine respectabilité. Dès la première semaine, après un briefing soigné durant lequel Billy leur avait expliqué ce qu'il attendait d'eux, ces nouveaux collaborateurs avaient été assignés à construire une rentabilité au sein de la société de James Hall. Billy et Chipi s'étaient réparti divers secteurs industriels de la région et, chaque matin, ils partaient en chasse pour décrocher d'autres contrats du même type.

Au terme du premier mois d'activité, le nombre des employés sur le terrain avait doublé. Une seconde secrétaire avait été embauchée pour assister la première. Très vite, la villa s'était avérée trop étroite pour abriter tout ce petit monde. Chipi avait négocié le contrat en leasing sur cinq ans d'un entrepôt non loin de Palmetto Street. Au départ, l'idée semblait complètement farfelue au vu de l'aspect délabré des murs extérieurs du bâtiment.

Mais les fondations et la charpente du vieux hangar étaient en excellente condition, ce qui permettait une remise en état rapide de l'édifice. D'autre part, les deux amis se considéraient chanceux d'avoir trouvé plus de trois mille mètres carrés disponibles en pleine ville. Enfin, l'avantage du leasing permettait de racheter l'établissement dans son ensemble, terrain compris, en fin de contrat de location.

Le bâtiment central nécessitait une restauration en profondeur, qui avait été convenue avec le propriétaire. L'ensemble de la construction avait été remis à neuf. En contrepartie de l'investissement financier consenti, la BC Financial Consulting Corporation avait obtenu une gratuité locative d'un an. Cet avantage financier inespéré en cours de période probatoire pour la nouvelle société avait vite été mis à profit.

Immédiatement s'était concrétisée l'idée de créer un centre d'affaires offrant des espaces à louer à des sociétés établies en dehors de l'État de la Floride. De nombreuses compagnies étrangères à cet État, en effet, se refusaient à investir dans l'établissement d'une antenne locale coûteuse et trouvaient un avantage non négligeable dans l'offre d'une adresse postale et de toutes les commodités d'un bureau local. Un peu de publicité avait permis de louer la moitié des superficies offertes avant même l'achèvement des travaux.

Les rénovations avaient pris deux mois, mais elles valaient la peine. Au bout du compte, c'était une véritable entreprise qui grouillait à l'intérieur de l'édifice. On avait opté pour des panneaux muraux rétractables qui assuraient une souplesse totale dans l'aménagement fonctionnel de l'espace, c'est-à-dire du bureau à la salle de banquet, en passant par toutes les possibilités souhaitables. Au rez-de-chaussée avait été installé un centre logistique informatique assisté d'un secrétariat complet et même d'un service de traduction.

Un avocat à plein temps était venu s'ajouter à l'équipe. Il se nommait Richard Broadkin et il était vite devenu un ami des deux fondateurs de l'entreprise. Son insertion dans le groupe avait été un tour de force. Sans rendez-vous préalable, Billy s'était déplacé dans la ville voisine de Tampa pour le rencontrer. Il avait utilisé son stratagème de consultant pour se faire ouvrir les portes. Parvenu dans le bureau situé au dernier palier d'une tour du quartier des affaires, il avait été impressionné. Posé sur cinquante étages de béton et d'acier, ce que l'on pouvait appeler modestement le cabinet de l'avocat se présentait en un arrondi charnel qui tendait ses lèvres gourmandes au travers d'une immense baie vitrée surplombant la baie. La vue portait au-delà de Point Pinellas, c'est-à-dire l'embouchure de la baie, distante pourtant d'une quarantaine de kilomètres. Dans un des recoins de la pièce dont l'intimité était protégée par une plante grasse se trouvait une table de travail en noyer plein. Plus loin, on avait aménagé un minuscule coin salon avec un divan et deux fauteuils. Entre eux, un cube de bois servait de bar. De dos à la lumière du jour et auréolé d'un lampadaire futuriste se trouvait un bureau en arc de cercle ultramoderne.

Et derrière le meuble, bien calé dans un immense fauteuil de cuir clair, un homme entre deux âges, pas très grand, les traits fins aux pommettes creusées d'un éternel sourire, attendait. Un costume italien beurre-frais mettait en valeur un hâle savamment entretenu. Le cheveu rare et court dégageait un front haut, presque disproportionné avec le reste du visage, accentuant l'allure intellectuelle et cultivée du personnage. Sa bouche était empreinte d'une douceur latine et son regard, bien que vif, semblait éclairé par des prunelles tout en malice. Chose rare dans la profession, il paraissait pétillant de vie et de bonheur.

– Comment avez-vous fait pour me trouver, monsieur Jordan?

La voix était affable, mais portait. Billy se dit que, dans un prétoire, elle devait prendre des intonations tonitruantes, lourdes de menaces. Chargée en mots, elle rendait probablement l'homme dangereux.

– Vous êtes pratiquement le seul avocat à ne pas figurer dans les pages jaunes de l'annuaire téléphonique...

Le sourire s'accentua.

– Vous avez un goût certain pour la provocation... sympathique!

D'emblée, d'un ton posé, Billy lui avait fait part de son projet et du peu de moyens financiers dont il disposait. En contrepartie, il lui proposait une rémunération calculée en pourcentage sur les affaires à venir.

– Les affaires à venir?

L'avocat avait paru amusé. Le temps d'une seconde, il avait été tenté de croire à une plaisanterie. Quand il avait réalisé que l'offre était sérieuse, il avait éclaté d'un rire profond, ce qui n'avait aucunement eu l'effet de démonter Billy.

– Faites-nous gagner de l'argent, monsieur Broadkin, vos émoluments n'en seront que plus conséquents!

Le conseiller juridique s'était esclaffé de plus belle :

– Vraiment, vous me rendez heureux pour la journée.

– Si je comprends bien, vous acceptez, monsieur?

L'autre faisait mine d'hésiter.

– À une condition... Laissez-moi vous expliquer. Je constate que vous faites fi de mes antécédents glorieux au barreau de Floride et des émoluments que je suis en droit de vous réclamer. Vous voulez de plus m'obliger à monter dans votre barcasse sans biscuits ni gilet de sauvetage. Toute une aventure! Soyez gentil, au moins. Laissez le monsieur au vestiaire et appelez-moi Ricky. On aura le temps de voir ensemble par la suite si on finira la croisière sur un radeau de survie ou en première classe d'un transatlantique!

C'était dans le sac. Très vite, les conseils avisés de l'avocat avaient été précieux. Ils avaient notamment permis de répartir sur des sociétés filles les responsabilités des immeubles et des placements futurs.

Un soir, après une réunion tardive à la villa, Billy avait invité l'homme du barreau à se joindre à eux dans un petit restaurant spécialisé en fruits de mer. La saison du crabe caillou noir débutait et ils en avaient profité pour en commander un panier chacun, arrosé d'un vin blanc californien. Serviette autour du cou, chacun s'activait à briser les carapaces extrêmement résistantes. Au milieu du repas, les doigts souillés suspendus en l'air, l'avocat avait demandé de sa voix basse :

– Et cet accent étrange, d'où vient-il?

Billy avait été pris de court. Il avait reposé lentement la longue fourchette qui lui servait à extraire les chairs des replis des pinces. Serviette pendante, Chipi surveillait son ami du coin de l'œil.

– C'est une longue histoire. Je le reconnais; je vous dois des explications.

Sans entrer dans les détails, Billy avait raconté sa courte expérience de la vie. Broadkin continuait de manger avec appétit, sans relever la tête. À la fin de son récit, Billy s'était remis à sucer les pattes de crabes en silence, en se demandant si le défenseur de la loi avait vraiment prêté attention à ses propos. L'inflexion grave de la voix de l'avocat avait bientôt percé le silence.

– Intéressant... Il y a de quoi écrire un bouquin.

– Peut-être... répondit évasivement Billy. Chipi a eu la même réflexion lorsque je l'ai rencontré à Gibraltar pour la première fois.

L'avocat continuait de mâchonner. Lentement, il avait relevé son buste et cherché le vin du regard. Avec un certain maniérisme destiné à éviter de le salir, il avait saisi le verre par le pied entre le pouce et l'index pour le porter à ses lèvres. Lentement, il avait avalé une gorgée dans un clappement de langue. En prenant son temps, il avait fait tournoyer le liquide ambré.

– C'est bon, cette cochonnerie, avait-il dit d'une voix traînante. Cela me rappelle la richesse des Châteauneuf-du-Pape et le côté râpeux de la syrah s'il avait été rouge. Mais, en plus, il possède l'élégance du fumé sur le retour en bouche.

C'était au tour de Chipi de le regarder avec des yeux ronds. Sans quitter son verre du regard, l'homme continuait de son timbre de voix à la fois lourd et apaisant :

– Vous savez, Billy, qui que vous soyez, cela n'a aucune incidence sur mon comportement envers vous. Ni aucune importance. Je vais vous dire : les sentiments n'entrent pas en cour; ils sont déposés sur les marches du tribunal. Pour moi, vous êtes un client et basta! Je suis là pour vous aider dans vos affaires et, comme vous l'avez si bien démontré à mon bureau, chaque dollar que vous engrangez, c'est autant de cents pour moi. À ce niveau de relation, je pense qu'on est d'accord.

Pour la première fois il relevait la tête, regardant Billy pardessus la table jonchée des restes de carcasses de crabes décortiqués. Son visage déserté de l'immuable sourire paraissait sévère, rappelant celui des prélats au moment des conciles. Il soutenait le regard clair qui lui faisait face. Il avait poursuivi :

– Si un jour vous avez besoin d'un conseiller juridique à titre privé, ou si quelqu'un vous fait des misères, ou que sais-je encore, faites-le-moi savoir. On reprendra cette conversation dans le détail et vous me raconterez ce que vous savez... sur vous... et sur les autres, éventuellement. Pour l'instant, vous ne m'avez rien dit; je n'ai rien entendu et je ne sais rien.

– Merci, avait dit Billy, visiblement touché par la sobriété du langage.

L'avocat s'était remis à fouiller la carapace du crustacé qu'il tenait entre ses doigts.

– On ne remercie pas quelqu'un qui ne vous a rien dit.

Durant cette période, le parc automobile s'était enrichi d'une petite voiture japonaise pour Billy et d'une immense Lincoln d'occasion pour Chipi. Sourire charmeur et yeux de velours, il était arrivé à l'obtenir à vil prix d'une grand-mère aux belles mèches cendrées et aux faux cils papillonnants, rencontrée dans un bar de plage.

Restait le problème de la villa *Dreams*. Chipi avait écarté d'un effet de menton dédaigneux toute éventualité de carrière dans l'herboristerie. La question lui avait été posée le plus sérieusement du monde par un Billy qui cachait mal un accès de fou rire. Toutefois, les préoccupations demeuraient. La villa ne pouvait rester inhabitée pendant leur absence pour des raisons de sécurité. Et, incontestablement, le jardin exigeait du nettoyage et de l'entretien. Il leur fallait trouver un gardien et un jardinier au plus vite. Tant mieux si on pouvait faire d'une pierre deux coups. Un concours de circonstances, en quelque sorte malheureux, leur en donna l'occasion.

C'était par un après-midi banal, baignant dans le soleil et les odeurs de plage. Ensemble, les deux amis revenaient du chantier après avoir supervisé la pose des revêtements de sol antisismiques dans les locaux destinés aux ordinateurs. Un coude posé avec nonchalance sur la glace baissée, Chipi conduisait la Lincoln, le visage à moitié mangé par des lunettes Ray-Ban locales de circonstance.

Ils prirent la direction de Sand Key Beach. Comme ils arrivaient en vue du pont de Clearwater, Chipi ralentit, cherchant dans sa poche l'appoint nécessaire au péage. Au moment où il s'apprêtait à jeter les pièces dans le récupérateur de monnaie, une secousse, immédiatement suivie d'un grand bruit, ébranla le véhicule. Les deux amis se tournèrent vers la lunette arrière. Ils ne virent rien. Billy descendit de voiture. De sous la roue arrière droite dépassait un guidon de motocyclette. Il contourna la voiture pour trouver, assis par terre, adossé au parechoc, un homme d'une soixantaine d'années, casque de protection en travers du crâne. Un léger filet de sang s'échappait de sa narine gauche. À terre, une paire de lunettes brisée. Chipi sortit de la voiture à son tour. Il secoua le blessé par l'avant-bras.

– Et quand on n'est pas là, comment fais-tu pour t'arrêter, banane?

Billy s'agenouilla. De la main, il fit signe à Chipi de se calmer et tendit à l'homme ses lunettes qu'il cherchait. Les deux verres avaient éclaté en étoile sous le choc. Comiquement, le motocycliste essaya de les replacer sur son nez. D'un revers de manche, il essuya le sang qui s'éparpillait entre les poils d'une minuscule moustache poivre et sel. Toujours en position de déséquilibre sur le haut du crâne, le casque laissait échapper de rares mèches de cheveux blancs. Les jambes en éventails, le vieil homme leva un regard de myope strié par les brisures de verre.

– Je suis désolé...

Il parlait avec un fort accent étranger. Billy devina qu'il était italien. Il le questionna dans la langue de Dante.

– Comment vous sentez-vous? Pouvez-vous marcher?

Le blessé s'essuya une nouvelle fois d'un geste brusque, laissant une trace sanguinolente sur la manche de sa veste de cuir. Il répondit à son tour en italien.

– Marcher? Vous me posez une question idiote! Vous voyez bien que je suis assis pour le moment!

Billy et Chipi échangèrent un regard amusé. En le prenant par le bras, Chipi l'aida à se relever.

– Voilà! Montrez-nous comment vous savez courir, maintenant...

L'homme était de petite taille. Il arborait un corps de gosse habillé de nerfs et de muscles d'où partaient deux bras longilignes qui se terminaient par des doigts aux ongles courts, façonnés en spatule par la couenne amassée au cours des âges. Il retira son casque d'un geste lent, dévoilant deux immenses oreilles qui semblaient recouvrir de leurs pavillons cartilagineux une partie de la nuque. Les joues se creusaient, rehaussant des pommettes saillantes, au-dessus desquelles brillaient des yeux charbonneux altérés par une forte myopie. La bouche aux lèvres froides et minces s'ouvrit à peine:

– Je me suis excusé. Maintenant, il faut éviter de me prendre pour un imbécile. Je ne suis pas un Américain...

Chipi apprécia la susceptibilité du personnage. Avec un sourire qu'il voulait conciliant, il posa amicalement sa main sur son épaule étroite.

– Ne vous en faites pas. Je ne me moque pas de vous. Mon ami et moi sommes contents que vous n'ayez rien. Venez, on va vous ramener chez vous avant que la police ne nous fasse des ennuis, car on bloque la circulation.

– La police, je n'aime pas, mais...

Billy intervint.

– Raison de plus. Montez dans la voiture, nous allons mettre votre moto dans le coffre.

– D'accord, mais je vais vous aider, car vous n'y arriverez pas tout seuls.

Ils sourirent et acceptèrent par condescendance. Mais, quand il fallut soulever l'engin, le vieil Italien démontra une force insoupçonnée, au grand étonnement des deux amis qui se regardèrent, une appréciation silencieuse se lisant sur leur visage.

Il s'appelait Sante Picciolo et était originaire d'un petit village sur les flancs du mont Iblei au sud-est de la Sicile. Son prénom se prononçait Santi. Il insistait sur le i final. Tout jeune, il avait été engagé dans son île natale par des producteurs de vins de la région pour travailler dans leurs caves et s'occuper de leurs propriétés. Il avait ainsi acquis de l'expérience

Un jour, un riche Sicilien de Palerme, installé en Amérique depuis des années et vinicole dans l'âme, était venu à la propriété dans une calèche tirée par quatre chevaux. Il était à la recherche d'un régisseur pour un domaine vinicole qu'il venait soi-disant d'acquérir là-bas, loin, disait-il, de l'autre côté de l'Atlantique. On lui avait recommandé Sante et il lui proposa de l'engager. Sante n'était pas chaud. Il venait de se marier avec Germania et l'Amérique était pour lui une part de rêve appartenant plus au cinéma qu'à la réalité quotidienne. Le soir, il en avait néanmoins parlé à sa jeune épouse. Insouciants et avides d'inconnu, ils avaient décidé d'accepter l'offre.

Ils avaient emporté avec eux quelques plants de vigne, soigneusement gardés dans un emballage de chiffons humides, qu'on leur avait confisqués dès leur arrivée, en vertu d'une loi sur l'importation des végétaux qu'ils n'étaient pas arrivés à comprendre. Comble de malchance, la semaine précédant leur arrivée, le Palermitain beau parleur qui les avait engagés avait été assassiné dans des circonstances mystérieuses. Quant au vignoble, il n'existait tout simplement pas. Leur employeur n'était rien de plus qu'un vulgaire mythomane. Livrés à eux-mêmes, nantis d'un maigre pécule, les Picciolo, aidés par la communauté italienne locale, avaient cherché du travail.

Faute de vignoble, Sante était devenu jardinier et Germania avait fait des ménages. En trente ans d'Amérique, ils avaient réussi à économiser quelques sous qu'ils gardaient jalousement en banque. Sante roulait à moto parce que, analphabète, il n'avait jamais pu obtenir son permis de conduire. Son épouse, handicapée depuis une dizaine années par une arthrite aiguë, se déplaçait de pièce en pièce avec difficulté, d'une démarche de canard. Elle préférait donc rester dans sa cuisine, assise sur sa chaise d'osier, à faire des pâtes. Le jardinier italien, nanti d'une pension plutôt chiche, avait pris sa retraite récemment. Le couple comptait rentrer en Italie où, pourtant, personne ne les attendait.

Après l'avoir longuement questionné, Billy proposa à Sante de travailler pour la société. De toute évidence, l'homme appréhendait un retour vers la mère patrie.

Il demanda à réfléchir. En fait, il savait pertinemment qu'il lui fallait le consentement de Germania. C'était elle qui prenait le plus souvent les décisions pour lui. Le lendemain, il téléphonait pour donner son accord, à la condition que son épouse l'accompagne. Billy accepta immédiatement. Restait le problème du logement, qui fut vite résolu par l'adjonction d'une unité d'habitation entre le garage et la maison, destinée à recevoir un gardien. La nouvelle construction comprenait deux grandes pièces, une cuisine tout équipée et une salle de bain pourvue de poignées orthopédiques afin d'en faciliter l'utilisation par madame Picciolo.

Le jour de l'emménagement du couple, alors que les rares meubles avaient été installés et que les quelques cartons avaient été déposés un peu partout, Chipi ramena les nouveaux employés dans son automobile. Ils avaient à la main leurs derniers effets qu'ils n'avaient pas voulu confier aux déménageurs. Sante portait une caisse de bois contenant un service de couverts reçu en cadeau de mariage et quatre verres de cristal. Auprès de lui, cahin-caha, marchait son épouse. D'une main, elle tenait sa canne, alors que l'autre portait une valise rectangulaire étroite, au cuir éculé de couleur noire. Le contenu en semblait lourd, mais ce fut vainement que Chipi se proposa pour l'aider. D'un mouvement bref et têtu de la tête, Germania refusait toute tentative du bras qui se tendait vers son colis. Elle s'agrippait à la poignée de cuir au point d'en faire blanchir la jointure de ses doigts noueux. Chipi voulut blaguer :

– C'est la mandoline ou bien la carabine, que vous portez là, Signora Picciolo?

Entre deux cahotements, le regard froid de myope le fusilla :

– Qu'est-ce que cela peut faire? Les deux font de la musique, non?

L'aide apportée par le couple Picciolo fut salutaire. Le jardin recouvra peu à peu ses couleurs, et les pâtes aux herbes de Germania étaient de loin les meilleures à cinquante milles à la ronde. En grand connaisseur, Chipi acquiesçait à chaque occasion d'un claquement de langue suivi d'une agitation de l'index et du pouce réunis à hauteur de son oreille.

Billy se dirigea vers une grande table sombre qui lui servait de bureau. Elle était située près d'une large fenêtre. Par beau temps, il lui arrivait souvent d'observer le trafic maritime dans le chenal tout proche. Machinalement, il y jeta un regard absent. En cet été finissant, le ciel bas sans lumière, chargé en grains, se confondait avec les eaux boueuses de l'estuaire vide de tout mouvement de navires. À droite et à gauche, coincées entre des immeubles de construction récente, de petites maisons de bois familiales s'étiraient le long des quais.

Contournant le meuble sans hâte, il alluma un mini-projecteur qui lui servait de lampe de travail. Le local aux murs clairs sembla s'agrandir. Il abritait un décor silencieux. Des ombres apaisantes s'animèrent dans un joyeux mélange de nuances de gris, de blanc et d'éclats de couleur. Vaporisées d'une invisible pichenette vers les hautes poutres patinées par le poids des âges, elles s'entrecroisaient dans une géométrie aussi imprécise que compliquée. C'était à la fois une atmosphère de travail et de recueillement. Les rares visiteurs admis en ces lieux étaient toujours surpris par le caractère monacal qui y prévalait. Aucun cadre, aucune photo, aucun objet personnel n'y évoquaient une vie privée, ailleurs.

Billy prit place derrière le bureau et tendit la main vers des dossiers méthodiquement rangés dans un ordre décroissant d'importance. Le plus volumineux d'entre eux traitait des finances de la société. Il parcourut rapidement les tableaux faisant état des réalisations du mois. Les contrats d'ingénierie étaient satisfaisants et la section technique où œuvraient cinq ingénieurs et deux spécialistes en export engrangeait de nombreuses heures de travail profitables. Les services de traduction suivaient une courbe à la hausse depuis leur création. De plus, les demandes de clients étrangers allaient en augmentant. Quant aux espaces disponibles, soixante pour cent faisaient déjà l'objet de contrats de location semestriels. Les services de secrétariat se portaient bien également. Les salaires des employés, basés sur le rendement et augmentés d'un pourcentage calculé à la commission, étaient bien supérieurs à la moyenne nationale.

Satisfait, Billy parapha rapidement le bas des pages pour porter un regard bien plus attentif à l'étude juridique et financière réalisée par Ricky. La lecture du document lui prit plus d'une heure. Dans son exposé, l'avocat préconisait certaines mesures destinées à préserver les acquis de BC Financial Consulting, appelée schématiquement BCFC. On avait procédé à des investissements considérables. Sans doute, les réalisations cumulées au premier trimestre permettaient de faire une projection optimiste sur douze mois, mais encore fallait-il maintenir le chiffre d'affaires, ce qui était loin d'aller de soi. Si le début était encourageant, une vigilance financière de tous les instants était nécessaire. Tout en maintenant l'échéancier tel qu'il avait été établi par les autorités bancaires afin d'éviter tout accroc.

La BCFC pouvait maintenant compter sur une vingtaine d'employés répartis entre le commercial et l'administratif. Chacune de ces personnes était intéressée dans les affaires. Ce système de participation aux bénéfices favorisait la motivation du personnel et l'esprit d'équipe, qui à leur tour augmentaient la compétitivité de l'entreprise. L'organisation se complexifiait et elle exigeait une supervision de tous les instants.

Billy regarda sa montre. C'était celle que lui avait offerte Brian Hennessy à Gibraltar. Avec un sourire nostalgique, le temps d'un éclair, il eut une pensée émue pour son ami officier du M6. Il se dit qu'il serait temps de l'appeler pour lui donner de ses nouvelles.

La porte de son bureau s'ouvrit sur la secrétaire de direction, une jeune personne au visage serti dans un carcan de mèches brunes. Maria Teresa était née en Floride de parents cubains. Dans chacun de ses gestes, elle gardait cette chaleur musicale de ses origines latines.

– Vous avez rendez-vous avec monsieur Cipolla à Saint Petersburg. Vous avez l'adresse, je crois. Mais je vous rappelle que c'est près de l'aéroport, face au musée Salvador Dali. Il vient de m'appeler de sa voiture. Il y sera à l'heure convenue.

– Oui, je me souviens. Un client important. J'ai juste le temps. Il faut bien compter quarante minutes pour y arriver.

Il se leva, saisit la chemise qu'elle lui tendait et sortit en se dirigeant de son pas rapide vers l'ascenseur. Parvenu dans le garage, il s'approcha de son véhicule en déverrouillant les portes à l'aide de la télécommande. En réponse, les phares projetèrent leur faisceau au travers du sous-sol plongé dans la pénombre.

C'est à cet instant qu'il aperçut l'homme, immobile près de l'aile arrière de sa voiture. De très petite taille, il semblait épais et rondouillard. Son costume croisé trop près du corps gonflait une cravate de soie mauve ronflante, lissée en arc de cercle sur un poitrail imposant. Inertes, de longs bras terminés par de petites mains grasses pendaient le long de la veste sombre. Surpris, Billy ralentit son pas. Il distinguait encore mal le visage plongé dans la pénombre lorsque les lèvres semblèrent s'animer.

– Bonjour. Je ne vous ai pas fait peur, au moins?

La voix était suave, teintée d'un léger accent latin. L'homme se déplaça de telle sorte que Billy put mieux apprécier sa silhouette lilliputienne. Le visage lunaire était cloué en son centre d'un nez retroussé qui mettait en valeur deux narines circulaires démesurées par rapport à la taille du personnage. Sa petite stature l'obligeait constamment à porter la tête en arrière. Le front était large et sans rides, surmonté d'une coupe de cheveux très sage, presque collégienne, comme posée sur le haut du crâne. Tendu, Billy arriva à sa hauteur.

– Vous m'avez surpris, mais ce n'est pas important. Comment avez-vous fait pour entrer et... qui êtes-vous?

Un mince sourire tendit la peau des joues du gnome.

– Comme vous le dites vous-même, ce n'est pas important pour la première partie de la question et ce n'est pas important non plus pour la seconde.

Le sourire s'accentua pour souligner l'ironie de ses paroles. La voix mélodieuse reprit après une seconde d'hésitation:

– Permettez-moi toutefois de prendre quelques minutes de votre temps.

– Je suis extrêmement pressé, malheureusement. Mais vous pouvez prendre rendez-vous avec ma secrétaire. Je serai de retour...

En penchant sa grosse tête ronde sur son épaule avec une politesse affectée, le petit homme lui coupa impérativement la parole:

– Je suis vraiment désolé de perturber votre emploi du temps. Mille fois désolé! Mais il faut que vous veniez avec moi... Nous sommes attendus...

Sur ses gardes, Billy ne perdait pas un geste de l'homme. Son regard clair essayait de lire dans ces yeux à la fois facétieux et doux, profondément aspirés par l'alvéole sombre de l'orbite et qu'il distinguait à peine.

– Attendus?

– Oui, attendus. Auriez-vous l'obligeance de me suivre?

– Écoutez, mon vieux...

L'énigmatique personnage fit un premier geste. Il était lent, imprégné d'une certaine solennité. De la main ouverte, il désignait l'aile opposée du garage. Une limousine que Billy n'avait pas remarquée tapissait le fond du stationnement. Immédiatement, le moteur du véhicule se mit en marche, avec un appel de phares bref. Au ralenti, la grande voiture américaine se glissa auprès d'eux. L'une des portes arrière aux glaces fumées s'ouvrit, l'obscurité ne permettant pas d'apercevoir l'intérieur. D'un geste qui se voulait gracieux, le petit homme invita Billy à monter. Pour la première fois il s'adressa à lui en italien.

– S'il vous plaît, monsieur Abruzzo.

CHAPITRE 26

Le Belleview Biltmore Hotel était un monument historique. Tout simplement parce qu'il était centenaire. De ce côté de l'Atlantique, tout objet qui survivait à l'âge canonique du demi-siècle était considéré comme une antiquité, exception faite des perroquets et des tortues, éventuellement, mais bien plus rarement des humains.

Construit à la toute fin du siècle dernier, l'édifice se présentait comme un agréable amoncellement d'allumettes vert gazon formant des toits pointus, posés sur une façade de bois blanc trouée d'innombrables fenêtres longitudinales. Il portait en lui la majesté d'une époque révolue et jouissait de la notoriété, à tort ou à raison, d'être le plus grand monument en bois du monde. Étiré par des forces invisibles entre ses pelouses grasses et la rive marécageuse du bras de mer, il semblait fuir les rumeurs de la ville et de l'océan pourtant si proches. L'avancée de sable clair de Belleair Beach lui permettait de s'insérer sur un fantastique parcours de golf qui le contournait, rappelant une liane autour d'un papayer prisonnier. Curieusement, ce grand hôtel s'apercevait bien mieux de l'eau que de la terre. Il donnait ainsi l'illusion d'une semi-confidentialité aux curiosités malsaines. Hier encore, c'est-à-dire dans les années 1950, il avait abrité des amours célèbres pour leur illégalité mondaine. Aujourd'hui, le paysage évoquait l'évasion touristique en forfait de week-end affiché de manière péremptoire aux vitrines des agents de voyages. Toutefois, l'imposant complexe hôtelier gardait encore la réputation d'un paradis pour une clientèle nantie, souvent mystérieuse, toujours exigeante.

Un timide soleil perçait les brumes charriées par le vent du large. Par intermittence, de pâles rayons faisaient reluire les flaques d'eau sur la minuscule route qui se faufilait entre les verts du golf et conduisait à l'entrée principale.

La limousine traversa le petit pont de l'entrée est qui délimitait le domaine, surveillé par un vigile au casque colonial. Silencieuse, elle se présenta face à l'horrible porche semi-circulaire rénové ces dernières années au grand dam des puristes. Dépassant les marbres prétentieux, elle se gara plus loin sous un palmier, devant deux portes battantes. Le passager près du chauffeur sortit lestement pour ouvrir la portière arrière. Encadré entre le petit personnage tout en rondeur et un garde, Billy attendit d'y être invité pour sortir.

Durant le parcours long d'une vingtaine de minutes, aucune parole n'avait été échangée. Un éternel sourire accroché aux lèvres, le gnome avait ostensiblement maintenu son regard sur le décor extérieur. Cette attitude l'obligeait à une rotation pénible de sa grosse tête, vissée entre plis et replis sur un cou enfoui dans le col démesuré de sa chemise de soie. Entre-temps, Billy tentait de réfléchir rapidement. Il tâchait de mettre en place les priorités. D'une part, il était clair que le secret de son existence avait été éventé. Comment? Par qui? Les réponses n'étaient pas urgentes pour le moment. Ce qui importait, c'était de constater qu'il avait été laissé en vie. Pourtant, l'éliminer eût été facile dans le sous-sol du garage, à l'abri de tout témoin. Il pouvait en déduire que ses ravisseurs avaient bien l'intention de l'interroger ou de l'utiliser. Après? Il n'en savait rien.

Il ne pouvait rien attendre de Chipi. Peut-être serait-il bientôt inquiet en ne le trouvant pas à leur lieu de rendez-vous, mais il était dans l'impossibilité de le localiser, et par conséquent de lui porter secours. De la même manière, il était inutile d'envisager de s'échapper. Billy comprenait qu'il avait affaire à des professionnels aguerris. Et il y avait de fortes chances pour que les deux nervis aient ordre de l'abattre s'il montrait des velléités de résistance. Tout bien considéré, le seul point encourageant résidait dans le fait qu'il se trouvait dans un hôtel international où le passage est supposé fréquent. En d'autres termes, théoriquement, il n'avait rien à craindre dans l'immédiat. C'était toujours ça.

En procession, le petit homme replet devant, les deux gardes fermant la marche, le groupe gravit le minuscule escalier menant à une porte de bois à double battant. Ils débouchèrent sur un couloir aux murs rayés de blanc et de vert, conduisant d'un côté à une véranda toute proche et de l'autre à la réception. Des rires d'enfants et les crépitements caractéristiques de jeux électroniques leur parvenaient par intermittence d'une pièce voisine, tout comme, du fond du couloir, loin d'eux et atténuée par les moquettes vert pistache, l'animation d'un hall de grand palace.

Les portes de l'ascenseur coulissèrent, illuminant d'une lumière crue la petite assemblée. Silencieux, deux hommes en sortirent et se placèrent de chaque côté des deux battants. Billy était attendu. Légèrement poussé dans le dos par l'un des gardes, il pénétra à l'intérieur de la cabine, suivi du nain et des deux hommes. Immédiatement, la porte se referma. En souplesse l'ascenseur s'éleva vers le quatrième et dernier étage de l'hôtel.

Ils pénétrèrent dans un vaste salon d'où le regard plongeait sur les pelouses humides, truffées de palmiers nains en bordure d'une promenade. Légèrement en retrait, le ponton de bois sombre luisait sous la pluie qui venait de reprendre. Au-delà, le ciel gris se confondait avec le tracé tumultueux et moutonneux de la mer.

Dans cette première pièce, l'ameublement était tout au plus fonctionnel : rien d'extravagant pour un hôtel de luxe ayant son nom dans le livre Guinness des records. Au centre, debout et silencieux, cinq hommes en cravate et veston dévisageaient Billy. Sans tenir compte de leur présence, le gnome traversa la salle pour aller frapper trois petits coups à une porte. Le battant s'ouvrit sur un personnage de forte carrure, au costume bleu sombre. Son teint olivâtre retenait l'attention, bien plus que la fine moustache qui courait sur ses lèvres et qui accentuait son côté latin. Ses cheveux ondulés, sagement tirés en arrière, rappelaient Chipi en plus massif, l'élégance naturelle en moins.

Le cerbère jeta un coup d'œil circulaire qui arrêta sa course sur Billy. Du geste il lui fit signe d'entrer en s'effaçant pour laisser passer le nain. La porte se referma sur le trio. C'était une chambre plus petite, partagée en deux par une cloison faite de plantes hautes et d'un paravent chinois. D'un côté elle abritait l'appartement de nuit aux tons roses dominants et tentures lourdes. Tout y était petit, miniaturisé, d'un dénuement ascétique. On y eût cherché en vain un livre. De l'autre, c'était un minisalon de travail plongé dans une obscurité étudiée. Dans l'un des fauteuils, une canne d'ébène et d'ivoire près de lui, se tenait un vieux monsieur au visage de parchemin gris. Les jambes maigres croisées, les bras sagement ramenés sur le haut des cuisses, il les dévisageait, goguenard.

– Il y a un moment qu'on s'est vus, Salvatore !

La voix était chevrotante, elle tintinnabulait avec un accent transalpin chantant. Le ton restait amical bien que moqueur.

Aucune animosité ne se lisait dans le regard fatigué. Le vieil homme se tourna vers le personnage lilliputien qui se tenait face à lui, tendu en arc de cercle dans une déférence ostentatoire.

– Luigi, avance un fauteuil pour Salvatore et prends-toi une chaise.

Billy s'assit. À la porte, moulé dans une rigidité militaire, le géant moustachu ne perdait rien de la scène. Visiblement, c'était le préposé à la sécurité. Le regard empreint d'une curiosité sincère, le vieillard continuait à dévisager Billy. Ce dernier devança sa remarque.

– Vous allez me dire que j'ai changé.

Les yeux cernés scintillèrent de malice.

– Ha! ha!

Il y eut un court silence.

– Tu as bien fait les choses, Salvatore, dit-il en hochant la tête. Tu as toujours bien fait les choses...

Nouveau temps mort. Il reprit, sur le ton du souvenir:

– C'est dommage... c'est dommage que tu...

Il ne termina pas sa phrase qu'il ponctua d'un geste lent et vague. Il continuait à dévisager Billy. Avec douceur, il le questionna dans un murmure:

– Tu t'appelles Jordan, maintenant?

– William Jordan, oui. Et vous?

– Ha! ha! Toujours aussi spirituel... et effronté! De qui que ce soit d'autre, j'aurais pris cette remarque pour une insulte.

Il se lissa la cuisse du plat de la main. Son regard croisa de nouveau celui de Billy. Il se raidit.

– Non, Salvatore, je n'ai pas eu à changer de nom. Pas moi. Je m'appelle toujours Gaetano Mestre. Ha! ha!

Il fut pris d'une quinte de toux qui obligea le minuscule aide à se balancer sur sa chaise, prêt à intervenir. Le vieil homme l'arrêta du geste. Il sortit un mouchoir blanc de la poche intérieure de sa veste et cracha dedans. Tout en s'essuyant la bouche, la voix sourde, il ordonna:

– Mario, fais entrer les autres.

Billy se remémorait sa conversation avec Dikins à Tanger. L'agent du FBI avait mentionné Mestre comme étant l'un des rares chefs mafieux à lui garder encore une certaine mansuétude. Après tout, la rencontre débutait sous des auspices plus favorables que prévu.

Le vigile entrouvrit légèrement la porte. Comme s'ils n'attendaient qu'un ordre, un à un, les hommes entrèrent en silence. Billy perçut les frôlements du positionnement qui s'effectuait derrière lui. De sa petite voix, le vieux chef de clan l'interrogea de nouveau, un timide sourire aux lèvres :

– Salvatore, bien que tu te sois américanisé, maintenant...

Le temps de la pause voulue, quelques ricanements de circonstance se firent entendre dans l'assistance.

– ... je pense qu'on peut parler italien, puisqu'on est entre nous. J'espère que tu n'y vois aucun inconvénient... à moins que ça aussi, tu l'aies oublié?

Billy se faisait violence pour ne pas laisser paraître son désarroi. Il lui semblait avoir pris la place du taureau dans l'arène, avant la piquée, c'est-à-dire au moment ou à peine lâchée, toute folle, la bête se jette sur tout ce qui bouge, consciente du danger tout proche, mais dans l'impossibilité de l'identifier. Il s'éclaircit la voix. D'un ton posé, il répondit en italien :

– Je n'ai pas oublié. Au contraire. Mais puisque vous semblez être au fait du mal qui me frappe, je vous remercie d'être compréhensif au sujet de certaines précisions que je serai amené éventuellement à vous demander.

Gaetano Mestre le regarda comme s'il le découvrait pour la première fois. Son air moqueur avait disparu pour laisser voir une certaine sympathie. Il était heureux de revoir son ami et une fois de plus de pouvoir lui témoigner son affection comme au temps passé. Il remarquait que Salvatore avait maigri. Machinalement, il plaça cette perte de poids sur le compte des ennuis que son ex-protégé avait traversés.

Mais, contrairement aux fois précédentes où il l'avait rencontré, l'esprit n'y était plus. Les choses avaient évolué. Même ce visage dont il reconnaissait le regard à sa clarté n'était plus le même. Et puis il y avait eu tous ces carnages de part et d'autre. Ces délations suivies d'éliminations physiques ou d'emprisonnements. Tous ces problèmes nés en partie des agissements du jeune garçon qui se retrouvait face à lui. Lui-même se rendit compte qu'il avait changé. Il se sentit las, vieux. La nostalgie du passé l'étreignit, accentuant les regrets d'une jeunesse qui avait traversé sa vie sans qu'il s'en rende compte réellement. Malgré lui, sa voix manquait de chaleur, devenait plus hésitante dans la recherche des phrases. Et cet accent sicilien qu'il avait toujours cherché à perdre se faisait plus perceptible sous ses efforts d'élocution.

Soudain, sa tête sembla vaciller sur le cou étique qui avait du mal à maintenir son équilibre. S'alourdissant sous la douleur à peine contenue, le faciès s'aiguisa, accentué par le prolongement aquilin du nez. Malgré l'âge, on pouvait encore y lire la rapacité qui donnait au profil cette illusion de fuite vers une lèvre où se voyait une repousse de barbe matinale revêche, presque imperceptible. Intérieurement, l'homme luttait. Conscient de la tension qu'il créait autour de lui, il évita les regards où se lisait un début de commisération blessante. Péniblement, il tenta de redresser un dos affaibli par l'âge. Ses paupières se détendirent, laissant voir des yeux embués par une cataracte envahissante. D'un revers de phrase, il balaya l'inquiétude qui se manifestait sur le visage de Billy :

– Ne te fais pas de bile, Salvatore, je vais bien... bien mieux que beaucoup de nos anciens compagnons...

L'effort de paraître était valeureux. Pour cacher l'agitation de ses mains, le vieil homme les joignit sur le pommeau d'ivoire de sa canne. Lentement, dans une contorsion laborieuse du buste, entre les têtes, il chercha du regard l'homme de main de faction à la porte.

– Mario, sers-nous quelque chose. Quelles que soient les circonstances, les retrouvailles, ça s'arrose!

Il y eut un brouhaha derrière Billy. Une table basse fut immédiatement placée devant l'ancien. Des flûtes de cristal apparurent. Deux bouchons de champagne sautèrent presque simultanément. Les bouteilles de vin mousseux italien circulèrent et remplirent les flûtes. Gaetano Mestre fut servi en premier. Il tendit sa flûte à Billy.

– C'est un Moscato di Noto bien de chez nous! Tu es sicilien et je sais que tu sais apprécier ce qui est bon.

Avec difficulté, il tenta de se lever. Billy fut le premier à l'aider en le soutenant par le bras. Au travers de la manche de la veste de cachemire, il perçut la maigreur du membre et en fut frappé. Son visage était tout près de celui du patriarche. Malgré le délicat parfum de l'après-rasage, le remugle particulier aux personnes âgées lui agressa les narines. Les yeux glauques cherchaient ceux du jeune homme. Les lèvres s'entrouvrirent. Machinalement, Billy approcha son oreille droite. Un murmure lui parvint :

– *Prudenza*[33]*!*

Billy soutenait toujours le maître qui s'agrippa d'une main à sa

---

33. Prudence!

canne et saisit de l'autre le verre de mousseux que lui tendait l'homme de main. Pivotant lentement sur lui-même, il échappa à la main de Billy pour faire face à l'auditoire et lever sa flûte dans un toast en disant de sa voix mal assurée:

– Messieurs, j'hésite aujourd'hui à citer Scott Fitzgerald[34], bien qu'il soit de mon époque, lui qui écrivait que toute existence est un processus de démolition. Dans ce monde où la vie n'a aucune valeur et où la mort a son prix, à mon âge je veux encore croire au mystère de la Rédemption. Mais, tant qu'à évoquer l'enseignement de la Bible, laissez-moi vous confier la profession de foi du curé de mon village sicilien. Ainsi, il n'hésitait jamais à rappeler dans ses sermons qu'il n'y a pas d'un côté les marchands du temple, c'est-à-dire les fauteurs de trouble, et de l'autre les rédempteurs purificateurs. Nous sommes tous fautifs, et chacun a ses péchés. Mais tout ce nettoyage par le vide, que ce soit à coups de gâchette fébrile ou de dénonciations forcées, ne nous a conduits nulle part. Sinon à nous décimer, à nous appauvrir, à affaiblir nos convictions qui sont les bases intellectuelles mêmes de la solidité de nos familles. Tu vois, Salvatore, toi qui as beaucoup souffert et qui souffres encore, toi qui as été frappé dans ta chair et qui as vu périr ta famille, toi qui as fait tant de mal à tes frères, qui te l'ont bien rendu et qui n'ont toujours pas pardonné, toi qui aujourd'hui cherches à renier un passé qui te rattrape, rappelle-toi que chez nous rien n'arrive par hasard. Il y a toujours une explication sensée, non fortuite. Mais, comme je le disais tout à l'heure, il y a un moment pour tout. Même pour le pardon. Je pense que ce moment est arrivé, mes amis. Comme tout un chacun ici, j'aime la vie. Or si chez nous exister est un bonheur, vivre est une chance qui n'est pas donnée à tous, loin de là. Il faut savoir la mériter! Tout ceci m'amène à conclure en vous disant que même si aujourd'hui en ces lieux nous sommes tous frères d'une même famille, depuis que nous sommes nés on nous apprend avec raison à nous méfier de tout le monde. Et le silence, l'omerta à laquelle nous avons souscrit en notre âme et conscience, nous isole et nous protège. N'oubliez jamais, mes amis, le vieux proverbe sicilien: «Moi et la Sicile contre le monde. Moi et le clan contre la Sicile. Moi et la famille contre le clan. Moi et ma mère contre la famille. Moi et mon frère contre ma mère. Moi contre mon frère.» Que Dieu vous protège tous!

34. Écrivain nord-américain (1896-1940).

Il parcourut de son regard glauque le groupe qui s'était formé autour de lui. Son bras s'éleva doucement. D'une arabesque mal assurée de la main tenant la flûte, il salua l'assistance cérémonieusement avant de porter le verre à ses lèvres.

Le gnome s'approcha du maître pour l'aider à s'asseoir. Le vieil homme se laissa choir dans le fauteuil avec précaution, ses épaules s'arrondissant avec soulagement pour en épouser les courbures. Billy le regardait intensément. Dans ce visage labouré par la maladie posé sur un corps tassé habillé de noir, le regard altéré perdait peu à peu de son intensité, amplifiant l'impression de se trouver devant un masque mortuaire. Le temps d'une terrible seconde de frayeur, Billy crut y lire son propre avenir, son destin.

Depuis une heure, Billy était sur le gril. Sur un ordre gestuel de Gaetano Mestre, les lieutenants et hommes de main étaient sortis. Seuls restaient le nain agissant en tant que conseiller et le garde à la porte. Ayant retrouvé une certaine vigueur, le vieux mafioso menaït l'interrogatoire. Il émaillait ses interventions de blancs interminables qu'en aucun cas personne ne s'aventurait à combler. Billy se rendit compte que le vieil homme devait gouverner plus par ses silences que par ses paroles, se contentant d'un battement de paupières pour se faire comprendre et obéir.

En premier lieu, il avait sommé Billy de s'expliquer sur ses relations avec les autorités locales en Floride, et aussi sur celles de New York. Ses contacts avaient été passés en revue, vérifiés. Surpris, Billy avait constaté que ces hommes disposaient d'informations précises sur chaque policier ou agent du FBI avec qui il avait été mis en relation. Au fur et à mesure de la conversation, le conseiller du chef sortait des dossiers d'une serviette posée à même la moquette près du fauteuil de Gaetano Mestre. Tout l'itinéraire de Billy et Chipi depuis leur arrivée aux États-Unis avait été consigné, minuté, dans les moindres détails. Comme quoi la mafia ne laissait aucune chance au hasard. C'était un travail de limier bien fait, rigoureux, angoissant.

En second lieu, ils voulurent connaître l'origine des fonds qui avaient permis l'implantation de la BCFC. Là aussi, ils disposaient des photocopies des contrats qui avaient été passés entre la banque et la société. Les investissements et les paiements effectués à chaque corps de métiers engagé dans la rénovation de l'entrepôt étaient clairement détaillés. Tout y figurait, même les noms des ouvriers.

Il avait fallu que Billy se rende à l'évidence: rien n'échappait à la mafia. En dernier lieu, ils avaient exigé qu'il fasse un récit circonstancié de son odyssée depuis le jour même où il avait quitté la demeure de Clearwater mise à sa disposition par les autorités gouvernementales des États-Unis pour disparaître dans le flou de quelque clinique cosmétique du Brésil afin de se refaire un nouveau visage.

Sans perdre son calme, Billy avait fait front aux questions qui lui étaient posées. Au vu de la masse de renseignements dont disposaient les deux hommes, il avait compris qu'il était inutile de tergiverser. Au contraire, il avait cherché à coopérer, en évitant toutefois de préciser certains détails.

La partie concernant les autorités gouvernementales avait vite été expédiée. Apparemment, ses interlocuteurs connaissaient mieux ses contacts que lui-même. De toute évidence, il ne pouvait raconter que ce que la mafia savait déjà. De plus, sa mémoire lui faisait défaut. Il était par conséquent dans l'impossibilité de préciser s'il avait été amené par le passé à croiser leur chemin, ou si un marché précis avec les autorités fédérales avait été conclu avant son accident. Tout au plus, il avait précisé qu'il n'était plus assujetti qu'à un contrôle mensuel et que la liberté de voyager lui avait été accordée aussi longtemps qu'il en informait la justice au préalable.

Pour les questions financières, Billy avait renvoyé ses interlocuteurs à Ricky dont ils connaissaient l'existence et l'adresse, comme le reste. D'autre part, toutes les opérations ayant été menées dans le droit le plus absolu, ce que ses interlocuteurs n'ignoraient pas, il avait affirmé qu'il tenait à leur disposition les documents concernant les emprunts contractés auprès de la banque. Mais, là aussi, il s'était entendu dire que ses adversaires possédaient les doubles des dossiers de chaque transaction.

L'histoire de sa courte expérience de la vie, celle dont il se souvenait, était une affaire plus délicate. Sobre, évitant les détails inutiles, il en avait esquissé les grandes lignes, en s'excusant de commencer son récit au moment où il s'était réveillé dans la chambre de l'hôpital colonial de l'Ascension. Il avait tout résumé sans rien omettre. Cependant, à aucun moment, dans un réflexe de sauvegarde, il n'avait mentionné le nom de Hennessy.

Un silence sceptique s'éternisait depuis la fin de son exposé. Comme personne ne réagissait à ses propos, Billy reprit la parole.

– Puis-je poser deux questions?

Le vieil homme souleva une paupière.

– Bien sûr!

– Pourquoi ne pas m'avoir fouillé à mon arrivée? Il aurait pu très bien se faire que je sois armé.

Gaetano Mestre sourit. Il tendit une main lasse vers le nain.

– Luigi D'Agnelli, mon assistant, va te répondre.

Le conseiller ricana en échangeant un regard de connivence avec le vigile debout à la porte. Il s'adressa à Billy sans le regarder.

– Nous savons que vous ne portez pas d'arme. Ce n'est pas votre style. Sachez tout de même que toutes nos voitures sont équipées d'un détecteur de métal. En y montant, vous êtes automatiquement fouillé par notre œil électronique.

Billy hocha la tête.

– Très bien. Seconde question: qui a envoyé le sous-marin à l'Ascension?

C'était au tour du chef mafioso de sourire sous cape.

– Tu ne le devines pas?

Billy haussa les épaules, dodelinant négativement de la tête.

– Non! Je n'en ai aucune idée. Comment pourrais-je savoir?

En agitant ses petites jambes sur sa chaise, le gnome intervint une nouvelle fois sans que Billy puisse dire avec certitude si le ton était sarcastique ou pas.

– Avec votre permission, Don Gaetano. Rappelez-vous: il a perdu la mémoire, le pauvre petit!

Le visage du chef de clan se plissa comme une pomme cuite en un rire silencieux. Son œil pétilla de nouveau.

– C'est vrai, j'oubliais! Salvatore, tu es le meilleur de nous tous! À mon avis, ton intelligence te permettra de survivre, tout au moins quelque temps. Profites-en! Car la bataille va être dure. Dehors il fait froid... et tes amis t'attendent pour te dépouiller de tout, y compris de ta vie... En fait, je te plains. Je ne voudrais pas être à ta place...

– Vous savez, je suis déjà en état de résistance intellectuelle. Tous les matins quand je me lève et que je me regarde dans la glace, je cherche à comprendre. Alors, s'il faut en arriver aux armes pour se défendre... eh bien, on les prendra!

– Salvatore! Tu n'as jamais été un tueur! Tu es un intellectuel! Et aujourd'hui tu es bien seul... Mais pour revenir à ta question, je te précise que c'est la famille génoise Bonnani qui a organisé l'expédition en Atlantique. Tu leur as fait beaucoup de mal et, contrairement à ce qui avait été décidé entre nous tous sur ton sort lors d'une réunion de la Cupola, ils ont passé outre, désireux de régler ton problème à leur manière. Carlo Bonnani, qui était le parrain de cette grande famille pour laquelle tu as travaillé à l'époque de ta splendeur, a été tué par les fédéraux en même temps que son fils Bruno. Bruno, qui avait ton âge, avait été ton ami pendant de longues années. Cela s'est passé alors que tu n'avais pas encore disparu de la circulation. Tu l'as peut-être oublié, mais eux, non! Aujourd'hui c'est le beau-fils de Carlo, Rocco Simbione, marié à la sœur de Bruno Bonnani, qui dirige la famille. Lui n'a été que blessé dans la fusillade. Il n'a jamais été inquiété, vu qu'ils n'ont rien pu prouver le concernant. Mais il garde une claudication incurable. La balle lui a emporté le genou. Tu sais, Salvatore, il y a un gros contrat sur ta tête. Les moyens utilisés pour t'anéantir dans ton île au milieu de l'Atlantique sont la preuve irréfutable de leur détermination.

Les persiennes étaient tirées sur les grandes fenêtres de la pièce et laissaient peu d'espace à la lumière du jour. Dans un angle, un lampadaire sur pied projetait son auréole blafarde. L'air était moite. Billy se rendit compte que l'air conditionné avait été arrêté. Sans doute le vieillard supportait-il mal le froid soufflé.

Assis face à Billy, Gaetano Mestre respirait avec gêne. Sa maigre poitrine se soulevait sous une chemise blanche flottante sur laquelle une cravate sombre se déroulait en épousant les plis du vêtement. Il émettait un petit sifflement à chaque expiration, atténué de temps en temps par le martèlement méthodique de la pluie sur le toit de bois. Son visage cendré, sans expression, semblait avoir été asséché de toute graisse. Billy se pencha vers lui.

– Don Gaetano – c'était la première fois qu'il l'appelait par son nom –, pourquoi étiez-vous contre cette expédition à l'Ascension?

Le vieil homme sembla sortir d'un songe. Il chercha du regard celui qui avait été son ami et pour qui il ressentait toujours une certaine tendresse. Mais son homme de main fut plus prompt à répondre.

– Nous avons pensé que mort vous étiez moins utile aux familles que vivant. Don Gaetano avait mis tout le poids de son autorité pour faire accepter une solution raisonnable qui aurait eu pour résultat de satisfaire toutes les parties présentes. Malheureusement, forts de leur importance en nombre et en influences diverses, surtout dans les sphères gouvernementales, les Bonnani en ont décidé autrement.

– Et quelle était cette solution?

Les deux bras toujours posés à plat sur les cuisses, le vieux chef décroisa ses jambes squelettiques.

– Tu es porteur de nombreux secrets, Salvatore. Tu as fait beaucoup de mal, mais, mort, tu emportes dans la tombe notre dernier espoir de récupérer ce que tu nous dois, ce que tu as volé, ce que tu as placé en sécurité à gauche et à droite... Si tu disparais, c'en est fait de nos espoirs! Or, les sommes engagées sont trop importantes pour les laisser entre les mains de banquiers sans scrupule! Tu dois nous dire ce que tu as fait de l'argent qui t'a été confié! Tu dois nous dire comment le récupérer avant qu'il soit trop tard...

– Avant qu'on me liquide, quoi!

– Avant qu'on te liquide, oui, Salvatore... oui.

Billy se cala profondément contre le dossier du fauteuil. Il croisa ses jambes et rectifia le pli de son pantalon. Joignant ses mains sur son veston, il se mit à tourner ses pouces, dans une attitude d'intense réflexion. Son regard vagabonda un temps sur les lambris du plafond et revint se poser sur le visage émacié du mafioso.

– Où est mon intérêt, Don Gaetano? Si je vous donne la clef de tous mes secrets, je n'ai plus de monnaie d'échange. Je suis foutu.

Tournant sa grosse tête infantile vers lui, le petit homme souffla d'un débit rapide, comme une confidence:

– Vous êtes foutu de toute manière! Vous êtes en sursis, à chaque pas, chaque minute! La mort peut vous frapper à tout instant, n'importe où, n'importe quand! Sachez-le!

Pour la première fois depuis le début de la rencontre, Billy eut l'impression d'un danger qui semblait se cacher derrière cette agression verbale. Surpris, il se tourna vers le nain. Le temps d'un millième de seconde, il vit la haine dans son regard. Don Gaetano avait levé un bras pour apaiser le flot de paroles. Le geste était précieux, empreint d'une certaine émotion.

– Luigi a raison, Salvatore. Autant que tu meures avec le même panache qui t'a toujours accompagné dans la vie. Tu as toujours tout entrepris avec panache! Cela me ferait plaisir qu'on puisse parler de toi avec respect. Autrement, tu risques de souffrir terriblement. Ils vont te torturer, te découper en petits morceaux jusqu'à ce que tu lâches tes secrets. Ils n'ont pas notre sens de l'honneur et de la mort. Ce sont des Génois, des salopards de Génois.

Face à lui, Billy soupira avant de lâcher d'une voix laconique:

– Don Gaetano, je ne peux pas vous aider. Vous ne me croyez certainement pas, mais je ne sais pas où est cet argent. Croyez-vous sincèrement que je me serais décarcassé comme je l'ai fait pour emprunter afin de mettre sur pied cette petite affaire d'audit si j'avais été en possession des sommes dont vous prétendez me rendre responsable?

– Je vais t'aider, Salvatore. Il faut que tu comprennes que j'agis ici en tant qu'intermédiaire entre toi et nos familles. J'ai pris la décision de me déplacer depuis la Californie pour te rencontrer dans l'intérêt de nous tous. Je veux que tu reviennes à de bonnes dispositions et que tu saches mourir en homme. Nous avons passé un pacte, et seuls les Bonnani n'ont pas voulu y adhérer. Mais je pense qu'ils respecteront maintenant notre parole, tant que tu nous aideras à récupérer nos biens... Luigi, je t'avais demandé de faire des photocopies pour notre ami.

Le petit homme plongea derechef la main dans la serviette. Il en sortit un dossier à couverture de plastique transparent. À l'intérieur se trouvaient plusieurs documents qu'il tendit à son supérieur. Gaetano Mestre les rapprocha très près de son œil droit. Un à un il les scruta. Après les avoir parcourus en détail, il les tendit à Billy.

– Je m'attendais à ton attitude, Salvatore. J'ai donc réuni quelques documents qui te concernent. Ce sont des photocopies ou des originaux d'attestations bancaires. Et aussi des titres de propriété de certaines de tes sociétés. Maintenant que tu peux te déplacer légalement, comme tu viens de nous le confirmer, débrouille-toi pour aller récupérer ce que tu nous dois.

– Mais comment prouver mon ancienne identité aux banques en question? Ils ne me donneront jamais les renseignements si je me présente en tant que William Jordan. Pour les autorités fédérales, Salvatore Abruzzo est mort et enterré! Le FBI n'acceptera jamais de me rendre un papier, quel qu'il soit, s'il mentionne mon vrai nom.

– Salvatore! Je t'ai dit que tu es le plus fort de nous tous! Allons, ne fais pas l'enfant! Tu sais bien que ton intention de disparaître en changeant d'identité et de visage n'était pas fortuite. C'était un stratagème que tu avais longuement et méticuleusement mis au point bien avant que les massacres ne débutent. Tu avais bien réfléchi au problème au préalable. Et quelle est la meilleure formule pour passer incognito sans laisser de traces derrière soi dans une institution financière? Eh bien, c'est le compte à numéro! Un mot de passe ou un cumul de chiffres, et quiconque dispose de ce sésame a accès au compte. Pas besoin de décliner son identité ou de confronter sa signature avec celle qui est déposée sur les documents bancaires. On vient, on donne son code, on prend, on part. Salvatore! Tu es le plus fort! C'est vraiment dommage que tu...

Le geste de regret était significatif. Billy avait déposé les documents sur ses genoux. Il en prenait connaissance. Sans relever la tête, il demanda:

– Il s'agit de plusieurs comptes. Vous ignorez les mots de passe, je présume?

– Tu présumes juste, répondit le parrain. Autrement on n'aurait pas besoin de toi, tu penses bien! Et tu serais mort à l'heure où on se parle. Tu sais, tu étais très méfiant auparavant et tu ne laissais jamais rien traîner. Il nous a été impossible de répondre à toutes les questions qui surgissent. Aujourd'hui, nous avons fait cinquante pour cent du chemin. Travaille un peu ta mémoire. Il ne te sera pas difficile de compléter. Du moins, je l'espère pour toi!

On frappa à la porte. Le garde de service jeta un œil interrogateur vers les deux Italo-Américains. Le vieux mafioso murmura de sa voix chétive:

– Va voir qui c'est, Luigi. De toute manière, on a fini.

Le petit homme se laissa glisser de la chaise. De son petit pas pressé, il se dirigea vers la porte que lui ouvrit le grand moustachu. Une main anonyme mit un chien minuscule sur la moquette. Tout frétillant, il se faufila entre les chaises vers son maître. Don Gaetano le regardait venir à lui avec jubilation.

– Mon petit amour, viens ici!

Le chien sauta sur les jambes du vieil homme et se mit à remuer de la croupe pour mieux asseoir son arrière-train. Billy se pencha pour caresser l'animal. À cet instant, le parrain eut un geste vif de recul. La voix teintée d'agressivité, il cria:

– Ne lui fais pas de mal!

Surpris, Billy retira vivement sa main.

– Pourquoi voulez-vous que je lui fasse du mal?

– Allons, Salvatore! Tu as toujours détesté les chiens! Tu n'as peut-être jamais tué d'humains, mais tu n'as jamais hésité à tirer sur les animaux!

Billy était interloqué du changement d'attitude qui venait de s'opérer chez Gaetano Mestre. À cet instant, le chien, qui le regardait, descendit lentement des cuisses protectrices pour s'en aller renifler le pantalon de Billy. Remuant la queue, il releva la tête. Soudain, d'une propulsion leste, il grimpa sur les genoux offerts. Un lourd silence s'abattit sur la pièce. Billy sentit qu'aussi bien le garde du corps à la porte que le nabot près de lui étaient prêts à dégainer au moindre geste suspect. Avec une lenteur extrême, il passa le plat de sa main sur le dos chatoyant du quadrupède dont le poil s'ondula sous la caresse. L'animal papillonna des yeux, puis lentement chercha l'autre main de son regard rond. Dans un mouvement enveloppant, Billy lui tendit sa paume, que le chien se mit à lécher. Il le laissa faire. Toujours très lentement, maternellement, il le souleva à hauteur de sa tête. Conciliante, la petite bête ne montrait aucune animosité, les yeux globuleux vissés sur le sourire qui lui faisait face. Soudain, pointant sa langue rose, il parcourut d'un mouvement rapide le nez et la joue qui lui étaient offerts.

Le rire gras du garde crépita sourdement derrière Billy. Immédiatement, l'atmosphère se détendit et les visages redevinrent plus sereins. Billy souriait au chien qu'il avait reposé sur ses genoux. Au travers de son pantalon, il sentait la chaleur du petit corps. Il caressa de nouveau la tête dont les yeux cherchaient le sommeil.

Don Gaetano fixait la scène, attendri. Au bout d'un moment, sa paupière fatiguée se souleva, laissant filtrer un regard trouble vers son ancien ami. La voix était à peine audible :

– Tu as changé, Salvatore ! C'est incroyable ! On dirait presque que tu n'es plus le même homme...

CHAPITRE 27

Billy fut raccompagné vers la fin de la matinée au siège de la société par le chauffeur de la limousine. Chipi l'attendait dans l'entrée, sombre, le regard inquiet. Billy le rassura d'un clin d'œil.

Ignorant l'ascenseur, il grimpa quatre à quatre les marches menant aux bureaux. Il déboucha, essoufflé, face à la table de travail de Maria Teresa pour lui réclamer un café en précisant: «Bien fort, s'il te plaît.» Il s'enferma aussitôt avec Chipi, non sans avoir donné l'ordre de ne pas être dérangé. Pendant près de deux heures, il informa son ami, point par point, sur ce qui avait été débattu entre lui et les mafiosi. En conclusion, il exhiba les documents bancaires qui lui avaient été remis.

Il s'agissait d'abord de l'historique de plusieurs comptes bancaires, répartis sur trois îles des Caraïbes: Caïmans, Providenciales dans l'archipel des Turques et Caïques, et Saint-Martin. Il y avait ensuite les statuts de plusieurs sociétés, dont la principale semblait sise à Hamilton, capitale des Bermudes. Enfin, étaient inclus des comptes rendus de conseils d'administration, rédigés par plusieurs experts comptables.

Chipi, des demi-lunes Cartier pendantes au nez, compulsait attentivement les documents. Au bout d'un moment, il releva la tête.

– Ton nom n'est mentionné nulle part. Et pourtant, rappelle-toi, Dikins, à Tanger, avait dit qu'il avait été étonné de constater que tu avais pris le risque de créer des sociétés en nom propre.

– Je sais, et je m'étonne qu'ils ne m'en aient pas parlé. Deux possibilités. La première: ils ne sont pas au courant. Mais cela m'étonnerait; il est évident qu'ils sont mieux renseignés que le FBI lui-même, probablement d'ailleurs par des hommes de main qu'ils ont mis en place au sein même du bureau fédéral. La deuxième: ils attendent que je me découvre en réactivant ces sociétés pour mieux me sauter dessus et faire main basse sur ces possessions.

Chipi se passa la main dans les cheveux.

– Ouais... De toute façon, ça me paraît compliqué, cette histoire. D'autant plus que je ne vois pas comment on va s'y prendre pour retrouver les mots de passe ou les codes d'entrée à tes comptes.

Il leva un index, ajoutant à voix lente :

– Si c'est bien de tes comptes bancaires et de tes sociétés dont il s'agit. Car cela aussi reste à prouver! Entre-temps, toutes les banques mentionnées sont des banques d'affaires offshore. Elles traitent chaque semaine des milliards de dollars. Et, comme chacun le sait, elles n'existent précisément que par leur inviolabilité qui est à toute épreuve. Aucun des dirigeants de ces institutions financières ne te confiera le moindre renseignement sur ta bonne gueule. Et tu peux venir avec le meilleur alibi au monde, c'est perdu d'avance! Non, il faut trouver autre chose.

– Je sais.

Chipi se balança sur sa chaise en malaxant ses joues des deux mains. Pensif, il resserra le nœud de sa cravate à fleurs, ce qui l'obligea à un effet de menton. Il jeta un regard en coin à son ami pardessus ses lorgnons dorés. Comme pour lui-même, il murmura :

– Il y aurait bien une solution...

– Dis toujours!

Billy souriait. Chipi se redressa, pointant l'index.

– Non, attends! Je suis sûr que tu en as une aussi! À te regarder, je sais que tu as cogité sur le problème... Je commence à bien te connaître, petit!

– Donne ton idée, Chipi! Je suis presque certain qu'il s'agit de la même! Après tout, je vais te la dévoiler : l'idée s'appelle...

– Brian Hennessy!

Ils venaient de crier ensemble le nom d'une même voix et, simultanément, ils éclatèrent de rire. Le tragique de la situation ne semblait pas les atteindre. On frappa à la porte. La secrétaire passa sa tête, un voile d'inquiétude sur le visage. Billy se retourna vers elle.

– Excuse-nous, Marie. Chipi devient intelligent. On y a mis le temps, mais on arrivera à en faire quelque chose! Sois gentille, apporte-nous à nouveau deux cafés avec deux verres d'eau pour célébrer l'événement.

Après une concertation rapide, trois décisions furent prises : primo, ne pas utiliser les lignes téléphoniques du bureau, le risque d'être sur écoute étant réel; secundo, ne rien dire pour le moment aux autorités qui maintenaient Billy sous surveillance; tertio, avertir Ricky et lui demander une réunion immédiate.

Le ton donné à la conversation téléphonique suffit, sans qu'il soit nécessaire de donner des précisions sur ce qui la motivait, à faire comprendre à l'avocat l'urgence de la situation.

Quatre-vingt-dix minutes plus tard, ils étaient introduits dans l'imposant bureau de l'homme de loi. Le temps ne s'était pas amélioré. Un crachin désagréable saupoudrait toute la région, ralentissant considérablement la circulation qu'on distinguait à peine au travers de l'immense baie vitrée. Au pied de l'imposante tour de verre et de béton, les phares et les feux arrière des véhicules croisant dans les deux sens sur l'autoroute 4 scintillaient comme autant de loupiotes d'une interminable guirlande de Noël rouge et blanche.

– J'espérais que, plus près du ciel, tu serais à l'abri du mauvais temps! ironisa Chipi en tendant la main à Ricky.

La réunion dura longtemps. Tout d'abord, Ricky fit venir un de ses collaborateurs, spécialiste des questions financières et bancaires. Celui-ci confirma l'authenticité des documents produits. Il insista sur la complexité de prendre possession des fonds sans code d'entrée. Ricky le chargea de poursuivre ses recherches afin d'affiner l'analyse du dossier avec les correspondants dont le cabinet disposait dans les différentes îles des Caraïbes. Un travail similaire de débroussaillage fut confié à un second collaborateur concernant la société sise aux Bermudes.

– Mettez-vous en chasse immédiatement, leur ordonna Ricky. Ça urge! Et il me faut des résultats rapidement. Concentrez-vous sur d'éventuels partenaires ou filiales que ces sociétés ou ces comptes pourraient avoir. Cela doit pouvoir être vérifié auprès des autorités légales de chaque territoire. Des noms devraient éclore de vos recherches. Regardez si vous pouvez en remonter la piste. Essayez de comprendre les liens qui existent entre eux. Demandez à nos correspondants d'enquêter au niveau des banques. Dans ces îles, tout le monde connaît tout le monde, tout le monde est cousin de tout le monde, tout le monde couche avec tout le monde! Ce serait bien le diable si l'un de nos correspondants n'a pas un parent ou une petite amie dans une des institutions financières concernées pour l'informer sur certains clients et transgresser ainsi les diktats de secret absolu qui gèrent ces prisons d'argent. Il suffirait peut-être d'un tout petit indice pour mettre au jour et résoudre l'ensemble de l'écheveau. Allez, au travail! Je veux un premier rapport journalier sur mon bureau en priorité demain matin.

Les deux collaborateurs sortirent. L'avocat se tourna vers ses deux amis. Ses lèvres s'étirèrent en un léger sourire.

– Voilà! La partie technique et classique de la mise en marche de la machine judiciaire est réalisée. Maigres ou pas, nous aurons des résultats dans les deux ou trois jours. Néanmoins, ce qui me gêne le plus, c'est qu'il faut absolument qu'on puisse entrer en possession des codes bancaires qui nous donneraient accès aux comptes. Et très rapidement. Si nous n'y arrivons pas, nous risquons de nous engluer dans des problèmes inextricables vis-à-vis de nos nouveaux partenaires. Eux n'ont pas notre intelligence, ni notre patience, ni la même vision des choses. Je précise bien *nous*, car je me sens partie prenante dans cette affaire, compte tenu de mes émoluments calculés à la commission. On est toujours d'accord avec ce principe?

Billy acquiesça:

– Je n'ai qu'une parole. On fait équipe. Pour autant, nous savons tous que ce qui motive les gens en général, ce sont les sous. Et tout travail mérite salaire. Ceci, bien entendu, n'enlève rien au fait que chacun puisse avoir ses priorités ou ses croyances, sans lien direct avec le reste. À ce propos, puisque l'occasion m'en est donnée, je te remercie de nous avoir reçus aussi vite et d'accepter de nous aider. J'espère simplement que le jeu en vaudra la chandelle.

Ricky eut un geste conciliant de la main.

– On verra bien! Entre-temps on rigole, mais l'idée principale est bien entendu de te sortir de ce merdier.

Il fit une pause et unit ses deux mains sur le bord de la table.

– Les choses étant claires, passons maintenant au système *démerde*, c'est-à-dire à ce qui est super-confidentiel et qui doit rester entre nous trois. D'abord, pas un mot aux autorités fédérales sur cette affaire. Il est prouvé qu'elles sont infiltrées par la mafia, et le moindre commentaire que tu ferais serait immédiatement colporté dans les hautes sphères mafieuses. D'autre part, il est presque certain que tu n'as pas été suivi par les flics et qu'ils ne savent rien sur ta matinée. Les sbires qui t'ont enlevé sont des professionnels. J'ai l'intime conviction qu'ils ont pris des précautions. Laisse le FBI se débrouiller. Il est inutile de leur compliquer la vie en allant raconter tes pérégrinations aux quatre coins du pays avec tes copains pistoléros.

Son sourire réapparut.

– Tu n'es pas sans savoir que la police ne rêve que de se débarrasser de l'épine qu'elle a au pied. Soit tu te fais descendre le plus rapidement possible, et ils classent ton dossier à tout jamais, soit tu disparais dans l'anonymat le plus complet, et ils n'ont même plus l'obligation de te verbaliser pour stationnement interdit. En allant les voir, tu risques de compromettre les maigres possibilités qui te sont laissées pour te sortir de cette affaire. Car tu penses bien que les flics vont réagir. D'abord en redoublant leur surveillance auprès de toi, ensuite en t'assignant à résidence. Dans un cas comme dans l'autre, tu seras marron pour te déplacer. On aura toujours le temps d'appeler et d'informer le commissaire principal Dennehy à New York quand le temps s'éclaircira au-dessus de nos têtes. O.K.? Bon! Deuxième partie de notre stratagème, probablement la plus importante: tu m'as parlé de ton ami de Gibraltar, le lieutenant-colonel, alias adjudant. On va l'appeler.

Il jeta un coup d'œil à sa montre.

– Avec le décalage horaire, il est neuf heures du soir à Londres et probablement aussi à Gibraltar. Mais où qu'il soit, si c'est un gars du M6, la connexion doit pouvoir se faire à tout moment. Tu peux me passer le numéro? On va l'appeler d'ici... mais pas d'ici!

Bien que surpris du rictus qui accompagnait ces mots sibyllins, Billy ne dit rien. Il dégrafa sa chaîne au travers de sa chemise et, retirant la plaque qu'il portait au cou, il la tendit à Ricky qui lut à haute voix:

– *Remember Gibraltar and Ascension*... C'est pour le moins poétique!

– C'est un code, comme tu l'as compris, je présume, lui répondit Billy. *Remember* n'a aucune signification. Le numéro de téléphone est constitué des lettres G-i-b-r-a-l-t-a-r transposées sur un cadran téléphonique. Dès qu'on obtient la standardiste, il faut demander le poste 263 qui est la transposition du mot a-n-d.

L'attorney émit un sifflement d'appréciation.

– Ils sont forts, les British. Très ingénieux!

Chipi, qui était resté silencieux pendant une bonne partie de la réunion, intervint:

– Explique-nous, Ricky, ce que tu entendais par...

– ... d'ici et pas d'ici?

Il eut un grand sourire.

– C'est simple. Moi aussi, j'ai mes tours de passe-passe!

Il les dévisageait de ses yeux malicieux.

– Je vous explique: il y a de fortes chances pour que mes lignes soient sur écoute, comme les vôtres, depuis que j'ai accepté Billy comme client. Soit par le FBI, soit par les desperados qu'il a rencontrés ce matin. Pour éviter ces désagréments qui sont monnaie courante dans le métier, j'ai un téléphone portable qui n'est pas à mon nom. Personne ne sait que je l'utilise et qu'en plus c'est ma ligne privée. C'est simple et ça marche!

Billy fut étonné de la rapidité avec laquelle ils obtinrent Brian Hennessy. L'agent du M6 était toujours à Gibraltar dans son bureau de la forteresse face au détroit. Avec un pincement au cœur, Billy reconnut le rire jovial de son ami. Il pouvait très bien se l'imaginer, la bedaine confortablement évasée derrière le bureau andalou face au vase d'iris posé sur le frigidaire à défaut d'un tableau de Van Gogh, avec tout autour de lui l'austérité des hauts murs de pierre de la tour de guet, garants de cette inviolabilité qui restait la raison même de la vie du militaire.

Le téléphone avait été réglé sur main libre, ce qui permettait aux deux autres participants de suivre le dialogue entre Billy et l'agent anglais de Gibraltar et d'intervenir à tout moment. La conversation dura une bonne demi-heure, le temps d'expliquer clairement la situation. On en arrivait aux conclusions.

– Si je comprends bien, Billy, questionnait Hennessy, vous avez un urgent besoin des codes d'accès aux comptes, et vous me priez d'agir au niveau des chefs de gouvernement des quatre territoires mentionnés pour les obtenir. C'est bien ça?

– Vous avez parfaitement compris, Brian. Si entre-temps vous avez d'autres informations qui peuvent nous être utiles, n'hésitez pas à nous les communiquer. Je viens de vous donner le numéro confidentiel de Ricky. Utilisez-le. Entre-temps, comme vous venez de me le demander, je vous envoie, confidentiellement toujours, et par télécopie, les documents en ma possession.

– C'est parfait. Je vais également faire une investigation sur d'éventuels titres de sociétés que vous pourriez détenir en nom propre. J'ai pris note des différents noms que vous avez mentionnés au cours de notre entretien. Néanmoins, pour ce qui se rapporte aux questions financières, je tiens à préciser que si, pour les Bermudes, Turques et Caïques et Caïmans, notre influence devrait nous conduire à un résultat positif a priori – je dis bien «a priori» pour l'unique raison que ce sont encore des territoires administrés par la couronne britannique – il n'en est pas de même pour les autres. En effet, ils se sont émancipés et sont par conséquent indépendants.

– Faites pour le mieux, Brian. Nos espoirs reposent sur vous.

– J'en suis conscient. Je vous contacte dès que j'ai une information… À propos d'information, Chipi…

L'interpellé se pencha vers l'appareil posé au milieu de la table.

– Oui, Brian?

– La corvette cliente à qui vous aviez proposé vos services est rentrée au port en ce week-end.

– Vous voulez parler du bateau sur lequel vous avez pris une commande de trois cents caisses lors du séjour de Billy à Gibraltar?

La voix transmise par le haut-parleur se revêtit d'une légère rudesse volontaire:

– Monsieur Cippola! Mon métier est de faire la guerre ou de sauvegarder la paix éventuellement. Pas d'aligner des boutanches sur un bon de commande! Et s'il m'arrive de le faire… c'est par erreur! C'est vous qui aviez pris la commande la dernière fois. Et je vous confirme que vous en avez repris une autre hier… de cinq cents cartons cette fois-ci.

– Quoi! Cinq cents?

Chipi était abasourdi par la taille de la commande. Billy et Ricky rigolaient franchement à la vue de la mine hébétée qu'il affichait. La voix de Brian Hennessy revenait dans le micro.

– Oui, cinq cents. Je vous transmets d'ailleurs les félicitations du directeur général de votre société. Du reste, il m'a demandé de vous préciser que vous avez son accord pour rester éloigné du bureau autant qu'il vous plaira… En fait, il semble que la compagnie n'a jamais été aussi prospère, grâce à vous, que depuis que vous n'êtes plus là!

Vingt-trois heures sonnèrent à la petite horloge du grand salon de la villa *Dreams*. Depuis l'aménagement des bureaux au vieil entrepôt et le départ de la cohorte des collaborateurs de BCFC pour le centre-ville, l'aspect intérieur de la maison avait repris des allures plus conformes à la normale.

Le poste de télévision était allumé, branché sur le canal des informations en continu. Vautré dans le divan face à l'appareil, Billy somnolait en essayant de suivre le déroulement des images sur le petit écran. Il se sentait vanné. Il était rentré depuis plus d'une heure en compagnie de Chipi. La journée avait été longue et fastidieuse entre le cabinet de l'avocat et les bureaux de BCFC. Malgré le retard que tous les événements de la journée avaient occasionné, il avait fallu assurer le quotidien et planifier la journée du lendemain avec les principaux cadres de la société.

Billy bâillait. Les informations distillées par la télévision égrenaient leur chapelet de malheurs autour du monde. De la cuisine lui parvenait la rumeur d'un remue-ménage auquel se mariait une odeur d'huile d'olive et d'ail rissolé. Chipi était dans ses œuvres. Sa tête se montra par-dessus le comptoir.

– Arrête de roupiller! J'ai préparé deux tranches de marlin dont tu me diras des nouvelles. Ni graisse ni cholestérol. Le menu parfait pour l'athlétique beau gosse que tu es! Juste un trait d'huile d'olive, quelques gouttes de vinaigre balsamique, et une touche de fleur de sel par-dessus! Tu vas m'en parler pendant des années!

– Pas de graisse? Tu parles! répondit Billy sans bouger d'un poil. Il y a plus d'huile dans ta poêle que dans un moulin à olives!

Les deux poings sur le comptoir, Chipi lança d'un ton ennuyé:

– Écoute, mon vieux, l'huile d'olive, tu n'es pas sans le savoir, est un produit naturel provenant du fruit qui symbolise la vie, la lumière et la sagesse. Ce fruit nous est donné par l'olivier, l'arbre de la paix! L'huile d'olive, mon vieux, c'est à tort que tu prétends que c'est de la vulgaire graisse. C'est le corps gras le plus bénéfique qu'on puisse trouver, puisque excessivement riche en acide oléique. N'importe quel médecin de quartier, a fortiori dans une région du Sud, te le confirmera immédiatement!

Il agita une grande fourchette au-dessus de la veste blanche de cuisinier qu'il avait fait suivre dans ses bagages depuis Gibraltar.

– Sais-tu, mon cher ami, que l'huile d'olive se présente en crus dans un système comparable à celui qui sert à classifier les grands vins?

Sur le visage de Billy prenait naissance une moue sceptique. Chipi haussa le ton, ses deux poings tapotant le bois du bar.

– Oui, monsieur, parfaitement! Et je vais te dire: pour qu'un produit remontant à l'Antiquité soit toujours aussi demandé, il faut qu'il ait fait ses preuves! J'eusse espéré que mes pinards aient le même succès! Au fait, es-tu au moins au courant de ce que disait Sophocle en parlant de l'olivier?

– Aucune idée... Probablement qu'il regrettait d'en avoir planté dans son jardin et d'être devenu aussi gras à force d'avaler des olives à longueur de jour, non?

– Et ignare avec ça! Tu n'y es pas du tout! Sache que Sophocle comparait l'olivier au combattant perpétuel, toujours vaillant, jamais abattu. Il le donnait comme exemple de bravoure et de résistance, monsieur! Dans *Œdipe roi*, il écrivit que l'olivier était «l'arbre invaincu qui renaît à lui-même»...

Il hocha la tête d'un air réprobateur et murmura:

– Je vais te faire une confidence. Pour un soi-disant Sicilien, tu la fous mal! Remarque, ce n'est pas la première fois que tu m'étonnes...

– En quoi je t'étonne?

Chipi était retourné à son poisson. Évasif, il répondit face au fourneau, la voix amortie par la paroi de la cuisine:

– Oh, rien... mais c'est vrai que tu ne fais pas vraiment sicilien. Tu n'as pas ce caractère renfrogné qui leur est propre, et tu ne parles même pas leur dialecte. Cerise sur le gâteau, tu te plains maintenant de mon huile d'olive!

Billy eut un léger mouvement de tête. Sur son visage passa un sourire évasif.

– Probablement que mes parents m'ont éduqué autrement...

– Peut-être...

Le silence revint entre les deux amis. Une serviette blanche à carreaux bleus posée sur l'avant-bras, Chipi dressait la table. Billy regardait l'écran sur lequel défilaient des images sportives. Il s'étira, mains derrière la nuque. Réfrénant un bâillement, il dit:

– La neige tombe tôt en Europe cette année. Ils ont commencé déjà certaines compétitions de ski en haute altitude...

Tout aussi soudainement, son attitude changea. Son regard brillant chercha celui de Chipi qui secouait son poisson sur le feu. Il prononça d'une voix sourde, presque sur le ton de la confidence:

– Hé! Sais-tu de quoi j'ai envie?

Chipi s'était retourné, surpris par l'intonation de la question.

– De quoi tu as envie? Que veux-tu dire?

– De ce qui me ferait plaisir! Des *spaetzle*! J'ai envie de *spaetzle*. J'adore ça! Tu connais?

Chipi le regardait, une lueur d'étonnement inquiet traversant son regard sombre. Il répondit machinalement:

– C'est un truc des montagnes, ton machin. Un genre de pâte torsadée fabriqué dans les pays germaniques, non?

Billy s'était redressé.

– Tout à fait!

Les sourcils froncés, Chipi cherchait à cacher son trouble.

– Qu'est-ce qui t'a fait penser à tes pâtes germanophiles?

Pensif, Billy répondit en hésitant:

– Je ne sais pas... Probablement le fait de voir de la neige à la télé...

Chipi le regardait, les yeux interrogateurs, attentif à ses réponses.

– Et du ski, tu sais en faire?

– Du ski? Ouais...

– Tu sembles hésiter.

– Non, non! Je sais en faire, et même bien! Je réfléchissais... C'est marrant, maintenant que tu en parles, cela me manque aussi!

Un air de doute traversa le visage de Chipi. Lentement, il agita sa tête:

– Ouais... c'est comme je disais: comme Sicilien, on trouve plus typique.

Fataliste, Billy lui répondit en haussant des épaules:

– Tout le monde a le droit d'aimer les *spätzle*, que je sache!

Penché sur ses casseroles, Chipi lui avait tourné le dos. Il répondit en boutade:

– De toute manière, tu auras du mal à en trouver ici, mon vieux! Vaut mieux te contenter de mon marlin pour ce soir... Et tu as tout intérêt à montrer de l'appétit!

Sante les réveilla à six heures du matin. Ayant secoué Billy avec une certaine rudesse amicale, il lui annonça moitié en italien moitié en anglais qu'il venait de recevoir un appel téléphonique de Ricky avec ordre de les réveiller.

Billy, les cheveux ébouriffés, essayait de retrouver ses esprits. Ses yeux ensommeillés plantés dans ceux du gardien semblaient le traverser sans le voir.

– Ricky?

– Oui, c'est monsieur Ricky, l'avocat... Il a dit que vous devez être chez lui à huit heures.

– Oui, j'ai compris... Et Chipi... tu l'as réveillé?

La voix de Chipi gronda dans le corridor.

– Tu parles! Avec le boucan qu'il fait le matin, ce jardinier, je me demande comment font les fleurs pour dormir avec lui!

Il passait sa tête dans l'entrebâillement de la porte. Il n'était pas rasé, mais sa chevelure était impeccable, comme sortie d'un moule. Il portait avec aisance une robe de chambre mauve à parements bleus, ceinte à la taille par un cordon de même teinte. Il réprima un bâillement.

– C'est Brian qui a dû l'appeler! Et Ricky nous prévient par Sante, comptant sur le fait que le téléphone de la maison du gardien n'est pas encore sous surveillance... contrairement au nôtre!

Ils se rendirent aux arguments de Sante en traînant les pieds.

Madame Picciolo préparait des œufs. Sur le comptoir séparant la cuisine du salon, trois assiettes étaient déjà disposées face à quatre tasses de café.

– Qui ne mange pas? demanda Chipi.

– C'est la Germania, répondit Sante. Elle dit qu'elle est trop grosse. C'est idiot, moi je la trouve très bien comme ça! Quand on s'est mariés, elle se trouvait trop maigre! Aujourd'hui c'est le contraire! Demain elle...

La cuisinière se retourna, cahotante. Son regard froid au travers de ses lunettes rondes valait toutes les douches du matin. D'un air sévère, elle agita la spatule de bois.

– Tu parles trop, Sante. Assieds-toi et tais-toi!

Sante s'exécuta sans un mot. Il plia son corps maigre sur un tabouret près de Billy qui déjà s'était attablé. Encore debout, Chipi souriait, amusé par la scène à laquelle il assistait. Germania se tourna vers lui, glaciale:

– Et vous aussi, monsieur Cippola! J'ai pas fait des œufs aux poivrons pour les manger froids!

À huit heures moins cinq, les deux compères pénétraient dans le hall aux allures de salle de gare du gratte-ciel abritant l'étude de leur avocat. L'un des assistants, celui qui était chargé des Bermudes, les attendait au rez-de-chaussée près du bureau d'information, une table de marbre taillée en demi-cercle aux profondes nervures vert sombre. Dans un cartouche d'or protégé d'une vitre épaisse s'égrenaient par ordre alphabétique les sociétés et leurs étages respectifs.

– Bonjour! Vous êtes à l'heure. C'est très bien!

Chipi marmonna entre ses dents:

– Ce n'est ni grâce à nous ni de gaieté de cœur...

D'une tape amicale dans le dos, Billy rassura l'adjoint de l'avocat qui, surpris par le commentaire, avait ralenti sa marche.

– Faites pas attention. Il n'émerge qu'au moment de l'apéritif. En deçà, il faut pas se trouver sur son chemin. Au-delà, il vous invite à trinquer avec lui...

Ricky était déjà à son bureau, le front dans des dossiers. Son parfum, en provenance d'un grand faiseur parisien, embaumait la pièce. D'un geste silencieux et amical, il les invita à prendre place. Ils s'installèrent autour de la table de travail. Prévenant, l'assistant servait un café, accompagné de muffins et de beignets. Encore debout, l'avocat prit la parole:

– Je vous ai fait venir pour diverses raisons. Mais, avant toute chose, Gregory va nous exposer rapidement les résultats de ses premières recherches. Ce n'est qu'un début, bien entendu. Nous ne disposons donc que d'un résultat embryonnaire, bien que la tendance se fasse déjà sentir. Le travail qui a été confié à Gregory prendra du temps, mais il devrait porter ses fruits tôt ou tard. Dès que son exposé sera terminé, nous le libérerons.

Son visage se fendit d'un large sourire.

– Les jeunes d'aujourd'hui sont bons. Mais qu'est-ce qu'ils coûtent cher! Autant qu'ils rapportent des sous!

Le jeune homme s'installa lui aussi à la table. Il s'exprima sans notes.

– Nous avons été limités par le temps, hier, à cause du décalage horaire à notre désavantage avec les Bermudes. Néanmoins, fort des documents comptables que vous nous avez fournis, j'ai eu la possibilité d'entrer en contact avec un de nos correspondants. Celui-ci, par des moyens qui lui sont propres et que je n'ai pas à préciser ici, vous le comprendrez bien, a eu accès à un dossier contenant un registre de société d'une de vos compagnies. Elle est administrée par une firme d'audit domiciliée dans l'île de Jersey, c'est-à-dire une des îles de la Manche, paradis fiscal sous juridiction britannique. La piste, pour le moment, s'arrête là. Ce qui est intéressant, toutefois, c'est que d'après les documents comptables qu'il a pu compulser, il apparaît que plusieurs millions de dollars auraient transité par cette société depuis un compte de non-résident. Et ce, au cours des quatre dernières années. Les destinations sont diverses. Ce sont souvent des comptes secrets. Ou bien encore des sociétés-écrans éparpillées de par le monde sous les cieux cléments d'autres paradis fiscaux. L'opacité de ces transactions est considérable, d'autant plus qu'il s'agit en fait de maquillages institutionnalisés. J'ai cherché à savoir quand ont eu lieu les derniers transferts. Là, notre correspondant a été formel: aucun ordre n'a été passé cette année. Les comptes sont restés inactifs et la société, inerte. La dernière trace d'un virement date de fin de décembre de l'an dernier. Et l'ordre, monsieur Jordan, émane de vous-même en personne.

Billy échangea un regard avec Chipi. Les dates concordaient avec les événements, c'est-à-dire que les derniers mouvements de fonds avaient été faits entre sa disparition de Clearwater (à la mi-septembre l'an passé au moment où il partait au Brésil pour se refaire le visage) et sa réapparition en début d'année dans un dinghy au large de l'Ascension. Comme quoi l'argent réclamé par les mafiosi se trouvait donc bien quelque part, la société étant restée en sommeil depuis. Il se tourna vers Gregory :

– Connaît-on les porteurs de parts de cette société et le nom sous lequel elle est enregistrée?

Le collaborateur sourit.

– C'est la première question que m'a posée monsieur Broadkin ce matin! Malheureusement, je ne peux y apporter qu'une réponse partielle. Comme je vous l'ai expliqué, faute de temps, notre correspondant n'a pas eu le loisir de procéder à des investigations plus fouillées. Néanmoins, à ce stade, je peux avancer deux faits certains. Le premier, c'est que la société a pour nom Saint-Jean, un nom français, ce qui peut étonner. Néanmoins, comme l'a souligné monsieur Broadkin ce matin, cela s'expliquera sans doute naturellement dans le cours de nos prochaines investigations. Le second, sans doute, vous paraîtra plus riche en renseignements. Il appert en effet qu'il y a deux associés majoritaires dans cette société. Mais nous ne disposons ni de la répartition des parts, ni du nombre total des associés, ni des noms. Tout juste les initiales des deux propriétaires majoritaires.

Fébrilement, Billy demanda :

– Et quelles sont-elles?

– S. A. et W. J.

Un immense étonnement se manifesta simultanément sur les visages de Billy et de Chipi. Avant que quiconque ne s'exclame, Ricky intervint :

– Merci, Gregory, nous vous libérons. C'est du bon travail, continuez dans ce sens.

Le collaborateur sorti, ils se regardèrent tous les trois en silence. Chipi fut le premier à réagir.

– Salvatore Abruzzo et William Jordan! Ou il s'agit d'une coïncidence extraordinaire ou alors Billy est propriétaire deux fois!

– C'est aussi mon avis, convint Ricky de sa voix caverneuse. Et j'ajouterai qu'il y a une justification logique à cette direction bicéphale, si je peux m'exprimer ainsi. D'abord, Salvatore Abruzzo crée la compagnie sous son nom. Il n'a rien à cacher et jouit d'une aura qui le met à l'abri de tout soupçon de la part de ses amis mafieux. Dans le respect le plus absolu du droit et des règles les plus élémentaires en vigueur aux Bermudes, il se sert de sa société pour répartir aux quatre coins du monde des brouettées de l'argent sale que lui confient les familles. Ces mouvements fiduciaires s'expliquent-ils par la recherche compliquée d'intérêts plus conséquents sur les marchés de change internationaux? Ou bien est-ce une manifestation de sa volonté farouche de se fondre, lui-même et les fortunes dont il a la responsabilité, dans l'anonymat le plus total? Est-ce encore autre chose? À l'heure actuelle, je ne peux le dire. Arrivent les problèmes qu'on sait, alimentés par des jalousies et des haines féroces. Salvatore Abruzzo cherche à sauver ce qui est récupérable, mais il pense avant tout à ses vieux jours. Sa société est un secret de polichinelle et par conséquent n'est plus à l'abri de l'ire de ses anciens protecteurs. Pour la sauvegarder, il cherche à brouiller les pistes. N'oublions pas que l'homme dispose d'une intelligence vive, bien supérieure à la moyenne. Que fait-il? Eh bien, il fait intervenir un nouvel associé tout en disposant de la majorité des parts. Et qui peut être désigné comme l'associé idéal, l'homme providentiel à qui on peut confier les clefs de la société les yeux fermés, sans risque de dispute, et grâce à qui toute décision est prise à l'unanimité? La réponse est toute trouvée: soi-même, sous un autre nom! L'exemple parfait de l'intelligence financière mise au profit d'un seul!

Il se tourna vers Billy avec un sourire avenant.

– Tout ceci étant dit sans état d'âme et sans préjudice à notre amitié.

Son éternel sourire aux lèvres, il regarda ses auditeurs avec une bonhomie chaleureuse. Chipi le questionna:

– Qu'est-ce qui te fait rigoler?

– Rigoler? Rien! Mais je pense au jour où Billy a débarqué dans mon bureau en me demandant de devenir l'avocat de la BC Financial Consulting...

– Eh bien?

– Eh bien... je savais... ou plutôt j'avais senti, outre une sympathie naturelle qui émanait de sa personnalité, que notre association nous conduirait loin sur les chemins tortueux de la justice. Mais jamais je n'aurais imaginé atteindre une telle profondeur!

Il haussa les sourcils dans une attitude de réflexion.

– À cet égard, j'observe qu'en dehors de l'amitié qui existe aujourd'hui entre nous trois, la passion prend le relais dans cette affaire... car l'avenir, à mon sens, nous réserve des surprises. J'y pense tout le temps, le matin en me rasant ou le soir en allant au lit. Et chaque jour apporte son lot d'interrogations et d'exclamations. C'est vraiment extraordinaire!

Encore perdu dans ses réflexions, il but machinalement une gorgée de café. Il choisit une des pâtisseries rondes qu'il enveloppa d'une serviette de papier. Il y mordit à belles dents. Prenant le temps de s'essuyer la bouche, il annonça de sa voix profonde:

– Brian Hennessy m'a appelé ce matin, comme vous vous en doutez. Il y a du nouveau, et c'est pour cela que je vous ai fait venir. Si j'ai pris la liberté de réveiller votre jardinier, c'est, vous le savez bien, pour éviter les problèmes d'écoutes sauvages que l'on sait. Dans les affaires qui nous occupent, je pense que dorénavant la sécurité doit prévaloir. Ainsi j'ai obtenu hier auprès de mes relations l'accès à une ligne téléphonique à son nom. Dès demain, je vous donnerai un appareil portable et son numéro confidentiel, grâce auxquels nous pourrons communiquer en toute sécurité concernant les problèmes qui doivent être débattus entre nous seuls. Cependant, afin de ne pas donner l'éveil, maintenez l'activité de vos autres lignes pour les affaires courantes.

Profitant d'une pause, il engouffra le dernier morceau de beignet. Il parsemait son pantalon de sucre glacé qu'il chassait méthodiquement d'un balayage de la main. Tous ses gestes paraissaient lents, consécutifs à une profonde réflexion. Rien n'était laissé au hasard. Tout se faisait suivant un ordre, une hiérarchie des gestes, une règle bien établie. D'un mouvement circulaire de l'avant-bras, il porta la tasse à sa bouche pour aspirer longuement le café du bout des lèvres. Il semblait savourer chaque gorgée.

Il paraissait ne pas savoir par où commencer son récit. Coudes bien plantés dans le madrier de la table, il croisa ses doigts devant son visage et laissa son regard vagabonder au-delà de la baie vitrée. Il semblait chercher l'inspiration. Dehors, un soleil timide tentait de percer la couche nuageuse de ses rayons acérés pour redonner vie à la grisaille humide qui recouvrait encore la terre.

– Voilà! se décida-t-il soudain. Ma conversation avec Brian a duré une demi-heure à peu près. Dans ses recherches il a été extrêmement restreint en temps. Et même bien plus que nous. Mais son analyse de la situation, si elle s'avère exacte - et je suis sûr qu'elle l'est - démontre qu'il dispose d'une source d'informations exceptionnelle. Il y a plusieurs volets dans son exposé. Toutefois, je voudrais préciser qu'en préambule à la conversation que j'ai eue avec lui, il m'a fait part d'un sentiment personnel que je ne serais pas loin de partager aujourd'hui eu égard aux éléments dont nous disposons. Mais c'est une hypothèse d'école, encore très floue, basée sur des sentiments et des convictions très personnelles. Il est encore trop tôt pour développer un tel sujet... Revenons à l'existence de la société Saint-Jean. D'une manière globale, en utilisant des réseaux connus de lui seul, Brian est entré en possession des mêmes renseignements que ceux que vous a exposés Gregory ce matin. Sans doute sont-ils moins élaborés, mais leurs ramifications vont plus loin. Une chose est par conséquent sûre : nos deux sources sont bonnes. D'après Brian, le compte non-résident situé aux Bermudes a accusé un volume de huit cent dix millions de dollars ces deux dernières années. C'est la crête la plus haute des activités du compte. Le montant total des transferts, cependant, n'a pas encore été chiffré. Il est probable qu'il s'agisse d'un volume à dix chiffres. En d'autres termes, que l'on dépasse le milliard de dollars, sans savoir de combien...

– Tu veux dire qu'il peut très bien s'agir d'un milliard et demi comme de deux ou trois milliards. Exact? demanda Billy.

– Exact. Encore que l'expérience démontre que rarement le flux dépasse quatre fois la crête. On serait donc tenté de parler de quatre milliards, de cinq milliards au maximum. Où est cet argent? Nul ne le sait pour le moment. Mais les informations glanées par Brian démontreraient de prime abord qu'il n'y a pas eu de recherche d'investissement sur des marchés extérieurs lucratifs comme la logique aurait tendance à nous le faire croire. En d'autres termes et beaucoup plus simplement, je pense que l'argent est parti se chercher une vertu. Deux raisons m'amènent à cette conclusion. D'une part, le recyclage est avant tout une opération de change, non un investissement. Il se réalise au travers d'opérations financières suffisamment compliquées pour tenir en alerte pendant un an toute une batterie d'inspecteurs, le plus souvent en vain. Le fraudeur est dans une relative sécurité. Il peut voir venir en cas de danger et disparaître de la circulation s'il y a lieu. D'autre part, il y avait de toute façon une nécessité vitale de recycler les excédents financiers emmagasinés par la société Saint-Jean pour leur redonner une honorabilité qu'ils avaient perdue. Comment? Soit en finançant de grands projets industriels nationaux; soit en injectant cette masse monétaire sur des marchés financiers divers sous forme d'avances ou de crédits de toutes sortes; soit encore en suggérant à certains pays dans une situation délicate avec le Fonds monétaire international de combler le déficit de leur balance commerciale en leur faisant un prêt, à un taux bien entendu dérisoire. Cette dernière façon peut paraître invraisemblable, mais n'a-t-on pas vu récemment le Cartel de Medellín se proposer pour payer la dette nationale de la Colombie en échange de la liberté des narcotrafiquants?

Il s'arrêta de parler et pressa du plat de ses deux paumes le bas de ses joues. Un profond soupir souleva sa poitrine. Il tendit la main vers la cafetière. Dans le silence feutré du bureau en cette heure matinale, le bruit du liquide qu'il versa dans les tasses sembla perturber l'atmosphère de complicité fébrile qui s'était installée entre les trois amis.

Au travers de la baie vitrée, vaillant, l'astre solaire étendait son empire au-dessus de la ville qui s'éveillait. Glissant par éclats sur les façades encore froides des immeubles en bordure de mer, il leur façonnait un relief disparu la veille dans l'obscurité de la nuit. Très haut, un avion de ligne s'habillait de lumière et marquait son territoire d'une traînée blanche.

– La partie recherche financière est couverte pour le moment, reprit l'avocat. Avec les gars de mon bureau ici, et Brian de l'autre côté, nous devrions arriver à un résultat positif rapidement. Je veux parler de ce volume monstrueux d'argent éparpillé Dieu sait où, et que nous devons retrouver pour le rendre à ses propriétaires. Ainsi, Billy recouvrerait la tranquillité qui lui fait douloureusement défaut ces temps-ci. Dans sa besace, Brian avait en plus une information de taille. D'après le travail de ses correspondants, à croire qu'ils ont travaillé toute la nuit sans relâche, il apparaît qu'un terme revient souvent dans les ordres qui ont été passés par S. A. ou W. J. Je ne serais pas étonné, et Brian est de mon avis, qu'il s'agisse d'un des codes que nous recherchons. Il s'agit de trois initiales: C. A. P. Pourquoi ces initiales, me demanderez-vous, et que signifient-elles? Là, de nouveau, je suis dans l'incapacité de vous répondre pour le moment. Mais je reste certain que des événements qui surviendront probablement dans un avenir proche se chargeront d'apporter une réponse à nos questions. Dernier volet, et non des moindres, exposé par Brian Hennessy: celui de nos relations avec nos nouveaux amis, c'est-à-dire la mafia et le FBI. Notre joyeux détective de Gibraltar nous demande d'être sur nos gardes et nous le sommes. Pourquoi cette recommandation? Tout simplement, explique-t-il, parce que ces deux forces sont liguées contre nous. Ça, nous le savons aussi. « Soyez plus précis! » lui ai-je demandé... Eh bien, alors, mes amis, il l'a été... et de manière éclatante! Ce que nous soupçonnions sans pouvoir mettre un nom sur les têtes se vérifie: les deux camps abritent des brebis galeuses, des traîtres. Qui sont-ils? C'est encore Brian qui nous apporte la réponse.

Il parcourut d'un regard malicieux son auditoire, son sourire revenant sur ses lèvres gourmandes.

– Tenez-vous bien: d'un côté, Luigi D'Agnelli, et de l'autre, l'inspecteur Starkowski!

– Quoi?

Billy était ébahi. Il n'en croyait pas ses oreilles. Il mit un certain temps à réaliser pleinement l'importance de l'information. D'une voix qui se cherchait, il prononça:

– Ce nain qui joue les Al Capone de banlieue et ce crétin de flic? C'est à peine croyable!

Soudain, un détail des événements de la veille lui revint en mémoire. Au moment où il aidait Don Gaetano à se relever, le vieillard lui avait glissé à l'oreille: *Prudenza*! La mise en garde du vieux chef prenait toute sa dimension à la lumière des révélations de Brian Hennessy. Il se confia à ses amis. Chipi fut le premier à réagir:

– Ricky a raison. En aucun cas il ne faut éveiller les soupçons d'un côté comme de l'autre. Il est fort possible que d'autres taupes, dont nous ignorons l'existence, se soient infiltrées dans l'un des deux camps.

– Exact, reprit Ricky. Et j'irai plus loin. Si Starkowski n'est qu'un flic sans envergure corrompu pour une poignée de dollars, à mon sens Luigi D'Agnelli est d'une tout autre dimension. Il est loin d'être l'agneau de lait que son nom suggère. Je suis même certain qu'il broute des deux côtés de la barrière...

– Que veux-tu dire par là? questionna Billy.

– C'est fort simple! Et plus j'y réfléchis, plus je suis sûr d'avoir raison! Puisque ton gangster lilliputien trompe son monde du côté de sa famille d'origine, c'est-à-dire qu'il est l'œil des autorités fédérales au sein de la mafia, au même titre que Starkowski l'est du côté des flics pour le compte des familles mafieuses, il y a de grandes chances pour qu'il informe également la famille Bonnani. Il trahirait ainsi son chef Gaetano Mestre deux fois. Tant qu'on y est, pourquoi pas? Mais ce n'est pas tout. Comme il n'en est plus à une fourberie près, il se peut même fort bien qu'il joue un jeu très personnel.

– Par exemple... commença Billy.

Devinant qu'il avait compris, Ricky ne le laissa pas terminer sa réflexion.

– ... Par exemple en cherchant à s'emparer de l'immense fortune en transhumance que tu es censé ramener au bercail. Oui, Billy, tu as raison! Tu sais, tant d'argent dans la nature peut émoustiller bien des convoitises! N'oublie pas que dans cette nouvelle configuration du problème qui nous est posé, tu deviens l'homme par qui le danger peut arriver. Plus que pour tout autre membre de la mafia, les Bonnani inclus, tu es pour Luigi D'Agnelli l'homme à abattre. Il fera tout ce qui est en son pouvoir pour t'empêcher de retrouver les sésames qui t'ouvriront les coffres.

Chipi réagit vivement:

– Mais comment s'y prendrait-il, tout seul, ce gnome de malheur, pour se les ouvrir, les coffres? Billy lui-même est dans l'impossibilité matérielle de le faire pour le moment!

Le sourire de l'homme de loi avait disparu, faisant place à un regard froid, glacial. Avec une lenteur voulue, il égrena sa réponse de sa voix de basse qui résonna dans la pièce malgré les lourdes tentures.

– Parce qu'il a une longueur d'avance sur nous, Chipi. Parce que ce gnome, comme tu dis, pour une raison que j'ignore, sait quelque chose que nous ne savons pas. Du moins, pas encore...

CHAPITRE 28

La fin de la semaine approchait. On était vendredi. Papillotant en reflets scintillants, un soleil chaud illuminait l'immense baie de Tampa qui abritait le grouillement bigarré d'une foule de voiles charnelles et érotiques. Dans un lancinant mouvement rotatif, les toiles multicolores s'imprégnaient d'une atmosphère estivale où dominaient le vert, le jaune et les bleus tendres. À l'ouest, face à la mer des Caraïbes, calée entre sable et civilisation, entre tumulte et brise marine, la chaussée charriait ses vacanciers disciplinés du week-end prolongé. Moteurs au ralenti, les embarcations négociaient gracieusement chaque bouée. Elles délimitaient le chenal à deux voies les conduisant vers le pont-levis de Clearwater Pass Bridge qui leur ouvrait les eaux claires du golfe du Mexique.

Billy et Chipi s'étaient donné rendez-vous avec leur avocat à la piscine de l'hôtel Sheraton situé non loin de l'extrémité de la chaussée. C'était un édifice de briques sombres que tentait d'éclairer une légère couche de peinture à l'eau. Paraissant bas malgré ses huit étages, il semblait posé au milieu d'une oasis de verdure entourée de sable chaud. Par son architecture massive, l'immeuble rappelait les blockhaus de la dernière guerre abandonnés sur les côtes de Normandie. Face au bâtiment en équerre, le bassin nautique donnait directement sur la plage, au grand plaisir des familles qui constituaient la majorité d'une clientèle bruyante et cosmopolite.

Légèrement en retrait, le bar se présentait comme une rotonde couverte d'un toit de chaume conique. En son centre, un ventilateur brassait l'air moite emmagasiné au-dessus des têtes blondes à queue-de-cheval des deux jeunes filles préposées au service. D'une main agile, en laissant entrevoir une aisselle fraîchement épilée, elles saisissaient méthodiquement les bouteilles de rhum rangées sur une étagère circulaire qui courait tout autour de la bordure du toit intérieur. Dans un coin du bar, le mixeur s'embrayait dans un sifflement de turbine, projetant une odeur de fruit mûr.

De l'autre côté, le dos bien calé contre l'un des piliers de bois et à l'abri du regard matrimonial, un père de famille débonnaire surveillait le manège. Face à lui, assis au bar en arc de cercle, Chipi laissa échapper un rictus goguenard. Billy le questionna, l'air surpris :

– Pourquoi te marres-tu?

Discrètement, du menton, son ami désigna l'homme.

– Regarde-le, il n'en peut plus; l'apoplexie le guette! À chaque fois que la fille se penche sur son mixeur, son chemisier s'échancre tellement que le type a l'impression d'assister à une projection de film X en Panavision! Cela dit, elle est pas mal, mais ce n'est pas mon genre.

– Parce que tu as un genre, maintenant? Je croyais qu'en grand chasseur devant l'Éternel tu tirais tout ce qui bouge...

– Oh, ça va, hein! Je vais te dire : cette gonzesse, vu les deux bombardes qu'elle trimballe, c'est un danger public permanent. Au moment où elle dégrafe son soutien, il y a intérêt à ne pas laisser traîner ses panards sur la trajectoire. Elle te les aplatirait comme qui rigole!

Face à eux, l'homme avait surpris le regard complice. Il leur sourit, accompagnant sa mimique d'un geste significatif des deux mains en gobelet. Chipi lui fit un clin d'œil. En même temps, l'air entendu, il murmura en français :

– À tous les coups, c'est un gus des Appalaches. Il est certain que ce n'est pas dans cette Floride uniforme qu'il va retrouver ses sommets! Alors, tu penses bien qu'en mal du pays il laisse son esprit coquin vagabonder du côté de ces mamelons au profil de cordillère...

Billy eut tout juste le temps d'apprécier l'humour. Vêtu d'un short citron sur lequel pendouillait une chemise hawaiienne noire où s'entrelaçaient des orchidées jaunes et roses, les pieds nus dans des chaussures de yachting, Ricky s'avançait avec nonchalance entre chaises longues et piaillements de gosses turbulents. De grosses lunettes noires lui envahissaient une partie du front au-dessus duquel apparaissait une coupe en brosse rappelant les cadets de l'armée. La nuque était protégée par un minuscule bob blanc et rouge qu'il portait en calotte sur le haut du crâne. D'une torsion du buste, sans bouger de son tabouret, Chipi l'accueillit avec un sourire de connivence.

– Je constate que tu portes ton uniforme de travail… Tu plaides en faveur d'un roi papou, tantôt?

L'avocat répondit en français, un fort accent anglo-saxon émaillant sa phrase:

– L'habit n'a jamais fait les curés…

– Le moine tu veux dire, rectifia Chipi.

Ricky se haussait sur un tabouret entre les deux amis. Il soupira lourdement.

– Les moines, les curés… peu importe. De toute manière, c'est une clientèle qui m'ignore au vu de mon attirance naturelle envers les synagogues. Je vais même t'étonner. Je n'ai connu qu'un seul curé dans ma vie. C'était au cours de vacances passées en Espagne. Et je l'ai bien apprécié, figure-toi! Pour tout te dire, il venait d'une région voisine de ton rocher, vieux crabe!

– D'où précisément? demanda Billy, intéressé.

L'avocat se redressa, le regard dans le vague. Il paraissait rassembler ses souvenirs.

– Un village de montagne perché sur les contreforts de la sierra… Autant que je m'en souvienne, cela s'appelait *Paraiso del Sagrado Corazon.*

– C'est au-dessus de Marbella, n'est-ce pas? questionna Chipi, les yeux plissés.

Il eut un instant d'hésitation.

– Étrange nom! En français cela se traduirait par Paradis du Sacré Cœur.

– Exact! Et tu vois, ce qui à mes yeux rendait ce religieux sympathique, c'était le fait qu'il paraissait moins con que ses condisciples. Lui, au moins, s'était choisi une cure de renom qui le rapprochait du ciel.

Depuis leur dernière entrevue dans les bureaux de Tampa, la situation n'avait cessé d'évoluer. Les deux collaborateurs de l'avocat avaient considérablement avancé dans leurs investigations. Ils avaient retrouvé trace du cheminement tortueux de plusieurs transferts qui totalisaient des montants vertigineux. La plupart des comptes numérotés par lesquels ces sommes transitaient avaient été identifiés. Le donneur d'ordre était toujours S. A. ou W. J. Comme bénéficiaire apparaissait invariablement une des nombreuses sociétés-écrans ensemencées aux quatre coins de la terre.

Par un stratagème financier machiavélique digne d'un génie de la finance internationale, il s'avérait que plus de soixante pour cent du flux monétaire était porté de manière aberrante, mais le plus officiellement du monde, par des banques d'État. Le reste était confié à des banques privées ou des institutions financières sans importance. En aucun cas l'origine douteuse des fonds ne pouvait être établie ni même soupçonnée, la présence des banques nationales cautionnant ce subterfuge. Ainsi, en empruntant un circuit des plus classiques balisé et connu de tous les professionnels de la grande finance, l'argent noir réintégrait le sérail feutré du monde bancaire, après s'être attifé au passage d'une respectabilité indiscutable.

En parallèle de ces tripotages de capitaux constitués surtout des fruits d'exactions contrevenant à toute loi, des contrats avaient été signés en bonne et due forme entre des partenaires fictifs pour justifier ces diverses mutations financières. Généralement, ces contrats portaient sur des crédits basés sur des taux de rémunération élevés, qui finançaient peu de projets essentiels, sinon des opérations immobilières spéculatives. Cautionnées par ces mêmes banques pour des durées de cinq à dix ans, ces pratiques institutionnalisaient la fraude tout en enrichissant chaque intervenant. En effet, dans un mouvement tournant perpétuel, cette fabuleuse martingale financière nourrissait chaque compte bancaire, chaque société offshore, chaque associé imaginaire, tous et toutes percevant au passage une commission. Bien entendu, toute opération était approuvée par un conseil d'administration qui en réalité n'était jamais réuni. Mais à chaque compte rendu de conseil, consigné officiellement sur les documents comptables, on retrouvait la présence d'un des deux associés majoritaires, S. A. ou bien W. J.

Comble de roublardise, à toute exécution contractuelle qui s'effectuait entre les divers intervenants correspondait un profit pour les intermédiaires. Ainsi, sur un compte joint, les deux partenaires virtuels prélevaient automatiquement leurs prébendes, justifiées de diverses manières, soit comme jeton de présence ou comme salaire, soit en tant que note de frais faramineuse ou comme commission royale avalisée le plus légalement du monde sur la base d'une facturation artificielle pour des prestations commerciales romanesques.

On était bien obligé de reconnaître que le montage était sans faille, élaboré dans la légitimité la plus absolue, clair, net et surtout extrêmement lucratif.

L'air soucieux, Billy demanda à mi-voix:

– Des nouvelles?

Juché sur son tabouret, débonnaire, le buste en équilibre sur ses coudes plantés solidement sur le tablier du bar, dans une attitude qui lui était familière, Ricky sirotait à petites gorgées son rhum punch qu'il tenait à deux mains. Son regard flottait au gré des balancements de la croupe attirante de l'une des serveuses. Renonçant péniblement à sa contemplation des formes grassouillettes, il se tourna. Ses yeux, débarrassés des lunettes sombres, semblèrent fouiller le visage de Billy. Il prit son temps avant de répondre de sa voix de basse.

– Des nouvelles? Non... sauf une.

Il avala une gorgée, reportant ses yeux sur la barmaid qu'il accompagna du regard quelques instants.

– Je dois avouer que mes deux gars n'ont rien trouvé d'autre pour l'instant que ce que vous savez déjà. Du reste, ils sont encore au bureau ce matin. Mais ce qui m'étonne dans cette affaire, c'est qu'aucun nom n'apparaît nulle part, mises à part les deux initiales que nous connaissons. On peut toujours faire une investigation sur les différents conseils d'administration qui se sont tenus au fur et à mesure que se déclinaient les nombreux transferts entre sociétés occultes et comptes impénétrables. Il est flagrant que nous n'aboutirions à rien. Tous les noms, comme il est d'usage dans la discrétion du monde bancaire, relèvent probablement de l'imaginaire. Tout au plus apparaîtront ceux de certains cadres des institutions financières concernées, obligés de se prêter à ce maquillage, car leur signature est engagée. Malheureusement, il s'agira d'un commissaire aux comptes lambda, ou bien du clerc qui a rédigé la minute du conseil. Bref, cela ne nous mènerait nulle part! Non, il faut chercher ailleurs.

Il redevint silencieux, comme plongé dans ses réflexions. Billy crut que l'homme de loi en avait terminé avec son exposé. Quelque peu désappointé dans son expectative, il porta son regard clair au-delà de l'abri de chaume qui les préservait d'un soleil à la morsure cruelle. La réverbération le fit ciller. Près de l'eau, posées à même le sable blanc, apparaissaient des taches jaunes et bleues formées par les tentes familiales. Sur la berge, la mer couleur de jade s'ourlait d'une légère frange vaporeuse. C'était une belle carte postale imageant l'été perpétuel, la quiétude parentale, le bonheur d'une vie simple à portée de l'insouciance. Ses yeux bleus croisèrent le vol d'un cormoran. Ils le suivirent dans ses glissades désordonnées au-dessus des flots. À petits coups d'ailes, l'oiseau se positionnait au-dessus de sa proie. Soudain, raidi dans une posture de plongée, il disparut de la vue dans un bouillonnement d'eau claire.

Le souvenir de l'Ascension pénétra violemment l'esprit de Billy, un souvenir où l'espérance était plus présente que la nostalgie. En se redressant vivement, il se tourna vers son conseiller juridique pour lui secouer familièrement l'épaule.

– Ricky! Sais-tu ce qui guette les cormorans?

Surpris par l'incongruité de la question, l'avocat répondit par une boutade.

– Probablement un procès-verbal pour vol en rase-mottes...

– Non, mon vieux, tu n'y es pas! La cécité et, par conséquent, la mort par manque de nourriture! Comme pour les pélicans.

Retrouvant un entrain perdu, Billy donna l'explication qu'il tenait du docteur Cunningham. Ricky le dévisageait, étonné du tour que son ami donnait soudain à la conversation. Lentement, dans un geste qui se voulait amical, il posa la main sur son épaule. Il demanda presque en chuchotant, dans la foulée de ce qu'il avait exposé précédemment:

– Tu t'attendais à des résultats plus concrets, hein?

Billy haussa les épaules. Il fit la moue.

– Oui et non... Regarde le cormoran. Tant qu'il plonge avec l'espoir de manger, c'est qu'il y a de la vie. Je ne suis pas déçu si c'est cela que tu me demandes, mais il est vrai que pour le moment on patauge. Les affaires s'en ressentent, car je les délaisse, tout comme Chipi, pour me consacrer totalement à mes ennuis dont je n'entrevois pas la fin, malheureusement. D'autant plus que...

– D'autant plus que...

Billy haussa à nouveau les épaules. Croisant ses doigts derrière sa nuque, il s'étira en arrière en articulant la réponse bruyamment:

– D'autant plus que je me sens totalement étranger à cet imbroglio! Comprends-moi: on m'accuse de mille maux. Des gens me parlent d'un passé qu'il m'est impossible de reconstruire. Certaines personnes viennent à moi et s'étonnent que je ne puisse les reconnaître. En un mot, c'est un cauchemar perpétuel! Chaque matin quand je me lève, j'appréhende de mettre le nez dehors, de peur de découvrir de nouveaux désastres. Au train où vont les choses, on va m'accuser d'homicide à chaque fois qu'un chat sera trouvé mort en banlieue!

– Je comprends. Et j'avoue qu'il faut une sacrée dose de résistance physique et de solidité d'âme pour traverser une telle épreuve. Mais je vais te confier quelque chose que je ne suis pas censé te dire... Toutefois j'ai le sentiment que ça mettra un peu de baume sur tes plaies.

– Qu'est-ce que c'est?

– Eh bien, d'après moi, on arrive à un aboutissement qui ne sera pas forcément celui qu'on croit. Mais cela prendra du temps car, il est vrai, l'affaire est somme toute fort compliquée.

L'attention de Chipi était de nouveau attirée. De son tabouret, il s'exclama:

– Que veux-tu dire?

– Pour le moment, il m'est difficile de l'expliquer. Mais rappelez-vous, tous les deux, ce que je vous ai mentionné dans mon bureau l'autre jour, à propos de ma conversation avec Brian Hennessy. Lui et moi sommes arrivés à des conclusions très proches. Tout ce que je peux avancer aujourd'hui, c'est que j'ai le sentiment que l'avenir n'est pas aussi sombre que le passé. Et j'ajoute que, par la force des choses, il y aura un retour de situation.

Coupant court à tout autre question, il prit son verre. La glace avait fondu en délayant la boisson. Il se tourna vers Chipi:

– Toi qui sais parler aux femmes, commande-moi donc un autre drink, veux-tu?

En même temps, son visage se revêtit d'un air concerné. Il se passa la main sur la joue. La fille lui tendit un second verre rempli à ras bord d'où émergeait une paille rose. Elle fit disparaître dans un vase transparent posé à même le bar le pourboire que lui avait glissé Chipi en même temps qu'elle jetait un regard intéressé vers Billy qui n'y prêta aucune attention.

– Non, reprit l'avocat après avoir bruyamment croqué un glaçon, des nouvelles en provenance de mes deux collaborateurs, je n'en ai pas... mais des réflexions, oui. Vois-tu, à force d'y réfléchir, je suis certain que S. A. W. J. opérait seul, mais qu'il disposait d'un... non pas complice, mais d'un aide... ou un ami, en qui il avait une certaine confiance. Il faut retrouver cette personne. Une bonne partie des secrets serait alors levée et nous pourrions apporter une réponse à bien des questions.

Billy restait silencieux. Ce fut Chipi qui questionna de nouveau:

– Qu'est-ce qui t'induit à penser que SAWJ, comme tu l'appelles, se servait d'un aide?

– Diverses raisons. D'une part, il était indiqué pour lui de laisser un témoin derrière lui et de sauvegarder ainsi le patrimoine de ses secrets. De la même manière qu'on rédige un testament qu'on confie à un notaire. D'autre part, Brian Hennessy et moi, par recoupements des informations, avons constaté qu'il existait deux sources d'ordres.

Chipi se passait la main dans les cheveux. Il semblait peu convaincu de l'explication qui venait d'être donnée.

– À ce qu'il me semble, le tableau qui se brossait à partir des éléments dont nous disposions dépeignait SAWJ comme un solitaire endurci. Je le vois mal partager des secrets aussi importants avec quiconque. Mais qu'entends-tu par recoupements?

– Il est tout à fait exact que SAWJ était un solitaire, agissant dans l'ombre à l'abri de toute indiscrétion et ne partageant ni ses décisions ni ses états d'âme...

– Et tu avoueras que ce n'est pas du tout le genre de Billy de...

– Laisse-moi finir! D'abord, on parle de SAWJ, que je sache. Je disais donc que, oui, c'était un solitaire dans ses actes. C'est indéniable. C'est ce qui l'a sauvegardé pendant un bon moment des jalousies et des haines mortelles que lui vouaient la majorité de ses frères d'armes des diverses familles mafieuses. L'éliminer, c'était dire adieu aux fortunes investies par ses soins. La démarche de Don Gaetano envers Billy nous l'a encore confirmé l'autre jour. Bon, on est d'accord pour le moment? Je peux continuer?

Un hochement de tête silencieux des deux compères fut leur seule réponse. L'homme de loi poursuivit:

– O.K. Maintenant j'en viens aux certitudes qui sont nées précisément de nos recoupements. En reprenant toute la trame du pedigree de SAWJ, son emploi du temps qui nous est donné par certains comptes rendus de filature, et surtout les rapports d'incarcération consignés par le FBI, nous sommes arrivés à un résultat pour le moins étonnant. En effet, nous avons constaté qu'à chaque fois que le FBI entamait une action coercitive contre SAWJ, ses activités bancaires s'intensifiaient. Or, il lui était impossible de passer ses ordres puisqu'il était soit sous surveillance, soit entre les mains de la police. Et chaque fois il était relâché presque immédiatement, ce qui avait pour effet de mettre un terme aux mouvements de fonds.

– Le dernier transfert a eu lieu peu de temps avant ma disparition. On en a encore parlé ensemble avec ton adjoint Gregory. Y a-t-il un lien de cause à effet?

– Tout juste, Billy! Et cela ne fait que confirmer ce que je disais à l'instant!

– Comment cela? demanda Chipi.

– C'est simple. Comme nous le savons, les ordres de transactions financières sont passés soit par SA, soit par WJ. Très bien. À certains moments, et c'est ce qu'on est arrivés à prouver, Brian et moi, des ordres circulent malgré l'empêchement physique de William Jordan, alias Salvatore Abruzzo, de les donner. Quelqu'un officie donc en son nom et pour son compte. Pourquoi? Parce que, précisément, William Jordan, alias Salvatore Abruzzo, lui a donné des instructions en ce sens. Dès que le FBI prend une action coercitive à son encontre, quelle qu'elle soit, il montre sa force. Le message est clair: «Foutez-moi la paix, ou bien vous ne revoyez plus votre pognon!» Comme la mafia a infiltré la police et le FBI, comme on le sait, il lui est facile de stopper tout effort légal pris au détriment de son ex-collaborateur. Arrive l'épisode où Salvatore Abruzzo, devenu entre-temps William Jordan, disparaît de la circulation. D'aucuns présument qu'il est parti pour le Brésil se faire refaire un visage. Toujours est-il qu'il reparaît à l'Ascension deux mois après sous le pseudonyme de Billy. Que s'est-il passé entre-temps, j'entends au niveau financier? Rien! Sinon un ultime ordre exécuté peu de temps avant sa disparition comme le mentionnait très justement Billy tout à l'heure. Quelles conclusions en tirer? Une nouvelle fois, c'est simple, comme d'ailleurs tout est simple chez SAWJ, car tout repose sur une logique implacable. Je m'explique. Un: dernier ordre de transfert passé peu de temps avant sa disparition de la villa *Dreams*. Deux: disparition du personnage. Trois: réapparition au milieu de l'Atlantique. Quatre: amnésie totale et réelle. Cinq: la taupe ou contact de SAWJ – appelez-le comme vous voulez – ne recevant plus de directives, ne se manifeste plus. Résultat: les comptes sont inertes depuis. Conclusion: il y a bien un quidam qui agissait en lieu et place de SAWJ.

Billy échangea un regard rapide avec Chipi. Devançant son ami, il demanda fébrilement:

– Cette taupe, ou contact, sait-on qui c'est et où elle se trouve?

L'avocat croqua un dernier glaçon. En reposant lentement le verre vide, il dit, de sa voix caverneuse:

– Non, mais il y a un indice.

– Lequel?

– C'est précisément l'unique nouvelle que j'apporte aujourd'hui, et dont je faisais mention à mon arrivée. On la doit à Brian. Plus qu'un indice, c'est une piste.

Peu pressé de dévoiler ses secrets, il héla la barmaid. D'un geste circulaire autoritaire de l'index, il commanda une tournée générale. Il souleva son arrière-train, sortit de sa poche un petit portefeuille moulé à la courbure du fessier, l'ouvrit pour en extraire une carte de crédit American Express qu'il jeta négligemment sur le bar. Il attendit que sa facture soit enregistrée et, après l'avoir paraphée, replaça le tout dans l'étui de cuir qui réintégra la poche arrière. Après une longue inspiration, il poursuivit enfin son exposé.

– Ouais, au départ, c'était un indice... et comme je vous le disais tout à l'heure, c'est Brian, toujours grâce à ses réseaux, qui l'a déniché. Intelligemment, il a fait vérifier toutes les communications téléphoniques reçues au profit de la société Saint-Jean sise aux Bermudes. Plusieurs numéros reviennent par intermittence presque régulièrement. Comme par hasard, leur présence est constatée au moment où SAWJ est restreint dans ses mouvements par décision de justice. Le préfixe de tous ces numéros est le 809. En d'autres termes, l'ancien code d'accès à certaines îles des Caraïbes. Or, c'est là que l'indice devient une piste. En poussant plus loin nos recherches, nous sommes arrivés à la conclusion que l'origine des appels se trouvait à l'île de Sainte-Lucie. Nous avons donc cherché à connaître les propriétaires de ces lignes. Nous avons abouti à un étrange résultat. Figurez-vous que toutes les lignes utilisées appartiennent à des établissements gouvernementaux: mairie, caserne des pompiers ou poste de police local. Mais il y a un fait majeur. C'est que la plupart de ces appels sont concentrés dans une région précise, Anse Galion. Un village au pied des deux pitons.

Le silence retomba entre eux. Billy semblait réfléchir, le regard perdu dans le bleu intense de la mer. De la piscine leur parvenait la rumeur indifférente, indisciplinée d'une journée de plage. L'air s'imprégnait de lumière. Sous le toit de chaume conique, entre paille défraîchie et poutres de cocotier, le parfum du sucre de canne flottait, délicatement brassé par les pales paresseuses du ventilateur. Un transistor, chahuté par l'ardeur des conversations, tentait d'imposer sa musique portée par une brise tiède qui donnait vie aux drapeaux érigés aux confins des pelouses. Insidieuses, des gouttes de transpiration se déposaient sur l'ourlet des lèvres.

– C'est quand même stupéfiant! finit par déclarer Billy. Il y a donc un second bonhomme quelque part, que je connais, avec qui j'ai parlé, à qui j'ai fait confiance, et qui me croit probablement mort! Et je suis dans l'incapacité la plus totale de lui donner un nom, de reconnaître son visage, ou simplement de me souvenir s'il est blanc, jaune ou noir!

L'avocat dodelinait de la tête.

– Ouais! Et si tu veux avoir mon sentiment, tu es le seul à pouvoir le retrouver.

Billy parut surpris par le commentaire. Il se raidit sur son tabouret.

– Et comment ça, grand Dieu?

– En allant sur place!

Billy ne paraissait vraiment pas convaincu. En silence, il faisait non de la tête. Chipi se pencha sur le bar pour s'adresser à son ami par-dessous l'échancrure de la chemise hawaiienne de l'avocat.

– Ricky a raison, mon vieux. Toi seul peux dénouer ce merdier. De toute manière, au point où on en est... d'un côté les flics, de l'autre les loubards pseudo-italo-siciliens... Autant retrouver le fric et négocier notre tranquillité vite fait. Bien que je puisse me tromper, j'ai la vague impression, au vu de leur insistance plutôt lourde, qu'ils tiennent vraiment beaucoup à récupérer leur pognon...

Ils rirent nerveusement. Penchant sa tête sur le côté, Ricky dit, d'un ton fataliste:

– On le serait à moins. Quand on réalise le vertige financier que cela représente...

– C'est sûr! dit Chipi, songeur, en se redressant et en croisant les bras sur sa chemise de soie. Quand je pense que je me croyais riche quand je prélevais ma misérable commission sur un container de whisky...

Il décroisa ses bras pour se passer la main dans les cheveux, signe d'une contrariété soudaine. Lentement, il les joignit en face de son visage dans l'attitude de la prière et marmonna entre ses dents, les yeux au plafond:

– Mon Dieu! Rendez-moi le temps des cathédrales, des petits dîners en frac et gomina aux cheveux, le tout à l'ombre de mon gentil petit rocher...

Amusé, Billy sourit franchement. Il voulut répondre quand la sonnerie stridente du téléphone l'en empêcha. L'une des deux barmaids décrocha, écouta une seconde, puis s'adressa à la ronde aux clients attablés au bar:

– Monsieur Abruzzo, s'il vous plaît?

Billy se raidit. Il jeta un rapide coup d'œil interrogateur vers Ricky. L'avocat lui fit un signe affirmatif de la tête. Billy aspira une longue bouffée d'oxygène. D'un geste las, il tendit la main vers la jeune fille.

– C'est moi.

La fille lui fit un sourire.

– On vous demande de l'extérieur, dit-elle. Monsieur Rocco Simbione.

Billy prit le combiné, mais ne dit rien. Son regard était ancré dans celui de son conseiller juridique. Soudain, à l'autre bout de la ligne, une voix grasse se fit entendre. L'homme parlait anglais avec cet accent chantant, caractéristique des Italiens de New York.

– Que t'arrive-t-il, touriste? T'as peur de parler aux amis, maintenant?

La remarque fut suivie d'un rire pâteux. Il sembla à Billy entendre d'autres personnes ricaner non loin de la voix. À nouveau, il inspira profondément pour tâcher de répondre calmement, le regard toujours accroché à celui de Ricky.

– Non. Je n'ai pas peur. Vous voulez me parler?

À nouveau, le rire profond et saccadé crachota dans le combiné.

– Tu étais moins formel, auparavant! C'est Rocco... Rocco Simbione... Tu te souviens de moi?

– Vous êtes le beau-frère de Carlo Bonnani.

– Ouais... et grâce à toi, Carlo est mort. Tout comme son père, Bruno Bonnani, ton ancien chef.

– Si vous croyez que j'en suis la cause, vous m'en voyez désolé...

– Conneries! Après tout, je m'en fous, de ce que tu penses! Je ne t'appelle pas pour ça. Je t'appelle pour te dire qu'il est inutile d'essayer de fuir. On t'a à l'œil! Comme tu le sais, on peut te frapper à tout moment. Et j'ajoute que tu as eu beaucoup de chance sur ton bout de terre en plein milieu de l'Atlantique, mais la chance, ce n'est qu'un aléa de la vie. Une bonne ou une mauvaise passe! Comme aux cartes... Aujourd'hui, si tu veux vivre quelques années de plus, tu as tout intérêt à nous rendre notre pognon, et vite. Tu n'es pas sans le savoir, je n'étais pas d'accord avec Don Gaetano! Mais le vieux débris m'a pris par les sentiments. Comme il n'en a plus pour longtemps, j'ai tout arrêté en ce qui te concerne. Mais je te donne jusqu'à vendredi prochain, midi. Tu te démerdes comme tu veux! Mais si vendredi les comptes ne sont pas à jour, et l'argent à disposition avec documents à l'appui, je te promets que tu vas regretter d'être venu au monde! Et tu peux le servir tel quel à ton conseiller assis près de toi, de même que ton pédéraste à moustache. Car, si vendredi ils sont encore dans les parages alors que notre contrat n'est pas rempli, on les découpe en morceaux en même temps que toi!

– Je ne peux rien promettre. Depuis ma rencontre avec Don Gaetano, j'essaye de remettre de l'ordre dans...

Impérative, la voix lourde le coupa sèchement en italien :

– Ça suffit avec ce bordel! Tu me fatigues! Écoute bien, Abruzzo! Pour la dernière fois, si le pognon n'est pas là vendredi, toi et tes deux perroquets assis sur leurs perchoirs, vous passez tous les trois à la moulinette. Compris? Et je me ferai un malin plaisir d'assister à ton agonie. On commencera par couper les extrémités des membres pour que cela dure plus longtemps! Maintenant, retourne-toi doucement et regarde le stationnement derrière toi... Doucement, j'ai dit!

Combiné du téléphone collé à l'oreille, Billy pivota sur son tabouret. Comprenant que quelque chose se passait, ses deux amis se retournèrent ensemble dans la même direction. Sur le stationnement face au bar, légèrement en surplomb au milieu d'une rangée de voitures à une trentaine de mètres d'eux, entre palmiers nains et lauriers roses, une grosse cylindrée sombre était garée porte avant droite ouverte. Avec précaution, un homme à la carrure pesante en sortit. Il portait une cravate striée verte et bleue sur une chemise blanche à manches longues. Des lunettes Ray-Ban teintées cachaient le regard d'un visage empâté. Handicapé par le manque de flexibilité d'un genou qui n'existait plus, il avait visiblement du mal à se déplacer. Il s'accouda à la portière tout en tenant un minuscule portable collé à son oreille. Avec une lenteur calculée, il souleva l'autre main à hauteur de son visage. Il se mit à compter avec ses doigts en égrenant dans le combiné les jours de la semaine à partir de samedi. Billy pouvait à la fois lire sur les lèvres de l'homme et entendre son souffle dans l'écouteur. Comme pour mieux marteler l'ultimatum, chaque jour était ponctué d'un appel de phares. Arrivée à vendredi, la voix éraillée fit une pause. Presque confidentiellement, dans un murmure, elle ajouta :

– Sept jours, Abruzzo. Sept! Et pas une minute de plus!

En casant péniblement sa jambe raide à l'intérieur du véhicule, l'homme réintégra son siège. La voiture effectua une marche arrière rapide et, dans un crissement de pneus sur l'asphalte brûlant recouvert partiellement de sable clair, elle disparut presque aussitôt.

Ils étaient restés au bord de l'eau jusqu'au coucher du soleil, au moment où les bruits s'estompent, les ombres s'étirent et les premières loupiotes prennent vie entre chien et loup. Assis face au clapotis d'une mer fatiguée supportant péniblement un horizon rougeoyant et lointain, ils essayaient toujours de mettre en place les fondations de ce que Ricky avait nommé une politique de survie. Car c'était bien de cela qu'il s'agissait. Matériellement parlant, Billy n'avait plus qu'une semaine de répit. C'est-à-dire une semaine à vivre.

Le soleil disparu, la mer se drapa de son voile nocturne. Un frisson chatoyant glissa sur les flots à la lune naissante, ramenant du large un souffle de fraîcheur et d'humidité. Ils décidèrent de rentrer tous les trois à la villa *Dreams* toute proche, afin de poursuivre la discussion. Ricky ayant accepté de passer la nuit à la villa, le retour se fit dans la voiture géante de Chipi.

Averti par téléphone depuis le véhicule, Sante les attendait face au perron. De sa voix hésitante, il leur expliqua que la Germania, avant de partir prendre son bain hebdomadaire, avait préparé des pâtes aux fruits de mer. De son côté, il avait pris la liberté d'acheter une grande bouteille de très bon vin sicilien, selon ce qu'il affirmait en s'accompagnant d'un geste caractéristique du pouce et de l'index réunis en un cercle qu'il agitait près de sa joue.

– As-tu mangé? lui demanda Billy.

– Avec la Germania, mais...

– Mais... tu mangerais bien un morceau entre hommes, correct? lui glissa sournoisement Chipi avec un sourire complice.

Les yeux du jardinier se plissèrent derrière les foyers épais des lunettes, accentuant ses pattes-d'oie aux tempes. Il brandit un poing de joie.

– Correct!

La journée passée au grand air avait avivé leur faim. Ils s'empressèrent de mettre la table. Le pain fut rapidement coupé et le magnum de vin sicilien ouvert par les mains expertes de Chipi qui, d'un geste cérémonieux, en huma le long bouchon. De la cuisine, où s'activait Sante à réchauffer les pâtes, l'odeur d'ail, de persil et de calamars frits à l'huile d'olive monta en effluves légers. Par-dessus les fauteuils disposés en quinconce, le grand lampadaire du salon semblait protéger une intimité insouciante et familiale. Dans un coin, entre livres et vase à fleurs, un récepteur radio déversait la musique apaisante d'une des stations de nuit de Clearwater.

Ce fut au moment où Billy prenait place à la table de la salle à manger face à Ricky déjà assis qu'un grand bruit se produisit. La serrure de la porte d'entrée vola en éclats sous la violence d'une décharge de chevrotines propulsée par un fusil à canon scié. Trois hommes firent irruption, tous dangereusement armés. Deux portaient un survêtement de sport sombre laissant dépasser des tennis clairs. Le troisième, engoncé dans une *guayabera*[35] blanche, plaquée de quatre poches à rabat, paraissait être le chef.

De saisissement, Chipi laissa échapper la grande bouteille de vin qui s'écrasa à ses pieds. Séparée du goulot brisé, elle roula sur le parquet, inondant sur son passage les lattes de bois clair ainsi que le bord de la moquette. Elle termina sa course indécise contre l'un des piliers du bar. Tenant toujours les quatre verres par le pied entre les doigts de sa main gauche, Chipi fit mine de se baisser. Un ordre bref arrêta net son mouvement :

– On ne bouge pas!

C'était le plus petit des trois, vêtu de sa chemise cubaine, qui montrait son autorité. Il était plus empâté et plus âgé que les deux autres. Les manches flottaient sur des biceps imposants, laissant apparaître des bras courts, bronzés, recouverts de longs poils noirs. Le poignet droit, ceint d'une large gourmette d'or, se terminait par un poing crispé sur la crosse cannelée d'un Smith & Wesson 357 magnum. Toujours assis, Billy constata que la main de l'homme ne tremblait pas. Visiblement, il n'était pas du genre à dégainer par peur.

Les deux autres, plus grands, plus jeunes et plus sveltes, paraissaient beaucoup plus fébriles. L'un transpirait abondamment et serrait contre sa hanche son fusil au canon scié encore chaud. L'autre, glabre et le regard fou, agitait dangereusement son pistolet Beretta.

– Berto! Jette un coup d'œil sur les autres chambres.

C'était à nouveau le plus vieux qui avait parlé. Il avait utilisé un dialecte italien rappelant le portugais par ses intonations lourdes et gutturales. Billy reconnut le génois. L'homme à la carabine s'exécuta, pour revenir deux secondes après, un ricanement à la bouche.

– Personne! Je vous l'avais dit, on les a coincés tous les quatre au bon moment!

De la cuisine leur parvint le crépitement de la friture oubliée sur le feu vif. Soudain l'odeur de brûlé envahit la grande pièce suivie d'une épaisse fumée. L'aîné apostropha Sante. Les bras ballants, le jardinier se tenait figé entre le frigidaire et l'évier dans une immobilité rigide.

---

35. Chemise-veste tropicale, ample, à poches plaquées. Elles sont d'ordinaire blanches.

– Hé, l'ancêtre! Tu vas m'arrêter ce bordel de cuisine, oui? Ou bien tu préfères que je vienne l'éteindre avec tes grandes oreilles?

Le plus agité des trois s'avança, menaçant, vers le vieux Sicilien. La violence à fleur de peau, il hurla par-dessus le comptoir qui séparait la cuisine de la salle à manger:

– Tu as entendu, crétin?

Devant un Sante sans réaction, il passa son Beretta par-dessus le comptoir et, sans hésiter, tira une balle dans la casserole des pâtes. Le bruit assourdissant fit mal aux tympans. L'ustensile de fer-blanc voltigea contre le mur qu'il éclaboussa d'eau bouillante, d'huile et d'un mélange d'ail et de fruits de mer. Une constellation de miettes de persil s'éparpilla sur les carreaux de la cuisine. Le récipient disloqué retomba sur la cuisinière, roula, puis bascula sur le carrelage azur pour y déverser ses spaghettis gluants.

– Ça suffit! cria le plus vieux des trois. On embarque ce chien d'Abruzzo et on se tire.

Il s'adressa rudement à Billy:

– Lève-toi! On a suffisamment perdu de temps! Toi et moi, on va faire une balade dont tu te souviendras... Vous autres, pas un geste, autrement je vous descends. C'est lui qu'on veut. Alors, pas de bravoure intempestive...

Un rictus s'afficha au coin de ses lèvres, laissant entrevoir une dentition clairsemée. S'avançant vers Billy, il voulut le saisir par le col de sa chemise pour l'obliger à se lever.

– Il n'a pas encore mangé!

C'était la voix de Sante. Il n'avait pas bougé d'un pouce. Il regardait le trio de ses yeux de myope, les bras inertes le long du corps. Il y eut une seconde de flottement. Le chef avait interrompu son geste, une lueur de méfiance traversant son regard. L'hésitation passée, sur ses gardes, l'homme s'adressa au jardinier d'une voix lente.

– T'en fais pas pour lui, vieux. Là où il va, il n'a pas besoin de bouffer.

Sante les regardait toujours, sans ciller, la tête immobile prise en compresse entre les lobes de ses immenses oreilles. L'homme au Beretta qui avait fait un carton sur la casserole de pâtes s'approcha de lui. En penchant légèrement la tête sur le côté, il lui dit de sa voix de fausset:

– Je ne t'aime pas beaucoup, crétin... Tu le sais?

– Cicco!

Malgré l'appel du chef, le jeune gangster continuait à dévisager Sante méchamment.

– Attends! Il m'emmerde, celui-là, à nous regarder comme ça...

– Cicco!

Cette fois-ci, c'était l'homme au fusil qui l'avait interpellé. Il s'approcha de son acolyte pour le tirer par la manche.

– Laisse tomber, Cicco. Tu ne vas pas t'emmerder avec un vieux con. Allez, viens!

– Allez tous vous faire foutre, mange-merde!

L'insulte en italien cingla en provenance de la cuisine sur un ton froid, presque sans animosité. Le regard impavide de Sante était toujours aussi détaché derrière ses lunettes à double foyer.

La stupéfaction envahit d'un coup les visages des trois mafiosi. Le premier à réagir fut l'homme au fusil. Sa face s'empourpra. D'un geste vif, il passa son arme par-dessus le comptoir de la cuisine pour viser Sante au ventre. Il lui cria, les yeux plissés de rage:

– Répète un peu pour voir!

Dans la seconde qui suivit, une déflagration encore plus forte que les deux premières ébranla les murs.

Frappé en plein avant-bras, l'humérus brisé, l'homme au fusil fut projeté comme un pantin contre la dalle de bois sur laquelle il s'appuyait. Un second tir en rafale crépita, fauchant aux jambes l'illuminé excité qui laissa échapper son Beretta en se pliant sous la douleur dans un cri rauque. Dans le brouhaha, une voix autoritaire et haut perchée retentit depuis le vestibule:

– Le prochain qui bouge le prend dans l'oreille!

Debout dans l'entrée, oscillant sur des hanches minées par une arthrite aiguë, un regard glacial derrière ses lunettes rondes, Germania tenait bien calé dans ses deux mains un mini-Uzi, un merveilleux petit pistolet-mitrailleur israélien, extrêmement compact, qui ne provoquait pratiquement aucun recul au moment du tir.

L'arme de corps de référence d'une nouvelle génération.

CHAPITRE 29

Le trou noir du minuscule canon était pointé vers le chef à la chemise blanche. L'index sur la gâchette n'était pas crispé. Toute parole était superflue. Dans ce masque de cire carminée qui le fixait étrangement, le regard à lui seul suffisait : il était amplement dissuasif. Il était inutile de discuter. Démiurge de tant de massacres qui avaient jonché sa triste vie de stakhanoviste du crime, le mafieux avait construit son système de survie sur un curieux mélange d'appréciation de l'adversité et d'exclusion de tout acte de témérité.

Au-delà de la froideur des yeux mi-clos, la défiance se percevait sur le visage féminin qu'il toisa sans aménité. Un air de lassitude sur ses traits, il se courba avec d'infimes précautions. D'une main alourdie par plusieurs chevalières, il déposa son arme sur la moquette. En se redressant progressivement, il prit le temps de lisser du plat des paumes ses cheveux gras. Enfin, avec gravité, il leva à hauteur de sa tête ses deux bras velus, doigts en éventail.

Ricky fut le premier à réagir. D'un bond, il récupéra les trois armes à terre. Tout en restant sur la défensive, il procéda à la fouille des deux blessés. Chipi, muni de ses verres à pied comme autant de pales d'un ventilateur de voiture à l'arrêt, branla une tête aux yeux écarquillés. Billy se leva à son tour. Son premier geste fut de s'approcher de son ami encore ébranlé par les événements. Il lui posa familièrement la main sur l'épaule. Chipi avait le regard toujours fixé sur Germania. Hébété, dans un murmure à peine audible, il articula comme pour lui-même :

– La mandoline... La mandoline à faire de la musique dans la valise de carton, c'était donc ça! Une mitraillette!

Sur ordre de Germania, Sante alla chercher plusieurs cordes dans la remise. Avec une dextérité à faire pâlir un vacher du Nouveau-Mexique, le jardinier ficela les trois mafiosi comme du vulgaire bétail. Sans faire montre d'un sentiment particulier envers les deux hommes touchés par balle, il ramena sans ménagement les coudes des prisonniers derrière le dos pour les rattacher ensuite aux deux jambes fléchies. Le tout était relié à un nœud coulant passé autour du cou qui empêchait tout mouvement, sous peine d'étouffement. Une couverture fut étendue sous les blessés qui perdaient encore leur sang en abondance.

Ce ne fut qu'une fois le saucissonnage terminé qu'on se décida à leur faire un garrot. Quand tout fut à nouveau sous contrôle, Germania daigna baisser le canon de son pistolet-mitrailleur. S'adressant sans transition à son époux dont le regard fuyait, elle le questionna sur le ton de la remontrance:

– Sante, c'est toi qui as laissé brûler les pâtes?

– *Ma... amore mio...*

– Tais-toi! Même réchauffer des pâtes, c'est un désastre avec toi!

Chipi tenta de s'interposer, l'air grave:

– Ce n'est pas de sa faute, madame Picciolo. Et je vais vous dire, il y a plus urgent à faire que de...

Elle le coupa sèchement dans son anglais approximatif.

– D'abord, posez ces verres, car vous allez finir par les casser comme la bouteille! Ensuite, j'ai pas fait des pâtes pour qu'on les laisse brûler, monsieur Cippola. Laissez-moi aussi vous dire, vous qui êtes d'origine italienne comme ces trois salopards, vous devriez savoir que jeter du pain est une gifle à la misère.

Dans le silence qui suivit, elle jeta un coup d'œil circulaire de maîtresse de maison courroucée, désolée de constater l'ordonnance chamboulée des meubles et des objets.

Sans se presser, elle passa son bras flasque au travers de la bandoulière de l'Uzi et l'accrocha d'un mouvement d'épaule, canon pointé vers le sol. Avec difficulté, en prenant péniblement appui de ses mains moites sur les murs afin de soulager ses hanches fatiguées, elle entreprit un demi-tour laborieux. Le corps parut tassé sur lui-même par le poids de l'âge. D'une démarche hésitante qu'accentuait son fort roulis naturel, elle passa la porte défoncée pour disparaître, happée par la nuit du jardin, loin du regard médusé des quatre hommes.

Une réunion de crise fut décidée sur-le-champ. Les trois amis s'enfermèrent dans le minuscule bureau attenant aux deux chambres, tandis que Sante, tout en nettoyant la cuisine, restait à surveiller les truands.

Une heure après, un premier train de décisions était pris. En premier lieu, avertir leur unique source de sécurité, Brian Hennessy à Gibraltar. Ensuite, questionner les prisonniers pour comprendre les raisons de cette attaque et situer l'origine des ordres. Dans la foulée, il fallait décider rapidement à qui les remettre; ils ne pouvaient rester éternellement dans la villa. Enfin, élaborer un calendrier des opérations à mener dans les jours à venir, la date butoir du vendredi suivant avancée par Rocco Simbione le matin même étant plus que jamais d'actualité.

Indubitablement, le trio des tueurs était composé de Génois. Billy avait reconnu leur patois. Il s'agissait donc très certainement du clan Bonnani. Pourtant, cette agression allait à l'opposé du pacte proposé par le beau-frère truand le matin même.

– Avant d'appeler Brian à Gibraltar, dit Ricky, autant en savoir un peu plus sur ces trois loustics, et surtout découvrir pourquoi ils nous ont assaillis. Essayons de les questionner. On verra bien. Ainsi, d'entrée de jeu, on pourrait donner plus de précisions à Brian... encore que je doute fortement que ces messieurs soient très loquaces.

Ils se rendirent au salon. Les pieds allongés et les bras croisés sur sa maigre poitrine, Sante était assis devant le poste de télévision dont il avait coupé le son. C'était une émission de variétés. Le fusil de l'un des mafieux reposait en travers de ses genoux. La crosse du pistolet Beretta émergeait de la poche gauche de son pantalon. Il avait étendu les trois assaillants non loin de lui. Par mesure de précaution supplémentaire, il leur avait enrubanné la tête d'une bande adhésive marron servant à celer les cartons. Seul le nez restait visible, permettant tout juste aux truands de respirer.

Concentré sur l'émission, il sursauta à l'apparition des trois hommes. Billy l'apostropha en italien.

– Sante, on a besoin de toi.

– Pas de problème!

– Il nous est nécessaire de poser quelques questions à tes momies. Peux-tu leur redonner un visage?

Le jardinier se leva en silence, non sans avoir jeté un dernier coup d'œil sur l'écran muet du téléviseur. Il posa le fusil sur le divan et sortit de sa poche le pistolet qu'il arma en engageant une balle dans le canon. Ses gestes étaient sûrs, rapides. Billy était stupéfié par l'automatisme professionnel de ses mouvements.

S'étant approché des trois loubards, le jardinier se retourna. Il demanda comme un poissonnier l'aurait fait avec son client face à son étal un jour de marché :

– Lequel des trois préférez-vous?

Refrénant un haut-le-corps, Ricky répondit très vite:

– Un des deux blessés.

Brutalement, Sante saisit par les cheveux celui qui se faisait appeler Cicco. Une plainte étouffée lui répondit. Sans montrer l'ombre d'un sentiment, le jardinier tira le blessé sur la moquette vers le centre du salon jusqu'aux pieds de l'avocat. Il retroussa une jambe de son propre pantalon pour extirper de sa chaussette un couteau militaire au dos denté qu'il agita devant Ricky. Les commissures de son mince sourire plissaient les hautes pommettes de son visage buriné.

– Il faudra mieux les fouiller la prochaine fois, avocat! Celui-là, je l'ai trouvé dans le slip de ce pendard. Et sur les deux autres, j'ai récupéré ce qui est sur le bar de la cuisine.

Il pointait la lame vers deux poignards du genre baïonnette et un minuscule revolver à barillet chromé. Tout en parlant, il se pencha vers le prisonnier.

– Maintenant, voyons si ce couteau sert à quelque chose...

Le temps d'une seconde, il examina la tête enrubannée. De la main gauche armée du pistolet, il saisit tant bien que mal la touffe de cheveux qui dépassait de l'amalgame de chatterton. D'un geste brusque, il tira la tête en arrière tout en insérant la lame entre la bande adhésive et la peau à hauteur du maxillaire. L'homme se raidit sous la douleur. En un mouvement de cisaille répété, le côté aiguisé entama le ruban adhérant à la peau. En même temps, le côté denté tailladait la joue. Un filet de sang se faufila entre les replis du cou au fur et à mesure de l'opération. Sous l'adhésif qui scellait toujours la bouche, les gémissements étouffés s'intensifièrent. Un pan du visage se dévoila. Les paupières étaient encore partiellement closes par la colle sur les cils. Sur la joue, une longue et profonde estafilade témoignait de la violence du traitement infligé. La main gauche armée du pistolet toujours agrippée au cuir chevelu, Sante regardait, impassible, ce visage qu'il venait de martyriser. Lentement, sans quitter l'Italien des yeux, il glissa le couteau sanguinolent dans sa ceinture. Il saisit l'adhésif de sa main libre et arracha le restant de la bande d'un geste brusque. Le blessé hurla de douleur, le menton ruisselant de sang.

Sans se presser, le jardinier reprit le couteau en main. Soudain, d'un mouvement très rapide et violent, il frappa du plat de la lame le côté non meurtri du faciès. La tête du prisonnier vacilla. Dans un cri que le sang rendait chevrotant, l'homme chut lourdement sur la moquette. Une émulsion rougeâtre s'insinua entre les plis des lèvres, pour glisser lentement vers le cou. Sante agrippa le truand par le nœud coulant qui serra davantage la gorge, gênant la respiration. Il se pencha vers le visage ensanglanté. Sa voix était calme, posée. C'était presque le ton du curé s'adressant à son pénitent tardif du dimanche.

– Tais-toi, mange-merde! On va te poser des questions. Écoute bien et tâche de répondre intelligemment. Surtout, ne nous fais pas perdre notre temps; avec vos conneries, on n'a pas encore bouffé! Tu saisis?

Derrière lui, les regards étaient horrifiés devant un tel étalage de cruauté froide.

Contre toute attente, ils obtinrent assez facilement presque toutes les informations qu'ils désiraient. Le traitement infligé par Sante était sans doute suffisamment convaincant. De toute façon, il ne s'agissait que d'hommes de main du clan Bonnani, qui n'avaient aucunement été mis dans la confidence par leur employeur. Leur plan était simple et classique: emmener Billy et le faire passer de vie à trépas d'une balle dans la tête. Ensuite, il aurait été embarqué sur un petit bateau à moteur qui avait été volé le jour même. Lesté de pierres, son corps aurait été jeté à la mer. Au préalable, afin d'être certain que le cadavre ne reviendrait pas, on lui aurait ouvert l'abdomen pour appâter de ses intestins les requins qui pullulent non loin des côtes, surtout la nuit.

Les trois mafiosi étaient maintenant adossés au mur, débarrassés de leurs bandelettes adhésives. Le vieux gardien armé de son couteau avait réservé le même sort à tous. Les trois portaient sur leur visage les stigmates sanglants du passage en force de la double lame. Le moins mal loti était indubitablement le chef, qui des trois était le seul à ne pas avoir été blessé par balle. C'était vers lui que se concentrait la grande majorité des questions.

L'interrogatoire tirait à sa fin. L'homme paraissait coopératif. Il gigotait sur le tapis pour essayer de retrouver une position plus confortable sans que le nœud coulant limite sa respiration. De sa voix étouffée, il tenta une proposition:

– Puisque vous connaissez bien l'inspecteur Starkowski, appelez-le. Il saura quoi faire de nous et en même temps vous remonterez dans son estime. C'est important pour vous...

Billy échangea un sourire de connivence avec son avocat. Avec un air très affairé, il s'accroupit face au tueur.

– Et pourquoi l'inspecteur Starkowski, et pas directement votre chef Rocco Simbione? Au moins, avec Simbione, vous seriez en sûreté, alors que dans les mains de la justice...

– C'est comme vous voulez! Starkowski ou le patron... mais je pensais que vous auriez préféré agir légalement... Quoi qu'il arrive, je vous promets que je serai votre avocat auprès de Simbione! Comme cela, vous ne serez plus embêtés.

Un rien goguenard, Ricky intervint.

– D'avocat il n'en a pas besoin, il en a un. Et tu appelles embêtement une surprise-party à minuit qui se termine avec un pruneau dans la cervelle et des requins pour invités? Tu n'es pas en train de nous emmener en bateau une nouvelle fois, mon gros?

L'homme s'agitait, mal à l'aise.

– Mais non! Qu'allez-vous chercher là? Appelez l'inspecteur Starkowski et qu'on en finisse!

– Et pourquoi Starkowski, poilu? demanda Billy, toujours accroupi.

Le chef tirait sur ses liens et provoquait un resserrement du nœud coulant autour de son cou. Il toussa en cherchant son souffle. Billy le regardait en tâchant de ne dévoiler aucun sentiment de compassion en dépit de l'inquiétude qu'il sentait sourdre en lui.

– Pourquoi? J'attends...

Le rouge montait au visage du prisonnier. Sur son front et son cou, les veines prenaient du volume. Sa respiration était courte, bruyante, difficile. Sur la joue, la longue et profonde entaille causée par le poignard de Sante semblait s'ouvrir et se refermer au rythme de ses palpitations. L'écoulement du sang s'était arrêté, se coagulant en un amalgame violacé. Et, plus il se tortillait, plus le nœud se serrait sur la glotte.

– Alors? Pourquoi Starkowski? C'est pourtant simple: nous, on sait pourquoi, mais on veut te l'entendre dire. Alors, tu choisis. Ou tu accouches de ton histoire, ou tu y passes...

– Je ne sais pas...

Les paroles n'étaient plus qu'un halètement contrarié. Les yeux injectés de sang regardaient dans le vide. Derrière eux, gagné par l'émotion, Chipi tenta d'arrêter le jeu macabre.

– Il va crever pour de bon!

Billy se relevait. Il se retourna pour faire un clin d'œil à son ami afin de le rassurer sur ses intentions. Puis il ajouta à voix haute de façon à être entendu des prisonniers:

– On s'en fout. On attend qu'il nous le dise ou qu'il crève. De toute manière, il nous reste encore les deux autres pour nous amuser. Alors...

L'air désemparé, le nervi blessé aux jambes cria:

– Desserrez la corde! Si vous le faites, je vous le dis!

Ricky l'apostropha.

– Non! D'abord tu nous le dis. Ensuite on avisera.

– Parce que Starkowski travaille pour nous! Desserrez la corde, putain de Vierge!

De nouveau, Billy s'accroupit auprès du chef. De ses doigts, il redonna du mou au filin de nylon qui avait laissé une profonde trace de strangulation autour du cou. L'homme toussa, cracha et fut soudain pris d'un spasme violent. Dans un effort sur lui-même, il réprima ses nausées. Peu à peu, son regard s'humanisa au travers des larmes qui jaillissaient aux commissures des yeux. À son tour, Ricky s'assit sur ses talons auprès du prisonnier.

– Parfait! Maintenant que nous sommes sur une même longueur d'onde, on va demander à monsieur qui l'envoie chez nous, hein?

Péniblement, le mafioso reprenait ses esprits. Dans un effort des reins, il essaya de se redresser.

– Je vous l'ai dit, monsieur Simbione.

L'attorney se retourna vers Billy près de lui.

– Bon, il ne veut pas comprendre. Laissons-le à Sante, qu'il le charcute un peu. Nous on va poser les mêmes questions à ces deux messieurs qui restent. Étant donné qu'on connaît les réponses, autant y aller pour le plaisir de les entendre gueuler un peu, non?

Sante s'approcha du chef, le saisit par les cheveux et fit mine de le tirer vers l'une des chambres à coucher.

– Arrêtez! Je vais tout vous dire!

C'était à nouveau le blessé aux jambes qui avait crié. Il était en nage. La peur se lisait sur son visage. Elle lui faisait oublier momentanément les trois balles logées dans ses membres inférieurs. Billy le regarda de ses yeux clairs où ne se lisait aucun sentiment bienveillant.

– Et qu'as-tu de si intéressant à nous dire? Dépêche-toi, parce qu'on n'a pas toute la nuit devant nous!

– C'est Luigi qui nous a donné l'ordre de remplir ce contrat!

– Luigi? demanda Billy en feignant de ne pas le connaître.

La voix du chef à la chemise blanche leur parvint entre deux quintes de toux. Sante tenait encore sa touffe de cheveux dans la main, ce qui l'obligeait à s'arc-bouter pour ne pas s'étrangler.

– Luigi D'Agnelli... Il travaille en secret pour Rocco Simbione...

L'esprit en éveil, Ricky s'approcha du chef grassouillet.

– Et Rocco Simbione est au courant de votre expédition nocturne?

Sante relâcha sa pression pour permettre un meilleur dialogue. L'homme à la *guayabera* tachée de sang souffla lourdement.

– Je ne pense pas, mais je ne sais pas. Luigi nous donne des ordres auxquels nous obéissons, c'est tout! Il a été décidé en haut lieu que c'est lui notre chef direct. Tout ça, c'est très discret. Nous, on n'est pas là pour se poser des questions, ce serait trop compliqué autrement!

Le ton paraissait sincère. L'avocat tenta de lire la confirmation de ce sentiment au fond de la prunelle injectée de sang. Au bout de quelques secondes, il se retourna vers Billy. Celui-ci hocha la tête en signe d'approbation et s'accroupit à son tour sur ses talons face à l'homme ficelé.

– Alors, pourquoi as-tu peur qu'on te ramène à Rocco Simbione?

L'homme hésita. Puis dans un souffle, en regardant la moquette, il lâcha:

– Luigi nous interdit de parler à quiconque des opérations spéciales qu'il décide... même à Rocco... et Rocco n'aime pas ne pas savoir!

– Pourquoi cache-t-il ces opérations?

– Il ne nous dit jamais rien. Ce que je sais, c'est que c'est une affaire personnelle entre lui et vous.

– Il vous a promis quelque chose en retour?

Le truand était de plus en plus mal à l'aise. Il tenta de hausser machinalement les épaules.

– Bien sûr!

– Quoi?

L'homme gardait le silence. Billy insista.

– Qu'est-ce qu'il t'a promis?

L'homme ne répondit pas tout de suite. Il leva la tête vers Billy. Le temps d'une seconde, ses yeux furent animés d'une lueur effrontée. Il ouvrit une bouche hésitante. Soudain, mû par la rage, il prononça, d'un ton insolent:

– Tu me prends pour un bureau de renseignements? T'as qu'à le demander toi-même à D'Agnelli!

Avant que quiconque puisse réagir, d'un geste vif, Sante traça sur la joue meurtrie un second sillon sanguinolent perpendiculaire au premier. Mais bien plus net et plus profond. Un cri de douleur jaillit de la poitrine du chef. Dans un réflexe de défense, il projeta sa tête en arrière, oublieux du nœud coulant qui lui serra immédiatement la gorge. Le sang éclaboussa un pan de la moquette, y déterminant une auréole sombre. Billy se redressa d'un bond, faisant trébucher Ricky dans son mouvement spontané. Sante agrippa le lobe cartilagineux du malheureux mafioso et lui souffla au visage:

– Ma femme t'a prévenu! Tu vas finir par les perdre, tes oreilles!

Le chef serrait les dents. Sa chemise n'était plus qu'un torchon écarlate. L'odeur de sang chaud emplit la pièce. Chipi se sauva vers la salle de bain. Billy retenait la nausée qui le gagnait. La blessure en croix avait créé dans la joue du malfrat un orifice au travers duquel apparaissaient les molaires. Péniblement, l'avocat se releva. Il dit, d'une voix grave:

– Écoute, mon vieux, une dernière fois, que t'a-t-il promis? Si tu ne réponds pas, on te laisse entre les mains de monsieur scalpel et je te garantis qu'il va t'arranger au point que même les rats du caniveau ne voudront pas de toi tellement tu leur feras peur... Alors?

Le truand essaya de prononcer quelque chose. La cavité de la joue créa un mouvement de soufflet qui empâta la voix. Il en émana un gargouillis incompréhensible. La mousse rosâtre s'accentuait au coin des lèvres. C'est à ce moment que celui dont le bras avait été traversé par une balle se manifesta. D'une voix saccadée, il balbutia:

– Il nous a dit que Luigi voulait garder secrète cette expédition pour des raisons que nous ignorons! Il ne voulait surtout pas que Rocco ou ses lieutenants le sachent. Et il nous a promis que nous serions payés royalement pour ce petit travail... Au moins cinquante mille dollars chacun si on gardait le silence! Mais lui, on ne sait pas combien il devait toucher.

L'avocat baissa la tête vers le chef qui avait perdu son air effronté.

– Alors, combien et quoi?

Son regard croisa celui du balafré. Il pouvait y lire une résignation amère. Dans un effort de langage, on entendit un chiffre:

– Deux cent mille dollars...

Ricky s'accroupit face à lui.

– Deux cent mille dollars et quoi d'autre?

Le chef était prostré, le regard planté dans la moquette. L'avocat le regardait, une lueur malicieuse traversant sa prunelle.

– Tu ne veux pas l'avouer? T'as peur que tes deux acolytes t'entendent? Parce que je vais te dire une chose: on ne paye pas deux cent mille dollars à la légère! Après tout, ce n'était qu'un petit contrat, que t'avais là, hein? Bon, eh bien, je vais te le dire, moi, pourquoi t'étais si bien payé...

Il se redressa. Chipi revenait de la salle de bain, une serviette éponge autour du cou. Il avait le rictus de quelqu'un qui aurait passé toute la journée sur un bateau pris dans une tempête, sans savoir qu'il souffrait du mal de mer. Ricky lui jeta un regard distrait. En reportant ses yeux sur le mafioso à terre, il dit, de sa voix de prétoire:

– Il n'a jamais été question de payer cinquante mille dollars aux deux porte-flingues qui t'accompagnent. Tu le sais bien! Tu devais, dès l'opération Abruzzo terminée, les éliminer! Oui ou non?

Le chef accusa le coup. Il sentit que tout le stratagème partait en quenouille. Effondré, tête baissée, il respirait bruyamment. Sa joue crucifiée laissait ballotter deux pans de chairs visqueuses à chaque expiration. Le spectacle était morbide.

– Oui ou non?

Le martèlement de la voix sourde emplit le silence de la pièce. Au bout de quelques secondes interminables, de la pointe de son couteau qu'il plaça sous le menton, Sante obligea le blessé à relever la tête. Il lui bredouilla moitié en italien, moitié en anglais:

– Ordure, on t'a posé une question. Tu es sourd, maintenant? Pourtant t'as encore tes deux oreilles, non?

De son regard de noyé, le prisonnier parcourut l'assistance. Il se disait sans doute qu'au point où il en était, mieux valait mourir que de vivre comme un mort. Jamais D'Agnelli ni Simbione n'allaient lui pardonner son échec, ni non plus ses révélations. On avait fait appel à lui, car il s'agissait d'une mission sensible qui requérait du tact, de l'expérience et le sens de l'organisation. Tout ça foutu par terre par la faute des deux jeunes cons enrubannés comme lui à même la moquette, qui avaient négligé de visiter la maison du gardien, alors qu'il leur en avait pourtant donné l'ordre! Ces deux imbéciles, persuadés que les quatre ombres aperçues tantôt au travers des persiennes incluaient celles du jardinier et de sa femme, avaient passé outre les instructions élémentaires de sécurité. Et, dès qu'ils avaient pris possession de la villa, ils n'avaient même pas eu la présence d'esprit de neutraliser une vieille femme handicapée... Handicapée, tu parles! Il n'y avait qu'à voir ce qu'elle avait fait aux deux minables troués comme des gruyères!

Mais c'était vrai que, l'opération réussie, il devait descendre les deux jeunes hommes de main. Cela entrait dans la logique des choses. «Pas de témoins», avait dit Luigi. Et ce n'étaient que des «techniciens de surface» sans cervelle ni avenir. Lui, c'était tout le contraire!

Il était ici comme garant de la bonne exécution des ordres. Quant à la mort, il l'avait tutoyée plusieurs fois! Cela lui avait fortifié l'âme et libéré l'esprit. Du coup, il ressentait un afflux de correspondance avec ses proches. Au point que même Abruzzo ou le maniaque au couteau, il n'arrivait pas à leur en vouloir. C'était idiot, mais c'était comme ça! D'ailleurs, depuis quelques jours, il en avait sa claque. Il n'aspirait plus qu'à rentrer au pays ou l'attendait sa maison familiale ligurienne, juchée sur un éperon rocheux écrasé de soleil, couvert d'oliviers, de châtaigniers et de résineux. En bon malfrat, il était en proie à son rêve chimérique qui lui faisait miroiter une assise sociale dans ce village au bout de la terre, loin des fumées de la ville. Un peu à l'image de ces vieilles putes sur le retour à la recherche d'une vertu.

Il fut pris d'un spasme. Un caillot de sang lui monta à la bouche qu'il recracha sur la moquette. La blessure de sa joue commençait à le tirailler. Il tenta de refréner les larmes qu'il sentait monter en lui. Après tout, ce qui lui arrivait, c'était une minuscule inclusion d'éternité ou de mort à l'intérieur d'une vie. Il savait qu'il était foutu.

Son regard se voila sous la douleur qui s'intensifiait. Autour de lui, des ombres dont il ne distinguait plus les visages s'agitaient. On le secoua. Quelqu'un reposa une question qui résonna à ses oreilles sans qu'il en comprenne le sens. La voix était caverneuse, lointaine. Sa tête, bien que retenue à l'oreille par la main ferme de Sante, bascula en arrière.

Il sombra dans l'inconscience.

Au cours de la nuit, ils appelèrent Brian Hennessy. Le soleil se levait sur le rocher de Gibraltar et l'agent du M6 était à son bureau. Rapidement, ils le mirent au courant des événements qu'ils venaient de vivre. Il les questionna en retour sur quelques points particuliers. Ses phrases étaient courtes, précises, allant chercher des détails qui leur avaient échappé. Au terme de leur conversation, tout en leur recommandant une extrême vigilance, il leur demanda un délai de deux heures qu'ils mirent à profit pour nettoyer la cuisine où le désordre était indescriptible. Et aussi pour se restaurer.

Teinté de bleu et de gris, entre rosée du matin et premières brumes de chaleur, le jour s'étirait en lambeaux paresseux au-dessus du bras de mer, ranimant toute une faune engoncée dans les marécages en bordure de la chaussée. À grandes brassées d'ailes dont le claquement se répercutait entre les pontons de bois formant l'armature des docks, des échassiers palmipèdes envahirent les eaux basses et boueuses des marinas. Comme tous les matins, ils se disputaient une pitance de mollusques non encore enfouis dans la vase, avant le déferlement bruyant des moteurs aquatiques.

Il était quatre heures trente. Le téléphone sonna. C'était Brian Hennessy. Brièvement, il leur passa ses consignes qui se résumaient en quatre priorités. Rester sur ses gardes. Ne pas bouger de la villa. Éviter de parler à qui que ce soit de cette affaire, et surtout à Starkowski s'il se manifestait. Attendre l'inspecteur Dennehy qui, prévenu par ses soins, devait arriver depuis New York vers sept heures par un avion spécial du FBI.

Cette nuit-là, personne ne dormit, hormis Germania. Elle arriva peu avant six heures du matin, pimpante et cahotante, rafraîchie à l'eau de Cologne dont elle s'aspergeait abondamment. Les yeux fatigués, les hommes saluèrent respectueusement l'Italienne qui répondit par un unique et glacial: «Bonjour, messieurs!» Elle commença aussitôt à préparer le petit-déjeuner. Elle n'eut aucun regard pour les trois prisonniers allongés le long du mur du salon, bouche et yeux à nouveau recouverts d'adhésif. Elle considérait avoir fait sa part de travail. Elle n'était plus concernée par le reste. Sante était là pour assurer l'intérim. Très vite, l'immuable odeur d'œufs aux oignons frits et de café fort emplit la cuisine.

Aidée de Chipi qui avait retroussé ses manches et passé un des tabliers de cuisine qu'il affectionnait, Germania commençait à peine à desservir lorsque le martèlement caractéristique d'un rotor d'hélicoptère fit trembler les vitres. Le bruit se rapprochait rapidement pour devenir un vacarme assourdissant.

Billy gardait en mémoire l'expédition du sous-marin à l'Ascension et le désastre apocalyptique qui s'en était suivi. Il était bien conscient que la mafia ne reculerait pas devant l'énormité des moyens pour arriver à ses fins. Il avait suffisamment cher payé pour connaître ses ennemis et pour prévoir leur réaction. En outre, il était notoire que la mafia n'abandonnait jamais ses blessés à l'ennemi. Cette pratique remontait aussi loin que le Moyen Âge. On les récupérait ou on les exécutait sur place, quitte à leur donner ensuite une sépulture digne d'une distribution hollywoodienne. Les prisonniers n'étaient donc aucunement une protection dont ils pouvaient se prévaloir, bien au contraire! En fait, tout pouvait arriver... Il saisit le bras du jardinier.

– Sante! Va voir dehors, mais fais très attention! Si ça commence à canarder, rentre immédiatement et rejoins-nous derrière. On essaiera de se tirer par le plan d'eau. Vous autres, laissez les prisonniers où ils sont et tenez-vous prêts à fuir!

Le jardinier sortit précautionneusement avec à la main le fusil à canon scié. Le Beretta alourdissait toujours sa poche qui s'échancrait. Il avait glissé le couteau militaire dans le creux de ses reins, entre la ceinture et le bas du pantalon. À peine nettoyée du sang des trois malheureux, la lame ballottait dangereusement entre ses fesses plates. Il était vêtu de sa chemisette à carreaux qui recouvrait un dos voûté aux épaules étroites. La nuque décharnée supportait une calvitie ridée, partiellement recouverte par quelques mèches de cheveux blancs indisciplinés par une nuit sans sommeil. Du personnage, malgré les armes qu'il portait allègrement, émanait une impression de fragilité sénile. Mais ce n'était qu'apparence. Baisser pavillon sans lutter n'était certainement pas sa tasse de thé...

Dix interminables secondes s'écoulèrent. Le sifflement strident de la turbine se fit entendre. Elle couvrit la voix de Sante en provenance du jardin. Chipi lui cria:

– Que dis-tu? Parle plus fort!

Le jardinier apparut dans le vestibule.

– Le... truc... le... la chose... elle est sur la route.

– Tu veux dire que l'hélicoptère s'est posé? lui demanda calmement Billy.

– Exact!

– Bon, laisse. Je vais voir ce que c'est.

– Fais gaffe quand même! lui recommanda Chipi.

Avant de sortir, Billy eut le temps de répondre:

– Tu sais, s'ils n'ont pas encore envoyé un missile sur le toit de la maison, c'est que ce ne sont pas ceux qu'on craint. Fais-moi confiance, j'en sais quelque chose!

L'engin s'était posé face au jardin, sur le minuscule rond-point qui terminait la Vingt-Deuxième Rue. Un atterrissage difficile. Des voisins à demi vêtus accouraient. Très vite, un attroupement constitué d'une majorité de gamins se fit autour de l'appareil. De loin, Billy reconnut le garçon amateur de skate-board qu'ils avaient rencontré le jour de leur arrivée. Un militaire tendait un cordon jaune autour de l'hélicoptère, délimitant un périmètre de sécurité égal à deux fois le diamètre des pales.

C'était un appareil de l'armée; il portait les insignes des marines. Les deux pilotes, casque et visière noire sur le crâne, étaient restés aux commandes. Le rotor tournait au ralenti, brassant l'air de son floc floc caractéristique. Les portes coulissantes avaient été largement ouvertes. Quatre soldats s'activaient à descendre des civières et du matériel médical. Trois hommes s'avançaient dans le jardin. Parmi eux, Billy identifia la carrure enveloppée de l'inspecteur Dennehy. Il tendit la main au policier.

– Bienvenue à la villa *Dreams*, inspecteur. Mais nous sommes loin de la discrétion que vous m'aviez vivement conseillée lors de nos entrevues de New York...

Dennehy sortit un mouchoir de sa poche dont il s'essuya la nuque.

– Votre ami d'Angleterre, vous voyez de qui je veux parler, a réussi à me convaincre de faire au plus vite. J'espère qu'il ne s'est pas trompé, autrement je vous mets au trou pour de bon, cette fois-ci!

Il s'interrompit deux secondes pour laisser apprécier son humour qui tomba à plat. Il reprit sur un ton plus sérieux:

– Nous nous sommes posés à la base de MacDill au sud de Tampa. En six minutes, l'hélico nous a transportés jusqu'ici. Autrement, avec le trafic du matin et la traversée de la baie, on en avait facilement pour deux heures!

– Vous avez bien fait... Et pour en revenir à mon ami d'Angleterre, comme vous dites si bien, je peux vous certifier qu'il ne vous a pas raconté de sornettes. Vous allez le constater vous-même.

L'inspecteur se tourna vers les deux personnages qui se tenaient légèrement en retrait. L'un était vêtu d'un pantalon clair et d'une chemisette kaki à manches courtes, propre aux militaires en garnison en Floride. L'autre portait un costume sombre à fines rayures, chemise blanche et cravate, avec aux pieds des souliers noirs à lacets. Son regard direct était protégé par des montures d'acier qu'il relevait de temps en temps sur une calvitie précoce. Il tenait un attaché-case à la main.

– Je vous présente le major Richard Hunter, qui nous a rejoints en tant que chirurgien en chef de MacDill Air Force Base. À côté de lui, Robert Reed du FBI, avec qui j'ai voyagé depuis New York. Anton Dikins, que vous avez connu à Tanger, est rattaché hiérarchiquement au service que dirige monsieur Robert Reed. Il connaît bien votre dossier.

Les quatre soldats portant les civières venaient de les rejoindre. Le médecin à la chemisette militaire demanda:

– Il y a des blessés, je crois?

– Oui, dit Billy. Entrez, nous serons mieux à l'intérieur.

Dennehy recommanda au major qui représentait le corps médical:

– Pas de consultation sur place, docteur! Emmenez les blessés avec vous. Je veux que l'hélico disparaisse le plus rapidement possible d'ici.

Il se tourna vers Billy.

– D'après ce que j'ai compris, ils ne sont pas à l'agonie, n'est-ce pas?

Billy fit non de la tête. Ils entrèrent au salon. Sante se tenait auprès des prisonniers, le fusil à la main, paraissant attendre le photographe de service qui allait immortaliser le tableau de chasse.

– Qui est-ce? questionna l'inspecteur, surpris à la vue des armes que tenait le jardinier triomphant aux pieds de ses trois momies.

– C'est Sante Picciolo, notre jardinier. Il a été fort utile cette nuit.

L'inspecteur l'interrompit avec brusquerie.

– Pas d'armes ici! Et d'abord, vous! Avez-vous un permis de port d'armes? demanda-t-il en pointant Sante.

Le regard du vieil Italien se fronça derrière ses lunettes épaisses. Le front se recouvrit de rides creuses. La méfiance se substitua au sourire de circonstance sur son visage émacié que rehaussaient des pommettes asséchées de toute graisse. Il s'attendait à tout, sauf à celle-là! Il répondit dans son anglais primaire:

– Des papiers, j'en ai... mais... je ne sais pas lire... je ne sais pas lesquels sont quoi...

L'inspecteur n'écoutait plus. Il se tourna vers Billy.

– Jordan, ça suffit, ce bordel! Je veux qu'on dépose toutes les armes. Toutes! C'est bien compris?

Il nota la présence de Ricky auprès de Chipi. D'un effet de menton, il interrogea:

– Et celui-là avec *Monsieur Net*[36], qui est-ce? Vous avez des armes, vous aussi?

Ricky s'avança la main tendue en se présentant. Son nom était connu du médecin qui le murmura à l'inspecteur, ce qui eut le mérite de le calmer. Échaudé par les remarques blessantes dont l'inspecteur était coutumier à son égard, Chipi évita de saluer. À sa façon qui n'était jamais dépourvue d'élégance, il tenait à prendre ses distances avec cette atmosphère de fausses retrouvailles. Ostensiblement absent, les mains dans les poches, il était adossé à l'un des pans de la cuisine et contemplait la scène d'un regard moqueur.

D'un coup d'œil circulaire, Billy constata que Germania ne faisait plus partie du tableau. Il haussa imperceptiblement les sourcils dans un mouvement interrogateur vers son ami. Mi-figue, mi-raisin, Chipi lui glissa brièvement en français, pour ne pas être compris des autres:

– À mon avis, elle s'est dépêchée d'aller planquer la mandoline...

Une lueur amusée traversa le regard clair de Billy. À contrecœur, Sante se vit obligé de déposer le fusil et le Beretta sur le comptoir de la cuisine auprès des deux poignards et du petit revolver chromé trouvé sur les truands. Sans demander son reste, il s'éclipsa en marchant curieusement à reculons. Billy sourit de plus belle en comprenant que Sante tentait de soustraire à l'œil du policier le couteau trouvé sur les malfrats, qu'il avait fait sien. Décidément les Picciolo se ressemblaient, se dit Billy: la même fascination animait les deux époux question trophées de guerre!

Le médecin s'accroupit auprès des trois blessés, essayant avec difficulté de retirer les bandes adhésives qui recouvraient leur visage. Des plaintes lancinantes montèrent dès qu'il les arracha sur le côté meurtri des joues. Les visages tourmentés apparurent. Une expression de répulsion recouvrit le faciès du policier new-yorkais.

– Jordan, c'est ignoble! Que leur avez-vous fait?

Avec aux lèvres une moue qui cherchait à atténuer la gravité des faits, Ricky susurra de sa voix de velours:

– Écoutez, peu importe comment ils se sont égratignés. Ce sont des mauvais garçons, après tout! Ils connaissaient la règle du jeu

36. Référence à une marque de produit nettoyant.

quand ils sont venus braquer d'honnêtes citoyens, que diable! Je pense qu'il est inutile de s'appesantir sur leur sort...

Pour la première fois, l'homme à l'habit sombre fit entendre sa voix. Elle était profonde, mais sans intonation particulière. Ni accent. Il était d'une taille un peu au-dessus de la moyenne, d'un physique plutôt enveloppé, mais sans excès. Des chairs épaisses au bas du visage dénotaient une certaine sensibilité de fond. De la lassitude, peut-être aussi. Le teint était clair, les yeux marron, la coiffure rare, partagée tant bien que mal par une raie. En fait, à bien y regarder, il n'y avait en lui ni aspérités ni relief. Parachuté au milieu d'une grande cité nord-américaine, il se serait fondu dans l'anonymat le plus total au premier croisement. Un atout pour un espion. Seul un petit détail, qui avait sa signification, lui accordait une préséance non perceptible à l'œil nu, sur tous les agents de l'ombre grouillant sur le sol américain. En effet, sous son autorité directe ou indirecte, vingt-trois mille personnes réparties dans cinq cents bureaux des cinquante États, sans compter les ramifications par le biais d'une vingtaine de postes éparpillés sur les cinq continents, travaillaient pour ses services.

– Vous appelez égratigner le traitement infligé à ces trois malheureux?

Il avait ancré son regard froid dans celui de Ricky, cherchant visiblement à le déstabiliser. Nullement impressionné, l'avocat lui répondit en français, mais en avalant légèrement les r à l'anglaise:

– À la guerre comme à la guerre... mon cher!

– Je ne parle pas l'italien, lui répondit Robert Reed, toujours sur le même ton.

– Moi non plus. C'est ce qui nous rapproche... Ceci étant, je me suis laissé dire qu'au FBI, section culinaire, on n'avait toujours pas trouvé le secret de l'omelette sans œufs cassés...

Reed allait répondre vertement lorsque Germania fit son apparition. Elle passa tranquillement la porte d'entrée de son pas traînant à bascule. Sur les nerfs, Dennehy se retourna vivement pour l'apostropher brutalement.

– Qui êtes-vous?

Elle le fusilla du regard et siffla plus qu'elle ne dit:

– On dit bonjour, quand on vient chez les gens!

Sentant l'explosion proche, Billy tenta d'atténuer la réplique bravache en donnant une explication simpliste. Il dit très vite:

– C'est madame Picciolo, l'épouse du jardinier. Elle n'a rien à voir dans cette histoire...

La masse imposante de l'inspecteur tenta de faire barrage à l'avancée pénible de Germania.

– Où étiez-vous hier soir? Et qu'avez-vous à dire sur les événements de cette nuit?

Billy fut pris de court. Il chercha une réponse qui ne vint pas. Sans baisser son regard, l'Italienne haussa les épaules et contourna avec culot le policier pour se diriger, cahin-caha, vers la cuisine. On l'entendit marmonner dans son anglais laborieux:

– En quoi cela vous regarde, ce que je fais la nuit? C'est pas vous qui me payez! Et je vais vous dire: hier soir, j'ai pris un bain comme tous les vendredis et je me suis couchée. Je prends mon service tôt le matin, moi, monsieur! Si ces messieurs font du tapage nocturne et que les voisins s'en plaignent, c'est pas de ma faute. Moi, j'ai un problème d'oreille. À mon âge, c'est normal. L'avantage, c'est qu'on dort beaucoup mieux... Maintenant, laissez-moi, j'ai du travail!

Tournant le dos à l'assistance ébahie, à grand renfort de jets d'eau puissants, elle entreprit de faire la vaisselle.

Les soldats avaient retiré le filin du cou des trois truands. Ils les allongèrent sur les civières, menottes aux poignets. Le médecin les examinait rapidement. Il énonça méthodiquement:

– Deux blessés par balle; quatre impacts. Brisure sur impact du membre supérieur droit. Une balle logée dans le bassin, deux perforations dans le gras de la cuisse. Traces de strangulation sur les trois sujets. Trois entailles profondes sur faciès, dont une en croix nécessitant de la microchirurgie. Nombreuses ecchymoses.

Dennehy s'impatientait. Il transpirait abondamment, agitant sa bedaine ronde au-dessus des civières.

– Bon, bon... allez! Vous ferez la récapitulation des avaries à la base. Emmenez-moi ce beau monde immédiatement. Je veux un décollage du coucou dans les deux minutes. Exécution!

Se rappelant quelque chose, il attrapa le docteur par le bras au moment ou celui-ci se relevait.

– Et couvrez-moi ces têtes, lui dit-il avec brusquerie. Je ne veux pas qu'on les voie! Pas dans l'état où ils sont... Évitez les photos prises par les curieux autour de l'appareil. Saisissez tous les appareils électroniques ou mécaniques, s'il le faut! Allez! Disparaissez!

Presque immédiatement, ils entendirent le sifflement de la turbine de l'appareil s'activer pour entraîner la rotation des immenses pales. Le bruit s'intensifia au moment du décollage, pour s'estomper dès que l'appareil prit de l'altitude.

Ricky se tourna vers les deux officiels.

– Il serait peut-être préférable de s'asseoir et de confronter nos points de vue dans le calme. Je suis persuadé que nous avons des tas de choses fort intéressantes à nous dire. Et si vous êtes amateurs de bon café, celui de madame Picciolo vaut le déplacement!

Ils s'installèrent autour de la grande table de la salle à manger. Dennehy prit la parole. Il raconta sa conversation au milieu de la nuit avec Brian Hennessy, en justifiant sa venue par l'insistance convaincante déployée par l'Anglais.

– Je connaissais déjà le lieutenant-colonel Hennessy pour l'avoir eu au téléphone à plusieurs reprises concernant votre cas, Jordan. Il est également bien connu du FBI, et même apprécié, je dois dire. Surtout pour la qualité des informations qu'il fournit. Monsieur Robert Reed, avec qui j'ai pu m'entretenir de lui dans l'avion, vous le confirmera. À cet égard, Jordan, j'ouvre une petite parenthèse pour vous avouer que, sans la persévérance du lieutenant-colonel, je n'aurais jamais marché dans cette expédition. Vous pouvez estimer que vous avez en Brian Hennessy un ami. Un vrai.

– Je sais, inspecteur, et c'est utile par les temps qui courent où les amitiés sont rares, ou très versatiles. Laissez-moi vous donner le détail des vingt-quatre dernières heures et ses conséquences.

Robert Reed avait ouvert sa mallette à même la moquette et prenait des notes sur un calepin noir. L'exposé de Billy terminé, il prit la parole à son tour. Ses phrases étaient courtes, incisives, économes en mots. Il confirma de manière succincte les divergences qui secouaient actuellement les familles mafieuses. Il acquiesça à une question de Ricky sur l'arrestation imminente du policier renégat Starkowski. En fin d'exposé, il s'adressa à Billy.

– Monsieur Jordan, au-delà de ma fonction, je voudrais vous dire que je suis conscient des problèmes humains que vous traversez. Vous avez ma sympathie.

Resté silencieux tout au long des entretiens, Chipi se manifesta, un rictus sur les lèvres:

– Tiens! C'est nouveau, ça!

Dennehy le fusilla du regard, mais ne dit rien. Le patron du FBI, au contraire, releva la remarque.

– Vous avez raison de le souligner, monsieur Cippola. Ce que vous dites est exact. Mais je ne peux, au stade où en sont les investigations aujourd'hui, dévoiler quoi que ce soit sans risquer de compromettre les efforts que nous déployons de part et d'autre pour terrasser nos ennemis. Je parle bien sûr de cette organisation criminelle tentaculaire, dont les ramifications s'étendent, et vous le savez bien, au cœur même de nos organisations fédérales. Toutefois, si je fais état d'un sentiment personnel en y ajoutant que nous acceptons officiellement aujourd'hui comme fait réel l'amnésie de monsieur Jordan, je ne peux en dire plus, malheureusement. Du moins pour le moment. Merci de le comprendre et de l'accepter temporairement.

Billy restait silencieux. En lui-même, il se disait que de toute façon il n'y avait rien à comprendre. Toutes ces explications étaient ambiguës et incomplètes. Forcément, quelque chose se tramait à son insu. Il le sentait bien, mais il n'arrivait pas à en saisir le sens. Même Chipi lui paraissait étrange depuis quelque temps avec ses questions à double sens. Mais la complicité sincère qui l'unissait aussi bien à son ami qu'à son avocat et à Brian, en un mot le cercle restreint d'amitié qu'il avait tissé depuis son arrivée en Amérique, le rendait tolérant et patient. Impassible, il hocha à peine la tête, pendant que l'agent du FBI poursuivait.

– Ceci étant dit, la justice suit son cours et utilise l'aide extérieure qui lui est prodiguée, comme celle du M6 à Londres. Mais votre situation personnelle, monsieur Jordan, reste préoccupante. J'ai demandé et obtenu de l'inspecteur Dennehy que vous ne soyez plus assujetti au contrôle de routine mensuel. Vous avez suffisamment démontré par vos activités et votre attitude votre désir de réinsertion dans la société américaine. Mais tant que votre cas personnel ne sera pas réglé, c'est-à-dire tant que votre amnésie ne sera pas guérie et que votre passé ne sera pas clarifié, nous n'aurons de cesse de nous poser des questions et de rechercher la vérité.

Il marqua un temps d'arrêt, paraissant chercher l'inspiration. Son regard monta vers le plafond alors que ses mains se frottaient lentement l'une contre l'autre.

– En conclusion, je voudrais éclaircir un point précis que j'ai abordé avec le lieutenant-colonel Hennessy cette nuit.

Il croisa ses doigts en prière face à lui et posa ses bajoues sur ses deux pouces. Il regarda un long moment Billy qui soutint son regard.

– Vous avez le droit en tant que citoyen à part entière de ce pays de refuser ce que je vais vous proposer, car il y a danger de mort. Si vous acceptez, sachez que je n'ai aucun moyen matériel de vous protéger ou de vous apporter une aide quelconque. Mais je n'ai personne de mieux adapté que vous à ce type de mission. Voilà de quoi il ressort: je voudrais que vous jouiez le jeu avec les deux familles mafieuses en présence, les Bonnani et celle dirigée par

Don Gaetano, et que vous alliez à la recherche de ces fortunes illégales, éparpillées de par le monde.

Billy le regarda, étonné. Il répliqua en haussant les sourcils:

– Mais c'est ce que je vous ai expliqué tantôt. Et j'ai précisément six jours pour mettre la main dessus. Passé ce délai... couic!

Son doigt sur sa gorge alla d'une oreille à l'autre.

– Exact, mais il y a une nuance dans ma proposition. Nous considérons que la totalité de cet argent acquis illégalement et de la manière la plus ignoble doit réintégrer les coffres de l'État et non être remise en des mains étrangères.

Ricky intervint de sa voix profonde:

– Vous oubliez un détail, monsieur Reed.

– Lequel?

– Une partie de cet argent appartient légalement à mon client.

L'agent du FBI se laissa aller contre le dossier de la chaise. Il toisa l'avocat. Croisant ses bras sur sa veste qu'il n'avait pas retirée, d'une voix très calme et avec un soupçon de sourire aux lèvres, il répondit sans que ni Billy ni Chipi comprennent le sens du discours:

– Monsieur Broadkin! Vous comme moi sommes en relation avec le lieutenant-colonel Hennessy. Vous comme moi savons les incertitudes d'identité qui circulent dans cette affaire. Vous comme moi ne recherchons qu'une chose, la vérité. Dès qu'elle sera connue, votre client en retirera les dividendes, et les autorités fédérales pourront clore un chapitre douloureux sur le crime organisé dans ce pays. Pourquoi vouloir toujours tendre vers cette autre chose qui complique nos relations?

– Mais je ne cherche pas à tendre vers quoi que ce soit! Tout comme vous, monsieur Reed, je ne veux que la vérité! Rien que la vérité! Mais pas à n'importe quel prix! Et surtout pas au détriment de mon client qui a beaucoup, beaucoup souffert. Beaucoup trop, vous en conviendrez avec moi, sans que nous ayons à dévoiler pour le moment ce que vous et moi savons. Ou croyons savoir... Quant aux dividendes à toucher pour mon client, je ne vois pas bien lesquels. Si vous voulez parler d'un retour à la vie civile, sans avoir un casier judiciaire au cul comme l'étoile de David au temps des déportations dans les années quarante, ce n'est là rien que de très normal! Là n'est pas l'objet de nos doléances.

Robert Reed avait retiré ses lunettes. Il les faisait tournoyer dans sa main, une légère arrogance dans son regard de myope.

– Où voulez-vous en venir, alors?

– Au postulat très simple en justice: que l'on rende à César ce qui appartient à César! Et, cette fois-ci, je le dis en anglais pour que vous puissiez bien comprendre...

– Ne soyez pas désobligeant!

– Je ne le suis pas; je suis réaliste et je parle avec humour, heureusement. L'humour, monsieur Reed, est la politesse du malheur. Vous autres dans les hémisphères des grandes centrales de l'État, les fesses sur votre nuage et la poitrine bardée de vos immunités, vous vous imaginez pouvoir disposer de la vie des gens comme de simples pions qu'on déplace sur un échiquier! C'est fini, ça, monsieur Reed! Nous avons suffisamment versé notre obole à la bonne cause! Nous attendons du concret, maintenant! Et en particulier les retombées légitimes de notre fidélité dans le partenariat auquel vous nous avez astreints contre notre volonté!

L'inspecteur Dennehy crut bon d'arrêter l'échange agressif, en proposant sur le ton de la plaisanterie cruelle:

– On peut toujours réactiver cette affaire en remettant Jordan en taule. Il y sera en sécurité, et on recommence tout à zéro!

Ricky le dévisagea de ses yeux charbonneux où luisait la méchanceté. Pour la première fois, Billy percevait une volonté de meurtre sur les traits de son ami. L'avocat tenta de se calmer en soufflant bruyamment. Mais son propos laissa poindre une haine froide. Sa voix de tribun emplit les moindres recoins de la pièce:

– Il n'y a que ça qui vous anime! L'étalage de votre fonction et de l'autorité qui s'y rattache! Eh bien, non, inspecteur! Je suis désolé de vous décevoir. Ce n'est pas aussi simple que vous croyez, et votre plaisanterie de mauvais goût me laisse froid! Permettez-moi au moins de vous reprendre sur un point bien précis: vous ne remettrez pas Jordan en taule, comme vous le dites si bien! Plus jamais! Et si d'aventure vous le faites, je vous colle au cul un procès qui fera le tour de la terre en première page de tous les quotidiens! Et je réclamerai des millions et des millions de dédommagement! Et vous savez pertinemment que je le ferai et que je gagnerai! Moi, comme vous, je connais une partie de la vérité qui se découvre au fil de cette histoire lugubre. Aujourd'hui, si nous devons aller devant le *Grand Jury*[37], je peux apporter tout un chargement d'éléments divers pour prouver vos ignominies et les basses tractations auxquelles vous vous livrez! Arrêtez de divaguer et redescendez de votre nuage, messieurs les officiels, voulez-vous!

Il s'arrêta, essoufflé. Ses mains tremblaient. Jamais Billy ne

37. La plus haute juridiction des États-Unis.

l'avait vu dans un tel état. Il échangea un rapide regard avec Chipi. Tous deux comprenaient que quelque chose d'important se jouait, mais le métro traversait la gare sans s'arrêter pour les prendre. Robert Reed n'avait pas bougé. Il avait repris sa position, les épaules adossées à sa chaise. Il avait retiré ses lunettes et les triturait de ses doigts. La menace avait porté, mais il ne le montra point. Lentement, d'un effort des reins, il bascula vers la table et y posa ses coudes sans bruit. Il renifla, sortit un mouchoir et se moucha bruyamment. Tout en rangeant sans se presser le grand carré blanc, il demanda d'une voix traînante:

– Très bien. Que proposez-vous? Je vous écoute.

En quelques phrases, Ricky étala ses exigences. D'une part, les trois amis mèneraient leur investigation comme ils l'avaient commencée, c'est-à-dire à leur manière et en constante relation avec Brian Hennessy. D'autre part, quelles que soient les fortunes qui seraient retrouvées, les restitutions se décideraient ensemble, en fin de parcours, dans un esprit de conciliation et d'équité qui garantirait le respect de la parole donnée par Billy aux différents chefs des familles mafieuses. Libre ensuite au bureau fédéral de poursuivre qui de droit et de saisir ces sommes, au nom de la probité et de la justice. Enfin, dans l'éventualité très improbable où l'on retrouverait des avoirs à son nom, Billy serait autorisé à les conserver dans la mesure où on pourrait établir leur légitimité. Bien entendu, le gouvernement des États-Unis lui signifierait entre-temps la restitution de tous ses droits, civiques et autres, par écrit. Ceci de manière à ce qu'il ne soit plus jamais importuné ou harcelé par les autorités du pays sur cette affaire qui serait archivée au secret pour quarante ans, comme l'autorisait la Constitution du pays.

Le regard de l'avocat sautillait de l'un à l'autre des deux officiels. Il attendit leur réaction. Comme le silence était leur seule réponse, il reprit la parole.

– Il y a autre chose aussi. Nous exigeons une garantie de protection de votre part. Tout au moins ici, à Clearwater, le temps que la situation se tasse... Luigi D'Agnelli ne va pas en rester là, sur un échec aussi cuisant!

Dennehy lui répondit immédiatement:

– C'est fait. Des ordres ont été donnés dans ce sens, sur les instances de Brian Hennessy qui avait pressenti ces attaques aveugles. Depuis tôt ce matin, votre rue est gardée et elle le sera nuit et jour. Des badges magnétiques d'identification seront distribués à tous les habitants du quartier pour empêcher les intrus d'approcher. Nous avons également prévu l'installation de radars et de vidéos aux points stratégiques, ainsi qu'une couverture aérienne par hélicoptère. Quant au bras de mer derrière la maison, une unité fluviale y est déjà en patrouille.

Le responsable du FBI confirmait de la tête. Il dit lentement :

– Tout a été prévu... tout, ou presque. Il n'y a qu'un seul ennui à tout cela...

– Lequel? questionna l'avocat.

– Aussitôt les événements de cette nuit connus, comme vous le pensez bien, nous avons émis un ordre général d'arrestation concernant Luigi D'Agnelli. Nous avons également tenu informés Gaetano Mestre et Rocco Simbione de nos actions à l'encontre de leur coreligionnaire. Mais ils ont été, l'un comme l'autre, formels sur un point : Luigi D'Agnelli s'est évaporé...

– ... et il est dangereux, ce coquin; on le voit à son ombre! fit remarquer finement Billy, un léger sourire aux lèvres.

Robert Reed avait remis ses lunettes aux montures métalliques. Son regard était froid, vide de toute émotion.

– Exact. Surtout dangereux pour vous, monsieur Jordan. Car si maintenant vous avez le temps pour vous, lui, le temps lui est refusé. Comme il se sent perdu, rien ni personne ne peut plus l'arrêter dans sa détermination à vous éliminer. Personne... sauf vous-même... si vous arrivez à le tuer avant qu'il ne vous tue.

CHAPITRE 30

C'était un petit village au pied des deux pitons. Un village de marins où tout le monde se connaît, se chamaille, se salue, s'estime. Un village avec son église, son école, ses maisons aux toits de lattes entrelacées de palmes séchées et ses façades de couleurs vives entourées de géraniums. Un village avec sa place étroite, ses bancs à l'ombre des cocotiers, son quai défoncé avec sa crique pour tout port, ses relents de poisson le matin et de brillantine pas chère le week-end, son marché du samedi et son café solitaire aux vapeurs de canne fermentée. Un village comme des milliers d'autres, avec son chemin sablonneux qui rejoint la grande route, son usine désaffectée, abandonnée, silencieuse, drapée dans un entrelacs de lianes et de lichens sauvages. Et son unique lampadaire, gardien des nuits sans lune, gagné de vert-de-gris et qui n'éclaire plus personne depuis bien longtemps. Et au loin la vision des falaises crayeuses par lesquelles se jettent à la mer dans un éboulement de pierres laiteuses les premiers contreforts des pitons abrupts. Un petit village où l'on naît, vit et meurt ensemble.

Comme la grande majorité des habitants d'Anse Galion, frère Bartholomé était un métis très clair de peau. Ce mélange de races était une des nombreuses réminiscences de l'empire colonial français qui remontait à l'époque des pirates. Le patois créole, cette seconde langue maternelle, résistait toujours à l'anglais et persistait dans sa prérogative de langue vernaculaire.

Emporté dans son sommeil par un arrêt cardiaque aussi soudain que naturel, le frère avait un visage qui respirait la joie de mourir. Il avait été découvert la veille par sœur Madeleine et il reposait tel quel, en short blanc, la poitrine dévêtue, sur la grande table de la salle de réunion du monastère. Tout autour du corps, dans un rituel macabre remontant les siècles, un cordon de cierges avait été aligné.

Au-dessus d'un carcan de minuscules cheveux crépus d'un blanc neigeux, les longs cils laissaient filtrer une mince lueur de jade sans vie. Pourtant, le sourcil arrondi accentuait cette espièglerie qui l'avait accompagné tout au long de son existence, semblant retenir un humour pincé au bout des lèvres grasses. De très petite taille, ses jambes fortement arquées se terminaient par d'immenses pieds plats aux orteils en éventail, recouverts d'un épiderme qui rappelait par son épaisseur les téguments des animaux de brousse.

Frère Bartholomé n'avait jamais voulu devenir prêtre. Il était né à trois pas du grand piton. Dans sa jeunesse, attiré par la religion, mais faute de séminaire, il avait étudié par correspondance et passé les examens les plus divers. Il avait acquis un savoir principalement mathématique, unique dans l'île, dont il ne se servait qu'occasionnellement.

Curieux, l'épiscopat s'était penché sur ce cas hors du commun sans jamais pouvoir apporter une réponse concrète à ses nombreuses interrogations. Il avait fini par y renoncer. Après tout, le sujet paraissait sain, vif d'esprit, religieux dans l'âme, le rire toujours à portée de prunelle. Sociable et disponible, aidé de sœur Madeleine, à la fois sa servante et son unique confidente, il cherchait sans cesse à faire le bien autour de lui. Toujours en mouvement, on le voyait parcourir les collines à la recherche des troupeaux égarés, porter la bonne parole aux anciens ou aider les plus démunis. Cela se concrétisait par des dons tirés de virements sans grande importance qu'il percevait d'une famille à l'étranger, comme il le reconnaissait dans un murmure timide.

Cette activité fébrile lui avait valu le respect de la population et l'étiquette de marginal de la curie en place. Pour prendre un raccourci, on lui fichait une paix royale, ce qui lui accordait le loisir de s'adonner à son passe-temps favori, les sorties en mer.

Il fallait maintenant se résigner à lui trouver un cercueil. Ce n'était pas chose facile en raison de sa taille peu ordinaire. Les chaleurs ne permettant pas de garder le corps exposé plus longtemps, mais faute de temps pour assembler une bière à sa minuscule stature, on décida de le placer dans un petit bac à glace qui servait à garder le poisson lors des retours de grande pêche.

Une grimace taraudant son visage gras, le curé responsable du monastère donna ordre à la vieille servante de tâcher d'annihiler la forte odeur qui émanait de la caisse de bois. Et aussi d'habiller le mort.

Obéissante jusqu'à la servilité, la dame de compagnie arrosa abondamment le fond du récipient d'ammoniaque mélangée à de l'eau de Cologne. Elle s'attaqua ensuite à la fastidieuse corvée de vêtir le maître de son unique costume gris accompagné d'une chemise blanche. Avec difficulté, vu la rigidité qui s'emparait du corps, elle passa tant bien que mal un nœud papillon carmin autour du cou décharné. Les pieds furent chaussés d'escarpins noirs qui n'avaient jamais servi. La vieille domestique eut d'ailleurs beaucoup de mal à les y enchâsser, l'épaisseur des chaussettes de laine contrariant ses efforts. Le cadavre, quelque peu recroquevillé, fut glissé dans la boîte à poissons. Sur le couvercle gondolé par les genoux repliés, on cloua une belle et grande croix.

Pendant toute la journée, la population reconnaissante défila devant Bartholomé. Les hommes se signaient, les femmes cachaient leur peine dans de petits mouchoirs blancs à dentelles.

Le lendemain, un matin grisâtre et pluvieux recouvrit les pitons voisins. Après une homélie où il insistait avec l'éloquence consommée qu'on lui connaissait sur la nécessité de se faire humble devant les manifestations de la justice divine, le curé procéda à l'inhumation de Bartholomé dans son bac à glace, sur la place publique du village, à l'ombre humide de deux cocotiers.

Le même soir, Billy s'envolait pour Sainte-Lucie.

L'altitude de croisière venait d'être atteinte et les panneaux lumineux affichant les consignes de sécurité avaient été éteints. Cela faisait vingt minutes que l'appareil avait décollé de l'aéroport international de Miami. Il devait atteindre l'île de Sainte-Lucie en moins de trois heures. Vêtu d'une veste blanche à fines rayures bleues trouvée dans la penderie de la villa de Clearwater et retaillée à sa mesure sous la supervision tatillonne de Chipi, Billy était assis dans la pénombre de la première cabine à l'avant de la carlingue. Le fauteuil voisin du sien était vide, comme du reste la plus grande partie de l'avion. Autour de lui, sur la dizaine de rangées de sièges qui formaient le compartiment privilégié s'éparpillaient un couple et cinq autres passagers solitaires.

En retenant un bâillement, il se pencha pour saisir sa serviette de cuir glissée sous le siège face à lui. Il l'ouvrit et étala aussitôt son contenu près de lui. Méthodiquement, il se mit à parcourir chaque dossier, annotant de temps en temps les marges d'une réflexion personnelle.

Après les péripéties du tumultueux samedi matin qu'il venait de vivre en compagnie de ses deux amis et du couple Picciolo, le reste du week-end lui avait paru fort calme et studieux. Dans l'après-midi du samedi, après un repos mérité, une nouvelle réunion avait rassemblé les trois compagnons avec l'inspecteur Dennehy et Robert Reed, directeur du FBI. Les premiers contours de l'action à entreprendre s'étaient dessinés. Le déplacement de Billy vers l'île de Sainte-Lucie avait été reconnu unanimement comme prioritaire. Toutes les analyses des données qu'on possédait, en effet, arrivaient à un point de convergence, situé dans la petite île des Caraïbes, plus précisément à Anse Galion, minuscule village de pêcheurs à l'écart de toute route touristique.

Pressé aussi bien par les deux officiels que par ses deux compagnons, un rien de fatalisme dans la voix, Billy avait finalement accepté de faire le voyage dès le lendemain. Le temps lui manquait dramatiquement pour se poser davantage de questions. L'urgence lui imposait de renouer le dialogue interrompu avec le fantôme qui se cachait dans l'ombre d'Anse Galion. Il lui faudrait le trouver à partir de rien, puisqu'il n'était toujours pas parvenu à retrouver le moindre souvenir de l'homme. Son seul espoir reposait sur l'éventualité bien aléatoire d'être reconnu. Si par miracle la rencontre pouvait avoir lieu, peut-être serait-il en mesure de rapporter une réponse cohérente aux nombreuses interrogations qui le torturaient.

Mais au fond de lui-même, bien qu'à aucun moment il n'eût fait état de ses doutes, il ne croyait guère au succès de cette mission. Comme toujours, il y avait trop d'invraisemblances, d'impondérables, d'imprécisions dans les thèses défendues par les deux fonctionnaires qui cherchaient à le convaincre. Billy ne se faisait guère d'illusions; on était au niveau des hypothèses plutôt que des certitudes. Il comprenait le combat des agents, mais son esprit se refusait à y adhérer. Et puis, il sentait qu'il n'était plus le même. La petite flamme qui l'animait encore hier n'éclairait plus grand-chose. En fait, une douloureuse brisure naissait en lui.

Depuis le début de sa convalescence à l'Ascension, sa vie n'avait été que tumulte, agitation, danger permanent, fuite éperdue vers un destin à démasquer ou folle poursuite de cet autre lui-même qui obstinément se refusait à lui. Les comportements des différents acteurs de ce théâtre d'ombres étaient devenus son quotidien. Les situations et les amitiés se défaisaient tout aussi vite qu'elles s'étaient créées. L'âme à nu, il voyait se dérouler devant ses yeux une suite de tableaux qui tombaient avec fracas des cintres, insoucieux de se conformer à la logique d'une scénographie précise où l'unité de temps et d'action aurait signifié quelque chose. Au contraire, chaque lâcher des guindes sur les planches soulevait une poussière sèche et dense qui semblait le poursuivre éternellement, collant à sa peau sans qu'il puisse s'en défaire. Son regard se plissait pour tâcher de percer le flou formé par les fines particules en suspension dans l'air. Aussitôt que le nuage imaginaire s'estompait, un pan du décor disparaissait, dévoilant dans l'horreur et le dégoût une nouvelle page de sa triste existence passée.

Dans les moments terribles de solitude intérieure où il pataugeait, les paroles rassurantes de Chipi lui revenaient à l'esprit: «Un homme se définit par ses actes, non pas par sa mémoire», lui disait-il souvent. Cependant, fallait-il voir dans cette existence ancienne qu'on lui supposait, mais qui continuait de se terrer dans l'opacité, la marque de la fatalité? L'histoire n'était pas écrite d'avance, que diable! Et le destin, cette loi suprême et invisible qui, selon certaines doctrines, enchaîne les événements dans une prédestination absolue, immuable et d'un arbitraire révoltant, peut-on le conjurer, se demandait-il, si on croit un tant soit peu en soi-même et qu'on écarte la notion de malédiction?

Songeur, Billy restait plongé dans le labyrinthe de ses suppositions. Où était la vérité? Aussitôt qu'une certitude faisait mine de s'imposer, au détour d'une réflexion, insidieux, le doute s'infiltrait à nouveau et l'angoisse le saisissait au ventre. Il se noyait dans les événements, c'était une fuite en avant inutile, sans repères, sans but réel. Il coulait à pic à des milles de toute terre, sans pouvoir s'empêcher de jeter ses dernières forces dans des brassées rageuses qui ne pourraient jamais le mener nulle part.

La veille, Billy aurait aimé se confier une dernière fois à son ami Brian Hennessy. Lui seul, dans un langage humain et sobre, savait lui apporter un semblant de réconfort dans les moments de détresse qui l'étreignaient. Mais ses tentatives pour le joindre dans l'après-midi du samedi et la journée du dimanche s'étaient soldées par un échec. Le bureau de Londres lui avait répondu de façon très énigmatique que le colonel n'était pas disponible pour le moment. La mort dans l'âme, Billy avait été obligé de prendre l'avion sans avoir pu converser avec son ami.

La cabine était plongée dans une demi-obscurité. Au travers du hublot, la nuit tropicale glissait par éclats sur un immense coussin de nuages boursouflés de sommeil. Par intermittence, elle laissait entrevoir le miroitement d'une mer lunaire qui rappelait l'étalement des écailles huileuses d'un poisson phosphorescent. Au-dessus de sa tête, un rayon lumineux concentré lui permettait de compulser ses dossiers. Il les avait éparpillés sur le siège voisin et les deux tablettes qu'il avait déployées.

Le bruit d'une conversation en provenance du couple, assis deux rangées plus loin, lui fit relever la tête. L'homme argumentait sur la qualité du café qui venait d'être servi. Sans se démonter, un franc sourire éclairant un minois au teint très clair parsemé de quelques grains de beauté aux joues, une hôtesse essayait de calmer son client.

– Je vous comprends, disait-elle en maniant douceur et autorité avec cette élégance que laisse transpirer l'accent *british*, je vais vous en apporter un autre.

L'homme insistait de son timbre de voix plaintif:

– Mais ce sera pareil! Votre café est mauvais! C'est du vieux café embarqué hier soir au premier voyage de l'avion!

Une lueur amusée traversa le visage éclairé d'un regard vert. La jeune préposée rectifia d'un geste très féminin une mèche blonde.

– Bien sûr! Café d'hier dans une tasse du jour!

Billy apprécia l'humour. Elle surprit son sourire et lui adressa un regard complice. Chose curieuse, il se sentit sans réaction, vidé de toute substance énergétique. Il posa lentement son stylo et frotta ses doigts blessés contre ses paumes. Elles étaient moites. Il n'eut pas le temps de se ressaisir. Déjà l'hôtesse était près de lui. Elle était grande sans être haute, mince sans être maigre et portait des talons, artifice rare chez le personnel féminin des compagnies aériennes nord-américaines. Cela avait pour effet d'allonger une jambe fine gainée de soie, tout en accentuant le galbe des reins. Avec un rien d'étonnement, Billy constata que la jeune fille arrivait à érotiser un uniforme de travail plutôt ingrat.

– Café?

Billy fut déconcerté par la clarté du regard. Il eut quelque difficulté à répondre.

– S'il vous plaît.

Elle remplit une tasse posée sur son plateau. Les manches courtes de l'uniforme dévoilaient des bras aux muscles longs, que terminaient des mains fines aux doigts manucurés. Un bracelet Hermès et une gourmette en or avaient été passés au poignet droit. Le tout discret, mais de bon goût. À l'annulaire, elle portait une bague sertie d'une émeraude entourée de deux diamants. Au poignet gauche apparaissait une montre Cartier rectangulaire; rien aux doigts. Son regard croisa le sien au moment où elle lui tendait la tasse, un sourire moqueur étirant le dessin de ses lèvres.

– Et où allez-vous la poser? Mis à part vos genoux, il reste peu de place autour de vous...

Billy la dévisagea. Pour la première fois il voyait ses yeux de près. Dominés par un vert profond, suivant l'orientation, ils paraissaient striés d'or. Il crut tout d'abord qu'elle portait des verres de contact tellement la couleur de l'iris était inhabituelle. Très vite, il se rendit compte qu'il n'en était rien. C'était une couleur naturelle, rare, mais pour le moins attrayante. Le reste du visage était marqué par des pommettes rondes, à peine rougies par l'applique d'un fard léger. Aux joues, deux fossettes frivoles s'égaillaient à chaque sourire. Le front haut accueillait quelques mèches rebelles qui fuyaient l'ordonnance d'une chevelure claire ramenée en arrière par un savant chignon. Telle une banderille, un minuscule peigne d'Espagne aux nacres chatoyantes servant de catogan mordait de ses trois dents la blonde crinière.

Elle haussa ses sourcils, répétant sa question par une interrogation muette. Son sourire ironique s'accentua, mais sans excès. Billy répondit en tendant sa main:

– Ne vous en faites pas. Donnez-la-moi, je vais me débrouiller...

Elle ne le laissa pas terminer sa phrase.

– Non! Je ne veux pas que vous renversiez mon vieux café sur vos papiers et vos habits tout neufs. Vous seriez capable de me réclamer le nettoyage de votre pantalon. Je vais vous apporter un support.

Elle disparut dans un tourbillon parfumé pour revenir quelques secondes après, un petit plateau de plastique à la main.

– Je reviendrai le chercher dès que vous aurez fini.

Billy tâchait de ranger les dossiers dispersés sur le siège voisin. Penché sur sa serviette, il releva la tête.

– Merci et n'oubliez surtout pas de le récupérer. Je ne supporterais pas l'idée qu'un blâme vous soit adressé par votre compagnie pour perte de matériel!

Elle le regardait avec un sourire en coin, sans paraître participer à sa forme d'esprit. Billy se sentit bête. Il trouva sa plaisanterie stupide. Il cherchait vainement quelque chose à dire. Elle le regardait toujours, un soupçon d'ironie traversant la profondeur d'un iris de jade. Soudain, de son accent hachuré légèrement pompeux, elle demanda:

– Vous venez d'Europe, n'est-ce pas?

Billy fut surpris par la question. Il répondit néanmoins:

– Si on veut.

– Si on veut?

Son intérêt paraissait sincère.

– Oui... si on veut: je suis né en Europe, mais je n'y habite pas pour l'instant. Pourquoi me demandez-vous cela?

– Oh, rien de méchant! Mais je savais que vous étiez européen... et probablement à caractère latin!

Elle souriait, mais son visage avait repris une expression professionnelle. En essayant de la retenir du regard, Billy la questionna très vite alors qu'elle se retournait déjà vers d'autres passagers.

– Vous saviez? Et à quoi voyiez-vous...

Elle pivota légèrement. Après une seconde de réflexion, elle lâcha distraitement à mi-voix:

– C'est facile à deviner: il n'y a qu'à voir comment vous regardez les femmes!

Avec dix minutes en avance sur l'horaire, l'avion se posa sur la piste de l'aéroport international de Sainte-Lucie, au sud de l'île. Son sac de voyage à la main, Billy fut l'un des premiers à se présenter sur la passerelle. Sur le tarmac, la violence des projecteurs le fit ciller. Tout autant, le poids de la nuit tropicale le saisit aux épaules, l'enveloppant de son humidité. Une fois de plus, le souvenir de l'Ascension lui traversa l'esprit.

Les formalités rapidement expédiées, il se rendit au bureau de location de voitures où lui furent remises les clefs d'une puissante Camaro noire à deux portes. Moins d'une demi-heure après l'atterrissage, en route vers la sortie, Billy repassait devant le bâtiment central de l'aéroport au volant de son véhicule.

C'est à cet instant qu'il reconnut son hôtesse au milieu de plusieurs membres d'équipage. Instinctivement, il freina. Une conversation animée occupait le groupe. Lorsqu'il passa au ralenti, la jeune fille le salua d'un signe amical de la main. Il s'arrêta, sortit de la voiture, une jambe coinçant la lourde porte, et s'adressa à elle:

– Vous avez un problème?

Elle s'approchait de lui, sobre et touchante dans son uniforme bleu dont elle faisait valser les pans à chaque déhanchement. Les joues étiraient ses fossettes sur lesquelles s'accrochaient les commissures d'un sourire charmeur.

– Oh! pas un problème insurmontable! Les pilotes viennent de partir dans la voiture de la compagnie. Ils décollent demain matin tôt et ne logent pas au même hôtel que nous. L'équipage de la cabine est supposé rester deux jours pleins à Sainte-Lucie. Or, on vient de nous apprendre que notre bus, en route vers l'aéroport, est tombé en panne.

– Qu'allez-vous faire?

– On envisage de prendre deux taxis. L'ennui, c'est que, vu l'heure, il n'y en a qu'un de disponible pour le moment.

Billy ne put dissimuler une mimique amusée.

– Si vous me promettez de ne pas me brocarder sur mes origines douteuses, je veux bien vous faire une place dans mon carrosse. En retour, je m'engage à ne pas regarder vos jambes!

La prunelle verte s'illumina de malice.

– Détrompez-vous, une femme aime être regardée. Mais... j'accepte votre proposition à condition que cela ne vous déroute pas de votre destination, et aussi qu'un de nos stewards qui couve une angine nous accompagne. Les taxis n'acceptent que quatre passagers, et nous sommes six, comme vous pouvez le constater.

L'équipage était logé dans un hôtel près de la mer, à l'opposé de l'île. Pour y accéder, il fallait d'abord rallier la capitale Castries, que l'heure tardive avait vidée de ses occupants. La route longeait ensuite les quais d'un port crasseux, abritant des rafiots de bois qui croupissaient depuis des lustres dans ses eaux glauques. Puis arrivait la courte piste de Vigie Airport qu'on était obligé de contourner. Enfin, c'était la nationale du nord en direction de Gros Islet. C'était une randonnée d'une heure trente, exotique de jour, dangereuse la nuit.

Billy ne se souvenait pas d'avoir vu l'île auparavant. Au moment de la réception de son véhicule à l'agence de location, il avait jeté un œil distrait sur le plan qui lui avait été donné. Pour la première fois, il découvrait les noms évocateurs à consonance française des caps, des villages et des baies de cette île étrange. Un peu perdu, ce fut avec un certain soulagement qu'il accepta la compagnie des deux membres d'équipage qui pouvaient ainsi le guider à bon port.

Il invita le steward à prendre place sur la banquette arrière. Il s'y affala, assommé par sa grippe. Presque immédiatement, il sombra dans un profond sommeil. La jeune hôtesse, avec une légèreté exquise, s'assit à l'avant.

Elle s'appelait Alexandra. Originaire du Cap en Afrique du Sud, elle avait fait de sages études en Angleterre. Au moment de sa sortie de l'université, son pays était confronté au problème de l'apartheid et souffrait du boycott dans lequel le confinait la moitié de la terre. Elle avait alors décidé de ne pas rentrer au pays et de poser sa candidature comme agent de bord auprès de plusieurs compagnies aériennes étrangères. Elle avait choisi celle qui lui avait répondu la première. Après deux mois d'attente, elle avait été appelée en stage à Chicago. Quarante jours après, elle effectuait sa première rotation. Il y avait maintenant presque une dizaine d'années qu'elle pratiquait ce métier. Billy demanda:

– Et vous aimez toujours autant?

Elle fit la moue.

– Oui... et non. Il est certain que le charme ne résiste pas à l'habitude. Et puis, ce n'est plus comme avant.

Elle eut une petite hésitation.

– Je ne tiens pas à parler comme une grand-mère volante qui aurait connu les DC3, mais le rythme des rotations est devenu infernal. En d'autres termes, les contingences financières auxquelles sont confrontées les compagnies aériennes les obligent à limiter le temps de repos à l'escale au minimum. Il est rare, par exemple, que nous bénéficiions d'un séjour de deux jours pleins comme c'est le cas ici.

– Quel est donc l'avantage d'un tel métier, alors?

Elle haussa les épaules.

– Il y a une liberté d'esprit qui n'existe pas ailleurs... Et, après tout, soixante heures de travail mensuel vous donnent du temps libre pour faire autre chose!

Elle baissa la nuque. D'un mouvement des mains ramenées en arrière, elle défit son chignon. Secouant la tête avec grâce, elle répandit ses mèches blondes sur ses épaules, pour leur donner ensuite du volume à l'aide de ses doigts en éventail. Il remarqua son sourire malicieux dans la pénombre de l'habitacle, alors qu'elle poursuivait en le regardant:

– Et il y a les rencontres. Bonnes ou mauvaises, elles sont toujours enrichissantes!

Bien que large, la route était sinueuse par endroits. Elle épousait avec fidélité le vallonnement des mornes. Dans la clarté des phares, de chaque côté surgissaient de hauts cocotiers dont les crêtes chatoyantes se décoiffaient sous la brise marine. Récemment, cette nationale avait été refaite, et l'île en tirait une certaine fierté. Mais, malgré les efforts méritoires des ingénieurs locaux, la conduite demandait une attention de tous les instants. Aux approches des agglomérations, des nids-de-poule apparaissaient en travers du macadam. Billy les évitait tant bien que mal. Sa main droite revenait fréquemment se poser sur le changement de vitesse, frôlant ainsi la cuisse d'Alexandra qui, secouée par les cahots du revêtement inégal, ne paraissait pas s'en rendre compte. Du coin de l'œil, de peur d'être découvert, il la surveillait. Son visage lui semblait allier grâce et douceur. Le port de tête hautain, le regard clair planté dans le faisceau des phares, elle avait posé délicatement les deux mains sur ses jambes. Le delta des doigts bien évasé les allongeait d'autant plus. Les ongles obliques et roses scintillaient sous la clarté blafarde du tableau de bord. Malgré les apparences, Billy était persuadé que beaucoup de détermination et de personnalité couvaient sous cette carapace blonde de petite fille. Peut-être même une pointe d'arrogance.

Elle le surprit dans ses réflexions.

– Pourquoi ce silence?

Sa voix était mélodieuse, encore que marquée par cette fierté qui peut devenir agaçante et que traînent en écharpe les intonations britanniques. Il lui jeta un coup d'œil bref. Après une seconde d'hésitation, il tenta un sourire. Elle fut plus prompte que lui.

– Vous devriez sourire plus souvent. Vous avez un joli sourire.

Son enjouement se mua en une attitude d'étonnement. Elle soutint son regard en ajoutant avec malice:

– Ce n'est qu'une simple constatation! Mais c'est vrai! Et vous avez un très beau regard que vous utilisez à la perfection, je dois l'avouer.

Elle le narguait et il le savait. Mais il était loin d'être en pays conquis et ça aussi il le savait. Elle baissa les yeux et inspecta ses doigts qu'elle étira pour plisser le pan de sa jupe. Son regard se reporta sur la route. Après un silence que Billy ne sut remplir, elle dit:

– Vous devez plaire aux femmes. Et, par-dessus tout, je pense que c'est votre côté baroudeur qui doit les attirer.

– Vous en avez connu beaucoup?

Elle le regarda, à nouveau amusée.

– Si vous voulez parler des hommes en général, c'est mon problème. Si ce sont les baroudeurs qui vous passionnent, oui, j'en ai rencontré quand j'étais encore en Afrique du Sud. Mais j'étais trop jeune pour vraiment m'intéresser à eux. C'étaient des mercenaires en provenance du Zaïre ou du Congo. Ils avaient toujours le crâne rasé et traînaient dans des treillis verdâtres. Mon père, qui avait gardé un esprit militariste, les hébergeait dans une grande propriété que nous avions non loin de la frontière namibienne... Au fait, Billy, êtes-vous marié?

C'était la première fois qu'elle prononçait son prénom. Il parut décontenancé par la question.

– Heu... non.

Elle rit.

– Vous ne semblez pas sûr de vous!

– Si, si! Je suis sûr de moi et de ma réponse! Mais...

Il se tourna vers elle, un large sourire aux lèvres, comme pour s'excuser:

– ... ça peut paraître idiot, mais vous me troublez, Alexandra.

– Par mes questions?

– Non, par votre parfum.

– Odeur naturelle, mon ami!

Elle éclata de rire.

Ils arrivaient en vue de Castries. Les lourdes grilles conduisant au notoire hôtel La Toc défilèrent sur leur gauche. L'asphalte serpentait, dévalant la colline. Entre palmes et clair de lune, la ville et ses rares lumières émergèrent du contour d'encre que formait le bassin du port. De l'autre côté de la baie, des balises bicolores délimitaient les espaces de navigation. Au loin, la piste de ciment de l'aéroport civil luisait sous les halos des lampadaires qui couraient tout au long de la route en parallèle. Billy suivait les conseils d'Alexandra pour traverser la ville. Elle demanda:

– Vous n'êtes jamais venu à Sainte-Lucie?

Billy répondit naturellement:

– Non, je ne crois pas.

Elle sembla choquée par la réponse. Billy s'en rendit compte et regretta immédiatement son manque d'à-propos. Elle le regardait, un soupçon de méfiance fronçant ses sourcils.

– Comment peut-on ne pas être sûr... ou oublier, si on a visité ou non un pays?

Il haussa les épaules, l'air fataliste.

– Je vous dis la vérité. Je ne sais pas... Ou plutôt je ne me souviens plus.

Il chercha maladroitement à se justifier:

– Écoutez, Alexandra, sincèrement je ne m'en souviens pas. Si je suis venu ici auparavant... j'ai oublié. Enfin, je veux dire...

Constatant son embarras, elle vint à son secours. Elle l'interrompit dans ses explications pour lui glisser:

– Écoutez, demain il vous suffira de regarder autour de vous pour vous rassurer. Et si vous reconnaissez ne serait-ce que les pitons, c'est que vous êtes déjà venu auparavant.

Légèrement tendu, il demanda:

– Les pitons?

– Oui, les deux pitons qui sont à mi-chemin entre le sud et le nord, sur le côté ouest de l'île. Ce sont deux montagnes coniques extrêmement abruptes. Il faut prendre une petite route côtière pour y aller. Mais pour répondre à votre interrogation, je peux dire que vous ne connaissez pas Sainte-Lucie!

– Détrompez-vous, je sais de quoi vous me parlez! Mais, si vous le permettez, je voudrais vous poser une question.

– Allez-y.

– Vous y êtes déjà allée, aux pitons?

– Oui, deux fois. On a même essayé de grimper sur l'un des deux. Mais c'est impossible. Les pans sont pratiquement à la verticale et la végétation est telle qu'il faut être une chèvre pour passer au travers! Mais il y a plusieurs criques très sympas aux alentours.

Ils contournaient la piste grillagée de l'aéroport civil qui ne servait plus qu'aux liaisons locales, sa longueur ne pouvant accepter les gros porteurs. Billy était songeur.

– Et Anse Galion, cela vous dit quelque chose?

Elle écarquilla les yeux en cherchant dans sa mémoire.

– Non, finit-elle par dire avec une moue désolée. C'est un village près des pitons?

– Oui. Au pied des pitons, pour être exact.

– Ça doit être minuscule!

Elle ajouta, après une seconde de silence:

– Pourquoi? Vous avez rendez-vous là-bas demain?

Le ton de l'interrogation démontrait un grand étonnement.

– Si on veut...

Il restait volontairement évasif, mais son regard alerte démentait cette absence de l'esprit. En réalité, bien présent, il se tenait sur ses gardes. Elle s'en rendit compte. Imperceptiblement, elle ramena ses genoux l'un contre l'autre. Un silence s'installa entre eux, qu'elle rompit après que la voiture eut quitté les faubourgs de Castries.

– Ce n'est plus très loin. Après un virage et un tout petit pont, vous prendrez vers la gauche.

– Alexandra...

Elle le dévisagea sans rien dire.

– ... accepteriez-vous de m'accompagner demain aux pitons?

Elle parut réfléchir, puis finit par articuler avec lenteur:

– Je ne sais pas. Il faudrait que j'en discute avec le reste de l'équipage. À tout moment, il faut qu'on sache où on est. Et comme je suis en charge de la cabine sur ce vol, c'est à moi qu'incombe la responsabilité des mesures à prendre en cas de problème au sol. Je ne suis pas rassurée sur l'état de santé de mon gars derrière...

Billy avait réduit la vitesse. Il scrutait la route au travers du pare-brise.

– Si vous arrivez à vous défaire de vos responsabilités... Sincèrement, j'apprécierais beaucoup si vous pouviez...

Il cherchait ses mots. Il avait failli dire *aider*.

– ... vous joindre à moi.

Elle ne répondit pas. Ils traversaient le petit pont. Billy ralentit davantage. À la sortie d'une légère courbe, une pancarte surgit dans la lueur des phares. Elle annonçait : *Marisol Beach Hotel 1 mile*. Billy se tourna vers Alexandra.

– C'est là?

Elle parut sortir d'un songe.

– Oui, oui! Excusez-moi! Prenez la petite route et vous allez voir apparaître l'entrée à votre gauche.

Billy n'eut aucun problème pour obtenir un hébergement, la saison touristique n'ayant pas encore commencé. Alexandra se chargea de l'enregistrement et lui obtint du même coup un tarif de faveur en le faisant passer pour quelqu'un de la compagnie. Ils se séparèrent sur une poignée de main dans l'air fouetté du grand hall ouvert par des baies géantes aux brises tropicales.

L'hôtel était constitué d'un corps principal de deux étages où s'alignaient une soixantaine de chambres. Sur le terre-plein s'éparpillaient une vingtaine de bungalows répartis au gré du relief de la pelouse. Le tout était posé sur une butte arrondie, plantée de hauts arbres, en perspective sur l'eau qu'on devinait en contrebas. Ce fut vers une de ces petites maisons que fut dirigé Billy.

Il se doucha rapidement. Ayant enfilé un polo bleu ciel sur un jean beige, il revint vers l'entrée de l'hôtel, un plan de Sainte-Lucie à la main. Déserté de tout client en cette heure tardive, le hall était balayé par des courants d'air qui charriaient sous les arcades des vérandas le goût du sel marin. L'unique préposé encore présent officiait derrière l'immense réception encastrée dans un mur recouvert de panneaux en bois teinté. Billy le questionna sur le meilleur moyen d'atteindre la région des deux pitons.

Penché sur la carte, un stylo à la main, il fut surpris par le contact d'une main sur son avant-bras.

– Décidément, vous tenez à vos pitons... et à votre rendez-vous!

Elle se tenait devant lui, une courte jupe dévoilant ses longues jambes. Son buste était recouvert d'un léger chemisier vaporeux que rehaussait un collier de nacre parsemé d'émeraudes factices. Ses cheveux encore mouillés étaient tirés en arrière en une queue-de-cheval frivole. Aux oreilles apparaissaient des boucles semblables au collier. Il la soupesa d'un regard facétieux. Elle le laissa faire, pour finalement demander d'une voix suave:

– Est-ce que je passe l'inspection?

Il sentit un picotement gagner ses doigts. Il était heureux de la revoir. Il sourit et, comme pour justifier son regard indiscret, il ajouta, après un dernier coup d'œil sur l'ensemble:

– Une orchidée aurait très bien pu trouver son bonheur dans les cheveux...

Elle lui répondit du tac au tac:

– J'y ai pensé. Mais, que je sache, il n'existe pas d'orchidée verte!

Il aspira profondément en hochant la tête. Ne sachant trop quoi répondre, il murmura:

– Je vois...

Elle s'était déjà retournée et interrogeait le réceptionniste sur la possibilité de manger quelque chose. L'Antillais balançait sa tête négativement en roulant ses yeux globuleux.

– Désolé, m'dame, le service aux chambres n'est pas disponible à cette heure-ci. Mais, si je peux me permettre, je vous suggère d'aller chez Alex, un petit restaurant à deux pas d'ici sur la plage. Si vous avez faim et que vous aimez la cuisine créole, vous apprécierez.

Elle se tourna vers Billy.

– Voulez-vous m'accompagner? Même si vous n'avez pas faim, je vous invite à partager une bière.

Il la regarda, un rien moqueur. Mais il ne put résister à ses yeux où se mêlaient des éclats de céladon à de minuscules paillettes d'or. Il pencha la tête vers ses souliers, comme pris par une intense réflexion. Il souffla plus qu'il ne dit:

– À une condition.

– Laquelle?

– Que vous ne renversiez pas les rôles. C'est moi qui vous invite.

Elle le regarda froidement.

– Non! C'est moi qui ai proposé...

Elle haussa les épaules.

– Tant pis; j'irai seule.

Billy ne s'attendait pas à une telle réponse. Il en resta pantois. Déjà, elle se retournait vers le réceptionniste:

– Par où dois-je passer?

Gêné par la tournure de l'échange verbal, le Noir essaya de concilier les intérêts de chacun. Ses gros yeux naviguaient de l'un à l'autre.

– Ce n'est pas loin, mais... le gentleman a raison, m'dame. Il vaudrait mieux vous faire accompagner. On ne sait jamais!

Billy sentit que l'hôtesse était sur le point de repartir vers sa chambre. Pour tâcher de retourner la situation, il lui saisit doucement l'arrondi du coude et la retint contre lui. Son parfum était tout autour d'eux. Presque dans un murmure, il lui dit:

– Alexandra, j'accepte votre invitation et vous en remercie. Mais, si je me permets d'insister, c'est que moi aussi j'ai faim.

Elle le regarda avec une attitude de défi.

– C'est moi qui invite. C'est à prendre ou à laisser!

Il haussa les épaules, résigné.

– O.K., O.K.! Vous avez gagné, on y va!

Il gratifia d'un clin d'œil l'Antillais qui rigolait de toutes ses dents.

– Merci pour le sauvetage en pleine mer! dit-il à son adresse.

Ils prirent la direction de la plage. Bien que nuageuse vers l'ouest, c'était encore une nuit claire. L'océan scintillait sous la lune naissante. Leurs pas faisaient crisser le sable langoureusement. Alexandra se tourna vers Billy.

– Vous avez vraiment faim, après ce que je vous ai servi à bord?

– Oui, bien sûr!

Lentement, elle reporta son regard vers les crêtes phosphorescentes des vagues. Après un silence, elle dit:

– En plus d'être dragueur, vous êtes un fieffé menteur!

Ils s'assirent sous la grande tôle en pan incliné qui servait de toit. Des tables blanches recouvertes d'une nappe à motifs madras étaient disposées à même la terre battue. Sur chacune d'elles une bougie grésillait, courte et grasse, émergeant d'un minuscule bouquet de fleurs artificielles. Adossé à un coin, un vaisselier pour le moins hétéroclite présentait d'anciennes faïences anglaises peintes à la main.

Face au couple se présentait le trou noir de la mer bordé à l'horizon par les lumières de l'île de la Martinique distante d'une quinzaine de milles marins à peine. Sur la grève éclairée par le halo oscillant d'une lampe-tempête, des crabes couraient dans tous les sens, tantôt disparaissant dans les alvéoles qu'ils venaient de creuser, tantôt se laissant recouvrir par la vague mousseuse qui se répandait sur le sable. En ombre chinoise, des cocotiers en révérence s'inclinaient sur l'océan en mouvement. Au-dessus d'eux, la voûte céleste partiellement cloutée d'étoiles scintillantes tentait de faire barrage à un gros nuage sombre qui arrivait par l'est et annonçait un grain nocturne.

Amenée du large par bouffées régulières, la brise marine venait caresser leurs visages silencieux.

Ils dînèrent de plats créoles qu'ils s'échangèrent pour pouvoir les goûter tous. Alexandra insista pour avoir du vin. La cuisine étant fort relevée, la première bouteille se terminait au moment où Alex apportait le cabri des îles en sauce curry et le poisson en blaff à la mode martiniquaise. Le tout était accompagné de riz sauvage, de petites bananes et de concombres-pays en sauce. De savoureuses galettes faites d'un mélange de manioc et de maïs s'étalaient dans une corbeille tressée.

Maîtresse de table, Alexandra recommanda immédiatement une seconde bouteille. La qualité de la cuisine avait aidé Billy à retrouver son appétit. Le vin était rafraîchissant et la nuit, encore jeune. Il y avait longtemps qu'il n'avait ressenti une telle quiétude intérieure. Étonné et ravi, il regardait sa compagne savourer avec délicatesse chaque bouchée. Elle releva la tête de son assiette.

– Vous ne mangez pas?

Il saisit la bouteille qui venait d'être glissée dans un seau à glace et remplit à moitié le verre de sa compagne.

– Si, si! répondit-il. Mais vous m'étonnez par votre rapidité d'adaptation à la cuisine créole!

– À cause du piment? Vous oubliez que j'ai été élevée en Afrique!

– C'est vrai, après tout...

Elle but une gorgée. Lorsqu'elle reposa le verre, son regard se fit inquisiteur. Dans la pénombre blafarde, Billy devinait le poids de l'œil qui glissait sur sa chair. Un fourmillement l'agita. Il semblait percevoir la caresse de l'iris ocellé qui parcourait chaque pli, chaque relief, détaillant sa bouche, rebondissant vers le front et les tempes. Il était devenu habitué à ce voyeurisme chez les autres. Pourtant, plus le temps passait, moins ses cicatrices étaient visibles, plus elles se confondaient dans les rides du faciès.

Or, si généralement une certaine gêne le gagnait devant un déshabillage visuel trop appuyé, il s'étonna cette fois-ci de s'accommoder fort bien de l'examen. Il en éprouva même du plaisir, comme si un baume d'une infime douceur irradiait son corps et y déterminait une certaine chaleur.

Avec mille précautions, il se pencha au-dessus de la table et plongea ses yeux dans ce regard profond comme un océan un jour d'orage. À cet instant, elle se rendit compte que par moments il avait cette particularité de sourire avec la bouche seulement, pas avec les yeux. Plus d'une fois, au détour d'un regard, elle avait surpris chez lui dans un moment de beauté pure cette lueur bleue triste, un peu perdue. Elle sentit un élan d'affection l'envahir. Son visage était tout près du sien. Elle ferma les yeux une seconde. Elle perçut l'effleurement de ses lèvres sur les siennes, légères comme une caresse d'enfant, d'abord aux commissures, puis glissant avec une exaspérante lenteur vers les bords saillants. Sa main rejoignit celle de l'homme posée sur la table. Les doigts se cherchèrent.

Au-dessus d'eux, le martèlement de la tôle annonça l'arrivée de la pluie.

CHAPITRE 31

Le piaillement des oiseaux sautillant de branche en branche dans le vétuste papayer poussa Billy hors du lit. Il se leva avec mille précautions en évitant de réveiller Alexandra, enroulée près de lui dans un froissé érotique des draps. Vêtu d'un short, il sortit sur la véranda. La pluie nocturne avait cessé. De la terre mouillée montaient les fragrances d'un mélange d'humus et d'algues iodées. À l'est, par-dessus les vallons sombres du Mount Monier qui s'ouvraient comme les fanons d'un éventail, la clarté du soleil naissant empourprait le levant. Les rayons encore froids glissaient sur le bleu de la mer pour atteindre la Martinique, donnant dans la limpidité matinale une vision d'une netteté remarquable de la presqu'île française de Sainte-Anne.

Billy s'étira en un bâillement langoureux. Après avoir jeté un rapide coup d'œil à sa montre, à pas comptés afin d'éviter les éclats de corail tranchants, il descendit vers la minuscule crique au sable fin.

Il revint plus d'une heure après, trempé, le goût du sel encore à la bouche. La porte du cabanon était entrouverte. Sur le lit défait reposait une feuille de bloc-notes pliée en deux. À l'intérieur, quelques lignes avaient été couchées d'une écriture ronde : Alexandra lui demandait de la rappeler pour lui confirmer l'heure de la promenade sur la côte ouest.

Une expression de contrariété se peignit sur son visage. Hier, la jeune fille n'était qu'une rencontre passagère, et son expérience des pitons pouvait l'aider. Aujourd'hui, la situation lui paraissait totalement différente. Il n'en mesurait que mieux son égoïsme, sans parler des dangers qu'il risquait de faire courir à sa compagne. Il jura entre ses dents en se dirigeant vers la salle de bain. Au moment où il y entrait, instinctivement son regard se porta vers la grande glace pendue au-dessus d'une conque marine naturellement cannelée qui servait de lavabo. Il marqua un temps d'arrêt. Pour la première fois depuis longtemps, il se surprit à détailler ses blessures. Insolent, le miroir lui renvoya l'image d'un homme fatigué, taraudé dans la chair et l'esprit par une impression d'impuissance et de vulnérabilité.

Elle était furieuse. Son flegme anglo-saxon rehaussait une froideur hautaine, à la limite blessante. Son regard était glacial. Elle avait repris une certaine distance verbale qui s'était estompée dans le feu des étreintes d'une nuit. Elle le coupa avec une curieuse brusquerie.

– Vous ne savez plus ce que vous dites! Vos explications n'ont ni queue ni tête! D'abord vous m'annoncez que vous avez subitement renoncé à cette visite, et maintenant vous me parlez d'un danger que vous n'êtes même pas capable d'identifier! Je tiens à vous rappeler que c'est vous qui avez insisté hier soir pour que je vous accompagne. C'était presque une supplique!

– Je sais...

Il se tenait debout face à elle, adossé à l'encadrement de la porte d'entrée. Il avait enfoui ses mains dans ses poches en essayant de cacher la nervosité qui le gagnait. Sans vraiment l'écouter, elle reprit sur un ton cassant en esquivant son regard:

– Si toute cette histoire n'était qu'un prétexte pour... pour...

Malgré l'émotion, elle gardait suffisamment de sang-froid pour se maîtriser dans son vocabulaire.

– ... enfin... je pense que vous auriez dû être plus honnête envers moi! Comme une idiote, j'ai réveillé une des filles pour qu'elle me remplace en cas de besoin. Comment n'ai-je pas pu entrevoir dès hier soir que j'avais affaire à un goujat? Comme quoi les apparences peuvent être trompeuses!

– Alexandra...

– Laissez-moi. J'en ai eu assez pour aujourd'hui!

Elle lui tourna le dos. Il s'approcha d'elle et la prit par les épaules.

– Alexandra...

– Laissez-moi!

L'émotion lui brisait légèrement la voix. Elle chercha mollement à échapper à son étreinte. Il l'obligea à lui faire face. Surpris, il constata que ses yeux s'emplissaient de larmes. Sa gorge se noua. Il se sentit terriblement coupable. Cherchant à occulter son trouble, il l'attira vers lui. Délicatement, il pressa sa tête contre sa poitrine. Elle se laissa faire et, tout doucement, par petits sanglots enfantins, laissa échapper l'irritation qui s'était accumulée en elle.

Depuis plus d'une heure, ils étaient assis dans la grande salle à manger de l'hôtel. L'odeur de café flottait entre les tables. Au centre, un buffet central fleuri attirait les quelques touristes matinaux. Tout autour, de grandes fenêtres s'ouvraient sur la pelouse humidifiée par la rosée du matin. Une luminosité juvénile gagnait le balancement indolent des cocotiers en bordure de plage. Au loin, l'azur de la mer à peine ourlé à son passage sur les pierres noires de la ceinture corallienne scintillait sous la caresse des premiers rayons.

Billy se resservit une tasse. Face à lui, Alexandra le regardait de son œil émeraude. Une émotion traversa son regard. Elle ne savait rien de lui et rien ne l'obligeait à croire les explications rocambolesques qu'il venait de lui fournir. Cependant, elle ne pouvait nier que cela avait été dit sur un ton où perçait la sincérité; c'était la confession d'un élève face à sa maîtresse d'école. L'homme l'attirait. Elle aimait en lui cette faiblesse d'oiseau blessé, animée par l'incohérence de ses sentiments qu'il exprimait avec une gaucherie d'enfant timide.

Il se rendit compte que le regard, déserté par la froideur, le considérait avec une certaine complaisance. Il sourit, quémandant de ses yeux clairs un verdict.

– Eh bien?

Il se sentait délivré du poids du secret qui, depuis l'aube, lui rongeait la conscience comme une tarière. Avait-il eu raison de se confier à cette étrangère, de lui dévoiler une partie de l'histoire de sa vie et les secrets qu'elle traînait comme autant de queues d'une comète filante se consumant dans la nuit de l'univers? Il n'en savait rien, mais, à son grand étonnement, il se rendit compte qu'il s'en fichait. En réalité, il était heureux de savoir que dorénavant elle aussi partageait ses secrets.

Les yeux mi-clos, menton posé sur ses mains entrecroisées, elle le regardait toujours. Son visage s'anima.

– Ton histoire, si elle est vraie, allie la légèreté d'une bande dessinée à la profondeur d'une bible!

Il éclata de rire.

– Je te prie de le répéter à Chipi quand tu le connaîtras! Lui qui en a vécu certains chapitres, et non des moindres, saura apprécier...

Elle laissa passer un silence.

– Et la mort, tu y penses?

– Il y a certainement quelque chose d'émouvant et de charnel à avoir constamment la mort pour compagne. Être conscient qu'à tout instant il nous est possible de la pénétrer au plus profond de son intimité, c'est...

Il essaya de trouver une explication qui ne vint pas. Il énonça avec un geste fataliste:

– Mais je t'avouerai qu'elle ne m'obsède pas. Après tout, sa présence rend moins irritants les petits tracas de la vie quotidienne... Et, comme disait un chanteur canadien, je crois: « C'est beau la mort! C'est grand! C'est plein de vie dedans! »

Sa bouche tenta un sourire. Ses yeux avaient revêtu cette attitude de tristesse qu'elle leur avait déjà remarquée, légèrement en accent circonflexe. Doucement, avec lenteur, une moue ironique naquit sur ses lèvres:

– Mais merci d'être reconnaissante que j'évite de parler de la vie comme les vieillards parlent des petites filles!

Il sourit franchement pour souligner l'incongruité volontaire de ses paroles. Elle ne réagit pas. Elle l'observait de son regard cyan aux éclats d'or. Il reprit sur un ton plus sérieux, soucieux de ne pas laisser une impression négative de lui-même:

– Oui, c'est vrai, j'ai vécu des choses violentes, des situations qui marquent à tout jamais. Mais il me semble que j'ai aussi traversé l'enfer avec la certitude d'être privilégié. À bien y réfléchir, ce qui peut m'arriver maintenant me fait l'effet d'une clef rayant une belle carrosserie. Rien de plus. Le moteur est toujours en état de marche. Tu sais, en quelques semaines j'ai plus appris sur les hommes que durant toute cette existence qui n'est plus en moi. Et cette affaire, si par miracle elle aboutit quelque part, parachèvera probablement mon initiation à la condition humaine!

Il tourna la tête vers la pelouse, papillonnant des yeux sous la luminosité matinale. Son regard revint vers la jeune fille. Une tendresse mélancolique teinta son visage. Il lui prit la main dans sa paume ouverte.

– Tu ne peux pas te douter, Alexandra, à quel point l'homme peut être dangereux, sans profondeur d'âme, sans scrupules, dénué de toute humanité. Je suis, malgré moi, confronté à une guerre. Une sale guerre, sans monument et qui ne génère que des victimes. À les fréquenter, je suis arrivé à la conclusion que tous ces mafiosi, bandits, gangsters, ou appelle-les comme tu veux, doivent leur carrière dans le crime à deux raisons majeures. L'une de ces raisons tient dans leurs origines. Le pays, le village, la famille constituent le levain ineffaçable de l'ancrage identitaire; la tradition est omniprésente. L'autre, c'est un raisonnement par l'absurde. Ils ont observé qu'il n'est pas possible d'être honnête sur terre, quand on naît dans la misère dans une famille de onze enfants, de père alcoolique et de mère décédée à la naissance du douzième! J'exagère, mais à peine! Très tôt, ils constatent que le temps leur est compté et qu'il traversera leur vie à la vitesse de la lumière s'ils n'apprennent pas à le ralentir. Alors, en se méfiant de tout et de tout le monde, ils bâtissent leur propre système de survie, un innommable pastiche de convivialité de bon père de famille et de cruauté bestiale qui caractérise ces faiseurs d'infirmes.

Il resta une seconde silencieux, les yeux plongés dans les siens. Il ajouta dans un murmure, alors que sa paume se crispait sur la sienne:

– Tu comprends maintenant pourquoi je ne veux pas t'embarquer dans cette histoire?

Elle posa sa main libre sur ses doigts qu'elle entrelaça avec douceur. Il se dégageait d'elle une autorité naturelle qu'elle maniait avec élégance.

– Écoute... dit-elle en baissant la voix, allons au moins voir ensemble à quoi ressemble ton village. On avisera sur place. Après tout, tu n'en sais rien... Sans doute qu'à ton grand regret il ne se passera rien!

Il soupira en secouant la tête.

– Alexandra, crois-moi: je m'en voudrais si quelque chose t'arrivait! On part dans l'inconnu et, sincèrement, je ne tiens pas...

Elle ne lui laissa pas finir sa phrase. Coupant court à toute objection, elle se leva et déclara d'un ton impérieux pour mieux marquer son ironie:

– Mon vieux, l'existence est une affaire de regrets. Attends au moins d'être un sinistré de mon charme féminin pour te plaindre!

La route était pour le moins sinueuse. Ce qui la singularisait par-dessus tout, c'était son délabrement. La grosse Camaro tanguait tant et plus dans une pénible succession de virages en épingle. Mordant rageusement sur des bas-côtés non entretenus depuis des lustres, elle disparaissait dans les profondes dépressions de la chaussée. Malmenée, torturée, la calandre crissait sur la pierre mise à nu par l'érosion, éparpillant sur la chaussée une pluie d'étincelles métalliques.

Ballotté autant que sa compagne qui s'agrippait tantôt à la poignée de la porte, tantôt à son bras fermement posé sur le levier de vitesse, Billy découvrait le paysage avec ravissement. Inconsciemment, il sifflotait son éternelle rengaine. La certitude de ne jamais être venu à Sainte-Lucie l'avait emporté sur le doute. C'était même devenu d'une évidence limpide. Comment aurait-il pu oublier une telle route, tracée dans cet extraordinaire paysage de forêt tropicale bruissant de mille vies, plantée de touffes de cocotiers qu'entouraient d'immenses arbres centenaires? Comment ne pas se rappeler ce mélange de parfum tantôt sauvage, tantôt envoûtant, enrichi de poivre rouge, de fougères et de chèvrefeuilles, qui émanait d'un ensemble floral grimpant par étages successifs au nord des troncs moussus, pour disparaître vers les cimes en quête d'un rayon de soleil régénérateur? Et la mer? Toujours présente, ardente, féminine dans la lente oscillation de sa houle, marquant par de vastes morsures d'archange d'immenses blocs de granit qui se laissaient choir dans les profondeurs de sa mante émeraude aux reflets irisés.

Tout au long du chemin, le cortège des noms, des lieux-dits, des anses, des caps ou des bourgades défilait comme autant de clins d'œil évocateurs du passé, d'une époque révolue, à la fois si lointaine et si proche, dans la saveur d'un curieux pot-pourri de flibuste et de vieille France: Pointe d'Orange, Vide Bouteille, Ermitage Jalousie, Cap Moule à Chique, Ravine Dernière Rivière, Mont la Sorcière...

Billy se tourna vers Alexandra. Elle regardait la mer qui apparaissait par moments, au loin, balancée entre deux cahots au travers de bambous géants s'agitant par-dessus des bananiers gras et luisants.

– J'aime bien la France, dit Alexandra en français. Lorsque j'étais à Londres, j'allais en vacances chez mes correspondants en Provence. J'adore ce pays... J'adore tout ce qui me rapproche de la Méditerranée. La grande bleue, comme ils l'appellent là-bas. Ça me manque...

Elle parlait à la française, pratiquement sans accent. Il ne l'avait pas quittée des yeux, pris sous le charme. Ses lèvres s'étirèrent en un sourire taquin. Il lui dit lui aussi dans la langue de Molière:

– La mer a tes yeux aujourd'hui.

– Après tout, c'est peut-être un bon présage! dit-elle, mi-rieuse, mi-sérieuse. Il y a beaucoup d'espoir dans le vert...

Le temps d'une seconde, il parut troublé. Il se concentra sur la conduite. Soudain, sautant du coq à l'âne, d'un ton détaché et comme pour lui-même, il prononça:

– Peut-être, mais, ce qui est important, c'est le regard d'une femme. C'est charnel... C'est toute une vie.

Elle le regardait toujours, animée d'un sentiment de curiosité. Elle finit par lui demander:

– Pourquoi siffles-tu toujours de la même manière? C'est comme un appel...

Il eut une moue d'impuissance. Sans quitter la piste du regard, il répondit, évasif:

– Je me le suis souvent demandé. C'est un leitmotiv qui me revient de temps en temps... quand je me sens bien. Il y a certainement une explication logique, mais elle m'échappe totalement pour le moment.

Ils ne se dirent plus rien. De toute façon, l'état de la chaussée défoncée limitait considérablement le dialogue. Ils se rapprochaient de la côte. Au sortir d'une montée aveugle, Alexandra posa sa main sur l'avant-bras de Billy. Il sentit la pression de ses doigts sur sa peau.

– Regarde!

Surgissant violemment à contre-jour, les pitons envahirent l'espace céleste. Dans ce grandiose théâtre naturel de lumière, de terre et d'eau, les doubles silhouettes pyramidales imprégnées d'une majesté austère paraissaient soudées au décor. C'était à la fois une invitation au recueillement et l'apologie du mystère. Sur la crête des cimes taillées au scalpel, quelques nuages bourgeonnaient dans une moiteur vaporeuse. De profondes arêtes, sombres, rectilignes, aussi osseuses que l'échine d'un bouc, se laissaient glisser le long des flancs vertigineux pour disparaître dans l'indigo de la baie. Au fur et à mesure qu'elles se rapprochaient de la base, elles donnaient naissance, tout autour des cônes, à de minuscules paliers rocheux, pris d'assaut par une végétation tropicale d'une incroyable densité. Face à l'océan, immenses blessures taillées à même la roche crayeuse, les deux escarpements rocheux montraient des à-pics vertigineux qui tranchaient par leur dénuement, dans l'absence de toute flore. Aussi bien du côté terre que de celui de la mer, le jeu d'ombre et de clarté faisait ressortir le caractère martial de la nature grandiose, à l'image des lugubres citadelles inexpugnables du Moyen Âge.

Le souffle court, Billy arrêta le véhicule en pleine route et en descendit. L'iris clair malmené par la réverbération de l'eau si proche, la main en visière, il tenta d'évaluer la distance des pitons à vol d'oiseau. Cinq mille mètres? Dix mille, peut-être? Il n'en savait rien. Posées dans leur immensité apaisante, si proches du regard, les deux montagnes paraissaient inaccessibles au toucher. Sentinelles de l'éphémère, majestueuses et monacales dans leur nudité minérale tournée vers l'ouest, les doubles falaises projetaient leur manteau d'ombre sévère au-dessus des profondeurs marines. Tout autour de Billy, ce n'était que silence et moiteur. Au loin, un village désert protégé du soleil par ses toits de planches et de palmes tressées s'était mollement adossé aux premiers contreforts des étagements de verts infiniment variés. Figée dans les moiteurs tropicales, l'immobilité avait gagné la nature, ralentissant le cours du temps. Il faisait chaud et lourd. Le plein midi prenait des nonchalances crépusculaires. Billy crut entendre la terre tourner sur son axe.

Ils quittèrent la grande route pour bifurquer à droite en s'engageant avec précaution sur un petit chemin sablonneux qui les conduisit au centre du hameau.

Ils s'arrêtèrent sur la place principale à l'ombre de deux palmiers. Face à eux se trouvait une stèle avare d'inscriptions, au ciment encore frais. À droite, l'église se perdait dans une brassée d'hibiscus rougeâtres et de rosiers blancs. Le long du mur de l'édifice était bordé par un minuscule cimetière clos aux tombes blanches, protégé par un muret de pierres sèches. À gauche, une cantine de planches de bois rassemblées faisait office de boulangerie tout autant que de buvette. Derrière eux s'élevait une bâtisse de deux étages construite en dur, dont le fronton était surmonté d'une hampe libre de tout drapeau.

La place du village était vide. Hésitants, ils sortirent de voiture. À première vue, on se serait cru dans un village abandonné ayant servi de décor au tournage d'un film. Tout semblait miniaturisé et rappelait les villes fantômes reconstituées pour la joie des enfants dans les parcs d'attractions. Billy fit un tour sur lui-même. Il opta pour le café-cantine.

– Attends-moi là. Je pars aux informations.

Quatre chaises placées au-dehors entouraient une porte branlante qui donnait accès à l'établissement. Billy la poussa. Une odeur âcre de tabac froid et de sueur le prit à la gorge. Il faisait sombre. Les fenêtres étaient inexistantes. Quelques tables étaient disposées face à un bar de bois clair sur lequel avaient été clouées des planchettes de caisses de vin vantant des crus bordelais. Au fond de la pièce, un juke-box jetait une pâle lueur de néon violette. Un ventilateur en panne pendait du plafond. L'arrivée de Billy fit taire les conversations des quelques consommateurs épars. Avisant le barman, un immense gaillard au faciès d'ébène, Billy demanda dans le silence glacial de la salle :

– Bonjour. Je cherche le maire, ou bien l'autorité du village. Auriez-vous l'amabilité de m'aider?

Le Noir le regarda sans complaisance. Son tee-shirt sale se tendait sur sa bedaine à chaque inspiration qui provoquait en outre entre ses lèvres un sifflement strident. Bien plus grand que Billy, il se pencha au-dessus de lui, les coudes plantés sur la planche de bois crasseuse qui servait de tablier au bar.

– Pour quoi faire?

– C'est pour un renseignement.

– Eh bien, demandez-le-moi!

– Vous êtes le maire?

– Vous voulez le maire ou un renseignement?

Billy sentait l'exaspération monter en lui. Il soupira profondément, tâchant avant tout de retrouver son calme. Il avait envie de mettre son poing dans la face de son vis-à-vis, sans sommation. Mais était-ce la chose à faire? Il aspira plutôt une bouffée d'oxygène putride et opta pour un sourire envers la tête crépue qui se découpait sur un fond de bouteilles bariolées.

– Je voudrais avant tout deux bières... glacées.

– Chez moi, la bière est toujours glacée. C'est huit dollars américains.

Billy tendit un billet de dix dollars.

– Gardez la monnaie. Et pour répondre à votre question de tout à l'heure, je vous confirme que j'ai besoin du maire personnellement. C'est une affaire d'ordre privé...

Le Noir ouvrit une glacière derrière lui. Les deux bouteilles pendues par le goulot entre ses doigts épais, il répondit en se retournant lourdement :

– Le maire, je ne sais pas où il est. Et si vous ne consommez pas sur place, les bouteilles étant consignées, c'est deux dollars de plus.

Billy sortit. Arrivé près de la voiture, il tendit une des deux bouteilles à Alexandra.

– Excuse-moi, mais même les verres m'ont été refusés!

Son visage était empreint de lassitude. D'une voix monocorde, il conta sa courte expérience, décrivant au passage l'état d'esprit dans lequel il se trouvait. Elle s'esclaffa de son rire clair. Elle sentait qu'il avait besoin de soutien moral. De sa voix chantante, elle lui conseilla de ne pas s'en faire. Elle porta la bouteille à sa bouche. Sous la courte frange de cheveux blonds en désordre, il remarqua ses yeux qui continuaient à le sonder, comme s'ils s'apprêtaient à le transpercer. Il était sur le point de réagir par une boutade. Il n'en eut pas le temps. Derrière eux, une voix féminine, teintée de l'accent traînant caractéristique des Caraïbes, les questionnait :

– C'est bien le maire, que vous voulez voir?

Ils ne l'avaient pas entendue s'approcher. Surpris, ils se retournèrent d'un bloc. Devant eux se tenait une jeune femme, silhouette élancée, le teint bistre et l'œil noir. Des cheveux aux ondulations harmonieuses virevoltaient sur des épaules dénudées dans une sombre et élégante toilette d'après-midi. Billy s'apprêtait à avaler une gorgée de bière. Il se ravisa, constatant avec étonnement, malgré l'incongruité de la situation et des lieux, qu'il n'y avait rien de plus beau qu'une simple robe noire quand elle était portée à la perfection.

– Oui, finit-il par répondre, las. Le maire, ou une autorité du village, si possible.

Le regard féminin s'assombrit d'une certaine méfiance. Doucement, la tête se pencha sur le côté.

– Vous êtes journalistes?

– Non, pas du tout! On vient pour une affaire très personnelle...

– Personnelle! Et vous ne savez même pas à qui vous adresser!

D'exaspération, Billy roula des yeux. À nouveau des questions venaient buter à ses propres interrogations! Il fit un effort pour se maîtriser face à cette défiance conjuguée qui émanait, lui semblait-il, de tout le village. Alexandra préféra prendre le relais pour éviter la confrontation.

– Écoutez, madame, oui c'est personnel et c'est long à expliquer. Si nous pouvions rencontrer quelqu'un de la police ou de la mairie, peut-être qu'à notre tour nous pourrions poser des questions, obtenir une réponse, et expliquer ainsi le but de notre visite.

La jeune femme ne paraissait pas convaincue. Elle laissait peser un long silence, son regard naviguant de l'un à l'autre. Alexandra l'interpella de nouveau :

– Qu'y a-t-il de si extraordinaire dans une visite aussi simple pour qu'aussitôt se manifeste un tel barrage?

– Vous n'êtes pas venus quand même pour enquêter sur le décès de frère Bartholomé, dites-moi?

Décidément, se dit Billy, dans ce village, les questions constituaient l'ossature de toute conversation! Il allait répondre d'une façon mordante, mais se retint; l'accent tonique que la femme avait mis dans la prononciation du nom de Bartholomé lui avait fait dresser l'oreille. Il sourit en questionnant à son tour la jeune femme:

– Seriez-vous d'origine hispanique?

Pour la première fois, le visage qui lui faisait face abandonna sa défiance.

– Oui! Je suis née à Saint-Domingue! Pourquoi? Cela se voit tant que ça?

Billy lui répondit en espagnol.

– Cela peut se voir, mais surtout cela s'entend! Vous n'avez pas perdu les intonations de votre langue maternelle.

Pour éviter de la froisser, il ajouta très vite:

– Et c'est très bien ainsi!

Le visage féminin s'éclaira. Franc, un sourire jaillit.

– Je suis contente de parler espagnol! C'est si rare, maintenant, pour moi... Écoutez, le maire n'est pas là. Il est parti ce matin à Castries pour enregistrer un décès que nous avons eu au village récemment. Mais pour vos problèmes personnels, vous devriez vous adresser au curé. À Anse Galion, c'est lui l'autorité réelle.

– Et où se trouve ce saint homme?

– Chez lui, à l'ancien monastère, répondit-elle en faisant un geste de la main pour désigner les premières collines derrière elle. Mais entre treize heures et quinze heures, c'est-à-dire au moment des grandes chaleurs, il fait la sieste. Il serait préférable de retarder un peu votre visite. Si vous voulez... et surtout si vous n'avez rien de spécial à faire, je vous invite chez moi en attendant. J'habite près du port, pas loin d'ici.

Billy leva la main en signe de protestation.

– Non, non! Il n'est pas question de vous déranger! Mais, sincèrement, nous apprécions votre gentillesse...

La jeune femme se tourna vers Alexandra. En lui tendant la main, elle lui dit en anglais:

– Je m'appelle Concepcion. Et votre mari, c'est bien un latin dans son regard et ses politesses! Expliquez-lui que vous ne me dérangez pas du tout, et que cela me ferait plaisir de vous avoir chez moi. Vous savez, ici, il n'y a ni restaurant ni sourire de bienvenue...

Ils venaient de terminer le repas. C'était frugal, mais fort bon. La chaleur n'attisait guère l'appétit. Tournée vers l'ouest et la mer, une fenêtre aux persiennes tirées empêchait tant bien que mal les rayons de soleil de pénétrer. Par un jeu de courants d'air, le reste de la maison était agréablement aéré, de sorte que la température était plus que supportable. Autour de la table recouverte d'une nappe brodée avaient pris place les deux enfants de Concepcion, une fille d'une dizaine d'années et un garçon légèrement plus jeune. Tous deux se tenaient très droit, silencieux, se contentant de répondre aux questions qui leur étaient posées. Alexandra se tourna vers l'hôtesse.

– Vos enfants sont très bien élevés, Concepcion.

– Merci, dit-elle en jetant un regard maternel sur les deux bambins.

Une ombre traversa son regard. Après un instant de réflexion, elle ajouta :

– Depuis que leur père n'est plus là, c'est un peu plus difficile, mais je me sens plus proche d'eux... Je n'ai plus qu'eux, vous comprenez?

Il se produisit un flottement. Billy, gêné, se chercha une contenance en avalant une gorgée d'eau. Du coin de l'œil, il surprit Alexandra qui entourait les épaules de Concepcion de son bras protecteur. Il constata que les yeux de la femme s'emplissaient de larmes. Alexandra lui chuchota quelque chose à l'oreille. Au bout d'un instant, la Dominicaine murmura :

– Excusez-moi. C'est plus fort que moi...

Elle leva son regard, les yeux humides perdus dans les brumes immobiles d'un passé trop proche. Elle tenta de recouvrir d'un silence pudique l'émotion qui la gagnait. Alexandra se pencha de nouveau vers elle.

– Allez vous étendre sur le divan, Concepcion. Vous allez voir que ça ira mieux.

Elle tenta un laborieux sourire.

– Merci, c'est passé. Mais je suis sincèrement confuse. Je ne reçois pratiquement jamais personne ici, et je ne parle jamais de ces choses-là. Mais... vous êtes très gentils. Je ne sais pas ce qui m'a pris. Enfin, oublions tout ça! Vous prendrez bien du café?

Son sourire s'affermissait. En jetant un coup œil à Billy, elle lui demanda en espagnol :

– Un petit café dominicain vous ferait plaisir?

Ils s'assirent dans un petit salon donnant sur la véranda. Le café venait d'être servi. De la cuisine provenaient des bruits de vaisselle entrecoupés de rires enfantins. Réconfortée par la présence de ses deux invités, Concepcion retrouvait ses gestes de maîtresse de maison. En tendant le sucrier vers Alexandra, elle lui dit:

– J'ai peur que le café ne soit trop fort pour vous.

– Avec du sucre, ça ira très bien, merci. Je sais que Billy apprécie beaucoup!

Pour toute réponse, Concepcion laissa son sourire clair envahir son visage. Délicatement elle but une gorgée. Elle lissa sa robe du plat de la main et répéta le geste machinalement à quelques reprises. Elle aimait percevoir la fluidité du crêpe s'enfuir de ses doigts. Encore des souvenirs... Inconsciemment, elle se repliait sur ses réminiscences, faisant de son passé si proche un territoire secret. De temps en temps, loin des regards, elle s'habillait de vert, sa couleur favorite, croyant encore aux vertus de l'espérance. Mais elle ne sortait que drapée de noir, portant en elle à jamais le deuil de l'amour. Toute son existence, et surtout depuis la disparition de son époux, sa vie n'avait été qu'une leçon de courage et de cœur. C'est pourquoi elle s'était totalement vouée à ses enfants. Jamais aucun homme n'avait pris la place du disparu à ses côtés. En vertu d'un pacte *post mortem*, en quelque sorte, elle lui gardait son sourire jusque dans l'ombre.

Paraissant sortir d'un songe, elle se tourna vers Billy pour demander:

– Avant que vous n'alliez voir le curé, puis-je vous aider à résoudre certains aspects de vos problèmes personnels?

D'un mouvement des reins, Billy s'avança dans son fauteuil. Il ouvrit la serviette à ses pieds et lui répondit avec enthousiasme:

– Mais certainement! Il n'y a rien de secret! D'abord, avez-vous un annuaire téléphonique? Je vous explique. J'ai avec moi quelques numéros de téléphone et je voudrais en connaître les propriétaires. Si par hasard ce sont des personnes qui ne vous sont pas étrangères, j'aimerais que vous me disiez qui elles sont, ce qu'elles font, quel est leur métier et ainsi de suite. Vous voyez ce que je veux dire?

– Je comprends parfaitement. Malheureusement, je n'ai pas le téléphone. Et il n'existe pas d'annuaire. Cependant, si vous me montrez les numéros, je devrais être en mesure de vous renseigner.

Elle marqua un temps d'arrêt, avant de glisser en forme de conclusion:

– Vous savez, ici à Anse Galion, les téléphones sont rares!

Billy lui tendit une feuille de papier dactylographiée.

– Voici la liste. Dites-moi si vous reconnaissez certains numéros.

Elle posa la feuille sur ses genoux et se pencha dessus. Dans le silence de la pièce, on pouvait entendre sur le papier le crissement de son index qui guidait la lecture des chiffres. Alexandra remarqua que, pour la première fois depuis qu'elle l'avait rencontré, Billy était tendu. Depuis son visage hâlé, le regard clair était projeté vers celui de Concepcion, essayant presque de le pénétrer. Au bout de quelques instants, la jeune Hispanique redressa le buste.

– Je connais la plupart des numéros.

– Lesquels?

La question avait fusé, caractéristique d'une impatience non maîtrisée. Billy s'en rendit compte immédiatement. Il eut un long soupir, tentant d'apaiser le battement de son cœur. Mais il sentait qu'à l'intérieur de lui-même, c'était l'incendie. Malgré lui, il répéta très vite :

– Lesquels? Vous voulez un crayon pour noter?

Avec le portemine qu'il lui tendait, elle commença à encercler certains numéros. Sans relever la tête, elle annonça :

– C'est simple. La plupart sont soit ceux de la mairie, et il y en a plusieurs, soit ceux du poste de police, ou encore ceux du monastère. Il y a aussi celui du Pirate Cave, le bar face auquel je vous ai rencontré. Et le dernier, si je ne me trompe pas, c'est celui de la vedette de surveillance du port. Les autres, je ne les connais pas. Mais, ce dont je suis sûre, c'est qu'ils ne sont pas d'Anse Galion.

Elle tendit la feuille à Billy dont le regard était fiévreux. Il se rendait compte que pour la première fois il engrangeait par lui-même les premiers indices de sa propre existence passée. En d'autres termes, il se rapprochait de cet autre qu'il ne connaissait pas et qui, malgré lui, était au plus profond de ses entrailles. Il demanda à nouveau avec une légère vivacité :

– Et aucun numéro n'appartient à une personne à titre privé?

Les yeux noirs revinrent vers la liste.

– Non, aucun.

– Vous en êtes sûre?

– Certaine! En fait, combien sont-ils à disposer d'un téléphone chez eux à Anse Galion? Quatre... peut-être cinq familles tout au plus! Je peux toutes vous les citer si vous voulez, et encore, on va à nouveau tomber sur le maire, le docteur, le chef policier. Il ne resterait que deux privés tout au plus! Et aucun ne figure sur votre liste.

Cristallin, l'accent britannique d'Alexandra s'éleva dans la quiétude de la maisonnée.

– Vous qui connaissez bien le village, Concepcion, si vous aviez besoin de téléphoner, comment procéderiez-vous?

– Si c'est urgent, j'irais probablement au monastère ou bien chez le maire qui habite tout près d'ici.

– Parfait. Mais si je vous disais que tous les appels téléphoniques que vous avez identifiés sur ce relevé émanent d'une seule et même personne, à qui penseriez-vous?

Concepcion parut étonnée d'une telle question. Elle ouvrit de grands yeux ronds.

– Une seule et même personne... habitant Anse Galion?

Alexandra hocha la tête en secouant ses mèches blondes au-dessus d'un sourire engageant. La jeune Hispanique réfléchissait.

– Ben... je ne sais pas... à quelqu'un d'important...

– Qu'entendez-vous par important? lui demanda Billy.

– Ben... l'une des autorités du village qui a accès à tous ces postes.

– Qui, par exemple?

– Le maire, ou bien le curé, et puis... et puis c'est tout, je crois.

Billy revint à la charge:

– Et le chef de la police, ou celui qui dirige les pompiers?

– Non! Le chef de la police n'irait jamais utiliser le téléphone du monastère qui est trop loin du centre. Quant au pompier, il a le sien dans son bureau de la mairie; plus le portable qui voyage à bord de la vedette de surveillance utilisée pour la détection des incendies côtiers. Non, franchement... ils n'ont aucune raison d'utiliser d'autres postes que le leur, ou bien ceux de la mairie.

– Vous ne voyez donc personne d'autre en dehors du curé et du maire susceptible de...

– Non... personne d'autre...

– Vous semblez hésiter, lui dit Alexandra. Vous avez un doute?

– Non! Simplement je pensais à quelqu'un d'autre, mais... ce n'est pas possible. Du moins, plus maintenant.

Billy fronça les sourcils.

– Que voulez-vous dire? Il y avait une autre personne auparavant qui avait le loisir d'utiliser toutes ces lignes, sans avoir à demander de permission spéciale à quiconque?

– Oui! Frère Bartholomé! Il avait ses entrées partout. Tout le monde l'appréciait, car c'était un saint homme. Vraiment! Et effectivement, au même titre que le maire ou le curé, il aurait très bien pu avoir accès à tous ces postes... Vous savez, frère Bartholomé, c'était quelqu'un à part, un peu en marge de notre petite société. Il avait ses mystères, ses bontés, ses... Enfin, je ne peux pas tout vous raconter, mais voyez-vous, pour la pêche qu'il adorait, par exemple, eh bien il sortait souvent avec la vedette du port. Personne ne lui réclamait rien. En revanche, il faisait le plein de carburant gratuitement soit à Castries, soit à Vieux-Fort au dépôt de l'aéroport international.

Estomaqué, Billy ouvrit la bouche toute grande avant d'ânonner comme à l'école de lecture :

– Il faisait le plein de fuel sur ses deniers personnels? Mais le plein d'une vedette, ça va chercher mille gallons[38]! Même au tarif maritime détaxé, c'est une sacrée somme à débourser!

– Eh oui, c'est ce que je vous disais! Cela faisait partie de ses secrets! Il était comme ça, frère Bartholomé! Malheureusement, le Seigneur l'a rappelé à lui.

– Il est mort récemment?

– Oui. Le week-end dernier. De mort tout à fait naturelle d'ailleurs, se sentit-elle obligée d'ajouter. Nous l'avons enterré hier matin. À propos, sa tombe faisait face à votre voiture sur la place du village.

Billy se souvint effectivement d'avoir remarqué la stèle au pied de laquelle la terre semblait avoir été remuée récemment. Il jeta un coup d'œil à Alexandra. Elle le regardait. De leur langage muet, mais néanmoins explicite, émanait la même certitude. Ensemble ils venaient de découvrir l'amorce d'une piste concrète, même si le frère Bartholomé n'était plus là pour expliquer ses extravagantes bontés. Billy se leva.

– Concepcion, je suis désolé, mais le temps presse. Il nous faut aller voir le curé au monastère.

Elle se leva à son tour en lissant sa robe sur ses hanches.

– Je comprends. Merci d'avoir accepté de partager notre repas. J'espère que vous trouverez des réponses à vos interrogations.

Billy parut hésiter.

– Concepcion, vous avez été pour moi d'un grand secours. Vous ne pouvez pas savoir! Mais puis-je encore vous poser une question très personnelle?

– Oui, bien sûr! Si je peux y répondre...

– Quelles étaient les relations entre votre époux et frère

38. 4 000 litres environ.

Bartholomé? Si je vous demande cela, c'est qu'il m'a semblé comprendre que vous étiez tous deux très proches de cet homme d'Église. Est-ce que je me trompe?

– Oh non, c'est exact! Mon mari et frère Bartholomé étaient amis. Mon époux gagnait sa vie comme pêcheur. De la République dominicaine, il avait rapporté des techniques de pêche différentes de celles de Sainte-Lucie. Cela fascinait frère Bartholomé et ils sortaient souvent en mer ensemble. Et avec moi il s'est comporté de manière admirable quand mon mari n'a plus été là...

– Si je peux me permettre, de quoi est décédé votre époux?

Elle s'attendait à la question et la craignait. Triturant ses mains, elle baissa son regard vers la moquette en cherchant ses mots.

– C'est assez simple, finit-elle par dire. Mon mari a été tué on ne sait trop comment ni par qui, un soir, de deux balles tirées à bout portant...

– Deux balles? En plein cœur?

Alexandra s'était rapprochée dans l'idée d'abréger le questionnaire macabre et pénible que faisait subir Billy à la Dominicaine. Il n'en poursuivit pas moins:

– Concepcion, je m'excuse d'insister, mais cela a son importance. Savez-vous si c'était en plein cœur?

La jeune femme était visiblement au supplice. Elle dit:

– Une dans le cœur, l'autre...

Elle n'arrivait pas à terminer sa phrase. Tendu, Billy le fit pour elle.

– ... et l'autre dans l'œil?

Elle fit oui de la tête en silence et jeta dans un souffle:

– On a trouvé une pièce de monnaie enfoncée dans la blessure!

Billy se redressa. Sur son visage livide apparaissait une lueur de tristesse et de résignation. Il croisa le regard d'Alexandra. Elle paraissait aussi troublée que lui. Dans un murmure, elle demanda:

– Mais, bonté divine, pourquoi?

Billy secoua la tête dans un mouvement d'impuissance. Il eut un long soupir.

– La mafia! C'est la marque de la mafia, le traitement réservé à ceux qui trahissent... Et la pièce, c'est pour signifier que le type ne valait plus rien à leurs yeux!

Concepcion ne semblait pas comprendre. Billy ajouta à son intention:

– Votre mari a certainement été tué par des bandits qui se regroupent en une bande appelée mafia.

Il semblait réfléchir.

– À ce propos, dites-moi, Concepcion, vous n'avez jamais entendu votre époux parler d'étrangers ou d'Italiens venus à Sainte-Lucie?

– Si! Peu avant sa mort, des étrangers sont venus, effectivement. Ils étaient deux ou trois dans une grosse voiture. Un peu comme la vôtre... Et comme vous ils ont posé des questions. Mais mon époux ne les a pas fréquentés, que je sache. Tout au plus lui ont-ils demandé comment retrouver l'ami qu'hébergeait frère Bartholomé. Je le sais parce que cela l'avait marqué et il s'était confié à moi le soir.

– Ils voulaient retrouver l'ami de frère Bartholomé?

– Oui, une relation des États-Unis. Le frère le recevait de temps en temps et l'hébergeait au monastère. Mais... mais je sais que vis-à-vis des étrangers mon mari a toujours fait semblant d'ignorer où il se trouvait!

– Pourquoi?

– Parce que... parce que ici au village chacun s'occupe de ses affaires! Et, généralement, on ne parle pas aux étrangers. Il y a aussi qu'étant un ami de frère Bartholomé cet homme était bien accepté à Anse Galion.

Billy croyait entendre le martèlement sourd de son cœur. Il transpirait. Dans son dos, la chemise était collée désagréablement à sa peau. Il s'adossa au chambranle de la porte d'entrée et perçut la chaleur du soleil au travers du bois. Il hésitait à aller de l'avant, à poser les questions déterminantes. Il jeta un regard vers Alexandra, presque un appel de détresse.

Compréhensive, elle battit à peine des cils pour le rassurer. Elle demanda, sur le ton de la curiosité la plus banale:

– Et vous l'avez connu, cet ami du frère Bartholomé?

– Oui, bien sûr! C'était un latin. D'origine italienne, je crois. Joli garçon, d'ailleurs. Avec un regard très clair. Un peu... un peu comme votre mari.

– Et il s'appelait comment?

La voix d'Alexandra, égale, ne trahissait aucun sentiment. À ses côtés, dos contre l'encadrement de bois, poitrine comprimée, Billy serrait les poings. Il connaissait tellement bien la réponse, qu'il l'entendit à peine, prononcée pourtant d'une voix enjouée:

– Salvatore! Salvatore quelque chose... ça se terminait par *tso*.

Alexandra aida sa mémoire défaillante:

– Abruzzo! Salvatore Abruzzo, n'est-ce pas?

Les yeux de la Dominicaine pétillèrent.

– C'est ça! Abruzzo! Vous le connaissez?

Alexandra se tourna vers Billy et le désigna du plat de la main.

– Vous ne le reconnaissez pas, votre ami, Concepcion?

La jeune Dominicaine ne comprit pas tout de suite la question. Lorsqu'elle réalisa de quoi parlait Alexandra, son visage perdit toute trace de gaieté. Son regard se durcit. Grave, elle leva les yeux vers Billy. Quelques secondes lui suffirent. Lentement, elle se tourna vers Alexandra pour la regarder de ses yeux tout ronds.

– C'est vrai qu'il y a une ressemblance, malgré le poids des cicatrices sur le visage, et ils ont le même accent, le même regard, mais... ce n'est pas lui!

Pour la première fois, d'une voix sourde, Billy intervint.

– Et si je vous disais, Concepcion, que je suis bien Salvatore?

Elle le regarda, interloquée, et secoua la tête avec vigueur.

– Mais non! Vous n'êtes pas Salvatore! Je le sais bien!

– Pourquoi dites-vous ça, Concepcion? questionna Alexandra de sa voix toujours posée. Comment pouvez-vous être aussi catégorique?

Stupéfait, le regard de Concepcion voyageait de l'un à l'autre.

– Mais c'est l'évidence même! Salvatore n'a jamais été capable de prononcer un mot d'espagnol!

CHAPITRE 32

Le monastère se devinait plus qu'il ne se voyait, niché tout en haut du premier morne. Précédé d'un mur d'enceinte empierré, le corps principal du bâtiment se fondait dans le fouillis d'une dense végétation tropicale. Pour y accéder, Alexandra et Billy empruntèrent un petit chemin tortueux et poussiéreux qu'ombrageaient des deux côtés des cocotiers et des banians géants. Ils furent arrêtés au bout du sentier par un imposant portail de fer forgé entrouvert, dont les lourds tympans dominés par une tiare pontificale délimitaient le domaine paroissial.

À l'entrée du parc, adossée à un enchevêtrement de plantes luxuriantes, une minuscule maison de gardien paraissait inhabitée. Dans un coin, on pouvait remarquer une brouette de bois et ses feuilles jaunies ramassées à la fourche. Accrochée à l'un des murs extérieurs de pierres apparentes se trouvait une cloche de bronze reliée à une chaîne rouillée.

Billy la secoua violemment. Un tintement plaintif retentit dans la quiétude du jardin, faisant s'envoler une poignée de moineaux en sommeil sur le toit. Ne voyant personne venir, les deux visiteurs décidèrent de remonter la petite allée de gravier qui se déhanchait entre deux barrettes de glaïeuls et de marguerites blanches. Au détour d'un généreux papayer, le monastère apparut.

C'était un édifice de style anglican vieux de deux siècles qui reposait sur des fondations plus anciennes. Il avait été construit d'équerre face à une minuscule cour de réception au milieu de laquelle avait été creusé un puits entouré d'une margelle. La base du bâtiment était constituée d'un assemblage de pierres lourdes taillées dans le rocher. Dans cette ordonnance rectiligne moyenâgeuse s'inscrivait l'histoire ordinaire des forçats bâtisseurs des siècles antérieurs, venus de la Blanche Albion purger leur peine sous les tropiques. Sur la première enceinte prenait appui un étage de briques rouges. Tout autour de la partie basse, d'imposants contrevents protégeaient de grandes baies rectangulaires qui donnaient de plain-pied sur le jardin. À l'étage, sept fenêtres en ogive symbolisant les sept sacrements donnaient naissance à toute une grammaire de rinceaux et de rosaces. Aux deux extrémités de la toiture en pente douce recouverte d'ardoises pointaient deux cheminées noircies par le temps. Par leur épaisseur, elles rappelaient les volumineux presse-livres du siècle dernier, encore présents dans certaines échoppes spécialisées au marché de Portobello de Londres.

Alexandra et Billy gravirent les deux marches usées de marbre blanc. Elles conduisaient au double battant d'une monumentale porte d'entrée en bois dans laquelle s'enchâssait une croix crevassée, patinée par les intempéries et sur laquelle se trouvait, légèrement décalé sur la droite, un heurtoir de porte cuivré en forme de main. Billy l'agita de deux coups brefs. Presque aussitôt, sans bruit, la porte s'ouvrit. Un sombre couloir s'offrit à leur vision, qui se perdait dans les ténèbres du contre-jour. Ils échangèrent un regard d'étonnement avant de pénétrer l'un derrière l'autre.

La porte se referma sur eux. C'est alors qu'ils distinguèrent, émergeant de l'ombre du battant, une silhouette chétive vêtue d'une robe grise très simple. La tête, recouverte du voile religieux, baissée dans une attitude servile, se devinait plus qu'elle ne se voyait.

– Bonjour, dit la silhouette d'une voix fluette. Je suis sœur Madeleine. Vous venez voir monsieur le curé, je présume?

– Effectivement, répondit Billy. J'apprécierais si vous pouviez le prévenir... J'espère que nous ne le dérangeons pas.

– Non, non, pas du tout. Il vous attend.

Billy et Alexandra se regardèrent à nouveau. L'étonnement passé, Alexandra demanda:

– Comment se fait-il qu'il soit au courant de notre visite?

Le regard baissé sur son corps squelettique, la sœur pivota pour enfiler le couloir. Elle ajouta dans un murmure qu'ils entendirent à peine:

– Il vous l'expliquera lui-même. Si vous voulez bien me suivre.

Ils furent introduits dans une salle de réception au décor sobre, sans fioritures, à la limite du dénuement. La pièce semblait somnoler dans une pénombre apaisante. Comme autant d'yeux tournés vers le monde extérieur, les fenêtres se protégeaient de la lumière du jour par des volets de bois clos qui préservaient en même temps la fraîcheur ambiante. Au centre, une table de travail lourde et sombre où rien ne traînait était entourée de huit chaises de paille tressée. Sur le mur du fond, peint à l'essuyé d'un ton jaune clair, un christ sur sa croix de bois accroché à un immense clou dans un entrelacs compliqué de fil de fer était exposé à la vue de tous. Le sol était recouvert de belles dalles de pierres anciennes, lustrées comme une soutane de curé de campagne et, d'une main malhabile, paresseusement ensemencées çà et là de tomettes. Dans les profondeurs ténébreuses de la chambre, un escalier de bois présentait sa rampe cuivrée rehaussée en son extrémité par un pommeau sphérique qui représentait la planète Terre surmontée d'un crucifix. Et de partout, dans le silence abyssal enserré par l'épaisseur des murs bicentenaires se répandait cette exhalaison curieuse de cire et d'encens.

– En quoi puis-je vous aider, monsieur Jordan?

Ils ne l'avaient pas vu. Mais la voix caverneuse le situa sous l'escalier. Alexandra et Billy s'en approchèrent. La silhouette massive, statique, paraissait figée dans un fauteuil Empire. Un reflet de lumière pâle échappé d'une des persiennes caressait une calvitie luisante. L'œil était noir, perçant, constamment sur le qui-vive: il fouillait sans indulgence, imprégnant la marque de l'autorité sans partage.

Billy dévisageait l'homme engoncé dans une soutane sans col, fermée de six boutons noirs. La bedaine proéminente était partiellement entourée d'une ceinture à franges. Les bras posés sur les cuisses cachaient mal les plis du tissu anthracite s'évasant sur les hanches. Une certaine raideur tendait le corps repu.

– Vous me connaissez, mon père?

– À première vue, non. Mais on ne sait jamais... dit-il sur un ton mystérieux.

Après un silence, il ajouta, un rien cérémonieux:

– Je suis désolé, mais je n'ai rien à vous offrir, si ce n'est mon temps.

Décontenancé par cette apparition aussi soudaine qu'imprévue, Billy ne savait trop par où débuter. Debout face au prélat, il avait le maigre avantage de se présenter sans pouvoir laisser libre cours aux battements de pieds qui traduisaient chez lui les tourments de l'âme. Mais cette victoire de l'instant ne pouvait en aucune manière éluder son sentiment de frustration. Il était placé dans une situation d'infériorité inconfortable. Dans cette quête perpétuelle de lui-même, il était loin d'avoir le beau rôle. Comme toujours, et bien qu'il s'en défendît farouchement, il chercha à trouver une cohérence dans la culpabilité éternelle qui l'habitait par antagonisme à «l'autre». Il se sentit las. Un grand vide happait son subconscient. Une fois de plus, il puisa un peu de réconfort dans le visage féminin près du sien. Instantanément, cette présence raviva le peu d'entrain qu'il lui restait. Avec cette gravité démodée qu'Alexandra appréciait tant, glissée dans un maintien d'enfant bien élevé qui l'accompagnait dans chaque geste, il finit par murmurer:

– Merci, mon père, mais avant de vous entretenir de l'affaire qui m'a amené jusqu'à vous, puis-je vous demander comment il se fait que vous connaissiez mon nom?

Une lueur amusée traversa l'œil rond cerné de bistre. Les commissures de la bouche striées de minuscules pattes-d'oie s'éveillèrent. La voix profonde chuchota:

– Ce sont vos amis, mon cher!

– Mes amis?

– Oui, vos amis. Ils m'ont averti de votre présence à Sainte-Lucie, et ensuite de votre arrivée imminente en ce lieu saint. Il est fort possible qu'ils soient encore dans l'île, d'ailleurs. On ne sait jamais, avec eux...

Billy croisa à nouveau le regard inquiet d'Alexandra. Quelque chose leur échappait. Il passa ses doigts sur ses paumes moites, pressentant une menace dont il n'arrivait pas encore à cerner l'origine. Il reporta son attention sur l'homme d'Église pour constater que la froideur des yeux s'était atténuée et faisait place à une certaine malice.

– Mon père, je suis venu seul accompagné de mon amie afin de résoudre, grâce à votre aide, une suite de questions vitales qui sont restées sans réponse jusqu'à présent. Je n'ai pas d'amis qui aient pu parler en mon nom. Et je n'ai demandé à personne d'annoncer mon arrivée à Sainte-Lucie, décidée du reste il y a à peine trois jours! Tout ceci me paraît bien étrange.

Avec un long soupir, le curé se leva péniblement en lissant d'une main épaisse sa soutane froissée aux cuisses. Sa carrure était imposante. Son regard se posa sur le visage meurtri qu'il balaya de son œil rond. Contre toute attente, il ne posa aucune question, comme s'il en connaissait les réponses. Tout au plus, il eut un effet de menton bravache. D'un geste cérémonieux, il invita le couple à prendre place autour de la table sombre.

–Je vous en prie, asseyez-vous, dit-il d'un air énigmatique.

Sachez que j'appréhendais cet instant depuis longtemps... Nous avons la nuit pour nous. Autant que les choses soient dites. J'ai le sentiment, monsieur Jordan, que dans un premier temps et par souci de clarté, vous devriez exposer les raisons de votre visite. Ensuite, nous chercherons ensemble à reconstruire la vérité, pour autant qu'il en existe une! Allez-y, vous avez la parole.

Une fois de plus, Billy se prêta au jeu. En quatre-vingt-dix minutes, il conta la trame de son odyssée, des tourments qu'il endurait pour retrouver son identité et des révélations, extraordinaires si elles étaient justifiées, de Concepcion. En fin d'exposé, il déploya ses documents sur la table en les disposant face au curé qui était resté silencieux tout ce temps.

– Voici, mon père, la liste des appels téléphoniques sur une période de plusieurs mois, tous avec pour origine l'île de Sainte-Lucie, et plus précisément Anse Galion. La plupart de ces appels ont été effectués depuis le monastère. Vous pouvez vérifier les numéros. D'autre part, voici les conséquences fiduciaires de ces appels, décrites par les relevés des mouvements de fonds et corroborées par les mentions de dates et d'heures. Nous avons ainsi identifié les destinataires de ces appels qui sont soit des institutions financières réparties dans plusieurs paradis fiscaux, soit les numéros privés d'un téléphone portable circulant en divers endroits de la planète. Nous avons maintenant la certitude qu'un mandataire agissait depuis Anse Galion pour passer ces ordres bancaires, et conduire ainsi un trafic de fonds, légal ou illégal, peu importe, puisque c'est l'histoire qui jugera. Vous et vous seul pourrez identifier l'émetteur et lui donner un nom, puisque vous êtes responsable du monastère.

Le silence se fit. L'ecclésiastique, avant-bras sur la table, parcourait les documents étalés devant lui. À aucun moment il ne délia ses doigts pour saisir une des pièces présentées. Lorsqu'il redressa la tête, ses yeux noirs s'enfuirent vers la présence divine crucifiée sur le mur d'en face et s'y posèrent délicatement comme un oiseau blessé sur une branche salvatrice. Il avait le souffle court et rauque. Un instant, il parut puiser dans le regard d'ivoire du martyr perpétuel la force ou la volonté qui avait semblé un instant lui faire défaut. Dans un murmure récité presque comme une prière que les hautes parois de pierre renvoyèrent en écho, le maître des lieux psalmodia:

– Qu'importe la vérité des vivants, puisque aujourd'hui seule celle des morts compte. Dieu ait son âme.

Il se signa. Le regard de jais redescendit se poser avec un air d'indulgence sur Alexandra et Billy. Son attitude était hiératique. La soutane boutonnée comprimant une forte poitrine se gonflait à chaque inspiration. D'un geste rond, l'homme d'Église désigna la lourde table.

– Il y a trois jours, il était encore là-dessus, entouré de cierges et de fleurs. Lui seul aurait pu vous donner le renseignement juste, avant. Mais c'était, comment dire, un marginal, pétri de bonté et d'une grande intransigeance envers lui-même. Frère Bartholomé était un saint à sa manière. Je pense qu'aujourd'hui l'Église réalise pleinement sa responsabilité. Car nous sommes tous responsables! Nous avons tous, ici, à Anse Galion, fermé les yeux sur ses agissements! Nous avons consenti à tout ce qui donnait une légitimité à ses donations et aux commodités qu'elles nous procuraient. Il ne faut pas juger, monsieur Jordan. Sachez simplement que notre village est pauvre, catholique dans une île à majorité anglicane, avec ses existences faites de petits riens, de drames promptement dissimulés, comme la mort de l'époux de Concepcion, ou de secrets étriqués que nous colportons entre nous de bouche à oreille.

Billy se pencha vers la table.

– C'était donc frère Bartholomé, le bailleur de fonds qui opérait depuis Anse Galion? Vous en êtes sûr, mon père?

– Oui, mon fils. De cela, je suis sûr.

– Et pour le compte de qui, alors?

Une lueur amusée traversa le regard sombre.

– De qui? Mais de celui qui se faisait appeler comme vous!

– Jordan?

– Oui. William Jordan ou, anciennement, Salvatore Abruzzo.

Alexandra, qui suivait l'échange verbal, demanda:

– Et vous l'avez rencontré? Je veux dire, qui des deux? Salvatore Abruzzo ou William Jordan?

Le prélat semblait prendre goût au comique de la situation. Il haussa les sourcils comme s'il réfléchissait à un bon mot.

– C'est une bonne question, madame. Mais j'opterai pour le nom italien Salvatore Abruzzo. C'est ainsi que je l'ai toujours connu. Et il a vécu sous ce nom au monastère. Je viens d'apprendre par les amis de monsieur Jordan qu'il avait récemment anglicisé son nom pour des raisons qui ne me regardent pas.

Alexandra se tourna vers Billy, bien que sa question s'adressât au curé.

– Trouvez-vous une ressemblance entre le Salvatore Abruzzo que vous avez connu à Sainte-Lucie et monsieur Jordan ici présent?

Toujours avec un sourire malicieux, le curé répondit:

– Si on fait abstraction de la chirurgie esthétique, indéniablement, il y en a une.

Billy croisa le regard d'Alexandra qui se retourna vers le maître des lieux.

– Vous pensez donc, mon père, que, contrairement à ce que prétend Concepcion, Salvatore Abruzzo et monsieur Jordan ne font qu'une seule et même personne?

– Je n'ai pas dit cela!

– Là, je ne comprends plus, mon père!

À son tour le curé se pencha vers son interlocutrice. Le lourd madrier crissa sous le poids des coudes. En prenant un air complice, il chuchota:

– Il y a effectivement, madame, une analogie frappante dans les traits des deux personnages. J'en conviens, à quelques livres de muscles près! Mais monsieur Jordan a très bien pu se mettre à la diète depuis que je l'ai vu! Il se peut par conséquent que ce soit la même personne se dissimulant derrière deux identités différentes. Ceci étant dit, bien qu'envers les hommes en général ma condition de prêtre me prive de tout désir de flagornerie, je dois reconnaître que j'ai cru percevoir beaucoup d'honnêteté et de sincérité dans le récit de monsieur Jordan. Et je tiens à ce qu'il sache que je compatis à sa détresse intérieure, qui doit être lourde, très lourde à porter. Mais trêve de bavardages! Personnellement, mon idée est faite sur l'énigme qui nous est posée, mais ma conviction est sans importance. Cependant, une personne présente dans les murs du monastère peut apporter une certitude dans la recherche d'identité qui nous occupe.

Billy demanda d'une voix sourde:

– Une personne ici au monastère, mon père? Et il ne s'agit pas de Concepcion?

Le prêtre se redressa.

– Non, il ne s'agit pas de Concepcion; encore qu'elle ait bien connu Salvatore, comme elle vous l'a certainement dit elle-même.

Se tournant vers la porte qui donnait sur le couloir, d'une voix tonitruante il appela:

– Madeleine!

La silhouette chétive de la sœur se profila presque aussitôt dans l'embrasure de la porte.

– Vous m'avez appelée, Père?

– Viens donc un peu ici, Madeleine. Place-toi de mon côté, ici, et regarde monsieur Jordan. Te rappelle-t-il quelqu'un?

La sœur s'approcha de la table de son petit pas précieux. Elle releva la tête. Le visage osseux était tout noir, à peine ridé, entouré de sa coiffe qui laissait échapper quelques cheveux crépus blancs aux tempes. Ses yeux luisaient dans la pénombre. Billy la fixa, mains sagement posées sur la table. Elle le dévisagea rapidement. Sans transition, elle se pencha vers l'oreille du prêtre pour murmurer quelques paroles inaudibles.

Le curé acquiesça silencieusement et demanda à Billy:

– Monsieur Jordan, auriez-vous l'amabilité de vous lever?

Billy obtempéra en repoussant la chaise de ses cuisses. Au travers d'une persienne, un trait de lumière croisa son visage. À cet instant, une lueur de panique traversa le regard aigu de la vieille religieuse. Les deux mains aux doigts dansants s'étaient portées aux joues dans un geste de protection puérile.

– Mon Dieu! fit-elle dans un souffle. Les yeux! Il a aussi les yeux de Salvatore!

– Vous le reconnaissez, maintenant, ma sœur? demanda vivement Alexandra qui, tendue, suivait le cheminement des sentiments sur le visage de la vieille servante.

La religieuse reporta à nouveau son regard plein d'étonnement vers le prélat. Visiblement, elle attendait une explication. Le curé lui prit le bras. D'un ton sentencieux, il lui dit:

– Madeleine, c'est important. Crois-tu que ce monsieur puisse être Salvatore? Réponds calmement à ma question, mais sois sûre de ta réponse!

Elle le regarda, stupéfaite.

– Bien sûr que non, Père! Il lui ressemble, mais ce n'est pas lui!

– Pourquoi? Sois précise...

– Parce que... ce n'est pas lui, Père! Et... regardez son poignet!

L'homme d'Église hocha la tête.

– Oui, j'avais remarqué, moi aussi.

À cet instant, Billy se remémora l'étonnement de l'inspecteur Starkowski lors de sa première entrevue avec lui à Clearwater. Toujours debout, il demanda:

– C'est parce que avant... ou bien plutôt, Salvatore Abruzzo... portait la montre au poignet droit, n'est-ce pas?

Étirant les joues grasses, un sourire apparut sur le faciès du curé.

– Je vois que vous connaissez bien votre modèle. Félicitations! Mais savez-vous au moins pourquoi il portait sa montre à droite?

– Franchement, non. Il était pourtant droitier, comme moi.

– Exact! Mais ce que vous ignorez probablement, c'est qu'il avait été blessé dans la partie interne du poignet gauche par la queue d'une raie pêchée en compagnie de frère Bartholomé. Il a été soigné ici au monastère, précisément par sœur Madeleine. Depuis cet accident dont il ne parlait jamais pour ne pas dévoiler sa retraite, le contact du bracelet ou du boîtier au poignet le gênait.

La vieille sœur avait contourné la table. De son pas ailé, elle s'était rapprochée de Billy. Avec précaution, elle prit le poignet gauche dans ses mains aux os saillants pour le retourner. Le buste penché, elle fit pivoter son visage, son regard croisant celui du curé. D'une voix fluette, elle annonça dans le silence de la pièce :

– C'est un des rares endroits du corps de ce monsieur sans cicatrice, Père. Et il n'y a aucune trace des trois petits points de suture que j'y avais faits! Ce monsieur n'est pas Salvatore...

L'après-midi avait filé. Le vent s'était levé. Au travers des persiennes que sœur Madeleine avait entrouvertes pour laisser pénétrer la fraîcheur du soir, quelques pincées de grand large émoustillaient les narines. Sur l'appui des fenêtres donnant sur le jardin, des géraniums roses et rouges fraîchement arrosés s'agitaient sous la caresse des courants d'air capricieux.

Assis tous les trois autour de l'immense table sombre, ils pouvaient voir l'océan se gonfler sous les assauts de la brise du soir. Au loin, petit point habillé de bleu ballotté par la houle menaçante, un bateau de pêcheur croisait pesamment au gré du vent. À l'horizon, glissant lentement à travers les déchirures des derniers nuages en lambeaux, l'astre solaire à vif jetait ses ultimes rayons vers les rivages marins taillés en coteaux. Dans un même élan, il embrasait le délicat feuilleté des schistes qui s'étageaient au pied des deux immenses falaises. Impressions de langueur teintées d'une légère mélancolie; décalage du temps et des souvenirs. Alexandra frissonna. Dans le jardin, un fanal venait d'être allumé et projetait son jeu d'ombres sur les vieux murs de pierres.

Le curé terminait son soliloque. Entre deux phrases ânonnées d'une voix grave, posée et calme, il observait le jour qui s'enfuyait de la pièce. Silencieux, Billy et Alexandra étaient assis face à lui. En guise de conclusion, l'homme d'Église donna sa vision des événements.

– Tout compte fait, monsieur Jordan, vous avez bien fait de vous déplacer à Sainte-Lucie. Vous voilà maintenant nanti d'une certitude quant à votre identité d'emprunt, corroborée par Concepcion et sœur Madeleine. Et ce, même si le mystère reste entier en ce qui concerne votre nom véritable, et le fait que vous portiez sur vous lors de votre récupération en pleine mer les documents d'identité de Salvatore Abruzzo, alias William Jordan. Le tout est de convaincre les autorités des États-Unis de faire les recherches adéquates, dont les conclusions n'arrangeront probablement personne. La tâche s'annonce ardue, mais vous ne semblez manquer ni de volonté ni de moyens. Et, de surcroît, vous êtes intelligent.

Il tourna la tête vers Alexandra. Ses yeux noirs avaient perdu un peu de leur froideur. Il scruta le visage féminin près de lui. Le regard direct et intimidant qu'il posait sur les gens était une de ses armes favorites, qu'il utilisait dans les moments d'intimité au confessionnal, même séparé de ses pénitents par la grille anonyme. Il murmura à l'attention de Billy :

– Et j'ai le sentiment que l'aide de votre amie vous sera précieuse. Je me trompe rarement sur ces choses-là...

Son regard repartit vers la fenêtre. Les yeux mi-clos, il rappela un moment à Billy ces pensionnaires de maison de retraite s'endormant face à leur assiette. Mais il était conscient qu'il était vain d'essayer de retirer au curé sa pitance; c'eût été risquer de se faire mordre la main! Lente, la voix reprit :

– Avec ses petits mensonges et ses grandes demi-vérités, frère Bartholomé s'était emberlificoté dans les mailles d'une nasse sans issue. Et à qui la faute, sinon au peuple qui réclamait de sa part toujours mieux, toujours plus! Plus d'une fois j'ai essayé de le raisonner, mais il avait du mal à m'écouter tellement il était occupé à maîtriser ou à satisfaire ses propres émotions. En d'autres lieux, cela aurait pu porter le nom d'ascension sociale. Mais en réalité, il s'est suicidé lentement, les yeux ouverts. Pourtant, il n'était pas homme à se bercer d'illusions! Peut-être a-t-il été rappelé par le Tout-Puissant un rien trop tôt. C'est dommage. Il avait le don de distribuer le bien autour de lui.

Il se tourna vers Billy qui fut surpris par la dureté dont s'imprégnait tout d'un coup son regard.

– Toute œuvre est inachevée, monsieur Jordan. C'est dans la nature humaine... Dans cet espace de liberté que frère Bartholomé s'était créé en marge de ses responsabilités paroissiales se sont engouffrées d'étranges âmes, canailles ou romantiques. Comme l'était Salvatore, votre homonyme. Mais des hommes sont morts et le village a payé son écot qui fut lourd. Je suis heureux que nous tournions aujourd'hui les dernières pages d'un épisode sinistre qui a marqué à tout jamais Anse Galion.

Billy s'éclaircit la voix.

– Quand vous parlez de morts, mon père, vous faites également allusion au décès de l'époux de Concepcion? Que s'est-il passé exactement?

Le prêtre soupira profondément.

– C'est un des nombreux chapitres de l'épisode douloureux dont je parlais. L'un des plus pénibles. En fait, le mari de Concepcion, comme plusieurs habitants du village, s'était pris d'amitié pour Salvatore, qui avait une personnalité très attachante, bien qu'il ait été élevé dans la conviction que le monde lui était naturellement hostile. Mais c'est une autre histoire! Je disais donc qu'ils étaient amis et qu'ils sortaient souvent en mer ensemble. Après plusieurs années de quiétude et d'insouciance vinrent les tracas. D'après ce que j'ai pu comprendre, Salvatore n'était plus en odeur de sainteté auprès de certains de ses chefs aux États-Unis. Il venait souvent se ressourcer ici, échappant ainsi à l'ire de ses coreligionnaires. Fatalement, le secret de sa retraite a été éventé. Un jour, ses amis débarquèrent en force à Sainte-Lucie et menacèrent le maire de mettre notre bourgade à feu et à sang si nous continuions à donner asile au «bâtard». C'est ainsi qu'ils le désignaient. Devant les tergiversations du maire, chez qui la faiblesse de l'âme est presque une vertu, l'époux de Concepcion se proposa comme intermédiaire. Soucieux d'éviter un bain de sang, il prétendit pouvoir convaincre Salvatore de se rendre, ou de partir pour ne plus revenir. En réalité, il cherchait à gagner du temps au profit de son ami. La supercherie dura dix-huit mois, jusqu'au jour où, las d'attendre une reddition qui ne venait pas, ils fusillèrent le malheureux Dominicain à bout portant après l'avoir torturé pendant toute une nuit.

– Et...

Billy avait du mal à prononcer le nom de Salvatore. Alexandra vint à son secours:

– Oui, qu'est-il advenu de Salvatore, mon père?

Le curé ouvrit ses paumes dans un geste d'impuissance.

– Il a été obligé de fuir... ailleurs. Oh! Il ne manquait pas de ressources ni d'intelligence! C'est pour cela que vous lui ressemblez tant, monsieur Jordan! Il était attachant, vous savez, avec ses moments d'inconscience et de joie de vivre désarmante. Lui et frère Bartholomé donnaient tous deux l'impression de jouer aux cartes dans l'arrière-salle d'un bar-tabac de banlieue, alors que l'incendie gagnait la toiture! Ils ne se rendaient même pas compte que le feu était sur le point de les engloutir dans son manteau de flammes!

Il eut un soupir et poursuivit sur un ton plus bas:

– Et puis, vous savez, il y a ceux qui assimilent leur guerre et ceux qui racontent sans cesse leur combat! Salvatore, c'était plutôt le genre lutteur solitaire. Mais, de toute évidence, sa cavale était vouée à l'échec. Dès qu'ombre et lumière s'emparent de la vie d'un homme aux activités aussi ambiguës, il est exposé aux suspicions de la justice et à la méfiance de ses frères d'armes! C'est probablement pour cela qu'en dernier recours il s'est rendu au Brésil pour se refaire un nouveau visage.

– Vous le saviez? demanda Billy, étonné.

– Un jour, frère Bartholomé m'a vaguement expliqué que j'aurais du mal à reconnaître Salvatore lors de notre prochaine rencontre. Mais il n'a pas épilogué. J'avais néanmoins compris à demi-mot, vu le contexte hostile dans lequel pataugeait son ami. En réalité, je ne l'ai plus jamais revu.

Il laissa un sourire flotter sur son visage sombre.

– C'est pour ça que j'avais hâte de vous rencontrer, après qu'on m'eut annoncé votre visite. Et je dois convenir que tout à l'heure, lors de votre arrivée, j'ai été traversé d'un sentiment d'incertitude.

Il y eut un silence. Le prélat laissa son regard s'enfuir au-delà du jardin peuplé d'ombres vers l'horizon marin enrubanné de volutes cramoisies. De ce geste machinal et gracieux de la main qu'il répétait souvent, il chassa les quelques souvenirs qui remontaient en lui et revint à son récit.

– En revanche, je sais que Salvatore continuait à entretenir d'étroites relations avec frère Bartholomé. C'est ce qui explique les appels téléphoniques dont vous m'avez fait part tout à l'heure. Et je dois vous avouer qu'en reconnaissance de ces quelques années qui, grâce à lui, ont constitué la période faste d'Anse Galion, nous n'avons pas hésité à l'aider, ou plus exactement à fermer les yeux sur certaines opérations échafaudées depuis Sainte-Lucie. Je pense que vous me comprenez. Il est exact que nous devenions tous ainsi, à des degrés divers, complices involontaires de ses activités.

Il se tourna vers Billy, un sourire amusé aux lèvres sous lequel se cachait la mesure d'un jugement.

– Après tout, le mot fraternité est inscrit dans les préceptes de la mafia, que je sache!

– Êtes-vous mafieux, mon père? demanda Billy, une pointe d'étonnement ponctuant la fin de sa phrase.

Le curé rétorqua sans hésiter dans une tonitruante explosion de rires:

– Le Seigneur m'en garde!

Redevenant soudain sérieux, il poursuivit:

– Non, bien sûr que non! Et je vous avouerai qu'il n'existe pas pour moi de mot assez dur pour nommer ce genre de complaisance à l'égard d'une idéologie criminelle. Mais, comme je vous le disais précédemment, il faut prendre en compte le contexte et les liens qui existaient entre les divers personnages.

Il laissa planer un silence. Se tournant une nouvelle fois vers Billy, son regard se teinta d'une certaine humanité.

– Cela a dû être pénible pour vous. Sincèrement, je ne vous envie pas!

Une moue laconique se dessina sur les lèvres de Billy.

– Vous savez, je traverse ces épreuves serein, avec un grand calme intérieur. Chaque jour apporte son écot de nouveauté, de clarté, de vérité. C'est une école de patience qui a eu l'heur de fortifier mes convictions les plus intimes. Aujourd'hui, toute réflexion sur ce sujet s'insère pour moi dans la distance. Je sais qu'un jour, fatalement, je finirai bien par arriver au bout du voyage.

Les yeux noirs du prélat ne le quittaient pas. Billy sentait le regard glisser sur les escarres de son visage. Face à lui, Alexandra le regardait. Ils se sourirent. La voix du curé se fit confidentielle:

– Nous allons essayer de vous aider, monsieur Jordan.

Billy parut sceptique.

– M'aider? Le pouvez-vous vraiment? Et de quelle manière, mon père?

– Frère Bartholomé ne parlait pas ou peu, mais il écrivait. Il notait tout. Nous avons gardé ses archives.

Une lueur de joie traversa le visage déchiré en intensifiant le regard bleu.

– Ici, au monastère?

L'index du curé désigna le sol.

– Ici... sous le monastère!

L'émotion gagnait Alexandra. D'une petite voix, elle demanda:

– Vous gardez ces documents dans les caves du monastère?

Le curé, imité par les deux jeunes gens, se leva dans un bruit de chaise. Par la fenêtre grande ouverte, l'air frais du soir pénétrait par bouffées. Un frisson chatoyant parcourait la mer sous la lune naissante. Les yeux du prélat croisèrent ceux d'Alexandra.

– Il existe en effet des caves dans cette demeure. Mais ce n'est pas en cet endroit que se trouvait le repaire de frère Bartholomé, si je peux m'exprimer ainsi en parlant des catacombes qui probablement ont sauvé, en leur temps, plus d'une vie.

Il se retourna carrément vers eux. Sa stature était impressionnante.

– Vous savez, en homme soucieux de ses prérogatives et de ses responsabilités, frère Bartholomé ne laissait rien au hasard. Pour les actions personnelles qu'il avait à mener, toujours dans le secret il va sans dire, il préférait par mesure de sécurité utiliser les passages secrets construits par les moines au XVIIe siècle. Je parle des premières fortifications édifiées par les bagnards venus du Royaume-Uni. Tous ceux qui à l'époque ont participé aux travaux étaient des prisonniers condamnés à perpétuité, souvent gravement atteints par les maladies tropicales qui décimaient leurs rangs. Le secret était ainsi bien gardé! Une partie de ces constructions servit précisément à leur sépulture. C'est pourquoi je parle de catacombes. En réalité, ce sont d'interminables galeries communiquant avec des grottes naturelles qui donnent directement sur la mer, au pied même des falaises du Petit Piton. Il y a quelques siècles, ces cavités extrêmement profondes et accessibles uniquement par la mer servaient de refuge aux pirates qui sévissaient entre les diverses îles de la Caraïbe. Voilà plus de cent ans, des éboulements externes ont obstrué les orifices, préservant ainsi leur inviolabilité. Aujourd'hui, ces excavations ne sont connues que d'initiés qui se comptent sur les doigts d'une main. C'est pourquoi je vous demanderai de garder le secret le plus absolu sur ce que vous allez voir. Je considère que j'ai votre parole.

Sans attendre leur réponse, sa forte corpulence faisant voleter la soutane autour de ses chevilles, l'homme en noir se dirigea vers la porte du couloir.

– Suivez-moi, s'il vous plaît, leur intima-t-il de sa voix puissante sans se retourner.

Arrivé dans le large corridor qui menait vers le fond de la demeure, il l'enfila de son pas lourd. Des portes travaillées en damiers rappelant un style castillan s'ouvraient sur la galerie en ogive. Entre chaque embrasure de bois clair, des guéridons vides de tout objet alternaient avec de petites bibliothèques aux panneaux ajourés qui laissaient apparaître des livres reliés de cuir. Sur les hauts murs recouverts d'un floc carmin, une suite de tableaux exploitant des thèmes bibliques ou religieux était pauvrement éclairée par des appliques de métal en forme de bougeoirs.

Soudain, la voix basse du curé retentit:

– Madeleine!

Instantanément, une des portes surmontées d'un simple crucifix en bois s'ouvrit sans bruit. Le corps tassé de la vieille sœur se profila dans l'encadrement. Tête baissée, la coiffe grise sur le front, elle souffla:

– Vous m'avez appelée, Père?

Il la frôla sans ralentir. Ses paroles résonnèrent entre les murs longitudinaux:

– Je vais dans mon bureau avec ces personnes. En aucune manière je ne veux être dérangé. Par quiconque! Viens t'assurer de la fermeture derrière nous.

Il arrivait au bout du couloir. Brusquement, devant un double battant en coin, il releva sans façon l'un des pans de sa soutane, laissant apparaître un pantalon de la même couleur. Il plongea une main dodue dans sa poche droite. Lorsqu'il la retira, ses doigts enserraient une chaînette d'or à laquelle pendouillait une étrange clef à trois ailettes qui rappelait par sa forme les queues de fléchettes. Il l'introduisit dans la serrure.

Le pêne coulissa dans un claquement sourd. Lorsque l'un des battants fut poussé, Billy constata qu'un blindage d'acier en protégeait l'armature. Ils pénétrèrent tous les trois dans la pièce éclairée par un immense lustre suspendu au plafond. Derrière eux, l'huis se referma sur la sœur dans un crissement métallique. Bruyamment, le tenon reprit sa place dans la gâche. Billy se retourna pour se rendre compte que la lourde porte ne comportait ni poignée ni serrure. Il jeta un coup œil étonné à l'hôte. Celui-ci le regardait, un léger sourire moqueur aux lèvres. Sans le quitter des yeux, avec une infinie lenteur, il haussa les sourcils comme pour formuler une excuse muette.

– Mesure de sécurité, monsieur Jordan! Et pourtant, quiconque entre dans ces lieux est à la merci de ceux qui se trouvent à l'extérieur!

C'était une grande pièce carrée, richement meublée en comparaison de la précédente qu'ils venaient de quitter. Les murs alternaient boiseries, velours et tapisseries anciennes. Comme dans une église, aucune fenêtre ne s'ouvrait sur le monde des païens. Seuls des vitraux haut perchés laissaient filtrer la clarté naturelle, teinte par les diverses couleurs du verre.

Sur leur gauche prenait place un scriban en acajou de Cuba aux côtés de deux fauteuils de lecture. En coin, une alcôve abritant une charmante sculpture de terre cuite du siècle dernier représentait la Vierge. Légèrement en retrait du centre, posée sur un tapis aux tons sombres, trônait une imposante table de travail en merisier teinté. Un christ admirable d'hiératisme lui faisait face, serein dans sa miséricorde, entouré de symboles évangéliques. Derrière le bureau et son siège de cuir, une profonde cheminée s'adossait au mur de pierres mises à nu. Elle était entourée de deux piliers de marbre blanc supportant une immense poutre de chêne travaillée en parure Régence. Au sol, un authentique parquet Versailles en lames de merbau massif avait remplacé avantageusement les dalles anciennes.

L'homme à la soutane marqua un temps d'arrêt. Son œil noir se posa tour à tour sur les deux visiteurs. Sa voix se fit basse :

– La plupart des visiteurs du monastère ne dépassent pas la pièce que nous venons de quitter. Les privilégiés admis dans celle-ci sont rares, et les raisons d'un tel événement, exceptionnelles. Vous êtes ici dans ce que mes prédécesseurs considéraient comme le centre de l'univers spirituel, un espace conçu pour la méditation.

Son regard s'égara vers le christ sur sa croix. Il se signa, puis montra du geste la partie dallée de l'âtre derrière la table de travail.

– Ne vous étonnez pas de cette présence sous nos latitudes tropicales. Cette construction a son importance et elle fonctionne parfaitement, comme vous pouvez le constater par le dépôt de suie sur les briques réfractaires!

Billy se remémora les deux cheminées noircies en chaque extrémité de la toiture. Mentalement, il se situa dans la partie sud du monastère.

De son pas lourd qui fit craquer les lames du parquet, le maître des lieux se dirigea vers la cheminée. Sans se retourner, il dit de sa voix basse :

– Vous allez passer du stade de privilégiés à celui d'initiés. Vous allez entrer dans un monde gouverné par l'esprit, en dehors du temps et de toutes les règles. Un monde où l'infini s'apprivoise, permettant à l'éternité de prendre sa revanche sur la vie quotidienne qui traîne comme autant de passementeries les effluves nauséabonds des faiblesses de nos âmes et de nos corps.

Arrivé près du foyer, le prélat tendit sa main vers le fond et pressa pesamment l'une des briques tapissant la paroi. À cet instant, comme par magie, tout un pan de l'âtre pivota pour laisser apparaître un minuscule escalier de pierre. Un courant d'air frais effleura les visages, faisant virevolter les mèches blondes d'Alexandra. Le curé, une main posée sur l'une des colonnes de marbre, se retourna vers les deux visiteurs médusés.

– Je vous dois une explication technique. L'ouverture du sas ne peut se faire qu'à froid. C'est-à-dire tant que la cheminée n'a pas été utilisée pendant au moins trente-six heures. La combustion dilate la pierre et les briques, empêchant toute rotation du système d'ouverture. C'est une des nombreuses mesures de sécurité imaginées par les anciens. Elle explique la suie que je vous ai fait remarquer tout à l'heure : après chaque utilisation du passage secret, nous allumons un feu afin de sceller, par expansion du matériau, les interstices que produit l'ouverture du sas. Le foyer refroidi, les interstices restent colmatés, mais le mécanisme peut fonctionner de nouveau.

Sur ces paroles, l'ecclésiastique saisit une torche qui se trouvait dans une encoignure de l'entrée souterraine et l'alluma à l'aide d'un briquet sorti de sa poche. Le feu crépita. Une forte odeur de térébenthine se répandit autour d'eux. Sans se retourner, il dit :

– Maintenant, suivez-moi et faites très attention. À cause de l'humidité, la pierre est moussue et les marches glissantes.

Ils s'engagèrent dans le boyau étroit et commencèrent leur descente avec précaution. Derrière eux, dans un automatisme silencieux, les vieux rouages s'activèrent pour refermer mystérieusement la poterne. Les trois visiteurs venaient de se séparer du monde des vivants.

Le curé descendait en tête; Alexandra se retrouvait entre les deux hommes. L'escalier en colimaçon taillé autour d'un axe central avait été creusé à même la pierre. Les marches, qui présentaient une usure concave en leur milieu, démontraient l'âge des lieux. Il n'y avait pas de rampe. En près de trois siècles d'utilisation, les mains sur la paroi avaient laissé une trace noirâtre semblable à un serpentin de nouvel an chinois. Au fur et à mesure de leur descente, les ombres démesurées projetées par le flambeau glissaient en une sarabande chancelante vers le trou en vrille.

Ils débouchèrent dans une immense salle taillée à même le roc par la main de l'homme. Mystérieux, les confins s'en perdaient dans l'ombre des profondeurs. Le prélat éleva la flamme dansante de sa torche. Au contact du feu, l'un après l'autre, les flambeaux suspendus aux parois du rocher s'incendièrent. La caverne se découvrit dans sa totalité, révélant un travail de titan qui rappelait les sanctuaires paléolithiques. Au sol, la terre alliée à du sable fossilisé dévoilait la proximité de la mer. Tout autour de la grotte, des ossements et des crânes mélangés à de minuscules galets ronds et réguliers créaient une fresque macabre en bas-relief qui s'insérait dans d'immenses tableaux morbides retenus contre le rocher à l'aide de vieux colombages mangés par le temps. Sur le dessus, comme dans une ordonnance bien rythmée, reposaient des caissons qui renfermaient les restes des pensionnaires importants ayant vécu au monastère. Sur chaque minuscule cercueil, une croix suivie d'un nom apparaissait.

Le regard de Billy fut attiré par un curieux objet à moitié caché par le renfoncement de la roche. C'était un autel de marbre baroque ciselé au couteau, aux fresques fardées d'un bleu mexicain. Il était surmonté d'une licorne de bois à tête de cheval. Au milieu du front, l'animal portait fièrement son excroissance épidermique. Tête levée vers le quadrupède, Billy s'en approcha. Derrière lui, la voix profonde du prêtre retentit en réveillant des échos dans le silence sépulcral :

– Il s'agit d'un autel trouvé à bord d'une caravelle espagnole coulée au XVIIe siècle non loin d'ici. Il fut remonté à la surface, pièce par pièce, et reconstitué avec minutie par les flibustiers qui avaient fait de cet endroit leur refuge. Leur antre, devrais-je dire, car ils se comportaient comme des animaux envers leurs semblables! Les fresques sont de leur conception. La licorne récupérée sur la proue du bateau perpétue en ces lieux le souvenir des valeureux marins morts au cours de ces trois siècles de confrontation.

Le silence pesant s'abattit de nouveau sur les trois visiteurs. Sur les parois, dans une succession rapide et désordonnée, l'ombre des flammes glissait, animée par un courant d'air au parfum d'iode et de sel. Fantasque, la lueur des flambeaux s'insinuait dans les cavités orbitales des crânes, leur redonnant, le temps d'un éclair, l'illusion d'un souffle de vie. D'un geste circulaire de la main qui soutenait la torche, l'ecclésiastique désignait l'étalage des ossements tapissant la partie basse de la paroi rocheuse.

– Comme je vous l'ai expliqué tantôt, nous sommes entourés des restes des malheureux forçats déportés ici. Mais il s'y trouve aussi les dépouilles de leurs gardes et des religieux qui ont donné leur vie à ce monastère. Et là, ce sont nos maîtres.

De son bras armé de lumière, il désignait un recoin de la nécropole en forme de crypte, soutenu par des arcades naturelles entrecroisées.

À même le sol constitué de terre battue reposaient neuf gisants de pierre surmontés d'une sculpture dans laquelle se devinait la tiare pontificale. Sans bruit, le prêtre s'approcha des sarcophages et s'agenouilla auprès du plus imposant en se courbant jusqu'à toucher du front la pierre froide. Il se releva en se signant, une auréole de sable encore collée à sa soutane qu'il ne chercha pas à chasser. Tête toujours penchée, mains jointes, il dit à l'attention de ses visiteurs:

– Ce sont les neuf dignitaires qui se sont succédé à la tête de ce monastère. Et celui-ci contient la sépulture de monseigneur Éloy, le premier de nous tous. Il n'était qu'abbé, mais il s'était frotté au monde! Quelle personnalité! On le soupçonnait d'être de sang royal tellement son caractère était teinté d'autocratie! C'est simple, il n'en référait qu'au pape ou au souverain!

L'homme d'Église se tourna vers Billy et Alexandra. Son visage était irradié d'une joie aussi profonde que soudaine.

– Un jour, dit-il, le regard brillant, si Dieu le permet, moi aussi je serai parmi eux! Suivez-moi!

Le curé se dirigea vers l'autel sauvé des eaux devant lequel il fléchit le genou en se signant gravement. D'un mouvement décidé, il contourna le meuble aux marbres clairs. Derrière, un étroit boyau taillé dans le rocher reliait la première cavité à une immense grotte naturelle qui s'ouvrait sur d'autres au travers de souterrains noyés dans l'obscurité. Dans ce labyrinthe creusé par les caprices de la nature et ancré dans l'histoire de l'île semblaient cohabiter en bonne harmonie les souvenirs agités du sabre de la flibuste, du mousqueton de l'État et du goupillon de l'Église.

De nouvelles torches crépitèrent, dévoilant une voûte très haute qui reposait sur de sublimes arcades s'emboîtant dans une étonnante architecture naturelle. D'impressionnantes stalactites millénaires tombaient des arches, formant une herse protectrice. La fumée monta en volutes sombres attirées par un appel d'air. Des tons subtils de bleu et de vert apparurent sur les hautes parois recouvertes de mousse tendre. La fraîcheur se fit plus perceptible. Toute proche, mais invisible, la respiration régulière de la mer rappelait le monde extérieur, celui des vivants.

À l'écart, protégée du souffle marin, une minuscule cavité prenait l'aspect d'une alcôve. À l'intérieur, un sofa était appuyé contre la paroi protégée de l'humidité par une épaisse tenture accrochée au mur de pierre. Dessus, sagement pliées, se trouvaient plusieurs couvertures militaires. À droite, un grand bureau Charles X en acajou au cylindre rabattu était flanqué d'une chaise de bois toute simple. Un bougeoir d'étain du siècle dernier surmontait la table de travail. De chaque côté du meuble, deux hautes armoires aux placages écaillés créaient un mélange harmonieux des styles Tudor et colonial. L'un des battants était légèrement entrouvert. Sur plusieurs étagères apparaissait un amas désordonné de dossiers divers.

Alexandra et Billy venaient de pénétrer dans le monde secret de frère Bartholomé.

CHAPITRE 33

Billy s'étira langoureusement, projetant ses deux bras au-dessus de sa tête. Encore en extension, il jeta un coup d'œil furtif au bracelet-montre que lui avait offert Brian Hennessy à Gibraltar. Le cadran plat indiquait six heures trente. Il se redressa, surpris. Il venait de réaliser qu'il avait travaillé toute la nuit sans relâche. Pourtant, un nombre considérable de moignons de cierges et de bougies au pied du chandelier en témoignaient. Un amoncellement de dossiers ouverts et de notes écrites démontrait la fièvre laborieuse qui l'avait accompagné tout au long de ces heures nocturnes.

Près de lui, emmitouflée dans les couvertures militaires couleur bistre, Alexandra dormait sur le canapé. Son visage découpé au travers des mèches blondes, délicatement posé sur les deux petits poings ramenés sous le menton, respirait une jeunesse insouciante. Envahi par un sentiment d'affection qu'il ne se souvenait pas avoir éprouvé par le passé, Billy la dévisagea un long moment. Il resta un instant songeur. «Quel passé?» se dit-il en haussant les épaules d'un geste las. Celui-ci, vieux de quelques mois à peine et qu'il venait de vivre à cent à l'heure au péril de sa vie? Ou l'autre qu'il ne connaissait pas? Qui était-il réellement? Que lui réservait cet avenir qui paraissait s'entrouvrir aujourd'hui à la lumière des nouvelles révélations qui se proposaient à lui? Et en quoi ces révélations pouvaient-elles l'aider à retrouver son identité?

Il soupira bruyamment. Que de chemin parcouru depuis les nuits tendres, chaudes et insouciantes de l'Ascension! Que de rebondissements chaotiques, parsemés de demi-vérités, révélées d'une manière presque toujours singulière! Et aujourd'hui, où en était-il? Il dodelina de la tête dans une attitude d'impuissance.

– Pratiquement nulle part! s'entendit-il se répondre à lui-même.

Sa déception était grande. Malgré l'incroyable abondance de renseignements qu'il allait rapporter de son voyage de Sainte-Lucie, il réalisait que ses efforts dans la recherche de son passé, une fois de plus, avaient échoué. Pire, les assertions de Concepcion et de sœur Madeleine remettaient les compteurs à zéro. Dans une fuite qui s'éternisait, il devait effacer tout et recommencer.

Mais, dans son for intérieur, il sentait qu'il n'avait jamais perdu cette espérance fragile qu'il avait su cultiver malgré les circonstances trop souvent défavorables, celle de recouvrer un jour la trame de sa vie antérieure. C'était une question de temps, de patience stoïque à laquelle il se résignait. Malgré les événements et les apparences, il refusait de laisser les sentiments de rancœur, de tristesse et d'amertume gagner son cœur. Il porta un regard imprégné d'une tendresse soudaine vers Alexandra.

Absorbé dans ses pensées, Billy se leva sans bruit pour se diriger vers l'entrée obstruée de la caverne. Sentinelles temporelles de ces lieux mystiques miraculeusement épargnées par les soubresauts de l'ère industrielle et touristique, d'énormes stalagmites parsemaient le sol au milieu des débris de gros cailloux nés d'affaissements centenaires. Plus il s'approchait du vieil orifice empierré, plus le lancinant ressac de la mer devenait audible. Sous ses pieds, à grands coups de boutoir, les vagues invisibles s'engouffraient rageusement dans les siphons des cavités sous-marines. L'eau était omniprésente. De toutes parts, le rocher suintait en de minces rigoles tortueuses. Cette transpiration minérale donnait naissance à une mousse onctueuse et verdâtre qui prenait d'assaut chaque aspérité. Billy leva la tête. La grotte lui rappela le ventre d'un immense vaisseau, plein de tumulte, un jour de tempête.

Plantés obliquement dans les parois, les flambeaux lançaient leurs dernières flammèches vers la voûte torturée noyée d'ombres. Une pâle lumière diffuse en provenance de l'océan par réverbérations successives permettait de mieux apprécier la taille monumentale de la caverne. Au fond de la cavité, d'autres galeries se devinaient pour se perdre aussitôt mystérieusement dans les ténèbres froides et humides.

Dehors, le jour se levait. Billy crut entendre le cri d'un oiseau. À pas lents, il retourna vers sa table de travail.

Le labeur méticuleux d'une nuit lui avait donné accès à une foison de renseignements inestimables. Tous les dossiers ouverts par frère Bartholomé, toutes ses annotations transcrites d'une écriture fine et appliquée, tous les chiffres soigneusement consignés dans de savantes colonnes démontraient l'existence d'une insoupçonnable vie en marge de la curie, une vie trépidante, indépendante, extrêmement féconde.

Mais la découverte la plus spectaculaire que cette veillée avait permis à Billy de faire tenait dans la mise au jour des cheminements tortueux de l'énorme flux monétaire engendré par les activités de son double.

Le moindre dossier, le plus élémentaire des comptes rendus de société, le bilan le plus simple, tout ramenait inévitablement le lecteur à une ou plusieurs affaires financières ayant pour but de coordonner, de gérer ou de financer les activités les plus diverses d'un groupe international aux ramifications étendues aux quatre coins de la terre. Indubitablement, chaque pièce de cet immense puzzle monétaire portait la marque d'un génie de la finance. Les structures fiduciaires qui défilaient sous les yeux effarés de Billy illustraient des montages financiers sophistiqués et complexes. Mais, tout compte fait, l'itinéraire des fonds était très simple à suivre une fois le mécanisme déchiffré, compris, domestiqué.

Afin de dérouter toute procédure légale de recherche d'identité, les avoirs des entreprises étaient transférés à de multiples reprises. Au travers d'institutions financières écrans, les masses faramineuses d'argent sale voyageaient des Caraïbes à Hong-Kong, du Liechtenstein au cap de Bonne-Espérance, en transitant aussi bien par le Luxembourg, Panama, ou les îles anglo-normandes de la Manche. L'ensemble de ces manipulations était placé sous la surveillance de plusieurs cabinets d'avocats internationaux, rémunérés conformément au droit le plus strict par une banque sise au Vatican. Tous les transferts étaient avalisés par des écrits à l'en-tête de fiduciaires ayant pignon sur rue qui agissaient au nom de leurs clients respectifs, sous des signatures chaque fois différentes pour chacune des opérations. Dans cette mouvance perpétuelle de fonds qui voyageaient en boucle, il était impossible d'attribuer les transactions à des affaires précises ou d'en vérifier les origines. A fortiori, nul ne pouvait remonter aux sources, aux justificatifs à l'appui de ces gesticulations monétaires. D'autant plus que, pour chaque opération ordonnée par SAWJ, aussi minime soit-elle, il n'existait qu'un seul exemplaire original de la décision. Et cet original était là, à l'abri sous trente mètres de rocher. L'opacité était totale. Le blanchiment était imparable.

Devant la désinvolture de ces transactions en chaîne, on était tenté de croire à un manque de clairvoyance des banques, sinon à l'incurie volontaire de certains de leurs cadres. En fait, il n'en était rien. Au fil de ses lectures édifiantes, Billy avait constaté que le secret bancaire était loin d'être un rempart potentiel contre le capital du crime. Le principe fondamental de sécurité exigeant des banques une connaissance de l'identité de leurs clients n'était pratiquement jamais appliqué. Sans doute pour des raisons simples. D'une part, les institutions financières concernées rechignaient à faire la police vis-à-vis des deniers qui leur étaient confiés, considérant, avec raison jusqu'à un certain point, que ce n'était pas leur travail. D'autre part, se voir confisquer par les forces de l'ordre les avoirs qui leur étaient confiés, peu importe leur origine, risquait d'anéantir la sacro-sainte réputation de discrétion du monde des banques et de ruiner les bases mêmes de leur existence.

En l'espace d'une nuit, Billy avait éventé le fonctionnement de cette incroyable machine financière. Une machine d'autant plus efficace que toutes les décisions importantes, tous les ordres cruciaux étaient le fait d'une seule et même personne : SAWJ.

Chaque opération, chaque mouvement transitait par le frère Bartholomé, qui agissait ainsi comme un sas de sécurité, de la même manière qu'on protège les fichiers informatiques en en faisant une copie sur un disque dur. À l'égard du numéro secret attribué à chacune des transactions, l'ecclésiastique consignait méticuleusement et à la main la date, la raison, le montant, le récipiendaire. Grâce à ses indications, les codes d'accès aux moindres comptes disséminés dans les différents paradis fiscaux étaient dévoilés. La moisson des renseignements dépassait toute imagination par son envergure.

L'inventaire des possessions à lui seul avait demandé plusieurs heures. Heureusement, Billy avait réussi à les localiser très précisément, un peu partout sur la mappemonde. Il s'agissait aussi bien d'avoirs fiduciaires sous forme de portefeuilles d'actions que de comptes à terme, d'obligations ou de sociétés en nom propre ou holdings.

Précisément, dans ce fourre-tout indescriptible, on retrouvait pêle-mêle des participations financières, plusieurs exploitations de restaurants italiens réunis sous diverses enseignes, de nombreuses chaînes hôtelières, des usines spécialisées dans le matériel de construction, des intérêts dans des sociétés de presse et de télévision, des exploitations pétrolifères, une dizaine de compagnies maritimes, des studios de cinéma et des investissements de toutes sortes dans l'immobilier international. Tous les documents officiels, tous les titres de propriété originaux, tous les relevés de banques étaient là, entre les mains d'un Billy éberlué.

Toute cette moisson corroborait le travail méticuleux qui avait été ébauché par les adjoints de Ricky et confirmé par les informations de Brian Hennessy. Les sources des renseignements colligés étaient donc fiables.

Toutefois, ce merveilleux travail de recherche n'avait pas réussi à lever le voile sur une activité importante de SAWJ, qui demeurait entachée d'une ombre tenace et laissait une épine lancinante sous l'épiderme de Billy. Il s'agissait de la société Saint-Jean, enregistrée aux Bermudes. Crânement, elle gardait tout son mystère.

À l'évidence, pourtant, cette société était le centre moteur de l'édifice financier. Toute action péremptoire de SAWJ prenait sa source en son sein. De la même manière, tout retour d'information ou de confirmation, tout stockage de données lui revenait en fin de parcours. En quelque sorte, il s'agissait d'une seconde copie de sécurité des centaines d'activités engendrées journellement par toutes les sociétés satellites du groupe international. L'une était Saint-Jean, aux Bermudes. L'autre était incarnée par frère Bartholomé à Sainte-Lucie.

Un sourire amusé s'afficha sur le visage fatigué de Billy. Il marmonna pour lui-même en secouant la tête:

– L'ordinateur le plus sophistiqué au monde à égalité avec le crayon bien taillé! Sacré SAWJ! Il était fort, quand même!

Le stratagème était ingénieux, il fonctionnait à merveille! Car, si la société Saint-Jean risquait malgré les mesures de sécurité prises de voir un jour ses secrets éventés, frère Bartholomé demeurait totalement à l'abri de toute action judiciaire ou policière. En cas de péril, le saint homme avait tout le temps nécessaire pour prendre des mesures radicales à l'égard des renseignements enterrés sous des tonnes de falaises schisteuses dans le silence de catacombes plus que centenaires. En quelque sorte, une main lavait l'autre. C'était bien dans l'esprit de la Sicile!

Billy sourit à nouveau et se passa les doigts sur le front. « Voilà, se dit-il, la preuve du fantastique machiavélisme de SAWJ, qu'avait deviné Ricky dès les premiers travaux de recherche entamés à Tampa: l'esprit le plus brillant dans le corps d'un incroyable Lucifer des temps modernes. »

Ce qui était étrange, c'est que ni le frère Bartholomé ni la société Saint-Jean ne disposaient d'avoirs personnels. Ils avaient tous deux une fonction de gestion, mais sans revenus, aucune de ces deux extrémités ne percevant un salaire direct. À la limite, cela pouvait se comprendre chez un homme d'Église qui dépendait directement du monastère et fonctionnait au travers des comptes courants ouverts à l'avantage de la curie en place. Mais comment expliquer ses actions charitables outrancières au profit des habitants d'Anse Galion?

En revanche, lorsqu'il s'agissait de la société Saint-Jean, il était inconcevable qu'elle fonctionne sans budget, sans capital liquide. Au vu de son utilisation et de sa fonction, elle appartenait à part entière à SAWJ, qui en était l'unique gestionnaire. L'image que donnait SAWJ de lui-même s'adaptait mal à cette logique. Comment imaginer qu'un esprit aussi ludique, animé d'une telle passion pour le faste et le lucre, ait pu travailler sans honoraires, uniquement pour le roi de Prusse, sans tirer aucun revenu de son labeur? Et, par voie de conséquence, qu'étaient devenues toutes les acquisitions personnelles mobilières et immobilières de SAWJ, auxquelles Dikins avait fait référence à Tanger?

Billy était songeur. Quelque chose, quelque part, coinçait. Il ramena ses deux mains en prière face à son visage en soufflant bruyamment. Il pressentait qu'il était tout près de la vérité, mais il n'arrivait pas à en saisir le mécanisme. « Après tout, se dit-il, aussi bien SAWJ que frère Bartholomé avaient accès d'une manière ou d'une autre aux fonds dont ils faisaient abondamment usage. L'un en distribuant ses subsides et largesses à une population locale séduite et malgré elle complice, l'autre en menant une vie de nabab dans les plus grands palaces du monde malgré que la moitié de la gent policière mondiale fût lancée à ses trousses! »

– Qu'est-ce qui te trouble?

C'était Alexandra. Elle venait de se réveiller. Languissante, elle le fixait de ses yeux émeraude grands ouverts.

Une fois de plus, Billy était pris sous le charme de son regard. Il y puisa une grande chaleur intime qui lui irradia immédiatement le cœur. Dans un lent mouvement, il vint s'agenouiller auprès d'elle et posa ses lèvres sur les siennes. D'une main, il lui replaça tendrement une mèche de cheveux blonds.

– Rien, dit-il d'une voix étouffée. J'ai pratiquement terminé...

Elle le regardait toujours. De sa petite voix, les mains tenant la couverture sous son menton, elle lui souffla au visage:

– Non. Il y a quelque chose qui te chiffonne.

Il soupira sans cesser de sourire.

– Oh! Ce n'est vraiment pas grand-chose, finit-il par répondre en secouant négativement la tête. Simplement, je n'arrive pas à saisir comment opérait SAWJ. Je ne comprends pas comment il procédait pour s'autofinancer. Après tout, il menait grand train et je n'ai aucune trace de retraits d'argent liquide ou de débit de chèque. Et il en va de même de frère Bartholomé!

– Ils avaient probablement un compte en commun des plus classiques...

– Peut-être. Mais je n'en retrouve aucune trace.

Il se releva, prêt à retourner à la table de travail fermer les dossiers. Elle le retint par la main.

– Ce n'est pas possible...

Il se retourna, surpris, la regardant de ses yeux inquisiteurs.

– Pourquoi dis-tu cela?

Elle avait toujours son regard de petite fille bien sage. Elle tira légèrement sur les couvertures pour mieux couvrir le bas de son visage. Sa voix parut étouffée par l'épaisseur de laine.

– Parce que je suis persuadée que ce compte est ici, et nulle part ailleurs! Cette grotte est bien mieux qu'un coffre-fort dans la meilleure des banques du monde. Et frère Bartholomé payait en espèces toutes ses dépenses. Inévitablement, il prélevait des fonds quelque part, puisqu'il ne voyageait pratiquement jamais hors de l'île.

La logique du raisonnement époustoufla Billy.

– Tu as probablement raison. Mais alors, sous quel nom? Je n'ai rien trouvé de semblable ou d'approchant...

– Tu m'as parlé hier d'initiales, C. A. P., je crois. Ni toi ni ton avocat n'arriviez à les attribuer à quelqu'un...

Billy s'accroupit à nouveau auprès d'Alexandra. Son visage reflétait une intense préoccupation. Il pressentait que la psychologie toute simple et sans a priori d'Alexandra pouvait l'aider là où, enfermé dans une logique mathématique, son esprit butait.

– En effet, dit-il d'une voix lente, il est exact que les initiales C. A. P. apparaissent dans certains dossiers. Mais ils ne se rattachent à aucune référence bancaire, aucun numéro, aucune adresse, aucun nom en particulier...

– Parce que c'est un code qui en cache un autre... ou un nom...

– Possible, mais lequel?

Alexandra s'était redressée légèrement. Paresseusement, elle arrangea un coussin qui lui tenait lieu d'oreiller. Ses mèches blondes s'éparpillèrent autour d'elle comme les tentacules d'une méduse. Il y eut quelques secondes de silence. Les yeux perdus dans les alvéoles de la voûte torturée au-dessus de sa tête, elle demanda de nouveau de sa petite voix:

– Quel est le nom réel de frère Bartholomé?

– Bernard Bethel. C'est un nom assez répandu dans les Caraïbes, surtout aux Bahamas. Il ne disposait d'aucun compte en nom propre.

Elle semblait réfléchir. D'une légère rotation du torse, elle se tourna vers Billy, toujours accroupi auprès d'elle.

– Et le curé?

– Le curé? Il dispose de plusieurs comptes en effet, tous relatifs au fonctionnement du monastère. Mais...

– Comment s'appelle-t-il?

– Michael-Filimore Ferat.

Elle donnait l'impression d'hésiter. Avec une lenteur presque exagérée, sa tête pivota vers Billy. Il lui sembla entrevoir une lumière dans le regard de jade. Elle paraissait troublée. Tendu, Billy sentit une fatigue soudaine l'envahir. Ses genoux s'ankylosaient. L'humidité pénétrait sa chemise; il frissonna. La voix d'Alexandra lui parvint, presque inaudible.

– Et comment écris-tu Ferat?

Il haussa les épaules, légèrement agacé.

– Comme cela se prononce: F-E-R-A-T. C'est un nom à consonance espagnole comme il y en a beaucoup ici, et qui remonte probablement à l'époque glorieuse des conquistadors! Où veux-tu en venir?

Vivement elle se redressa sur ses coussins. Les couvertures glissèrent, dévoilant un chemisier échancré sur une poitrine tout en rondeurs.

– Il y a certainement un autre compte...

– Un autre compte?

– Oui, un autre compte au nom de F-E-R-R-A-T. Ferrat avec deux r...

Billy avait du mal à suivre. Elle s'en rendit compte et lui sourit.

– Écoute, fais-moi plaisir. Cherche bien; Ferrat avec deux r. Je t'expliquerai après...

L'incrédulité se lisait sur le visage de Billy. En silence, il se releva péniblement, sans quitter Alexandra du regard. Lentement, il se dirigea vers le bureau à cylindre. Avant de s'asseoir, il marmonna entre ses dents, sceptique:

– Ferrat avec deux r?

Elle lui lança joyeusement:

– Oui, monsieur! Avec deux r. Et je te parie à dix contre un que ce compte existe!

Laconique, la tête plongée dans les dossiers, il lui répondit:

– Je ne parie jamais. Comme dit Chipi, dans chaque pari, il y a un voleur et un imbécile. Et je ne tiens pas à jouer le rôle...

Elle ne le laissa pas finir:

– ... de l'imbécile!

Il se redressa, légèrement vexé devant son rire en cascade.

– Je n'ai pas dit cela.

– Mais tu le penses! Alors, que disent les dossiers?

Il laissa passer quelques instants, puis soupira en lui jetant un coup d'œil en coin.

– Il y a bien effectivement un compte au nom de Ferrat... avec deux r. Je reconnais que tu avais vu juste. Félicitations pour ta perspicacité!

Il ajouta comme pour se justifier:

– Au cours de la nuit, j'avoue ne pas y avoir prêté attention. Par mégarde au vu du volume qu'il engendrait, j'avais associé ce compte à la gestion du monastère.

– C'est certainement dans cet esprit de dissimulation qu'il a été ouvert sous ce nom! Est-il si important que cela?

– Très important, si on le considère comme un compte personnel. Il présente actuellement un actif de plus de deux millions de dollars. En revanche, ce qui est étrange, c'est qu'il soit alimenté directement sous écriture de C. A. P. depuis les Bermudes.

– En quoi est-ce étrange?

Il croisa ses doigts derrière sa nuque et s'étira paresseusement. La fatigue d'une nuit sans sommeil commençait à lui tirailler le dos. Il réprima un bâillement qui étouffa sa voix:

– Parce que l'origine de C. A. P. n'est pour le moment, jusqu'à preuve du contraire, qu'un ensemble d'initiales non définies. Et non une réalité bancaire bien précise.

Elle eut un mouvement d'épaules saccadé devant une telle évidence.

– Et pour cause! Il est clair que nous ne sommes pas en présence d'un compte, mais plus prosaïquement d'un code bancaire! C'est ce que j'essaye de te faire comprendre depuis tout à l'heure. La mention de C. A. P. accompagnant les transferts indique l'origine des fonds. En d'autres termes, le compte secret de ton copain SAWJ!

Cette dernière remarque surprit Billy. Il se leva précipitamment pour venir s'accroupir près de sa compagne.

– Attends, je te suis mal dans ton cheminement. Et d'abord, explique-moi ce qui t'a amenée sur Ferrat avec deux r.

Elle sourit à pleines dents.

– Psychologie féminine, mon vieux! Réfléchis une seconde. Un, tu te trouves en présence d'une société appelée Saint-Jean, d'accord?

Elle attendit qu'il acquiesce de la tête.

– Deux, les initiales C. A.P., toujours d'accord? Très bien. Trois: le curé Ferat! Tu me suis? Bien! Tu reprends le tout, tu assembles les initiales de C. A. P. pour faire Cap, et tu ajoutes un R à Ferrat. Qu'est-ce que cela te donne? Saint-Jean-Cap-Ferrat! Village bien connu sur la Côte d'Azur!

Un sourire gouailleur creusait ses fossettes.

– Je n'ai aucun mérite, puisque je connais bien le coin! Je t'ai raconté que mon père m'envoyait régulièrement en Provence parfaire mes notions de français. Or, précisément, mes correspondants de l'époque disposaient d'une villa de vacances sur la presqu'île du cap Ferrat.

Billy était toujours accroupi, dévisageant Alexandra de ses yeux ronds. Perplexe, il était néanmoins obligé de reconnaître que la démonstration avait l'avantage d'une simplicité éblouissante. Encore fallait-il s'assurer de l'exactitude de cette logique dans les faits.

Il se releva, silencieux, sans la quitter des yeux. Elle lui souriait, comme une gamine heureuse du bon tour qu'elle venait de jouer à son grand-père. Le temps d'une seconde, une moue sceptique recouvrit son visage. Il finit par murmurer:

– Certes, ton raisonnement démontre beaucoup de lucidité et d'à-propos. Je dois reconnaître honnêtement que cela tient la route, bien qu'il faille maintenant prouver que tout cela ne repose pas sur une coïncidence de noms...

Elle secoua ses mèches blondes, laissant une mimique narquoise se dessiner lentement sur ses lèvres:

– Toujours aussi méfiant! Vous êtes tous pareils, les bonshommes! Vous vous imaginez constamment que vous êtes les seuls à pouvoir détenir la vérité! Eh bien, non! Moi, je te dis que ce n'est pas une coïncidence! La clef de tous tes problèmes se cache là, quelque part sous l'appellation Saint-Jean-Cap-Ferrat! Que tu le veuilles ou pas!

Elle lui sourit à nouveau pour atténuer la brusquerie de ses dernières paroles.

– Et puis, tant que t'es debout, vérifie bien. Je suis certaine que le frère Bartholomé était l'unique utilisateur du compte Ferrat avec deux r!

– C'est déjà fait. Tu as raison sur ce point aussi.

– Tu vois! Comme quoi tes initiales C. A. P., reconstituées en Cap te conduisent au sésame qui te donnera accès au compte personnel de SAWJ aux Bermudes.

À nouveau Billy parut surpris. Il demanda à voix basse:

– Attends! Là, je ne comprends plus. Tu vas trop vite! Explique-toi.

Elle le fixa avec ce regard propre aux femmes condescendant à prendre pied sur terre pour absoudre la bêtise masculine répandue sur la planète. Elle laissa passer quelques secondes avant de répondre d'une voix murmurée, en détachant chaque syllabe:

– Mais tout simplement, gros bêta, parce que tout se tient! C. A. P. devient le lien qui mène à la société Saint-Jean et à toute son activité internationale qu'elle traîne derrière elle comme une guirlande. En d'autres mots, au compte secret des Bermudes de ton homonyme, voyons!

– Mais même si c'est le cas, cela ne nous donne pas le code d'accès au compte secret! Si au demeurant il en existe un! Ce qui reste à prouver!

– Mais si! Et je suis en train de te l'expliquer! À défaut de la vivacité d'esprit que tu as égarée au cours d'une nuit passée tout seul sur ta chaise, utilise ce que tu viens de découvrir...

– Je t'en prie!

– Non, Billy, tu ne réfléchis pas! Ce compte secret existe bel et bien! C'est la logique même: SAWJ s'en servait comme relais pour effacer toute trace entre deux ordres. Même si un esprit superdoué arrivait à démanteler l'orchestration compliquée des divers cheminements financiers, immanquablement il butait sur le compte secret par lequel transitaient tous les ordres. Tout comme toi! Ainsi, toute piste était coupée! Tu comprends? Quant à l'origine C. A. P. mentionnée dans les virements, elle a pour fonction d'alerter les initiés sur la source émettrice, c'est-à-dire le compte secret. Et maintenant, prends bien conscience des données dont tu disposes: Saint-Jean d'un côté, et C. A. P. de l'autre. Bon! Que te manque-t-il pour fermer la boucle? Ferrat!

Son regard s'illumina:

– Ferrat, mon vieux! Est-ce que ça ne te sonne pas une cloche?

Visiblement, elle prenait un malin plaisir au jeu.

– Voilà le code secret que tu cherchais depuis si longtemps et qui n'apparaît sur aucune écriture! N'oublie pas que ton cher SAWJ était surtout un homme pragmatique, qui se souciait avant tout de l'efficacité. Et quoi de plus efficace que la simplicité? Tu saisis, maintenant?

Billy n'en revenait pas. En un rien de temps, Alexandra venait de résoudre l'énigme de la combinaison secrète de SAWJ, lui donnant un accès définitif au cœur même de toute l'organisation mafieuse. Il pivota sur sa chaise, la moquerie étirant ses lèvres.

– Faudra qu'un jour je pense à te remercier comme tu le mérites...

– Il n'est jamais trop tard! Autant commencer dès maintenant...

Coquine, elle le défiait de son regard pers. Ses fossettes se balançaient avec charme au coin des lèvres. Il se gratta l'oreille.

– Que veux-tu dire?

Elle se fit petite fille, se laissant glisser dans les couvertures.

– Viens me faire l'amour, imbécile! Après tout, tu me dois bien cela... Et si je peux me permettre, je dirai qu'il n'y a plus que dans ce domaine que tu peux encore m'apprendre quelque chose!

Ils furent réveillés par le curé. Il se tenait droit devant eux, imposant dans sa stature tout en rondeurs glissée dans le noir de son fourreau plissé. Billy avait du mal à retrouver ses esprits.

– Quelle heure est-il?

La voix basse du prélat lui parvint dans un brouillard.

– Tard! Il vous faut partir. Du village on vient de me signaler le retour des Italo-Américains.

Les yeux clairs de Billy scrutèrent le faciès impavide et froid de l'homme d'Église.

– Vous craignez quelque chose?

– Je ne crains que Dieu, monsieur Jordan. Mais il me semble inutile de vous exposer à la vindicte de ces personnages peu recommandables. Et par là de faire prendre des risques à tout le village.

Sans bruit, Alexandra se leva, enroulée dans une des couvertures. L'homme à la soutane ne parut pas se rendre compte de sa présence.

– J'espère toutefois que vous avez pu trouver ce que vous cherchiez. Le temps, malheureusement, nous est compté.

Billy se leva à son tour. Avivées par l'humidité ambiante, ses blessures aux jambes lui faisaient mal. Le torse penché, il se massa les cuisses.

– Nous avons eu la main heureuse, dit-il en relevant légèrement la tête pour croiser le regard impassible du curé. Je ne sais comment vous remercier, mon père. Sans votre aide, je ne serais jamais arrivé à élucider le mystère qui entoure toute cette affaire.

– Le Seigneur fait parfois bien les choses...

Il se retourna vers le bureau Charles X au cylindre relevé sur lequel s'amoncelaient les dossiers.

– Très bien! Je suppose que vous voulez emporter certains documents, n'est-ce pas?

Sans attendre la réponse, il ajouta:

– Je vous envoie quelqu'un pour vous aider. Je laisse le sas ouvert et je vous attends dans mon bureau.

– Monsieur Jordan?

Accroupi, Billy replaçait les dossiers inutiles dans l'armoire coloniale. À ses pieds, deux cartons pleins étaient posés à même le sable. Il se retourna en relevant la tête. Devant lui se tenait une haute et imposante silhouette qui ne lui était pas inconnue. C'était celle du tenancier du Pirate Cave, le café de la place du village.

Dépourvue de toute animosité, la grosse tête aux minuscules cheveux crépus paraissait presque sympathique. Un sourire avenant éclairait la peau noire parsemée de gouttelettes de sueur. Billy fut sidéré par ce changement radical d'aspect physique. En détaillant le personnage, il constata que ce qu'il avait pris la veille pour du gras enveloppant l'abdomen n'était en fait que muscles emprisonnés dans un tee-shirt trop étroit. Il mit un certain temps à réagir. L'homme en profita pour le questionner de sa voix aux intonations rauques qui résonna contre les murs de pierres.

– Puis-je vous aider à porter vos documents? Il faut faire vite, le père s'impatiente. Il craint... le retour de vos amis.

Billy se releva et lui tendit la main. Le Noir la saisit avec vigueur. Billy put apprécier l'épaisseur inhabituelle de la paume. Une force tranquille et insolite se dégageait de ce corps de géant.

– Ce ne sont pas mes amis. Mais merci de me donner un coup de main. Oui, j'ai besoin d'emporter ces deux boîtes. J'aimerais que vous m'aidiez en vous chargeant de l'une d'elles, car c'est lourd. Je prendrai l'autre.

Sans attendre, le tavernier se baissa. Sans difficulté apparente devant un Billy à l'étonnement grandissant, il souleva à la puissance de ses reins les deux colis. Calmement, il les plaça chacun sous un bras.

– Rien d'autre à prendre? demanda-t-il.

Billy était perplexe devant cet étalage naturel de vitalité irrésistible. Il marmonna:

– Non... non... Merci de votre aide. Le père est-il remonté?

– Oui, il nous attend dans son bureau. Votre amie est déjà auprès de lui. Suivez-moi, s'il vous plaît.

Ils débouchèrent dans la grande salle prodigue de clarté matinale et de lumière spirituelle, aux murs recouverts de tapisseries vives et chatoyantes. Au-dessus d'eux, les vitraux en ogive laissaient le soleil irradier la chaleur de ses rayons sur chaque meuble, leur conférant un éclat singulier. Dans l'âtre de l'immense cheminée de pierre, la poterne du sas pivota sans bruit derrière les deux visiteurs. Le monde des vivants se séparait de l'éternité.

Le grand Noir posa les deux cartons derrière l'un des deux piliers de marbre. Immédiatement, il assembla un bûcher auquel il mit le feu, provoquant ainsi la fermeture hermétique du passage secret.

Le prélat était assis derrière son secrétaire, tête droite, regard grave. Aux premiers crépitements des flammes, ses lèvres s'animèrent. La voix basse s'éleva dans le silence sacerdotal de la salle.

– Monsieur Jordan, l'heure est arrivée de nous séparer. Je dois vous confesser que j'ai été heureux de vous connaître, indépendamment des circonstances. De toute mon âme, je vous souhaite de réussir dans l'ultime tâche qu'il vous reste à entreprendre. Tout au long de votre chemin, je vous assure de mes prières. Que le Seigneur dans sa miséricorde guide vos pas. Sachez cependant que vous et votre compagne serez toujours les bienvenus à Anse Galion. Vous avez démontré du courage et une grandeur de cœur qui vous honorent. Et le cœur de l'homme a été fait par le cœur de Dieu. À Anse Galion, nous savons reconnaître les nôtres.

Il eut une hésitation. Son regard chercha refuge dans le christ en croix accroché face à lui. Il se signa en fermant les yeux. Quelques secondes s'écoulèrent et son iris noir brilla de nouveau. De la main, il eut un geste vague.

– Je crois que nous nous sommes dit l'essentiel. Je sais qu'il est superflu de vous recommander le secret le plus absolu sur ce que vous avez vécu en ces lieux. Maintenant, vous et votre compagne faites partie des initiés. Quant au souvenir, il n'appartient qu'à

Dieu et à personne d'autre. J'aurais aimé prolonger notre entrevue, mais les événements nous recommandent la prudence. Et comme le temps, le Seigneur n'attend pas. Allons!

Il contourna pesamment la table de travail et, d'un pas lent et majestueux, se dirigea vers la porte donnant sur le couloir. Ayant soulevé une tenture, il tira sur un cordon de soie. Une sonnerie retentit au loin, atténuée par l'épaisseur des murs. Dix secondes s'écoulèrent et le claquement sourd du pêne se fit entendre.

La porte s'entrebâilla, laissant apparaître le visage terrorisé de sœur Madeleine. Hilare, Luigi D'Agnelli, le gnome au faciès lunaire, la tenait par la taille en lui pointant un couteau sous le menton.

CHAPITRE 34

Ils étaient trois, y compris Luigi D'Agnelli.

Considérant que l'immense cafetier noir était probablement le plus dangereux d'entre tous, les malfrats l'avaient obligé à s'allonger sur le dos à même le parquet.

Les bras en extension avaient été solidement ficelés à chacune des colonnes de marbre entourant la cheminée. Quant aux jambes, elles avaient été réunies en un impressionnant saucisson et attachées aux deux pieds du pesant bureau d'acajou. Ainsi écartelé, le malheureux n'avait aucune possibilité de mouvement. Près de lui gisaient son pantalon et sa chemisette en lambeaux qui venaient de lui être arrachés. Imposants, ses pectoraux se soulevaient au rythme d'une respiration saccadée. En silence, son regard sombre glissait sur les lambris du plafond. De son front recouvert d'une abondante transpiration due à la proximité du feu se déversaient deux rigoles qui s'égouttaient par les deux côtés des tempes sur les lattes de bois vernies.

Pieds et mains liés, les deux femmes avaient eu le privilège d'être assises dans les fauteuils de lecture. En position bien moins confortable, Billy et l'ecclésiastique avaient été placés à genoux au milieu de la pièce. Leurs poignets ramenés dans le dos étaient entravés par un filin de nylon qui leur cisaillait les chairs, faisant sourdre une lancinante douleur.

Les deux complices étaient debout, aux aguets. Ils étaient vêtus d'un jean sale et d'une veste de toile légère sous laquelle apparaissait une chemise à manches raccourcies. Une barbe d'une courte nuit recouvrait le bas de leur visage. Il y avait sur leurs traits un air de famille qui dénotait leurs origines italiennes. L'un se distinguait de l'autre par une moustache fournie à la voussure à peine perceptible. En d'autres lieux, pourtant, on aurait pu les confondre avec de paisibles touristes fêtant tardivement leur arrivée dans l'île, ceci à un détail près: dans leurs mains, ils tenaient deux sombres et lugubres Firestar M-243. Ces armes de poing semi-automatiques se caractérisaient par la contenance inhabituelle du chargeur, portée par leur constructeur basque à treize balles. C'était des revolvers redoutables de grande qualité, permettant à bras franc et à vingt mètres une précision remarquable.

Un regard empreint de lassitude s'affichait sur leur visage anguleux. Il ne s'y trouvait ni haine ni compassion, juste le souci de remplir un contrat, un de plus. Comme toujours, obsédante et omniprésente, l'image de la mort flottait autour d'eux.

En soi, l'histoire de leur vie n'avait aucune sorte d'intérêt. Ils étaient originaires de villages voisins du sud de la péninsule, sans pour cela s'être jamais rencontrés avant d'être réunis au sein d'une même famille dans cette Amérique froide, anglophone, austère, dont ils ne parlaient même pas la langue. En revanche, quand ils avaient appris à se servir d'une arme sans trembler, ils avaient compris qu'ils n'avaient plus le loisir d'attendre, bouche ouverte, une pitance tombée du ciel. Les crimes de sang et la sauvagerie avaient fait le reste. Ils avaient cimenté une union contre nature, au point peut-être de mériter une vitrine dans le musée imaginaire de l'horreur et de l'épouvante.

Le gnome se pavanait. Il était content de lui et il le montrait. La réalisation de ses espoirs était distante d'une confidence. Et peu lui importaient les moyens pour obtenir la confession de ses prisonniers.

De ses minuscules jambes courtaudes aux genoux cagneux, il tricotait une démarche chaotique, déambulant sans but depuis l'immense table jusqu'à la porte de fer. Conscient du mécanisme malicieux qui interdisait l'ouverture du vantail depuis l'intérieur, il avait réussi à empêcher le lourd battant de se refermer en couchant en travers, sans égard pour le meuble, une bergère en bois doré d'époque Louis XVI. Il avait retiré sa veste qu'il avait soigneusement pliée auprès d'un panier d'osier à couvercle apporté par l'un des complices. Il ne portait pas de cravate. Sa chemise de soie blanche aux boutons de manchettes d'or s'ouvrait sur un cou goitreux qui laissait entrevoir une touffe de poils noirs.

Il arrêta sa virevolte face au curé agenouillé. Les visages étaient à la même hauteur. L'espace d'une seconde, ils se défièrent, bravaches. Le nain sourit avec grâce en jouant de ses longs cils. Le regard du prélat affectait un détachement seigneurial, d'une froideur passive. Le minuscule malfrat ne parut pas s'en rendre compte. Il se pencha légèrement pour mieux accentuer son propos qu'il accompagna d'une torsion de bouche en grimace. Sa voix était mélodieuse, toujours teintée de cet accent latin plaisant qu'avait déjà remarqué Billy à Clearwater.

– On vous avait prévenu, mon bon curé! Cessez de vous mêler de ce qui ne vous regarde pas! On vous l'a suffisamment répété, mon vieux! Eh bien, non! On veut toujours jouer au plus malin. On s'imagine continuellement que Dieu, Jésus, ou... n'importe quelle autre madone du coin, viendra nous sauver la mise...

Il ouvrit ses petits bras dodus en un signe d'impuissance. Un long soupir gonfla sa poitrine.

– Et voilà! À cause de vous naissent les problèmes! Et nous, ça nous fait un surcroît de travail puisque maintenant il nous faut éliminer...

Il se mit à compter à voix haute en pointant du doigt chaque prisonnier.

– ... cinq personnes! Et qui sait? Peut-être même plus, si jamais certains imbéciles du village en mal de chrétienté viennent chercher l'absolution! Mon vieux, avant de passer de vie à trépas, vous en aurez, des morts sur la conscience, hein?

Il laissa passer un long moment, l'air grondeur, savourant ses menaces.

– À moins... à moins qu'on ne trouve un petit terrain d'entente. Tout petit!

De l'index et du pouce, il tentait d'imager son propos.

– Et vous savez de quoi je parle! Allez! Je veux bien vous le rappeler au cas où vous souffririez de pertes de mémoire: les documents! Il me faut juste ces documents que venait chercher ce mec. Compris? Vous me remettez tous les documents... Je dis bien tous! On ne vole rien, ils nous appartiennent! Et on s'en va sans rien casser. Peut-être même, étant donné que nous sommes dans un lieu saint, que nous serions disposés à laisser la vie sauve à ce chien qui se fait appeler Abruzzo! Enfin, peut-être, peut-être... Mais pour mériter un tel traitement de faveur, il faut montrer de la bonne volonté, hein, curé!

Il repartit de son pas lilliputien arpenter la grande chambre. Il frôla les deux femmes sans les voir, récupérant au passage dans sa petite main grasse une statuette en terre cuite de la Vierge. Après lui avoir accordé un regard absent, il la jeta au travers de la pièce. Elle se brisa dans un bruit mat. Il changea brusquement de direction et se dirigea vers la cheminée. Arrivé près des deux colonnes, il les palpa de ses paumes moites aux doigts courts. Son regard vagabonda vers le feu qui, faute de bûches, perdait de son intensité. À aucun moment il ne prêta attention aux deux caisses contenant les précieux dossiers disposées derrière l'un des piliers. Lentement, il revint vers l'homme d'Église.

– Vous savez, curé, à écouter mon père dans son échoppe minable de cordonnier de quartier, arc-bouté sur ses semelles et vêtu de son tablier de cuir laminé, j'avais compris qu'il était indispensable dans la vie d'avoir une passion. Lui, c'était les godasses. Vous, par exemple, c'est la religion. Moi, c'est l'argent! Et quand l'argent s'accompagne de l'odeur de la mort, c'est encore meilleur! Une fois qu'on a intégré ce postulat aussi simple qu'une table de multiplication enseignée à un fils de paysan, il ne faut pas s'étonner que toute destinée soit jalonnée des œuvres de chacun.

Il se tut pour se diriger de nouveau, débonnaire, vers le battant d'acier entrouvert. Arrivé dans le corridor, il revint sur ses pas. La voix mélodieuse reprit:

– Vous comprenez, le monde de mon père, c'était les talons à pointe et la suavité du chevreau retourné. Vous, ce sont vos pénitents. Et moi, ce sont les cadavres. Toute la longue route de ma vie en est parsemée! Certains, putrides, sont restés sur le bas-côté, oubliés ou non réclamés. Eh oui, ça arrive! D'autres ont été plongés dans les eaux froides de l'Hudson au petit matin, quand les brumes envahissent encore les quais new-yorkais... Ah! J'aime New York! Vous connaissez New York, curé? Non? Dommage... Dommage surtout si vous ne parlez pas. Car dans ce cas vous n'aurez plus jamais l'occasion de connaître cette ville magnifique. Et vous allez mourir idiot!

Résigné, il haussa les épaules. Il ne regardait plus le saint homme. En lissant sa coiffure de la main, il ajouta d'un ton évasif, comme pour lui-même:

– De toute façon... vous ou un autre, vous parlerez. Mais je sais que vous le faire admettre est aussi difficile que de clouer au mur un morceau de tiramisu! Alors, ne perdons pas de temps. On va commencer par le premier malade, et dès qu'on l'aura opéré, honneur aux dames! On se choisira l'une des deux demoiselles. On a une médecine infaillible, vous savez! Mieux que le sérum de vérité! Vous allez voir!

Rigolard, il dit à ses deux aides en italien:

– Allez, les minets! C'est le moment de déballer les cadeaux!

L'un des deux lieutenants se dirigea vers le panier d'osier. Il le souleva sans peine pour le déposer aux pieds du prisonnier allongé. À cet instant, pour la première fois, la voix grave du curé apostropha D'Agnelli.

– Hé, toi! Écoute un peu pour voir! Je voudrais te dire quelque chose.

Légèrement surpris, le nain se tourna vers lui. Son large front luisit sous la clarté naturelle propagée par les vitraux. Ses yeux caverneux se contractèrent.

– Une prière? fit-il, moqueur.

– Non! Généralement, je ne dis pas mes prières. Je les confie.

Le petit homme le regarda, méfiant.

– Oui, bon... Si c'est pour faire le mariole, ça suffit comme ça! Vous annoncez la couleur, ou bien on passe à des choses plus sérieuses! Une dernière fois: où sont les documents?

Agenouillé, le saint homme le regardait sans ciller, apparemment pas du tout impressionné par les menaces verbales. Il lui dit d'un ton froid:

– Viens près de moi, je vais te le dire.

Le nain s'approcha, le front haut. Un léger sourire étirait ses joues tendues pour saluer cette première victoire. Le curé se courba un peu plus, tête baissée, prêt à divulguer le secret. La soutane se marqua de plis profonds au niveau de l'abdomen.

Sans méfiance, le myrmidon se baissa à son tour. Les cheveux se touchaient. À cet instant, le religieux projeta brusquement son buste dans un puissant effort des reins. Son crâne vint percuter avec une force inouïe le faciès lunaire. Le bruit de plusieurs dents qui se cassaient se fit entendre. La lèvre éclatée, le gnome s'étala de toute sa rondeur sur le parquet. Le rire profond et gras du géant noir retentit par saccades. Malgré l'inconfort de sa situation, Billy ne put réprimer un ricanement nerveux. Le curé se tourna vers lui, le regard brillant, solidaire. Une mimique s'accrochait au coin de ses lèvres encore durcies par l'énergie qui se dégageait de lui. Pour la première fois, Billy constata que le père était capable d'avoir un regard humain, sympathique, très proche de l'amitié.

L'un des hommes de main accourut pour aider son supérieur à se relever. L'autre criait des insanités en italien et agitait son arme sur laquelle se crispait dangereusement la paume. Sourd à ces menaces, le géant antillais continuait à secouer son impressionnante poitrine de son rire qui rappelait les roulements d'un tambour. Péniblement, le lilliputien se remit sur ses jambes minuscules. Il avait perdu de sa superbe. L'heure n'était plus aux effets de rhétorique. Sur sa chemise, des auréoles de sang témoignaient de la violence du coup porté.

En s'essuyant la bouche avec précaution à l'aide d'un mouchoir, le nain s'approcha du curé jusqu'à le toucher. La méchanceté se lisait dans ses yeux vissés profondément dans les orbites. Soudain, d'un geste du genou aussi vigoureux que sournois, il tenta de frapper son prisonnier en plein visage. Le prélat esquiva tant bien que mal le coup qui porta sur l'épaule. Emporté par son élan, le minuscule malfrat perdit l'équilibre et tomba par-dessus le prisonnier. En se retournant avec une vivacité insoupçonnable malgré ses liens, le prêtre mordit la cuisse de son assaillant. Le mafieux miniature cria de douleur. Il ne dut son salut qu'à son acolyte accouru à la rescousse. D'un violent coup de crosse sur le haut du crâne, l'homme assomma le représentant de l'Église qui s'affala à la renverse.

– Jordan, fils de pute! Je vais tous vous tuer!

Les yeux luisants, D'Agnelli postillonnait au-dessus du visage de Billy.

– Tu me dis où sont les dossiers ou bien vous allez tous y passer dans les pires douleurs, celles que même votre mère n'a pas imaginées en vous mettant au monde!

– Foutez-lui la paix! Personne n'a de dossiers ici!

C'était le tenancier de bar qui venait de crier.

– Ah non? C'est intéressant, ça! dit le gnome d'un ton sarcastique en se tournant vers lui.

Sa lèvre gonflée se recouvrait d'un énorme hématome qui lui empâtait légèrement la voix. Billy perçut un zézaiement dû à la perte des dents. Il se surprit à sourire pour la seconde fois. Le Noir tentait de raisonner son tortionnaire.

– Mais non, il n'y a pas de dossiers ici! Vous voyez bien que cette pièce est un cul-de-sac et qu'il n'y a aucun endroit où cacher quoi que ce soit! Vos dossiers ont tous été emportés par monsieur Abruzzo lors de son dernier passage. Vous le savez bien, puisque vous et vos amis avez toujours réclamé que nous cessions de l'héberger. Il n'est plus jamais revenu!

Le nain s'approcha de l'immense prisonnier. Il promena son regard méprisant sur ce corps trois fois plus grand que le sien. Après un long et pesant silence, avec une douceur mielleuse, il s'adressa à lui à voix basse:

– Ce que tu dis est en partie vrai, grosse tête! Je sais bien que Salvatore Abruzzo n'est jamais revenu à Sainte-Lucie.

Il fit pivoter avec grâce son petit corps replet vers Billy. Avec malice il ajouta :

– Et je le sais d'autant mieux que ce monsieur-là, qui joue les grands malades à la mémoire défaillante, n'est ni Salvatore Abruzzo ni William Jordan! En fait, personne ne sait qui il est réellement ni pour qui il travaille! Tout ce qu'on sait de lui, c'est qu'il essaye de voler ce qui ne lui appartient pas.

Il eut un sourire aimable à l'intention de Billy.

– Mes connaissances vous épatent, cher ami?

Billy ne répondit pas. Son regard s'était tourné vers Alexandra, recroquevillée dans son fauteuil. Elle pleurait en silence. Ses larmes glissaient sur ses joues roses. Elle était consciente que l'issue fatale était proche. Néanmoins, malgré les circonstances, elle savait garder un port de tête altier. Billy sentit la détresse l'envahir. Dans ce monde cruel où la femme n'est que l'ombre portée par l'homme, il comprenait fort bien que ni elle ni la religieuse dont le visage disparaissait sous la coiffe grise ne seraient épargnées. Le regard de la jeune fille croisa le sien. En dépit de la précarité où ils se trouvaient, Billy crut y lire beaucoup de détermination.

Le souvenir de Don Gaetano et de sa mise en garde lui revint à nouveau en mémoire. Presque immédiatement se superposa la remarque de Ricky, le matin pluvieux de leur rencontre dans son cabinet de Tampa. Avant quiconque, l'avocat avait compris que le gnome possédait des informations sur l'affaire bien supérieures à celles qu'avaient pu recueillir ses adjoints ou Brian Hennessy. Cela se confirmait. Mais tant que D'Agnelli n'avait pas mis la main sur les documents, il y avait de l'espoir. Il lui fallait gagner du temps. Il gigota sur ses genoux.

– C'est exact, je ne suis ni l'un ni l'autre. Comment le savez-vous?

La grosse tête bascula en arrière. La chemise de soie tachée de sang, légèrement déboutonnée, épousait la poitrine rondouillarde. La bouche martyrisée gargouilla un ricanement et cracha par terre une salive rougie de sang. Les petits yeux noirauds profondément enfoncés dans l'orbite revinrent se poser sur Billy dans un battement de cils. Ils détaillèrent quelques secondes les cicatrices apparentes sur le visage de son prisonnier.

– C'est simple. J'ai toujours su que vous jouiez la comédie! Je suis le seul à avoir entretenu une relation suivie avec Salvatore Abruzzo. Non par amitié, mais en raison d'intérêts mutuels. Ces relations ont continué même après ses opérations chirurgicales. Et il y en a eu plusieurs, ce que personne ne sait. J'ai bien vu que vous n'étiez pas lui! J'étais à la fois son confident et, comment vous dire, sa taupe au sein des familles. Son espion, si vous préférez! C'est moi qui l'ai aidé à survivre en contrecarrant toute tentative d'élimination échafaudée contre lui.

Il était content. Il se gaussait en racontant ses faits d'armes et ses trahisons croisées. Son regard s'effilochait de délectation sous l'afflux des souvenirs. Une pointe de nostalgie dans la voix, il continua son récit:

– C'était une époque marrante. Je travaillais aussi pour les fédéraux, je suppose que vous le savez. Ils gobaient tout ce que je leur racontais. De temps en temps, je les renseignais sur des coups minables, ou bien je leur donnais de petits chefs dont la Cupola voulait se débarrasser. Du coup, ils me foutaient une paix royale. Dans la même foulée, je renseignais Salvatore sur les décisions prises à son encontre. Ça lui permettait d'éviter tous les pièges qui lui étaient tendus. Bien évidemment, en retour de cette collaboration étroite, il avait promis de partager avec moi le fabuleux trésor! Mais il a disparu dans cet étrange accident d'avion. Je sais qu'il était à bord, puisque c'est moi qui l'ai accompagné à l'aéroport à la barbe des policiers. Cette tragédie m'a déboussolé! L'inimaginable fortune était à moi, à moi tout seul, et j'étais dans l'incapacité de mettre la main sur le moindre billet! Salvatore, qui n'accordait que très rarement sa confiance, n'avait jamais jugé utile de me révéler les mots de passe pour accéder aux comptes secrets. Quand j'ai appris qu'il avait survécu à son accident, vous pensez si ça a été un soulagement pour moi! Mais j'avais très peur que cet imbécile de Rocco Simbione ne mette à exécution son projet de le liquider. Et il a failli réussir, le crétin! Savez-vous qu'il a organisé l'expédition du sous-marin en Atlantique dans le secret le plus total! Ça a coûté une fortune! Et je n'ai rien pu faire pour l'arrêter! Si à l'époque l'opération avait réussi, nos millions et milliards... pfuitt!

« Grâce à Dieu, aujourd'hui vous êtes là! Mais ce n'est pas fini. Écoutez un peu... Il y a eu ensuite l'épisode de votre retour aux États-Unis. Des photos ont circulé. Comme d'autres, je les ai eues entre les mains. Le regard et la taille concordaient. Il y avait aussi une ressemblance frappante des traits. Vous manquiez de poids par rapport au vrai modèle, mais Salvatore pouvait bien avoir maigri. J'avoue qu'il était facile d'en blouser plus d'un, mais pas moi! J'avais vu de suite qu'il y avait manipulation d'identité. Et pour quoi faire? Longtemps je me suis posé la question. Au début, j'ai pensé que c'était le FBI qui avait monté cette histoire pour essayer de piéger tout le monde. Aujourd'hui je le pense moins. Je reste sceptique, mais quelque chose me conforte dans l'impression que vous jouez solo. Vous et moi, on a encore beaucoup de choses à se raconter! »

Il parut réfléchir. Son attitude exprimait une certaine lassitude.

– Enfin... Moi, de mon côté, j'ai continué à jouer le jeu, aussi bien au niveau des familles que des agences fédérales. J'étais le seul à avoir percé le secret; et pour rien au monde je n'aurais laissé ma place! Je mourais d'envie de savoir où voulait en venir l'intrus qui se faisait passer pour Salvatore Abruzzo. Mais je n'avais pas le choix, Salvatore disparu, je n'avais plus les moyens de mettre la main sur sa fortune. Vous seul pouviez m'y guider. J'ai donc organisé la réunion avec Don Gaetano. Je savais que je ne risquais rien, puisque je contrôlais la situation. Mais une fois de plus cet imbécile de Rocco a bousculé les événements en vous obligeant à lui livrer les avoirs des familles dans le délai d'une semaine! Pour moi, il y avait un impératif: le trésor emmagasiné par Salvatore me revenait de droit. C'était logique! Et tous les torts seraient portés par le renégat Abruzzo. Là où il est aujourd'hui, il ne risque plus rien, le malheureux!

« J'ai donc organisé votre enlèvement à Clearwater. Les instructions données à mes hommes de main étaient de vous ramener au port vivant, pour vous éliminer ensuite avec un bloc de ciment aux pieds... Excusez-moi, mais c'est une vieille méthode new-yorkaise que j'aime beaucoup. Pas de trace, pas de sang, pas de coup de feu... Je voulais au préalable vous faire parler et récupérer les codes secrets qui m'ouvriraient les coffres. Heureusement, l'affaire a lamentablement échoué. En effet, je n'ai réalisé qu'après, que vous ne disposiez pas des codes à cette époque. Et que comme moi vous les cherchiez. Il me restait la dernière solution: vous suivre dans vos pérégrinations en espérant que vous réussissiez. Je ne savais toujours pas qui vous renseignait. Et je ne le sais toujours pas, figurez-vous! Mais vous me le direz tout à l'heure, ne vous faites pas de bile à ce sujet!

« Et aujourd'hui, je suis là pour récupérer légitimement ce qui me revient... Et vous allez m'aider! Mais je sais qu'au début vous allez tout nier et qu'on va perdre du temps inutilement. Aussi, en préambule, on va opérer ce charmant garçon. »

Il montra du doigt le cafetier ligoté au sol.

– Nous avons une manière infaillible pour apprendre aux gens à s'exprimer. Il prétend que les documents ne sont pas ici, on va bien voir. De toute évidence, si lui ne parle pas, ce sera vous. Et si ce n'est pas vous, ce sera une des demoiselles... Vous savez, Jordan, au fond, moi je m'en fous. Vous avez la main, à vous de décider...

Il eut un geste vague du bras. Sa dernière phrase s'accompagna d'un haussement de ses petites épaules grasses. Il se tourna vers l'un des deux complices.

– Allez, donne-lui son cadeau, à l'autre!

Le nervi sans moustache s'approcha du malheureux prisonnier allongé sur le parquet. Il s'accroupit avec précaution auprès de lui en glissant son revolver dans le dos de son pantalon. De l'autre main, il sortit d'une des poches de sa veste un couteau à cran d'arrêt. La lame se dressa sous la pression des doigts. Avec un certain cérémonial, il l'aiguisa sur une de ses manches. Le grand Noir le regardait avec une insolence marquée. Soudain, se raidissant malgré ses bras entravés, il lui cracha violemment à la figure. La réaction fut brutale. Dans un cri de rage, les yeux fous, le tortionnaire lui planta la pointe de la lame dans l'estomac. Sa main se contracta sur le manche. Avec une paisible lenteur dans l'accomplissement consciencieux de sa tâche, il lui ouvrit délicatement le ventre sur quarante centimètres. Il y eut très peu de sang. Les tripes émergèrent dans un désordre laiteux et se répandirent en vrac sur le parquet. Une odeur insupportable emplit la pièce. Tout d'un coup, avec un rugissement de bête blessée, l'immense corps de l'Antillais s'arcbouta dans une réaction naturelle de protection, pour retomber presque aussi vite comme une masse. Ses yeux chavirèrent. Un tremblement nerveux s'empara de tous ses membres. Le grand bureau auquel les jambes étaient attachées tressautait sous les tiraillements que lui infligeaient les grands pieds.

L'Italien s'était relevé. Un rictus aux lèvres, il essuyait machinalement son poignard sur la cuisse de son blue-jean. Billy était horrifié. Toujours à genoux, il ne ressentait plus l'ankylose qui gagnait ses jambes.

Jamais il n'aurait imaginé l'être humain empli d'une telle bestialité. Sa respiration précipitée l'empêchait de crier son indignation. Son cœur cognait à grands coups dans sa poitrine. Le désespoir dans les yeux, il chercha le regard d'Alexandra. Étrangement, elle le regardait fixement, avec fièvre. Ses larmes avaient séché. Il y avait dans son attitude une certaine résignation, mais aussi beaucoup de force intérieure.

Le mafieux était à nouveau accroupi tout près du visage de son souffre-douleur. Il lui tapota affectueusement les joues. Les yeux du prisonnier s'ouvrirent.

– Hé! Réveille-toi! Voici le cadeau qui arrive.

Toujours accroupi, il attira vers lui le panier d'osier. Il en souleva le couvercle dont le roseau crissa sous la torsion. Avec précaution, il plongea ses deux mains à l'intérieur et en sortit deux crabes abjects, bien plus larges que ses paumes, recouverts d'une légère mousse marine. Les pinces en bataille, ils gigotaient de leurs huit pattes, tâchant d'échapper à la prise qui enserrait leur carapace.

Soudain dans le silence morbide de la grande salle, une longue plainte s'éleva vers les rosaces des vitraux. C'était sœur Madeleine, dont la résistance nerveuse était ébranlée par le spectacle horrible. En transe, elle avait chuté de son fauteuil pour se rouler par terre. Par saccades, elle tirait vainement sur ses liens. Le visage à la fois amusé et débile, le second truand éclata d'un rire tonitruant qui couvrit les pleurs désespérés.

Le faciès du bourreau se revêtit d'un sourire vicieux. Après avoir échangé un rapide regard complice avec son partenaire réjoui, il rapprocha lentement de la joue du martyr les deux bêtes hideuses, de manière à ce qu'elles le griffent de leurs pattes acérées. Il imita ensuite un vol plané, pour finalement les déposer en douceur au-dessus de la plaie sanguinolente. À peine libéré, dans un rapide mouvement rotatif, l'un des deux crabes chercha refuge dans la cavité béante de l'abdomen. L'autre, actionnant ses petites pattes velues, se glissa sous l'amas des intestins répandus à même le parquet. Immédiatement, il commença à les porter à sa bouche à l'aide de ses deux pinces.

L'horreur dépassait tout entendement. Billy avait le cœur au bord des lèvres. En même temps il sentait une rage froide monter en lui, escamotant tout sentiment. Dans un effort surhumain, oublieux de la douleur, il réussit à se lever en s'aidant de la seule force de ses reins. L'homme de main accroupi aux pieds du prisonnier, pris par le spectacle qui se poursuivait sous ses yeux, se rendit compte trop tard du danger. Billy était déjà sur lui. L'homme ne put éviter un magistral coup de pied en pleine mâchoire qui l'assomma net. Il s'affala en travers des boyaux en fouillis, écrasant sous lui l'un des deux crustacés.

Déjà Billy se retournait, prêt à se jeter sur le second garde qui ne lui en laissa cependant pas le temps. Une forte détonation ébranla les murs. Le mafioso venait de lui tirer une balle qui l'atteignit dans le gras du biceps gauche pour glisser ensuite sur une côte. Le projectile traversa les chairs pour se loger dans le bois du christ hiératique accroché au mur. Alexandra poussa un cri rauque. Billy était tombé à terre. Une brûlure atroce lui coupait le souffle, s'emparant de tout son flanc gauche.

Sous lui, le tissu de la chemise s'imprégnait de sang chaud. Le malfrat s'approcha pour l'achever. Brusquement et avec vigueur, le gnome s'interposa. En aucune manière il ne voulait voir périr sous ses yeux son dernier espoir de récupérer les codes secrets. Après avoir éloigné le tueur d'un bras énergique, il se pencha sur le blessé en jurant.

Billy fut étendu sur l'épais tapis au centre de la pièce. Luttant contre l'inconscience, il tenta d'ouvrir les yeux. Au-dessus de sa tête, les personnages n'étaient plus que les fragments sombres d'une vision fugace que la souffrance embrumait. La notion de temps avait disparu pour lui. Les voix surgissaient comme des éclats de lumière qui s'érodaient dès qu'ils pénétraient dans son oreille. Peu à peu, le martèlement sourd de son cœur s'estompa; sa respiration, un instant suspendue, reprit avec force, sifflante. Un voile se déchira et le contour des ombres se précisa. Tout autour, une lumière rose, apaisante, comme tiédie au creux d'une main d'enfant se répandait.

Des mains le secouèrent sans ménagement. Violente, la douleur s'irradiait dans son côté gauche. À nouveau dans un effort désespéré, il tenta d'ouvrir les yeux. Dans l'air flottaient et se diluaient des images éphémères. Il revit sa mère qui lui parlait un dialecte germanique souvent entendu enfant, mais dont il ne comprenait pas le sens. Dans son subconscient ouaté, il se rendit compte qu'il était orphelin d'une culture et en retard d'une parente. Il se surprit à vouloir sourire. À nouveau, il perçut des éclats de voix, des vitres qu'on brisait, des tirs en rafale.

Très haut, dans la lumière du jour, des ombres tombaient du ciel. Bouger était bien au-delà de ses forces. Avant de sombrer dans l'inconscience, Billy chercha vainement à s'accrocher à un regard ami qu'il ne vit pas.

On lui parlait. Elle lui parlait. Il reconnut la voix avant de la voir. Elle était là, près de lui. Dans la nuit que son regard refusait de repousser, il chercha sa main qui se blottit dans la sienne. Des élancements aigus vrillaient son buste. La lumière du jour filtra entre ses paupières. Tout d'abord il aperçut les vitraux dont il se rappelait les dominantes de jaune et de bleu. Curieusement, ils étaient grand ouverts au soleil de la vie. Une tête se balança à contre-jour au-dessus de lui. Les cheveux blonds d'Alexandra lui frôlaient le visage. Son parfum s'imposa à ses sens. Il réalisa que ses bras avaient été libérés de leurs entraves. Il pouvait la toucher.

Et tout autour, cette rumeur, ce remue-ménage qu'il n'arrivait pas à assimiler.

– Il ouvre les yeux, c'est bon signe.

La voix... Il essaya de replacer cette voix familière dans le flou de ses souvenirs.

Se soulever, voir le visage. L'effort était gigantesque, au demeurant vite arrêté par la main douce d'Alexandra.

– Il ne faut pas! Tu es encore faible...

Près d'elle, une ombre venait de s'accroupir. À nouveau cette voix fraternelle:

– Eh, mec! Heureux de te revoir.

Un jovial sourire étirant son visage poupin, Brian Hennessy le dévisageait.

CHAPITRE 35

– Mystérieusement, chacun de mes appels était rejeté! En fait, très aimablement, mais fermement, l'opératrice du M6 me répondait que vous n'étiez pas disponible. J'ai bien fini par comprendre que quelque chose se tramait à mon insu... Mais de là à espérer vous voir surgir des brumes vaporeuses et moites de Sainte-Lucie...

Face à Brian Hennessy, qui s'amusait de ces propos, Billy était assis dans les sièges filets tendus le long de la carlingue du Hercules C3 de la RAF. À ses pieds reposaient les deux cartons contenant les archives des comptes secrets.

La fatigue se lisait sur son visage. Elle accentuait les rougeurs des dernières estafilades encore visibles. Le bras gauche en écharpe avait été bandé au niveau du biceps. Une ample chemise militaire, découpée pour permettre le passage du membre blessé, cachait une avarie plus importante, protégée par un gros pansement appliqué au niveau de l'aisselle. Peu de temps avant le décollage, la douleur qui lui tiraillait tout le côté avait été atténuée par une piqûre de novocaïne. Il se sentait légèrement vaseux. Mais l'effort qu'il s'imposait pour maintenir une attention soutenue à la conversation avait pour effet de le tenir en éveil.

Il n'avait qu'un souvenir très flou des événements du matin. C'est à peine s'il se remémorait qu'aussitôt le monastère investi par l'unité d'élite d'intervention rapide de l'armée britannique, des soins avaient été prodigués sur place à tous les blessés par l'antenne médicale militaire qui avait suivi.

Alexandra s'était tenue constamment à ses côtés, lui procurant une présence sécurisante avec ses gestes lents, rassurants, presque maternels. Elle avait été la seule des otages à ne pas nécessiter l'intervention du corps médical. Étonnamment, à aucun moment de l'épreuve qu'ils venaient tous de subir, elle n'avait fait preuve de panique ou de faiblesse. Sans doute l'entraînement suivi au sein de sa compagnie aérienne était-il en partie responsable de cette parfaite maîtrise d'elle-même. Une fierté à la fois intime et égoïste animait en silence le cœur de Billy devant un tel comportement. Il tentait de ne rien laisser paraître, mais le regard qu'il posait sur sa compagne était suffisamment éloquent.

L'évacuation du monastère avait été décidée très peu de temps après. Quelques blessés légers se comptaient parmi les soldats. En revanche, un des mafiosi avait été abattu. Brian Hennessy avait dirigé la retraite. Ses ordres étaient concis et précis, toujours émis sur le même ton. De temps en temps, son regard s'illuminait d'un éclair de malice, qui traversait cependant la prunelle noire à une telle vitesse qu'il était difficile de déceler la nature réelle de cet étrange tempérament naturel.

Pansés, bardés de sparadraps, Billy et ses camarades avaient été dirigés vers la plage où stationnaient deux Sikorsky[39] de l'armée des États-Unis en compagnie d'un Sea King[40] joufflu qui avait été prêté par la Marine royale de Grande-Bretagne au gouvernement de Sainte-Lucie.

Seule sœur Madeleine, la vieille et fidèle servante, choquée par ce qu'elle avait vécu, avait refusé de quitter les lieux, prétextant le grand nettoyage qui l'attendait. Accourus au bruit rotatif des pales au-dessus des vieux bâtiments monacaux, quelques habitants d'Anse Galion s'étaient rassemblés en silence dans les jardins du monastère. Humbles, les femmes se tenaient au premier plan, les épaules recouvertes d'un châle. Un pas derrière, les hommes portaient chapeau bas. Le danger écarté, l'heure était à la communion, au regroupement solidaire de tous les natifs d'Anse Galion. Du haut de sa stature qui se déplaçait avec majesté entre les deux haies que formaient ses paroissiens, le curé avait ralenti son pas pour glisser quelques mots dans l'oreille de l'un d'entre eux. Aussitôt, à voix basse, celui-ci s'était empressé d'informer ses compagnons. C'était l'ordre à la fois autoritaire et persuasif de porter main-forte à sœur Madeleine dans le travail de déblaiement des gravats dont la grande pièce était jonchée.

Une civière tentait de contenir l'immense carcasse du cafetier noir éventré. Comiquement, ses énormes espadrilles dépassaient

---

39. Hélicoptères militaires appelés aussi « bananes » en raison de leur forme, spécialisés dans le transport de troupes.
40. Hélicoptères militaires spécialisés dans les sauvetages en haute mer.

largement de l'étroite couverture qui recouvrait son abdomen en charpie. Un autre brancard avait pour locataire le malfrat mort, dont le visage disparaissait dans la housse de plastique à la fermeture éclair remontée. Le blessé grave et le défunt avaient été immédiatement hissés à bord du gros bourdon vert olive de la Royale. Le corps médical s'était engouffré derrière eux. Presque immédiatement, les lourdes pales de l'hélicoptère s'étaient mises à tournoyer.

Au même moment, Billy, qui s'avançait avec les autres vers le lieu d'embarquement, avait reconnu Concepcion dans le groupe des curieux. Elle se tenait droite, moulée dans une soie sombre chamarrée. Coincée entre un étal de légumes et sa marchande, une dondon à la poitrine volumineuse et aux joues charnues, elle paraissait menue et fragile. Seule dans cette foule silencieuse qui l'oppressait, elle arborait sur son visage stoïque sa souffrance intérieure.

À l'instant où elle avait vu Billy, une lueur de joie avait traversé son regard. De sa main tenant un mouchoir blanc chiffonné, elle lui avait fait un petit signe timide. À pas lents, il s'était dirigé vers elle. Derrière lui, brassant l'air avec vigueur, le Sea King s'élevait dans le ciel.

Tout au long de sa vie, elle n'avait été qu'une enfant issue des bidonvilles poussiéreux qui encerclaient les premières banlieues nord de Saint-Domingue. Certes, elle avait été élevée dans le respect d'autrui et de l'Église, mais personne n'avait jamais pris soin de lui apprendre à maîtriser le passé ou à envisager un avenir. Elle avait été déracinée de sa terre natale par consentement matrimonial. À la mort de son époux, sa vie avait littéralement basculé. Impuissante devant une vérité qui lui échappait, un environnement qui la broyait, elle ne participait plus que de loin à la réalité quotidienne. De sa cuisine, elle guettait avec appréhension l'éclosion des matins mauves qui naissaient au-dessus du port, charriant leurs poids d'interrogations, de questions sans réponses, d'énigmes, de douleurs, de pleurs, de solitude intérieure dramatique.

Billy était près d'elle. Avec une profonde tendresse, son œil bleu s'était posé sur elle. Avec lenteur, son visage s'était convulsé. Elle avait bien tenté de réprimer un sanglot, dire quelque chose, mais cela avait été plus fort qu'elle. Dans une émouvante rusticité de geste, elle s'était jetée à son cou pour immédiatement fondre en larmes.

Il avait tenté de la calmer. Tout en lui caressant les cheveux de son bras valide, il lui murmurait à l'oreille des phrases en espagnol. Elle l'avait repoussé avec précaution en se rendant compte qu'elle lui faisait mal. Ses yeux rougis avaient cherché ceux de Billy. Dans l'épreuve, sa douceur latine conservait ce charme indéfinissable, limpide, malgré la détresse qui la gagnait. Sa voix était cassée. Elle se reprit à deux fois.

– Quand... quand j'ai vu la civière... et le corps dans sa housse de plastique... je ne savais plus si c'était toi ou mon mari...

Elle s'était interrompue. Ses yeux s'étaient embués de nouveau. Billy avait compris qu'elle se repliait sur ses souvenirs, ses territoires secrets. Il lui avait mis la main sur la joue pour écraser une larme.

– Écoute, Concepcion. Tu ne peux pas vivre comme ça! Tu ne peux pas rester ici, à te flétrir à ta fenêtre parmi les géraniums! Laisse-moi faire. Je vais voir comment je puis t'aider depuis la Floride.

Il lui avait pris la main. Elle était agitée d'un tremblement nerveux. Il lui avait demandé avec une légère brusquerie:

– Écoute-moi, Concepcion! Tu me fais confiance?

Elle avait secoué affirmativement la tête d'un geste répété avant de cacher son visage dans le mouchoir trempé.

En compagnie d'Alexandra, de Brian Hennessy et du curé, Billy était monté dans le premier des deux Sikorsky à prendre l'air. Dès la fermeture des portes, l'appareil s'était élevé lourdement dans un tourbillon de sable. Au travers du hublot rectangulaire, le temps d'un virage à quatre-vingt-dix degrés, Billy avait aperçu le port d'Anse Galion, le monastère sur les premiers contreforts des collines, et enfin le petit cimetière ceinturé de son muret aux pierres apparentes. Face à la grille de fer forgé ouvrant sur les tombes fleuries, deux palmiers animés par le zéphyr matinal venu de la mer s'inclinaient sur la sépulture de frère Bartholomé.

En quinze minutes, l'hélicoptère les avait transportés à l'aéroport international de Sainte-Lucie. Il avait atterri à l'écart des bâtiments officiels, non loin du quadrimoteur Hercules C3. Pour Alexandra et Billy, le moment de la séparation était arrivé.

Brian Hennessy avait proposé de ramener la jeune fille en Floride. Mais, avec vigueur, elle avait insisté pour assurer le vol commercial avec son équipage le lendemain. Billy l'avait raccompagnée jusqu'à la voiture officielle du gouvernement de l'île qui la ramènerait à Castries. Il lui avait tendu la clef de son bungalow à l'hôtel:

– Récupère mes affaires, s'il te plaît, non pas que j'y tienne tant que ça, maintenant que je sais que ce ne sont pas les miennes! Mais ça t'obligera à accepter qu'on se revoie ce week-end.

Il souriait. Elle le regardait de ses yeux émeraude. Avec un léger retard, il se rendait compte qu'il venait de la surprendre et de l'émouvoir. Une certaine lumière avait traversé le regard féminin, parsemant sa trajectoire de minuscules cristaux d'or. Il y avait à la fois un acquiescement souriant et muet, beaucoup d'espoir et aussi un pacte de connivence.

L'émotion le gagnait. Le temps d'une seconde, il avait senti qu'il retombait dans sa prime jeunesse. Elle s'était blottie contre lui. Lentement, leurs lèvres s'étaient rejointes.

Le quadrimoteur militaire volait depuis deux heures, en route vers la base militaire de MacDill au sud de Tampa. Il passait à la verticale de l'île de Grand Turk, sertie au milieu de son écrin naturel corallien où se jouait un perpétuel camaïeu de teintes turquoise.

Indifférent à la beauté de la nature vingt-deux mille pieds plus bas, le curé d'Anse Galion était assis dans la bannette aux côtés de Billy. Sa calvitie striée d'un large sparadrap recouvrant un impressionnant hématome, impassible dans son stoïcisme œcuménique, il fixait un point invisible de l'espace. Son visage sombre était marqué à la base du front de deux rides profondes, creusées par la souffrance. Souffrance physique, mais surtout souffrance morale. Le village avait retrouvé une certaine sérénité, soit. Mais des hommes avaient perdu leur vie. Il aurait donné volontiers la sienne pour les épargner tous. Le Sauveur lui avait refusé cette grâce. Il ne lui restait plus qu'à chercher à approcher le miracle suprême dans le repentir, le recueillement et l'humilité du cœur, en célébrant ainsi le reste de sa vie le choix de Dieu.

Debout face à eux, une main agrippée au câble servant aux largages des parachutes, Brian Hennessy s'amusait des propos de Billy. Il avait troqué sa tenue de camouflage qu'il portait encore tantôt pour un uniforme bleu marine d'officier supérieur de Sa Majesté. Un imposant placard de décorations diverses démontrait son active longévité au sein de l'armée britannique. C'était la première fois que Billy le voyait dans la plénitude de ses fonctions et du rang qui était le sien.

Le lieutenant-colonel se pencha vers son ami pour mieux se faire entendre dans le vrombissement sourd des quatre turboréacteurs qui emplissait la carlingue métallique.

– Nous sommes arrivés un peu juste, mais heureusement à temps! C'était une mission très délicate, d'autant plus que les trois Italo-Américains étaient sur leurs gardes. Et prêts à tout! Or il nous fallait les appréhender sur le fait. N'oubliez pas que nous agissions en pays étranger, comme je vous l'ai expliqué il y a quelques semaines au téléphone. Je dois reconnaître cependant que les autorités locales ont été extrêmement coopératives et qu'elles nous ont prêté main-forte. Cela nous a permis d'héliporter nos gars sur place et de surprendre ainsi nos méchants garçons par la verrière. Pour ça on a laissé descendre des soldats par des filins placés à cet effet sur nos appareils. Au même moment, une seconde équipe faisait diversion à la porte. Nos mafiosi n'ont jamais pensé à lever la tête vers les vitraux. Nous leur sommes tombés dessus du ciel!

Le visage rond s'illumina, ne pouvant dissimuler une mimique facétieuse qui s'accrochait au gras des joues. Le regard toujours empreint de malice, il se tourna vers le prélat muré dans son silence.

– N'est-ce pas là une belle image, mon père, pour illustrer l'heureuse intervention du Seigneur dans cette fin inespérée?

Engoncé dans une soutane plus laminée et moins propre qu'à l'ordinaire, le prêtre porta un regard intense vers l'officier. Il semblait sortir d'un songe. Il s'éclaircit la gorge et parla d'un ton égal, mesuré, peut-être un rien moins soutenu qu'à son habitude. Il ne ressentait plus en lui cette volonté d'enflammer ses propos avant de les jeter, comme il le faisait pour les sermons que sa verve coutumière, souvent ponctuée par des éclairs de ses yeux de jais, répandait dans la petite église d'Anse Galion. Il s'adressa à Hennessy sur le ton calme et feutré d'une conversation de salon. Néanmoins, il ne put empêcher son lyrisme naturel de l'emporter sur son propos.

– Colonel, notre collectivité ecclésiastique, moi en premier, a péché par charité chrétienne. L'homme est fait de chair, et la chair est faible. Nous comptons dans une île à majorité anglicane peu de fidèles et d'amis catholiques qui puissent nous aider financièrement. D'où les égarements que nous avons connus. Pour répondre à votre question, je pense en effet que le Tout-Puissant a guidé vos pas et les nôtres, même si le mystère de la présence de Dieu se situe en dehors des mesures et des limites de la compréhension humaine.

Le militaire le regardait avec sympathie. Il était conscient que, sans la résistance intellectuelle et physique qu'avait démontrée le curé face aux malfrats, il était probable que l'opération eût échoué.

À tout le moins, l'armée serait arrivée sur un champ de ruines. Il pencha son corps grassouillet vers le religieux.

– Mon père, je voudrais simplement vous féliciter, lui dit-il en hochant la tête pour essayer de convaincre son auditeur. Sincèrement! Car il faut beaucoup de courage pour...

Le religieux l'arrêta du geste.

– Pas autant qu'il en faut à monsieur Jordan, mon colonel! Ce garçon a souffert une perte de dignité à laquelle s'ajoutait le lot quotidien des regards biaisés pleins de condescendance.

Il parut réfléchir quelques secondes. Lorsqu'il releva la tête, il laissa entrevoir un regard brûlant qui éclaira son visage sombre.

– Croyez-moi, colonel! Ce qu'il a enduré depuis si longtemps, peu d'humains l'auraient supporté. Mais je pense qu'il n'est pas seul dans la solitude de son âme. Une main a tiré, une autre a guidé la balle. Aujourd'hui, je me fais beaucoup moins de souci qu'hier, quand j'ai eu le plaisir de le rencontrer pour la première fois.

Billy était à la fois touché et gêné. Il tâcha de détourner de sa propre personne la conversation embarrassante. Coupant court à cet assaut d'amabilités, il s'enquit de la santé du malheureux tenancier du café d'Anse Galion. Le lieutenant-colonel désigna du menton la civière placée en queue d'appareil. Autour s'affairaient deux infirmières en tenue blanche.

– Comme vous pouvez le constater, il est en de bonnes mains! Du reste, notre doc a été formel. Le gars va s'en tirer avec un rafistolage d'une trentaine de points de suture. Heureusement qu'aucun organe vital n'a été touché. Mais il a eu une sacrée chance... Tout comme vous, mon garçon!

Le visage de l'officier s'anima d'un sourire fataliste. Le militaire était conscient que le succès n'avait tenu qu'à quelques secondes. Un léger décalage dans le largage des hommes cagoulés en rappel le long des filins au travers des vitraux, et c'en était fait de sa vie. Et probablement de celle de ses compagnons d'infortune.

– À ce propos, poursuivit Hennessy en s'adressant à l'homme d'Église, j'ai obtenu des autorités américaines que votre pénitent soit pris en charge et soigné dans un hôpital militaire de Floride. Ils vous le renverront dès qu'il sera sur pied, probablement dans une paire de semaines.

La conversation se poursuivit. Aux questions posées par le curé et Billy, le lieutenant-colonel donna force détails sur l'opération qu'il avait menée et qui était planifiée depuis un certain temps, vu qu'on savait pertinemment que les réponses au problème de l'argent envolé se trouvaient à Sainte-Lucie. Comme des fuites étaient toujours possibles, les deux pays concernés avaient déclaré toute la mission top secret. C'était la raison pour laquelle Billy avait été dans l'impossibilité de joindre son ami à Gibraltar. Il se trouvait déjà aux États-Unis, préparant l'offensive.

Hennessy considérait le succès de l'opération comme total, du fait qu'on ne déplorait aucune perte ni du côté des otages ni du côté gouvernemental. Quant à l'homme de main qui avait été abattu, il s'était avéré trop dangereux, alors que son congénère ne devait son salut qu'au coup de pied de Billy qui l'avait mis hors de combat.

– Là où il est, il ne risque plus de nuire! conclut le militaire, un tantinet moqueur.

L'exécuteur des sales besognes de la mafia était assis à même le plancher, jambes écartées, coincé entre les deux solides rangées des genoux militaires. Ses poignets menottés étaient reliés à un anneau au sol, ce qui limitait considérablement ses mouvements.

Derrière lui, logé à la même enseigne, Luigi D'Agnelli penchait son front large à peine ridé sur son corps de gosse trop nourri. Sa lèvre tuméfiée portait encore les stigmates du coup de tête sacerdotal. Le gnome n'était pas à son avantage. Ses manchettes de soie agrafées d'or avaient été remontées sur les avant-bras qui accueillaient les bracelets d'acier de l'administration pénitentiaire. Sa veste de lin jetée par-dessus ses épaules n'était plus qu'un chiffon froissé. La coiffure avait perdu sa raideur de mise et laissait apparaître un début de calvitie. Les yeux cernés, abrités sous la féminité de ses longs cils, ne portaient plus en eux l'étincelle de cette facétie juvénile, prompte à s'allumer au moindre bon mot prononcé dans la suavité de son accent transalpin.

Alors qu'il faisait l'objet de la curiosité des trois amis, il releva sa grosse tête ronde pour darder un regard acéré, sans complaisance, vers Billy. Il comprenait qu'il était arrivé au bout de son long voyage. Depuis des années il s'était préparé à cet instant, bien qu'inconsciemment il le repoussât à chaque fois. Il n'avait pas peur. Mais il savait pertinemment que plus personne ne lui pardonnerait ses trahisons à la chaîne. Il connaissait suffisamment bien la loi de la mafia pour savoir qu'il n'avait pas de pardon à attendre d'elle. Avec une certaine sagesse, il attendait que la vieille dame à la faux le prenne par la main et le conduise vers cet ailleurs où la notion du bien et du mal est subsidiaire.

Lentement et sans quitter Billy des yeux, de sa bouche blessée il tenta une crispation qui se voulait un sourire bravache. Après tout, il avait la prérogative de choisir lui-même cette façon d'immortaliser son départ. C'était pour lui l'ultime pavane, un dernier salut de l'artiste avant sa sortie de scène.

L'avion se posa sur la piste principale de MacDill Air Force Base, située à l'extrémité sud de la presqu'île de Tampa. C'était un village militaire, bordé par les eaux calmes de l'estuaire à l'ouest et parsemé de beaucoup de verdure. De grands bâtiments opérationnels en équerre, aux coloris clairs, entouraient d'immenses hangars métalliques. Au sol, le nombre d'avions paraissait énorme. Il y en avait partout, de toutes les tailles. Seule leur couleur, un immuable gris clair, les différenciait des avions civils. Billy le remarqua immédiatement. Cette uniformité lui parut triste. En lui-même, il se dit que très certainement il n'avait pas une grande carrière militaire derrière lui.

Soudain, il réalisa qu'il entrait dans le processus d'une nouvelle épreuve, ardue, désagréable. Celle d'oublier ce qui lui avait été inculqué presque de force par les autorités dites compétentes, aussi bien sur ses origines que sur sa vie antérieure. Il lui fallait maintenant s'atteler à une nouvelle tâche, avec de nouveaux outils, même si le but, la recherche de son identité et de ses origines, était toujours le même.

Prévenus au moment du décollage de Sainte-Lucie, Chipi et Ricky étaient accourus à l'aéroport militaire. Après une fastidieuse déclinaison de leur identité et une interminable attente face à la guérite de deux sentinelles en armes peu avenantes, ils furent introduits dans le bureau du commandant de la base. C'était un homme d'un certain âge, râblé, aux cheveux gris blond et à la mâchoire carrée. Il ne portait pas de cravate. Son col était orné de deux étoiles couleur or, signe distinctif de son grade de général. Main tendue, son sourire engageant éclairant un regard enjoué, il se leva lestement de son fauteuil de cuir encadré de deux étendards.

– Le colonel Hennessy m'a prévenu de votre arrivée. Bienvenue!

Les deux amis pénétrèrent dans la grande pièce. Ils furent surpris par la constellation de photos épinglées sur un des murs. La majorité était dédiée aux campagnes militaires auxquelles avait participé l'officier. D'autres, en plus petit nombre, montraient des sauts en parachute ou des évolutions d'avions de voltige. Sur le mur d'en face, des maries-louises encadraient des diplômes et des trophées de toutes sortes, précieusement alignés les uns auprès des autres dans une rectitude martiale. Le militaire surprit le regard de Chipi, sincèrement étonné, faussement admiratif. Il lui dit, avec un air de connivence :

– J'ai fait de la compétition quand j'étais jeune. J'ai même fini vice-champion mondial avec l'équipe américaine aux championnats du monde de parachutisme... Mais c'était il y a longtemps!

Chipi lui renvoya son sourire. Du doigt il désigna une photo d'un biplan en rase-mottes sur le dos.

– Et ça?

Le général eut un ricanement.

– M'étant cassé stupidement une jambe au Viêt Nam, je me suis tourné vers l'aviation. La voltige m'a rapproché du parachutisme que je ne pouvais plus pratiquer.

Chipi laissa passer un moment de silence et ajouta avec un hochement de tête :

– Dans mon pays, vous ne pouvez faire ni l'un ni l'autre!

L'officier parut surpris.

– Pourquoi, c'est interdit?

Chipi répondit, évasif :

– Pas exactement... Pour des questions de sécurité en fait...

Le soupçon s'allia à la curiosité :

– Vous habitez dans un pays en guerre?

Chipi se passait la main sur le menton, feignant de s'intéresser aux photos.

– Presque! Mais ce n'est pas la raison majeure. Il se fait simplement que si vous sautez, ou bien vous vous empalez le cul sur la pointe du rocher, ou bien les singes vous lapident pour avoir envahi leur territoire. Quant à faire de la voltige, dès le premier looping vous vous retrouvez en territoire ennemi. Et là, vous risquez de vous faire descendre pour avoir outrepassé les frontières!

Le militaire le regardait ébahi, se demandant où commençait la plaisanterie et où finissait la réalité. Chipi continuait son manège, détaillant les prises de vue. À l'écart, Ricky se marrait en silence. Soudain, derrière eux, une voix se fit entendre.

– Ce qu'il dit, général, est en partie vrai. Mais comme d'habitude, il le dit à sa manière. Il habite Gibraltar.

Ils se retournèrent d'un bloc. Vêtu de son éternel costume sombre à rayures, une mimique froide de circonstance aux lèvres,

Robert Reed, du FBI, se tenait dans l'encadrement de la porte. Le militaire s'avança pour lui serrer la main.

– Si je comprends bien, Bob, vous connaissez ces deux messieurs?

– Absolument. Nous avons été présentés la semaine dernière. Où en est-on dans l'approche du Fox Bravo 043?

– Il est annoncé. D'un moment à l'autre, nous devrions avoir confirmation de la tour...

Il s'interrompit en demandant le silence d'un index levé. Près de son bureau, un poste émetteur posé sur une table d'appoint crachota une conversation technique entre la tour de contrôle et un appareil en approche finale.

– C'est notre oiseau, dit le militaire en se dirigeant rapidement vers la baie vitrée.

Tous les regards convergèrent vers la piste principale. Les doubles fenêtres insonorisées du large bureau donnaient sur le sud-ouest, dominant l'impressionnant tarmac au pied de la tour de contrôle. De cette hauteur, la presqu'île militaire se profilait avec une grande netteté entre Hillsborough Bay à l'est et Old Tampa Bay à l'ouest. En face, la petite ville de Saint Petersburg déployait ses marinas blanches dans le découpé harmonieux de son littoral.

L'avion se présenta au-dessus de l'eau, cabré par l'ouverture des *flaps*, moteurs au ralenti. Légèrement tendus, les quatre hommes assistèrent à son atterrissage. L'Hercule de la RAF roula sur les trois quarts de la piste et s'engagea à vitesse réduite sur une bretelle de dégagement. Il disparut derrière le toit d'un hangar.

Quelques minutes plus tard, on toqua à la porte. Presque simultanément le battant s'ouvrit sur un policier militaire casqué et armé. Derrière lui, un collègue portait les deux cartons contenant les dossiers de frère Bartholomé. Les deux soldats s'effacèrent pour laisser entrer un trio pour le moins hétéroclite : un militaire endimanché, un religieux en soutane de combat et un civil en guenilles.

Un cri de joie salua l'entrée de Billy. Tour à tour, et avec précaution, les deux amis lui donnèrent l'accolade. Billy présenta Brian Hennessy et le curé d'Anse Galion. Il salua le directeur du FBI qui à son tour lui présenta le général. Comme le nombre de chaises était insuffisant, tout le monde resta debout. Robert Reed prit immédiatement la parole, solennellement.

Après s'être dit satisfait de l'heureux dénouement de la mission à Sainte-Lucie, il insista sur les précautions qui avaient été prises et sur l'inquiétude qui les avait rongés, le colonel Hennessy et lui-même, étant donné qu'il y allait de la vie de Billy et sans doute de certains habitants d'Anse Galion. Il félicita Billy, au nom du gouvernement américain, pour son courage, en précisant qu'il en serait tenu compte dans la suite des choses.

– Une nouvelle vie vous attend, dit-il. Dans les jours à venir, je m'entretiendrai personnellement avec votre avocat, monsieur Broadkin ici présent. Ceci afin de déterminer les modalités de compensation que nous serons amenés à vous concéder. Je veillerai personnellement à ce que cette affaire soit menée en toute équité. Vous avez ma parole. En contrepartie, je vous demande, et je le demande à tous vos amis, bien entendu, de faire en sorte que toutes les péripéties que vous avez vécues depuis votre sauvetage en mer à l'Ascension soient à jamais enfouies sous le sceau du secret. Je me permets d'insister en particulier sur un point qui conditionnera nos accords : en aucune manière la presse ne doit être mise au courant. Rappelez-vous, monsieur Jordan, Salvatore Abruzzo n'existe plus. Il est mort dans un accident d'avion, et nous vivons l'aboutissement de cette affaire.

Arrivé à ce moment de son discours, Robert Reed prit le temps d'obtenir l'assentiment verbal de Billy et de ses amis. Il demanda aussi au curé Ferat, en tant que représentant des habitants d'Anse Galion, de s'engager lui aussi au secret absolu. D'un imperceptible mouvement de la tête, l'ecclésiastique lui signifia son consentement. L'homme du FBI se retourna alors vers Ricky. Une forme de satisfaction étira ses lèvres minces. En prenant son temps, il énonça de sa voix feutrée :

– D'ores et déjà, je peux tranquilliser monsieur Broadkin qui s'agite dans son coin, en l'informant que nous serons attentifs à ses doléances et à ses propositions. Je prendrai même la liberté de devancer sa pensée, pour affirmer qu'effectivement, il est très probable que je puisse envisager favorablement le fait que son bureau d'avocats représente en même temps les intérêts des habitants d'Anse Galion dans cette affaire. Aussi longtemps, bien entendu, que monsieur le curé en conviendra.

« Enfin, monsieur Jordan, comme vous le savez maintenant, vous êtes confronté à une incroyable et inexplicable usurpation d'identité. Aujourd'hui il vous incombe, à vous et à vous seul, de retrouver la trace de votre passé. Tout ce que je peux avancer pour le moment sur ce sujet, c'est que nous essaierons de vous aider dans la mesure de nos moyens. Aujourd'hui, avec certitude, nous pouvons annoncer que Salvatore Abruzzo et vous-même étiez bien dans l'avion qui s'est abîmé en mer face au Venezuela voilà presque un an. Vous êtes le seul survivant de ce vol, et votre nom est donc bien sur le manifeste passager. Le tout est de savoir lequel c'est. Pour y arriver, il faudra procéder par élimination. C'est à mon sens, un travail qui devrait être relativement rapide. Bien entendu, pour le moment, aucune des familles concernées par cette catastrophe n'a été prévenue. C'est à vous de décider si vous voulez poursuivre vos investigations dans cette direction. Votre résolution sera la nôtre. Et, sur ce point-là aussi, le colonel et moi-même sommes arrivés à un accord. Si vous le désirez, vous pourrez garder à vie votre nom d'emprunt, c'est-à-dire William Wilfred Jordan. Ceci avec toutes les prérogatives et protections qu'accorde la Constitution des États-Unis à tout citoyen de ce pays. Voilà, c'est tout ce que j'avais à dire.

Un silence gêné suivit ce long palabre un rien pompeux, que le général tâcha de rompre avec jovialité :

– Écoutez, mes amis, on est peut-être primaires dans l'armée, mais au moins on aime célébrer les retrouvailles et on sait le faire! J'ai prévu quelques bouteilles de vin pétillant en provenance d'un producteur d'Alexander Valley en Californie. C'est frais, c'est bon et c'est bien fait!

Chipi ne laissa pas passer l'occasion. Emboîtant le pas du militaire, une mimique significative rehaussant sa moustache, il fit un clin d'œil au gradé. À voix basse, mais certain d'être entendu de tout le monde, il lui dit avec une mine de conspirateur :

– Avec tous les respects que je vous dois, mon général, j'aime autant vous dire que vous ne me ferez jamais monter dans un de vos pièges à hélice qui se baladent tête en bas à six pieds du sol, au risque de décorner tous les cocus de la terre! En revanche, on sera toujours copains pour partager une bonne bouteille de champ!

La petite réception touchait à sa fin. Des officiers gradés avaient été autorisés à se joindre à la petite fête. Chipi, en verve, racontait ses histoires rocambolesques où la vérité rejoignait la fiction. Ou peut-être était-ce le contraire...

Le bras en bandoulière, le visage teinté d'une certaine mélancolie, Billy observait les convives. Les souvenirs de l'Ascension lui revenaient en mémoire. Il pouvait presque entendre la voix sarcastique de l'administrateur parmi l'aréopage. Brian Hennessy s'approcha de lui et posa fraternellement sa main sur son épaule valide. Il lui souriait avec sa jovialité communicative qui ne le quittait qu'en de rares occasions. Ses yeux espiègles exprimaient beaucoup de chaleur.

– On a encore du travail, tous les deux, vieux frère, mais ce soir, repos! Il n'est pas question qu'on commence à se casser la tête dès votre arrivée. Je dîne chez vous ce soir, avec vous trois. J'ai aussi invité le curé Ferat. Germania et Sante ont été prévenus. J'espère que cela vous convient?

– Absolument! Avec plaisir!

Billy eut une hésitation.

– Brian...

– Oui?

– Qu'en est-il d'Alexandra?

– Vous voulez parler de ce qui a été développé par Robert Reed concernant le silence que nous devons maintenir sur votre existence... passée... ou à venir?

Billy hocha la tête affirmativement. Il paraissait très concerné.

– Ne vous en faites pas. Un de mes officiers l'a briefée sans entrer dans le détail pas plus tard que tout à l'heure, à son arrivée à hôtel de Castries. J'en ai eu confirmation par la radio du bord. Par mesure de sécurité, il la suivra sur son vol de demain en tant que passager. Vous le savez mieux que moi, Billy, c'est une fille bien! Elle a parfaitement compris la situation... Ah! J'oubliais de vous dire : vous avez aussi un petit message de sa part.

Le regard clair se fit attentif.

– Que dit-il?

– Rien de spécial, sinon qu'elle a récupéré vos affaires et qu'elle a réussi à se libérer pour le restant de la semaine. Elle vous appelle demain soir à son arrivée à Miami.

Une bouffée de chaleur empourpra le visage de Billy. Il aurait aimé précipiter le cours du temps. Mais une autre question taraudait son esprit. Brian Hennessy, qui continuait à scruter son visage, remarqua son trouble.

– Qu'est-ce qui vous tracasse?

La réaction fut brutale.

– Brian, que savez-vous sur moi?

Le militaire britannique parut hésiter. Il haussa légèrement les épaules.

– Si vous faites référence à votre identité réelle, pratiquement rien pour le moment. De toute façon on n'a pas vraiment gratté le sujet. C'est à vous de...

– Brian...

– Non! Je suis sincère! Pratiquement rien. Du moins pour le moment. Pour tout dire, nous ne savons pas encore qui vous êtes avec certitude. Nous avons plusieurs pistes, c'est tout.

– Dites-moi simplement, si c'est bon ou si c'est mauvais.

Il y eut un silence entre les deux hommes. Ils tenaient chacun leur coupe de vin pétillant à la main, à peine entamée. Ils étaient très proches l'un de l'autre. Du regard, ils semblaient se mesurer. Au-delà des sentiments de sympathie mutuelle, il y avait le respect de l'homme, mais aussi la vérité contraignante. Le colonel soupira.

– À mon sens, ce n'est ni bon ni mauvais. Il y a juste une certitude qui probablement ne vous fera pas plaisir. Il vous reviendra de la gérer comme vous l'entendrez.

– Laquelle?

– Vous êtes marié...

CHAPITRE 36

Le lendemain, à Tampa, un rassemblement important eut lieu dans les bureaux de l'avocat. On était au tout début de l'après-midi. Un chaud soleil inondait l'estuaire dans le mirage de ses eaux limoneuses et plates. Du haut de la grande baie vitrée perchée à plus de cent mètres du sol, la terre semblait plongée dans un immobilisme rassurant. À l'ouest, une fumée s'élevait en volutes paresseuses et enveloppait de sa substance les premiers halos des brumes de chaleur. Au gré des reflets scintillants, la lumière façonnait les limites de la terre ferme dénuée de tout relief. Avec lenteur, elle dissolvait les formes réelles, engendrant un mélange de mystère et de curiosité qui abolissait toute perception du détail. Entre ombres et lumières, rendant évanescentes les premières berges, une nébulosité dorée montait de l'immense retenue d'eau maritime naturelle pour s'emparer du contre-jour.

Ils étaient tous là. Aussi bien «les deux rescapés de Sainte-Lucie», comme Ricky s'amusait à surnommer Billy et le curé d'Anse Galion, que Brian Hennessy ou Robert Reed. L'inspecteur Dennehy, averti tard la veille à son bureau de New York, avait pris un vol matinal pour se joindre au groupe. Chipi s'était invité tout naturellement en tant qu'observateur. Après tout, comme il l'avait fait remarquer avec raison, n'était-il pas jusqu'à nouvel ordre le conseiller non rémunéré de William Wilfred Jordan?

La rencontre avait débuté par un rapport circonstancié de Robert Reed. Avec un mélange de sagacité aiguë sur les circonstances peu banales qui l'avaient amené à faire la connaissance de Billy et une exquise politesse ennuyée qu'il traînait d'un silence à un autre, entrecoupés de phrases techniques, il s'évertua à reconstruire l'historique des diverses péripéties constituant la trajectoire criminelle de SAWJ.

Il décrivit la découverte de l'unique survivant de la catastrophe aérienne au large du Venezuela et poursuivit avec l'épisode Gibraltar, pour terminer par l'opération Sainte-Lucie. Dans son long monologue, le responsable de la sécurité nord-américaine reconnaissait qu'un concours de circonstances malheureuses avait jeté Billy dans les mailles du FBI, marquant probablement sa vie à jamais. Il était parfaitement conscient de l'erreur judiciaire, mais, pour reprendre son expression, il était inutile de pleurer sur le lait renversé[41]. Le mal était fait; autant chercher à l'atténuer plutôt qu'à essayer d'en comprendre les causes.

Il aborda ensuite le thème des compensations. Reprenant les idées maîtresses développées rapidement la veille à la base militaire, il les agrémenta de propositions chiffrées.

Il termina en renouvelant sa demande faite la semaine précédente à la villa *Dreams*. Elle concernait la restitution intégrale au gouvernement des États-Unis des fonds amassés et gérés par les centaines de sociétés occultes réparties sur la planète, toutes placées sous les ordres de SAWJ ou de frère Bartholomé.

Ricky se leva. Le nez fin plongea quelques secondes dans les notes devant lui. Lorsqu'il releva la tête, la bouche et la mâchoire trahissaient un appétit de conquête.

La superbe mécanique intellectuelle se mettait en marche. Une demi-heure lui suffit pour anéantir les arguments développés par Robert Reed. Pour l'homme de loi, même si les circonstances au départ avaient mené à une analyse inexacte de la situation, il y avait eu une erreur magistrale de toute l'administration fédérale et de la CIA[42] réunies, dont son client était victime. À cela s'ajoutait l'injustice d'un acharnement qu'il qualifia de bestial. Pour preuve, il cita l'obligation faite à Billy au péril de sa vie de participer à une opération de sécurité nationale en terre étrangère alors qu'elle ne le concernait en rien.

Il s'autorisa une seconde de répit pour boire une gorgée d'eau. Robert Reed le surveillait. Il jouait des doigts ou des lèvres avec les branches métalliques de ses lunettes. Il savait que le plus dur allait venir. La voix profonde de l'attorney reprit:

– En tant que conseil et garant des intérêts de mon client, je me dois d'intervenir au nom de l'éthique qui a été complètement ignorée pour ne pas dire bafouée dans cette triste affaire. En réalité, cette

---

41. En anglais: *It's useless to cry after spilled milk.*

42. La Central Intelligence Agency ou CIA, fondée en 1947 par le National Security Act, est l'une des agences de renseignements les plus connues des États-Unis.

lamentable histoire est marquée par l'inconsistance de toutes ces accusations ou menaces, verbales, physiques ou pénales, tout au long du calvaire enduré par monsieur Jordan. Ce qui est inadmissible, c'est que ce harcèlement a été mené en dépit des réserves formulées aussi bien par l'administrateur de l'Ascension que par le docteur Cunningham. Vous avez persévéré ensuite dans l'erreur, sans tenir compte des conseils de prudence qui vous ont été donnés par plusieurs sources autorisées. Enfin, vous avez fait fi des preuves flagrantes en faveur de mon client soumises par le colonel Hennessy, lui qui a été le premier à comprendre où se logeait la vérité! Devant cette tragédie humaine qui n'est point encore résolue pour monsieur Jordan, je ne peux qu'exprimer un espoir, c'est que ce drame puisse au moins servir de leçon aux générations futures qui embrasseront votre métier, monsieur Reed, ou celui d'Anton Dikins; ou bien encore celui de l'inspecteur Dennehy. Car la justice est un bien précieux et fragile, qu'on ne saupoudre plus au-dessus des têtes serviles comme au temps de Confucius. Vous en conviendrez avec moi, monsieur Reed, dans cette affaire, les complicités étaient nombreuses, surtout au sein de vos propres réseaux. Elles étaient souvent insouciantes du mal qu'elles propageaient. Mais une chose est certaine, c'est qu'elles étaient à chaque fois, par votre faute, extrêmement dommageables pour mon client, pris dans l'étau entre la police fédérale et la mafia. À tel point, qu'il en gardera des séquelles physiques, en plus des cicatrices psychologiques. Aujourd'hui, je n'ai pas peur d'avancer que les autorités de ce pays ont péché lourdement. Mais il est inutile de parler de sanctions, d'autant que la plus grande confidentialité est exigée afin que la morale hypocrite soit sauve... soi-disant pour le bien du pays! Oublions donc les sanctions! Et parlons plus précisément de réparation, de compensation, à la mesure du mal qui a été fait.

– Mais vous plaidez, maître!

Un rictus narquois aux lèvres, Robert Reed venait d'interrompre l'avocat tout en le dévisageant de son air froid. Ricky lui accorda tout juste un regard. Il haussa les épaules, secouant la tête comme l'aurait fait un maître d'école devant un cancre.

– Foutez-moi la paix avec vos remarques universitaires, Reed! dit-il, exaspéré. Soyez heureux que je ne réclame pas qu'on fasse l'inventaire des législations pénales propres à chaque pays concerné par cette affaire pour déterminer les responsabilités de chacun! On assisterait à un sacré bordel, croyez-moi! Vous, et tout votre barda de bureaux paragouvernementaux disséminés dans chaque ambassade américaine, que vous traînez derrière vous comme autant de casseroles sonores, seriez placés aux premières loges par les critiques des journaux du matin!

« Revenons, si vous le voulez bien, à des choses plus concrètes. Je pense en particulier à un point qui me paraît indiscutable, celui des frais commerciaux extérieurs encourus par mon client et qui lui sont redevables. En d'autres termes, je demande à l'administration fédérale de ce pays de considérer, d'une part, le manque à gagner encouru par William Jordan depuis sa détention à l'Ascension - le mot n'est pas trop fort - sur les conseils précisément de cette même administration. D'autre part, de quantifier les risques que vous lui avez fait prendre en l'envoyant, au péril de sa vie, à la recherche des documents secrets des familles mafieuses. Sur ce dernier point, je suggère vivement d'appliquer un coefficient rémunérateur à la hauteur de la tâche qui a été remplie avec le succès que l'on sait. Enfin, et toujours dans ce même sac, j'ajouterai notre demande impérative de restitution de ce qui nous revient à titre légal, quand tous les comptes auront été mis à jour et que la ligne du bas aura été tirée.

« Je tiens à préciser qu'en aucune manière il ne sera accepté que les possessions financières qui nous reviendront de droit puissent être assimilées de près ou de loin à de la corruption ou à quelque pot-de-vin payé à l'époque aux protagonistes du moment et ce, même si vous arriviez à prouver que cela a été fait dans le but de remporter des marchés extérieurs, d'où un enrichissement personnel théoriquement condamnable. Merci de vous souvenir, monsieur Reed, que mon client est totalement étranger à ces pratiques, pour autant qu'elles aient eu lieu, ce qui n'est pas du tout prouvé. En fait, mon idée s'énonce clairement. Puisque monsieur Jordan a été mêlé contre sa volonté à cette affaire de corruption relevant de la finance internationale et étant donné qu'il dispose aujourd'hui d'une identité légale dont vos services l'ont affublé sans qu'il n'ait rien demandé, il est tout à fait légitime de rendre aujourd'hui à William Wilfred Jordan ce qui appartenait légalement à William Wilfred Jordan avant les événements de l'Ascension. »

L'homme de loi s'interrompit et parcourut à nouveau l'assistance de son regard incisif. Du bout des doigts il rectifia l'alignement de ses documents sur la table, comme pour signifier que la fin de son exposé était proche. Quelques secondes s'égrenèrent. Au fond de la pièce, une pendulette marqua l'heure de son carillon cristallin. Un silence respectueux entourait la table. La voix grave, légèrement étouffée, reprit:

– Dois-je rappeler ici pour mémoire que la Suisse, probable berceau de mon client, entérine, depuis l'après-guerre et de la manière la plus officielle, ces pratiques commerciales que je viens d'exposer? Ce pays accorde même à ces activités une déductibilité d'impôt. Si monsieur Jordan le désire, je suis certain que vos services n'auront aucune objection à virer les compensations qui lui seront dues au titre de frais commerciaux extérieurs sur un compte suisse ou vers tout autre pays où les lois financières sont moins astreignantes qu'ici. Cela aurait l'avantage de lui éviter les tracas d'une pesante administration fiscale nord-américaine.

L'avocat s'assit. Billy le regardait, tendu. Son regard clair croisa celui de Chipi qui semblait tout aussi crispé. Tous deux se demandaient ce que venait faire dans le dossier cette nouvelle information sur l'origine helvétique de Billy. Ils n'eurent pas le temps de poser la question. Robert Reed, de sa voix traînante, ânonna:

– Très bien. Finissons-en. À combien estimez-vous vos prétentions?

La réunion était terminée. Robert Reed et l'inspecteur Dennehy venaient de partir. Une secrétaire entra, portant un plateau de café. Dès qu'elle referma la porte, Ricky se tourna vers Billy.

– Alors, quelle est ta première impression?

Billy fit une grimace exprimant un doute.

– L'impression est bonne. Mais je me demande si vraiment ils signeront le protocole...

L'avocat le regarda, goguenard. Il prit un certain temps avant de lui répondre:

– Ils signeront, mon vieux! Ils n'ont pas le choix! Tu les tiens par le fait qu'en aucune manière ils ne veulent divulguer cette affaire. Ce n'est pas du tout à leur avantage. Rappelle-toi que depuis l'histoire de l'Irangate[43] toutes les organisations d'État sont loin d'avoir les faveurs de l'opinion publique et de la presse. En outre, tu es le seul à pouvoir mettre un terme à cet imbroglio en rencontrant le plus vite possible Rocco Simbione. Les fédéraux n'interviendront qu'après la remise aux mains de la mafia des livres comptables relatifs aux comptes secrets. Tu sais, ils ne sont pas bêtes. Ils sont bien conscients que sans toi ils ne récupéreront pas un cent sur le dos de la mafia. La réalité criante, c'est qu'ils ont encore besoin de toi!

---

43. Affaire de ventes d'armes à l'Iran par l'administration du président Reagan.

Billy soupira, l'air fataliste. D'une voix qui semblait lasse, il énuméra sur ses doigts :

– Eh bien, en considérant qu'ils signent, sachant que je peux garder tous les avantages sociaux qui m'ont été donnés avec ma nouvelle identité, que j'ai l'entière propriété de la villa *Dreams*, que je conserve la société BC Financial Consulting, qui est la nôtre de toute manière, ses bureaux attenants et ses deux filiales, que je reçois en compensation douze millions quatre cent mille dollars répartis sur dix ans en mensualités égales, décemment je ne peux pas regretter...

Il porta sur l'avocat son regard clair. Le visage dessina une mimique facétieuse.

– ... d'être un jour entré dans ce bureau sans rendez-vous!

Ricky apprécia d'un ricanement. Chipi, qui était resté silencieux, les yeux perdus dans le vague, analysa la situation à sa manière.

– C'est sûr que, devant de tels chiffres, le souci de l'achat du sel pour la soupe du soir passe au second plan...

Ils rirent nerveusement. La tension créée par la réunion s'estompait. Ricky ajouta très vite en pointant un index vers le plafond :

– Et ce n'est pas fini! Nous avons bien fait de ne pas dévoiler le mot de passe secret aux autorités. Ainsi, nous aurons tout le loisir de vérifier ce que nous réserve la société Saint-Jean aux Bermudes. Il va falloir envisager sérieusement un déplacement dans l'île et, comme je le disais tantôt, rapidement!

Il se tourna vers le curé d'Anse Galion.

– Et vous, mon père, quel est votre sentiment?

Le religieux soupira, une expression énigmatique traversant son regard.

– Au nom de tous mes paroissiens, je vous remercie d'avoir pris la défense de notre village, monsieur Broadkin. J'ai été sincèrement impressionné par votre habileté à convaincre un auditoire.

Il s'interrompit un instant, paraissant navré, les yeux noirs perdus dans le placage d'ébène de la table de travail.

– Dommage que l'Église catholique ait raté un si bon prêcheur... mais il n'est jamais trop tard pour embrasser une carrière religieuse!

Un sourire éclaira son visage. Il ajouta plus sérieusement :

– J'avoue que de pouvoir garder les sommes actuellement répertoriées au crédit de notre compte à Sainte-Lucie, qui s'élèvent à plus de deux millions de dollars, constitue un avantage plus qu'appréciable! Il y a encore les trois cent mille dollars pour

Concepcion et les cent mille pour ce malheureux qu'on a éventré... Ce sont là de belles compensations! Je veillerai personnellement à ce que ces sommes soient utilisées avec discernement par leurs bénéficiaires... Il est évident que cela ne fera pas revenir l'époux de Concepcion, mais après tout le FBI et la CIA réunis ne sont pas directement responsables de tous ces malheurs.

Tout en se lissant la moustache du bout des doigts, Chipi nota:

– Reed est un type de parole; c'est la fonction qui le demande. Je pense comme Ricky qu'il réglera l'addition sans sourciller maintenant que l'affaire a été débattue entre nous. Après tout, ces institutions d'État sont riches... grâce aux contribuables, il est vrai!

Ricky saisit le combiné du téléphone et obtint instantanément son adjoint au bout du fil.

– Gregory, nous avons besoin de vos lumières concernant les Bermudes. Je sais que vous venez de recevoir des informations de dernière main. Venez vous joindre à nous.

Dix minutes suffirent à l'adjoint pour divulguer de manière concise les derniers renseignements qui lui étaient parvenus le jour même de cette terre britannique émergeant à mille kilomètres des côtes américaines. Il sortit en abandonnant sur la table un énorme recueil comptable informatique. Sur chaque page et en petits caractères s'étalait le détail des centaines et des centaines de possessions, comptes internationaux, avoirs financiers ou matériels éparpillés à travers la planète. Tout cela appartenait à la mafia sous la responsabilité financière directe de Salvatore Abruzzo. Les écritures retraçaient l'historique exhaustif de tous les mouvements, avec les numéros des chèques et les montants créditeurs. À côté de chacune se trouvait le numéro secret qui donnait accès au compte.

Les conclusions de l'adjoint avaient été limpides. Toutes les analyses convergeaient pour démontrer que cette île coffre-fort flottant au milieu de l'Atlantique renfermait bien le centre moteur de l'organisation dirigée par feu SAWJ. Grâce aux documents trouvés dans le repaire de frère Bartholomé, des verrous bancaires aux quatre coins de la terre venaient de sauter. Ils libéraient une extraordinaire moisson de dollars accumulés par des activités internationales illicites, produit d'une criminalité en col blanc qu'il aurait été impossible de juguler sans les preuves irréfutables gardées au secret aux Bermudes.

Ceci à une exception près, la société Saint-Jean qui restait pour Gregory mystérieusement inviolable. C'était, d'après lui, un compte fourre-tout sans grande importance, sans doute un genre de tiroir de sécurité où étaient emmagasinés tous les doubles des contrats et dossiers confidentiels représentant l'ossature même de l'édifice financier érigé par Salvatore Abruzzo.

L'adjoint de l'avocat avait terminé son exposé en précisant que seul un mot de passe adéquat pouvait donner accès à ce compte. Mais à bien y réfléchir, à ses yeux, ce compte ne représentait pas un enjeu primordial. Les données ramenées de Sainte-Lucie permettaient la restitution in extenso des avoirs de la mafia à la justice.

– Pour le moment, dit Billy, il semble que nous ayons le vent en poupe. Pourvu que cela dure!

Brian Hennessy sourit en hochant la tête et ajouta:

– Il n'y a pas de raison pour que ça change. L'analyse de Gregory est exacte dans son ensemble. Nous avons maintenant à notre disposition l'énorme volume financier engrangé par SAWJ. Billy, vous allez pouvoir jouer au père Noël et le redistribuer aux différents chefs de la mafia afin d'être en osmose avec vos promesses. Libre aux autorités fédérales de procéder ensuite aux arrestations et confiscations appropriées. Mais je suis certain que Ricky a raison d'insister sur l'extrême urgence de vérifier l'efficacité du mot de passe magique. À mon sens, Gregory ne se trompe pas en prétendant que c'est un compte sans importance. Mais il est sans importance par rapport aux sommes colossales que nous retrouvons dans le listing informatique qui est là sur cette table. Mais il reste d'importance pour Billy, car c'est son compte personnel, maintenant! En dehors des doubles copies des manipulations diverses orchestrées depuis des années par SAWJ, il doit renfermer les possessions personnelles de Salvatore Abruzzo acquises en toute légalité. Si ces avoirs existent toujours, ils ne peuvent être que là et ils appartiennent à Billy! N'ai-je pas raison, Ricky?

– Tout à fait! C'est pourquoi j'ai dit tout à l'heure que j'encourageais Billy à se rendre le plus rapidement possible aux Bermudes.

Billy se redressa vivement:

– Attendez, pas si vite! Je vous rappelle qu'on est jeudi et que j'ai moins de vingt-quatre heures pour rendre des comptes aux mafiosi! Il faut absolument que je rencontre Rocco Simbione avant demain midi et que je lui remette le listing informatique!

Ricky leva un doigt qui quémandait le silence.

– Oui, tu as raison, il faut que tu contactes Rocco. Plus vite sera terminée cette besogne de rétrocession des avoirs, plus vite nous serons en mesure de nous concentrer sur ton affaire personnelle et sur les secrets que renferme la société Saint-Jean. Si tu le permets, je vais demander pour toi un rendez-vous au mafioso. En même temps, pour que nous ne soyons pas accusés de connivence avec les Italo-Américains, j'avertirai les instances gouvernementales de nos intentions. On décidera ensuite pour les Bermudes. D'accord?

– C'est O.K.

Brian Hennessy se souleva de sa chaise et fit face à la grande baie vitrée. Ses yeux reflétèrent l'éclat du soleil couchant. D'un geste automatique il réajusta la ceinture réglementaire de son uniforme sur son ventre bedonnant. Il avait retiré sa veste et glissé sa cravate à l'intérieur de sa chemise blanche aux plis rectilignes. Les joues grasses se gonflèrent légèrement sur un sourire bon enfant.

– Avec votre permission, Billy, puisque nous sommes presque en famille, puis-je dévoiler les quelques renseignements dont nous disposons sur votre identité réelle?

Du regard, le militaire chercha l'assentiment de son interlocuteur. Silencieux, Billy hocha affirmativement la tête.

Le militaire souriait toujours. Ses yeux se portèrent au loin, au-delà de la baie vitrée.

– Tout d'abord, je tiens à préciser que depuis un certain temps Ricky Broadkin et moi-même avions des doutes quant aux origines de Billy. L'administration américaine, de notre point de vue, était allée un peu vite pour le cataloguer. Je peux révéler aujourd'hui que même Chipi, qui le connaît sans conteste mieux que nous tous, m'a fait part durant la réception qui s'est tenue à la base de MacDill du scepticisme qui l'avait habité, bien qu'il n'ait pas été dans le secret de nos recherches. Lors de mon arrivée à Washington, il y a quelques jours, j'avais constaté la même préoccupation chez Robert Reed. Au vu de la minceur du dossier, il se rendait compte chaque jour davantage de l'erreur flagrante de ses services. Bien entendu, devant les doutes qui nous assaillaient, nous avons intensifié nos recherches du côté du manifeste passager. Nous l'avons passé au crible. Une seule donnée était quasi certaine: Billy était bien à bord de cet appareil faisant route vers le Brésil qui s'est abîmé au large du Venezuela. Mais comment se fait-il qu'il se soit retrouvé dans un canot de sauvetage vêtu d'une veste qui n'était pas la sienne? Mystère! De plus, comme d'aucuns le savent, il avait en poche des documents qui n'étaient pas à son nom et il cachait dans la doublure de l'habit la clef d'une maison qui n'était pas la sienne! Un jour, lui seul pourra peut-être apporter une réponse à ces énigmes. Contrairement à ce qu'on peut penser, les recherches ont été rapides. En prenant pour paramètres les indications corporelles de chaque passager y compris l'équipage, c'est-à-dire les mensurations, la couleur des yeux et des cheveux, le grain de la peau et ainsi de suite, nous avons réussi à ramener le doute autour de trois personnes. Deux sont européennes, l'autre est nord-américaine. D'autorité, j'ai éliminé moi-même la dernière, car je suis certain de l'origine européenne de Billy. Restaient les deux Européens. Coïncidence, ces deux personnes étaient d'origine suisse. De Washington, j'ai personnellement pris contact avec les deux familles concernées. L'une d'elles m'a confirmé que l'époux disparu était germanophone. J'en ai déduit que ce n'était pas la bonne piste. Restait la dernière possibilité. Quelques heures avant mon départ pour Sainte-Lucie, j'ai appelé la résidence de cette personne. Elle n'était pas en Suisse, mais au Canada. Les renseignements que j'ai obtenus concordaient. Néanmoins, une ultime vérification s'imposait. Comme vous le savez, il nous était impossible d'utiliser les empreintes digitales. Billy avait perdu partiellement les siennes. Selon une procédure des plus classiques, j'ai alors demandé au Département d'État de confronter les fiches dentaires des deux personnes. Les résultats me sont parvenus ce matin.

Le militaire s'arrêta de parler et parcourut l'assistance du regard.

– Verdict sans appel: les dentitions des deux personnes sont similaires; aucune possibilité d'erreur. Nous venions de retrouver l'identité de l'homme le plus recherché du Commonwealth.

Le militaire porta son regard sur son ami. Assis face à lui, Billy se remémora l'endroit où il avait entendu cette phrase pour la première fois. C'était à Gibraltar, alors que Billy, alias lieutenant Jordan, venait de pénétrer dans le bureau de l'adjudant en compagnie du major Cunningham. Posés sur le frigidaire, les iris s'étalaient déjà dans le vase, contrastant de leurs lumières violacées avec le blanc des murs.

Il regarda son ami avec un air de complicité reconnaissante.

Il faisait nuit. Depuis le bureau de son avocat, Billy venait d'appeler Sante qui lui avait révélé qu'Alexandra s'était manifestée. Elle était en transit à Miami et arrivait à vingt et une heures à Tampa par la navette qui reliait les deux villes. Billy regarda sa montre. Il avait tout juste le temps de la récupérer. Rapidement, la décision fut prise de se retrouver tous ensemble à la villa *Dreams*.

Billy avait emprunté la voiture de Chipi, la sienne étant restée à Clearwater. Bien que la grosse américaine fût nantie d'une boîte de vitesse automatique, la conduite s'en avérait délicate d'un seul bras valide. Et Billy était mal à l'aise dans ce véhicule aux allures de porte-avions. Il devait conduire avec une prudence exagérée. Il s'accorda une demi-heure pour rejoindre l'aéroport.

Il tâcha de remettre de l'ordre dans sa tête. Il sentait monter en lui les frémissements d'un début d'angoisse qui lui oppressait la poitrine, comme chaque fois qu'il essayait de retracer ses souvenirs, un exercice qui n'avait jamais apporté de résultats réellement probants. Ce désordre cérébral constituait son drame quotidien. S'il ne l'induisait pas à des erreurs lourdes de jugement, comme la confusion du bien et du mal, il le privait des expériences passées. À l'hôpital de l'Ascension, le major Cunningham avait paraphrasé Shakespeare et lui avait dit que «la mémoire était la sentinelle de l'esprit». Or il avait la perception que son esprit n'avait rien perdu de sa vigilance, qu'il avait gardé la notion du temps qui passe. Il croyait donc en la possibilité de retrouver ses souvenirs en se donnant des moyens mnémotechniques susceptibles d'activer sa mémoire, inséparable de l'émotion, et en procédant par association mentale. Il se souvint des exercices qu'Anna lui imposait à l'Ascension et il fit un effort pour les répéter.

En vrac, les dernières révélations de Brian Hennessy lui revenaient à l'esprit. Il chercha à définir les priorités, à créer des bases de réflexion. En réalité, il essayait de reprendre le puzzle de sa vie à la case départ, à le reconstruire encore et toujours avec les mêmes fiches. Mais, cette fois-ci, peut-être enfin dans le bon ordre. Décidément, il lui fallait de la patience, comme au jeu qu'on désignait par ce mot.

Brian Hennessy venait de lui apprendre qu'il s'appelait en réalité Aloïs Gaudi. Il était né sur les hauteurs de Lugano. Une grande partie de son enfance s'était déroulée sur les bords du lac du même nom. Cette origine géographique alpine expliquait la dominance de ses caractères italiens.

Rétrospectivement, il était étonné du calme avec lequel il avait reçu ces informations. Il les avait acceptées sans réelle curiosité, sans émotion particulière, presque sereinement, comme s'il s'y attendait.

Soudain, le visage de sa mère s'imposa à son esprit. Il avait déjà perçu sa présence à Sainte-Lucie, au moment où il avait été blessé par balle. Comme par magie, son prénom lui revint aux lèvres: Heïdi. Il se rappelait même son nom de jeune fille avec une facilité déconcertante: Rieder. Ses cheveux blonds étaient lisses et fins comme de la soie. Il aimait passer ses petites mains sur les tresses qu'elle portait dans le dos. Ses yeux étaient très clairs et elle sentait toujours bon. Lorsqu'il était adolescent, elle le prenait encore sur ses genoux pour lui parler sa langue, un dialecte allemand qu'il ne comprenait pas.

Il chercha dans sa mémoire, mais n'y vit aucune trace de son père, dont il portait pourtant le nom. Il réalisa qu'il ne le connaissait pas; il était mort à sa naissance. Il n'avait ni frères ni sœurs. L'image de sa mère s'estompa dès qu'il essaya de se revoir à l'école. Il comprit qu'elle aussi venait de disparaître. Il se retrouvait orphelin à l'âge de neuf ans. Un frère de son père l'avait recueilli chez lui. C'était un célibataire endurci qui habitait un petit appartement en plein centre de Lugano, à deux pas des bateaux à roue. Il exerçait le métier des chiffres comme comptable dans une des principales banques de la ville. C'est lui qui lui avait communiqué l'amour des mathématiques.

Les souvenirs se bousculaient. C'était maintenant une vision en flot continu, impossible à endiguer, comme si une vanne s'était ouverte. L'image de l'Université de Lausanne se superposa à celle de l'école secondaire. Puis ce fut Milan, avec un stage dans une immense usine de mécanique où il avait été affecté au service informatique. Il aimait ce pays dont il parlait la langue, mais il n'avait jamais pu s'adapter au désordre de la rue. Arriva le tour de Genève. Quai des Bergues, très précisément face à l'immense jet d'eau devant la façade crème d'une banque internationale. Billy embrassait une première carrière. Puis vint Madrid avec l'avenue Jose Antonio, siège de la direction d'une petite succursale que venait de lui confier le consortium bancaire suisse. Le charme discret des jardins andalous envahis par le parfum des orangers en fleurs lui revint en mémoire. Il passait souvent ses vacances dans le sud, du côté de Séville. Le syncrétisme religieux habillant la ville l'attirait. C'était là, dans le rythme spontané et bruyant des *bodegas del Barrio* de Santa Cruz qu'il avait appris à apprécier les vins de Jerez.

Enfin, ce fut l'épopée américaine. Les villes aux gratte-ciel de verre et d'acier défilaient. Il était pris dans une valse sans fin, d'un océan à l'autre. Les États du Sud comme du Nord virevoltaient sans interruption au gré de ses voyages, comme les dentelles d'une robe de jeune mariée. En filigrane apparaissait une clientèle diversifiée, cosmopolite, toujours différente, parfois attentive d'emblée, souvent réservée ou agressive. Néanmoins, la plupart du temps, elle finissait par être conquise par le plaidoyer commercial minutieusement mis au point par le jeune consultant. C'était un métier charnel que Billy aimait par-dessus tout. À chacune des rencontres, il éprouvait cette impression intense de faire l'amour avec son client. S'ensuivait l'indescriptible plaisir qui accompagne toute signature contractuelle. C'était comme une fantastique jouissance personnelle. Après chaque victoire professionnelle, vanné par l'effort de persuasion qu'il venait de déployer, il se laissait choir sur son lit d'hôtel, le cœur irradié par une joie infantile.

L'aéroport était en vue. Billy venait de quitter l'autoroute pour s'engager sur la bretelle menant aux bâtiments publics. Dans la légère montée en virage apparurent au loin les gratte-ciel illuminés de Tampa. Ils formaient une couronne perlée chatoyante que renvoyaient les eaux noires de la baie. À l'ouest, au-dessus de Clearwater, le ciel s'embrasa en arabesques voluptueuses. Billy ralentit. Il se rendit compte qu'il assistait à l'expression naturelle d'une vie, c'est-à-dire l'essence même de la mort du jour et de la naissance de la nuit.

Il frissonna. Bien que chaud, le fond de l'air était humide. La brise marine s'engouffrait dans la décapotable par bouffées. Cheveux au vent, Billy était complètement grisé. Les quelques souvenirs qui venaient d'éclore à la surface de son cortex lui apportaient une pointe de nostalgie. Il chercha à s'analyser. Qu'éprouvait-il? Rien, se dit-il avec lassitude, sinon une intense solitude intérieure. Soucieux d'utiliser les dernières minutes de répit qui lui étaient encore accordées, son esprit repartit en chasse.

Curieusement, la concentration était plus ardue, moins profonde; elle perdait de sa précision. La correspondance avec sa mémoire lui était plus difficile.

Il dut se faire violence pour retracer le périple canadien qu'avait esquissé le lieutenant-colonel. Malgré ses efforts, il n'arrivait pas à se rappeler la raison de cette émigration qui intervenait après les années fastes passées aux États-Unis. Il se dit que logiquement il devait y avoir une affaire de cœur. Brian Hennessy l'avait averti: il était marié. Soit! Mais avec qui? C'était le trou noir le plus complet! Il était dans l'impossibilité la plus totale de placer un visage sur une hypothétique silhouette féminine censée être sa partenaire pour la vie. Billy était ébahi d'un tel blocage aux portes mêmes de la vérité! En revanche, il était sûr d'avoir persévéré dans son travail de consultant sur le territoire canadien. Il se souvenait maintenant avoir parcouru, dans le cadre de ses fonctions, la plupart des provinces du pays.

Il en déduisit qu'il n'avait pas dû être souvent chez lui. Dans les contours vaporeux de l'amnésie, un lieu de résidence s'ébauchait. C'était une grande maison de bois à deux étages. Tout autour, un jardin, ou plutôt un parc avec de grands arbres. De beaux sapins descendaient vers l'eau où un minuscule débarcadère abritait un petit bateau à moteur. Dans le flou de ces souvenirs disparates, Billy discernait un lac, et même plusieurs qui communiquaient entre eux. Posées sur les berges avoisinantes, d'autres maisons aux couleurs vives apparaissaient.

Pour arriver dans ce coin de pays, on traversait plusieurs villages enfouis sous la neige en hiver. La route était longue, glissante. Une heure de voiture au moins. Mais d'où? Sans citer de ville, Brian avait parlé tantôt d'une province francophone. C'était donc au Québec. Billy en conclut qu'il s'agissait de Montréal.

Il n'eut pas le temps de pousser plus loin ses investigations cérébrales. Il venait d'arriver devant la façade principale de l'aéroport. Il s'arrêta face au terminal des navettes.

Alexandra le regardait, sagement assise de l'autre côté de la grande baie vitrée. Elle se leva prestement pour le rejoindre.

Il la regardait venir. Elle était vêtue d'un pantalon jaune sur lequel s'évasait une veste de soie noire à poches plaquées, nouée négligemment à la taille par une ceinture or. Billy sentait son cœur palpiter. Machinalement, il frotta ses doigts contre ses paumes afin d'atténuer le picotement qui les gagnait. Alexandra marchait vers lui, un sourire éclairant son visage légèrement bronzé. Avec une grâce naturelle, elle portait en bandoulière un grand sac de cuir qui accompagnait le déhanchement érotique de ses hanches. Elle était à portée de voix.

Soudain, il y eut comme une césure. Billy réalisa que quelque chose manquait dans l'échafaudage de ses souvenirs. Quelque chose ou quelqu'un auquel il tenait plus qu'à n'importe quoi. C'était une émotion violente qu'il n'avait encore jamais ressentie. Elle ressuscitait en lui un vague souvenir enfoui parmi des sentiments nostalgiques et confus, auquel il lui était impossible d'attribuer un visage.

Il se tenait debout, accoudé à la portière. Les huit cylindres de la Lincoln ronronnaient, comme un gros matou dormant sur les genoux de sa patronne. Alexandra souriait toujours. Il pouvait distinguer ses fossettes au coin des joues.

Elle dit quelque chose qu'il n'entendit pas. Dans un crissement des mâchoires, il venait de réaliser qu'il n'avait même pas questionné Brian sur l'importance de sa progéniture.

CHAPITRE 37

Tôt le lendemain matin, Ricky appela à la villa *Dreams*. L'avocat avait obtenu un rendez-vous avec Rocco Simbione pour l'après-midi. La rencontre devait avoir lieu à la résidence du mafioso située à Palm Beach, sur la côte est. Près de trois heures de route séparaient Clearwater de cette ville. Il fut décidé que Billy s'y rendrait seul. Néanmoins, dans un souci de sécurité, l'avocat préféra avertir personnellement Robert Reed au FBI.

Au volant d'une camionnette vieillotte, revêtu d'un bleu de travail, un plombier se présenta une heure plus tard à la villa. Il fut reçu froidement par l'œil autoritaire de Germania qui faillit lui refuser l'entrée.

Billy était en compagnie de Chipi au bar de la cuisine. Il s'était levé au premier appel de l'homme de loi qui lui annonçait la visite matinale. Avec d'infinies précautions pour ne pas éveiller Alexandra, il était sorti de la chambre.

L'épouse du jardinier venait de leur servir des œufs brouillés aux petits poivrons. Un soleil chaud avait déjà pris possession du salon, animant au travers de ses rayons transparents des myriades de particules en suspension dans l'air matinal.

Le téléphone avait sonné de nouveau. Ricky confirmait qu'il venait d'être averti par Washington qu'un agent du FBI habillé en plombier était sur le point de se présenter. Le mot de passe était « Double R », en relation probablement avec les initiales de Robert Reed.

– Il est à la porte, annonça Billy, sa tasse de café à la main.

Il ajouta très vite à voix basse :

– Et il faut que je me dépêche, avant qu'il ne soit maltraité par madame Picciolo!

– Très bien, répondit l'avocat. Laisse-le entrer et vois avec lui ce qu'il te propose. Libre à toi d'accepter ou non. Mais sois prudent dans ta démarche avec Rocco Simbione. Tu as affaire à des tueurs!

L'homme envoyé par le FBI était un professionnel. Il déballa sa caissette à outils sur la moquette et en sortit un minuscule micro en forme de boucle de ceinture de couleur dorée qu'il accrocha aussitôt à une lanière de cuir.

– L'antenne est invisible, puisqu'elle est introduite dans le corps de la ceinture, expliqua-t-il. Le micro enregistre les conversations sur un angle maximum de cent soixante degrés. Mais il possède aussi l'avantage d'émettre. Il est performant sur une distance de deux milles à peu près. À tout moment, nous saurons vous situer et intervenir en cas de danger.

– Cela ne me plaît pas, répondit Billy dans un soupir.

Les sourcils de l'homme s'arrondirent. Il parut étonné :

– Ce sont les ordres, pourtant...

Chipi surveillait l'échange. La bouche pleine, il glapit depuis son tabouret :

– Des ordres? Personne ne donne d'ordre ici! On est en démocratie ou merde? Monsieur Jordan a déjà suffisamment sué sang et eau pour la bonne cause, au risque de sa vie! Allez brancher vos micros dans les chiottes de qui vous voulez pour savoir ce qu'ils y font, mais ne venez pas nous emmerder avec votre pacotille d'espionnage à bon marché!

L'homme se relevait. Il choisit d'éviter l'altercation avec Chipi et se retourna vers Billy :

– C'est dans votre intérêt... Après tout, nous n'essayons que de vous protéger.

Chipi descendit vivement du tabouret. Sa serviette tomba à terre. Il fulminait.

– Protéger? Mon cul, oui! Vous voulez vous servir de Billy pour enregistrer les conversations et les utiliser ensuite devant le Grand Jury! La protection, elle est secondaire et aléatoire! Que ferez-vous quand ils auront découvert le micro et qu'il aura un calibre sur la tempe? Vous allez amadouer les mafiosi en agitant des billets gratuits pour Disneyland, peut-être?

Billy cherchait à apaiser les esprits. Il fit un geste de la main vers son ami.

– Inutile de crier, tu vas réveiller Alexandra.

Il questionna le faux plombier :

– Qu'avez-vous d'autre à me dire?

– On vous recommande aussi le port d'une arme. Je vous ai apporté un Mini Sigma 380. C'est un compact fabriqué par Smith & Wesson qui équipe nos policiers affectés à la protection arrière.

C'est un semi-automatique extrêmement léger, puisqu'il fait moins d'une livre. Il a l'avantage de ne présenter aucune arête vive, ce qui en fait une arme de poche sans risque pour une dégaine rapide. Vous disposez de sept coups. Mais bien que sa prise en main soit excellente, c'est loin d'être un pistolet de précision. Tout au plus, il permet de voir venir...

– C'est tout?

L'homme hésita à répondre. Il soupira.

– En ce qui me concerne, c'est pratiquement tout. Mais je sais qu'il y a une couverture de prévue. C'est pourquoi je dois équiper votre voiture d'un petit émetteur. Mais je n'ai encore rien entrepris, ne sachant pas quel véhicule vous utiliserez.

– Une couverture, vous dites? Vous voulez dire une filature?

– Exact. Par un radar à bord d'une de nos voitures, en relais avec un hélico et un garde-côte stationné sur l'un des canaux entourant la villa des Simbione. Mais... mais ces mesures ont été décidées pour...

– ... pour ma sécurité! Oui, oui, j'ai bien compris.

Chipi haussait les épaules par saccades. L'air irrité, il se tourna vers Billy.

– N'y va pas! En arrivant avec ton attirail de plombier, tu vas te faire plomber pour de bon! Et ce n'est pas Reed qui versera une larme! Il n'est pas fou, lui! Pouponné et cravaté, il reste planqué derrière son bureau aux vitres pare-balles, avec vue imprenable sur le Potomac!

– Je sais, Chipi. Mais il faut que j'y aille. Le tout, c'est de trouver un consensus qui arrange tout le monde.

L'agent du FBI parut sceptique. Il haussa les sourcils.

– Je ne sais pas si ces mesures de sécurité sont négociables...

Billy avala une lampée de café. Il regarda le fond de sa tasse.

– Eh bien, mon vieux, avec moi elles le seront! C'est quand même ma peau qui est en jeu, non?

L'homme restait silencieux. Billy revint à la charge en se penchant vers lui.

– Non?

– Si, si! Faites comme vous l'entendez, mais je suis obligé d'en référer plus haut. Je ne sais pas si on vous laissera...

Chipi lui coupa brutalement la parole:

– On ne le laissera pas quoi? Choisir sa canne à pêche pour se rendre à votre garden-party en plein air? Ou bien est-ce un problème de nounou qui exige que le petit porte son béret de peur qu'il ne s'enrhume? Hein?

Billy s'adressa à l'agent fédéral :

– Écoutez, mon vieux, j'accepte que vous placiez le mouchard sur ma voiture, puisque de toute façon votre escorte fera partie du voyage. Mais le pistolet, je n'en ai pas besoin. Vous l'emportez avec vous. Et la ceinture factice, vous la laissez là ; je déciderai plus tard si je la mets ou pas.

Pour toute réponse, l'homme sortit son portable et demanda la permission de téléphoner.

– Aucun problème, mon ami ! Mais auparavant, je vais appeler moi-même et vous allez écouter la conversation.

Il composa le numéro de Ricky. Dès qu'il eut l'avocat, il lui exposa les faits et lui recommanda de discuter avec Robert Reed pour que celui-ci prenne les mesures qui s'imposaient.

Billy servait un café au faux plombier quand la sonnerie du téléphone retentit.

– C'est pour vous, dit-il à l'envoyé du FBI.

L'homme prit le combiné, écouta et acquiesça deux fois. Il termina la courte conversation par un laconique : « Très bien. J'ai compris. » Il reposa le combiné.

– Je vous laisse la ceinture. Les piles s'enclenchent quand vous passez la tige dans l'œillet. Elles ont une autonomie de dix heures. Je reprends l'arme et je vous place le mouchard dans la calandre arrière de votre voiture.

Il avala son café d'un trait. Sur le pas de la porte, il se retourna.

– Et merci pour le café. C'est rare d'en boire un aussi bon !

À quinze heures moins vingt, Billy croisait l'intercostal qui sépare Palm Beach de la terre ferme. Flagler Memorial Bridge traversé, il tourna à droite, délaissant l'imposante masse rococo du Breakers Hotel sur sa gauche. Sans se presser, il se dirigea vers le sud pour se présenter en fin de course au poste de garde d'un magnifique lotissement situé sur une île privée reliée à la berge par un minuscule pont de bois blanc.

La portion de terre émergée abritait une quinzaine de propriétés tout au plus. Chacune s'étalait sur des dizaines d'ares d'un parc arboré qui disposait d'une façade maritime donnant sur une lagune appelée Lake Worth. De grasses pelouses venaient mourir sur le bord des canaux auxquels s'adossaient des débarcadères aux bois clairs abritant de luxueux yachts, dont certains dépassaient soixante pieds.

Les deux gardes en tenue bleu marine, revolver à la hanche, vérifièrent le permis de conduire que leur présenta Billy. L'un des veilleurs resta auprès de la voiture. L'autre, document en main, téléphonait depuis l'intérieur de la guérite. Il revint quelques secondes après de son pas déhanché. Il rendit la pièce d'identité jointe à un carton plastifié sur lequel était mentionné le numéro d'immatriculation du véhicule, sa destination ainsi que la date et l'heure de son entrée.

– Tout est conforme. Vous pouvez y aller. Mais n'oubliez pas de placer le laissez-passer en évidence sur le pare-brise. Autrement, votre voiture risque d'être retirée de l'île à vos dépens.

– Merci. C'est à quel endroit?

– Vous passez le pont et c'est tout droit. Dernière maison légèrement sur votre droite. Vous ne pouvez pas la manquer. Les grilles sont immenses. Elles seront ouvertes; vous êtes attendu. Assurez-vous de respecter la limite de vitesse de vingt milles[44] à l'heure sur la route et de dix milles à l'heure sur le pont. L'île est surveillée par radar.

Il salua militairement. La barrière se leva automatiquement. Billy s'engagea sur l'assemblage de bois en dos-d'âne.

La sentinelle ne s'était pas trompée. Le portail, divisé en deux battants, devait peser pas moins de cinq tonnes. Deux gardes en pantalons noirs et chemises blanches impeccables sur lesquelles luisait un écusson doré lui firent signe d'entrer. Billy remarqua que l'épaulette gauche de leur uniforme portait un mini-micro émetteur récepteur.

À l'intérieur du domaine avait été érigée une seconde grille d'acier coulissante en forme de sas. Nouveau contrôle d'identité. De bonne grâce, Billy se plia aux exigences.

Quelques secondes plus tard, on lui rendit son permis d'une main gantée de blanc.

– Vous êtes attendu au pavillon central. Merci de vous garer aux endroits prévus pour les visiteurs. Suivez l'allée qui est devant vous.

Billy gara la petite japonaise aux côtés de deux grosses limousines noires. Il leva la tête. Au-dessus des cocotiers nonchalants, un hélicoptère flottait. Autour de lui le parc tropical respirait la quiétude. De la terre montait l'odeur âcre d'un mélange d'humidité stagnante et de terreau naturel.

Il ouvrit le coffre de la voiture. De sa main valide, il saisit un sac contenant l'imposant listing informatique préparé par l'adjoint

---

44. Trente-cinq km/heure.

de Ricky. Sans hâte, il se dirigea vers l'entrée principale, creusée en rondeurs dans le béton. Du point de vue de l'architecture, c'était une performance: malgré la lourdeur des matériaux, il se dégageait de l'ensemble une atmosphère aérienne et sobre.

Il gravit les trois marches de l'arche centrale, surmontée de deux extraordinaires lampadaires en forme de candélabres pesamment accrochés aux murs. Dans le soleil encore chaud de l'après-midi, les marbres clairs lui renvoyèrent l'éclat de leur intensité. Sur le palier se tenaient trois hommes. Deux d'entre eux, vêtus d'une *guayabera* crème, étaient postés de chaque côté de l'accès. Les yeux froids, dénués de toute expression, ils le regardèrent monter vers eux sur la dalle de l'entrée. Le troisième, dur, noir, osseux, portait une cravate sans veste. Manifestement, il attendait l'arrivée de Billy. Sans formuler aucune sorte de politesse, il ordonna sèchement de sa voix cassée:

– Veuillez me suivre, s'il vous plaît. Passez par le détecteur.

Billy n'avait pas remarqué l'instrument légèrement décalé par rapport à la porte d'entrée. Derrière l'appareil, une vitre sans tain protégeait de la vue les préposés à la sécurité. Le temps d'une seconde, il se maudit d'avoir, peut-être par pure bravade, revêtu la ceinture équipée du micro enregistreur malgré les mises en garde répétées de Chipi. Mais il était trop tard pour reculer. L'alarme du détecteur se déclencha, stridente. L'homme précédant Billy se retourna vers lui, interrogateur:

– Vous avez une arme?

– Non.

– Vous avez des affaires métalliques dans votre sac?

– Non.

– O.K. Videz vos poches et retirez tout ce qui est fait de métal: pièces, briquets, stylos, lunettes...

– J'ai de la monnaie, mais rien d'autre, sinon ma ceinture. La boucle est en métal.

– Retirez-la, et posez vos pièces dans le petit panier à cet effet.

Billy s'exécuta et repassa devant l'écran. L'alarme resta silencieuse. Il rempocha ses quelques pièces de monnaie et enfouit la ceinture dans le sac. De la main, l'homme lui fit signe de le suivre. Billy lui fit remarquer:

– Vos mesures de sécurité sont strictes!

Sans se retourner, l'homme haussa ses épaules osseuses. Dans la bouche d'un gangster, la réponse prit toute sa saveur:

– Pourquoi devrions-nous prendre des risques?

La maison tournée vers le lagon était construite de plain-pied sur des pelouses à étages. L'intérieur alliait un style néoclassique florido-hollywoodien, exalté par une géométrie volontairement monumentale. Dans cet empire de la démesure grandiloquente, la forme originelle d'un romantisme puéril s'effaçait au profit d'un pastiche redondant.

Et partout s'imposait le silence, avec en suspension dans l'air un parfum étrange de sauge, d'eucalyptus et d'autres plantes aromatiques telles que le thym et le romarin.

Depuis le vestibule orné d'un bureau Régence sous un lustre à pampilles en cristal, Billy et son accompagnateur enfilèrent un large couloir en ogive aux moquettes profondes. Malgré la lourdeur du décorum et les erreurs d'éclairage, quelques pièces d'angle donnant sur le corridor par des portiques néoclassiques laissaient filtrer une certaine émotion. Mais, comble de l'ironie, sur les parois richement floquées de rouge, des miroirs vénitiens à facettes alternaient curieusement avec de piètres reproductions de tableaux anciens aux signatures prestigieuses.

Un premier salon aux fines colonnes torsadées supportant une mezzanine de bois cérusée et poncée apparut au regard. Les murs revêtus de boiseries travaillées au scalpel étaient régulièrement percés d'étagères vernies où s'empilaient des manuscrits reliés de cuir. Mais l'impression d'érudition était détruite par une accumulation d'armures et de trophées hétéroclites qui littéralement dévoraient les derniers espaces verticaux encore disponibles. Les senteurs semblaient poursuivre les deux visiteurs. Billy remarqua que le parfum acidulé de l'eucalyptus s'estompait au profit d'une essence exotique, plus piquante.

Ils passèrent sous une porte en arc diagonal, surmontée d'un chapiteau doré qui s'ouvrait sur un second salon plus petit que le précédent. Faute d'une meilleure définition, il aurait pu être considéré comme d'inspiration espagnole. Des carreaux de faïence contemporains, assemblés en panneaux tirant sur le bleu et le jaune, couraient en frise tout autour de la pièce. Au centre, une immense table Renaissance tâchait de reproduire la splendeur hispanique d'autrefois. Des chaises de cuir cloutées d'or l'encerclaient. Sur le meuble, au mépris des conventions les plus élémentaires, s'élevait un étonnant mélange de délicates porcelaines de Delft, de potiches d'Annam et de cruches à vin contemporaines descendant en droite ligne des tavernes touristiques italiennes.

Billy, son sac à la main, suivait toujours son guide. Ils arrivèrent devant une petite porte de bois blanc, percée de cloisons roses et vertes. Le serviteur frappa. Il patienta, l'oreille pratiquement collée au battant. Billy n'entendit rien. L'homme, néanmoins, ouvrit la porte, s'écarta légèrement et, du geste, l'invita à entrer.

Une agréable odeur de lavande et de citronnelle saisit immédiatement Billy au nez. Au contraire du reste de la demeure, les meubles et les objets paraissaient avoir été choisis avec goût et même un certain raffinement.

Pas le moins du monde déplacée sous ces latitudes tropicales, une petite cheminée d'une rare élégance se cantonnait dans un des recoins de la pièce. Elle présentait un curieux et plaisant contraste dans l'assemblage de ses larges plaques de marbre blanc de Carrare cloutées d'onyx noir et brillant de provenance mexicaine. Non loin, une table basse dont le piètement était constitué d'un châlit de religieuse supportait un immense bouquet de roses jaunes. Autour se trouvaient un canapé en daim beige très sobre et trois fauteuils recouverts d'un somptueux damas. Au fond, calé contre le mur tendu d'un tissu imprimé à larges rayures, avait été placé un piano noir Steinway des années 1930.

Et, dans l'un des fauteuils était assise une septuagénaire, le corps lourd habillé de sombre.

Billy eut un instant d'hésitation. Dans le regard fixe, partiellement caché par d'épaisses lunettes noires, quelque chose le gênait. Il dévisagea cette silhouette qui affichait une vieillesse laborieuse et pesante, momentanément rafraîchie par une aspersion d'eau de Cologne.

– Asseyez-vous, monsieur Jordan.

Elle s'exprimait en italien, sans accent. La voix, à la fois chétive et douce, laissait néanmoins percer l'exercice de l'autorité.

– Avez-vous les pièces administratives qui nous reviennent?

– Oui, madame, répondit Billy en italien tout en prenant place sur le canapé. L'intégralité de ces pièces est dans le sac que j'ai apporté.

– Bien... Très bien!

Il y eut un silence. La citronnelle mêlée à la lavande avait fait place à un parfum plus mentholé. Billy ne cessait de dévisager la vieille dame, sans pouvoir déceler dans quelle direction portait le regard. Malgré son âge crépusculaire, elle avait la peau lisse des êtres gras, rehaussée par deux pommettes saillantes poudrées de rouge. Soudain, il réalisa que la tête était immobile, comme figée sur un mannequin de cire. La voix reprit, presque inaudible.

– Je suis la *Madre*. L'épouse de Bruno Bonnani. Carlo était mon fils.

Elle eut un soupir.

– Maintenant, je suis devenue belle-mère. Rocco a épousé ma fille. Mais avant qu'il ne reprenne les affaires de mon mari tué par les fédéraux en même temps que Carlo, c'est moi qui dirigeais la famille. Aujourd'hui encore je me sens concernée par la bonne marche du business. Je reste la garante de l'équité qui régit les règles morales, aussi bien à l'intérieur qu'à l'extérieur de notre noyau familial. C'est aussi moi et Gaetano Mestre, pour des raisons différentes il est vrai, qui avons sauvé votre vie en retardant les contrats d'exécution lancés contre vous.

Elle marqua un temps d'arrêt avant de reprendre encore plus bas :

– Rocco est fougueux, c'est de son âge. Moi, ce n'est pas pareil. Et puis, je suis sarde, c'est-à-dire une insulaire tout autant que Gaetano Mestre qui est sicilien, comme vous le savez. Nous sommes de la vieille époque... Et nos lois sont encore basées sur l'honneur et le respect d'autrui. Nous cherchons toujours à comprendre avant d'entreprendre... Et je crois avoir compris.

Avec précaution, ses mains blanches et ridées se portèrent ensemble aux deux branches des lunettes qu'elle retira avec une extrême lenteur. Un battement lourd de faux cils amalgamés à un surcroît de mascara rappelant les envols laborieux d'albatros migrateurs laissa entrevoir un iris très sombre. Avides de lumière, les yeux se portèrent vers la fenêtre qui leur faisait face. Ils semblèrent s'accrocher à ces derniers soleils d'une existence arpentée trop vite dans le sillage d'un homme autoritaire et craint, sans jamais avoir vraiment connu le bonheur.

La tête était toujours immobile. La vieille dame ne semblait pas avoir remarqué la présence de Billy.

– Je suis presque aveugle, monsieur Jordan, à cause d'un accident qui m'a laissée partiellement paralysée du cou. Je ne perçois que les couleurs claires. Mais ce déficit n'a fait qu'exacerber ma sensibilité pour les gens qui m'entourent. Nous autres, les malvoyants, dans notre nuit diurne, nous rencontrons une liberté qui vient plus du cœur que de l'esprit. Je vous ai dit tout à l'heure que je croyais avoir compris. Vous savez, j'avais connu Salvatore dans le passé. Il était ami avec mon fils et c'était le protégé de mon mari. Un garçon fort attachant et de surcroît intelligent. Trop intelligent, malheureusement! Son génie lui a fait perdre la tête. C'est regrettable... Par la suite, il a beaucoup souffert. Mais c'était sa faute et avec lui il a entraîné dans sa chute de nombreuses personnes, dont mon mari et mon fils. Aujourd'hui, je ne peux le lui pardonner.

D'un mouvement appliqué des deux bras, elle remit ses lunettes en place et, la tête immobile, elle ajouta d'une voix hachurée et froide :

– S'il n'était pas mort, je l'aurais tué, ici, sur place, de mes propres mains.

Un grand vide envahit Billy. Il eut soudain très chaud. Les secondes s'égrenaient en silence. Il se pencha légèrement en avant. Sa voix lui parut rêche. Il toussa pour essayer de la corriger.

– Madame Bonnani... Comment avez-vous deviné que je n'étais pas Salvatore Abruzzo?

– À votre manière de faire... Je ne vois plus, mais je porte sur les événements et les choses de la vie un autre regard. Il y a peu, j'ai encore dit à Rocco qu'il faisait fausse route. Et puis il y a eu l'épisode D'Agnelli. Je n'ai jamais eu confiance en ce nain. Peu importe qu'il soit sicilien, un traître reste un traître; ils ont ça dans le sang! Pour moi, il a toujours été une fumée de Satan qui se complaît dans l'apostasie. Vous avez bien fait de mettre hors d'état de nuire ce cul-terreux... Toutefois, je dois avouer que c'est un peu grâce à lui si les choses se sont précipitées... Vous avez fait preuve de beaucoup de courage. Mais vous avez eu de la chance, énormément de chance! Sachez cependant que si la chance sourit aux audacieux, comme dit le proverbe, le courage est souvent ignorance, volontaire ou pas, du danger.

Billy écoutait, fasciné par ce visage sans vie. Devant le masque de cire, son regard en liberté chercha les sources du parfum qui embaumait la pièce.

Comme elle se déplaçait avec une extrême difficulté, la vieille dame s'était vu interdire les visites au jardin. En revanche, elle avait fait entrer la nature et ses senteurs dans la maison. Méthodiquement, elle avait parsemé chaque pièce de pots-pourris à base de fleurs séchées, d'écorces d'arbousiers, de plantes, d'agrumes et par-dessus tout de menthe sauvage. Tout ça lui rappelait les garrigues austères de son enfance dans sa Sardaigne natale.

On frappa à la porte qui s'entrouvrit sur un majordome en veste noire portant un verre d'eau et une petite assiette de porcelaine sur laquelle avaient été posées une cuillère en vermeil et trois gélules.

– Mes excuses, monsieur Jordan. Je dois prendre mes médicaments.

Le serviteur approcha. La vieille dame tendit son bras et saisit le verre presque sans le chercher. Billy se dit qu'il devait être posé toujours au même endroit et à égale distance sur le support. De l'index, elle mesurait la hauteur du liquide qu'elle ne pouvait voir. À l'aide de la cuillère, l'employé glissait les pilules dans le verre. Elle en remua le contenu de sa main libre et l'avala d'un trait. Elle reposa le verre sur le plateau qui n'avait pas bougé de place.

Au moment où elle allait dire quelque chose, le maître d'hôtel se pencha à son oreille et lui glissa quelques paroles dans une langue que Billy crut reconnaître pour être du sarde. Elle remercia dans un murmure. Elle attendit que la porte se referme dans un claquement pour s'adresser de nouveau à Billy.

– Je ne sais pas qui vous êtes, monsieur Jordan, ni ce que vous cherchez exactement. J'aimerais que vous m'expliquiez. Mais auparavant je dois vous dire que vos amis fouinent autour de la maison. Ils ne respectent rien, ces gens!

– Mes amis? Vous voulez parler des agents fédéraux?

– Bien entendu! Vous savez que votre voiture est équipée d'un émetteur à ondes courtes logé dans la calandre arrière, n'est-ce pas? Je ne comprends pas bien cette précaution, puisqu'ils savent où nous habitons! Avez-vous d'autres instruments de détection sur vous, monsieur Jordan?

Il était inutile de jouer au plus fin. Billy répondit sans hésiter.

– Je suis équipé d'un enregistreur de voix logé dans ma ceinture. Mais je l'ai retirée et glissée dans le sac. Je ne pense pas qu'elle aurait eu l'efficacité escomptée.

– Ce n'est pas grave. C'est vous qui allez parler, maintenant. Les distractions me sont souvent refusées dans cette grande maison. Racontez-moi votre odyssée et pourquoi vous êtes aujourd'hui ici.

Une heure après, Billy avait terminé son récit. Énigmatique et fascinante, la vieille dame était toujours assise face à lui, immobile. Au cours de l'exposé, elle l'avait interrompu à deux reprises. Une première fois pour lui demander s'il avait revu sa vie passée, ou bien sa mort, lorsqu'il était encore inconscient à l'Ascension. Une seconde fois pour lui demander s'il croyait en Dieu.

Ses lèvres s'agitèrent. Sa voix feutrée s'éleva dans les arômes mystérieux de plantes invisibles. Le visage dénué de toute expression, elle annonça:

– Merci, cher monsieur, de votre visite. Vous pouvez laisser le sac et son contenu dans cette pièce. Je suis désolée, mais je me vois obligée de garder votre ceinture si vous n'y voyez aucun inconvénient.

Dans un geste d'offrande, elle ouvrit ses paumes en signe d'impuissance. Elle reprit un ton plus bas :

– Je ne pense pas que j'aurai le plaisir d'entendre votre voix à nouveau. Mais avant que vous ne partiez, Rocco va vous recevoir. J'ai insisté pour que le traitement qui vous sera accordé soit à la hauteur du service que vous nous rendez. Adieu.

Billy se leva. Au moment où il se retournait vers la porte, elle s'était entrouverte sur l'homme qui l'avait piloté à son arrivée. D'un signe du doigt, il lui demanda de le suivre.

L'un derrière l'autre, ils retraversèrent les salons embaumés, passèrent devant le vestibule et se dirigèrent vers un patio en arcades. Billy sentait la perplexité le gagner. Ébahi devant tant de richesses, il constatait avec effarement que la plupart des tableaux suspendus aux murs, de grandes toiles de l'époque des maîtres italiens du Moyen Âge aussi bien que des œuvres des impressionnistes du siècle dernier, n'étaient que de vulgaires imitations. Ou, pire, de simples photographies.

Ils débouchèrent sur une courette intérieure imprégnée de douceurs ombragées. Les murs étaient peints à la chaux, valorisant les quelques fenêtres protégées par des croisillons en fer forgé. Au milieu chantait une fontaine andalouse entourée d'un bassin mauresque sur le rebord duquel reposaient des géraniums en pots. Plusieurs portes s'ouvraient sur la fraîcheur du patio. L'homme poussa l'une d'elles en se retournant vers Billy.

– Monsieur Simbione vous donne rendez-vous à la piscine, dit-il. Merci de vous déshabiller en laissant vos affaires dans cette pièce. Choisissez un maillot de bain à votre convenance. Une sortie est aménagée vers l'extérieur. On vous y attend.

Il referma le battant sur un Billy de plus en plus décontenancé.

C'était une chambre à coucher. Sur le lit colonial à baldaquin, des slips de bain avaient été disposés en ordre décroissant. À la tête du lit, une chaise en paille tressée supportait une pile de serviettes de plage multicolores. Et par terre, plus ou moins empilées, se trouvaient plusieurs sandales de différentes tailles.

Billy se choisit un short. Torse nu, une serviette autour du cou dévoilant le biceps gauche encore ceint de son pansement, il sortit par la porte extérieure. Elle donnait sur une terrasse face à la lagune. Sur la gauche, légèrement en contrebas, et creusé à même la pelouse, un immense bassin en forme d'as de trèfle aux mosaïques étranges. Il était surplombé d'un arc de triomphe ambitieux au pied duquel se dressaient des statues grecques aux dénudés froids. Un chemin pavé de grosses pierres menait à la piscine.

Trois hommes semblaient l'attendre. Lorsqu'il fut près d'eux, en silence, l'un des gardes lui tendit un équipement de plongée très sophistiqué. Il n'y avait pas de bouteille, l'oxygène étant fourni par un compresseur au moyen de tuyaux de caoutchouc qui reliaient les plongeurs à l'air libre. Le compresseur était en marche. L'un des tuyaux disparaissait dans l'eau, laissant supposer la présence d'un second plongeur. À cet instant, l'attention de Billy fut attirée par la profondeur inhabituelle de l'immense piscine dont il ne voyait pas le fond. Il se pencha vers l'eau. Le temps d'un éclair, horrifié, il visualisa l'ombre dorsale d'un immense requin.

Avec difficulté, vu son bras gauche blessé, Billy enfila son équipement. Au moment de passer le masque par-dessus la cagoule de caoutchouc, il constata que celui-ci était équipé d'un minuscule micro lui permettant de communiquer sous l'eau. Un des hommes le conduisit à la base de la piscine, c'est-à-dire au pied du trèfle. Une échelle s'enfonçait vers les profondeurs sombres. D'un signe, l'individu lui fit comprendre qu'il était temps de mettre ses palmes et de descendre le long des barreaux. Au moment où il empoignait l'anse de l'échelle, Billy se retourna vers l'eau. Il lui était toujours impossible d'entrevoir le fond glauque. En revanche, la présence fugitive et menaçante de plusieurs squales était bien réelle. À cet instant, une voix s'adressa à lui au travers de ses écouteurs.

– Descendez sans crainte, Jordan. Les requins ne vous attaqueront pas. Mais respectez un premier palier à quatre mètres pour la décompression. Je vous attends à la profondeur moins vingt-cinq. Suivez l'échelle, elle est graduée.

Billy descendait toujours. Peu à son aise, il surveillait les requins qui tournaient non loin au centre de l'espace aquatique. Il y en avait de toutes sortes. Étrangement, ils ne montraient aucune animosité envers le visiteur. Billy finit par comprendre leur manège symétrique : une immense cage de verre, placée au centre du bassin et invisible à l'œil nu, le protégeait des prédateurs marins.

Il arriva à une première plate-forme. Sur le mur, le niveau était indiqué en mètres : -25. Plus bas, le fond disparaissait dans les ténèbres. De temps en temps, le voile d'un immense squale se profilait à contre-jour, obstruant la faible clarté de la surface.

C'est à ce moment qu'il le vit. Il s'approchait de lui à petites brassées des mains. Billy pouvait maintenant le toucher. Au travers de son masque, il le voyait sourire. Il baissa le regard. Une des jambes paraissait inerte, toute raide. Afin de faciliter son immersion, elle avait été entourée d'une genouillère de plomb.

– Bienvenue au musée sous-marin!

La voix éraillée laissa échapper un rire gras que Billy reconnut sans mal. Mentalement, il la rapprocha immédiatement de l'épisode du stationnement de l'hôtel Sheraton à Clearwater. C'était il y a un siècle! Malgré l'opacité du micro, l'accent traînant new-yorkais filtrait au travers des écouteurs.

– Vous êtes un privilégié! Peu de gens ont eu l'honneur de cette visite. Et, comme vous pouvez le constater, nous avons les meilleurs gardes du corps du monde!

Il montrait d'un geste rendu lent par la pression de l'eau les énormes poissons qui tournoyaient au-dessus d'eux. Une main accrochée au dernier barreau de l'échelle, Billy était sur le qui-vive. L'intérêt de cette plongée dans un aquarium gigantesque lui échappait. Rocco Simbione reprit:

– Vous l'avez peut-être remarqué, un mur de verre nous protège de la voracité de ces animaux. Nous ne les nourrissons que de jour. De nuit, nous retirons les parois. Dieu vienne en aide à celui qui s'amuse à prendre un bain de minuit! Ha! ha!

Sa conversation était hachurée par l'aspiration d'oxygène. De ses mains en mouvement, il se maintenait en équilibre au niveau de Billy.

– Ma belle-mère m'a demandé de vous initier à notre secret. Il lui reste peu de temps à vivre. J'ai consenti, non sans réticence, à satisfaire son désir. Mais, il a fallu un événement exceptionnel pour qu'une telle visite guidée ait lieu. Cet événement, ce fut la chance incommensurable qu'a eue un rescapé trouvé en plein milieu de l'Atlantique...

D'un coup de palme, il se rapprocha encore plus de Billy. Au travers des masques, les yeux se cherchèrent.

– Sur ce que vous allez découvrir, quelles que soient les circonstances, je vous demande le plus grand secret. D'après ma belle-mère, nous pouvons vous faire confiance. Et je n'ai pas souvenir qu'elle se soit jamais trompée. Je souhaite sincèrement pour vous que ce soit encore le cas aujourd'hui! Quant à l'avenir, cher ami, je veux parler de cette usurpation identité, volontaire ou pas... Tâchez d'éviter de vous tromper de vestiaire la prochaine fois! Venez!

D'un coup de reins, il bascula vers les profondeurs de la cavité sombre. Billy le suivit. Dans la pénombre de la descente, il remarqua que son guide ne palmait que d'une seule jambe. Ce handicap l'obligeait à compenser le manque d'équilibre à l'aide de ses bras, un peu comme les poissons qui utilisaient leurs nageoires latérales.

Angoissante, la descente durait depuis plusieurs minutes. Soudain, ils s'arrêtèrent. La clarté était pratiquement nulle. Une toute petite loupiote rougeâtre à peine visible s'alluma sur la paroi. Au-dessous du témoin lumineux, un boîtier dans le renfoncement de la muraille apparut. Le mafioso l'ouvrit de sa main gantée. À l'intérieur se trouvait un cadran à touches numériques. Sur le côté, on pouvait remarquer une longue poignée à bascule semblable à celles qui permettent d'enclencher l'ouverture des portes sur les avions commerciaux.

Rocco Simbione composa un code. Très loin, à la surface, une sirène retentit, immédiatement réduite au silence. Billy l'entendit qui disait:

– Sécurité!

Le mafioso saisit le manche métallique. Avant de l'abaisser, il pivota lentement dans l'élément liquide et colla son masque à celui de son visiteur. Le micro grésilla:

– À partir de maintenant, Jordan, vous jouez une fois de plus votre vie. Un conseil d'ami, gardez à tout jamais ce secret pour vous. Nous sommes à moins soixante mètres, et tout peut arriver...

Il actionna le levier vers le bas. Un grondement amorti par l'énorme volume d'eau se produisit. Des crissements métalliques discordants se propagèrent par ondes stridentes, blessant les tympans. Le long du mur de béton montèrent des myriades de bulles agglutinées en grappes qui obstruèrent toute vision. Soudain, dans la cavité des trois arrondis de l'as de trèfle formant le pourtour de la piscine, des cloisons concaves coulissèrent. Pendant quelques secondes Billy fut paralysé de saisissement.

Taillées dans les profondeurs du lagon, plusieurs galeries marines s'offraient à sa vue. Au même moment, une lumière orangée s'intensifia, dévoilant une suite de baies vitrées sur les deux côtés de chaque passage.

D'une propulsion de ses palmes, Billy s'approcha de l'une d'elles. L'émotion lui faisait perdre son sens de la gravité. Ses doigts se collèrent à l'immense vitre de protection. Il était redevenu enfant, le visage agglutiné à la vitrine d'un magasin de jouets la veille de Noël. La réalité dépassait l'entendement.

Protégée de l'élément liquide par une épaisseur de plusieurs centimètres de verre, chaque devanture exposait une parcelle de la plus formidable collection de tableaux de la planète. Une richesse et un faste de présentation hallucinante d'œuvres d'art de toutes sortes, de toutes origines, de tous les styles.

Chaque pièce était unique au monde. C'était un lieu d'exception, construit et imaginé par une société gouvernée par l'esprit du mal et de l'argent, dans l'unique intention de combler les loisirs munificents d'une famille. Le vrai trésor de la mafia était là, enfoui par plus de soixante mètres d'eau glauque, surveillé par une armada de requins affamés. Un trésor inouï. Mais un trésor intouchable, inviolable, introuvable.

Et, pour le commun des mortels, inimaginable.

CHAPITRE 38

Poussif, le *Somerset Empress* s'approchait du Royal Naval Dockyard. Une brise humide soufflait du levant, faisant onduler avec grâce la houle qui pénétrait langoureusement entre Grassy Bay et Spanish Point. La marée montait. Soumise à la torsion impétueuse des eaux, la faune marine exhalait ses fragrances de sable retourné et d'algues imprégnées de sel et d'iode. C'était une rencontre entre courant et lumière, un jeu subtil de souffle marin et de tangage bercé par le tumulte de la mer.

Glissant sur l'étrave du vieux caboteur, le vent du large s'engouffrait avec volupté dans la coursive basse qui menait au grand salon. Sur son passage ondoyant, il défaisait les mèches ordonnées autour de quelques visages rougeauds tout en agitant les robes souples rabattues d'une main leste. Sournoisement, avec un rien de nonchalance, mais toujours avec grâce, il s'évadait ensuite en poupe sur une caresse au drapeau rouge frappé en son coin des couleurs britanniques.

Côté tribord, le pont supérieur était livré aux postillons de l'océan. Par gifles répétées, régulières, humides, les éléments marins avaient fini par chasser les rares voyageurs qui se partageaient les quelques rangées de bancs de bois inconfortables. Au sol, les longues lamelles de teck incurvées qui s'emboîtaient les unes dans les autres au moyen de joints cuivrés luisaient dans l'éclat du jour sous l'abondance d'eau.

En cette fin d'après-midi hivernal, un pâle soleil tentait de percer la couche nuageuse qui couvrait partiellement l'île des Bermudes. Loin derrière l'étrave plongée dans une eau imprégnée de bronze, Hamilton et ses immeubles courtauds disparaissaient derrière les élévations de terre verdoyantes. De temps en temps, la monotonie du relief rondelet sur ciel bleu cendre moutonné se brisait par l'intrusion en filigrane des clochers pierreux, cubiques et grisâtres des églises anglicanes.

Billy frissonna. Bien que la température fût encore fort clémente, son corps n'était plus habitué à ce que le mercure tombe au-dessous de la barre des vingt degrés. Prévoyant, il s'était muni d'un imperméable en provenance du vestiaire de feu SAWJ, qu'il plia avec soin pour le déposer sur la banquette près de lui.

Il jeta un coup d'œil distrait à sa montre. Il était en avance. Le banquier avait cependant été formel au téléphone: «Je vous attendrai au terminus du transbordeur. Dès que vous descendrez, vous me reconnaîtrez. Je m'appelle Alec Lorenzi.» Le message avait été ponctué d'un rire bruyant.

Billy était arrivé vers midi à l'aéroport international des Bermudes. Peu de temps avant son départ de Miami, Alexandra était repartie en courrier. Il l'avait raccompagnée jusqu'à l'ultime porte donnant accès à l'avion. Au moment du dernier baiser, ils s'étaient promis de se rappeler le soir même. Tout au long du voyage vers l'île anglaise, il avait gardé en lui l'image poignante de son visage marqué de tendresse attristée.

Au cours de son séjour à Clearwater, elle avait été une compagne agréable, toujours enjouée. En cuisine, elle avait démontré des talents méridionaux insoupçonnés, à la grande joie de Chipi qui voyait en elle une alliée dans son combat en faveur de l'huile d'olive.

Tard dans la nuit, l'intimité de la chambre aidant, Billy lui avait confié les quelques souvenirs que les informations colligées par Brian avaient fait resurgir dans sa mémoire. À voix basse, il lui avait expliqué que, dans une logique partielle, certains éléments se mettaient en place. Néanmoins, de nombreux espaces d'ombre persistaient. Alexandra avait eu le tact d'attendre que Billy se livre totalement à elle. Il l'avait fait sans fard, souvent d'une voix que l'angoisse crispait. La question de son statut matrimonial avait été abordée sans détour. Il s'exprimait en phrases courtes, hachées, parsemées de nombreux blancs. Elle écoutait en silence, soucieuse de ne pas interrompre ce flot de confidences.

Mais au plus profond de lui-même il était conscient qu'il manquait de repères. Le fantôme d'une complicité dont il ne gardait qu'un vague souvenir sous la forme d'un parfum féminin suave exacerbait cet embarras. Il était dans l'incapacité de mettre un visage ou un nom sur cette silhouette élancée qui hantait son esprit. Pourtant, cette femme avait été sienne un temps indéfinissable.

Il avait délaissé l'image pour se concentrer sur les sentiments et avait essayé vainement de se rappeler si elle avait été maternelle, câline, violente ou passionnée. En vain. Las de tant d'efforts inutiles, il s'était soudain senti orphelin d'une émotion. Pourtant, il réalisait qu'il ne ressentait ni nostalgie ni désir insensé ou revanchard. Au contraire, il avait la claire vision de deux êtres qui n'ont plus que de vagues souvenirs en commun pour se construire un passé, un peu comme dans une laborieuse partie d'échecs dénuée de tout enjeu et inachevée par consentement mutuel au grand soulagement des deux adversaires.

Après ces premières révélations, un long silence s'était installé. Alexandra l'avait brisé de sa voix douce.

– Et tes enfants?

Sous l'emprise de ses yeux de jade où flottaient de minuscules cristaux d'or, il avait mis un certain temps à répondre. Il avait fait un effort pour revenir à la question posée.

–Je n'en sais rien. J'ai questionné Brian, qui n'est pas davantage au courant. Il semble qu'aucun enfant ne lui ait été signalé. Mais cela ne prouve rien... Je comprends fort bien qu'il me laisse maintenant prendre le relais. Cela ne concerne plus que moi. Mais quand j'y pense, je ressens au plus profond de moi-même un pincement au cœur qui me dit que quelqu'un m'attend, quelqu'un pour qui j'ai un énorme... un énorme...

Il cherchait le mot, les mains brassant le vide.

– Amour, peut-être? questionna Alexandra.

– Peut-être! Ou tout au moins, quelqu'un qui m'est très proche. Comme un ami. Un être cher... Et, le plus étonnant, c'est que malgré le pillage des souvenirs dont j'ai été victime, cette émotion-là est restée ancrée très fort en moi. Je l'ai ressentie dès mon réveil à l'Ascension.

Sa décision était prise, le bon sens même l'exigeait. Néanmoins, il avait été soulagé que ce fût Alexandra qui en fît mention la première. Elle l'avait énoncée comme la suite logique du combat qu'il menait.

– Tu dois aller au Canada! Toi seul peux apporter les réponses aux questions que tu te poses et qui te torturent depuis si longtemps. Sur place, je suis certaine que tu arriveras à reconstruire ce qui a été détruit par l'oubli.

Elle s'était blottie tendrement au creux de son épaule. Il avait senti son souffle tout près du sien.

– Tu sais, pour le moment cela ne change rien entre nous. Mais, fort de tes nouvelles découvertes, tu seras en mesure de prendre les décisions qui s'imposeront.

–Je pense que tu as raison... mais Dieu sait sur quoi je vais encore tomber!

Elle avait relevé son minois vers lui. Elle lui souriait pour l'encourager. Ses fossettes s'étaient égayées dans un balancement érotique sur les joues d'un rose tendre. Démaquillée, débarrassée de son uniforme de travail, elle paraissait à peine nubile.

– Ce sera quand même moins pénible que ce que tu as déjà vécu. Le plus dur est fait! De mon côté, je te promets de ne pas courir les annonces matrimoniales... Du moins, pour l'instant!

Le petit transbordeur bleu et blanc contournait le brise-lames de pierre, intelligemment incurvé dans sa partie immergée pour essouffler l'impulsion de la vague. Moteur au ralenti, le bateau pénétrait dans le bassin du Royal Naval Dockyard.

Billy se dirigea vers l'échelle qui menait au pont inférieur. Le quai, qui se rapprochait, semblait désert. Sur la gauche, le regard embrassait les rares arpents de terre érodés par les vents marins. Quelques cèdres langoureux agitaient leur feuillage hirsute sous la brise venue du large. Dans chaque repli du relief, avec une infinie délicatesse, de petites maisons de poupée roses et blanches aux cheminées en saillie avaient été posées. Alentour, des pins maritimes faisaient une révérence à la mer et montraient le sens du souffle qui rasait les herbes.

Le bateau accosta avec une légère secousse. Billy descendit l'échelle de coupée dans le cliquetis des mâts vierges de tout drapeau. Face à lui, dans un remarquable étalage de toitures blanches et de murs pierreux luisant dans la clarté du jour se dressaient les anciens entrepôts reconvertis en bazar à touristes. Une multitude de fenêtres grillagées rappelaient l'architecture austère et rectiligne des bâtiments militaires du siècle dernier. Exaltant la force et le pouvoir de l'Empire britannique colonial, deux clochers quadrangulaires avaient été plantés au cœur de l'édifice. Sur chaque face, de monumentales horloges au cadran noir aux chiffres d'or s'incrustaient dans la pierre claire. Il était seize heures.

Un homme s'approcha de Billy. Il était petit de taille et certainement soucieux de son poids. Il portait l'immuable costume croisé de flanelle grise à fines rayures blanches, délicieuse austérité de l'étiquette régissant les banquiers du centre d'affaires de Londres. Billy se dit qu'il l'aurait aussi bien reconnu un ciré jaune recouvrant un pull de marin et une casquette de pêcheur coiffant ses cheveux blond cendré.

Les yeux noisette s'accrochèrent à son regard. La bouche généreuse et avenante s'ouvrit sur un sourire aux dents plates et longues.

– Monsieur Jordan, je présume?
– Exact! Faites-vous du bateau, monsieur Lorenzi?
Les mains se serrèrent. Le banquier releva le buste, les yeux ronds pleins de malice.
– Bien sûr! Vivre aux Bermudes et ne pas faire de bateau, c'est dormir sur les marches du Gloucester[45] avec un oreiller de soie dans les bras! Mais pourquoi cette question?
– Je pense ne pas me tromper en disant que vous êtes un marin émérite.
– Touché! Bravo! Enfin, émérite, je n'en sais rien. Mais marin, certainement! Je fais d'ailleurs des régates. Si cela vous amuse, nous pourrions peut-être...
Billy sourit. Il fit un geste du plat de la main.
– Non, non, monsieur Lorenzi! Je ne suis pas venu pour ça. En aucun cas je ne veux vous prendre votre temps. Je suis simplement content d'avoir perçu en vous cette seconde nature. On sent que vous aimez la mer.
– Beaucoup, oui. Et vous êtes très perspicace, monsieur Jordan! Pour tout vous dire, je descends d'une vieille famille vénitienne de grands marins au service des divers rois ou princes de cette province de l'Adriatique. Nous avons émigré au Royaume-Uni il y a plus de cent ans de cela... En quelque sorte, mes aïeux ont anticipé la dévaluation de la lire face à la livre! Mais oublions les cours d'économie financière, que diable! Si vous n'y voyez pas d'inconvénient, nous allons marcher. Nous fermons à seize heures quinze. Donnons le temps aux derniers employés de partir. Nous serons mieux seuls.
Il s'arrêta et montra d'un geste circulaire la place désertée :
– Vous le savez peut-être, les voitures sont rares aux Bermudes. Seuls les propriétaires d'une résidence sont autorisés à en posséder une. Même les voitures de location sont bannies! Le siège de notre succursale se trouve à Somerset Village. Il est à deux milles d'ici à peu près. Chemin faisant nous allons débattre des différentes options à prendre concernant votre compte chez nous.
Soudain, il saisit familièrement le coude de Billy en inclinant son visage vers le sol. Ses traits se durcirent. Il dit d'une voix sourde :
– À propos, je viens d'apprendre par votre cabinet d'avocats en Floride la disparition de votre associé, monsieur Abruzzo. Même si depuis un certain temps il ne me donnait plus signe de vie, cette

45. Grand hôtel notoire du centre de Londres.

douloureuse nouvelle m'a porté un coup au moral. Je vous prie d'accepter ma sincère sympathie.

– Merci... Vous le connaissiez donc?

– Physiquement? Non, pas du tout. Je crois savoir qu'il est venu aux Bermudes à plusieurs reprises. Son coffre est toujours chez nous. Mais je n'ai jamais eu la chance de le rencontrer. Il semblait très secret. En revanche, je l'avais fréquemment au téléphone. Il me confirmait verbalement des ordres envoyés de divers points de la planète.

Il ajouta avec une pointe de nostalgie:

– J'ai encore sa voix dans l'oreille... un peu comme la vôtre, sympathique avec un accent étrange.

– Receviez-vous des ordres de Sainte-Lucie également?

– Parfaitement! C'était un de ses employés, je pense, qui nous les faisait parvenir. Parfois par télécopieur, souvent verbalement, par téléphone. Cela s'était même intensifié ces dernières années.

Ils traversèrent un pont entouré de fleurs bleues en broussaille. L'océan était tout proche. La marée grondait, partant à l'assaut de cette terre de roches noires, parsemée d'îlots de verdure. Quelques têtes hirsutes de petits palmiers coutumiers du paysage bermudien pointaient au-dessus de la végétation humide.

À gauche apparut un cimetière militaire, lové entre deux monticules qui le protégeaient des embruns. Sans ordonnance particulière, des stèles blanches et plates se hérissaient un peu partout.

Au loin, les premières maisons de Somerset se profilaient sous un ciel nuageux, griffé par les branches acérées d'une rangée de cèdres.

Le petit personnage aux mains agitées continuait à expliquer:

– Mais il a toujours exigé que vos comptes communs ainsi que vos avoirs en coffre-fort soient gardés et gérés par la succursale de Somerset...

Il fit une grimace.

– De fait, on ne l'a jamais vu au siège principal à Hamilton. Ou tout au moins, s'il s'y est rendu, c'était sans se faire connaître.

– Quelle raison avait-il de prendre ces précautions... ou d'avoir cette méfiance envers votre siège social?

Le banquier s'arrêta net. Il regarda Billy, l'étonnement accentuant l'arrondi de ses yeux.

– Mais, c'est à vous de me le dire! Vous le connaissiez quand même mieux que moi, que je sache!

Billy sourit. D'un geste amical, il entoura le haut du dos de son interlocuteur. Il lui dit sur le ton de la confidentialité:

– Dans l'abstrait, vous avez parfaitement raison, monsieur

Lorenzi. Mais la réalité est tout autre. Il se fait que mon associé ne jouait pas franc jeu. Je peux maintenant vous le révéler, puisqu'il n'est plus de ce monde. Veuillez m'excuser si tantôt je pose des questions qui vous paraîtront saugrenues et les réponses, évidentes. Merci de comprendre que je suis en pays de découverte! Comme vous l'imaginez aisément, mon erreur, que je reconnais volontiers, a été de lui donner ma confiance aveuglément. Aujourd'hui, je risque de le payer au prix fort.

Ils s'étaient remis à marcher sur Malabar Road. La route traversait le minuscule archipel de l'est formé d'îlots verdoyants, reliés entre eux par de petits ponts pittoresques. Des deux côtés, le macadam était bordé d'épais murets fleuris en pierres rectangulaires taillées à même le corail. Au-delà de ces basses et massives protections centenaires apparaissaient les pelouses grasses et luisantes à caractère très britannique.

Dans la quiétude de cette fin d'après-midi, un bateau solitaire sortit de l'ombre, propageant l'onde des trépidations de son moteur. Derrière lui, bousculant la sérénité de l'eau plate de l'anse, s'évasait le remous gracieux de l'hélice. D'un regard absent, Billy suivit le vol d'une mouette au-dessus du sillon phosphorescent. Tout autour s'ouvrait le charme bohème des maisons colorées qui peuplaient la campagne environnante.

Le banquier poursuivait:

– Étrange personnage; imprévisible. Un homme de paradoxes aussi. Il avait le jugement couperet, mais toujours avec beaucoup d'entregent. Je caricature à peine en disant qu'il était désarmant de gentillesse! Il paraissait vraiment s'investir dans ce qu'il faisait. Son message était toujours clair, concis. Il ne s'embarrassait pas des opinions. D'ailleurs, c'est simple, il ne m'a jamais demandé conseil! Après tout, il menait sa barque comme il l'entendait, avec un soin maniaque et une exigence d'inspiré.

– Prenait-il toujours ses décisions dans la légalité?

Lorenzi laissa échapper un ricanement. Il se ressaisit avec cette désinvolture pleine de retenue que seuls les Anglais savent montrer dans le sarcasme.

– J'ai la faiblesse de penser que le droit lui était aussi étranger que les belles lettres! Remarquez, j'ai toujours admiré son art de rester évasif devant mes questions précises, tout en étant parfaitement présent sans avoir rien dévoilé!

– Vous avez été sollicité par certains gouvernements afin de leur livrer les secrets de nos comptes?

– Pas vraiment. Mais il est vrai que certains gouvernements, comme vous le dites, voudraient que les institutions bancaires se donnent un code de conduite qui les forcerait à divulguer les activités de leur clientèle quand les doutes sont fondés sur leur légalité. Mais rassurez-vous! Peu importent les lois et les discours convenus, gardez en mémoire que les Bermudes sont un archipel. Ici, depuis toute éternité, la mer est un mur!

Il rit bruyamment en esquissant de la main une paroi infranchissable. Billy sourit poliment. Il répliqua sur un ton calme:

– Personnellement, je vous avouerai que cela ne me gêne pas.

– Ah? Pourtant...

– Les choses ont changé, cher monsieur Lorenzi! Je voudrais qu'à l'avenir nous ayons des rapports plus sereins, plus constructifs, plus humains aussi. Et, lors de ma prochaine visite, j'apprécierais si vous preniez le temps de me sortir en mer.

– Mais avec grand plaisir! Et laissez-moi vous dire mon sentiment: je suis soulagé, pour reprendre votre expression, que les choses aient changé.

– Pourquoi?

Le banquier soupira. Il réfléchit quelques secondes avant de répondre, nostalgique:

– Pourquoi? Peut-être parce que je peux finalement placer un visage sur un nom. Dans ces affaires de finance internationale où la complexité le dispute à l'opacité, les intervenants n'apparaissent jamais. On travaille sur des documents et on se balade à longueur de journée sur les autoroutes informatiques. Pour nous autres, l'image du banquier de quartier rentrant chez lui à midi en invitant l'un de ses clients à souper est remisée dans l'album à souvenirs de grand-papa!

Ils traversèrent Watford Bridge qui donnait accès au village de Somerset par le nord. Les nuages avaient disparu, chassés par un vent en altitude. Dans le bleu du ciel, des arbres se couchaient sur les blanches épaules d'une église. De petites rues en épingle s'ouvraient sur des jardins fleuris. Sur les murs blancs et roses éclairés par les rayons déclinants, des bougainvilliers en fleurs embaumaient l'air.

Alec Lorenzi s'arrêta devant une petite maison ocre à deux étages, creusée d'une galerie dans sa partie inférieure. Sur le rebord extérieur des fenêtres géminées, quelques roses poussaient parmi des plantes grasses. Au pied se trouvaient deux massifs d'hibiscus rouges et blancs. Billy jeta un regard sur l'enseigne blanche aux lettres gothiques noires qui se balançait au gré de la brise : *Bermuda Trust Bank*. Au-delà d'un porche en arcade surmonté d'un balcon à balustres, on accédait à une porte d'entrée grillagée. Près d'elle avait été posée à même le mur une plaque de bronze très simple. On pouvait y lire : *Somerset Branch*.

Le banquier posa sa main sur la poignée. L'autre tenait un trousseau. Il hésitait à introduire la clef. Il se tourna vers Billy. De près, ses yeux aux paupières lourdes paraissaient souffrir. Une fatigue probablement due au port de lunettes de lecture. Il souffla :

– Je crois savoir ce que vous êtes venu chercher, monsieur Jordan...

– Appelez-moi Billy. Et, d'après vous, que suis-je venu chercher?

– Vous venez récupérer les avoirs gardés sur Saint-Jean!

Billy eut un sourire en coin. L'homme l'amusait. Malgré l'habit, il avait de moins en moins la tête d'un banquier.

– Exact, finit-il par répondre. Et comment êtes-vous arrivé à cette conclusion?

Le financier répondit de sa voix tranquille, la tête légèrement penchée sur l'épaule :

– C'est simple! Les mécanismes et les données de tous les autres comptes en notre possession ont été communiqués à vos avocats. Un listing gros comme ça! Et ce n'est là que la partie émergée de l'iceberg. Le reste des activités de votre ex-associé doit se trouver ailleurs! J'en veux pour preuve que si tous les ordres avaient pour origine les Bermudes, aussi bien les déposants que les donneurs ou encore les bénéficiaires étaient tous éparpillés, physiquement ou de manière comptable, aux quatre coins de la terre. Seule la société Saint-Jean est sise et activée depuis les Bermudes. Mais je dois vous mettre en garde : pour pénétrer dans son intimité, il faut...

– Le code!

– Le code, oui! Et moi, je ne l'ai pas, Billy. Désolé! Toutes les transactions privées étaient faites sous la référence C. A. P. Je n'ai jamais su ce que cela signifiait. Comme je vous l'ai dit tantôt, monsieur Abruzzo était un solitaire qui ne livrait pas ses secrets.

– Eh bien, on va essayer quand même. J'ai personnellement une vague idée. Si on y arrive, vous gagnez un client... honnête. Si on n'y arrive pas, vous risquez de le perdre.

– Ça vaut le coup d'essayer! Entrons!

Billy finissait de dîner. Il avait choisi un petit restaurant italien derrière son hôtel. À son grand soulagement, l'heure tardive avait chassé le gros de la clientèle. Autour des tables de bois recouvertes de nappes blanches en papier, des habitués aux conversations bruyantes noyés dans des volutes de cigarettes brunes échangeaient. Au fond se trouvait un bar qu'on remarquait à peine, sans personne derrière. Sur le comptoir, entre une lampe à abat-jour publicitaire et un cendrier de porcelaine violacée, trônait une immense jarre transparente. En une architecture horizontale et méthodique, elle avait été remplie d'une multitude de condiments confits. En retrait, des bouteilles étaient adossées à la paroi recouverte d'un contreplaqué sur laquelle on avait épinglé trois ou quatre cartes postales. Elles entouraient une photo en noir et blanc style retour de pêche. Sur l'étagère du haut, un ancien seau à champagne en argent avait toutes les peines du monde à occulter le vert-de-gris venu le prendre d'assaut dans l'humidité ambiante. Quelques gousses d'ail desséchées, auxquelles les lumières tamisées donnaient un relief surréaliste, pendouillaient du plafond dans un triste fouillis de rubans tricolores italiens.

Billy avait été reçu par le propriétaire, un homme de forte carrure entre deux âges, l'abdomen ceint d'un tablier vert. Au « Bienvenue » énoncé dans un anglais hésitant, Billy avait répondu dans la langue de Botticelli. Immédiatement, l'introduction avait fait place à un cérémonial moins guindé, plus chaleureux.

Il dîna d'un risotto aux cèpes, suivi de belles crevettes de l'océan au gril. Le tout était arrosé d'un Verdicchio aux teintes verdoyantes, à peine acidulé et fort agréable. Un expresso, précédé d'une rasade de grappa offerte et servie entre les doigts potelés du patron débonnaire, conclut le dîner.

Tout au long du repas, Billy n'avait cessé d'écrire. Patiemment, il remettait en ordre chronologique les impératifs qui découlaient de sa visite édifiante à la Somerset Branch de la Bermuda Trust Bank.

En trois heures de travail au sein de la petite succursale bancaire, Billy venait de mettre au jour les derniers secrets de son double.

Intrinsèquement, les nombreux comptes au travers desquels le génial jongleur financier Salvatore Abruzzo régissait son empire avaient perdu de leur intérêt depuis la découverte des données gardées par frère Bartholomé à Sainte-Lucie. L'ensemble des codes d'accès, les divers montages financiers, les acquisitions industrielles de par le monde ou encore les nombreux et forts juteux portefeuilles boursiers étaient tous connus et répertoriés. De toute façon, si le recueil de ces informations essentielles était maintenant aux mains de la mafia, comme s'y était engagé Billy envers Rocco, cela ne changeait rien. Cette masse financière était devenue la propriété du gouvernement des États-Unis. Pour rien au monde elle ne pouvait lui échapper. Et cette acquisition physique, légale et définitive n'était plus qu'une question d'heures.

En revanche, les avoirs personnels de SAWJ revenaient à Billy. Cela avait été dit, plaidé, confirmé, signé. Mais cela ne rendait pas Billy plus heureux pour autant. Au-delà des souffrances endurées tout au long d'un calvaire qui avait débuté un an auparavant, il s'imaginait mal s'emparer une dernière fois des hardes d'un mort. Même si elles étaient cousues de fil d'or. À bien regarder les choses, Salvatore Abruzzo ne lui avait jamais fait de mal. C'était donc avec beaucoup d'appréhension et de résistance mentale que Billy avait entrepris de faire sauter le dernier verrou des secrets de son double.

Le mot de passe « Ferrat », deviné par Alexandra dans la grotte de Sainte-Lucie, s'était révélé exact. Il avait donné accès au cœur même de la société Saint-Jean...

Installé derrière l'ordinateur, un rien anxieux, Billy commença à parcourir les dossiers secrets gardés en mémoire. Désagréablement, il sentait le poids du regard du banquier sur sa nuque.

Les lumières étaient allumées depuis longtemps dans la petite succursale financière. À deux reprises, Alec Lorenzi s'était levé pour refaire du café. Il le servait en silence avec de la crème, dans des tasses violettes revêtues du logo de l'établissement financier.

Billy releva la tête et croisa ses mains sur sa poitrine. L'homme responsable des lieux était toujours assis sur sa chaise, légèrement en retrait, un journal dans les mains. Sa prunelle s'éveilla. Il pencha la tête sur l'épaule. Au loin, la mer grondait.

– Vous avez trouvé quelque chose d'intéressant, Billy?

– Oui.

Lentement, la tête retrouva une position verticale.

– J'en suis heureux pour vous! Et aussi pour moi! Je gagne un client, et pas n'importe lequel! Je veux dire quelqu'un de sympathique et qui de surcroît apprécie la voile et les bateaux!

Le rire puissant et saccadé d'Alec Lorenzi fut propagé par le plafond cloisonné de poutrelles de bois. Billy avait fait pivoter son fauteuil. Il le regardait en coin, un sourire malicieux aux lèvres.

Son regard clair se plissa sous l'effet d'un plaisir solitaire et silencieux. Cela n'échappa pas au financier qui se leva, intrigué, et s'approcha de Billy qui se balançait dans son fauteuil, dos à l'écran.

– Il y a quelque chose de spécial dans ce compte? Remarquez, je vous demande cela comme ça... Je ne veux surtout pas être indiscret...

Billy se balançait toujours.

– Vous ne l'êtes pas, répondit-il, énigmatique. Devinez pour voir!

– Deviner?

– Oui! Devinez ce que contient le compte.

Le banquier haussa les épaules, l'air philosophe. Il sourit en posant une fesse sur un coin de table. Ses mains se joignirent sur sa cuisse.

– À voir votre mine réjouie et étant donné que monsieur Abruzzo brassait des sommes colossales, je pense... je pense, si vous me permettez l'expression, qu'il est blindé! Mais... à nouveau, cela ne me regarde pas!

– Eh bien, je vais vous le donner quand même en mille!

Lentement, il étira ses bras et se leva paresseusement. Il se dirigea vers la fenêtre. Ses pas résonnèrent sur le parquet recouvert de longues lames de chêne disjointes. Lorenzi le suivait du regard, une curiosité naturelle animant la prunelle. Dehors, les lueurs vespérales saturaient le couchant. Le vent s'était calmé, mais la houle s'enflait sous l'assaut des lames de fond venues de la haute mer. Demain, la pluie reprendrait ses droits. Lentement, Billy se retourna vers le gardien des lieux qui n'avait toujours pas bougé de sa place. Le regard bleu se planta au fond des yeux noisette.

– Alec... Il n'y a rien sur ce compte!

– Quoi?

Le banquier s'était levé d'un bond. Son étonnement et son désappointement étaient sincères. Il avait du mal à cacher ses sentiments. Il revint à la charge.

– Ce n'est pas possible! Il y a certainement un sous-dossier quelque part! Un tiroir que vous n'avez pas fouillé et qui recèle tous les biens! Abruzzo avait une périodicité de mouvement régulière au sein de ses avoirs gardés sous l'appellation C. A. P.! Et pratiquement chaque transfert frôlait ou dépassait les sept points!

Il se pencha vers son visiteur. Dans la quiétude du soir, le visage s'était paré d'un souci inhabituel qui le vieillissait prématurément. Les rides s'accentuèrent aux tempes.

– Billy! Sept points! Nous parlons en millions de dollars! Et là...

Il gesticulait en cherchant ses mots.

– Vous venez de déflorer ce qui était son compte personnel... son compte secret! Il ne peut être vide, Jésus!

– Il l'est pourtant, mon cher ami. Et c'est pourquoi je suis heureux.

Le banquier se redressa, le visage vidé de son sang. Le regard aux yeux creux perdait de sa douceur.

– Alors là, je ne comprends pas!

Billy revint à l'ordinateur toujours allumé et se laissa choir dans le fauteuil à roulettes.

– Il n'y a rien à comprendre, Alec. Simplement, comme je vous l'ai confié tout à l'heure, mon associé était un fieffé coquin. Si des avoirs occultes étaient apparus sur le compte secret, je les aurais retrouvés et j'aurais été obligé de les remettre aux autorités américaines. Non pas par obligation légale, mais pour remplir un devoir moral. C'est trop long à expliquer, Alec... Sachez simplement que la stérilité du compte m'évite cet embarras. Quant à savoir ce qu'il est advenu des avoirs que Salvatore Abruzzo possédait ici aux Bermudes, je crois pouvoir vous répondre à la lumière de ce que je viens de découvrir. Cela tient en trois mots: tout a été vendu, gaspillé, dilapidé!

– Tout? Et pourquoi donc?

– Parce qu'il en a eu besoin! Je viens de corroborer tous les chiffres. La vente des avoirs et celle des possessions immobilières, les sorties sous forme de débits, transferts divers et règlements correspondent aux crédits qui s'amenuisent au fur et à mesure des dépenses. Pour tout vous dire, mon ex-associé était en cavale. Et la cavale revient cher, surtout quand toute sa vie on a été habitué à vivre comme un nabab, à manger aux meilleures tables et à coucher dans des draps de soie brodés aux armes des palaces princiers. Salvatore Abruzzo n'a jamais su faire la part des choses. Ou, plus prosaïquement, comme disait récemment quelqu'un en parlant de lui, c'était une manière toute personnelle de se suicider les yeux ouverts.

– C'est incroyable! Il brassait des sommes colossales et il a tout bouffé!

D'un geste las, Billy se passait les deux mains dans les cheveux. Il répondit, la tête renversée en arrière:

– Apparemment, tout, puisque j'ai même retrouvé la trace de sa maison et de ses quelques biens qu'il possédait aux îles Caïmans. Ses enfants ont habité la demeure pendant un certain temps. On pourrait logiquement en déduire que sentimentalement il y était attaché. Eh bien, figurez-vous qu'elle est placée sous séquestre, sans doute en raison d'impayés. Vous savez, Alec, la banqueroute est édifiante, puisqu'il ne reste plus rien au crédit. Le seul avoir qui détermine une écriture positive est un document dont je comprends mal le libellé. Il s'intitule « Cad. AP 90 ». Mais sa valeur n'a aucune commune mesure avec les montants qui nourrissaient le compte dans le temps de la splendeur d'Abruzzo.

– À combien se monte l'écriture?

– À cinquante-quatre mille quatre-vingt-huit dollars exactement.

Le banquier haussa les épaules à son tour. Il souffla son sentiment plus qu'il ne le prononça:

– Des cacahuètes, en effet!

– Comme vous dites, Alec! Maintenant, le tout est de savoir à quoi correspond ce dossier « Cad. AP 90 ». L'ordinateur ne dispose d'aucun élément qui l'explique.

– Allons voir au coffre. Peut-être recèle-t-il la réponse à cette énigme.

– Entièrement d'accord, dit Billy en éteignant la machine. Du reste, il n'y a plus que cet endroit ou quelque chose peut se cacher!

Lorenzi cherchait des clefs dans un tiroir. Il secoua l'une d'elles devant son visage.

– J'ai tout de même des doutes, dit-il en dodelinant de la tête. Ce coffre est minuscule. En réalité, nos mini-coffres sont à caractère familial et destinés aux habitants du quartier. Ils sont protégés par un dispositif de sécurité sommaire et une seule clef suffit pour les ouvrir. Pour parer à toute éventualité, la banque en garde toujours un double. Suivez-moi à la chambre forte, je vais vous montrer.

Il se dirigea vers le fond de la grande pièce et poussa un portillon. Au-delà d'un sas où le parquet avait disparu au profit d'un revêtement de béton, une porte blindée apparut. Tout en s'activant sur la roue d'acier brillant qui en commandait l'ouverture, Alec Lorenzi se tourna vers Billy. Il semblait avoir perdu la morosité qui l'avait gagné plus tôt.

– Contrairement à ce qu'on croit généralement, la chambre des coffres n'est pas en sous-sol. La raison en est simple. De la même manière qu'à Venise les caves n'existent pas, la proximité de la mer interdit de creuser certains endroits des Bermudes, sous peine d'inondations répétées. On se ruinerait à procurer des ceintures de sauvetage à notre clientèle du troisième âge!

Il éclata de rire, content de sa pitrerie. Ses grandes dents étincelèrent dans la lumière propagée par les puissants néons.

La lourde porte d'acier coulissa. Sans hésiter, l'homme se dirigea vers un mur fractionné d'une multitude de petits rectangles de métal tous percés d'un trou rond faisant office de serrure. Il introduisit sa clef dans l'une d'elles et, d'une torsion du poignet, l'ouvrit. D'un geste aimable, il invita son client à prendre connaissance du contenu.

Billy s'avança pour retirer une boîte de fer oblongue. De dos au banquier qui faisait mine de s'esquiver, il lança avec une pointe d'humour :

– Vous pouvez rester, Alec. Je n'ai rien à cacher, surtout à mon meilleur et unique banquier des Bermudes.

– Merci pour la confiance! Tenez, Billy, utilisez la table centrale.

Billy déposa la caissette sur le meuble. Doucement, il fit glisser le couvercle. Le contenu se limitait à un vulgaire sac de vinyle transparent qu'il vida sur le tablier de métal. Un portefeuille de cuir marron chut dans un bruit mat, suivi d'un feuillet plié en quatre. Billy retourna la boîte; elle était vide. Le visage de Lorenzi laissa paraître sa contrariété.

– C'est maigre, dit-il.

Billy saisit le portefeuille en répondant de manière distraite :

– Une nourriture maigre peut parfois être bonne...

Des doigts, il évasa un des soufflets pour en fouiller le contenu. Quelques coupures en devises étrangères apparurent. Dans un autre compartiment, il trouva un jeu de photos. Billy reconnut certaines prises qui lui avaient été présentées à Tanger par Dikins. Elles montraient l'épouse et les enfants d'Abruzzo.

Enfin, une petite carte religieuse était logée sous un plastique rigide. Souriant, Billy retira l'image sainte de son carcan plastifié.

– Qu'est-ce que c'est? demanda Alec Lorenzi, intrigué.

– *La Santuzza*! C'est-à-dire sainte Rosalie, la protectrice de Palerme. Tout bon Sicilien la vénère...

Le banquier ironisa :

– Pour le moment, elle ne nous a rien rapporté, votre madone!

Billy répondit avec un haussement d'épaules :

– Lui aussi, elle a oublié de le protéger. Ou alors il était arrivé en fin de crédit auprès d'elle!

Il déplia le feuillet qui accompagnait le portefeuille. À sa lecture, son visage s'assombrit.

– Là, par contre, dit-il en égrenant les mots, je ne comprends pas. Mais je suis sûr qu'il y a une explication sensée, comme dirait un vieux mafioso cloîtré au dernier étage du Belleview Hotel...

– Pardon?

Billy releva la tête. Ses yeux très clairs étaient grands ouverts. Il répondit évasivement :

– Excusez-moi, Alec, je pensais à voix haute. Mais voyez vous-même. Quelle est votre opinion sur ce document?

L'homme des finances saisit le papier. C'était un plan d'urbanisation sans aucune indication de lieu ni de date. Au-dessous se trouvait une annotation manuscrite. Il la lut à haute voix :

– *Honoré de Roy, Mairie de Saint-Jean. Cad. AP 90 accord d'exemption 54 088 dollars sur 20 ans. Se faire reconfirmer dates d'échéance.*

Il pencha sa tête sur l'épaule.

– On a retrouvé le chiffre crédité, mais le mystère est encore plus grand!

Billy soupira.

– Selon toute vraisemblance, il doit s'agir d'un petit avoir ou crédit auprès de la mairie de Saint-Jean-Cap-Ferrat en France. Quant à comprendre de quoi il retourne exactement, il faudrait probablement vérifier sur place. Personnellement, j'avoue que cela ne m'emballe pas d'aller encore fouiller en France, un voyage qui reviendrait presque aussi cher que le montant du crédit en question. Oublions ça!

Il bâilla en se passant les mains dans les cheveux.

– Excusez-moi, Alec, mais je suis fatigué. J'ai en outre plusieurs coups de fil à passer et je ne tiens pas à louper mon vol demain matin. Si vous n'y voyez pas d'inconvénient, je vais rentrer. Entre-temps, merci d'ouvrir un compte personnel à mon nom chez vous. Par l'entremise de mon avocat, je vous ferai parvenir des directives dans la semaine. En outre, j'ose vous demander d'avoir l'extrême obligeance de coopérer avec les autorités des États-Unis, lesquelles ne manqueront pas de se manifester. Sachez qu'à partir d'aujourd'hui nous n'avons, vous et moi, plus rien à cacher.

Depuis le restaurant, à pas lents, Billy revint vers son hôtel. Il était tard. Le vent du large bruissait dans les palmes luisantes plongées dans l'ombre, charriant sur son passage l'haleine caractéristique de la baie d'Hamilton chargée de sel. La lune ronde, pesante, paresseuse, tentait de filtrer un ciel bas plombé de grains. Quand enfin elle daigna se montrer, grasse et ridée d'un réveil laborieux, elle s'écailla frivole sur la mer en mouvance, comme autant de lampions se donnant la main pour faire le tour de la planète.

Dans la nuit silencieuse, les rues désertes au macadam humide fuyaient devant ses pas. Billy remonta le col de son imperméable. La grappa offerte par le restaurateur alourdissait son esprit. Aussitôt arrivé dans sa chambre, il s'aspergea d'eau froide dans le lavabo. La serviette mouillée autour du cou, il revint vers la tête du lit pour appeler d'abord Alexandra.

Elle était déjà couchée. Rapidement, il la mit au courant de ses dernières découvertes. Au fil de la conversation, elle fut heureuse d'entendre sa voix se calmer peu à peu et prendre de l'assurance. Elle sut qu'il était en paix avec lui-même, tout au moins en ce qui concernait le reliquat bancaire des Bermudes qu'il redoutait tant de découvrir avant son déplacement. Volontairement, il venait de couper le cordon ombilical qui le rattachait financièrement à son homonyme. Le présent prenait le pas sur le passé.

Elle laissa courir un silence avant de le questionner sur ses plans pour les jours à venir. Il resta un moment sans répondre.

—Je crois, finit-il par dire d'un ton mesuré, qu'un voyage en France s'imposera un jour. Mais c'est une pure formalité, en quelque sorte un point final pour répondre à l'interrogation qui peut naître sur le petit crédit fictif mentionné sur le document gardé en coffre-fort. Dans l'immédiat, il est plus important que je me rende au Canada. Il faut absolument que je remette la vérité sur les rails; ma vérité. Quitte à en subir les conséquences. C'est une priorité, pour moi.

Avec une légère émotion, il l'entendit lui répondre, presque comme un murmure.

—Je te comprends. Tu pars demain?

—Il le faut bien. Pour le moment, l'épisode des Bermudes est clos. J'ai un avion pour Montréal demain dans la matinée.

Un court échange de gentillesses comme il en existe entre tous les amoureux du monde conclut la conversation. Sur des bisous sonores, ils se promirent de se parler le lendemain.

À la villa *Dreams*. Chipi était en compagnie de Ricky. Ils venaient de terminer le dîner. Une bouteille d'alcool avait été probablement débouchée dans l'attente de l'appel des Bermudes. Dans son esprit, Billy visualisait la scène. Les yeux mi-clos, il lui semblait que l'image de cette réunion s'imprégnait sur le mur crème face à lui.

Un sourire traversa son visage. Comme un fluide, la fatigue commençait à irradier son corps. Il cligna des yeux en se passant la main sur le front. Doucement il se laissa aller contre le dossier du lit.

– J'ai décidé d'aller demain à Montréal, annonça-t-il.

– Ah? Tu considères donc que c'est terminé pour les Bermudes? lui demanda Chipi.

– Tout à fait. La banque a livré tous ses secrets qui n'en étaient pas vraiment. Conformément à ce qui a été décidé dans le bureau de Ricky, j'envisage d'ouvrir un compte dans cette île et de virer une partie des redevances que l'État américain m'accorde aussi généreusement. Au moins, le voyage aura été positif quelque part.

La voix basse de Ricky résonna dans l'écouteur:

– Qu'en est-il exactement du contenu de Saint-Jean?

En termes brefs, Billy lui communiqua les dernières informations.

– C'est maigre, répondit l'avocat.

– Je sais. Tu as la même réaction que le banquier. Mais moi, cela me convient parfaitement!

– Je sais! Et tu n'as pas idée de ce que représente le papier trouvé dans le coffre?

– Non, pas la moindre. Je crois décrypter qu'il s'agit du village de Saint-Jean-Cap-Ferrat sur la Riviera française. C'est tout. C'est une supposition toute personnelle; je peux très bien me tromper... Et si un jour je vais en Europe, je tâcherai d'en savoir plus. Pour le moment, il n'y a rien d'urgent.

– Billy!

Chipi s'était éloigné du microphone. Sa voix sembla lointaine.

– Oui?

– Fais-moi une promesse... Une seule...

– Laquelle?

La voix de Chipi s'était rapprochée en s'amplifiant. Billy crut entendre son souffle. Il imagina son ami penché au-dessus de l'appareil.

– Je ne t'ai jamais rien demandé. Cette fois-ci, fais-moi le plaisir de m'écouter... Maintenant que les choses sont claires, puisque tout est rentré dans la légalité, quoi qu'il advienne, promets-moi de parachever cette longue et fastidieuse chasse au trésor de deux manières. Primo, en allant en France aussitôt après ta visite à Montréal. Secundo, en gardant à ton nom tout ce qui pourrait apparaître - par le plus grand des hasards, on est bien d'accord là-dessus - comme étant encore le reliquat de l'héritage de SAWJ, non saisi ni saisissable par les autorités. As-tu bien assimilé ce que je veux te faire comprendre?

Billy refréna un bâillement. Il ouvrit ses yeux rougissants de sommeil.

– Chipi! Il n'y a rien, rien! Plus rien sur ce compte! Que des dettes! Depuis, elles ont été radiées et mises sur le compte des passifs irrécupérables par les divers créanciers! Essaye de comprendre: le gus est mort, faisant crouler dans sa tombe le fantastique château de cartes qu'il avait édifié au temps de sa splendeur... Chipi! Il n'y a plus rien à tirer de SAWJ. Et c'est très bien comme ça! T'as pigé?

– Alors t'es d'accord?

– D'accord sur quoi, bon Dieu?

Sentant l'énervement poindre, Ricky intervint.

– Chipi essaye de te dire que, puisqu'il ne reste plus rien de l'épisode SAWJ, sinon ta propre satisfaction devant la vacuité du compte, tu dois nous promettre deux choses. D'une part, de te déplacer immédiatement en Europe après être passé au Canada. D'autre part, de ne plus discuter l'usufruit ou la propriété des quelques possessions, aussi maigres soient-elles, ayant appartenu à ce quidam et qui pourraient surgir de l'ombre par le plus grand des hasards.

– Vous m'emmerdez, tous les deux! Je vous dis que...

Chipi lui coupa la parole avec brusquerie, ce qui n'était pas dans ses habitudes. Cela eut l'effet d'une douche froide sur Billy qui dirigea ses yeux étonnés vers les lambris du plafond. La voix criarde de son ami emplissait le combiné:

– Ricky et moi, on n'est pas des bananes! On a très bien compris que sur ton compte de ringard il y a moins à gratter que sur la coquille d'un œuf! Puisqu'on a fait l'incommensurable effort de le comprendre, fais-nous l'inestimable plaisir de nous promettre ce qu'on te demande, damnation!

Billy fut secoué par la rudesse du ton. Il se redressa en s'aidant de sa main libre.

– Bon, bon! D'accord! Inutile de crier... Je vous le promets. J'irai en France... Mais, sincèrement, je n'en vois pas l'intérêt!

Après un silence, la voix calmée de Chipi se fit entendre.

– Tant que tu nous donnes ta parole, nous, ça nous convient parfaitement. Vois-tu, on n'est pas restés inactifs. On a passé en revue le problème et envisagé à peu près tous les scénarios. Celui que tu viens de citer est l'un d'eux. À chaque scénario, on a essayé d'apporter une réponse adéquate, sensée, constructive. Le compte Saint-Jean a perdu tout son intérêt puisqu'il est complètement vidé. Cela te réjouit? Très bien! Le reste de la fortune mafieuse est destiné à revenir aux autorités nord-américaines? Parfait! En d'autres termes, comme je le mentionnais tout à l'heure, tout rentre dans l'ordre, puisque tu es maintenant convaincu de mettre un point final à cette aventure en te déplaçant en France. Cela permettra d'apporter une explication définitive au crédit de cinquante-quatre mille et quelques malheureux dollars, derniers vestiges financiers du dénommé Abruzzo. Quant à Ricky et moi, notre préoccupation était d'avoir ta promesse de garder les miettes de la fortune de SAWJ si jamais elles apparaissent. Nous comme toi, on est persuadés qu'il ne reste plus rien. Néanmoins, la formalité ultime que nous exigeons semble indispensable, de l'avis de ton conseiller et de ton avocat qui n'ont d'autre intérêt que le tien, pour clore l'affaire. Pigé? Maintenant, ton engagement, nous l'avons. Il n'y a plus rien à ajouter. Compris? Fais bon voyage et appelle-nous du Canada pour nous donner de tes nouvelles aussitôt que tu seras en mesure de le faire.

Ils raccrochèrent. Billy se déshabilla dans une semi-inconscience, demanda au standard à être réveillé aux aurores et, littéralement, plongea dans les draps. Juste avant de sombrer dans un profond sommeil, il essaya de comprendre la portée de sa promesse à ses deux amis. Mais il s'endormit aussitôt sans avoir pu suivre la moindre piste.

Pourtant, par cette décision anodine, il venait de faire basculer sa vie d'un continent à l'autre.

CHAPITRE 39

Billy se réveilla en sursaut. Tout de suite, il constata que l'avion avait amorcé sa descente, mais il ne put savoir depuis combien de temps. Assise à deux sièges de lui, une femme noire, lunettes sur le nez et yeux inquisiteurs dans un visage lisse, se pencha vers lui.

–J'ai peur que vous n'ayez fait un mauvais rêve, monsieur. Depuis quelques minutes je vous voyais très agité, mais j'ai hésité à vous réveiller. Ça va mieux, maintenant?

–Oui, oui, merci!

Sa première réaction fut de se passer les doigts sur les paumes. Elles étaient moites. Il se redressa et réalisa que son dos était en sueur. Il jeta un rapide regard par le hublot. Il ne vit rien. C'est à peine s'il discernait les feux de position au bout de l'aile qui fendaient de leurs lumières traçantes des lambeaux de brouillard grisâtre.

Sa voisine se courba vers son magazine qu'elle tenait des deux mains. Au bout d'un instant, elle tourna à nouveau la tête vers lui et dit de son accent traînant:

–Redressez votre fauteuil, cher monsieur. La consigne en a été donnée il y a une dizaine de minutes; nous traverserons probablement des zones de turbulence avant l'atterrissage à Montréal.

Elle ajouta un ton plus bas.

–Vous êtes sûr que ça va mieux, maintenant?

Il essaya de lui sourire.

–Absolument. Merci pour votre gentillesse. Je manque simplement de sommeil... Excusez-moi!

L'avion fut secoué de soubresauts. Au-dessus des passagers, les paniers de plastique tressautèrent. Le chuintement du pas de vis des ailerons actionnés depuis le poste de pilotage se fit entendre. Aussitôt, le mouvement oscillatoire de la cabine s'accentua et s'ajouta aux vibrations.

Billy laissa sa nuque épouser le coussinet du dossier. Il ferma les yeux. L'instant était magique; il le savait.

Comme un livre d'images qui s'ouvre sur le passé, la mémoire venait de se donner à lui. Il avait vécu une expérience similaire, ailleurs, mais avec beaucoup plus de force et de cruauté.

Très loin dans son subconscient, il revit cette lueur orangée d'un autre monde envahir la cabine, brûler tout sur son passage, éventrer les compartiments à bagages dont le contenu s'éparpillait au-dessus des têtes des passagers. Et le bruit! Une titanesque explosion suivie d'un indescriptible fracas de torsion métallique, qui couvrait les cris désespérés dans une carlingue qui se disloquait. À travers les brèches béantes aux tôles froissées ouvertes sur le vide, des corps disparaissaient dans l'espace, happés par la respiration d'un ogre satanique.

En même temps, un froid intense s'engouffrait avec une violence inouïe vers la partie avant de l'appareil plongée dans le noir. L'oxygène se volatilisait. Une curieuse sensation s'emparait de son esprit, celle de glisser sur une pente sans fin, raide, qui s'enfonçait dans les vapeurs feutrées d'une nuit d'encre.

Il n'avait pas le souvenir d'être tombé en mer. Ni celui de s'être extrait de son fauteuil, encastré dans l'étau des câbles et des ferrailles tranchantes comme des scalpels qui pendouillaient autour de lui.

Mais il se revit nageant à perdre haleine pour s'éloigner aussi vite qu'il le pouvait d'un brasier au milieu d'une mer en feu. L'odeur de kérosène était insupportable. Ses jambes le faisaient horriblement souffrir. Heureusement, le baume temporaire de l'eau froide atténuait ses brûlures. Une blessure lancinante, semblable à un coup de rasoir, lui tiraillait l'abdomen.

Dès qu'il fut hors de portée des flammèches dansant sur les crêtes phosphorescentes de l'océan sombre, il arrêta le mouvement de ses bras pour palper son thorax que recouvrait une chemise en lambeaux. Une peur atroce lui glaça le cœur. Il réalisa qu'au travers des lobes d'une éventration ses doigts entraient en contact avec ses tripes.

Il n'avait pas la force de se remettre à nager. Il s'évanouit en sentant la vie le fuir par les pores de sa peau. Dans un dernier instinct de survie, il se mit à plat sur le dos, jambes et bras en éventail. Son visage lui faisait mal. Il ferma les yeux. Dans un calme tragique, il attendait une mort inéluctable.

Combien de temps resta-t-il à flotter ainsi, ballotté par une houle monocorde et silencieuse? Il n'en savait rien.

Une voix se propagea sur l'eau. Il ouvrit péniblement les yeux, croyant avoir mal entendu. Au-dessus de lui, dans le flou d'une vision obstruée par l'eau et le sel, il aperçut un océan d'étoiles. Soudain, il entendit un clapotis. Deux bras le saisirent aux aisselles et le hissèrent à bord d'un esquif de caoutchouc. Il avait trop mal. Il retomba dans le néant.

Il revint à lui quand le soleil était déjà haut dans le ciel. Tout autour, l'immensité de la mer s'étalait, uniforme.

Il était allongé au fond d'un bateau de survie, à l'abri d'une toile orangée. Les restes de sa chemise avaient servi à lui faire un garrot au bras et un autre à la jambe. Près de lui, le corps d'un homme agonisant, l'artère fémorale sectionnée, se vidait de son sang qui tapissait le fond du canot d'hémoglobine sombre et visqueuse.

Le lendemain matin, sous un soleil de plomb, l'homme mourut. Dans la soirée son corps se gonfla et se mit à dégager une odeur nauséabonde. Billy dut se résoudre à le faire passer par-dessus bord. Ce fut pénible et douloureux. Les brûlures sévères qu'il avait aux mains constituaient un handicap physique considérable. Pourtant, au préalable, malgré la rigidité qui avait gagné les membres du cadavre, il avait réussi à le déshabiller.

Le pantalon du mort colmata l'entaille de son abdomen; sa veste protégea son dos du soleil.

Bientôt, il ne compta plus les jours. Il se nourrissait de détritus flottant au gré du courant. Un hameçon voleur armé de trois petites pointes acérées trouvé dans une minuscule boîte de survie lui permettait d'attraper des poissons curieux, attirés par la présence de l'embarcation. Une fois décrochés laborieusement du crochet d'acier, ils frétillaient à même le plancher. À plat ventre, en évitant d'utiliser ses mains aux plaies béantes, il s'approchait d'eux, et d'un coup de dents sournois, leur croquait les ouïes. Il les mangeait ainsi, encore vivants. C'était le seul aliment frais disponible. Parfois, la chance lui souriait et laissait flotter des écorces de fruits non encore imbibées d'iode. Il les récupérait comme il pouvait pour les mâchouiller pendant des heures. À chaque mouvement de ses mâchoires, Billy sentait le jus sucré envahir ses papilles. C'était la fête!

Il pleuvait souvent. La grande bâche qui recouvrait les trois quarts de l'esquif lui permettait de recueillir l'eau. Mais, sous le soleil impitoyable, l'apport d'une averse s'évaporait aussi vite qu'il avait été sauvegardé. Aussi, après chaque ondée, il buvait autant qu'il le pouvait, quitte à en avoir des nausées.

Les jours et les nuits, interminables, passaient. Il sentait qu'il s'affaiblissait. Même se nourrir était devenu une corvée insupportable. À chaque immersion de ses mains blessées dans l'eau saumâtre, une souffrance atroce le faisait gémir.

Un jour, dans un éclair de lucidité, il se surprit à peupler le canot de personnages imaginaires avec qui il entretenait une longue conversation oiseuse. La peur l'envahit. Il comprit qu'il lâchait prise.

Un matin de pluie, il ne chercha même pas à récupérer l'eau tombée du ciel qui lui permettait de survivre.

Deux jours après, au soir, il sombra dans le coma.

Si, durant cette période de profonde détresse, la mémoire des vagues avait pu révéler ses secrets, ce sont ces événements qui, du fond des eaux tumultueuses de l'Atlantique, seraient remontés à la surface.

Tuyères à bas régime, l'avion entamait un virage à basse altitude, le dernier avant son alignement face à la piste. Billy se pencha vers le hublot. Un brouillard cotonneux empêchait toute vision du sol.

Il se tourna vers sa compagne de voyage qui rangeait le magazine dans un sac placé à ses pieds.

—Savez-vous s'il y a de la neige?

Elle le regarda, étonnée. Puis, comme si l'évidence frappait son esprit, elle répliqua:

—C'est vrai que vous dormiez!... Tout à l'heure, l'hôtesse a annoncé un retard dû précisément aux mauvaises conditions climatiques. La semaine passée, au départ de Montréal, les premières neiges avaient eu le temps de fondre. Du moins, en ville. Mais je suis persuadée que nous allons en retrouver à l'atterrissage!

La neige!... Des souvenirs épars lui revenaient encore à l'esprit.

Il ferma les yeux et se revit en Suisse s'adonner à son sport favori, le ski. C'était au-dessus d'un lac glacé qu'il crut reconnaître comme étant le lac Majeur. Il se rendait souvent dans une bourgade du côté d'Ascona, à une heure de route de Lugano, où habitait la fille d'un cantonnier qu'il courtisait. Son oncle lui interdisait cette relation, prétextant qu'elle n'était pas d'une famille digne de son intérêt. En cachette, ils s'engouffraient ensemble dans la vallée de la Moggia jusqu'aux premiers tire-fesses qui les emmenaient vers les cimes. Des heures durant ils dévalaient les pentes enneigées, jusqu'à ce que les derniers rayons du soleil disparaissent derrière les hautes cimes des Alpes lépontines.

Vint ensuite l'épopée américaine après son apprentissage comme banquier stagiaire dans diverses capitales européennes. Lorsqu'il était allé cueillir Alexandra à l'aéroport de Tampa, il avait pu se remémorer exactement cette étape de sa vie, mais la suite se dérobait obstinément à ses souvenirs. Et voilà qu'aujourd'hui, des portes s'ouvraient dans son esprit sans qu'il ait à faire d'efforts. Soudain, tout paraissait limpide, facile, logique, évident. Après les États-Unis, il avait émigré au Canada. Et avec quel plaisir! Enfin, il était en mesure de chausser les skis plus souvent qu'il ne l'avait fait dans le pays qu'il quittait.

Mais ce n'était pas la raison majeure de sa décision. En réalité, elle avait été prise à deux, dictée par les lois du cœur.

Il se maria peu de temps après, à l'automne, au moment des premières couleurs[46]. Le souvenir très net de cette fête s'imposait maintenant à son esprit. Il était entouré d'amis, ou plus précisément d'amis de son épouse, originaire du lieu. Ils étaient tous affables, amicaux, et même exubérants en fin de soirée. Son oreille n'y étant pas habituée, il avait du mal à décrypter l'accent chantant de La Belle Province. En revanche, il souriait. Mais là s'arrêtait la cordialité de l'instant. Il n'avait pas grand-chose à dire et rien à partager. Encore moins son bonheur. C'étaient des étrangers. Et il ne connaissait personne.

La cérémonie avait eu lieu dans une petite église au toit d'argent, retirée en contrebas d'une route qui menait à une pourvoirie[47] située au cœur d'une magnifique forêt. Les premiers frimas passés, la nature avait transformé la montagne environnante en buissons ardents. À flanc de coteau, les immenses érables s'enflammaient dans une fabuleuse palette alliant le jaune transparent à l'ocre cramoisi. Les hautes cimes majestueuses des arbres se détachaient sur le bleu profond d'un ciel sans nuage. L'air était doux. En formation, des oies sauvages aux plumes blanches croisèrent la route de leur cortège.

---

46. L'époque de la mue des arbres au Canada (l'été indien).
47. Terme canadien désignant des installations qui offrent des services pour la pratique de la chasse et de la pêche.

L'un des participants affirma que c'était de bon augure dans la vie du nouveau couple.

Il revit sa première maison. Un condo, comme on disait là-bas dans un plaisant amalgame linguistique. Deux étages sans fantaisie, accolés à d'autres maisons similaires. Les lois provinciales exigeaient l'harmonie dans les constructions et favorisaient ainsi le développement d'une tristesse structurée. Sa maison, comme ses voisines, présentait une façade en pierres apparentes que surplombait un toit en pente recouvert de tuiles grises à l'aspect humide. Un reliquat architectural de l'immigration bretonne. La construction faisait face à un parc que bordait un sentier pédestre parsemé de bancs de bois aux couleurs fanées sur lesquels venaient fouiner des écureuils bondissants aux cuisses charnues.

Au soleil couchant, la douceur de l'été indien saupoudrait les arbres d'or. Tant que le climat le permettait encore, chaque soir, dans un rituel immuable, les jeunes mariés s'isolaient sur ces quelques planches de bois posées sur un gazon en feu. Entre deux baisers et trois mots doux, ils ébauchaient leur avenir.

Le travail de Billy exigeait qu'ils demeurent à proximité de Montréal. Ils déménagèrent l'année suivante. Leur choix se porta sur une grande maison à une quarantaine de minutes du centre-ville. Pour accéder à la demeure, on prenait la 15 Nord en direction des Laurentides. Après une enfilade de bosquets aux étendues d'eaux gelées et plusieurs villages portant des noms de saints, on traversait la rivière du nord. Les premières collines sombres surgissaient dans la froideur de l'hiver proche. Quelques feuilles restaient encore joliment accrochées aux branches des bouleaux blancs d'une forêt qui s'éclaircissait chaque jour davantage. Des plaques de neige apparaissaient sous les futaies abritant une légère odeur de pins. Bien plus loin vers l'est, le regard portait vers les massifs aux reliefs doux et puissants, zébrés de saignées forestières dans lesquelles se dissipaient les dernières brumes matinales.

On approchait. Encore quelques virages et le lac Morton se découperait au-devant du pare-brise. C'était un endroit merveilleux, aménagé selon une urbanisation intelligente qui intégrait harmonieusement le paysage. Le lotissement s'étalait sur plusieurs étendues d'eau dans un dédale de lacs et de rivières, parsemés d'îlots minuscules reliés entre eux par de petits ponts de bois qui craquaient sous le poids de la voiture. De vastes propriétés, souvent cachées à la vue par un sous-bois romantique de sapins et d'érables, alliaient l'élégance de la Nouvelle-Angleterre au charme rustique contemporain. Sur les berges bordées de sentiers forestiers, des canoës effilés échoués sur la grève préludaient aux loisirs buissonniers. De temps en temps, amarré à un ponton de bois, un minuscule hydravion démontrait si besoin était qu'au Canada, la communication entre lacs se fait par les airs.

Tout était parfait, millimétré, silencieux, propre. Et l'avantage d'une incroyable profusion de terrain permettait d'éviter toute promiscuité avec ses voisins immédiats. Billy était littéralement tombé amoureux de l'endroit.

Construite largement en retrait de la grille d'entrée, la maison était flanquée d'un petit bois de hêtres et de bouleaux sur la droite. Une pelouse sur la gauche descendait en pente douce vers la grande nappe d'eau. Presque au centre, non loin d'un groupe de mélèzes dressant gaillardement leurs cônes, une piscine avait été percée. Cette partie haute du terrain avait été agrémentée d'un minuscule jardin japonais, avec ses quelques pierres volcaniques et sa cascade animée par un moteur électrique silencieux. Des meubles constitués de troncs bruts et de branches mal dégrossies avaient été disposés entre les parterres de fleurs.

Depuis le grand salon s'ouvrant au sud, un chemin tortueux de pierres plates et quelques marches menaient vers les berges humides. Dès l'automne, l'herbe givrée craquait sous les pieds. Un embarcadère de fortune plongeait ses poutres dans l'eau claire. Il permettait l'amarrage d'un petit hors-bord que Billy avait acheté d'occasion. À l'arrivée des grands froids, il plaçait le canot dans une tonnelle construite de ses propres mains, en bordure du lac.

Pendant les longs mois d'hiver, les étendues d'eau restaient prises dans une gangue de glace. On pouvait les traverser à pied pour se rendre sur la rive opposée, à la recherche des barrages de castors abandonnés. Les week-ends, ces miroirs naturels se peuplaient de jeunes patineurs qui offraient le ballet gracieux de leurs arabesques aux promeneurs du dimanche.

De cette période de sa vie, Billy retrouvait le souvenir d'un sentiment de calme, d'insouciance. Et, enfouie au fond de lui-même, la présence vivace d'un bonheur qu'il croyait partagé.

Ses activités professionnelles l'obligeaient à des déplacements constants. Il lui arrivait d'être absent pendant toute une semaine. Plusieurs fois il avait proposé à sa jeune compagne de le suivre dans ses pérégrinations. Mais elle prétextait le travail d'entretien que nécessitait la grande maison, pour refuser.

Il revint un matin prématurément, ayant décidé d'abréger une tournée qui était censée le tenir éloigné près de huit jours. Sur la route du retour, il avait acheté les premières roses en pots, élevées en serre. Ce jour-là, son destin bascula.

Les plantes à la main, il trouva son épouse encore au lit. Mais elle n'était pas seule. La banalité de la situation le choqua bien plus que le mal qui oppressa son cœur.

Il se rappelait s'être enfermé dans son bureau aux poutres apparentes, lové dans un coin du premier étage. Prostré près de la fenêtre, il resta des heures le regard perdu au travers des arborisations du givre sur les vitres. Aujourd'hui encore, il pouvait retrouver dans l'oreille le sifflement du cri silencieux des érables solitaires et décharnés, renvoyé par le reflet du lac pris sous les glaces.

Il en sortit tard dans l'après-midi, sans qu'à aucun moment son épouse n'ait tenté de l'en déloger.

Elle était au salon, confortablement plongée dans un fauteuil face à la monumentale cheminée aux pierres apparentes et rugueuses parsemées d'améthystes violacées. Le feu crépitait, exhalant l'odeur particulière du buis sec.

Dans la quiétude de cette grande pièce accueillante, elle lui révéla sans état d'âme particulier que la liaison qu'il venait de surprendre était bien plus ancienne que la leur. L'homme était marié, mais elle était toujours éprise de lui. Elle avoua ne jamais avoir désespéré de l'épouser un jour. Sans qu'il exige rien d'elle, elle entra dans des explications vagues et compliquées à propos de son mariage, insinuant qu'elle avait ainsi cherché à se détacher de son amant. Fatalement, comme dans toute rupture, vint ensuite la longue litanie cloutée des reproches les plus farfelus et, bien entendu, sans aucun fondement. Surpris et blessé, Billy fut blâmé pêle-mêle pour ses origines européennes apparemment peu compatibles avec l'esprit qui prévaut en Amérique du Nord, ses absences exagérées, sans égard pour la fatalité d'une obligation professionnelle et, d'une manière étrange, son égoïsme et sa cruauté.

Au cours des premiers jours qui suivirent la rupture, il ressentit cet aboutissement comme un échec fondamental et personnel. C'était sa période d'interrogation et de culpabilité. Heureusement elle fut de courte durée, bien qu'il eût beaucoup de mal à résister à ses propres doutes. Il lui arrivait encore souvent de s'enfermer dans un mutisme pensif et anxieux, peuplé de sentiments négatifs.

Quelque chose de très pur s'était cassé dans son cœur, irrémédiablement. Sa vie était comme lézardée de part en part et il ne pouvait guérir de sa blessure qu'avec beaucoup de temps.

Les procédures du divorce allaient leur cours. Il avait loué un minuscule appartement dans Montréal, au douzième étage d'un immeuble moderne. Les fenêtres donnaient sur la Place Sainte-Catherine. Le soir venu, il promenait un regard détaché sur la grande dalle au bas de l'édifice qui déroulait sa partition monotone de petits êtres pressés à l'heure de la fermeture des bureaux. Il n'y resta pas longtemps. Le pays ne le retenait pas outre mesure. Il décida de s'exiler.

Un jour de neige, il descendit les douze étages à pied, une valise à la main. Au rez-de-chaussée, il héla un taxi maraudeur. Il s'engouffra dans la tiédeur de l'habitacle et demanda au chauffeur de prendre la direction de l'aéroport.

Avec le rien d'élan qui lui restait, il avait décidé de refaire sa vie en Amérique du Sud.

Billy ouvrit les yeux. Son front se plissa. Un sentiment de gêne le taraudait. Il comprit que quelque chose manquait dans la séquence de sa vie qu'il venait de visionner pour la première fois avec autant d'acuité. Quelques secondes de réflexion lui suffirent pour réaliser de quoi il s'agissait: à aucun moment le visage de sa femme ne lui était apparu. Incroyablement, il restait dans l'impossibilité de dire à quoi elle pouvait ressembler.

Par contre, tout au long de ce film, il avait de nouveau ressenti très fort la présence de cet autre être vivant, qui hantait de manière permanente sa mémoire, comme un fantôme insistant qui n'arrivait pas à se matérialiser. Il devinait cette ombre chaleureuse, protectrice, amicale, semblable à un médaillon qu'on a au cou, et auquel se porte la main dans un réflexe involontaire d'apaisement. Il y avait la puissance du regard, intense. Presque complice.

Mais là aussi, malgré tous ses efforts, il était dans l'incapacité de mettre un visage sur cette vision inconsistante.

L'avion se cabra. Une violente secousse et le vrombissement des aérofreins annoncèrent une approche trop courte. Le touché fut dur et tumultueux. Le verglas compliquait l'atterrissage bien que la piste, étalée en pleine nature, ne représentât aucune difficulté technique. Après quelques soubresauts, l'avion s'immobilisa en bout de piste.

Billy reconnut immédiatement l'aéroport qu'il avait quitté un an auparavant. Toujours aussi gris au royaume du béton, insipide, comme déserté par toute présence humaine.

Dehors, avec grâce, de gros flocons de neige voletaient au gré des courants d'air aux quatre coins de l'immense construction cubique. Atténuant les bruits et calfeutrant les voix, ils recouvraient le décor épuré de la campagne environnante d'une magnifique poudreuse.

Arrivé dans le grand hall, Billy préféra la navette à un transport en taxi. Il voulait ainsi éviter une conversation qu'il n'était pas prêt à soutenir avec le chauffeur. Au fond de lui-même, il percevait la nécessité de prendre du recul, de s'isoler intérieurement, en quelque sorte.

Après une heure de route, il fut déposé en ville, au pied d'un hôtel moderne où il n'eut aucun mal à se faire héberger.

De sa chambre, il appela la villa *Dreams*. L'intonation hésitante de Sante remplit le combiné. Billy sourit à cette voix amicale. En traînant ses phrases, le jardinier l'informa que Chipi était parti chez *il avvocato, il Signore Ricky*. Billy le remercia et appela le cabinet de Tampa.

En termes courts, il fit part à ses deux amis de ses souvenirs retrouvés. Un vent de soulagement souffla des deux côtés de la ligne. Chipi en profita pour questionner, narquois:

—Et tu ne te souviens même pas si ton épouse est blonde ou brune! Je veux dire ton ex, encore qu'il n'est pas sûr qu'elle ait divorcé.

—Non, je ne me souviens pas!

—C'est invraisemblable! Faut croire qu'elle ne t'a pas beaucoup impressionné. À moins qu'elle ne soit tellement moche, que tu aies préféré l'oublier!

Billy était habitué à l'humour quelque peu corrosif de Chipi. Il répondit évasif:

—Je n'en sais rien... mais belle ou pas, si elle n'est pas remariée, elle est veuve, aujourd'hui. Car pour l'État civil, je ne suis plus de ce monde, mon vieux!

—Tout à fait exact, renvoya Ricky de sa voix basse. Et je te conseille surtout de ne pas chambouler cet ordre des choses. Ça poserait des problèmes administratifs considérables, sinon insurmontables. Ce serait idiot de perdre le maigre avantage que nous avons réussi à gagner sur l'administration américaine. Et une action intempestive risquerait de tout remettre en question. Tu comprends? Au fait, quels sont tes projets pour les heures à venir?

—D'abord, me vêtir dans le premier magasin de fourrures, car il fait un froid de canard! Je ne suis plus habitué à supporter ces températures glaciales. Et d'une! *Secundo,* je ne suis pas d'attaque pour partir sur la route des neiges avec mon deux-pièces flanelle, chaussé de mes escarpins italiens. Il me faut donc aussi des bottes. *Tertio,* je suis entièrement d'accord avec toi quant à l'attitude à adopter. Ne crains rien. Je ne suis animé d'aucun esprit revanchard. Tout ça, c'est de la vieille histoire...

—Tu envisages de te rendre au lac Morton demain, si je comprends bien?

—Exact, Ricky. Je vais louer une voiture ce soir, et demain matin j'irai voir sur place. Je n'en ai probablement pas pour longtemps. Bien entendu, il est exclu, au cas improbable où je rencontre mon ancienne épouse et que je la reconnaisse, que je lui adresse la parole. Mais au moins j'aurai fait le déplacement; une dernière fois. J'aurai l'esprit tranquille. Et je serai enfin en mesure de mettre un point final à cette période de ma vie.

Après un court silence, il ajouta sur le ton de la confidence:

—Je veux en finir, tourner la page... j'en ai un peu ma claque, tu comprends?

—Chipi et moi, on te comprend parfaitement, mec... Si ça peut t'apporter un réconfort, sache qu'on a travaillé pour toi, jeune homme.

—Ah bon... Encore? dit Billy sur le ton de la méfiance. Vous n'arrêtez pas, tous les deux! Cela va me coûter une fortune...

—Une fortune, certainement pas! glapit Chipi. En revanche ça pourrait rapporter quelques *pesetas.* On ne sait jamais! Quant au travail, oui monsieur, tu as parfaitement raison! Ça nous arrive de trimer comme des bêtes! Et précisément, figure-toi qu'on s'est rapproché de ton Honoré de Roy à Saint-Jean.

—Décidément, vous y tenez!

—Plus que jamais! Et tu verras qu'on a raison, Ricky et moi. Mais arrête de m'interrompre à chaque fois que j'essaye de te parler intelligemment!

—Ça t'arrive? Étonnant! Allez bon, explique-toi.

—Écrase, et écoute-moi attentivement. Voilà. Nous avons appelé la mairie de Saint-Jean-Cap-Ferrat en France. Notre Honoré de Roy était en mission en Italie avec monsieur le maire. Mais il existe bien. C'est l'adjoint du maire, préposé aux relations publiques.

Billy lui coupa la parole en français.

—Ça nous fait une belle jambe...

—C'est possible, répondit son ami du tac au tac. Vérifie en relevant ton pantalon quand tu seras sur place! À cet égard, je te signale que nous t'avons obtenu un rendez-vous avec monsieur de Roy pour samedi prochain.

—Ce samedi qui vient? Tu plaisantes! C'est trop court!

L'avocat intervint sur un ton calme qu'il voulait persuasif.

—Non, Billy. Autant battre le fer pendant qu'il est chaud. Ça te donne toute la journée de demain pour faire tes investigations personnelles au lac Morton. Ton avion pour Paris est pour le surlendemain. Tu seras à Nice vendredi après-midi après un transit rapide à l'aéroport de Roissy. Tu auras tout le temps nécessaire pour récupérer de tes fatigues. De toute manière, inutile de te rebiffer et de revenir sur ta promesse. Nos accords prévoient que tu suives attentivement nos conseils. Chipi t'a déjà réservé ton siège... en première classe, me demande-t-il de préciser. C'est cher, mais tu le mérites amplement. Et pour nous, tes deux entraîneurs attitrés, notre unique objectif, c'est que notre poulain se présente au combat dans une forme optimale. O.K.?

Sans attendre de réponse, il poursuivit rapidement:

—À ce propos, j'ajoute que nous nous sommes également occupés de ton hôtel à Nice. Il s'agit du Buckingham sur la Promenade des Anglais. Tu ne peux pas le louper. Et, cerise sur le gâteau, on s'est informés de la météo. Elle est excellente pour le week-end!

Billy laissa passer quelques secondes. Après tout, il était persuadé d'avoir séjourné en France. Revoir ce pays lui paraissait une perspective agréable. Par-dessus tout, la Côte d'Azur était partie prenante de la vie d'Alexandra. Elle en parlait avec tant de chaleur!

Sa vue se brouilla. Il sentait qu'il entrevoyait la fin d'un long voyage. Très bientôt, quelque part, il allait pouvoir poser ses valises à tout jamais. Il revit le visage d'Alexandra. Soudain, sa présence lui manqua terriblement. L'émotion le gagnait. Il voulut dire quelque chose, mais sa voix s'enroua. Ricky vint à sa rescousse:

—Billy... Billy, tu es toujours là? Billy...

Il tâcha d'endiguer cet afflux de sentiments inattendus.

Il se reprit à deux fois pour répondre en détachant les mots en début de phrase.

—Oui, oui... mais dis-moi, Ricky, as-tu questionné la mairie de Saint-Jean sur la signification du message retrouvé dans le coffre des Bermudes?

—J'ai eu la secrétaire d'Honoré de Roy. Elle ne m'a rien dit de particulier. Elle a évité d'élaborer. C'est une attitude que je conçois parfaitement. Après tout, elle ne sait pas qui je suis, et ce n'était qu'un appel téléphonique presque anonyme. Elle m'a néanmoins confirmé qu'ils ont un dossier au nom de Salvatore Abruzzo. En fait, j'ai eu la très nette impression qu'elle a connu SAWJ dans le passé, mais qu'en l'absence de son patron elle ne voulait rien dire. Elle n'a d'ailleurs fait aucune difficulté pour le rendez-vous de samedi. Au contraire: j'ai eu l'impression que ta venue était souhaitée.

Billy soupira à nouveau.

—Très bien. On verra demain ce que le destin m'apportera d'extraordinaire. De toute façon, je commence à être blindé...

Juste avant de raccrocher et comme pour lui-même, il ajouta à nouveau dans la langue de Molière:

—À chaque jour suffit sa peine...

Le lendemain matin, un temps toujours aussi maussade recouvrait la ville de sa chape couleur de plomb. Quoique précoces, les premières neiges nocturnes avaient envahi les toits ardoisés de Montréal. Dans les rues, suite au passage des camions sableurs, des congères se formaient, bordant de glace les endroits piétonniers. Le froid était vif.

Revêtu d'un blouson de cuir clair au col recouvert de renard argenté, les pieds enfouis dans des bottes fourrées, Billy récupéra sa voiture de louage au stationnement souterrain de l'hôtel.

Bien avant l'embranchement de l'autoroute des Laurentides, il s'arrêta dans un café pour un petit déjeuner rapide. Plongé dans ses souvenirs, il réalisa que tout au long de sa vie professionnelle passée, qui impliquait une mouvance perpétuelle, il avait toujours eu une sainte horreur des petits déjeuners dans les hôtels. Et par-dessus tout, au lit.

Billy remonta dans sa voiture pour prendre la 15 Nord et faire route vers le lac Morton.

À cet instant précis, il se rendit compte qu'un certain automatisme guidait ses gestes et ses décisions. Il était sur sa route, celle qu'il avait empruntée pratiquement chaque jour de la semaine pendant plusieurs années de son existence. Et rien, dans la banale tristesse blanche du décor, n'avait changé. Rien, à un détail près, ce n'était plus lui qui conduisait. C'était un autre.

Lui était mort, disparu dans les fumées d'une explosion en plein vol. Et plus personne de son entourage passé ne pouvait mettre un nom sur ce visage ravaudé; personne, même, ne pouvait le reconnaître.

Personne, sauf un seul être qui, en silence, attendait stoïquement son retour.

CHAPITRE 40

Billy venait de pénétrer dans le lotissement. Il en reconnaissait chaque croisement, chaque pont, chaque recoin plongé dans l'ombre démesurée des immenses sapins postés le long de la route d'accès, les branches saupoudrées de neige récente. Il était encore tôt et il avait le temps. Il décida de contourner le lac principal.

Indolente et grise, la poussière du ciel matinal recouvrait les eaux partiellement glacées, étêtant au passage les aspérités des collines avoisinantes drapées dans des étendues de neige à perte de vue. La chaussée était glissante. Au travers des grands arbres dénudés, de temps à autre, des fenêtres cloisonnées laissaient filtrer quelques traits de lumière.

À petite allure, de rares véhicules croisèrent le sien. C'était des banlieusards rupins, c'est-à-dire des résidants de ce lotissement de grand standing, en route vers leur lieu de travail à Montréal.

Billy arriva à l'embranchement de l'allée qui le menait jadis vers sa maison. Il ralentit, hésitant quant à la direction à prendre. Le picotement caractéristique auquel il était maintenant habitué gagnait les extrémités de ses doigts. Il laissa faire son instinct. La voiture marqua l'arrêt à la croisée des chemins. En souplesse, elle prit la direction opposée, celle qui menait au centre commercial.

Bâti le long de la grande rivière qui se déversait dans un des entrelacs, un hôtel constituait l'édifice le plus important. Il fonctionnait principalement l'été, accueillant les familles des grandes villes du Québec et d'autres provinces venues se ressourcer au contact de la nature. Dès octobre, deux étages sur les trois étaient placés en réfaction. Situé au centre de cette minuscule agglomération commerciale, il abritait les principales activités et les petits métiers sans lesquels une communauté urbaine ne peut survivre.

Billy arrêta sa voiture sur le stationnement central face à une épicerie aux vitres embuées. Un long moment, il resta assis, pensif, les mains sur le volant. À mouvements réguliers, sa poitrine se soulevait. Il lui sembla paradoxal d'être aussi calme.

Dans le décor, rien, ou peu de chose, n'avait changé. Son esprit fut envahi par une étrange prémonition. À cet instant précis il sut ce qu'il allait faire, comment il allait le faire et pourquoi il allait le faire.

Il sortit de son véhicule en enfilant son blouson. Aussitôt, propulsée par son haleine, une vapeur bleutée lui entoura le visage. Les mains dans les poches, il se dirigea vers l'épicerie. Il poussa une porte, faisant tinter une minuscule clochette. Les souvenirs affluèrent, agitant des sensations enfouies au plus profond de lui-même. C'était une autre époque, lointaine. Intérieurement, il se plut à réveiller ce morceau de mémoire, cueillant en prime le petit pincement au cœur que lui procurait la nostalgie.

Tout aussi familier, le mélange des odeurs de la vanille et des brioches à peine sorties du four aviva ses sens. Infaillible, la mémoire olfactive faisait étalage de sa puissance. Il se remémora combien il aimait humer ces effluves de pâte cuite à ses retours de tournée en provinces avant de revenir chez lui, les bras chargés de provisions.

La propriétaire, une dame blonde, forte de carrure et aux joues charnues, était bien là. Il l'avait reconnue sans peine. Même son nom lui revenait aux lèvres: Réjeanne. Elle n'avait pas vraiment vieilli non plus; à peine, peut-être, quelque épaisseur avait gagné les bajoues. Mais, par discipline professionnelle, elle était toujours aussi matinale. Dans le temps, Billy l'appréciait beaucoup pour son dynamisme et sa bonne humeur. Son commerce servait de dépôt à pain, même le dimanche. À l'époque, contrairement à son habitude parfois un rien guindée, lors de leur première rencontre, il lui avait naturellement renvoyé son tutoiement amical. Elle était originaire de la Gaspésie.

En roulant les r de son accent chantant, elle accueillit le visiteur avec l'amabilité familière propre à sa région:

– Bonjour! En quoi puis-je vous aider, beau monsieur?

Elle le regardait de ses yeux rieurs abrités sous des sourcils blond roux. Billy lui rendit son sourire.

– Je suis désolé de vous déranger, c'est juste pour un renseignement.

– Bienvenue! Et si je peux me permettre, vous avez là un très beau blouson. Très chic! Vous devez faire twister les regards féminins, avec ça!

– Vous êtes trop aimable. Dites-moi, dans le temps il y avait bien un cordonnier au centre commercial?

– Monsieur Landry? Justin Landry, pour être exacte. C'est bien de lui que nous parlons?

– C'est de lui. Savez-vous où je peux le trouver? Je constate que son échoppe est cadenassée?

– Et pour cause! Les affaires ont salement périclité, ici. Il a été obligé de fermer sa boutique, le pauvre. Présentement, vous le trouverez chez lui. Ici, le logement était devenu tellement dispendieux, que c'est à cause de son âge et des services rendus que la communauté a réussi à lui offrir un petit condo au-dessus du centre commercial. Il se trouve sur la partie nord, juste à côté des bureaux administratifs. Monsieur Landry est d'ailleurs employé de temps en temps comme gardien de nuit à l'hôtel.

– Eh bien, madame, il me reste à vous remercier. Vous avez été très aimable, et surtout très précise!

Elle secoua modestement ses joues grasses tendues dans un sourire de bon aloi avant de répéter :

– Bienvenue!

Billy suivit l'arcade protégeant le passage piétonnier pour contourner le bâtiment par le nord. Il s'arrêta face à une porte vitrée située au pied du mur d'enceinte. Le vent froid le fit frissonner. Des deux côtés, des congères s'entassaient dans un amas de neige sale.

Un interphone avait été placé à hauteur de bouche. Il y avait trois boutons d'appel. Les deux premiers concernaient le service d'entretien et les bureaux administratifs. Le troisième était simplement identifié par les mots J. *Landry, gardien*.

Billy pressa le bouton. Instinctivement, il lissa ses deux mains sur les pans de son blouson. Le picotement l'avait repris. Une voix qu'il reconnut aussitôt lui répondit :

– Oui, c'est pour quoi?

Billy se pencha vers le micro. Il retrouvait les réflexes de son métier d'autrefois. Ceci à une grosse différence près : cette fois-ci il jouait gros. Il savait qu'il lui était impossible d'essuyer un refus.

– Bonjour, monsieur Landry. Je suis William Jordan. J'arrive des États-Unis pour vous entretenir d'une affaire très personnelle. Pouvez-vous m'accorder quelques minutes?

Il y eut quelques secondes d'étonnement silencieux. La voix reprit :

– Des États-Unis? Pour me voir, moi?

– Absolument, de Floride. C'est personnel et urgent, monsieur Landry.

À nouveau, un silence, puis la voix annonça:

– Très bien; je descends. J'en ai pour deux minutes.

La porte s'ouvrit sur un homme de même stature que Billy, donnant une forte impression de densité humaine. De rares cheveux blancs partagés par une raie rectiligne haute sur le front évoquaient un tant soit peu de sagesse ou d'érudition. Les yeux d'un bleu profond, froncés par un réveil brutal, apparaissaient tapis à l'ombre de sourcils broussailleux. À la fois fatigués et interrogateurs, ils dévisageaient le visiteur. Une certaine noblesse habillait ce visage gravé au burin par le froid et l'âge. Des pommettes encore hautes et décharnées donnaient naissance à des rides profondes qui s'évasaient vers le bas des joues, accentuant la rugosité du personnage. Il n'était pas encore rasé.

L'homme s'avança, la main tendue.

– Bonjour, monsieur Jordan. Justin Landry.

La poignée de main était toujours aussi solide. Les callosités des paumes renforçaient cette impression de robustesse. Billy lui trouva un air fatigué. «Décidément, se dit-il, la retraite ne sied en rien aux hommes d'action.» Le temps d'une mesure de silence, les deux hommes se mesurèrent du regard.

– Je viens vous parler d'Aloïs Gaudi.

Le visage du vieil homme marqua un étonnement sincère.

– Aloïs Gaudi? Mais il est mort, le malheureux! Il a été tué dans un accident d'avion!

– Je sais. Je l'ai bien connu. Comment avez-vous appris son décès?

– Par son épouse, je crois. Mais tout le monde est au courant, ici!

– Vous étiez amis tous les deux, il me semble?

Pudiquement, le regard se détourna quelques secondes pour laisser passer un afflux d'émotion. Il revint se poser sur Billy.

– Oui, c'était mon ami. On faisait du ski ensemble. Un sacré descendeur! J'ai eu beaucoup de mal à accepter la fatalité. Ça m'a foutu un gros coup. Mais... ainsi va la vie! C'était un gars sympathique, beau garçon.

Il jeta un coup d'œil à la dérobée à son interlocuteur.

– C'est idiot, mais maintenant que vous en parlez, je vous trouve très ressemblant. Il avait votre âge, et surtout votre regard. Un regard très clair qui vous transperce comme une brise d'hiver.

– Et son épouse?

– Elle vit toujours ici. C'est le genre de bonne femme à passer tard le soir et à demander des nouvelles des enfants quand ils sont couchés!

L'attention de Billy s'intensifia.

– Ils en avaient combien ensemble?

– Aucun; c'est une image. À la mort de son époux, elle a hérité de la maison sans bourse délier grâce à une caisse de prévoyance bancaire signée au moment du prêt. Connaissant la prudence d'Aloïs, je pense qu'il a dû lui laisser aussi une assurance vie plus que confortable... Mais tout ça c'est du passé.

Les yeux du vieil homme se tournèrent vers le ciel et détaillèrent les nuages. D'une voix lasse, il poursuivit:

– La dernière fois que j'ai vu Aloïs, il partait vivre ailleurs. Il ne savait pas trop où, à l'époque... Il devait me communiquer sa nouvelle adresse. Il y avait eu un problème entre lui et son épouse; des histoires de couple, vous comprenez? Il m'a laissé divers petits trucs qui lui appartenaient. Il m'a dit qu'il les récupérerait plus tard, dès qu'il serait en mesure de le faire. Bien entendu, je les ai toujours.

Ses yeux revinrent se poser sur Billy. Il hocha la tête en ajoutant comme pour lui-même:

– Je suis d'ailleurs fort embêté.

– Embêté? Pourquoi?

– Parce que sa femme veut récupérer quelque chose que je ne peux pas garder. Elle sait que je manque de place et elle veut en profiter. Au moment du départ d'Aloïs, je lui avais fait la promesse de ne jamais le rendre à son épouse, quoi qu'il arrive. Et une promesse est une promesse... surtout à un mort!

C'est alors que la mémoire, attisée par l'intimité de l'instant, frôla Billy de son aile. Spontané, le processus de reconstruction progressive se mit en marche. Le souvenir lui fut restitué dans toute sa complexité. Teintée d'émotion, la réalité s'imposait, éclatante et limpide. Il s'entendit questionner:

– Vous voulez parler de Mozart?

Les yeux du vieil homme se fendirent un peu plus. Un léger sourire bousculait l'ordonnance des rides.

– Je vois que vous connaissiez bien Aloïs!

Il fut parcouru par un frisson et dit, pour expliquer sa mise négligée:

– Dites, il fait frais et vous m'avez surpris au moment où je m'assoupissais. J'ai travaillé à l'hôtel toute la nuit. Pour moi, la soirée commence... Entrez. Il fera plus chaud et je vais vous faire du café.

Ils montèrent l'escalier raide de bois blanc. L'appartement était constitué de deux chambres. Dans la première avait été aménagé un salon aux meubles très simples avec en son centre une petite table entourée de deux chaises. Face à la table était posé, sur une commode basse de bois teinté, un poste de télévision que Billy reconnut comme ayant été le sien. Près de la fenêtre, une kitchenette entourée de ses placards fonctionnels de formica était encastrée dans le mur. La porte de la seconde pièce était entrouverte sur un grand lit en désordre.

Et, sur le lit, Mozart.

L'arrivée des deux hommes lui fit lever la tête. Il était aux aguets, le corps encore au repos sur le duvet sur lequel il se prélassait.

Ce n'était pas tant son nouveau maître qui l'intriguait et qu'il avait reconnu à son pas lourd. C'était plutôt celui qui l'accompagnait. Les yeux jaune clair légèrement striés de brun dévisageaient cette silhouette qui s'était immobilisée près de la porte d'entrée.

Le labrador blond émit un petit son guttural, moins un aboiement qu'une légère exclamation d'étonnement. Dans la tête de l'animal, des associations d'images, de sons et d'odeurs se superposaient. Justin Landry se dirigea vers le coin cuisine. Sans se retourner, il dit à l'attention de Billy:

– N'ayez pas peur, il est gentil.

– Je sais.

L'ancien cordonnier fut surpris par la réponse. Intrigué, il pivota sur une jambe en saisissant un ustensile de fer-blanc. À cet instant, le chien se dressa, les oreilles attentives. D'un pas prudent, il s'approcha de Billy qui ne le quittait pas des yeux. À un mètre de lui, l'animal s'arrêta, la truffe en mouvement, le regard ardent. Visiblement, il cherchait à comprendre.

Billy siffla, comme il avait toujours sifflé depuis un an, chaque fois qu'il était animé d'un sentiment de joie ou de mélancolie. Justin Landry, immobile, la casserole à la main, assista alors à un événement extraordinaire.

Un cri poignant s'échappa de la gueule du labrador. Aussitôt, mû par la formidable puissance de ses pattes arrière, il se jeta contre la poitrine du visiteur. Billy tenta de bloquer l'animal à l'aide de ses bras. Entraîné par le poids, il perdit l'équilibre. Ils s'affalèrent l'un sur l'autre sur le linoléum recouvrant le parquet.

Avant que le vieux gardien ait eu le temps de réagir, le chien était à nouveau sur ses pattes. Il émit une succession de petits cris plaintifs semblables à ceux d'un jeune chiot. Soudain, à grands coups de langue chaude, il se mit à badigeonner le visage de Billy.

Ayant posé la casserole en hâte, le gardien accourut à la rescousse. Il tira tant bien que mal l'animal par l'encolure. Billy se mettait en position assise et s'essuyait le visage en riant. Cabré sur ses pattes arrière, Mozart cherchait à se défaire de cette prise qui l'empêchait de revenir vers Billy. Toute la vigueur de l'ancien cordonnier était nécessaire pour refréner son ardeur. Essoufflé par l'effort, il s'adressa à Billy d'une voix hachurée :

– Ostie[48]! Excusez-le! Je ne sais pas ce qui lui prend. Je ne l'ai jamais vu comme ça!

– C'est pas grave. Lui et moi, on se connaît bien! Laissez-le venir.

Justin Landry paraissait peu convaincu. Dans le doute, il préféra s'assurer :

– Vous êtes sûr de vous? Parce qu'il pèse lourd!

Adossé au mur, Billy était maintenant confortablement assis sur le parquet, les pieds en éventail. Il répondit en regardant le chien qui se débattait :

– Aucun problème!

Aussitôt libéré, le chien s'élança à nouveau. Cette fois-ci Billy réussit à le maîtriser. Il le renversa sur le dos et se mit à lui caresser le ventre. L'animal gémissait de plaisir, la queue frétillante, les babines moussantes. Son regard cherchait celui du partenaire de jeux. Sous sa paume, Billy sentait le cœur de la bête battre à tout rompre.

L'hôte s'était accroupi. Il regardait le spectacle d'un œil que la surprise arrondissait exagérément. Il s'adressa à Billy en secouant la tête :

– Je ne comprends pas. C'est la première fois que je le vois réagir ainsi! Il semble bien vous connaître. Comment expliquez-vous ça?

Billy se tourna vers le vieil homme, évitant par le fait même un coup de langue sur la joue :

– J'ai bien connu Aloïs, dans le temps. Et j'aime les bêtes, particulièrement les chiens! Ils le sentent sans doute!

L'ancien cordonnier se redressa. Un voile de scepticisme passa sur son visage buriné. Sous les sourcils broussailleux, les yeux se

48. Juron québécois.

rétrécirent, pour ne plus montrer qu'un mince filet bleu ciel. La voix parut lointaine :

– Eh bien, monsieur Jordan, vous tenez entre vos mains mon problème... Seriez-vous venu pour ça, par hasard?

Billy se releva. Il épousseta son pantalon du plat de la main. De sa truffe humide, le labrador cherchait sa paume accueillante. Les regards clairs des deux hommes se croisèrent.

– Oui, dit Billy. C'est la raison majeure de ma visite. Mais il y a autre chose aussi. Je dois vous révéler que si j'étais le confident d'Aloïs, qui a été mon meilleur copain pendant des années, j'agissais aussi auprès de lui comme conseiller juridique. C'est à ce titre que dans le temps il m'avait parlé de vous, monsieur Landry. Et aujourd'hui, je suis en mesure de vous annoncer qu'il vous a légué une petite partie des avoirs dont il disposait en nom propre aux États-Unis. Vous les percevrez sous la forme d'une rente mensuelle. Rien d'astronomique, mais cela venait plus du cœur que du portefeuille. Un avocat de Floride nommé Richard Broadkin devrait se mettre en rapport avec vous dans les prochains jours.

Le silence retomba. Billy fut le premier à rompre l'échange visuel. Il se pencha vers le dos de l'animal pour le caresser en ajoutant d'une voix sans timbre :

– Voilà, c'est tout. Maintenant, si vous le permettez, je vais me retirer avec Mozart. Ça aussi, c'était dans les dernières volontés d'Aloïs... Et, en son nom, merci pour tout ce que vous avez fait pour lui. Merci pour votre indéfectible amitié.

Ils étaient arrivés au bas de l'escalier de bois. Ils se serrèrent la main une dernière fois. Le vieil homme se baissa pour flatter l'encolure de l'animal. Lorsqu'il se redressa, ses yeux avaient perdu de leur éclat, mais avaient gagné en profondeur. Le cordonnier semblait pensif, comme si un fond de tristesse lui taraudait le cœur. Il ânonna plus qu'il ne dit :

– Je ne vous reverrai sans doute plus jamais, mais... mais j'ai été heureux de vous connaître, monsieur. Très heureux!

Il ajouta sur un ton plus ferme, en désignant l'animal :

– Avec lui, vous n'aurez aucun problème : rien ne trompe la mémoire d'un chien...

Il faisait route vers la sortie du lotissement lorsqu'il la vit. Elle semblait se hâter, se dirigeant de son petit pas pressé vers le minuscule bureau des postes. Il la replaça dans le dédale de sa vie antérieure au premier regard. Malgré l'ample écharpe qui lui cachait le cou et le bas du visage, il constata qu'elle était toujours la même. Menue et fière, elle arborait comme au premier jour de leur rencontre cette opulente chevelure de jais qui coulait en cascade sur ses épaules. Curieusement, il n'éprouvait rien. Ni stress ni picotements aux doigts. Rien! Pourtant, depuis que Brian Hennessy lui avait annoncé son mariage, il s'était préparé à cette rencontre. Et chaque fois qu'il l'avait imaginée, il avait ressenti un blocage de ses réactions de défense, comme un début de panique irraisonnée qu'il avait le plus grand mal à circonscrire. Et là, plus rien! Un grand vide. Aucune nostalgie, aucune lueur de tendresse, ni même un sentiment de compassion amicale. « Après tout, tenta-t-il d'ironiser pour lui-même, elle est veuve! »

Étonné et peu convaincu par sa propre réaction, il voulut en avoir le cœur net. Il gara sa voiture de l'autre côté de la chaussée de manière à obstruer la vue de Mozart qui pointait déjà son museau pour suivre la silhouette de son maître. Rapidement, il traversa la rue et aborda la jeune femme sous le prétexte futile de rechercher une adresse.

Elle n'avait pas changé de parfum. Comme, dans sa précipitation, il n'avait pas revêtu son blouson, il fut parcouru d'un frisson. D'un geste et deux paroles, elle indiqua une orientation. Elle avait répondu poliment, un peu vite. Son regard glissa sur son visage sans s'attarder, sans le reconnaître. D'un sourire, elle faisait comprendre sa hâte devant l'heure de la première levée postale qui approchait. Elle ajouta:

– Attention, vous allez prendre froid!

Déjà elle s'éloignait, accompagnée du mouvement oscillant de son manteau de fourrure autour de ses hanches. Billy la suivit du regard. Douze mois à peine s'étaient écoulés. Qu'en restait-il, de cette union, sinon cette vision fugace dénuée d'émotion et quelques effluves de parfum sur le bord d'une route verglacée?

Il remonta dans la voiture et jeta un bref coup d'œil dans le rétroviseur. La rue était déserte. Sur sa main, il sentit le museau humide de Mozart. Il l'étreignit. Une joie intense l'envahit.

CHAPITRE 41

Les rayons glissaient sur l'ocre fatiguée des falaises. Face à la baie qui porte son nom, Villefranche déployait sa vieille ville parsemée de maisons étroites fraternellement entrelacées autour des robustes remparts en pierres apparentes. Les toits étaient autant de terrasses, de lucarnes, de stores vénitiens soudés les uns aux autres pour mieux protéger les citadins du soleil méditerranéen. Au-delà de la basse corniche creusant les flancs de la montagne à pic au-dessus des flots, le béton plantait ses crocs dans une terre aux blessures béantes de plus en plus sévèrement maltraitée par la prolifération de constructions à géométrie cubique.

Comme un soulagement, un mélange optique des couleurs sauvait les apparences. Tour à tour, le bleu frémissant de la baie, le vert des collines aux oliviers tourmentés par le vent ou le rose pâle des toits de tuiles s'inséraient dans un cheminement d'images lentes, rassurantes, d'où se dégageait une intense rage de vivre. Par-dessus le mont Boron, sur le versant de Nice, le ciel se parait de fins nuages. De la baie montait la lente respiration de l'eau qui miroitait sur les murs blanchis à la chaux des villas riveraines.

Le dos à plat contre un pin maritime, Billy vivait l'instant. La terre encore gorgée d'humidité était imprégnée du parfum sauvage de garrigue. Il tourna la tête pour porter son regard vers le phare en contrebas, flanqué de sa maison de gardien recouverte d'une enveloppe de tuiles rouges. Entre les arbres, l'éclat miroitant de la mer le fit ciller. C'était l'heure de descendre vers la mairie de Saint-Jean où l'attendait monsieur Honoré de Roy, l'adjoint du maire.

Au détour d'une venelle en bordure de mer, la petite maison du peuple, adossée à l'ombre rassurante d'une école, apparut dans la lumière matinale. Elle s'ouvrait sur une courette aux orangers en fleurs qui dégageait une impression de serre. Sur la face citronnée de l'édifice municipal, la brise déployait un drapeau tricolore languissant. Face à la rue, sous les branches d'un pin maritime, un escalier de marbre donnait accès à l'entrée principale. Il était soutenu de chaque côté par des rambardes légèrement concaves, qui évoquaient d'illustres fessiers venus se poser dessus.

Il y avait six à huit marches. En deux sauts de cabri, Billy se retrouva à la porte d'entrée.

Honoré de Roy était un homme d'une autre époque. Avec une courtoisie alanguie qui sied aux personnes respectables et respectées, il reçut le visiteur dans son petit bureau vieillot du premier étage qui s'ouvrait sur le port et la ville de Beaulieu. Sur un des murs étaient accrochés deux tableaux d'un peintre villefranchois, des bistres signés Perez qui dataient des années florissantes, de l'époque où l'art régional s'exportait encore bien. Leur faisant face et tapissant une bonne moitié de la cloison, une collection impressionnante de photos de personnages célèbres reçus par le maître des lieux dans les murs de la ville s'offrait au regard de tous. Devant l'air intrigué de Billy, l'hôte s'excusa d'un geste vague du plat de la main.

– Monsieur le maire est avant tout un homme d'action. Les mondanités, ces vanités terriennes, comme il aime à les appeler, il les laisse aux autres.

Son allure était altière et tenait à la fois de l'homme du monde et du conquistador. Une fine moustache, aussi blanche que ses cheveux lissés sagement et partagés par une raie basse, lui conférait une impassibilité impériale à l'unisson des lieux prestigieux dont il avait la charge. De temps en temps, avec beaucoup de grâce, sa main se portait à son nœud papillon, qu'il portait avec une distinction naturelle. La conversation se déroulait en français. La voix était grave, l'intonation, un rien impérieuse.

– Eh bien, monsieur Jordan, vous nous rendez visite pour la première fois, semble-t-il. Seul ou accompagné?

Billy prit place dans le fauteuil, que son interlocuteur, préférant rester debout, lui désignait.

– Non, pas seul. Accompagné... par mon chien!

La prunelle s'éveilla, amusée.

– C'est bien, c'est bien. En revanche, votre associé avait une sainte horreur des animaux domestiques! Mais, dites-moi, vous nous arrivez d'Amérique. C'est le pays de l'hospitalité sans sourire.

Billy tâcha d'atténuer l'ironie mordante.

– C'est un pays sympathique et facile à vivre, pour employer un terme cru. Mais j'y habite, simplement.

– Je sais, je sais. Votre associé avait fait allusion à votre existence.

– Vous le connaissiez donc bien?

Le visage de l'aristocrate consentit un sourire poli. Visiblement, le sujet était délicat. Au travers de la fenêtre cloisonnée, le regard amusé s'égara vers la baie des Fourmis, éclairée par le tendre soleil matinal. Un rien kabbaliste, l'adjoint aborda le propos sur le ton de la confidentialité. Le débit s'était ralenti, la voix se fit feutrée.

– Cher monsieur, sachez que la Côte d'Azur est aux confins de la jungle. Votre associé était un carnassier et il s'y plaisait. Remarquez, c'était un bel animal! Je l'ai souvent comparé à un félin, un jaguar, pour être précis.

Il marqua un temps d'arrêt, donnant à son sourire le loisir de s'affermir sur les lèvres minces. Il ajouta dans un murmure:

– Un jaguar qui savait cacher ses taches...

Billy le regardait, séduit. Il osa une question.

– En quelles circonstances vous a-t-il parlé de moi?

Les mains fines aux ongles soignés virevoltèrent dans l'air, décrivant une étrange arabesque.

– Oh, il ne m'a rien dit de significatif! Sinon qu'un jour ou l'autre Salvatore Abruzzo serait remplacé par William Jordan. Il m'avait aussi précisé que vous vous ressembliez beaucoup. Ce qui est partiellement exact, je dois avouer. Mais il parlait de vous comme si lui-même devait disparaître de la scène publique. Cette prémonition est étrange, ne trouvez-vous pas? Mais je n'ai pas été étonné outre mesure lorsque j'ai appris par votre avocat qu'il avait quitté ce monde. J'ai tout juste ressenti une tristesse passagère. Ce qui est renversant, je dois dire, c'est que ce qu'il m'avait annoncé en filigrane, presque sous la forme d'une boutade, est bien arrivé! Lui évaporé, c'est vous qui surgissez!

Billy demanda innocemment:

– Et vous savez certainement pourquoi je suis ici, monsieur de Roy, n'est-ce pas?

– Non. Pas le moins du monde.

Billy tâcha de prendre un air surpris. Face à cette réaction, l'adjoint ajouta très vite:

– Vos avocats ne m'ont rien précisé. Après tout, vous êtes ici chez vous! Le reste ne me regarde pas, cher monsieur.

Billy avait du mal à reprendre le fil de la conversation.

– Que voulez-vous dire? finit-il par articuler.

C'était au tour du préposé aux relations publiques de la mairie de montrer quelque perplexité.

– J'ai peur, cher monsieur Jordan, qu'il y ait un malentendu quelque part. Pourquoi ne pas m'expliquer en détail ce qui a poussé vos conseils à me demander audience?

Billy avait trop de pudeur pour se raconter une nouvelle fois. Mais la rigueur l'empêchait de fuir. En termes choisis, sans divulguer sa réelle identité et son odyssée rocambolesque, il fit le récit de son voyage aux Bermudes. Il indiqua, comme il l'avait fait pour le banquier d'Hamilton, Alec Lorenzi, que ce déplacement lui avait été imposé par les indélicatesses de son associé.

Le noble visage de l'adjoint municipal, à peine assombri par une exposition récente au soleil, se pencha avec gravité sur le bureau Belle Époque, un beau meuble, aux angles en encorbellements en forme de nénuphar. La voix était toujours aussi discrète.

– Votre dossier, ou plutôt celui de votre prédécesseur, est là. Je l'ai sorti en vue de votre visite. Si vous avez des questions, je vais tâcher d'y répondre au meilleur de mes connaissances.

Billy était sagement assis, les jambes croisées, dans le fauteuil faisant face à l'adjoint resté debout derrière sa table de travail. Il demanda:

– Pourquoi dites-vous tout d'un coup *mon prédécesseur*?

Monsieur de Roy releva sa belle crinière argentée. Un sourire éclairait son visage.

– Décidément, monsieur Jordan, je crois que nous ne sommes pas branchés sur la même ligne. Auriez-vous l'amabilité de me montrer le document auquel vous avez fait référence tout à l'heure, trouvé dans le coffre de monsieur Abruzzo aux Bermudes?

Billy ouvrit la maigre chemise rapportée de l'île coffre-fort et lui tendit l'écrit. Le fonctionnaire de la mairie y jeta un coup d'œil rapide. Il le rendit presque aussitôt. De sa voix grave, légèrement pédante, il annonça:

– Il n'y a rien à cacher. Il y a bien une exemption sur vingt ans allouée par la mairie. À Saint-Jean, nous n'avons pas pour habitude de revenir sur un accord passé avec nos concitoyens.

Billy se sentait gagné par une émotion qu'il avait du mal à contrôler.

– Mais de quoi parlez-vous au juste?

Pour la première fois, l'homme parut intrigué. Il toussota brièvement. Après une hésitation, il s'assit derrière son bureau. Il le fit avec une élégance naturelle qui raviva le souvenir de Chipi dans l'esprit de Billy. Ayant réuni ses longues mains devant son visage, il énonça en détachant les mots:

– Je parle, monsieur Jordan, de la Palazzina, bien entendu! Ne me dites pas que vous n'êtes pas au courant... Non? Eh bien, je vous dois une explication. Tout d'abord, sachez que le nom de la Palazzina, choisi par monsieur Abruzzo, vient du palais du même nom, construit en 1799 dans le parc de La Favorita, à Palerme, par Venanzio Marvuglia, pour le compte des monarques Bourbon de Naples et de Sicile. On peut encore le visiter de nos jours. Si vous le faites, cher monsieur, je vous conseille en particulier de vous attarder sur les scènes de la Chine ancestrale dont sont recouverts les nombreux plafonds. C'est merveilleux. Quant à notre Palazzina à nous, elle est située à Saint-Jean, à la pointe Saint-Hospice. C'est une belle demeure, mais, ce qui l'agrémente par-dessus tout, c'est le terrain dont elle dispose. Vous êtes aujourd'hui, monsieur Jordan, un des plus importants propriétaires terriens de la commune de Saint-Jean-Cap-Ferrat. Je m'explique... Votre prédécesseur s'est porté acquéreur de cette maison il y a quelques années, en nom propre. Il est revenu il y a peu de temps, pour la mettre en nom commun. Le sien et le vôtre. Cela a été fait devant notaire; je vous assure que tout est en règle. Nous disposons d'une copie de toutes les pièces légales ici à la mairie.

Le fonctionnaire marqua un temps d'arrêt, pour soudain lâcher assez brutalement:

– Lui disparu, monsieur Jordan, la Palazzina vous appartient en totalité!

Il reprit sur un ton plus feutré:

– Monsieur Abruzzo en personne m'avait tenu au courant de ce choix. Il l'avait expliqué par le fait que vous étiez tous deux partenaires à parts égales dans les affaires qui vous occupent. Énigmatique, il avait ajouté que dorénavant il était possible que ce soit vous, William Jordan, qui viendrait habiter cette résidence. J'avoue qu'à l'époque j'étais à mille lieues d'avoir compris ce tour de passe-passe entre propriétaires résidants, si vous me permettez l'expression. C'était aussi la dernière fois que je le voyais. Ce jour-là, il m'a paru encore plus mystérieux qu'à son habitude, comme s'il cachait mal une certaine anxiété. Mais dans le fond, à bien y réfléchir, je l'avais trouvé... comment dire? presque exubérant. Comme un gamin qui se prépare à jouer un bon tour à quelqu'un!

Il laissa passer un long silence. Ses yeux, un moment égarés au plafond, revinrent se poser sur Billy. Il ajouta dans un murmure:

– Je ne sais pas, monsieur Jordan, si je me suis bien fait comprendre.

– Aucun problème, monsieur! répondit Billy de manière distraite. Je peux même vous situer approximativement l'époque de votre rencontre. Elle doit remonter à dix-huit mois. Exact?

– Parfaitement. Quant au document trouvé dans le coffre aux Bermudes et sur lequel vous vous interrogiez, il n'y a rien là qui soit compliqué ou secret. Les termes Cad. AP 90 identifient le cadastre de la propriété. Pour ce qui est de la somme indiquée, il s'agit d'une dispense de charge imposable sur vingt ans, calculée à titre forfaitaire par nos services sur un an. En d'autres termes, vous êtes dispensé d'impôts locaux pendant une période de vingt ans. En outre, la mairie prend également à son compte votre taxe d'habitation pendant la même période. Bien entendu, vous allez me demander pourquoi ces privilèges, n'est-ce pas? Eh bien, elles s'expliquent par le fait que lors de l'achat de cette résidence Salvatore Abruzzo a passé un accord intelligent avec la mairie de Saint-Jean. Il lui cédait gratuitement un terrain non constructible en bordure de l'eau qui était inclus dans la vente. Cela a permis à la municipalité de donner à ses administrés un accès à la mer plus avantageux. En retour, le propriétaire de la villa, que ce soit vous ou un autre, gagnait une exemption fiscale de vingt ans. Pour tout vous dire, je ne suis pas sûr que ce soit la ville qui y gagne!

L'adjoint riait sous cape. Billy remarqua que son esprit vagabondait vers le défunt. « Décidément, se dit-il, Salvatore Abruzzo ne laissait personne indifférent. » Le temps d'un éclair, il se revit au large de l'Ascension, au moment où le salut était parvenu à lui sous la forme d'une voix dans la nuit noire.

Le vieux monsieur reprit, encore sous l'emprise de ses souvenirs :

– C'était un artiste! Le type même de l'inconditionnel de la Côte d'Azur, c'est-à-dire un vrai thuriféraire de la grande bleue! C'était aussi un sédentaire en quelque sorte aérien, si je puis m'exprimer ainsi, qui se servait de sa mémoire phénoménale et de son enthousiasme exceptionnel, comme un oiseau ouvre ses ailes pour prendre son envol!

Les yeux dans le vague, il ajouta en sourdine :

– Mais il est certain qu'il brûlait la vie par les deux bouts! J'ai peur qu'il n'ait connu ensuite le purgatoire...

Billy conclut, évasif :

– Peut-être, et dans ce cas, cela a dû être très dur. J'ai, moi aussi, une vague idée de ce que peut être le purgatoire! Après tout, Salvatore Abruzzo m'a sauvé la vie. Dieu ait son âme.

Il baissa les yeux sans chercher à préciser. L'assistant du maire haussa à peine les sourcils. Il avait le tact de ne pas franchir les limites de l'intimité. Il se leva lestement de son fauteuil au cuir élimé. De son allure précautionneuse et nonchalante, il se dirigea vers un meuble réfrigérateur. Il en revint avec une bouteille de champagne. Il saisit au passage deux flûtes de cristal sur une console. Il déboucha le nectar devant Billy. Le délicieux crépitement des bulles se chahutant vers la surface du verre annonça le rituel immuable des vieilles institutions administratives françaises, aussitôt que l'on accède à un certain niveau de responsabilité.

– Bienvenue à Saint-Jean-Cap-Ferrat, cher monsieur Jordan!

Après une première gorgée, l'adjoint du maire renchérit:

– J'espère sincèrement que nous aurons maintenant à la Palazzina un résidant à temps complet. C'est triste, une maison aux volets clos! Je dois cependant vous dire qu'en votre absence et en accord maintenant posthume avec votre prédécesseur les services de la mairie ont entretenu le jardin et aéré périodiquement la villa. Une facture vous sera présentée sous peu, mais le montant en est somme toute modique. De même, l'eau, l'électricité et le téléphone n'ont jamais été coupés, suivant les instructions de feu monsieur Abruzzo. Par conséquent, comme vous le constaterez par vous-même, la villa est habitable. Avant que nous ne nous quittions, je vous remettrai les doubles des clefs et tous les titres de propriété. Après tout, c'est une manière de vous responsabiliser, cher ami! À votre santé!

Monsieur Honoré de Roy avait raccompagné son visiteur jusqu'à la cour pavée de briques rouges. Sous un laurier-sauce aux feuilles lustrées d'un vert profond, ils se serrèrent la main. Tendant le cou par la glace de la voiture de location, l'œil attentif, Mozart suivait la scène.

Au moment de monter dans le véhicule, Billy parut hésiter. Il se tourna vers l'adjoint du maire.

– Puis-je vous poser une dernière question, monsieur de Roy, même si elle vous paraîtra probablement saugrenue?

– Mais bien entendu!

– Avez-vous des pélicans ici?

Le vieil aristocrate tiqua. Il parut réfléchir. Son regard délavé vagabonda vers le ciel.

– Des pélicans? Grands dieux, non! C'est un oiseau des pays chauds. Je crois savoir... quoique... oui, il me semble qu'il y en ait toujours un apparemment dans la région. Il va et il vient. On ne sait jamais trop où il est! Du reste, il se laisse rarement voir.

Sa main revint vers le nœud papillon pour en rectifier la disposition.

– Mais je sais que les pêcheurs en parlent de temps en temps. Il surgit de nulle part et retourne vers le néant!

Un sourire de connivence apparut sur ses lèvres. Il ajouta, comme pour lui-même, les yeux perdus vers l'horizon:

– À mon sens, s'il est encore des nôtres, il doit être vieux, maintenant. Cela fait un sacré bout de temps que ce solitaire a pris ses quartiers sur la Côte d'Azur!

Billy passa les grilles électriques surmontées d'une sculpture emblématique sicilienne représentant une gorgone. Une longue travée de cailloux blancs conduisit le visiteur vers un perron à larges colonnes blanches. Près de l'entrée, légèrement en retrait, apparurent les garages surmontés des logements destinés aux gardiens.

Le gravier crissait sous ses pas. En éclaireur avancé, Mozart trottinait, museau dirigé vers le sol. De temps en temps il choisissait un recoin et levait la patte, marquant ainsi de son empreinte son nouveau territoire.

La demeure semblait immense, sereine, enveloppée dans le silence d'un magnifique parc bien entretenu. C'était une construction massive des années 1930 étagée sur trois niveaux. Avec une grâce architecturale certaine, elle présentait aux encoignures ensoleillées des découpes sous forme de balcons à larges rebords.

L'entrée principale donnait sur un vestibule. Billy eut l'impression que la maison de Clearwater tout entière pouvait s'y loger. Vaste et accueillant, il abritait une aire d'attente opulente meublée de plusieurs divans soigneusement recouverts d'une housse blanche. Le hall traversé, on butait sur un double battant lambrissé de paravents chinois qui s'ouvraient sur un fantastique salon Renaissance plongé dans la pénombre. Au sol, un enchevêtrement de marbres de diverses provenances formait des dessins géométriques baroques de plusieurs couleurs. Le regard était attiré par la hauteur vertigineuse du plafond. D'un seul tenant, il était néanmoins cloisonné par de petits caissons représentant chacun un détail d'une scène en provenance de l'Empire du soleil. Tous étaient probablement empruntés au modèle de Palerme.

Au milieu de cette pièce maîtresse, un imposant chandelier vénitien descendait vers le centre d'une immense table en noyer, sournoisement léchée par un mince filet de lumière laiteux qui s'infiltrait par une des nombreuses fenêtres. Billy était fasciné par la longueur démesurée du meuble. En lui-même, il se dit que ces dimensions gigantesques devaient imposer aux convives une certaine réserve, sinon un profond silence.

Il s'approcha d'une des baies vitrées. Lorsqu'il pressa un bouton, un mécanisme électrique souleva un lourd rideau d'acier. Violente, la lumière pénétra dans la pièce en libérant une multitude de particules en suspension dans le faisceau lumineux.

La vue donnait sur le jardin. Billy s'accouda à l'une des rambardes. On apercevait la mer au travers d'un enchevêtrement de palmiers dattiers et de pins maritimes courant le long d'un muret de pierres blanches. En contrebas, une barrière de planches en mal de peinture conduisait vers un jardin tropical. Des têtes de cactus de barbarie en fleurs pointaient leurs feuilles grasses et palmées vers le ciel. À leur côté, un cousin d'Amérique nommé *saguero*, cactus-cierge mexicain familier aux amateurs de westerns, dressait sa silhouette épineuse sur un fond de chaleur brumeuse.

Ignorant le reste des pièces du rez-de-chaussée, à savoir entre autres une bibliothèque fumoir juxtaposée à un second salon, Billy monta au premier étage. En attaquant les premières marches, il eut tout juste le temps d'entrevoir au travers de deux paravents laqués une sobre cheminée de marbre dont la console était recouverte d'un masque inca, d'une divinité chinoise et d'une sculpture antique romaine.

Au second palier, un long corridor en quinconce étalé sur différents niveaux donnait sur plusieurs chambres. Au hasard, Billy poussa une des portes. La pièce était plongée dans le noir. Il alla à la porte-fenêtre, close par une ingénieuse espagnolette à fermeture à bascule datant du siècle dernier. Ouverts dans un claquement sec, les battants donnèrent accès à une terrasse en teck qui dominait la baie de Saint-Jean. Au loin se profilait la montagne grise au-dessus de Cap-d'Ail. L'Italie était à vue d'œil.

Habillé d'un placage souple d'if et de citronnier, le lieu était conçu de manière à évoquer une cabine de bateau. Logées dans les encoignures où chaque espace paraissait avoir son utilité, des étagères aux découpes sinueuses supportaient les témoignages d'une vie passée aux quatre coins de la terre, avec toujours, en clin d'œil, le rappel de la proximité intime de l'eau.

Le dernier étage était réservé à une jeunesse absente. Un parquet s'était substitué aux profondes moquettes. Recouvert par endroits d'épais *r'batis*[49], il craquait agréablement sous les pas.

Sous le toit charpenté en forme de barque renversée et percé de diverses lucarnes nichées aux angles des arcs élancés se trouvait une salle de récréation. Elle avait été aménagée de manière à ce que chaque jeu dispose d'une aire d'autonomie. D'un côté, une table de ping-pong et ses raquettes déposées sur le tablier, prêtes à entrer en action. De l'autre, un billard électrique des années 1950 accompagné de ses flippers. Au fond, dominée par deux barrettes basses supportant les néons, une très belle table de billard en noyer et bronzes artisanaux, inspirée du style Directoire.

Toujours suivi du fidèle Mozart, Billy redescendit doucement les paliers. À l'étage intermédiaire, une porte était entrouverte. Il la poussa. À tâtons, il chercha le commutateur. C'était un acte de curiosité plus que d'inspection.

Un savant éclairage émanant de lampadaires en forme de tulipe d'un jaune tendre dévoila un bureau. Les murs étaient tendus d'une flanelle gaufrée, chaude, hospitalière. Chaque meuble semblait le résultat d'une recherche particulière. On croyait vivre une quête éternelle vers la maison idéale. Le style emprunté aux années d'avant-guerre mettait en valeur des fauteuils cubiques en cuir rouge passé, quelques tables basses aux encriers de cristal ou encore des affiches rétro montrant de vieux Constellations et DC3 survolant divers aéroports de New York.

De l'autre côté de la pièce, devant une porte vitrée donnant sur une minuscule salle de bains toute en marbre gris, des boiseries de chêne cérusé protégeaient l'intimité d'un lit étroit avec, à sa tête, une petite table de nuit sur laquelle était posé un missel italien. Le livre avait cette apparence particulière des ouvrages qu'on feuillette souvent. Tout près, en pan coupé, se trouvaient une cheminée d'angle et son manteau en noyer. Au-dessus, sous un miroir espagnol de fer et bois doré, s'alignait une collection de superbes bronzes à patine brune signés R. Bugatti. Billy ne put s'empêcher de laisser ses doigts courir sur l'échine d'un *Petit léopard marchant*. Au toucher, l'animal irradiait un érotisme charnel insoupçonnable. La main au geste lent laissa une trace dans la

49. Tapis marocains à dominante rouge, en provenance de Rabat.

pellicule de poussière qui recouvrait la statuette. Il était aisé d'imaginer une réaction à rebrousse-poil du félin.

Au moment où il allait sortir, l'attention de Billy fut attirée par un objet en mouvement. Il s'en approcha. Perchée sur une malle au cuir rabougri, une mappemonde lumineuse datant des années 1950 s'était mise à tourner. Un point rouge fluorescent se démarquait dans l'ensemble des terres illustrées. Il situait la Floride; plus exactement, Clearwater. À l'emplacement de la ville, en tout petits caractères, une main anonyme avait annoté d'une écriture rapide: *Dreams*.

Billy cherchait une seconde sortie. Il aboutit au sous-sol où il constata avec ébahissement qu'une piscine intérieure, creusée dans le rocher, avait été aménagée. Un genre de rêve impossible rappelant les structures des thermes antiques, avec ses colonnes d'albâtre entourant un bassin émeraude aux fresques travaillées à la main. Tout autour avaient été placées des pierres apparentes naturelles, recouvertes de lichens et fougères, au pied desquelles avaient été installées des chaises longues en palissandre.

Il y avait à la fois du bruit et un immense silence dans la tête de Billy. Il saluait la réussite esthétique d'un luxe et d'un raffinement exceptionnels, mais il avait la désagréable sensation de chausser les souliers d'un mort.

Il remonta pour tomber sur la cuisine. C'était une pièce vaste, fonctionnelle, à la fois rustique et moderne. Elle avait l'avantage d'être tournée vers le levant, bénéficiant ainsi d'une luminosité provençale.

L'intuition animale fit comprendre à Mozart l'affectation de l'endroit. Il ralentit son pas et leva un museau interrogateur vers son maître.

– Non, mon vieux! lui dit Billy, qui avait compris le message. Tu mangeras ce soir, comme moi! À la limite, je veux bien te donner à boire.

Sur un antique billot de boucher, coincée entre deux pilons plantés de leur mortier de bronze, il trouva une écuelle d'étain. Il chercha le robinet du regard. L'évier était un ancien potager en pierre de Sologne, posé sur un fond d'azulejos portugais. Le chien suivait l'opération, les yeux gourmands. Il lapa bruyamment son eau, ébroua ses babines trempées et, lestement, prit la direction du jardin.

Une très légère brise matinale s'était levée, pesant de son voile sur les pins nonchalants qui bruissaient de mille murmures. Les allées du parc s'ouvraient vers la mer qu'on devinait en contrebas au bruit sourd de son va-et-vient. Un escalier éclaboussé de chaux grimpait sur une plate-forme aux pierres chaudes sur lesquelles se prélassaient de petits lézards gris. Il menait à une piscine de plein air rectangulaire et dirigée plein sud et momentanément vidée de son eau.

Au-delà, sur le versant nord, le perpétuel roulis de la campagne villefranchoise s'étalait en osmose avec les flots.

Une étrange familiarité gagna Billy. Il se dirigea vers la berge au travers d'un parterre moucheté de fleurs mauves. Sous une treille adossée à d'imposants rochers grossièrement arrondis par la main de l'homme, un jardin potager se laissa découvrir. Sourire en coin, Billy visualisa Sante, le chapeau de guingois, s'activant à sabler les tomates.

Il réalisa qu'il se devait d'appeler à Clearwater. Aussitôt, dans son esprit, prit corps la résolution de proposer au couple Lucchetti de venir le rejoindre. Après tout, la Palazzina nécessitait une gardienne de la trempe de Germania et le parc un jardinier à plein temps. Et, géographiquement, cela ne permettrait-il pas aux deux péninsulaires de se rapprocher de leur Italie natale?

Billy s'arrêta, un rire moqueur dans la gorge. Il venait de réaliser que depuis un moment sa décision était prise, tout naturellement. Dès cet après-midi, il appellerait Ricky pour officialiser sa détermination à allouer un revenu mensuel à Justin Landry. En même temps, il confierait à son avocat son projet de réaliser une vente fictive de la villa *Dreams* au profit de Concepcion et de ses deux enfants. Enfin, il n'avait plus qu'à convaincre Johnnatan de choisir ses dates pour une visite à Saint-Jean. Et surtout à persuader Chipi de le remplacer le temps nécessaire aux affaires de Floride.

Restait Alexandra. Ses yeux d'émeraude constellés de tendresse lui revinrent en mémoire. Il lui avait parlé au téléphone la veille, sans rien connaître encore de ce que lui réservait le destin. D'elle-même, elle avait décidé de prendre un congé sans solde et de le rejoindre immédiatement. Il n'en demandait pas plus. La chaleur de sa main dans la sienne lui suffisait. Demain, il irait la récupérer à l'aéroport de Nice.

Il arrivait face à la Méditerranée. Au bas des rochers arrosés par un Mozart déjà propriétaire, la complicité de l'érosion aidant, un port miniature avait été installé avec ses anneaux de bronze et son quai de bois clair.

La théâtralité des lieux faisait battre le cœur de Billy. Pour la première fois, la vie lui apparaissait comme un répit à l'angoisse. Dans une tentation d'immaturité de gamin sans surveillance, il ressentit l'envie irrésistible de danser sur des souvenirs et en même temps de se laisser envahir le cœur par l'ivresse d'un bonheur qu'il ne se souvenait pas d'avoir ressenti par le passé.

Il apparut dans ce superbe décor de lumière, de pierre, d'eau et de vent. Silencieux, il planait au-dessus de la houle lancinante, cherchant sa pitance. Au loin, propagée par la mer, une corne de bateau salua son arrivée.

C'était un pélican brun, au ventre blanc, la tête alourdie de son bec poché. Les âges se lisaient au dentelé imparfait de ses membres plumés teintés de gris.

Immobile, le regard brûlant d'intensité, Billy suivit les lentes évolutions du palmipède.

Soudain, dans un violent effort de ses ailes, l'oiseau monta à la verticale, s'immobilisa le temps d'une infime seconde, hésita... plongea.

DISTRIBUTEURS EXCLUSIFS

Distributeur pour le Canada et les États-Unis
LES MESSAGERIES ADP
MONTRÉAL (Canada)
Téléphone : (450) 640-1234 ou 1 800 771-3022
Télécopieur : (450) 640-1251 ou 1 800 603-0433
www.messageries-adp.com

Distributeur pour la France et autres pays européens
DISTRIBUTION DU NOUVEAU MONDE (DNM)
PARIS (France)
Téléphone : 01 43 54 49 02
Télécopieur : 01 43 54 39 15
Courriel : info@librairieduquebec.fr

Distributeur pour la Suisse
(À l'usage exclusif des librairies)
SERVIDIS / TRANSAT
GENÈVE (Suisse)
Téléphone : 022/342 77 40
Télécopieur : 022/343 46 46
Courriel : transat-diff@slatkine.com

◆◆◆

Dépôts légaux
Bibliothèque nationale du Canada
Bibliothèque et Archives nationales du Québec, 2009
Imprimé au Canada

◆◆◆

Transcontinental

BIO GAZ ÉNERGIE
100%
PERMANENT

Imprimé sur Rolland Enviro100, contenant
100% de fibres recyclées postconsommation,
certifié Éco-Logo, Procédé sans chlore, FSC
Recyclé et fabriqué à partir d'énergie biogaz.